3-

La demoiselle
d'honneur

Le goût
du risque

Ruth Rendell

La demoiselle
d'honneur

Le goût
du risque

FRANCE LOISIRS
123, boulevard de Grenelle, Paris

La Demoiselle d'honneur est paru sous le titre *The Bridesmaid*.
Traduit de l'anglais par Pierre-Guillaume Lebon.

Le Goût du risque est paru sous le titre *Kissing the Gunner's Daughter* (Hutchinson, Londres, 1992).
Traduit de l'anglais par Julie Damour.

La demoiselle
d'honneur

À Don

1

Les gens sont fascinés par les cas de mort violente. Philip, lui, en était malade. Il en avait la phobie. C'est la définition qu'il s'en donnait parfois à lui-même, une phobie de meurtre et de toutes les formes de violence meurtrière, de destruction de la vie, gratuite dans la guerre ou absurde dans les accidents. La violence lui répugnait, dans la réalité, sur l'écran, dans les livres. Cela durait depuis des années, depuis sa petite enfance, quand ses camarades le visaient de leur pistolet et « jouaient à se tuer ». De quand datait cette phobie, quelle en était la cause, il l'ignorait. Curieusement, il n'avait rien d'une poule mouillée ni d'une petite nature, ces choses-là ne l'effrayaient ni plus ni moins qu'un autre. Simplement, les morts non naturelles ne le divertissaient pas, n'exerçaient sur lui aucun attrait macabre. Elles lui inspiraient un mouvement de répulsion, sous quelque forme qu'elles se présentassent à lui. Il savait cette réaction inhabituelle. Il dissimulait sa phobie ou tentait de le faire.

Quand les autres regardaient la télévision, il regardait avec eux, sans fermer les yeux. Il n'avait jamais eu la manie de s'en prendre aux journaux ou aux romans. Mais les autres connaissaient ses sentiments, et ne montraient pas pour eux de respect particulier. Cela ne les empêchait pas de parler de Rebecca Neave.

De lui-même, Philip n'aurait pris aucun intérêt à la disparition de la jeune fille, se serait encore moins interrogé sur son

sort. Il aurait éteint le poste. En fait, il l'aurait probablement
éteint dix minutes plus tôt, pour éviter l'Irlande du Nord,
l'Iran, l'Angola et une catastrophe ferroviaire en France, aussi
bien que la disparition d'une jeune fille. Il n'aurait jamais
regardé la photo de son joli visage, le sourire de sa bouche, ses
paupières plissées face à la lumière du soleil, ses cheveux flottant au vent.

Rebecca avait disparu vers trois heures, un après-midi
d'automne. Sa sœur lui avait parlé au téléphone le mercredi
matin et un homme, un ami à elle – un nouvel ami, avec qui
elle n'était sortie que quatre fois –, l'avait appelée le même
jour à l'heure du déjeuner. C'était la dernière fois que l'on
avait entendu sa voix. Un voisin l'avait vue quitter
l'immeuble où elle habitait. Elle portait un jogging en velours
vert vif et des baskets blanches. Ensuite, on perdait sa trace.

En voyant le visage de la jeune fille apparaître sur l'écran,
Fee s'écria : « Elle était dans mon école ! Il me semblait bien
que je connaissais ce nom. Rebecca Neave. Je pensais bien
l'avoir déjà entendu.

– Moi, jamais. Tu n'avais jamais dit que tu avais une amie
qui s'appelait Rebecca.

– Ce n'était pas une amie, Cheryl. On était deux mille
élèves, dans cette école. Je ne crois même pas lui avoir jamais
parlé. » Fee regardait fixement l'écran d'un air concentré tandis que son frère faisait des efforts tout aussi délibérés pour ne
pas regarder. Il avait pris le journal et l'avait ouvert à une page
intérieure encore épargnée par l'affaire Rebecca Neave. « Ils
doivent penser qu'elle a été assassinée », dit Fee.

La mère de Rebecca apparut à l'écran et lança un appel
pour obtenir des nouvelles de la disparue. Rebecca avait
vingt-trois ans. Elle enseignait la céramique dans un cours de
formation permanente mais, comme elle avait besoin d'un
revenu d'appoint, elle proposait ses services pour faire du
baby-sitting ou garder des maisons. Il ne paraissait pas impossible que quelqu'un l'ait appelée après avoir vu une de ses
annonces. Rebecca avait pris rendez-vous pour ce soir-là – et
s'y était rendue. C'était du moins ce que croyait sa mère.

« Oh, la pauvre femme ! dit Christine qui entrait en apportant le café sur un plateau. Quel calvaire ce doit être pour elle ! J'imagine ce que je ressentirais si cela arrivait à l'un d'entre vous.

— Cela ne risque guère de m'arriver, à moi », dit Philip qui, quoique frêle, était bien bâti et mesurait un mètre quatre-vingt-sept. Il lança un regard à ses sœurs. « Je peux éteindre, maintenant ?

— Tu ne supportes pas, hein ? » Cheryl avait un air renfrogné qu'elle se donnait rarement la peine de réprimer. « Elle n'a pas forcément été assassinée. Des centaines de gens disparaissent chaque année.

— On ne nous a sûrement pas tout dit, remarqua Fee. Ils ne feraient pas tant d'histoires si elle était simplement partie de chez elle. C'est drôle, je me souviens qu'elle était dans le même groupe de travaux manuels que moi quand j'ai passé le brevet. On disait qu'elle voulait poursuivre ses études pour être prof, et les autres filles trouvaient ça drôle, parce que tout ce qui les intéressait, c'était de se marier. Vas-y, éteins la télé, Phil, si tu veux. De toute façon, ils ont fini de parler de Rebecca.

— Pourquoi ils ne donnent jamais de bonnes nouvelles, aux informations ? demanda Christine. On dirait qu'ils ne recherchent que le sensationnel. Je ne peux pas croire qu'il ne se passe jamais rien de sympa.

— Ce sont les catastrophes qui font l'actualité, dit Philip, mais ce serait peut-être une idée d'essayer ta méthode, pour changer. La télé pourrait donner une liste de sauvetages du jour, de tous ceux qu'on a sauvés de la noyade, de tous ceux qui ont eu un accident de voiture et n'ont pas été tués. »

Il ajouta, d'un ton plus sombre : « Une liste des enfants qui n'ont pas été maltraités et des filles qui ont échappé à leurs agresseurs. »

Il éteignit le poste. Il éprouvait un réel plaisir à voir l'image se rétrécir et disparaître rapidement. Fee ne s'était certainement pas réjouie de la disparition de Rebecca Neave, mais elle trouvait à l'évidence beaucoup plus intéressant d'échafauder des théories là-dessus que de discuter d'une des « choses sym-

pas » de Christine. Il fit une tentative quelque peu forcée pour
parler d'autre chose.

« À quelle heure faudra-t-il que nous partions, demain ?

– C'est ça, change de sujet. Je te reconnais bien là, Phil.

– Il m'a dit d'être là vers les six heures. »

Christine lança un regard plutôt timide à ses filles, avant de
se retourner vers Philip : « Je voudrais vous demander de
venir une minute au jardin. Vous venez ? J'aimerais avoir
votre avis. »

Le petit jardin pâlot était à son mieux à cette heure du jour,
lorsque le soleil se couchait et que les ombres s'allongeaient.
Une rangée de cupressus, au fond du terrain, empêchait les
voisins de voir au-delà de la clôture. Le centre de la pelouse
était occupé par une dalle circulaire en ciment, où se dressaient, côte à côte, une vasque et une statue. Il n'y avait pas de
mousse sur le ciment, mais des herbes folles s'insinuaient
sous la vasque par une fissure. Christine posa la main sur la
tête de la statue et lui donna une petite caresse, comme elle eût
pu faire à un enfant. Elle posa sur les siens ce regard d'appréhension qui lui était familier, et où se mêlaient timidité et har-
diesse.

« Que diriez-vous si je vous annonçais que j'aimerais lui
faire cadeau de Flore ? »

Fee hésitait rarement, s'exprimait avec une immuable
conviction : « On n'offre pas de statues aux gens !

– Pourquoi pas, s'ils les aiment ? avait objecté Christine. Il
a dit qu'elle lui plaisait et qu'elle ferait très bien dans son jardin. Il lui a trouvé une ressemblance avec moi. »

Fee poursuivit, ignorant les paroles de sa mère : « On leur
offre des chocolats ou une bouteille de vin.

– Il m'a apporté du vin, lui. » Christine avait prononcé
cette phrase sur un ton d'émerveillement et de gratitude,
comme si le fait d'arriver avec une bonne bouteille chez une
femme qui vous a invité à dîner constituait un geste d'une
délicatesse et d'une générosité hors du commun. Elle laissa
glisser sa main sur l'épaule marmoréenne de Flore. « Elle m'a
toujours fait penser à une demoiselle d'honneur. À cause des
fleurs, je suppose. »

Jusque-là, Philip n'avait jamais examiné de près la jeune femme de marbre. Flore n'était pour lui que la statue qu'il avait toujours vue près du bassin, dans le jardin de leur maison, aussi loin que remontaient ses souvenirs. Son père, lui avait-on dit, l'avait achetée pendant son voyage de noces avec Christine. Haute d'environ un mètre, c'était une copie en réduction d'une statue romaine. De la main gauche, elle tenait une gerbe de fleurs, tandis qu'elle tendait l'autre pour relever le bord de sa robe, découvrant sa cheville droite. Ses deux pieds reposaient sur le sol et pourtant elle semblait marcher, ou danser sur quelque rythme lent et posé. Mais c'était son visage qui frappait par son exceptionnelle beauté. En la regardant, Philip s'aperçut qu'il n'éprouvait d'ordinaire aucun attrait pour les visages des statues antiques, grecques ou romaines. Leurs mâchoires puissantes, leurs longs nez sans arête vive leur donnaient un air rébarbatif. Peut-être les canons de la beauté avaient-ils changé. À moins qu'il ne fût sensible à des charmes plus subtils. Mais le visage de Flore aurait pu être celui d'une belle jeune fille d'aujourd'hui, avec ses pommettes marquées, son menton arrondi, sa lèvre supérieure courte et cette bouche, adorable conjonction de courbes tendrement ourlées. Oui, on aurait dit une jeune fille d'aujourd'hui, n'eussent été ses yeux. Les yeux de Flore, extrêmement écartés, semblaient fixer des horizons lointains d'une expression distante et païenne.

« Il y a longtemps que je me dis que c'est du gâchis de la laisser là, reprit Christine. Elle fait un peu ridicule. Enfin, je veux dire, c'est le reste qui fait ridicule à côté. »

C'était vrai. La statue était trop belle pour son environnement.

« C'est comme boire du champagne dans un gobelet en plastique, dit Philip.

— Exactement.

— Tu peux la donner si tu en as envie, dit Cheryl. Elle est à toi. Pas à nous. C'est à toi que Papa l'a donnée.

— Je considère tout ce qu'il y a ici comme étant à nous, dit Christine. Il dit qu'il a un beau jardin. Je crois que j'aurais l'esprit plus tranquille si je savais Flore dans un cadre digne d'elle. Vous comprenez ce que je veux dire ? »

Elle lança un regard à Philip. Tous les efforts de propa-
gande de ses filles n'arrivaient pas à la persuader de l'égalité
des sexes, toute la pression des journaux, des magazines ou de
la télévision était impuissante à l'en convaincre. Son mari
était mort, aussi se tournait-elle vers son fils – qui n'était pas
l'aîné de ses enfants –, attendant de lui des décisions, des
jugements, des avis.

« Nous l'emporterons avec nous demain », dit Philip.

Sur le moment, le fait ne paraissait pas d'une grande importance. Comment en eût-il été autrement ? Cela n'avait rien
d'une question de vie ou de mort, d'une décision capitale : se
marier ou non, avoir un enfant, changer de métier, subir ou
non une opération vitale. Pourtant, c'était une décision tout
aussi chargée de sens.

Bien sûr, il s'écoulerait beaucoup de temps avant que Philip
n'en vînt à la considérer sous cet angle. Il soupesa Flore en la
soulevant de quelques centimètres. Elle était aussi lourde que
prévu. Soudain, il se prit à songer à Flore comme à un symbole de sa mère, qui avait échu à son père au moment de son
mariage, et se trouvait sur le point d'être transmise à Gérard
Arnham. Fallait-il en conclure que Christine envisageait
d'épouser celui-ci ? Ils s'étaient rencontrés à Noël, l'année
dernière, à une fête donnée au bureau de l'oncle de Philip, et il
avait été bien lent à lui faire la cour, si cour il y avait. Cela
s'expliquait peut-être, en partie, par le fait qu'Arnham était
sans arrêt en déplacement à l'étranger pour le compte de sa
société. Arnham n'était venu qu'une fois dans cette maison, à
la connaissance de Philip. À présent c'était leur tour de le rencontrer. On aurait dit que les choses prenaient une tournure
plus sérieuse.

Sa mère dit : « Je pense que nous ferions mieux de ne pas
emmener Hardy. » Le petit chien, un Jack Russell à qui Christine avait donné ce nom en hommage au couturier Hardy
Amies dont elle aimait les modèles, était sorti dans le jardin et
se tenait tout près d'elle. Elle se pencha et lui flatta la tête. « Il
n'aime pas les chiens. Je ne veux pas dire qu'il pourrait leur
faire du mal, être cruel avec eux. » À l'entendre, on aurait pu
croire qu'une antipathie pour les chiens impliquait souvent le

désir de les torturer. « Ils ne l'intéressent pas beaucoup, c'est tout. Le soir où il est venu ici, j'ai bien vu qu'il n'aimait pas Hardy. »

Philip rentra dans la maison et Fee lui dit : « En voyant Flore, je me suis rappelé qu'un jour Rebecca Neave avait fait la tête d'une fille.

– Fait la tête d'une fille ? Que veux-tu dire ?

– À l'école. En classe de poterie. Elle l'avait modelée dans la glaise. La prof l'a obligée à la détruire, elle ne voulait pas qu'elle aille au four, parce que nous étions censées faire des pots. Tu te rends compte qu'elle est peut-être étendue quelque part, morte ?

– Non, merci, j'aime mieux ne pas me rendre compte. Ces choses-là ne me fascinent pas comme toi. »

Fee prit Hardy sur ses genoux. À cette heure de la journée, il venait amadouer les gens dans l'espoir d'un petit tour. « Ce n'est pas de la fascination, Phil. Tout le monde est intéressé par les assassinats, la violence, le crime. On dit que c'est parce que nous en portons tous le germe en nous-mêmes. Nous sommes tous capables de tuer, nous avons tous envie, parfois, d'attaquer les gens, de les frapper, de leur faire mal.

– Non, pas moi.

– C'est vrai, Fee, intervint Cheryl. Tu sais que c'est vrai. Et il n'a pas envie d'en parler non plus, alors tais-toi. »

C'est lui qui portait Flore parce qu'en sa qualité de seul mâle du groupe il était également censé être le plus fort. Sans voiture, c'était une terrible expédition que d'aller de Cricklewood à Buckhurst Hill. Ils avaient pris le bus jusqu'à la station de Kilburn, le métro de Kilburn à Bond Street, où ils avaient attendu une éternité un train de la Central Line. Il n'était pas encore quatre heures quand ils avaient quitté la maison et à présent il était six heures moins dix.

Philip n'était encore jamais venu dans ce coin de l'Essex londonien. L'endroit lui rappelait un peu Barnet, où il avait fait si bon vivre et où le soleil semblait toujours briller. La rue qu'ils montaient était bordée de maisons, mais elles se dissimulaient derrière des haies et des arbres, si bien qu'on aurait pu se croire sur une route de campagne. Sa mère et ses sœurs marchaient désormais en tête et il pressa le pas, en changeant Flore de côté. Cheryl, qui n'avait rien de lourd à porter mais que ses talons hauts et son jean très serré gênaient, demanda d'un ton geignard :

« C'est encore loin, M'man ?

– Je n'en sais rien, ma chérie. Je ne sais que ce que m'a dit Gérard : monter la colline et prendre la quatrième rue à droite. » Christine disait toujours que les choses étaient ravissantes. C'était son mot. « Un coin vraiment ravissant, vous ne trouvez pas ? »

Elle portait une robe de lin rose avec une veste blanche. Avec son collier de perles fantaisie blanches et son rouge à lèvres rose, elle ne semblait pas être femme à devoir rester seule longtemps. Ses cheveux étaient soyeux et flous et ses lunettes de soleil masquaient pattes-d'oie et ridules. Philip avait remarqué que si elle portait son alliance – il ne l'avait jamais vue sans – elle avait ôté sa bague de fiançailles. Christine devait avoir inventé pour cela quelque justification abracadabrante, du genre : une bague de fiançailles représente l'amour d'un mari vivant, tandis que le port de l'alliance représente une obligation sociale pour les veuves comme pour les femmes mariées. Fee, elle, portait évidemment sa bague de fiançailles. C'était pour mieux la montrer, supposait Philip, qu'elle tenait à la main gauche un objet qu'elle appelait une pochette. Son tailleur bleu nuit strict, à la jupe trop longue, la faisait paraître plus vieille, trop vieille pour être la fille de Christine, penserait peut-être Arnham.

Lui-même ne s'était guère mis en frais de toilette. Il avait consacré tous ses efforts à la préparation de Flore. Christine lui avait demandé d'essayer de débarrasser le marbre de sa patine verdâtre et il avait fait une tentative avec de l'eau et du savon, mais sans succès. Elle lui avait donné un rouleau de papier de ménage pour emballer la statue. Philip l'avait enveloppée dans une seconde couche de papier, celui du journal de ce matin, où l'affaire Rebecca Neave s'étalait sur toute la première page. On y voyait une nouvelle photo de Rebecca et l'article précisait qu'un homme âgé de vingt-quatre ans, dont on ne donnait pas le nom, avait été entendu par la police toute la journée précédente, « pour les besoins de l'enquête ». Philip s'était empressé d'enrouler la statue dans ce journal avant de ficeler le tout dans le sac en plastique qui avait contenu l'imperméable de Christine à son retour de la teinturerie.

L'idée n'était peut-être pas des meilleures, car cela faisait un paquet trop lisse. À tout moment, Flore glissait et il devait la remonter. Il avait les bras endoloris de l'épaule au poignet. Tous quatre, enfin, avaient tourné dans la rue où habitait Arnham. Les maisons n'y étaient pas indépendantes, comme la leur autrefois à Barnet, mais formaient des rangées incurvées – des « maisons de ville » aux jardins regorgeant d'arbustes et de fleurs d'arrière-saison. Philip vit tout de suite que Flore trouverait un cadre plus digne d'elle dans l'un ou l'autre de ces jardins. La maison d'Arnham avait trois étages, des stores aux fenêtres et un heurtoir de cuivre en forme de tête de lion ornait la porte d'entrée vert foncé. Christine s'arrêta à la grille, posant sur l'ensemble un regard ébloui.

« Quel dommage qu'il la vende ! Mais c'est inévitable, je suppose. Il doit partager le produit de la vente avec son ex-femme. »

Par un hasard qui devait paraître à Philip, rétrospectivement, des plus malencontreux, Arnham ouvrit la porte d'entrée au moment précis où Cheryl claironnait : « Je croyais que sa femme était morte ! Je ne savais pas qu'il était divorcé. Si c'est pas dégoûtant ! »

Philip n'oublierait jamais cette première vision de Gérard Arnham. Son impression initiale fut que l'homme à qui ils rendaient visite était loin d'être ravi de les voir. Il était de taille moyenne, corpulent sans être gras. Ses cheveux étaient gris, mais drus et lisses et il avait un genre de beauté que Philip, sans pouvoir expliquer pourquoi, qualifia à part lui d'italienne ou grecque. Ses traits élégants étaient pleins, ses lèvres charnues. Il portait un pantalon crème, une chemise blanche à col ouvert et une veste légère, dont les carreaux bleu nuit, crème et marron étaient larges mais discrets. L'expression de son visage passa du désarroi à une consternation incrédule qui lui fit un instant fermer les yeux.

Il les rouvrit bien vite et descendit les marches du perron en dissimulant sous une politesse joviale le sujet de sa contrariété, quel qu'il fût. Philip s'attendait à le voir embrasser Christine, et peut-être s'y attendait-elle elle-même, car elle s'avança vers lui le visage levé, mais le baiser ne vint pas. Il serra la main de tous les arrivants. Philip posa Flore sur la dernière marche pendant ces salutations.

« Voici Fiona, mon aînée, dit Christine. C'est elle qui va se marier l'année prochaine, comme je vous l'ai dit. Et voici Philip, qui vient de passer son diplôme et qui fait un stage d'architecture d'intérieur et puis Cheryl – elle vient juste de quitter l'école.

– Et elle, qui est-ce ? » demanda Arnham.

Telle que Philip l'avait posée, Flore avait l'air d'un cinquième membre de leur groupe. Son emballage se défaisait. La tête et un des bras émergeaient de la déchirure du sac plastique. Son visage serein, dont les yeux semblaient toujours fixer le lointain, au-delà du spectateur, était entièrement découvert, ainsi que sa main droite, qui tenait la gerbe de fleurs de marbre. La patine verte qui tachait son cou et sa gorge attirait soudain l'attention, de même que la cassure d'une de ses oreilles, où manquait un fragment.

« Vous savez bien, Gérard. C'est Flore, qui était dans mon jardin, et que vous m'avez dit aimer beaucoup. Nous vous l'avons apportée. Elle est à vous, maintenant. » Voyant qu'Arnham ne répondait pas, Christine insista : « C'est un cadeau. Nous vous l'avons apportée parce que vous avez dit qu'elle vous plaisait. »

Arnham était obligé de manifester de l'enthousiasme mais il ne s'en tira pas très bien. Laissant Flore à l'extérieur, ils pénétrèrent dans la maison. Entrant à quatre dans un vestibule étroit qui les contraignait à passer un par un, ils donnaient l'impression de débarquer en force. Encore heureux qu'ils n'aient pas amené Hardy, pensait Philip. Ce n'était pas un endroit pour un chien.

La maison était superbement meublée et décorée. Philip ne manquait jamais de remarquer ces choses-là. Sinon, il n'aurait sans doute pas suivi de stage chez Roseberry Lawn Interiors.

Un jour – un jour nécessairement lointain – il aimerait avoir chez lui une salle de séjour comme celle-ci, avec ses murs vert lierre, ses dessins discrètement encadrés de fines baguettes dorées et son tapis d'un jaune somptueux, tendre et profond, qui lui rappelait certaines porcelaines de Chine vues dans les musées.

Par une ouverture arrondie, son regard plongea dans la salle à manger. Une petite table y était dressée pour deux. Deux serviettes roses étaient piquées dans deux grands verres teintés de rose et un unique œillet rose flottait dans un vase en forme de flûte. Avant que Philip eût le temps de comprendre la signification exacte de ce qu'il voyait, Arnham les faisait tous passer au jardin par la porte de derrière. Il avait pris Flore, comme s'il craignait qu'elle ne salît son tapis, pensa Philip, et la portait en la balançant comme un sac à provisions.

Une fois dehors, il s'en débarrassa en la posant dans un parterre de fleurs qui formait la bordure d'une petite rocaille, s'excusa et rentra dans la maison. La famille Wardman resta plantée sur la pelouse. Derrière le dos de Christine et de Cheryl, Fee lança un regard à Philip, haussant les sourcils et esquissant un de ces hochements de tête satisfaits qui en disent aussi long qu'un pouce levé. Elle voulait indiquer qu'Arnham lui faisait bonne impression, qu'il ferait l'affaire. Philip eut un haussement d'épaules. Il se détourna pour contempler Flore une fois de plus, pour observer ce visage de marbre qui ne ressemblait assurément pas à Christine, ni à aucune femme qu'il eût jamais rencontrée. Le nez était classique, les yeux presque trop écartés, les douces lèvres trop sinueuses, et l'expression générale était curieusement vitreuse, comme si aucune des craintes, des inhibitions et des doutes communs à l'humanité n'affectait cette créature.

Arnham revint en s'excusant et ils placèrent Flore à un endroit où elle pourrait admirer son propre reflet dans un tout petit bassin. Ils la calèrent entre deux grosses pierres grises sur lesquelles une plante aux feuilles d'or avait déployé ses vrilles.

« On dirait qu'elle a trouvé sa place, dit Christine. Quel dommage qu'elle ne puisse pas y rester pour toujours ! Vous n'aurez qu'à l'emporter quand vous déménagerez.

– Oui.

– Je suis sûre que vous aurez un jardin aussi ravissant, là où vous serez. »

Arnham ne répondit pas. Il n'était pas impossible que Christine fît à Flore des adieux solennels, pensa Philip, qui connaissait sa mère. Ce serait bien son genre. Il n'aurait pas été autrement surpris de l'entendre dire au revoir à Flore et lui demander de bien se conduire. Il lui sut gré de son silence et de l'air digne avec lequel elle regagna la maison, précédant Arnham. Il comprenait. Il n'y avait pas lieu de faire ses adieux à une personne que l'on allait bientôt retrouver pour passer avec elle le restant de ses jours. Était-il le seul à avoir remarqué que la petite table avait été dépouillée de sa nappe, de l'argenterie, des verres et de l'œillet rose ? Voilà pourquoi Arnham était rentré dans la maison, pour débarrasser cette table. Bien des choses s'éclairaient aux yeux de Philip. Christine était attendue seule.

Ni sa mère ni ses sœurs ne semblaient conscientes d'avoir commis un impair. Cheryl s'affala sur le canapé, jambes écartées et étendues sur la carpette. Elle était contrainte à cette position, bien sûr, par son jean trop serré et ses talons trop hauts pour lui permettre de fléchir les genoux et de poser la plante des pieds sur le sol. Fee avait allumé une cigarette sans demander à Arnham si cela ne le gênait pas. Elle chercha du regard un cendrier, dont l'absence se remarquait d'autant mieux que la pièce s'ornait d'une foule de bibelots, coupelles, soucoupes, animaux de porcelaine, vases miniatures et, tandis qu'elle attendait qu'Arnham lui en rapportât un de la cuisine, la cendre qui s'était accumulée au bout de sa cigarette – deux bons centimètres – s'écrasa sur le tapis jaune.

Arnham ne disait mot. Fee se mit à parler de la jeune disparue. Elle était sûre que l'homme que la police avait entendu dans le cadre de l'enquête était ce fameux Martin Hunt, celui dont les journaux et la télévision affirmaient qu'il avait appelé la jeune fille le jour de sa disparition. C'était la terminologie d'usage, ce que les policiers disaient toujours quand ils voulaient donner à entendre qu'ils avaient pris le meurtrier, mais ne pouvaient encore prouver sa culpabilité. Si les journaux en disaient plus, s'ils mentionnaient le nom de l'homme, par exemple, ou s'ils écrivaient qu'il était soupçonné de meurtre, ils risquaient d'être poursuivis pour diffamation. Ou accusés de violer la loi.

« Je suis prête à parier que les flics l'ont cuisiné sans pitié. Ils l'ont probablement passé à tabac. Il se passe un tas de choses dont nous n'avons pas idée, pas vrai ? Ils voulaient lui arracher des aveux parce qu'ils sont trop bornés, souvent, pour recueillir de vraies preuves, comme les détectives dans les livres. À mon avis, ils n'ont pas dû croire qu'il n'était sorti avec elle que quatre fois. Et leur problème, c'est qu'ils n'ont pas retrouvé le corps. Ils ne sont même pas sûrs qu'elle ait été assassinée. C'est pourquoi il leur faut obtenir des aveux. Il leur faut *arracher* des aveux.

– Nous avons la police la plus mesurée et la plus civilisée du monde », dit Arnham d'un ton sec.

Au lieu de combattre cette opinion, Fee eut un léger sourire et un haussement d'épaules. « Quand une femme se fait assassiner, ils partent toujours du principe que le coupable est son mari, si elle en a un, ou son petit ami. C'est répugnant, vous ne pensez pas ?

– Mais quel besoin avons-nous d'y penser ? demanda Philip. Ou d'en parler ? Qui s'intéresse à ces choses révoltantes, de toute façon ? »

Fee ignora la remarque : « Pour ma part, je pense que c'est la personne qui l'a appelée pour répondre à son annonce. C'est un fou ou une folle qui lui a téléphoné, l'a attirée dans sa maison et l'a tuée. La police pense certainement que c'est Martin Hunt et qu'il a déguisé sa voix. »

Philip crut lire du dégoût et peut-être de l'ennui sur le visage d'Arnham mais ce n'était peut-être qu'une projection de ses propres sentiments. Au risque d'entendre Fee lui reprocher de détourner la conversation, il se lança : « J'étais en train d'admirer ce tableau, commença-t-il, désignant un paysage assez étrange accroché au-dessus de la cheminée. C'est un Samuel Palmer ? »

Il voulait dire une lithographie, bien sûr. N'importe qui l'aurait compris mais Arnham, l'air incrédule, répondit : « Si nous parlons bien du même Samuel Palmer, cela me paraît hautement improbable. Mon ex-femme l'a acheté dans une brocante. »

Philip rougit. De toute façon, ses efforts avaient été impuissants à endiguer le flot du rapport d'expertise de Fee. « Il y a de grandes chances qu'elle soit morte à l'heure qu'il est et qu'ils aient déjà retrouvé son corps, mais qu'ils ne veuillent pas le dire. Ils ont leurs raisons. Ils veulent piéger quelqu'un.

– Si c'est vrai, dit Arnham, ce sera révélé au cours de l'enquête. Dans ce pays, la police ne garde pas de secrets. »

Ce fut Cheryl qui réagit, elle qui n'avait pipé mot depuis leur retour du jardin : « Vous vous payez la tête de qui ? »

Arnham ne répondit pas. Il dit d'un ton extrêmement pincé : « Voulez-vous boire quelque chose ? » Il les parcourut du regard, comme s'il avait eu en face de lui non pas quatre personnes, mais une douzaine. « L'un ou l'autre d'entre vous ?

– Qu'est-ce que vous avez ? » Cette fois, c'était Fee. Philip se doutait parfaitement que ce n'était pas une question à poser à quelqu'un comme Arnham, même si elle pouvait très bien passer auprès des gens que fréquentaient Fee et Darren, son fiancé.

« Tout ce que vous pourrez imaginer.

– Alors, pourrais-je avoir un Bacardi-Coca ? »

Bien entendu, il n'en avait pas. Il proposa des lots de consolation, sherry, gin-tonic. Philip savait sa mère capable d'un singulier manque d'intuition, mais il n'en était pas moins stupéfait de voir qu'elle ne semblait pas remarquer combien l'atmosphère était devenue glaciale. Un verre de Bristol Cream à la main, elle brodait sur le thème introduit par Philip, se répandant en commentaires admiratifs sur divers meubles ou bibelots d'Arnham. Tel ou tel objet était ravissant, tout était vraiment ravissant, les tapis étaient absolument ravissants, et quelle qualité ! Philip s'émerveillait de la transparence de son âme. Elle parlait comme une personne humblement reconnaissante pour un cadeau d'une générosité inattendue.

Arnham coupa d'un ton rogue, ruinant ces belles paroles :

« Tout va être vendu. Il y a eu une décision de justice qui m'oblige à tout vendre et à en partager le produit entre mon ex-femme et moi. » Il laissa échapper un long soupir, qui avait quelque chose de stoïque. « Et maintenant, si vous permettez, je voudrais vous emmener tous quelque part. Je ne pense pas qu'il y ait de quoi dîner ici. Le restaurant du coin, ça vous va ? »

Il les y emmena dans sa Jaguar. C'était une grosse voiture et ils y entrèrent tous facilement. Philip songeait qu'il aurait dû être reconnaissant à Arnham de les emmener tous et de les inviter, mais il n'en éprouvait nulle gratitude. Il estimait qu'Arnham aurait été mieux inspiré de dire la vérité, d'avouer qu'il n'attendait que Christine, et de la garder seule à dîner comme il en avait initialement l'intention. Lui-même, Fee et Cheryl ne s'en seraient pas formalisés, ils auraient préféré s'esquiver – du moins, c'était le cas pour lui – plutôt que de s'attabler dans la pénombre rougeoyante et le décor de pseudo-manoir de campagne d'un restaurant de second ordre au-dessus d'un supermarché, en s'efforçant de converser avec un homme qui n'aspirait visiblement qu'à leur départ.

Les gens de la génération d'Arnham manquaient de franchise, pensait Philip. Ils n'étaient pas sincères. Ils étaient dissimulés. Christine était pareille, elle n'exprimait jamais directement sa pensée, cela lui eût semblé impoli. Il détestait cette façon qu'elle avait de s'extasier sur chaque nouveau plat servi, comme si Arnham l'avait préparé de ses mains. Hors de chez lui, Arnham était devenu beaucoup plus expansif, il bavardait aimablement, essayait de tirer Cheryl de son mutisme et de l'amener à dire ce qu'elle avait l'intention de faire à présent qu'elle avait quitté l'école, interrogeant Fee sur la personne et les activités de son fiancé. Il semblait avoir surmonté sa déception ou sa colère initiales. Aiguillonnée par l'intérêt qu'il lui témoignait, Cheryl commença à parler de son père – le moins opportun des sujets de conversation, pensa Philip. Des trois enfants, c'était Cheryl la plus proche de Stephen et, même aujourd'hui, elle ne s'était absolument pas remise de sa mort.

« Oh oui ! c'est vrai, c'était tout lui, dit Christine avec une ombre de gêne dans la voix lorsque Cheryl eut raconté combien leur père était joueur. Mais attention, personne n'a eu à en pâtir. Il n'aurait pas supporté que sa famille manque de quoi que ce soit. En fait, nous en avons plutôt profité, pas vrai ? Un tas de choses ravissantes que nous avons nous viennent de ses gains au jeu.

— Maman a eu son voyage de noces payé par les gains de Papa au Derby, précisa Cheryl. Mais, avec lui, il n'y avait pas que les chevaux, hein Maman ? Il pariait sur n'importe quoi. Si vous attendiez le bus avec lui, il pariait sur le premier à passer, le 16 ou le 32. Si le téléphone sonnait, il disait : " Cinquante pence que c'est une voix d'homme, Cheryl, ou que c'est une voix de femme. " J'allais aux courses de lévriers avec lui, j'adorais ça, c'était super de prendre un Coca ou même de manger en regardant les chiens tourner sur la piste. Il ne se mettait jamais en colère, Papa. Quand il sentait la moutarde lui monter au nez, il disait : " Bon, on parie sur quoi ? Il y a deux oiseaux sur la pelouse, un merle et un moineau, je te parie que c'est le moineau qui s'envole le premier. "

— Le jeu, c'était sa vie, dit Christine dans un soupir.

— Et nous ! » protesta Cheryl. Le ton était farouche. Les deux verres de vin qu'elle avait bus lui étaient montés à la tête. « Il y avait nous d'abord, le jeu passait après. »

Le jeu était sa vie, c'était vrai. C'était aussi son métier, en un sens, puisqu'il spéculait à la Bourse ; jusqu'au jour où — conséquence probable de toute une vie d'angoisses et de stress, de tabagisme, de journées longues et de nuits courtes, téléphone dans une main et cigarette dans l'autre — son cœur avait lâché et s'était arrêté. Cette maladie de cœur, ancienne mais dissimulée par lui à sa famille, avait eu plusieurs conséquences : pas d'assurance vie, très peu d'économies, un prêt immobilier non garanti pour payer la maison de Barnet. Contre toute logique, il avait apparemment tablé sur de longues années de vie, durant lesquelles il aurait, grâce à la spéculation boursière ou à d'autres formes de jeu, amassé une fortune suffisante pour subvenir après sa mort aux besoins de sa famille.

« Même Flore, nous la devons à un pari, racontait à présent

Christine. Nous étions en voyage de noces à Florence et nous passions dans une rue pleine de magasins d'antiquités, j'ai vu Flore dans une vitrine et j'ai dit : " Tu ne la trouves pas adorable ? " La maison que nous avions fait construire avait un petit jardin, pas aussi grand que celui de Barnet, mais un ravissant petit jardin et je voyais très bien Flore au bord de notre bassin. Raconte-lui ce qui est arrivé, Cheryl, comme Papa te l'a raconté à toi. »

Philip nota qu'Arnham avait l'air passablement intéressé. Il souriait. Après tout, s'il avait lui-même parlé de son ex-femme, pourquoi Christine n'eût-elle pas parlé de son défunt mari ?

« Maman a dit qu'elle coûtait sûrement une fortune, mais Papa n'était pas du genre à s'en faire pour le fric. Il a dit que, de visage, elle ressemblait à Maman – moi, je ne trouve pas, vous trouvez, vous ?

– Peut-être un peu, dit Arnham.

– Enfin, bref, il a dit qu'elle lui plaisait parce qu'elle ressemblait à Maman. Il a dit : " Tiens, faisons un pari. Je te parie que c'est Vénus, la déesse Vénus. Si je perds, je te l'achète ! "

– Je croyais que Vénus était une étoile, remarqua Christine. Stephen m'a dit non, c'est une déesse. Cheryl le sait, elle a appris tout ça à l'école.

– Alors ils sont entrés dans la boutique et le vendeur parlait anglais, et il a dit à Papa que ce n'était pas Vénus, que Vénus est presque toujours nue au-dessus de la ceinture, à poil, quoi.

– Tu n'avais pas besoin d'ajouter ce détail, Cheryl !

– Ça n'a pas gêné Papa de m'en parler – c'est de l'art, non ? Le marchand a dit que c'était une copie de la Flore Farnèse. C'était la déesse du printemps et des fleurs et sa fleur symbole était l'aubépine. C'est ce qu'elle tient à la main. Après ça, Papa était bien obligé de l'acheter, et elle coûtait un paquet, des centaines de milliers de je ne sais quoi, enfin leur monnaie, là-bas, et ils ont dû se la faire expédier parce qu'ils ne pouvaient pas l'emporter dans l'avion. »

La conversation était revenue à son point de départ, chez Arnham, quand on lui avait offert la statue. Ce fut peut-être ce qui lui suggéra de demander l'addition. Le récit de Cheryl terminé, il dit : « À vous écouter, il me semble que je n'aurais pas dû accepter. » Il paraissait se livrer à un calcul mental : convertissait-il des lires ? « Non, vraiment, je ne puis l'accepter. C'est un cadeau beaucoup trop précieux.

– Si, Gérard, je veux qu'elle soit à vous. » Ils étaient déjà sortis du restaurant. La nuit était tombée. Philip entendait leurs paroles, même si Arnham et Christine marchaient un peu à l'écart des autres ; Christine avait pris la main d'Arnham. Ou l'inverse. « Il est très important pour moi qu'elle soit à vous. Je vous en prie. Je suis heureuse de la savoir là. »

Pourquoi Philip s'était-il persuadé qu'Arnham n'entendait les conduire qu'à la gare de Buckhurst Hill ? Il n'en avait pas été question. Peut-être Arnham était-il vraiment amoureux de Christine et trouvait-il naturel de se mettre en quatre pour elle. À moins qu'il ne se sentît son obligé à cause de Flore. Philip observa que la gêne qui avait pesé sur le début de la soirée s'était bien dissipée. Assise à l'avant, Christine bavardait avec Arnham, parlant du quartier, des endroits où elle avait vécu, où elle vivait aujourd'hui, et se demandant si elle devait reprendre le métier qu'elle exerçait avant son mariage, la coiffure. C'est qu'en effet ils avaient bien besoin d'« arrondir un peu les fins de mois » – tout cela fut dit avec la plus grande ingénuité, mais Philip n'en grinça pas moins des dents. On avait vraiment l'impression qu'elle se jetait à la tête d'Arnham. En fait, ajouta-t-elle, elle attendait de voir « comment tourneraient les choses » avant de se décider vraiment à ouvrir un salon de coiffure chez elle.

Arnham parla avec enjouement de ses projets à lui. La maison allait être mise en vente avec tout son mobilier. Son ex-femme et lui étaient convenus de procéder à la vente aux enchères de l'ensemble, et il espérait qu'elle aurait lieu pendant un de ses voyages d'affaires à l'étranger. Il n'avait pas envie de vivre en appartement, il faudrait qu'il achète une autre maison, mais dans le même quartier ou aux environs. À Epping peut-être : qu'en pensait Christine ?

« Quand j'étais petite, j'allais en pique-nique dans la forêt d'Epping.

– Aujourd'hui, vous êtes tout près de la forêt d'Epping, dit

Arnham, mais je pensais plutôt au bourg d'Epping. Ou même
à Chigwell. J'ai peut-être une chance de trouver une maison
plus petite dans Chigwell Row.

– Vous pourriez toujours vous rapprocher de chez nous »,
suggéra Christine.

Chez eux, c'était à Cricklewood et plus précisément Glenallan Close, où Christine avait été obligée de s'installer au
début de son veuvage. Le plus optimiste des agents immobiliers aurait eu du mal à qualifier l'endroit de « beau quartier ».
Philip se remémora qu'Arnham y était déjà venu, qu'il ne
serait pas stupéfait de découvrir les pâtés de maisons de brique
rouge, avec leurs fenêtres coulissantes à châssis métallique,
leurs toits de tuiles mécaniques, leurs clôtures de fil de fer et
leurs jardinets rachitiques. L'obscurité, la lueur brumeuse des
réverbères tapis dans le feuillage dissimulaient le pire. Ce
n'était pas la zone. Seulement un quartier pauvre, sinistre et
miteux. Comme en vertu d'un accord tacite, Philip, Fee et
Cheryl s'engouffrèrent dans la maison, laissant Christine et
Arnham à leurs adieux. Mais Christine ne s'attarda pas ; elle
remontait déjà l'allée en courant lorsque la porte s'ouvrit et
que Hardy se précipita dehors, se jetant dans ses jambes avec
de petits glapissements de joie.

« Comment l'avez-vous trouvé ? Il vous a plu ? » La voiture
avait à peine démarré. Christine la regarda s'éloigner, Hardy
dans les bras.

« Oui, il est OK ! » Installée sur le canapé, Fee épluchait
l'*Evening Standard* à la recherche des derniers détails sur
l'affaire Rebecca Neave.

« Il t'a plu, Cheryl ? Gérard, je veux dire.

– Moi ? Sûr, ouais. M'a plu. Il est OK, quoi. Il est nettement plus vieux que Papa, hein ? Enfin, il fait plus vieux.

– Mais j'ai gaffé, non ? Je l'ai compris dès que nous étions
à sa porte. Je lui avais dit : " Je voudrais vous présenter mes
enfants un jour " et il avait souri en disant qu'il aimerait bien
et, juste après, il m'a demandé de venir chez lui le samedi suivant et, je ne sais pas pourquoi, j'ai cru qu'il voulait dire nous
tous. Mais, bien sûr, il voulait m'inviter seule. J'étais affreusement mal à l'aise. Vous avez vu cette petite table mise pour
deux, avec des fleurs et tout ? »

Philip emmena Hardy faire le tour du pâté de maisons avant d'aller se coucher. Il rentra par-derrière et s'arrêta un instant pour regarder la place vide à côté de la vasque, qu'éclairait la lumière de la cuisine – la place de Flore. Il était trop tard pour défaire ce qui avait été fait. Retourner le lendemain à Buckhurst Hill, par exemple, et récupérer Flore, il était trop tard pour le faire.

Toutefois, ces idées ne l'effleuraient pas encore à ce moment-là, il avait seulement l'impression que les choses avaient été gâchées et la journée perdue.

2

Une carte postale avec une vue de la Maison-Blanche arriva au courrier. C'était moins de deux semaines après leur visite à Buckhurst Hill et Arnham était à Washington. Christine s'était montrée aussi évasive qu'à l'ordinaire quant à la profession d'Arnham, mais Philip découvrit qu'il était directeur du service exportations d'une société britannique qui avait ses bureaux dans un immeuble proche du siège de Roseberry Lawn. C'est Fee qui apporta le courrier ce samedi matin, relevant le nom de la destinataire et le timbre, mais s'abstenant décemment de lire le texte. Christine le lut d'abord pour elle-même, puis à haute voix.

« Suis arrivé ici en venant de New York et serai la semaine prochaine en Californie, sur " la Côte ", comme ils disent ici. Le temps est bien meilleur que chez nous. J'ai laissé à Flore le soin de garder la maison ! Affectueusement, Gerry. »

Elle posa la carte sur le manteau de la cheminée, entre la pendule et la photo où Cheryl tenait Hardy, encore tout petit. Plus tard dans la journée, Philip la vit la relire, cette fois avec ses lunettes, puis la retourner pour examiner l'image, comme si elle avait espéré y découvrir une marque ou une croix tracées par Arnham pour indiquer l'endroit où il résidait ou une fenêtre d'où il avait une vue particulière. La semaine suivante, ce fut une lettre, pas un aérogramme mais plusieurs feuillets glissés dans une enveloppe « par avion ». Cette fois, Christine ne lut pas son courrier devant les siens, et encore moins à haute voix.

« Je crois que c'est lui qui a appelé l'autre soir, dit Fee à Philip. Tu sais, quand le téléphone a sonné à... oh ! il devait bien être onze heures et demie. Je me suis demandé : Qui peut nous appeler à une heure pareille ? Maman s'est levée d'un bond, comme si elle attendait le coup de fil. Mais après, elle est allée se coucher directement, sans dire un mot.

— Il devait être six heures et demie à Washington. Il avait fini son travail et il se préparait sans doute à sortir pour la soirée.

— Non, il est sûrement en Californie maintenant. J'ai vérifié : c'était le début de l'après-midi en Californie, il venait juste de déjeuner, il est resté des heures au téléphone, visiblement il se moquait du prix. »

Philip pensa, mais sans le dire, qu'Arnham mettait probablement le coût de ses communications avec Londres sur sa note de frais. Le fait qu'il ait eu tant de choses à dire à Christine était plus significatif.

« Tu sais que Darren et moi avons fixé notre mariage au mois de mai prochain, dit Fee, suppose que Maman et lui se fiancent à Noël : pourquoi on ne se marierait pas en même temps ? Je suis sûre que tu pourrais avoir la maison, Phil. Maman n'en voudra pas, on voit tout de suite qu'il est riche. Vous pourriez reprendre cette maison, Jenny et toi. Je veux dire, je suppose que tous les deux vous allez vous marier un jour, non ? »

Philip se contenta de sourire. L'idée d'occuper la maison était séduisante, il n'y avait jamais songé jusque-là. De lui-même, il ne l'aurait pas choisie, cette maison, mais c'était un endroit où vivre. C'était une réelle possibilité, il le voyait de plus en plus clairement. Il avait craint que leur invasion inopinée chez Arnham n'ait refroidi ses sentiments envers Christine ou ne l'ait incité à plus de réserve, mais apparemment il n'en était rien. Le courrier n'apporta plus de cartes postales et, s'il arriva des lettres, Philip n'en sut rien. Mais il y eut un autre appel nocturne et, quelques jours plus tard, Christine lui confia qu'elle avait eu une longue conversation téléphonique avec Arnham dans l'après-midi.

« Il est obligé de rester un peu plus longtemps que prévu. Il va aller à Chicago. » À en juger par son ton effarouché, on aurait pu croire qu'Arnham envisageait un voyage vers la planète Mars ou que le massacre de la Saint-Valentin était encore tout frais. « J'espère qu'il ne lui arrivera rien. »

Philip ne commit jamais l'indiscrétion de parler de la maison à Jenny. Il réussit à se contenir même le soir où, rentrant du cinéma, et passant par une rue inhabituelle, Jenny attira son attention sur un immeuble portant plusieurs pancartes À LOUER.

« Quand tu auras fini ton stage... »

C'était une bâtisse ennuyeuse et laide, vieille d'une soixantaine d'années, avec des motifs Arts déco dont le stuc s'écaillait au-dessus de l'entrée principale. Il fit non de la tête, fit allusion à « un loyer exorbitant ».

Elle lui serra plus fort le bras. « C'est à cause de Rebecca Neave ? »

Il lui lança un regard stupéfait. Un mois et plus s'était écoulé depuis la disparition de la jeune fille. Des théories étaient émises, des articles farcis de spéculations paraissaient de temps à autre dans les journaux, où leurs auteurs exposaient leur opinion sur le sort probable de la disparue. Il n'y avait aucun véritable élément nouveau, aucune piste vraiment solide. Elle avait disparu aussi complètement que si on l'avait rendue invisible et qu'elle se fût évaporée. Philip, qui détestait s'appesantir sur ce genre de choses, leur avait si hermétiquement fermé son esprit qu'un instant le nom ne lui dit rien. C'est avec un sentiment de gêne qu'il retrouva l'identité de la personne qui le portait.

« Rebecca Neave ?

— Eh bien oui, quoi, elle vivait ici ! dit Jenny.

— Je n'en avais aucune idée. »

Il devait avoir répondu d'un ton glacial car il s'aperçut au regard de Jenny qu'elle le croyait en train d'affecter un sentiment qu'il n'éprouvait pas réellement. Pourtant sa phobie était bien réelle et elle s'étendait parfois aux gens qui laissaient la violence leur accaparer l'esprit. Il ne voulait pas avoir l'air prétentieux ou bégueule. Il fit ce qu'elle attendait de lui, il leva les yeux vers le bâtiment, baignant dans la lumière poisseuse d'orangeade que déversaient sur lui des réverbères montés sur échasses. Pas une seule fenêtre n'était ouverte sur la façade. Les deux battants de la porte s'ouvrirent à la volée, une femme sortit à pas pressés et s'engouffra dans une voiture. Jenny n'aurait su dire exactement où se trouvait l'appartement de Rebecca mais elle pensait que c'étaient les deux dernières fenêtres à droite à l'étage supérieur.

« Je croyais que c'était pour ça que ça ne te plaisait pas.

– De toute façon, je n'aimerais pas habiter dans ce quartier perdu. » Il voulait dire : au nord de North Circular Road. Il songea à la surprise qu'il lui causerait en lui révélant qu'il allait obtenir une maison sans le moindre loyer à payer, mais quelque chose l'arrêta, une sorte de prudence intérieure le retint. Il n'en avait pas encore la certitude mais ce n'était plus qu'une question de semaines – et, d'ici là, il était capable de garder le secret.

« En tout cas, je devrais attendre d'avoir un vrai boulot », dit-il.

La dernière fois qu'Arnham avait appelé Christine, à sa connaissance, on était fin novembre. Il avait entendu sa mère, assez tard dans la soirée, parler à quelqu'un en l'appelant Gerry. Il s'attendait à voir rentrer Arnham peu de temps après – mais c'était Fee qui attendait le plus ce retour. Fee surveillait sa mère comme autrefois les mères surveillaient leurs filles, guettant un air d'excitation, un changement de physionomie. Mais ni elle ni son frère ne l'auraient questionnée. Christine ne leur posait jamais de questions sur leur vie privée. Fee la trouvait déprimée, mais ce n'était pas l'avis de Philip, elle lui paraissait exactement comme d'habitude.

Les fêtes de Noël arrivèrent et le stage de Philip prit fin. Il faisait désormais partie de l'équipe de Roseberry Lawn, « chef de projet » débutant au plus bas niveau et pour un salaire dont il était obligé d'abandonner un tiers à Christine. Lorsque Fee quitterait la maison, il lui faudrait même donner à

sa mère plus d'un tiers, il devait apprendre à accepter aussi
cette perspective. Christine, en toute discrétion, sans tapage,
avait commencé à gagner un peu d'argent en coiffant ses voisines chez elle. Si leur père vivait encore, pensait Philip, il
aurait empêché Cheryl de travailler comme caissière au supermarché Tesco. Il est vrai que ce travail ne dura pas longtemps.
Elle tint le coup trois semaines puis, au lieu d'essayer de
décrocher un nouvel emploi, elle se fit mettre au chômage
avec indifférence.

La carte postale avec vue de la Maison-Blanche trônait toujours sur la cheminée de la salle de séjour de Glenallan Close,
réunion de deux pièces, de deux vrais placards sans doute qui,
même ensemble, ne mesuraient pas plus de six mètres. Elle y
resta même lorsque les cartes de vœux eurent fait place nette.
Philip aurait aimé l'enlever et la jeter mais, non sans quelque
malaise, il sentait bien que Christine y tenait énormément. Un
jour, en la regardant de côté à la lumière du soleil, il vit que sa
surface glacée était couverte de traces de doigts – ceux de
Christine.

« Il n'est peut-être pas encore rentré, tout simplement, dit
Fee.

– On ne reste pas quatre mois en voyage d'affaires. »

Cheryl lança tout à trac : « Elle a essayé de l'appeler mais
impossible d'avoir son numéro. Elle me l'a raconté elle-
même, elle disait que son téléphone était en dérangement.

– Il se préparait à déménager, dit Philip lentement. Il nous
en a parlé, vous vous souvenez ? Il a changé d'adresse sans la
prévenir. »

Au travail, quand il ne visitait pas des clients actuels ou
futurs, il partageait son temps entre les salles d'exposition du
magasin de Brompton Road et les bureaux de la direction,
proches de Baker Street. Souvent, après avoir rangé sa voiture
ou en allant déjeuner, il se demandait s'il ne risquait pas de se
trouver nez à nez avec Arnham. Un moment, il espéra une
telle rencontre peut-être simplement parce que Arnham se
rappellerait probablement Christine en voyant son fils – mais
à mesure que l'espoir s'amenuisait, il se prit à la redouter. La
perspective d'une confrontation devenait embarrassante.

« Tu ne trouves pas que Maman a vieilli ? » lui demanda Fee. Christine était sortie promener Hardy. Sur la table, devant elle, Fee avait une pile de faire-part de mariage. Elle portait les adresses sur les enveloppes. « Elle a pris des années, tu ne trouves pas ? »

Il hocha la tête, incapable de trouver une réponse appropriée. Pourtant, six mois plus tôt, il n'aurait pas craint d'affirmer que leur mère paraissait plus jeune que jamais depuis la mort de Stephen Wardman. Il en avait conclu qu'elle était de ces femmes dont la beauté ne s'accordait qu'à la jeunesse – et le même sort attendait Fee, plus tard. Cette peau blanc et rose à la texture veloutée était la première à se faner. Comme des pétales de rose, elle semblait jaunir aux extrémités. Les yeux bleu clair perdaient leur éclat plus vite que les sombres. Les cheveux d'or se changeaient en paille, en cendres – surtout si l'on ne réservait pour soi-même aucun des décolorants que l'on employait pour ses clients. Fee n'en dit pas plus sur ce chapitre. Elle changea de sujet : « J'ai l'impression que tu as rompu avec Jenny – c'est vrai ? Je veux dire, j'allais lui demander d'être ma demoiselle d'honneur, mais pas si vous avez rompu...

– Ça m'en a tout l'air, dit-il. Oui, c'est vrai. Tu peux considérer que tout est fini. »

Il ne souhaitait pas lui donner d'explications. C'était une affaire sur laquelle, à ses yeux, il ne devait d'explications à personne. Pas besoin d'annonce formelle comme pour la fin d'une relation durable, la rupture d'un mariage ou même de fiançailles. En fait, on ne pouvait pas dire que Jenny avait fait pression sur lui pour se faire épouser. Ce n'était pas son genre. Mais ils sortaient ensemble depuis plus d'un an. Quoi de plus naturel si elle voulait qu'il vienne s'installer chez elle ou plutôt que tous deux trouvent un endroit pour vivre ensemble, comme le soir où elle lui avait montré l'immeuble de Rebecca Neave. Il était obligé de refuser, il ne pouvait quitter Christine, la laisser seule. Et, pour être franc, il n'avait pas les *moyens* de la quitter.

« Maman et toi à la fois, lâcha Fee dans un soupir. Encore heureux que Darren et moi nous soyons solides comme le roc. »

Cette comparaison ne convenait que trop bien au futur époux de Fee, pensa Philip. Même le visage – indéniablement séduisant – de Darren avait quelque chose de rocailleux. Il ne s'était pas donné beaucoup de peine pour imaginer les raisons que Fee pouvait avoir d'épouser ce garçon. Le sujet était de ceux qu'il préférait éviter. Il n'était pas impossible qu'elle eût fait n'importe quoi pour échapper aux responsabilités de Glenallan Close et à tout ce qu'elles impliquaient.

« Alors, je suppose qu'il faudra que je demande à Senta de remplacer Jenny, dit Fee. C'est une cousine de Darren et la mère de Darren veut que je la prenne comme demoiselle d'honneur, sinon elle croit qu'elle se vexera. Et puis il y aura Cheryl et Janice, et une autre cousine à lui, qui s'appelle Stéphanie. J'ai hâte que tu rencontres Stéphanie, c'est exactement ton type. »

Philip ne pensait pas avoir un « type ». Il était sorti avec des filles grandes ou petites, brunes ou blondes. Il avait bien du mal à suivre les ramifications de l'abondante parenté de Darren. Une foule de membres de sa famille s'étaient mariés deux ou trois fois, produisant chaque fois des enfants et collectionnant beaux-fils et belles-filles. Son père et sa mère avaient qui une ex-femme, qui un ex-mari. À côté d'eux, les Wardman avaient l'air plutôt clairsemés et esseulés. Le regard de Philip tomba sur la carte toujours posée sur la cheminée et, sans vraiment la relire, il se remémora la phrase d'Arnham disant qu'il avait « laissé Flore garder la maison » et il se la répéta inlassablement, jusqu'à la vider de son sens. Il commença également à remarquer l'espace vide, dans le jardin, là où Flore avait sa place autrefois.

Un jour, pendant la pause de midi, il découvrit l'immeuble où la société employant Arnham avait son siège. Il avait déjeuné d'un sandwich et d'un café dans un bar et, au retour, en s'écartant légèrement de son chemin habituel, il passa tout bonnement devant la porte de l'immeuble. Curieusement, il était sûr de rencontrer Arnham, sûr qu'Arnham, à cette heure-ci, rentrerait lui aussi de son déjeuner ; mais s'il ne le rencontra pas, il n'en fut pas loin, en un sens. Il vit sa voiture, la Jaguar, rangée sur un emplacement réservé, dans un petit parking jouxtant l'immeuble et destiné aux employés de la compagnie. Si on le lui avait demandé, Philip aurait juré qu'il avait oublié le numéro d'immatriculation de la voiture d'Arnham mais, en le voyant, il le reconnut aussitôt.

Sa mère était à la cuisine et coiffait une cliente. Philip songea que c'était l'un des aspects de sa vie à la maison qu'il aimait le moins : trouver en rentrant la cuisine transformée en salon de coiffure. Et il le savait toujours dès l'instant où il ouvrait la porte d'entrée. Le shampooing répandait dans l'atmosphère une puissante odeur d'amandes ou une autre, bien pire : si Christine avait fait une permanente, ce qui arrivait de temps en temps, cela sentait les œufs pourris. Il avait eu une discussion avec elle à ce sujet et lui avait suggéré d'utiliser plutôt la salle de bains. C'était possible, bien sûr, mais il aurait fallu chauffer la pièce. Et pourquoi se lancer dans des dépenses supplémentaires alors qu'à la cuisine il faisait toujours bon lorsque la cuisinière était allumée ?

En accrochant sa veste au portemanteau, il entendit une voix de femme : « Oh, Christine, vous m'avez coupé un bout d'oreille ! »

Elle n'était pas bonne coiffeuse, elle avait constamment ce genre de petits problèmes. Philip en faisait des cauchemars, lorsqu'il imaginait qu'une de ses clientes pouvait lui intenter un procès pour une brûlure au cuir chevelu, une chute de cheveux soudaine ou, comme ici, une oreille mutilée. Jusqu'à présent, personne ne l'avait fait. Elle demandait si peu, beaucoup moins que les salons de High Road. C'était pour cela qu'elles venaient chez elle, ces ménagères de Gladstone Park, ces vendeuses et ces secrétaires à mi-temps, aussi gênées et regardantes que Christine elle-même, toujours à l'affût, comme elle, d'une nouvelle économie de bout de chandelle. Mais en fait, si l'on comptait l'eau chaude, l'électricité, la cuisinière qui marchait plus souvent, sans parler de toutes ces mousses, ces gels et ces lotions hydratantes, il doutait que sa mère s'en tirât beaucoup mieux que si elle était restée ce qu'elle prétendait être récemment encore, une rentière.

Il leur donna cinq minutes. C'était assez pour que sa mère se fît à sa présence dans la maison. Fee était sortie, probablement passée chez Darren, mais Cheryl était là et occupait la salle de bains. Il entendit son transistor, puis le gargouillis de l'eau qui s'écoulait. Il ouvrit la porte de la cuisine en s'annonçant d'abord d'un raclement de gorge. Précaution inutile, car elles ne pouvaient l'entendre. Sa mère tenait le sèche-cheveux allumé. Le regard de Philip tomba immédiatement sur l'oreille de la cliente, dont le lobe était recouvert d'un tampon de coton ensanglanté.

« Je suis sûre que Mrs. Moorehead aimerait bien une tasse de thé », dit Christine.

Ce thé, avec la débauche de sucre qu'elle y mettrait et le cake qu'elle mangerait, était une source supplémentaire d'érosion des quatre livres cinquante que Christine touchait pour un shampooing, une coupe et un Brushing. Mais ces considérations étaient odieuses, et il était méprisable de s'y trouver réduit. À ce jeu, du reste, il ne valait pas mieux que sa mère et, s'il n'y prenait garde, il serait capable d'aller jusqu'à offrir à cette fichue bonne femme un verre de leur réserve de sherry patiemment accumulée. Il en aurait bien pris un lui-même mais il devait se contenter de thé.

« Ta journée a été bonne, mon chéri ? Qu'as-tu fait ? » Christine était affligée d'un certain manque de tact, elle avait l'art, avec les meilleures intentions, de dire ce qu'il ne fallait pas. « Quelle aubaine, pour deux vieilles femmes comme nous, d'avoir un homme pour nous faire la conversation, n'est-ce pas, Mrs. Moorehead ? Ça nous change agréablement. »

Il vit la cliente, décolorée, maquillée et se figurant toujours jeune, se raidir en pinçant les lèvres. Il se hâta de leur parler de la maison qu'il avait visitée ce jour-là, le projet de transformation d'une chambre à coucher en salle de bains, la combinaison, l'accord des tons. L'eau se mit à bouillir, la bouilloire à clapoter et à danser sur le feu. Il y glissa un sachet de thé supplémentaire, même si ce genre de gaspillage, il le savait, inquiétait Christine.

« Où était-ce, Philip ? Dans un quartier ravissant, je suis sûre ?

— Oh ! du côté de Chigwell, dit-il.

– Il s'agit d'une salle de bains d'appoint, n'est-ce pas, mon chou ? »

Il acquiesça, tendit sa tasse à la cliente et posa celle de Christine entre la bombe d'Elnett et une boîte de haricots en sauce.

« Ce n'est pas à nous que ça arriverait, hein, Mrs. Moorehead ? C'est au-delà de nos rêves les plus fous, je le crains. » Nouvelle crispation : le crâne de la Moorehead heurta l'embout du sèche-cheveux. « Pourtant, nous devons nous estimer heureux de ce que nous avons, je le sais, et Philip m'a promis de m'installer un jour ici une nouvelle salle de bains, vraiment luxueuse, celle-là, et un cran au-dessus de ce qu'on connaît dans cette rue. »

Mrs. Moorehead habitait probablement quelques maisons plus loin. Elle avait une expression excédée et agressive, mais c'était vraisemblablement son air habituel. Philip parla de salles de bains, d'embouteillages et du temps printanier. Mrs. Moorehead partit pour quelque réunion de Rotariens, précisant de façon assez superflue, pensa Philip, qu'elle s'en tiendrait strictement au prix convenu « parce qu'on ne donne pas de pourboire à la patronne ». Christine entreprit de ranger la cuisine, fourrant des serviettes humides dans la machine à laver. Il se douta qu'il y avait des pommes de terre en train de chauffer dans le four et comprit avec un serrement d'estomac qu'ils auraient une fois de plus l'en-cas favori de Christine, le contenu d'une boîte de haricots en sauce versé sur une pomme de terre en chaussette, fendue.

Cheryl entra, habillée pour sortir. Elle renifla, eut un frisson. « Je ne veux rien manger ce soir.

– J'espère que tu n'es pas en train de devenir anorexique », dit Christine d'un ton préoccupé. Elle se mit à dévisager sa fille d'une façon qui n'appartenait qu'à elle. On aurait dit qu'en tendant le cou et en approchant le visage à quelques centimètres de son interlocutrice elle espérait que des symptômes voilés par la distance se manifesteraient avec éclat. « Il va t'inviter à dîner ?

– Qui ça, " il " ? On est toute une bande à aller au bowling. »

Cheryl était nerveuse et extrêmement maigre, ses cheveux blonds et fins, marqués çà et là d'une touche de vert, se dressaient raides comme un goupillon. Elle portait un jean très moulant et un épais blouson de cuir noir. Si elle n'avait pas été sa sœur, s'il ne l'avait pas connue telle qu'elle était vraiment et qu'il l'eût rencontrée dans la rue, pensa Philip, il l'aurait prise pour une pute, une roulure. Elle était affreuse avec ce visage luisant de gel, ces lèvres presque noires, ces ongles à peu près aussi noirs que des carrés de cuir verni.

Elle se droguait, se dit-il, mais c'était une pensée qu'il refusait. En se demandant si elle prenait des drogues dures, il était presque pris de tremblements. Comment pouvait-elle se les payer ? Où trouvait-elle l'argent ? En quoi faisant ? Elle était sans emploi. Elle se tenait devant le plan de travail et il la suivait des yeux tandis qu'elle inspectait les flacons et les pots de Christine, en particulier un nouveau produit moussant pour « sculpter » la coiffure, où elle plongea un ongle noir qu'elle renifla consciencieusement. Si une chose au monde l'intéressait, c'étaient bien les cosmétiques, ce qu'elle appelait « le monde de la beauté ». Et pourtant elle refusait de s'inscrire à la formation d'esthéticienne que Fee lui avait suggérée. Elle portait à l'épaule un sac de cuir noir craquelé. Un jour, une semaine ou deux plus tôt, il avait vu ce sac renversé, ouvert et déversant des billets de banque, des billets de dix et vingt livres. Le lendemain, il s'était forcé à demander à Cheryl d'où cet argent lui venait et, au lieu de se mettre en colère ou de se défendre, elle s'était contentée d'ouvrir son sac, lui montrant qu'il était vide, à l'exception de son porte-monnaie, où elle avait cinquante pence en menue monnaie.

Philip fut tiré brutalement de sa rêverie par le claquement de la porte d'entrée, que Cheryl refermait derrière elle. Il entra au hasard dans la salle de séjour, tenant à la main la tasse de thé qu'il venait de remplir une seconde fois. Dans cette pièce, d'ordinaire, il ne prêtait aucune attention particulière aux meubles mais, ce soir, il remarqua leur présence. Ils furent rappelés à son souvenir, en quelque sorte, par le retour de son esprit vers le passé, par le choc d'une nouvelle rencontre avec le monde où vivait Arnham. Ils étaient trop beaux pour la pièce qui les contenait, à l'exception, du moins, du téléviseur de location. Christine avait été contrainte de vendre la maison avec l'essentiel du mobilier mais elle avait gardé les meubles de la salle de séjour, le canapé et les fauteuils de cuir, la table de salle à manger, les chaises d'acajou et trois ou quatre pièces anciennes. Ici, tout cet ameublement avait l'air incongru, surdimensionné, et contrastait bizarrement avec les carreaux de la cheminée 1930, dont la forme et la couleur évoquaient des biscuits, avec les portes planes, sans panneaux, les appliques murales aux petits carrés de verre teinté rose. Couché en rond sur le fauteuil qui lui était en principe interdit, Hardy dormait profondément.

En découvrant la voiture d'Arnham, Philip avait enfin été obligé d'affronter ce qu'il avait évité, jusque-là, de regarder en face. Arnham était rentré, très probablement depuis des mois. Il avait déménagé sans donner à Christine son nouveau numéro de téléphone. Il l'avait larguée – ou plutôt « plaquée », comme auraient dit Christine et les gens de sa génération. Les jours allongeaient et, le soir, on voyait très bien, de la porte-fenêtre, la vasque et la dalle de ciment qui servait auparavant de socle à Flore. Debout devant la fenêtre, Philip se rappelait l'enthousiasme de Christine à l'idée d'aller offrir la statue à Arnham.

Christine entra dans la pièce, portant les assiettes de pommes de terre aux haricots. Elle avait trop rempli les verres et de l'eau s'était renversée sur le plateau. Il se hâta de le lui prendre des mains. Sa mère faisait de son mieux. Seulement – accusation terrible ! – il n'était rien qu'elle sût bien faire, hors du domaine affectif. Elle savait aimer un homme et donner à des enfants un sentiment de sécurité et de bonheur. Pour ce rôle-là, elle avait un don naturel. Ce n'était pas sa faute si elle coûtait cher à entretenir, si elle gaspillait, si elle était de ces gens qui vous reviennent plus cher en gagnant leur vie qu'en ne faisant rien.

Ils allumèrent la télévision. Pendant un moment, cela les dispensa de parler. Il n'était encore que sept heures. Philip regardait sans la voir une danseuse en lamé et truc en plumes qui cabriolait à l'écran. Du coin de l'œil, il nota que Christine, le plateau en équilibre sur les genoux, avait furtivement rouvert son numéro de *Mariées* et jetait un regard concupiscent sur les risibles photos de filles en crinoline de satin blanc. Fee elle-même n'en demandait pas tant, elle s'était résignée à une robe faite maison et à ce que les traiteurs appelaient un « buffet campagnard ». Ils se partageraient les frais, et encore... Mais Christine, elle, continuait à rêver d'une robe de mariée de mille livres, d'un dîner assis et d'une soirée dans une discothèque.

Elle le regarda. Il s'aperçut soudain qu'en vingt-deux ans de vie il ne se souvenait pas de l'avoir jamais vue en colère. Et lorsqu'elle s'attendait à affronter la colère d'autrui, son visage prenait – comme en ce moment – une expression particulière, les yeux agrandis de crainte, les lèvres entrouvertes dans l'esquisse d'un sourire d'espoir et d'apaisement. « Est-ce bien utile de laisser cette carte plus longtemps sur la cheminée ? » demanda-t-il. C'était une façon détournée de poser une question qu'il n'osait pas formuler et dont, en fait, il connaissait déjà la réponse.

Christine piqua un fard et détourna les yeux. « Tu peux l'enlever, si tu veux. »

Lui aurait-elle donné cette preuve naïve, mais terrible, de la persistance de son espoir si Fee n'était pas entrée à ce moment-là ? Quoi qu'il en soit, Fee arriva : elle fit irruption comme une trombe, claquant derrière elle la porte d'entrée, puis celle du living. Elle jeta un coup d'œil aux deux plateaux, augmenta le son de la télévision, puis éteignit le poste, avant de se jeter dans un fauteuil, bras pendants par-dessus les accoudoirs.

« Tu as mangé quelque chose, ma chérie ? » demanda Christine.

Si Fee avait répondu non et s'était enquise du dîner, Christine eût été bien en peine de produire même un simple sandwich. Mais elle avait posé la question par routine et Fee, comme presque toujours, avait répondu d'un geste impatient de la tête.

« Je n'arrive pas à comprendre pourquoi les gens ne tiennent pas leurs promesses. Pourquoi ne font-ils pas ce

qu'ils ont promis ? Vous n'allez pas me croire, mais Stéphanie
n'a même pas encore commencé sa robe, et elle devait faire
également celle de Senta.

– Senta ne peut pas faire sa robe elle-même ? demanda Philip, dissimulant le peu d'intérêt qu'il éprouvait pour les activités des demoiselles d'honneur de sa sœur.

– Si tu connaissais Senta, tu ne poserais pas la question. En
fait, l'idée que Senta puisse coudre quoi que ce soit est plutôt
cocasse.

– C'est la fameuse cousine de Darren, n'est-ce pas ? »

Fee acquiesça de la tête, d'une façon qui vous donnait à
penser que vos questions l'irritaient. Puis elle se mit à sourire
en fronçant le nez et lança à Philip un regard de complicité,
comme celui qu'échangent deux conspirateurs. Il comprit
soudain à quel point il redoutait le moment où elle quitterait
cette maison. Trois semaines seulement les séparaient du
mariage et, dès lors, elle partirait pour ne plus revenir. Cheryl
n'était d'aucun secours, elle n'était jamais là. Il se retrouverait
seul pour assumer la responsabilité de Christine et comment
pouvait-il être sûr que cet état de choses ne se prolongerait pas
indéfiniment, qu'il serait libre un jour ?

Il ne cessait de revoir en pensée la voiture d'Arnham, rangée au pied de ce mur aveugle et couvert de lierre. Peut-être, à
l'exemple de Christine, avait-il cru ou s'était-il persuadé
qu'Arnham n'était pas revenu, que son séjour aux États-Unis
s'était inexplicablement prolongé. Ou qu'il était malade.
Malade, hospitalisé quelque part depuis des mois et impossible à joindre. Ou même qu'il était mort. Il se leva brusquement de son fauteuil et annonça qu'il allait sortir Hardy, lui
faire faire une promenade un peu plus longue que le rituel tour
du pâté de maisons de chaque soir. Il proposa à Fee de
l'accompagner. C'était une belle et douce soirée, chaude
même, pour un mois d'avril.

Ils marchaient sur le trottoir, entre les carrés d'herbe plantés
d'arbustes en bourgeons et les clôtures des jardinets. La zone
pavillonnaire avec ses rues en damier s'étendait sur huit cents
mètres dans chaque sens avant de se fondre dans les quartiers

d'époque victorienne. À l'un des carrefours, pendant que Hardy flairait avec circonspection les montants d'un portail et, les ayant ainsi explorés, levait cérémonieusement la patte contre eux, Philip se mit à parler d'Arnham : il avait vu sa voiture l'autre jour, et savait désormais qu'Arnham avait tout simplement laissé tomber Christine. Il n'éprouvait plus rien pour elle. La réaction de Fee le surprit : « Vraiment, il devrait rendre Flore, dit-elle.

– Flore ?

– Mais oui, tu ne trouves pas ? C'est comme de rendre une bague de fiançailles après une rupture ou de renvoyer des lettres. » Fee était une lectrice passionnée de romans à l'eau de rose. Elle en aurait besoin en vivant avec Darren, pensait parfois Philip. « Flore a de la valeur, ce n'est pas un lutin de jardin en plastique. S'il ne veut pas revoir Maman, rien ne l'empêche de la renvoyer. »

L'idée parut ridicule à Philip. Avant tout, il regrettait que Christine ait été aussi impulsive et ait décidé d'offrir à Arnham ce cadeau incongru. Ils traversèrent la rue, le chien restant docilement à leur côté jusqu'au moment où ils atteignirent le trottoir opposé ; là, il se mit à courir devant eux mais avec dignité, manifestant sa joie par un constant frétillement de la queue. Philip songeait à l'étrangeté des différences de point de vue entre les gens, même entre un frère et une sœur aussi proches l'un de l'autre qu'ils l'étaient. Pour lui, la faute d'Arnham était d'avoir encouragé les sentiments de Christine pour la délaisser ensuite. C'est alors que Fee le surprit en lui montrant à quel point, en fait, leur vision des choses s'accordait. Et en même temps elle le choqua.

« Elle croyait qu'il allait l'épouser, elle l'a cru très longtemps, dit Fee. Et tu sais pourquoi ? Non, sans doute, mais tu connais Maman, tu sais qu'elle est un peu bizarre, comme un enfant parfois. Oh ! et puis après tout, je peux bien te le dire. En un sens, Maman s'est confiée à moi mais elle ne m'a pas interdit de te le raconter.

– De me raconter quoi ?

– Tu ne lui diras pas que je t'en ai parlé, hein ? Je veux dire, je pense qu'elle s'est confiée à moi parce que je suis sa fille.

Un fils, ce n'est pas tout à fait pareil, tu comprends ? Elle me l'a sorti comme ça, sans crier gare. Pour m'expliquer pourquoi elle était sûre qu'il allait l'épouser. » Fee se retourna vers lui, le regarda bien en face. Ses yeux avaient une expression presque tragique. « Je veux dire, une autre femme n'aurait pas tiré les mêmes conclusions ou aurait justement pensé le contraire, surtout une femme de son âge, mais tu connais Maman. »

Philip n'avait pas besoin d'en entendre plus. Il sentit une rougeur lui monter au cou, lui couvrir le visage. Il avait les joues en feu et il leva une main froide pour toucher sa peau brûlante. Si Fee s'en aperçut, elle ne le montra pas.

« La fois où il est venu chez nous et où elle lui a fait à dîner, ou acheté quelque chose chez le traiteur, je ne sais plus, pendant que nous étions tous sortis quelque part, eh bien, ce soir-là, il a, euh, ils ont couché ensemble, enfin, fait l'amour, si tu préfères. Dans la chambre de Maman. Imagine que l'un d'entre nous soit rentré à ce moment-là. Ç'aurait été terriblement gênant. »

Il enfonça les mains dans ses poches et continua à marcher en baissant les yeux. « J'aurais préféré que tu ne me dises rien. » L'agitation qui bouillonnait en lui l'effrayait. On aurait dit qu'il était jaloux, autant que furieux. « Pourquoi te l'a-t-elle raconté ? »

Fee lui avait pris le bras. Il ne répondit pas à son geste par une pression, soudain tout contact physique lui répugnait. Le chien courait devant eux. C'était ce moment du crépuscule où, brièvement, toutes choses apparaissent claires et distinctes, mais nimbées d'une lumière surnaturelle, pâle et glacée.

« Je ne sais vraiment plus. Je crois que c'était à propos de Senta. Sa mère a dix ans de plus que Maman mais elle n'arrête pas d'avoir des liaisons. Elle a un nouvel amant, m'a dit Darren, qui n'a même pas trente ans ; je l'ai raconté à Maman, et c'est là qu'elle a lâché, tout à trac : " J'ai eu une liaison avec Gérard. Enfin, juste une fois. " Tu connais sa façon d'employer les expressions un peu mal à propos. " Nous avons eu une liaison le soir où il est passé me voir avec une bouteille de vin et où il a dit que Flore lui plaisait. " »

Philip ne répondit pas. Fee haussa les épaules. Il sentit le mouvement qu'elle faisait, mais évita de la regarder. Sans avoir échangé une parole, ils eurent au même moment l'idée de faire demi-tour. Fee appela Hardy et lui mit sa laisse. Au bout d'un moment, elle se mit à parler de son mariage, des dispositions à prendre pour la cérémonie religieuse, de l'heure à laquelle les diverses voitures devraient passer à la maison. Philip se sentait l'esprit troublé, il était furieux et, sans comprendre pourquoi, terriblement bouleversé. Lorsqu'ils rentrèrent, il était persuadé de ne pouvoir affronter une nouvelle entrevue avec Christine ce soir-là et il monta directement à sa chambre.

3

La pièce n'offrait pas beaucoup de place pour dormir mais elle ferait une salle de bains spacieuse. Ce n'était pas à lui de demander quelles raisons poussaient Mrs. Ripple à sacrifier sa troisième chambre à coucher pour avoir une seconde salle de bains, mais il avait tendance à se poser des questions devant ce genre de choix. Ces derniers temps, Philip était bien souvent chez des inconnus et il se prenait à spéculer sur toutes sortes de bizarreries et d'incongruités. Pourquoi, par exemple, gardait-elle une paire de jumelles dans cette pièce, sur l'appui de fenêtre ? Pour observer les oiseaux ? Pour surveiller le comportement des voisins ?

La coiffeuse était très basse et n'avait pas de tabouret. Pour se coiffer ou se maquiller devant le miroir, une femme aurait été obligée de s'asseoir par terre. La petite bibliothèque ne contenait que des livres de cuisine. Pourquoi ne les rangeait-elle pas à la cuisine ? Il sortit de sa poche son mètre-ruban et commença à prendre les mesures de la pièce. Quatre mètres cinquante sur trois mètres quinze, et deux mètres cinquante-deux sous plafond. Il ne dessinerait pas les éléments lui-même, il n'était pas encore assez avancé dans sa spécialité. En tout cas, le projet n'aurait rien d'inspiré ni d'ambitieux. Elle avait choisi une baignoire et un lavabo champagne, une coiffeuse à dessus de marbre noir et des carreaux blanc laiteux à motif floral noir et or.

La fenêtre devait recevoir un double vitrage. Il prit ses mesures avec un soin minutieux. Roy voulait connaître longueurs et largeurs au millimètre près. Ayant noté les dimensions de sa petite écriture soignée dans le calepin de Roseberry Lawn Interiors, Philip s'appuya au rebord de la fenêtre et regarda au-dehors.

Un parterre de jardins s'étendait au-dessous de lui, tous de même taille, chacun séparé de ses voisins par une clôture couverte d'un treillis. C'était le plus beau moment de l'année, les arbustes d'agrément avaient leurs nouvelles feuilles et beaucoup d'entre eux étaient en fleurs, roses ou blanches. Les tulipes fleurissaient. C'était l'une des rares fleurs que Philip sût identifier. Les choses veloutées, marron et or, qui emplissaient le fond de la parcelle de Mrs. Ripple étaient peut-être des giroflées, pensa-t-il. Au-delà des jardins opposés à ceux de ce côté, il y avait une rangée de maisons qui lui présentaient leur façade arrière. Sans aucun doute, au départ, elles étaient toutes identiques, mais des adjonctions variées – un grenier transformé en chambre à coucher, une véranda ajoutée, un garage supplémentaire – les différenciaient à présent, donnaient à chacune sa personnalité propre. Une seule semblait être demeurée en l'état prévu par son constructeur, mais elle avait le plus beau jardin, avec une aubépine rose au milieu du terrain, là où le gazon était interrompu par une rocaille. Elle était couverte d'un tapis de plantes alpestres jaune et pourpre.

Plus ou moins abritée sous les branches de l'arbre aux boutons roses, une petite statue de marbre dominait cette cascade de fleurs. À cette distance, Philip ne la voyait pas très bien, mais quelque chose, dans son attitude, lui paraissait familier, l'angle formé par le visage légèrement levé, la main droite tendue qui tenait un bouquet de fleurs, les pieds qui, bien que plantés solidement dans le sol, semblaient danser.

Il mourait d'envie de regarder la statue de plus près. Il

s'aperçut soudain qu'il en avait la possibilité. Les jumelles étaient ici, sur le rebord de la fenêtre. Il les sortit de leur étui et les porta à ses yeux. Il lui fallut les régler un moment avant de voir distinctement – et tout à coup, la vision qu'elles lui donnèrent le stupéfia. C'étaient d'excellentes jumelles, il voyait la petite statue avec autant de netteté qu'à un mètre de distance. Il voyait ses yeux, sa jolie bouche et les crans de ses cheveux, les mailles en diagonale de la résille qui les enserrait, la courbe en amande de ses ongles et les détails des fleurs, leurs étamines et leurs pétales dans la gerbe qu'elle portait.

Et il voyait aussi la tache verte qui, partant du côté de son cou, s'étendait jusqu'à l'endroit où la robe couvrait les seins, et le minuscule éclat qui manquait au lobe de son oreille gauche. C'est lui qui avait ainsi ébréché l'oreille, quand il avait dix ans : la pierre qu'il avait lancée avec sa fronde avait frôlé la tête de la statue. Son père s'était mis en colère, il avait confisqué la fronde et supprimé son argent de poche pendant trois semaines. C'était Flore. Non pas une imitation ou une copie, mais Flore elle-même. Comme Fee l'avait fait remarquer, ce n'était pas un de ces moulages de plâtre produits en grande série que l'on trouvait par douzaines dans n'importe quel supermarché du jardinage au bord d'une bretelle d'autoroute. Elle était unique. Assez bizarrement, il se rappela soudain ce que Cheryl en avait dit en parlant à Arnham de leur père. C'était la Flore Farnèse, traditionnellement associée à l'aubépine.

Philip remit les jumelles dans leur étui, rangea son mètre-ruban et son carnet de notes et descendit au rez-de-chaussée. Il y avait des clients que l'on était obligé de chercher, en toussant ou en frappant aux portes pour les appeler. Mrs. Ripple n'entrait pas dans cette catégorie, elle était sur le qui-vive, alerte, ses petits yeux de lynx voyaient tout. C'était une femme mûre, douée de beaucoup de caractère et d'énergie, la langue bien pendue et l'esprit, pensait-il, porté à la critique. Son visage à la peau luisante avait un air de contrariété et la masse de ses cheveux noirs était parcourue de filaments gris comme des fusibles.

« Je reprendrai contact avec vous quand les plans seront terminés, lui dit-il, et vous me reverrez au début des travaux. »

C'était le genre de phrases types qu'on leur avait appris à employer avec les clients chez Roseberry Lawn. Philip n'avait jamais entendu un être humain émettre un véritable grognement, mais c'est à peu près le son que produisit Mrs. Ripple. « Et ce sera pour quand ? dit-elle. L'année prochaine ? »

Ils avaient pris du retard dans l'envoi de leurs catalogues : Roy l'en avait prévenu, ajoutant qu'à son avis la cliente n'était pas du genre à l'oublier. Avec le sourire le plus radieux dont il fût capable, Philip assura Mrs. Ripple qu'elle n'attendrait pas plus de quatre semaines, au maximum. Elle ne répondit pas et lui laissa le soin d'ouvrir la porte d'entrée et de la refermer derrière lui. Philip monta en voiture, une Opel Kadett bleue, vieille de trois mois, et il se dit une fois de plus que c'était la seule jolie chose qu'il possédait – alors qu'en fait il ne la possédait pas, elle appartenait à Roseberry Lawn.

Au lieu de reprendre le chemin par où il était venu, il tourna dans la première rue à gauche, puis une seconde fois à gauche. Cela l'amena dans la rue où devait se trouver la rangée de maisons dont l'arrière donnait sur le terrain de Mrs. Ripple. Vues de ce côté-ci, elles apparaissaient très différentes. Il n'avait pas exactement repéré l'emplacement de la maison à la statue, mais il savait que ce devait être la quatrième ou la cinquième à partir de l'immeuble au toit de tuiles vernissées vertes. C'était aussi la seule à n'avoir pas subi de transformations. Et la voilà, elle devait être là, entre la maison à la fenêtre mansardée et la maison aux deux garages. Philip la dépassa en roulant au pas. Il était plus de cinq heures, sa journée était finie, il ne gaspillait donc pas le temps de la société, ce qu'il évitait toujours scrupuleusement.

Au bout de la rue, à un carrefour en T, il fit demi-tour. Arrivé à la hauteur de la maison, il rangea la voiture le long du trottoir opposé et arrêta le moteur. Le jardinet de devant était exigu, avec un parterre de rosiers dont les fleurs n'étaient pas encore écloses. Un perron de trois marches menait à une de ces portes de style géorgien, surmontée d'une imposte vitrée en demi-cercle rayonné. Un des « traits distinctifs » (Philip était sûr que c'était l'expression consacrée) de la maison était un petit œil-de-bœuf en vitrail, situé un peu plus haut que la porte d'entrée.

Par l'un des panneaux de verre transparent de cet œil-de-bœuf, un carreau en losange inclus dans le motif héraldique prétentieux que formait le vitrail, on apercevait le visage d'une femme qui regardait au-dehors. Elle ne regardait pas du côté de Philip, d'ailleurs dissimulé dans sa voiture. Elle quitta la fenêtre et il était sur le point de démarrer lorsque le visage de la femme apparut, ainsi que son buste, à une fenêtre à petits carreaux qui s'ouvrit.

Selon les critères de Philip, ce n'était pas vraiment une jeune femme mais il voyait bien qu'elle n'était pas vieille. Le soleil de l'après-midi éclairait en plein son visage, qui ne manquait pas de beauté dans un genre effronté et agressif, avec une masse de cheveux noirs crêpelés qui bouffaient au-dessus d'un large front blanc. Elle était assez loin de lui mais il vit un rayon de soleil s'enflammer et étinceler à un diamant qu'elle portait à la main gauche, et ce détail lui apprit qu'elle était la femme de Gérard Arnham. Arnham s'était marié et voilà la personne qu'il avait épousée. Philip sentit la colère monter en lui en bouillonnant, comme le sang afflue par une coupure profonde. Et de même qu'on n'arrête pas immédiatement le sang, il était incapable de contrôler sa rage, il n'avait pas de robinet d'eau froide pour la calmer et il jurait en silence dans la voiture fermée.

La colère faisait trembler ses mains sur le volant. Il regrettait d'être venu jusqu'ici, de n'être pas reparti directement de chez Mrs. Ripple, en passant par Hainault et Barkingside. Si les événements avaient suivi un autre cours, sa mère aurait pu vivre ici, c'est elle qui aurait observé la rue à travers cet écu de vitrail, ouvert cette fenêtre pour sentir le soleil.

Il évitait de rencontrer le regard de Christine. Il se sentait mal à l'aise dès qu'il était seul avec elle. Parfois, il avait toutes les peines du monde à former les mots d'une phrase banale, de pure routine, une remarque sur le chien ou telle ou telle note à payer. C'était la première fois qu'il sentait une préoccupation mentale devenir obsessionnelle. Dans le passé, il y avait eu le chagrin causé par la mort de son père. Il s'était fait un peu de souci pour ses examens, il avait connu l'incertitude lorsqu'il attendait son admission au cycle de formation de Roseberry Lawn. Autre cause d'anxiété, ses doutes sur l'obtention d'un emploi permanent à l'issue de sa formation. Mais aucune de ces atteintes temporaires à son équilibre n'avait submergé ses pensées à l'état de veille comme le faisait cette révélation. Il en était également effrayé, car il ne comprenait pas ce qui lui arrivait.

Pourquoi lui importait-il à ce point que sa mère ait couché avec un homme ? Elle l'avait fait avec son père. Si elle avait épousé Arnham, ils auraient couché ensemble. Pourquoi fallait-il qu'il y pense à ce point, qu'il se torture en évoquant des images de leur intimité, qu'il se répète sans cesse les paroles de Fee, ses horribles révélations ? La carte postale trônait toujours sur la cheminée, il n'avait jamais mis à exécution sa menace de la jeter, et c'était toujours la première chose qu'il voyait en entrant dans la pièce. On aurait dit qu'au lieu d'un petit morceau de carton portant une photographie c'était devenu une énorme peinture à l'huile aux couleurs violentes, représentant quelque scène de sadisme ou de perversion sexuelle ; le genre d'image que l'on voudrait éviter de regarder mais qui aimante vos yeux et les tire littéralement hors de leurs orbites.

En un sens, leurs rôles avaient été inversés. Il était devenu son père et elle, son enfant. Il était le père qui cherche à se venger du séducteur de sa fille ou veut l'obliger à l'épouser. Un sentiment de pitié l'étreignait lorsqu'il la regardait, assise en silence et cousant sans relâche la robe de demoiselle d'honneur de Cheryl. Si, le jour où ils avaient emporté Flore, elle était allée seule chez Arnham, serait-elle aujourd'hui Mrs. Arnham ? Philip ne pouvait s'empêcher de penser que leur débarquement en force, cet après-midi d'automne, alors que Christine était attendue seule, avait joué un rôle décisif dans les projets d'Arnham. L'autre femme, celle aux cheveux noirs et au diamant, était peut-être elle aussi sur les rangs à ce moment-là et il l'avait choisie parce qu'elle n'était pas nantie d'une nuée d'enfants et d'une statue de marbre.

Elle lui demanda la permission d'allumer la télévision. Question rituelle. Il essaya de se rappeler si elle en faisait autant du vivant de son père ; il pensait que non. L'un des sujets du journal de neuf heures concernait Rebecca Neave : quelqu'un l'avait vue en Espagne. Sa disparition remontait désormais à près de huit mois, mais les journaux et la télévision rappelaient de temps en temps son existence. Un homme, qui paraissait responsable et sincère, prétendait l'avoir vue, toujours en jogging vert, dans une station balnéaire de la Costa del Sol. C'était un endroit où, au dire de ses parents, Rebecca avait passé par deux fois ses vacances. L'homme était probablement le jouet de son imagination, pensa Philip, ou alors c'était un de ces individus prêts à dire ou à faire n'importe quoi pour qu'on parle d'eux.

Il n'avait pas l'intention de retourner chez Mrs. Ripple, Chigwell était devenu – il le sentait avec acuité – un coin de la banlieue londonienne qu'il serait heureux de ne plus jamais revoir. Mais vers le milieu de la semaine précédant le mariage de Fee, Roy, qui s'occupait de faire les plans de la nouvelle salle de bains, vint lui soumettre un problème concernant le carrelage. Il avait besoin de l'autorisation de Mrs. Ripple pour opérer certaines modifications qu'il suggérait, ainsi que de nouvelles mesures, notamment les distances entre l'encadrement des portes ou des fenêtres et les angles de la pièce. Philip répondit tout de go qu'il pouvait faire une estimation très sûre de ces dimensions et qu'il suffisait de téléphoner à la propriétaire pour avoir son consentement.

« C'est le genre de réponse que j'attendrais de certains autres nouveaux dans le métier, dit Roy, mais pas de vous. » Ses prunelles noires au regard dur flottaient derrière d'épaisses lunettes. Quand il ne débitait pas des plaisanteries cyniques et sans esprit, Roy parlait comme un dépliant publicitaire. « C'est la conscience professionnelle et l'attention portée aux plus petits détails qui ont établi la réputation flatteuse dont jouit Roseberry Lawn. »

Philip comprit qu'il n'y avait pas moyen d'échapper à une visite à Chigwell, mais il se fit la leçon : rien ne l'obligeait à passer par la rue où habitait Arnham, ni même, d'ailleurs, à jeter un second coup d'œil à Flore en se servant des jumelles de Mrs. Ripple. Lorsqu'il avait quitté la maison, la première cliente de Christine était déjà arrivée – une femme qui voulait avoir des mèches cuivrées. Pour une fois, Philip se félicitait que sa mère n'exerce pas son art dans la salle de bains. La connaissant, il savait qu'en rentrant il trouverait le sol de la cuisine couvert d'éclaboussures orange.

« Je veux gagner assez pour payer moi-même les fleurs de Fee », chuchota Christine en l'accompagnant à la porte d'entrée. Elle enfila les gants de caoutchouc destinés à protéger ses mains des taches, en prévision de samedi prochain, et l'ongle de son pouce gauche creva la fine membrane.

Souvent les clients de Roseberry Lawn se comportaient comme si, en passant chez eux, les employés de la compagnie qu'ils avaient eux-mêmes chargée de rénover leur logis portaient une atteinte grossière à leur vie privée. Philip avait entendu parler d'un propriétaire qui avait fermé au ruban adhésif les portes de la cuisine où l'on faisait des travaux, obligeant ainsi les installateurs à entrer et à sortir par la fenêtre. Il était courant de se voir interdire l'usage des toilettes ou du téléphone. Mrs. Ripple, avertie de sa venue – mais pas par lui – ouvrit la porte d'entrée avec empressement. On aurait pu croire qu'elle avait attendu juste derrière elle. Il avait à peine posé un pied dans le vestibule qu'elle l'apostropha avec véhémence : « De quel droit vous figurez-vous que vous pouvez prendre les jumelles de mon mari ? »

Un instant, Philip resta abasourdi. Les avait-elle examinées pour relever des empreintes ? Un voisin l'avait-il surpris ?

« Pris sur le fait, hein ? ajouta-t-elle. Ni vu ni connu, voilà ce que vous pensiez, pas vrai ? »

Philip présenta des excuses. Que pouvait-il dire d'autre ? « Je parie que vous vous demandez comment j'ai fait pour vous pincer. »

Le ton n'avait rien de malicieux, les épais sourcils bruns de Mrs. Ripple se froncèrent – on aurait dit la rencontre de deux chenilles velues – mais Philip risqua néanmoins un sourire.

« Je les pose sur l'appui de fenêtre toujours de la même façon, dit-elle, dans l'angle, avec le long côté dans le sens du mur. » Les chenilles s'écartèrent et firent un bond vers le haut du front. « J'ai mes raisons pour le faire et je n'ai pas à vous les donner. Mais c'est ce qui vous a trahi. Elles n'étaient plus dans l'alignement.

— Je n'y toucherai plus, promit Philip en se dirigeant vers l'escalier.

— Vous n'en aurez pas l'occasion. »

Elle avait enlevé les jumelles. Philip sortit plutôt secoué de cette confrontation. Comme la plupart des gens, la folie l'effrayait, même dans ses manifestations bénignes. Soupçonnait-elle son mari de se servir des jumelles pour épier des femmes en train de se déshabiller, par exemple ? Mais dans ce cas, quel profit retirait-elle de voir ses soupçons régulièrement confirmés ? Du moins, on l'avait délivré d'une tentation. Sans les jumelles, il ne pourrait examiner Flore.

Ses estimations des mesures étaient si précises qu'il se trouva conforté dans son sentiment de perdre son temps ici. Mais, privé de l'usage des jumelles, il se sentait envahi d'un désir têtu de regarder Flore une fois de plus. Il ouvrit la fenêtre et se pencha au-dehors. L'aubépine s'était épanouie et avait répandu la plupart de ses fleurs. Les pétales tombés rosissaient le gazon et les dalles de pierre, la rocaille pourpre en était aspergée et comme couverte d'un voile rosé. Flore avait des pétales sur les épaules et sur son bras tendu, et les fleurs qu'elle tenait n'étaient plus de pierre, c'était une gerbe d'aubépines.

Mais elle lui semblait très éloignée. La distance effaçait ses traits et les détails de la sculpture. Il recula et se demanda, en fermant la fenêtre, si Mrs. Ripple avait tendu un cheveu en travers de la poignée. Elle monterait peut-être après son départ et répandrait de la poudre à empreintes sur le châssis de la fenêtre. Et alors, malheur à lui quand il viendrait inspecter les travaux en cours, tâche qui risquait en effet de lui incomber.

Elle l'attendait au pied de l'escalier. Elle ne lui dit rien et ce silence, associé à un regard foudroyant, eut pour effet de le faire parler avec un enjouement nerveux.

« Eh bien, merci beaucoup, Mrs. Ripple. Voilà, c'est fini. Nous reprendrons contact avec vous en temps voulu. Nous vous tiendrons au courant de l'avancement des opérations. »

Il passa devant elle, la faisant sortir de son champ visuel mais continua à sentir son regard posé sur lui. Il était à mi-chemin de l'allée du jardin lorsqu'il vit Arnham passer en voiture. Pas la Jaguar mais une seconde voiture – il avait apparemment une seconde voiture. Ou plutôt, la Jaguar était sans doute une voiture de société, de même que l'Opel Kadett appartenait à Roseberry Lawn. La femme assise à la place du passager, du côté le plus proche de lui, était celle qu'il avait vue à la fenêtre. C'était une journée assez chaude et elle avait baissé sa vitre. Son bras reposait sur le rebord. Sa main portait la bague de diamant et elle avait au poignet une montre ornée de diamants. D'Arnham, il ne voyait que la silhouette sombre et massive.

Ils allaient dans la direction opposée à leur maison. C'est cette particularité qui emporta la décision de Philip – si du moins l'on pouvait parler d'une décision raisonnée, si son esprit y avait la moindre part. La Kadett semblait même se conduire toute seule. Il retrouva suffisamment de prudence et de bon sens pour garer la voiture un peu plus loin dans la rue.

Personne aux alentours. Il n'y avait jamais personne, l'après-midi, dans les banlieues. Philip se rappelait une remarque de son père : quand celui-ci était enfant, il y avait du monde dans les rues comme celle-là, pas mal de monde, des piétons, car il y avait peu de voitures. Ces maisons auraient aussi bien pu être inhabitées, avec leurs garages fermés, leurs jardinets déserts. Tout le long de la rue, le vert du feuillage et de l'herbe, la blancheur des constructions, étaient tachetés du jaune pur et éclatant des cytises en pleine fleur. Le soleil inondait de sa lumière l'immobilité et le silence.

Philip pénétra dans le jardin d'Arnham par la grille de la sortie de voiture et se dirigea vers le portillon de bois qui donnait visiblement accès à un passage situé entre le garage et la maison. S'il avait été fermé à clé, c'eût été la fin de l'entreprise mais il n'était pas fermé. Une fois de l'autre côté, dans une sorte de boyau entre deux murs de brique, il s'aperçut qu'il n'avait rien pour porter ou envelopper la statue. Et il savait que s'il revenait à la voiture pour y chercher un accessoire approprié il ne reviendrait pas, il renoncerait et s'en irait.

Au bout du passage, il y avait une courette ou un terre-plein formé de plaques de ciment. Un coffre à charbon des plus ordinaires d'un côté, deux poubelles de l'autre. Arnham avait troqué sa maison de Buckhurst Hill pour une résidence nettement inférieure. Il est vrai qu'il avait dû partager le produit de la vente avec son ex-femme. Dépassant du rebord de l'une des poubelles, un sac de plastique bleu, probablement fourni par le service municipal de collecte des ordures. Philip s'empara de ce sac.

Il traversa la pelouse pour rejoindre Flore. De près, les pétales d'aubépine tombés sur ses épaules et le sommet de son crâne lui donnaient un air négligé. Il les balaya d'un revers de main et souffla délicatement sur un pétale pour le faire tomber de son oreille, cette même oreille qu'un jour, bien des années auparavant, il avait ébréchée avec une pierre lancée à la fronde. S'accroupissant juste devant elle, il observa comme il ne l'avait sans doute jamais fait encore son regard flou et distant, la façon dont ses yeux semblaient se poser, au-delà du spectateur, sur un horizon lointain et peut-être glorieux. N'était-elle pas une déesse, dominant de haut les choses de la terre et les besoins humains ?

Il s'étonna de ses propres pensées. Elles avaient la fantaisie des rêves ou du délire fébrile. C'était le genre de pensées ou de fantasmes qu'il avait eus cet hiver, au plus fort d'une mauvaise grippe. Mais pourquoi diable Arnham avait-il dit à Christine que Flore lui ressemblait ? Ou était-ce, de la part de Christine, une illusion née du désir ? Elle ne ressemblait à aucune femme que Philip eût jamais vue et cependant il eut la conviction soudaine – et plutôt folle – que si jamais il rencontrait une femme réelle possédant ce visage il en tomberait aussitôt amoureux.

Il tendit la main vers Flore et la souleva. Quelques pétales roses tombèrent de la gerbe de fleurs de marbre. Elle lui parut encore plus lourde que le jour où il l'avait portée en montant la côte, au sortir de la gare de Buckhurst Hill. Il lui passa le sac en plastique bleu sur la tête, la coucha dans l'herbe et fit un nœud au sommet du sac. À le voir porter ce paquet dans les bras, on aurait pu croire qu'il tenait un morceau de tuyauterie ou de l'outillage de jardin.

Il avait parcouru la moitié de la pelouse en direction du passage et du portillon de bois lorsqu'il s'aperçut qu'il était observé. Un homme à sa fenêtre le regardait. Philip se garantit qu'il ne faisait rien de mal. Flore n'appartenait pas à Gérard Arnham. Ou plutôt, pensait-il assez obscurément, elle aurait pu lui appartenir si Arnham s'était conduit correctement avec Christine, s'il l'avait aimée et épousée, mais elle n'était sûrement pas à lui dans les circonstances présentes. Arnham, par son comportement, avait perdu le droit de la posséder. Philip avait lu quelque part que, si l'on conservait abusivement un objet emprunté, la seule personne habilitée à vous le reprendre était son possesseur légitime. Telle était la loi. Eh bien, le possesseur légitime, c'était lui. Flore avait été prêtée à Arnham. Elle était à lui à la condition expresse qu'il épouse Christine, il n'y avait aucune équivoque là-dessus. Malgré ces considérations, il pressa le pas. En dépit du poids de Flore, il descendit en courant l'allée menant aux grilles du garage.

Encombré comme il l'était, il lui fallut quelques instants pour les ouvrir. Derrière lui, de l'autre côté du mur mitoyen, une voix dit : « Je vous demande pardon, mais à votre avis, vous faites quoi, là au juste ? »

Les mots rappelaient nettement l'interpellation de Mrs. Ripple. Philip ne tourna même pas la tête pour jeter un coup d'œil au questionneur. Il se remit à courir. Hors d'haleine – Flore était si lourde – il courut dans la rue jusqu'à sa voiture. Il la hissa sur la banquette arrière et, quant à lui, attacha tant bien que mal sa ceinture. L'homme ne l'avait pas suivi. Philip était persuadé qu'il avait choisi la solution de bon sens : il était rentré chez lui pour appeler la police.

Il vit son emploi perdu, une condamnation prononcée contre lui pour un délit grave. Mais il s'exhorta à la raison, à garder la tête froide : l'homme n'avait pas vu sa voiture, n'avait pu noter le numéro. Ses mains tremblaient sur le volant mais il fit un effort démesuré pour les décrisper. Il démarra, tourna à gauche, puis à droite. Personne en vue, ni derrière ni devant lui. Sur la grand-route, roulant vers Barkingside, il entendit la sirène d'une voiture de police. Mais pourquoi supposer que c'était pour lui, que cela le concernait ?

Une voiture de police ne surgissait pas, sirène hurlante, pour un homme qu'on avait vu sortir d'un jardin en portant quelque chose dans un sac en plastique. Il était plus probable qu'ils enverraient sur les lieux un agent à bicyclette.

Peut-être parce que sa mère était si démunie dans la vie, et ses sœurs si souvent sujettes à des craintes irrationnelles, Philip avait développé un grand sang-froid. Il ressemblait à son père, un homme à l'esprit pragmatique et, s'il était doué d'une imagination fertile, il avait appris à la contrôler. Aussi s'interdit-il de se laisser aller à toutes sortes de vaines supputations et, lorsqu'il atteignit Gants Hill et le grand échangeur de l'A12, il avait à peu près retrouvé son calme.

Flore avait été un peu ballottée sur la banquette arrière. En arrivant au magasin d'Ilford où il devait passer en regagnant le bureau, il transféra Flore dans le coffre, et la cala confortablement entre la roue de secours et un carton d'échantillons de papier peint qu'il transportait. Là, sur le parking, derrière le magasin, il ne put s'empêcher de l'admirer. Il perça le plastique avec la plume de son stylo, n'ayant pas réussi à le faire de l'ongle, et produisit une déchirure assez longue pour révéler le visage de Flore. Elle regardait toujours fixement vers des lointains olympiens, elle gardait cette expression grave mais sereine. À vrai dire, pensa Philip, c'est le contraire qui aurait été vraiment surprenant.

Rentrant chez lui plus tard que d'ordinaire – Roy lui avait remis une liste de clients, certains d'entre eux furieux ou indignés, à qui il avait dû téléphoner pour les calmer –, Philip songeait à ce qu'il avait fait. Pourquoi avait-il pris la jeune femme de marbre ? En principe, parce qu'il estimait qu'elle lui appartenait légitimement, à lui et à sa famille. C'était comme si Arnham avait eu recours à une combine d'escroc pour s'en emparer. On ne devait pas laisser les gens tirer profit de leurs mensonges.

Mais à présent qu'il l'avait prise, qu'allait-il en faire ? Certainement pas la replacer dans le jardin de Glenallan Close. Il lui faudrait fournir trop d'explications. Et puis il devait ménager Christine. Il serait obligé de dire à Christine où Arnham habitait à présent et comment il avait découvert Flore. C'était là un terrain dangereux, un domaine qu'il évitait sans cesse avec crainte. Pouvait-il prétendre qu'il ne s'agissait pas de Flore, mais d'un modèle semblable, qu'il avait découvert par hasard dans une boutique ou un centre commercial et qu'il avait acheté ? Aucune chance, avec cette oreille ébréchée et cette tache verte.

Il serait même difficile de la faire entrer dans la maison sans être vu et sans avoir à subir de questions. Ils ne formaient pas une de ces familles dont les membres mènent séparément et dans le secret leur vie privée, à l'insu et dans l'indifférence des autres. Ils formaient une famille aux liens très étroits, où chacun s'inquiétait, était prêt à s'enquérir de toute bizarrerie de comportement, savait à tout moment où étaient les autres et ce qu'ils étaient censés faire. Il imaginait Cheryl le croisant dans l'escalier avec Flore dans les bras, sa stupéfaction et les questions qu'elle lui poserait.

Ces pensées l'occupaient tandis que, pris dans une file de voitures sur Edgware Road, il surveillait le feu rouge ; jetant un coup d'œil du côté droit de la rue, il aperçut Cheryl. Son nom et une vague image de sa personne flottaient dans son esprit – et voilà qu'il la rencontrait. Elle sortait de ce qui lui parut être un magasin de vidéo ou de musique – il ne voyait pas très bien, distinguant seulement un conglomérat scintillant de silhouettes, de couleurs et de formes. Pour quelqu'un qui savait toujours où se trouvaient les autres et ce qu'ils faisaient, c'était réussi. Cheryl portait sa tenue habituelle, blouson de cuir noir et jean, avec un chapeau de cow-boy, à larges bords, à coiffe haute, entouré d'une bande de cuir à franges.

Après tout, pour quelle raison n'aurait-elle pas été là ? Elle était libre, elle ne faisait rien de mal ou d'interdit, du moins à première vue. Philip était obligé de redémarrer, de détacher son regard de sa sœur : les feux passaient à l'orange et s'il prenait une seconde de retard, il déclencherait derrière lui un concert de klaxons. La présence de Cheryl en ces lieux n'avait rien de troublant, mais il n'en était pas de même de son aspect physique et de son attitude.

Il l'avait vue émerger du magasin comme une fille droguée

ou ivre – ou peut-être épuisée, ou expulsée contre son gré.
N'importe laquelle de ces quatre raisons aurait suffi à expliquer sa sortie. Et elle était en train de pleurer, les larmes ruis-
selaient sur son visage. Il la vit courber la tête, se frotter les
yeux de ses poings fermés ; puis il dut détourner son regard, le
ramener sur la route, embrayer et s'éloigner d'elle rapidement.

4

Chez Christine, les cinq jeunes filles prirent la pose devant
les rideaux tirés de la porte-fenêtre. Ils provenaient de leur
ancienne maison, c'étaient des rideaux d'un velours marron
foncé épais, doublé et molletonné, qui arrêtait la lumière. Le
soleil de mai ne pénétrait que sous la forme d'un rai mince et
brillant le long du bord droit de la fenêtre, et il disparut
lorsque le photographe fixa le rideau au châssis avec une
bande de Scotch.

Philip, un peu emprunté dans la jaquette et le pantalon rayé
loués chez Moss Bros, passa d'abord la tête dans l'embrasure
de la porte, puis entra et s'arrêta du côté opposé de la pièce.
Les lampes du photographe y répandaient une chaleur torride.
Le photographe n'était plus tout jeune et ses vêtements sentaient la cigarette. Philip fut consterné à la vue des jeunes
filles. Il savait qu'il avait bon goût, qu'il avait l'œil pour le
chic et l'élégance dans l'assortiment des couleurs. Sinon, il
n'aurait pas fait ce métier et n'en aurait jamais eu l'ambition.
Qui avait donc si mal conseillé Fee, pour qu'elle s'affuble
ainsi de satin blanc, un blanc bleuté, arctique, raide et luisant
comme une couche de glace ? Mais peut-être était-ce son
choix personnel. Ne voyait-elle pas que cette robe aristocra-
tique, avec son col montant, ses manches étroites en corolle
d'arum et sa jupe cloche serrée, avait été créée pour une
femme grande et mince, à la poitrine plate ?

Son chapeau rappelait ceux que portaient les jeunes pre-

mières dans les films « en costumes » des années quarante.
Philip en avait vu des quantités à la télévision. Une sorte de
melon comme en arboraient des dames montant en amazone,
mais celui-ci était blanc, se prolongeait d'une longueur de
voile disproportionnée. Et les fleurs qu'elle tenait étaient des
arums. Une fleur mortuaire, pensa Philip, se rappelant une
gerbe déposée sur le cercueil de son père. Quant aux demoiselles d'honneur, à qui le photographe enjoignait à présent de
sourire en regardant non l'appareil mais Fee, avec un air
d'adoration, il aurait éclaté de rire s'il avait découvert leur
déguisement – quel autre mot employer ? – dans un magazine.

Une sorte de tunique, chacune d'une couleur différente,
rose, corail, citron, abricot, de grandes manches ballon d'une
espèce de tulle à pois orange et, saillant sous l'ourlet de la
tunique au niveau des hanches, des jupes bouffantes taillées
dans le même tissu à pois. De petites guirlandes de fleurs rose
et orange mal définies couronnaient leur tête. Elles étaient
grotesques. Enfin, corrigea-t-il à son propre étonnement, elles
étaient toutes grotesques sauf une. Cheryl, Stéphanie et
Janice, une ancienne camarade de classe de Fee, étaient
d'absurdes caricatures, mais l'autre tranchait sur le lot. Elle
était... Philip la dévorait des yeux sans trouver ses mots.

Ce devait être Senta. Elle n'avait pas l'air de se rattacher à
cette famille, elle n'avait pas l'air apparenté à qui que ce soit
de leur monde. Elle était extraordinaire. Cela ne venait pas de
sa taille, ni de formes spectaculaires, car elle était plus petite
que les autres filles et extrêmement menue. Elle avait la peau
blanche, non de cette couleur à laquelle on songe d'ordinaire,
très blonde, pâle ou crémeuse, mais d'un blanc plus blanc que
le lait, blanc comme l'intérieur nacré de quelque coquillage
marin. Ses lèvres étaient à peine moins pâles. Il ne pouvait
définir la couleur de ses yeux mais ses cheveux, qu'elle portait
très longs, presque à la taille, et qui tombaient, droits et
soyeux, étaient d'argent. Ni blonds ni gris, mais d'argent avec
çà et là des touches plus ternes.

Mais ce qu'elle avait de plus remarquable, de plus excitant
aux yeux de Philip, c'était sa ressemblance avec Flore. Son
visage était celui de Flore, avec cet ovale parfait, le nez droit

et assez long qui, de sa pointe au sommet du front, décrivait
une ligne ininterrompue, les yeux écartés au regard paisible, la
lèvre supérieure courte, la bouche mignonne, ni trop pleine ni
trop mince. Si ces cheveux d'argent avaient été ramassés sur
la nuque et retenus par des rubans, elle eût été l'image exacte
de Flore.

Son maintien était plein d'une tranquille assurance. Les
autres s'agitaient, tapotant leur coiffure entre deux poses,
remontant une bretelle de soutien-gorge, arrangeant leur bouquet, mais Senta, elle, gardait une immobilité de statue. Elle
avait, pensa Philip, le calme olympien de la vierge de marbre
qu'il avait réussi, trois jours auparavant, à introduire en
cachette dans la maison et à monter dans sa chambre tandis
que Christine finissait une coupe de cheveux à la cuisine.
Seule sa silhouette n'était pas celle de Flore, le corps de Senta
avait une ossature délicate, on aurait pu enserrer sa taille à
deux mains.

Mais soudain, lorsque le photographe leur demanda de
regarder l'appareil et de sourire une dernière fois, elle se
trouva face à face avec Philip et celui-ci reçut un choc désagréable. Le sourire de Senta, affreusement forcé et artificiel,
était plutôt une grimace. On aurait presque dit qu'elle voulait
railler ou ridiculiser ce rituel. Mais c'était impensable, bien
sûr, il ne pouvait y avoir de sarcasme délibéré dans ce rictus.
S'il y en avait, personne en tout cas, à part Philip, ne sembla
s'en apercevoir. Le photographe leur lança : « Ravissant ! Ne
bougez pas, les filles, je vous promets que c'est la dernière ! »
Le cliché fut pris, l'instant immortalisé. Nul doute que cette
photo trouverait sa place, comme les autres, dans l'album de
mariage de Fee. À présent c'était à son tour de poser seule
pour ce que le photographe appelait « deux portraits exclusifs
de notre charmante mariée ». Elle avait à peine eu le temps de
s'installer et de demander à Stéphanie d'arranger les plis de sa
traîne que la porte s'entrouvrit, livrant passage à Hardy.

« Oh, il faut absolument me prendre avec lui ! s'écria Fee.
Regardez comme il est mignon. Je ne risque pas de me salir en
le tenant, il vient d'avoir son shampooing. »

Deux des demoiselles d'honneur s'étaient assises sur le

canapé, que le photographe avait repoussé contre le mur, mais la blanche Senta, ses étranges cheveux métalliques tombant maintenant comme une cape sur les épaules, marqua un instant d'hésitation puis traversa lentement la pièce en direction de Philip. Elle donnait en marchant l'impression d'être beaucoup plus grande, le buste très droit et la tête levée, mais en même temps elle se déplaçait avec beaucoup de grâce. Avant qu'elle lui adressât la parole, Philip regarda sa bouche, la plus jolie qu'il eût jamais vue dans un visage de jeune fille. À quoi pouvait ressembler la voix qui sortirait de cette bouche ?

Ses lèvres s'entrouvrirent. Elle parla. « Quel drôle de chien ! dit-elle. Il a des taches orange. On dirait un minidalmatien. »

Philip lui sourit et répondit lentement, soudain frappé d'un détail :

« Il est assorti à vos robes.

– Vous l'avez fait exprès ? »

Ce sérieux imperturbable le fit rire. « La vérité, c'est que ma mère l'a un peu éclaboussé, en faisant une teinture à une cliente, et les taches n'ont pas voulu partir au lavage.

– Je croyais qu'il était d'une race particulièrement rare. »

Il s'attendait à une voix grave, mais celle de la jeune fille était plutôt haut perchée, avec des voyelles bien détachées et pures, un ton posé. On aurait dit qu'elle avait appris à parler avec un professeur, au lieu d'assimiler la parole comme n'importe quel enfant. Il remarqua que les mains qui tenaient l'absurde petit bouquet victorien de tulipes orange et d'œillets roses étaient très menues, les ongles ronds et courts comme ceux d'un enfant. Elle tournait vers lui ses yeux presque incolores, telle une eau claire où une seule goutte d'encre eût diffusé en marbrures et en spirales un vert ténébreux.

« Vous êtes bien Philip ? Le frère de Fee ?

– C'est bien moi. » Il hésita. « Si vous me voyez ainsi accoutré, c'est que je dois la mener à l'autel. »

Elle dit en détachant les syllabes avec précision, comme si elle dictait son nom : « Senta Pelham.

– Je n'ai jamais rencontré personne qui s'appelle Senta. On dirait un nom étranger. »

Sa voix prit une nuance plus froide : « C'est le nom de l'héroïne du *Vaisseau fantôme.* »

Philip ne savait pas très bien ce qu'était ce *Vaisseau fantôme* – un morceau de musique, un opéra ? – et il fut soulagé d'entendre la voix de Christine l'appeler avec insistance : « Philip, Philip, où es-tu ?

– Excusez-moi. »

Elle ne répondit pas. Il n'était pas habitué aux gens qui vous regardent droit dans les yeux sans sourire. Il ferma derrière lui la porte du living et rejoignit à la cuisine une Christine affolée, en proie à mille angoisses, mais plus jolie qu'elle ne l'avait été depuis des mois. Ce soudain retour de beauté troubla Philip, qui aurait aimé fermer les yeux. Elle était en bleu, la couleur qui lui allait le mieux, et portait un petit chapeau rond fait de bandeaux de soie dans les tons turquoise et lavande.

« La voiture pour moi et tes tantes est déjà là, avec celle des demoiselles d'honneur !

– Mais c'est parfait. Tout le monde est prêt. »

Elle est plus séduisante que la femme d'Arnham, se dit Philip, elle est plus féminine, plus gentille et plus douce – et il s'étonna de ses propres pensées. Les sœurs de Christine descendirent des chambres, arborant qui chapeau cloche, qui aile de perroquet, talons aiguilles en échasses, bas Nylon de vingt deniers, parées de toutes les bagues, tous les bracelets, les colliers que recelaient leurs coffrets et flottant dans des nuées de Tweed et de Fidji.

« Tu n'oublieras pas d'enfermer Hardy à la cuisine avant de partir, surtout ? lui demanda Christine. Sinon il va aller faire son petit pipi sur le tapis blanc. Il le fait toujours quand il est excité, tu le sais. »

Il se retrouva seul avec Fee. Si au moins elle avait été belle, romantique ! Son apparence n'avait rien pour soulever l'émotion d'un frère, lui nouer la gorge, lui rappeler les souvenirs d'une enfance partagée. Elle avait le visage chiffonné, l'air contrarié, obsédée qu'elle était par une myriade de menus tracas. Plantée devant le miroir, elle voyait ou croyait voir de petits pâtés de mascara adhérant à la peau sous la paupière gauche, qu'elle se mit à frotter d'un doigt dont elle avait mordillé le bout dans un moment de tension, en attendant l'arrivée du photographe.

« N'oublie pas de passer ta bague de fiançailles à ton autre main. »

Elle la retira d'un geste brusque. « Je suis affreuse, non ?

— Tu es très bien.

— Si ça ne marche pas, nous pourrons toujours divorcer. Comme la plupart des gens. »

Je ne me marierais pas si je pensais comme elle. Philip garda cette réflexion pour lui. Il lui semblait qu'il avait commencé à dissimuler à sa sœur toutes sortes de choses, ses idées, ses opinions, ses sentiments. Elle ne savait pas qu'il gardait Flore au premier dans sa penderie, ni qu'il avait vu Cheryl sortir en pleurant d'une boutique d'Edgware Road. Bientôt elle aurait quelqu'un d'autre à qui se confier, à qui faire part de ses pensées les plus intimes, mais lui, qui aurait-il ?

Elle fit quelques pas en arrière, s'éloignant de la glace, et se détourna pour prendre sur la table la gerbe d'arums. Mais au lieu d'achever son geste, elle s'arrêta pour ainsi dire à mi-chemin, et se jeta dans les bras de Philip. Tout son corps semblait vibrer de courants spasmodiques. On l'aurait dit parcouru de fils bourdonnant d'électricité.

« Allons, dit Philip. Allons. Calme-toi. » Il la tenait dans une étreinte qui n'était pas assez forte pour froisser le satin glacé. « Tu le connais depuis des années, c'est le partenaire rêvé. » Que pouvait-il dire d'autre ? « Les vrais petits amis d'enfance ! »

Il entendit la voiture approcher, les freins crisser, une portière se refermer souplement, puis des pas dans l'allée du jardin. « Tu sais à quoi je n'arrête pas de penser ? dit-elle tandis qu'elle se dégageait, se redressait et arrangeait sa robe à la taille, je n'arrête pas de penser que si ce fichu Arnham s'était correctement conduit avec Maman nous aurions pu avoir un double mariage. »

Il avait fait son petit discours et, en prononçant les phrases empesées de son éloge de Fee et de Darren, il avait senti le regard de Senta Pelham constamment posé sur lui. Ce regard semblait s'attacher à lui sur le mode d'une froide inter- rogation. Chaque fois qu'il tournait les yeux vers elle, c'est-à- dire souvent, il rencontrait les siens. Il se demandait quelle pouvait en être la raison. Avait-il vraiment, comme il le crai- gnait, l'air ridicule ou repoussant en jaquette grise, chemise blanche et cravate argentée ? En dépit de toutes ses appréhen- sions, il avait le sentiment que la jaquette lui allait plutôt bien. Qu'il le voulût ou non, il savait qu'il était beau garçon et qu'il plaisait aux filles. Le gène qui, dans sa famille, rendait les gens petits et trapus, quelle qu'en fût l'origine, les avait épar- gnés, Cheryl et lui. Il ressemblait plutôt au jeune Paul Mac- Cartney du début des années soixante. Sur une vieille pochette d'un album des Beatles, c'était son propre visage qu'il voyait sourire.

La réception allait bientôt s'achever. Ils ne disposaient de la salle paroissiale de l'église St. Mary – une antique baraque sentant le thé trop infusé et les livres de cantiques – que jusqu'à six heures. Les invités, oncles, tantes, cousins, cama- rades d'école et de travail passés et présents, prendraient congé sitôt après le départ de Fee et de Darren. Christine par- lait à un homme mûr, assez bien de sa personne, l'un des innombrables parents de Darren. Cheryl, gloussant et se comportant pour une fois avec naturel, mangeait une part de pièce montée en compagnie de deux garçons dont les cheveux aux épaules formaient un contraste bizarre avec leurs vête- ments stricts. Philip prit une part de gâteau que lui tendait Sté- phanie et, levant les yeux, rencontra ceux de Senta, le double de Flore.

Ils semblaient s'être obscurcis, le reflet vert qui flottait dans leurs profondeurs limpides s'étant curieusement intensifié. À un moment ou un autre de l'après-midi, elle avait perdu la couronne de fleurs qui lui ceignait la tête, et ses cheveux, ainsi libérés, tombaient en deux rideaux brillants qui encadraient ses traits délicats et séduisants. Lorsqu'ils captèrent le regard de Philip, ses yeux s'agrandirent et, continuant à le fixer, elle entrouvrit les lèvres et avec lenteur et insistance passa sa langue sur la lèvre supérieure, puis sur l'inférieure. La jolie bouche avait la couleur rose pâle d'une fleur d'arbre fruitier, mais sa langue était rouge. Il se détourna d'un geste brusque, persuadé qu'elle se moquait de lui.

Fee et Darren reparurent, habillés comme jamais on ne les avait vus, lui en costume gris foncé, elle en tailleur blanc. Tout au long du chemin qui les mènerait ce soir à l'hôtel, et demain à Guernesey, il serait impossible de ne pas les prendre pour ce qu'ils étaient : un couple en voyage de noces. C'était le premier mariage auquel Philip assistait depuis son enfance, et il ne s'attendait pas au sentiment de déception qu'il éprouva en reprenant sa voiture. Les mariés partis – leurs costumes stricts constellés de confettis, leur voiture peinturlurée de slogans, une boîte de conserve attachée au pare-chocs –, une impression d'immédiate retombée s'installa. Tout le monde partait. Le vide de la soirée béait devant eux. Christine allait la passer avec une de ses sœurs. Philip était chargé de ramener les demoiselles d'honneur à Glenallan Close, où elles avaient laissé leurs vêtements.

Senta n'était pas du lot : accoudée au bar, en grande conversation avec un homme inconnu de Philip, elle lui fit passer par Janice un petit billet assez sec, disant qu'elle regagnerait la maison par ses propres moyens, elle trouverait une voiture. Elle en aurait besoin, pensa Philip, vexé, car après un début de journée radieux et un après-midi ensoleillé une violente averse s'était mise à tomber. Rentrer chez soi et pénétrer dans une maison vide n'en devenait que plus lugubre. Les trois filles montèrent dans la chambre que Fee et Cheryl s'étaient partagée jusqu'à présent et qui désormais revenait à Cheryl seule. Philip laissa Hardy sortir de la cuisine. Il se changea, mit un jean et un pull, et, la pluie s'étant apparemment calmée pour un moment, il fit faire au petit chien le tour du pâté de maisons ; au retour, il croisa Stéphanie et Janice, qui rentraient.

Il avait à présent une chance d'essayer de parler à Cheryl. Elle devait toujours être au premier. À mi-escalier il entendit de la musique derrière la porte de Cheryl et entra dans sa chambre à lui. Il allait lui laisser une dizaine de minutes. La chambre de Philip était très petite, trop petite pour contenir autre chose qu'un lit d'une personne, un placard à habits, un bureau et une chaise droite. Et il avait beau travailler pour une firme qui s'était fait une spécialité, entre autres choses, de tirer le meilleur parti de ce genre de cagibi en gagnant de l'espace grâce à du mobilier sur mesure et des éléments intégrés, il n'avait jamais eu envie d'essayer ce traitement sur sa chambre. C'était en partie parce qu'il ne souhaitait pas d'améliorations à Glenallan Close. Rendre la maison plus accueillante, c'était donner à Christine – et par conséquent à lui-même – la tentation d'y rester pour toujours. Les choses auraient été différentes si Christine, devenue Mrs. Arnham, s'était installée à Chigwell et qu'elle lui eût laissé cette maison. Il ne se serait pas privé de l'embellir.

Il ouvrit le placard à habits et en sortit Flore. Elle était toujours enveloppée dans le sac en plastique bleu, dont la déchirure laissait émerger son visage. Philip défit le nœud du sac et ôta celui-ci par le haut. Il plaça la statue dans l'angle, près de la fenêtre. Il était curieux de noter que sa seule présence suffisait à améliorer aussitôt l'aspect de la pièce. Sa peau de marbre blanc paraissait briller à la lumière grise, filtrée par la pluie. Il se demanda s'il parviendrait à éliminer la tache verte qui enveloppait le cou et le buste. Les yeux de Flore se posaient loin derrière lui et son visage semblait éclairé d'une sagesse païenne.

Arnham et sa femme avaient probablement constaté sa disparition dès leur premier coup d'œil au jardin. Le voisin n'avait sûrement pas manqué, dès leur retour, de leur parler du voleur qu'il avait vu porter un objet enveloppé en forme de bûche, et ils avaient naturellement fait le rapprochement. Mais Philip ne pensait pas qu'ils songeraient à lui attribuer l'enlèvement de Flore. Si Arnham se souvenait de lui, c'était tel qu'il était à l'époque de leur visite, venant tout juste de quitter l'université et fraîchement engagé comme stagiaire chez Roseberry Lawn, un garçon à l'aspect très différent de l'homme en costume, aux cheveux courts, que le voisin leur aurait décrit. Peut-être Arnham avait-il même été soulagé de la perte de Flore, tout en hésitant sans doute, superstitieusement, à s'en débarrasser lui-même. Philip se demandait par quoi commencer, essayer de faire partir cette tache verte au décapant ou parler à Cheryl, lorsque la voix de celle-ci lui parvint du palier. Entre eux, ils ne frappaient jamais aux portes, mais n'entraient pas non plus dans leurs chambres sans y être invités.

« Phil ? Tu es là ? »

Il suspendit ses habits de chez Moss Bros sur le dossier de la chaise, qu'il poussa devant Flore pour la dissimuler. Ouvrant la porte du palier, il n'y trouva d'abord personne, puis vit Cheryl quitter sa chambre, prête à sortir et vêtue de son uniforme habituel, tenant à la main le chapeau de cow-boy. Ses cheveux, que l'on avait frisés ce matin même en douces anglaises séparées par une raie médiane – coiffure de demoiselle d'honneur –, formaient une alliance incongrue avec ses yeux lourdement soulignés de noir et l'étoile verte qu'elle s'était dessinée sur une pommette.

« Tu veux me rendre un service ? » demanda-t-elle.

Réponse inévitable : « Tout dépend du service.

– Tu pourrais me prêter cinq livres ?

– Cheryl, dit-il, il faut que tu saches que je t'ai vue dans Edgware Road, mercredi dernier. Il était à peu près six heures, six heures et demie. Tu pleurais et on aurait dit que tu ne tenais pas sur tes jambes. »

Elle le regardait fixement, avançant une lèvre inférieure boudeuse.

« Je ne pouvais pas m'arrêter, j'étais pris dans la circulation. On aurait pu croire que tu étais ivre. Je me suis demandé, ces derniers temps, si tu ne te droguais pas, mais tu avais plutôt l'air d'être ivre.

– Je ne bois pas, dit-elle. Tu ne remarques donc rien chez les gens ? Tu n'as pas vu que je n'ai même pas bu de ce truc pétillant au mariage ? Un verre de vin et je suis déjà K.O ! » Elle lui toucha le bras. « Tu me prêtes cinq livres ? Je te les rends demain.

– Ce n'est pas pour l'argent », dit-il, même si, naturellement, c'était bien une question d'argent jusqu'à un certain point. Il avait très peu d'argent liquide. « Ce n'est pas le problème. Mais comment ça, tu me les rendras demain ? Demain, c'est dimanche. Comment vas-tu faire pour trouver de l'argent un dimanche ? » Elle continuait à le regarder fixement, les yeux étincelant d'une sorte de fureur désespérée. « Cheryl, comment trouves-tu cet argent ? D'où vient-il ?

– Tu parles comme un flic, dit-elle. Comme un flic qui mène un interrogatoire. »

Il eut une réplique malencontreuse : « J'estime que j'ai le droit de te poser des questions.

– Pas moi. J'ai dépassé dix-huit ans. Je suis aussi adulte que toi. J'ai le droit de vote.

– Ça n'a rien à voir.

– Je t'en prie, dit-elle, *je t'en prie*, prête-moi ces cinq livres. Tu les auras demain.

– Mercredi, quand tu toucheras ton chômage, ce sera bien assez tôt. » Il rentra dans sa chambre pour prendre son dernier billet de cinq livres dans son portefeuille, resté dans la poche du pantalon de chez Moss Bros. Il n'avait plus désormais que trois pièces d'une livre et quelques menus pence.

Elle lui arracha le billet. Une fois qu'elle le tint froissé dans sa main serrée contre le revers de son blouson, elle réussit à grimacer un sourire et à marmonner un : « Merci beaucoup, Phil. »

Quant à lui, il ne trouvait rien à lui dire. Il regagna sa chambre et s'assit sur le lit. Il entendit les pas précipités de sa sœur s'éloigner dans l'escalier et attendit le claquement de la porte d'entrée. Mais il n'entendit que la voix de Cheryl qui parlait à quelqu'un – bref échange de paroles indéchiffrables. Leur mère, peut-être, était revenue à la maison chercher quelque chose qu'elle avait oublié. Oublier des objets, argent, clés, manteau, chaussures assorties, Christine en était coutumière.

La porte claqua plutôt moins violemment que d'habitude. La maison ne trembla pas des fondations au faîte du toit. Il enleva de la chaise les vêtements de location, vida les poches, plaça jaquette et pantalon sur des cintres et les suspendit dans le placard. La pluie avait repris, et le vent qui se levait la plaquait contre la vitre. Quelqu'un frappa à la porte de la chambre.

Mais personne ne frappait aux portes, dans la maisonnée. Il

pensa : « Supposons que ce soit la police, envoyée à mes trousses à cause de Flore, supposons. » Un frisson glacé lui parcourut l'échine. Mais il ne fit aucun geste pour couvrir la statue ou la ranger. Il ouvrit la porte.

C'était Senta Pelham.

Il avait oublié qu'elle devait repasser à la maison.

Elle portait toujours sa robe de demoiselle d'honneur et elle était trempée. L'eau dégouttait de ses cheveux mouillés, et le tulle à pois, tissu en principe ferme et bouffant, pendait mollement, comme les pétales d'une fleur inondée de pluie. Le satin corail adhérait à son torse menu et frêle et à ses seins ronds et pleins, d'une taille surprenante pour un corps aussi mince. Les pointes dilatées au contact du tissu humide et froid saillaient sous sa tunique.

« Il y a une serviette quelque part ?

— Dans la salle de bains », dit-il. Elle pouvait s'en douter, non ? N'avait-elle pas revêtu dans cette maison son accoutrement ridicule ?

« Finalement, je n'ai pas trouvé de voiture », reprit-elle, et il s'aperçut qu'elle était hors d'haleine. « J'en ai été réduite à marcher » — mais on avait plutôt l'impression qu'elle avait couru.

« Habillée comme ça ? »

Elle eut un rire rauque, comme un spasme. Elle paraissait terriblement nerveuse. Elle passa dans la salle de bains et en ressortit, frottant ses cheveux avec une serviette, une autre drapée autour des épaules. Philip s'attendait à la voir se diriger vers la chambre de Cheryl, mais elle entra dans la sienne et referma la porte derrière elle.

« Il y a un sèche-cheveux quelque part par là. »

Elle refusa d'un signe de tête, ôta la serviette et secoua la tête plus violemment. La chevelure rayonnante s'échappa en cascade et elle y fit glisser ses doigts. Il comprit à peine ce qu'elle était en train de faire, il saisit à peine qu'elle était en train de faire valser ses chaussures, de rouler un collant clair, humide et maculé de boue, jusqu'au moment où elle se redressa et fit passer la robe par-dessus sa tête. Elle restait là à le regarder, les bras ballants.

La pièce était trop petite pour que deux personnes puissent se trouver à plus de quelques centimètres l'une de l'autre. En fait, il n'y avait pas plus de la longueur d'un bras entre lui et cette fille nue dont l'étrange corps gracile aux seins abondants avait une blancheur de marbre avec, à la base du ventre plat, un triangle non pas argenté ou blond, mais rouge flamme. Quelle qu'eût pu être son impression trente secondes plus tôt, Philip n'avait plus aucun doute sur ce qui se passait ni sur ce qu'elle voulait. Elle l'enveloppait de ce regard intense, mais mystérieux dont elle l'avait si souvent gratifié pendant la cérémonie et la réception. Il fit un pas vers elle, tendit les bras et lui prit les épaules dans ses mains. Il s'était attendu, curieusement, à la froideur du marbre, mais le corps de la jeune fille était chaud, brûlant même, la peau soyeuse et sèche.

Philip referma lentement ses bras sur elle, savourant contre son corps cette nudité lisse, douce, pleine et déliée. Comme elle bougeait la tête pour approcher ses lèvres de celles de Philip, les longs cheveux humides balayèrent ses mains, le faisant frissonner. Tout en déboutonnant la chemise de Philip, elle chuchota, dans le frétillement de sa langue : « Dans le lit. J'ai froid, j'ai froid. » Mais elle était aussi brûlante qu'un corps étendu sur une plage tropicale, elle dégageait un halo de chaleur.

Cela suffit à réchauffer les draps froids. Philip tira la couette sur eux, ils étaient collés l'un à l'autre dans le petit lit étroit. La pluie fouettait les vitres, maintenant. Soudain elle se mit à lui faire l'amour avec une passion dévorante. Les doigts de Senta s'enfonçaient dans sa nuque, dans ses épaules, elle descendait le long de son corps, embrassant sa chair, le léchant avec une gourmandise haletante. Penchée sur lui, soulevant la courtepointe, elle le fouettait du rideau de ses cheveux, l'agaçait de sa langue. Le contact de ses lèvres était tendre, exquis et doux.

Il lâcha dans un souffle : « Non ! Non ! » C'était trop bon, le plaisir l'amenait au bord de l'explosion. Au fond de son crâne, dans ses yeux, roulait une boule de lumière rouge. En gémissant, il l'attira sur lui et la pénétra, le corps blanc désormais ruisselant de sueur s'enfonçant sur le sien sur un rythme étrange et frémissant. Elle l'enserrait dans une étreinte totale, retenant son souffle avant de se détendre au moment de l'expiration, inspirant de nouveau, le pressant contre elle pour se relâcher enfin avec lui dans un soupir final et un petit cri grêle.

Les cheveux d'argent qui drapaient les épaules de Philip tombaient comme la pluie dont il voyait les stries verticales et scintillantes au-delà des vitres. Il éprouvait une satisfaction profonde, extraordinaire, intense, comme s'il venait de découvrir une chose qu'il avait toujours cherchée, et qui s'était révélée meilleure encore qu'il ne l'escomptait. Il croyait devoir prononcer certaines paroles, mais tout ce qui lui venait à l'esprit était « merci, merci » et il pressentait qu'il valait mieux ne pas le dire tout haut. Il se contenta de prendre le visage de Senta entre ses mains, de le tourner vers lui et de baiser sa bouche longuement, avec une grande douceur.

Elle n'avait pas dit un mot depuis qu'elle s'était plainte d'avoir froid et avait suggéré d'entrer dans le lit. Mais à présent elle levait la tête et la posait sur le bras qui la tenait. Elle prit la main droite de Philip dans sa main gauche, entrelaçant leurs doigts. De ce timbre haut et clair qui était le sien, elle dit : « Philip. »

Elle prononçait son nom d'un ton méditatif, comme si elle en écoutait le son, le mettait à l'épreuve pour vérifier s'il lui plaisait. « Philip. »

Il lui sourit. Les yeux de Senta étaient tout proches des siens, sa bouche aussi près de son visage qu'elle pouvait l'être sans que leurs lèvres se touchassent. Il distinguait les moindres détails de leurs courbes douces et tendres, de leurs commissures mignonnement ourlées.

« Dis mon nom, demanda-t-elle.

— Senta. C'est un beau nom, Senta.

— Écoute-moi, Philip. Quand je t'ai vu ce matin, j'ai su tout de suite que tu étais celui que j'attendais. Je savais que c'était toi. » Le ton était d'une profonde solennité. Elle se souleva sur un coude. Elle le regardait au fond des yeux. « Je t'ai vu à l'autre bout de la pièce et j'ai compris que tu étais le seul et unique, et pour toujours. »

Il était stupéfait. Cela ne correspondait absolument pas à ce qu'il attendait de sa part.

« Je te cherchais depuis longtemps, longtemps, dit-elle, et maintenant je t'ai trouvé et c'est merveilleux. »

Tant de ferveur avait commencé à susciter chez Philip un léger embarras. Il ne connaissait qu'une façon de surmonter cette gêne, c'était en parlant d'un ton léger, presque facétieux. « Tu n'as sûrement pas cherché si longtemps que ça. Quel âge as-tu, Senta ? Pas plus de vingt ans, non ?

— Vingt-quatre ans. Tu vois ? Je vais tout te dire, je ne te cacherai rien. Tu peux me demander n'importe quoi. » Il n'avait pas spécialement envie de lui poser des questions, seulement de la tenir serrée contre lui, de la sentir et d'éprouver ce plaisir merveilleux. « Je te cherche depuis mes seize ans. Tu vois, j'ai toujours su qu'il n'existait qu'un homme au monde pour moi et qu'il me suffirait de le voir pour le découvrir. »

Les lèvres de Senta effleurèrent son épaule. Elle tourna la tête et imprima un baiser à la saillie du muscle, derrière la clavicule. « Je crois que les âmes sont créées par paires, Philip, mais quand nous naissons les paires se trouvent séparées et nous passons nos vies à chercher l'autre moitié, notre moitié manquante. Mais parfois les gens se trompent, ils ne choisissent pas la bonne.

— Mais nous ne nous sommes pas trompés, hein ? Pour moi, il n'y a pas d'erreur.

— Cela, dit-elle, durera toujours. Tu ne le sens pas ? Je t'ai vu à l'autre bout de la pièce et j'ai compris que tu étais le frère jumeau de mon âme, l'autre moitié. C'est pourquoi la première parole que je t'ai dite, le premier mot que j'ai prononcé, ce fut ton nom. »

Philip croyait se rappeler que la première fois qu'elle lui avait adressé la parole c'était pour dire que Hardy était un drôle de chien, mais il devait se tromper. D'ailleurs, quelle importance ? Elle était dans son lit, elle venait de faire l'amour avec lui de façon plus délicieuse qu'aucune fille avant elle, et ne manquerait sans doute pas de recommencer.

« Toujours », chuchota-t-elle, un petit sourire hiératique

éclairant son visage. Il fut heureux de ce sourire, car il ne souhaitait pas qu'elle devînt trop sérieuse. « Philip, je ne veux pas que tu dises que tu m'aimes. Pas encore. Moi, je ne te le dirai pas, bien que ce soit vrai. Ce sont des mots trop communs, tout le monde les emploie, ils ne sont pas pour nous. Ce qu'il y a et qu'il y aura entre nous est trop profond, nos sentiments sont trop profonds. » Elle enfouit son visage au creux de l'épaule de Philip et fit courir légèrement ses doigts le long de son corps, réveillant vivement son désir. « Philip, veux-tu que je reste ici cette nuit avec toi ? »

Il s'en voulait terriblement de devoir le lui refuser. Christine n'entrerait pas dans sa chambre cette nuit, mais elle le ferait demain matin, comme tous les jours, pour lui apporter une tasse de thé à moitié répandue dans sa soucoupe, la cuiller humide collée dans le sucrier à la gangue poisseuse. Elle ne lui adresserait aucune critique, elle ne ferait peut-être même aucune allusion au fait qu'elle l'avait trouvé au lit avec une fille, elle aurait peut-être seulement l'air désarçonné et terriblement gêné, les yeux agrandis et la main levée pour cacher la grimace de ses lèvres, mais il ne pourrait supporter de la voir ainsi. C'était au-dessus de ses forces.

« Je le voudrais tellement, moi aussi, plus que n'importe quoi, mais je ne crois pas vraiment que ce soit possible. » Sans la connaître encore très bien, il s'attendait à une scène immédiate, à un accès de fureur, peut-être, ou à des larmes.

Elle le surprit par un sourire radieux et en lui prenant le visage entre ses mains pour déposer sur sa bouche un tout petit baiser délicat. En un instant, elle fut hors du lit, secouant ses cheveux, y plongeant les doigts. « Cela ne fait rien. Nous pouvons aller chez moi.

— Tu as un appartement à toi ?

— Bien sûr. Et il est à toi aussi, maintenant, Philip. Tu comprends ? Il est à toi. »

Elle s'éclipsa un instant et, dans la chambre de Cheryl, elle remit les vêtements qu'elle portait apparemment ce matin, une jupe noire, longue et ample, un pull long et vague en tricot argenté, assorti à la couleur de ses cheveux. Cette tenue dissimulait les formes de son corps à peu près aussi efficacement que la *burka* voile la silhouette d'une femme islamique. Elle avait passé un collant noir sur ses jambes fines, ses chevilles délicates, et chaussé des escarpins noirs. Elle revint dans la chambre de Philip et, pour la première fois, aperçut Flore dans un coin de la pièce.

« Elle me ressemble ! »

Il se rappela la pensée qu'il avait eue dans le jardin d'Arnham, juste avant de s'emparer de la statue : si jamais il rencontrait une fille qui lui ressemblât, il en tomberait aussitôt amoureux. Son regard passa de Senta à la statue et fut frappé de la similitude de leurs traits. Souvent, lorsqu'on croyait que quelqu'un avait un air de ressemblance avec une autre personne ou avec un portrait, par exemple, cette communauté d'apparence s'effaçait lorsqu'ils étaient mis en présence l'un de l'autre. Ici, c'était le contraire. Elles étaient jumelles, l'une de pierre, l'autre de chair. Il en ressentit un léger frisson, comme devant un événement d'ordre sacré. « Oui, elle te ressemble. » Il s'aperçut qu'il avait parlé avec une certaine gravité. « Il faudra que je te parle d'elle, un jour.

– Oui, absolument. Je veux tout savoir de toi, Philip. Tout. Nous ne devons avoir aucun secret l'un pour l'autre. Et maintenant, habille-toi et viens avec moi. J'ai peur de rencontrer d'autres gens – oh ! je ne sais pas, ta mère, ta sœur. Je ne veux voir personne d'autre. Il me semble que notre première soirée devrait avoir quelque chose de sacré, tu ne crois pas ? »

La pluie cessa – pour eux – juste avant leur départ et, lorsqu'ils sortirent dans la rue encore ruisselante, le soleil couchant lançait ses rayons. Il transformait toutes les flaques et les mares en un pavement d'or. Elle avait marqué un instant d'hésitation avant de quitter la maison, comme si ce départ était une sorte de plongeon. On pouvait le croire, d'ailleurs, car la rue ressemblait au lit d'une rivière peu profonde. Une fois dans la voiture, elle retint son souffle, puis poussa un soupir qui semblait de soulagement, ou peut-être simplement de bonheur. Philip s'assit à côté d'elle et ils s'embrassèrent.

5

C'était un coin de Londres qu'il connaissait à peine, situé à l'extrémité occidentale de West Kilburn et au nord de Harrow Road. La nuit commençait à tomber et, après la pluie, les rues étaient désertes. En face d'un interminable bâtiment scolaire datant du début du siècle et ceint d'un haut mur de brique, il y avait un centre de distribution de nourriture pour vagabonds, une soupe populaire. Sur ses marches, des hommes faisaient la queue en compagnie d'une femme, une seule, traînant un panier à roulettes où était assis un petit chien. Philip dépassa une église entourée d'un cimetière aussi sombre et touffu qu'un bois, et tourna dans Tarsus Street.

Seuls les platanes, qui se couvraient d'un feuillage nouveau et bientôt luxuriant, empêchaient l'endroit d'avoir l'air d'un coupe-gorge en cachant et en ombrageant les fissures du trottoir et les clôtures fracassées. Leurs feuilles tendres, qui se déployaient, captaient comme une dorure la lumière des réverbères et projetaient des ombres nettes, dentelées comme des feuilles de vigne. La maison où habitait Senta faisait partie d'une rangée de bâtisses en brique lie-de-vin. Toutes les fenêtres, rectangulaires, sans ornement, étaient en retrait de la façade. Un perron d'une dizaine de marches menait à la porte d'entrée, une porte aux lourds panneaux de bois, autrefois – il y avait bien longtemps – laquée de vert foncé, mais à présent tellement criblée d'éclats et même de trous qu'elle donnait l'impression d'avoir servi de cible de tir. Au-delà du petit mur crépi qui tenait lieu de balustrade au perron, le regard plongeait dans la courette jonchée de détritus, boîtes de conserve, papiers, peaux d'oranges, qui s'étendait devant la fenêtre du sous-sol.

Senta ouvrit la porte d'entrée. L'immeuble était vaste, trois étages au-dessus du sous-sol mais, dès qu'il y eut pénétré, Philip eut, sans savoir comment, le sentiment qu'ils y étaient seuls. Cela ne signifiait pas, bien sûr, que Senta eut la possession exclusive de la maison. Les deux bicyclettes posées contre le mur, le tas de prospectus et autre courrier publicitaire éparpillé sur une table d'acajou décrépite, rendaient cette hypothèse peu probable. Toutes les portes étaient closes. Derrière Senta, Philip traversa le hall et descendit l'escalier du sous-sol. L'odeur qui régnait dans cet endroit lui était inconnue. Il n'aurait pu la définir, sinon comme un très subtil mélange de diverses sortes de crasse ancienne, une crasse jamais enlevée ni même déplacée d'une surface à l'autre, d'un niveau à l'autre, de miettes de nourriture vieilles de plusieurs années, de fibres de vêtements mis au rebut, d'insectes morts, de toiles d'araignées, de particules de pourriture et de poudre d'excréments, de liquides répandus et séchés de longue date, de poils et de fientes d'animaux, de poussière et de suie. C'était une odeur de désintégration.

Le sous-sol avait formé autrefois un appartement indépendant. Du moins le semblait-il. Toutes ces pièces, sauf une, servaient à entreposer des choses – les objets qui étaient peut-être en partie responsables de l'odeur. De vieux meubles, des casiers de bouteilles et de bocaux, des tas de vieux journaux et des piles de choses repliées, laineuses et sombres, qui avaient jadis été des couvertures mais que les mites étaient en train de réduire en une masse grise, pulvérulente et floconneuse. De vieilles toilettes avec une chasse d'eau en hauteur, que l'on pouvait isoler en tirant un rideau de douche. Une baignoire à pieds griffus et un unique robinet d'eau froide en cuivre revêtu d'une croûte vert-de-gris et emmailloté de chiffons.

La chambre de Senta était la seule pièce habitable. Elle se trouvait en façade, c'était la pièce dont on apercevait la fenêtre au fond de la courette. Elle contenait essentiellement un grand lit. Large d'un mètre quatre-vingts, il avait un matelas affaissé, des draps et des taies pourpres qui, d'après l'odeur, n'avaient pas dû être changés depuis assez longtemps. Il y avait aussi une énorme glace au cadre orné de chérubins de stuc, de fruits et de fleurs, dont l'essentiel de la dorure et les quelques branches, rameaux ou pétales étaient ébréchés ou avaient même, çà et là, complètement disparu.

Sur une table basse, une bougie éteinte était piquée dans une soucoupe envahie de cire, à côté d'une bouteille de vin vide. Il y avait une chaise en rotin drapée de vieilles nippes et une plante mourante dans un pot de cuivre tout poussiéreux. La fenêtre n'avait pas de rideaux, mais pouvait être obturée par une paire de volets intérieurs en bois. Entre eux filtrait une lumière grisâtre et aquatique, qui ne suffisait pas à éclairer la pièce. Senta avait allumé la lampe, qui cachait sous son abat-jour de parchemin une ampoule de faible puissance. Ce premier soir, ayant jeté un coup d'œil étonné sur la pièce, choqué par son aspect et se sentant par conséquent peu sûr de lui, il avait demandé à Senta ce qu'elle faisait dans la vie.

« Je suis acteur.

– Tu veux dire actrice ?

– Non, Philip. Tu ne parlerais pas non plus d'une chirurgienne ou d'une jugesse, n'est-ce pas ? »

Philip en convint. « Tu es déjà passée à la télévision ? demanda-t-il. Tu as joué dans quelque chose que j'aurais pu voir ? »

Elle rit mais gentiment, avec indulgence. « Je sors de la RADA [1]. Pour l'instant, j'attends le rôle idéal pour les débuts auxquels je peux prétendre. Ce serait vraiment gâcher mon talent d'accepter n'importe quoi, tu ne crois pas ?

– Je ne sais pas, dit-il. Je n'y connais rien.

– Mais cela viendra. Je t'apprendrai. Je veux que tu aies ton opinion sur moi, Philip, c'est ce qui comptera le plus pour moi, pour nous, ce que nous penserons l'un de l'autre. C'est un échange spirituel qui formera l'essence de notre vie à deux. »

Mais ce soir-là n'avait été marqué par rien de très spirituel. Ils n'avaient pas tardé à se coucher dans le lit de Senta. De là, on voyait les jambes des gens qui passaient sur le trottoir, devant la fenêtre. Ce qui voulait dire qu'en se penchant ils pouvaient vous voir. Elle se moqua de lui lorsqu'il se releva pour fermer les volets, mais il ne se laissa pas démonter. La lampe à l'abat-jour effrangé produisait une lumière chiche et roussâtre qui posait un éclat mystérieux sur leurs étreintes,

1. RADA : abréviation de Royal Academy of Dramatic Art (*NdT*).

une couche d'or sur leurs membres mouvants. Senta semblait douée d'une ardeur inépuisable, d'une inventivité qu'elle développait avec une mimique de concentration, jusqu'à ce qu'elle éclate d'un rire aigu et haletant. Elle riait beaucoup, il adorait déjà son rire. Il adorait sa voix, cette voix extra-ordinaire, aiguë sans être perçante, mélodieuse, claire et posée.

Il avait compté se lever et rentrer chez lui à minuit mais, pris et plusieurs fois chevauché par Senta, dévoré et mâché, saisi et introduit pour n'être expulsé qu'avec regret et déses-poir, fouillé par de petits doigts enfantins doués d'une force étonnante, décapé par une langue aussi râpeuse que celle d'un chat, il avait émis un gémissement, un soupir, et s'était endormi. Les dernières paroles qu'il se rappelait lui avoir entendu prononcer, juste avant de sombrer dans ce sommeil de mort, étaient : « Je ne veux pas seulement t'avoir à moi, Philip, je veux *être* toi. »

Le lendemain matin, s'étant réveillé à neuf heures passées, il avait poussé la porte de la maison à dix heures, pour trouver Christine et Cheryl sur le point d'appeler la police. « Je son-geais justement, lui dit sa mère, que ce serait affreux de perdre en même temps une fille et un fils. » Elle ne lui demanda pas d'où il venait, et ce n'était ni délicatesse ni discrétion de sa part. À présent qu'elle l'avait retrouvé, elle ne pensait plus à l'endroit où il était allé, ni à ce qu'il pouvait bien avoir fait.

Il entra dans le living ; la carte postale avait disparu. Était-ce à cause de ce qu'il lui avait dit ou d'une remarque de Fee ? Sur le tapis, devant la cheminée, traînait un petit bouton de rose fané. Il avait dû tomber de la couronne ou du bouquet d'une des demoiselles d'honneur, peut-être de celui de Senta. Pourtant – et c'était étrange – on ne pouvait penser à Senta de cette façon sentimentale ou romantique. Il paraissait incongru, pour se souvenir d'elle, de recourir à une fleur qui lui avait appartenu. Il ramassa le bouton de rose, le huma, et la fleur ne lui dit rien. Mais à quoi bon ? Senta était à lui et le serait de nouveau la nuit prochaine, la vraie femme était à lui, avec ses cheveux d'argent patiné.

Cheryl entra et lui tendit un billet de cinq livres. Il ne réagissait plus comme hier, à peine quatorze ou quinze heures auparavant, il ne se sentait plus le même homme et les problèmes de Cheryl, s'ils existaient, étaient à cent lieues de lui, ils ne le concernaient pas.

« Merci », dit-il, d'un ton si distrait qu'elle lui lança un regard perplexe. Il aurait bien aimé lui parler de Senta. Surtout, il aurait aimé parler d'elle à Fee, si celle-ci n'avait pas été en route pour Saint-Pierre-Port. De toute façon, Senta s'y était opposée. « Je préfère que personne ne soit au courant, Philip. Pour l'instant. Cela doit rester encore un moment notre secret, un secret sacré. »

Une semaine avait passé. Et il avait vu Senta tous les jours. Le mardi, il annonçait à Christine qu'il ne rentrerait pas pour la nuit, du moins, pas cette nuit-là ni peut-être la suivante, parce que Roseberry Lawn l'envoyait sur un chantier à Winchester et l'installait à l'hôtel. Il comprenait à présent, pour la première fois, combien il était précieux d'avoir une mère comme Christine. Sa distraction, son manque de réalisme, qui, auparavant, irritaient Philip, l'inquiétaient même, par ce qu'ils laissaient présager de la future situation financière de Christine, cette ignorance apparente de toute réaction conventionnelle, lui apparaissaient à présent comme une bénédiction.

Senta n'avait pas le téléphone. Il y en avait un sur la table du hall, à moitié enfoui sous les vieux papiers, mais rarement quelqu'un pour décrocher lorsqu'il sonnait. La maison devait avoir d'autres habitants, mais Philip ne les avait jamais vus, même si, une nuit, réveillé par le bruit, il avait entendu une musique et des pas de danse, sur un rythme de valse. Il rentrait chez lui pour absorber le repas que Christine lui avait préparé, sortait Hardy pour un petit tour du pâté de maisons puis reprenait en voiture le chemin de Kilburn. Il fut soulagé, un matin, lorsque Christine lui dit qu'elle comptait passer la soirée avec « un ami », mais que, s'il voulait bien, elle lui laisserait de quoi dîner. Cet ami était un homme qu'elle avait rencontré au mariage de Fee. Que d'événements importants avaient eu lieu à ce mariage !

Philip lui répondit de ne pas se donner tant de peine : il

dînerait à l'extérieur. En sortant de son travail, il se rendit directement chez Senta et, pour la première fois, ils allèrent dîner ensemble. Cela le changeait – comme un retour à la réalité. Les autres jours, il garait sa voiture dans la rue vers huit heures et demie, neuf heures, un peu inquiet parce que les parages étaient mal famés. Il descendait en courant les marches du sous-sol, le cœur battant la chamade. C'est ici que l'odeur était la plus forte, dans la cage d'escalier. Mais une fois dans la chambre de Senta, elle s'atténuait. Là, cette odeur grasse et âcre de pourriture était recouverte par le parfum des bâtons d'encens, dont il en brûlait généralement un dans la pièce. Senta l'attendait, assise dans l'embrasure de la fenêtre ou, jambes croisées, sur le sol. Un soir il la trouva étendue nue sur le lit, dans une pose qui lui rappela l'*Olympia* de Manet, tableau qu'il connaissait par une carte postale envoyée un jour à Fee.

C'était une nouvelle expérience que de sortir avec elle pour dîner au restaurant. Il découvrit qu'elle n'était pas seulement végétarienne, mais végétalienne. Par bonheur, il avait choisi un restaurant indien. Elle portait une curieuse robe ancienne qui aurait pu appartenir à sa grand-mère, une robe grise à incrustations de fils d'argent, dont la ceinture, à l'emplacement bien visible, avait disparu, et dont la poitrine s'ornait d'une rose de soie grise chiffonnée. Ses cheveux d'argent tombaient tel un voile acheté pour la circonstance et assorti à sa robe. Elle s'était souligné les yeux de vert et passé sur les lèvres du rouge violacé. Il n'était pas sûr d'aimer cette façon de s'habiller mais se sentait troublé, excité, de la voir ainsi parée. Dans le modeste restaurant indien, avec sa musique de sitar diffusée par une cassette, son papier peint à motif de personnages enturbannés et d'éléphants, et sa lumière tamisée, Senta avait l'air d'une déesse du mystère et de l'occulte. Mais il y avait sa bouche : il détestait la voir ainsi cachée sous une couche de pourpre grasse. Avec hésitation, il lui avait demandé si elle voulait bien essuyer le rouge, sa bouche était si belle au naturel. Pourquoi s'attendait-il à ce qu'elle se rebelle ? Elle s'essuya les lèvres avec un morceau de papier de soie et lui dit d'un ton humble : « Je ferai tout ce que tu voudras. Tout ce qui te plaît est ma loi.

– Parle-moi de toi, dit-il. Je ne sais rien de toi, Senta, sinon que tu es actrice – pardon, acteur – et cousine de Darren. Bien que ce dernier point soit plutôt difficile à croire, à mon avis. »

Elle eut un petit sourire, puis se mit à rire franchement. Elle pouvait montrer un sérieux intense, qui lui aurait paru gênant s'il avait tenté de l'imiter, mais aussi rire plus librement, plus gaiement qu'aucune personne de sa connaissance. Il trouvait compréhensible qu'elle n'ait guère envie d'être associée trop étroitement à la famille Collier, une smala de gros rougeauds à la gaieté bruyante, les hommes fous de sport, les femmes fanatiques de loto. « Ma mère était islandaise, dit Senta. Mon père était dans la marine, tu comprends, et il l'a rencontrée au cours d'une escale à Reykjavík.

– Pourquoi dis-tu " était ", Senta ? Ta mère vit toujours, non ? » Elle lui avait raconté que ses parents étaient séparés et vivaient chacun avec un nouveau partenaire. « Tu m'as dit que ta mère avait un ami que tu n'aimais pas beaucoup ?

– Ma mère est morte à ma naissance. »

Il la regarda avec étonnement : cela semblait si étrange. Il n'avait jamais entendu parler de femmes mourant en couches, sinon dans des romans anciens.

« C'était à Reykjavík, je suis née là-bas. Mon père était en mer. » Son visage avait pris un air soupçonneux, vaguement contrarié. « Pourquoi me regardes-tu comme ça ? À quoi penses-tu ? Ils étaient mariés, si c'est ce qui t'inquiète.

– Mais, Senta, je ne voulais pas...

– Mon père m'a ramenée ici et, peu après, il s'est remarié avec Rita, c'est elle que j'appelle ma mère. Ma vraie mère, elle, s'appelait Reidun, Reidun Knudsdatter. Ce qui veut dire " fille de Knud ". Étonnant, non ? Pas *son*, " fils ", mais " fille ". C'est un ancien système matrilinéaire. »

Ce soir-là, elle lui raconta aussi qu'elle avait obtenu une bourse d'études dans une école d'art dramatique et qu'elle était sortie major de sa promotion. En seconde année, elle était allée passer ses vacances au Maroc et avait loué une chambre pour deux mois dans la médina de Marrakech. Comme il était difficile, pour une Européenne, de vivre seule là-bas, elle avait adopté le costume des femmes musulmanes, le voile qui ne découvrait que ses yeux et son front, et la robe noire qui tombait jusqu'à ses pieds. Une autre fois elle était allée à Mexico avec des amis et elle s'y trouvait juste au moment du tremblement de terre. Elle avait fait un voyage en Inde. Philip se rendait compte qu'il n'avait pas grand-chose à offrir en contrepartie de ces récits d'expériences étonnantes ou exotiques. La mort d'un père, la prise en charge d'une mère, les soucis que lui causait Cheryl, c'était maigre.

Mais une fois de retour dans la chambre en sous-sol, partageant avec Senta une bouteille de vin qu'il avait achetée, il s'enhardit à lui parler de Christine, de Gérard Arnham et de Flore. Il lui donna un compte rendu détaillé de ce qu'il avait fait après avoir, de la fenêtre de Mrs. Ripple, découvert la vierge de marbre. Elle rit lorsqu'il lui raconta comment il avait volé la statue et s'était laissé surprendre par un voisin d'Arnham, elle alla même jusqu'à lui demander l'adresse exacte, le nom de la rue et ainsi de suite, et pourtant il ne pouvait se défendre de l'impression qu'elle n'avait pas accordé une attention aussi soutenue à ses récits que lui-même l'avait fait aux siens. Allongée sur le grand lit, elle semblait absorbée par la contemplation de son image dans le miroir. Cette relique d'un élégant salon depuis longtemps disparu, avec ses chérubins dorés amputés d'une jambe ou d'un bras, ses gerbes de fleurs dénudées de leurs feuilles, lui offrait un reflet d'elle brumeux, comme si elle flottait dans des eaux troubles et glauques, son corps de marbre blanc piqueté par les défauts du tain.

Si elle ne s'était guère concentrée sur son récit, pensa-t-il bientôt, c'était uniquement le fait du désir qu'elle éprouvait pour lui, aussi fort, semblait-il, que celui qu'elle lui inspirait. C'était une expérience nouvelle : dans le passé, lorsqu'il se faisait pressant, ses amies étaient fatiguées, n'avaient pas envie, avaient leurs règles ou étaient fâchées par tel ou tel mot qu'il avait dit. Au contraire, les pulsions sexuelles de Senta étaient aussi puissantes que les siennes propres. Et – ce qui changeait avec bonheur de ses anciennes copines – elle atteignait son plaisir avec autant de rapidité et de facilité que lui-même. Fait unique, il n'avait plus besoin de porter une attention patiente, longuement soutenue, aux besoins de sa partenaire. Leurs appétits et leur jouissance se confondaient.

La dernière nuit de la semaine – Fee et Darren devaient rentrer de leur voyage de noces le lendemain – un incident lui permit de mieux la connaître. Il vit dans cette soirée une sorte de percée et il en fut heureux.

Ils avaient fait l'amour et roulé chacun de leur côté sur le grand lit. Il était étendu, épuisé et béat; le seul élément étranger mêlé à sa félicité était ce petit souci têtu qui vrillait de nouveau son chemin dans son esprit : comment amener Senta à changer les draps, comment aborder ce sujet? Comment le faire sans la vexer ou sembler la critiquer? C'était un de ces petits détails idiots et pourtant l'odeur des draps lui levait le cœur.

Les cheveux d'argent de Senta se répandaient sur l'oreiller. Çà et là, elle y avait fait de petites nattes. Elle était étendue sur le dos. Au bas de son ventre, sa toison était couleur de feu, d'un flamboiement artificiel et cette tache rouge vif s'offrait deux fois à son regard, sur le corps blanc et dans le reflet du miroir assez fortement incliné, dont le sommet s'écartait du mur d'une trentaine de centimètres. Pris d'une soudaine impulsion, presque sans y penser, il avait mis la main de Senta dans la sienne, l'avait posée sur le triangle flamboyant et crêpelé, et dit négligemment, d'une voix rieuse : « Pourquoi est-ce que tu te teins la toison ? »

Elle se redressa d'un bond. Elle repoussa brutalement la main de Philip et, comme il avait relâché le bras et ne s'attendait nullement à ce geste, il reçut sa propre main en pleine poitrine. Senta avait le visage crispé de fureur. Elle frémissait de colère, elle serrait les poings en s'agenouillant pour se pencher sur lui. « Comment ça, teindre ? Va te faire foutre, oui ! T'as un foutu culot de me dire une chose pareille ! »

Une seconde ou deux, il eut peine à croire ce qu'il entendait, ces mots-là prononcés de cette voix pure et musicale. Il se releva, tenta de lui prendre les mains, mais dut plonger de la tête pour esquiver le coup qu'elle lui destinait.

« Senta, Senta, qu'est-ce que tu as ? Où est le problème ?

– C'est toi, le problème, toi ! Comment oses-tu me dire ça à moi ? Que je me teins la toison ! »

Il avait près d'une tête de plus qu'elle et était à peu près deux fois plus fort. Cette fois, il réussit à lui empoigner les bras, à la maîtriser. Elle haletait, se tortillait pour se dégager de son emprise. Son visage se tordait sous l'effort qu'elle faisait pour lui échapper. Il eut un rire moqueur.

« C'est clair, il me semble. Tu es blonde, tu ne peux pas avoir cette couleur-là à cet endroit. »

Elle lui cracha les mots au visage : « Je me teins les cheveux, idiot ! »

Le rire qui le secoua lui fit relâcher son étreinte. Il s'attendait à une attaque et leva les mains pour se protéger le visage, tout en pensant au même instant : c'est affreux, nous sommes en train de nous disputer, qu'est-ce qui nous arrive ? Elle écarta doucement les mains de Philip, lui prit le visage, approcha ses lèvres douces et chaudes des siennes, l'embrassant plus tendrement, plus longuement qu'elle ne l'avait jamais fait, lui caressant le visage, la poitrine. Puis elle lui prit la main qu'elle avait repoussée et dont les jointures l'avaient cinglé, et la posa délicatement sur la région de son corps qui avait causé leur querelle, sur la toison rousse et sur la peau blanche, fine et soyeuse, à l'intérieur de ses cuisses.

Une demi-heure plus tard elle se leva et dit : « Ces draps puent un peu. Assieds-toi une minute dans le fauteuil, je vais les changer. »

Ainsi fut fait, le pourpre fit place au vert émeraude et elle roula en boule les draps sales dans son sac de toile pour les porter à la laverie. « Nous nous rapprochons, se dit-il, elle a lu dans mes pensées, ça me plaît, je l'aime, ma petite furie fantasque. » Mais un peu après minuit, la laissant endormie sous la couette couverte de sa housse propre de coton vert pour monter l'escalier obscur et odorant, il s'aperçut qu'il ne l'avait pas crue lorsqu'elle lui avait dit qu'elle se teignait les cheveux. C'était certainement une invention. Bien sûr, elle s'éclaircissait les cheveux et mettait un produit quelconque pour leur donner cet aspect argenté, cela se voyait, mais quelle rousse aurait eu l'idée de se teindre les cheveux dans ce ton métallique ? Et pourquoi ?

Il éprouva un pincement au cœur, qu'il identifia aussitôt

comme de la peur. Il était effrayé à la pensée qu'elle pût lui mentir. Mais c'était après tout un très petit mensonge, une question sans importance, le genre de sujet sur lequel aucune fille, peut-être, ne disait jamais la stricte vérité, et il se rappela Jenny lui parlant de son hâle naturel alors qu'elle faisait des séances quotidiennes d'UVA.

Jenny... Il y avait longtemps qu'il ne lui avait accordé la moindre pensée. Il ne l'avait plus vue, ni entendu sa voix depuis qu'ils s'étaient brouillés en janvier dernier. Elle voulait qu'ils se fiancent, elle avait commencé à l'entreprendre sur ce sujet pendant leurs vacances à Majorque, en octobre de l'année précédente. « Je ne peux pas me marier, lui avait-il dit, je ne peux pas songer au mariage avant des années. Où vivrions-nous ? Ici, chez ma mère ?

— Si nous étions fiancés, insistait-elle, j'aurais le sentiment de compter pour toi, de vivre vraiment à deux, de former un couple. » Et puis soudain, bien sûr, le vrai grief était sorti : « Je ne vois pas pourquoi je continuerais à coucher avec toi comme ça, quand ça t'arrange, je crois que ce n'est pas bien, tant qu'on ne se met pas vraiment ensemble. »

Elle l'avait harcelé pour lui arracher une promesse qu'il ne pouvait, ni ne voulait lui faire. La séparation lui avait causé un déchirement bien pire qu'il n'aurait cru mais, avec le recul, il lui semblait qu'il n'aurait pu être mieux inspiré. Curieux de comparer ou plutôt d'opposer Jenny à Senta. Tout en conduisant pour regagner Glenallan Close, il se surprit à rire aux éclats à la pensée de Senta lui demandant de « se mettre ensemble » ou de se fiancer. Jenny, dans son petit univers terne de banlieusarde, n'aurait pas même pu rêver de ce que l'idée de permanence signifiait pour Senta : un engagement total, une exclusivité absolue, l'union parfaite et sans égale de deux êtres humains embarqués dans l'aventure de la vie.

Le retour de Fee et de son époux eut pour effet de montrer à Philip un fait étonnant : il ne connaissait Senta que depuis une quinzaine de jours. Fee et Darren avaient été absents deux semaines et, le jour de leur départ, Senta était encore pour lui, pratiquement, une étrangère, une fille affublée d'une invraisemblable robe à pois orange, qui lui lançait, d'un bout à l'autre d'une salle bondée, des regards mystérieux que, comme un nigaud, il n'avait pas su interpréter.

Depuis lors, la fréquentation quotidienne de Senta lui avait fait croire – en dépit de l'expérience du contraire – que Darren, étant son cousin, devait à coup sûr être une personne infiniment plus intéressante et subtile que dans son souvenir. Il avait certainement mal jugé Darren. Peut-être était-il naturel, de la part d'un frère, de trouver tout prétendant indigne de sa sœur. Mais, remis en présence de ce tout nouveau beau-frère, il se rendit compte qu'il ne s'était pas trompé. Massif et, à vingt-quatre ans, déjà pourvu d'un début de bedaine, Darren était planté devant la télévision et s'esclaffait en suivant un feuilleton dont il ne pouvait apparemment se passer, qu'il n'aurait manqué sous aucun prétexte, même lorsqu'il n'était pas chez lui. En voyage de noces, il avait exigé de le voir les deux dimanches, expliqua Fee avec la fierté d'une mère commentant les besoins alimentaires de son bébé.

Rentrés la veille, ils étaient venus à l'heure du thé, bien qu'à proprement parler « prendre le thé » ne fît pas partie des traditions de Glenallan Close. Christine les avait régalés d'un de ses tours de force culinaires, des tranches de saucisson au jambon avec une boîte de spaghetti en couronne. Après le repas, elle allait coiffer Fee et montrait une joie enfantine à l'idée que celle-ci, pour une fois, la laissait faire. Philip trouvait sa mère plutôt en beauté. Sans conteste, elle avait meilleure mine, paraissait plus jeune et en quelque sorte plus heureuse, depuis le mariage. Ce ne pouvait être le soulagement d'en avoir fini avec les noces, de voir Fee mariée, car elle avait suggéré une fois ou deux – elle se bornait toujours à suggérer – que Fee, à son âge, aurait pu largement se permettre d'attendre un an ou deux avant de s'établir dans la vie. Ce devait être son nouvel ami, la compagnie d'un homme de son âge. Christine avait un rouge à lèvres rose, plutôt bien appliqué, sans bavures, et elle s'était fait un de ces rinçages à reflets dorés qu'elle réservait jusque-là à ses clientes.

Mère et fille s'éclipsèrent à la cuisine. Philip entendit

Christine complimenter Fee sur le pull bleu marine qu'elle portait et remarquer que c'était plutôt drôle d'acheter un guernesey dans l'île de Guernesey. Fee lui expliqua patiemment qu'il n'y avait là aucune coïncidence et que le lainage tirait son nom de l'île, comme le jersey, ce qui suscita des cris d'émerveillement.

Cheryl, comme toujours, était sortie. Philip resta seul avec son beau-frère. Privé de télévision, Darren se montra loquace sur des sujets tels que le sport international, la nouvelle Fiat et les embouteillages, et intarissable sur le cadre de sa lune de miel. Les falaises de Guernesey étaient certainement les plus hautes qu'il eût jamais vues, sans doute les plus hautes des îles Britanniques, il ne se risquerait même pas à estimer leur hauteur. Et les courants de la Manche étaient particulièrement périlleux. Il se demandait combien d'accidents ils avaient pu causer aux baigneurs. Philip, qui avait fait plusieurs voyages organisés à l'étranger, se dit que Darren était probablement l'un de ces touristes toujours prompts à demander au guide l'ancienneté d'un monument, la profondeur de l'eau, l'altitude d'une montagne, le nombre de briques qu'il avait fallu pour construire telle cathédrale, d'hommes pour peindre tel plafond.

Des photos furent exhibées – il était trop tôt pour des diapos, Dieu merci ! Philip mourait d'envie de parler de Senta à Darren. « Voilà l'occasion », s'était-il dit en voyant les femmes quitter la pièce. Bien sûr, il n'avait pas l'intention de trahir la parole donnée à Senta ni de révéler leur liaison. En un sens, ce serait délicieux de parler d'elle en cachant qu'elle était plus pour lui qu'une vague relation. Mais jusqu'à présent Darren, transporté par son sujet, parlait à jet continu et ne lui laissait aucune chance. Philip rongeait son frein. Il avait déjà découvert la joie de prononcer son nom devant des tiers et avait fait allusion à elle, d'un ton dégagé et indifférent, en parlant à sa mère ou à Cheryl.

« Senta, tu sais, la fille avec ces espèces de cheveux blonds argentés, qui était demoiselle d'honneur de Fee, je parie qu'elle sera bien sur les photos. » Et, remarque plus risquée : « On ne dirait pas que cette Senta, la demoiselle d'honneur de Fee, est une parente de Darren, tu ne trouves pas ? »

Le père de Senta et la mère de Darren étaient frère et sœur.
On avait peine à le croire. Ils n'avaient en commun ni trait ni
couleur de peau, d'yeux ou de cheveux. Ils étaient bâtis de
façon totalement opposée et auraient pu appartenir à des races
différentes. Darren avait les cheveux jaunes, épais et plutôt
raides, comme de la paille fraîche. Il avait les yeux bleus, des
traits marqués mais photogéniques et la peau rougeaude. Un
jour, des bajoues lie-de-vin pendraient sur son col de chemise
et son nez aurait l'air d'une fraise géante. Il était aussi carré
qu'un valet de carreau.

Comblant le bref silence qui se fit lorsque Darren remit
toutes ses photos dans l'enveloppe jaune, Philip dit brusquement : « Je n'avais jamais rencontré ta cousine Senta avant le
mariage. »

Darren leva les yeux. Un instant, il resta sans rien dire et
Philip eut l'impression qu'il le regardait avec stupéfaction.
Philip avait le pressentiment extraordinaire, accompagné d'un
début de panique, qu'il allait nier avoir une cousine, ou même
lui dire : « Qui ça ? Jane, tu veux dire ? C'est seulement un
nom qu'elle s'est inventé. »

Mais ce n'était ni stupéfaction, ni surprise, ni indignation,
ni rien de tel, ce n'était que l'habituelle lenteur d'esprit de
Darren. Peu à peu, un sourire entendu se peignit sur son
visage.

« Alors t'en pinces pour elle, hein, Philip ?

– Je ne la connais même pas, dit Philip. Je ne l'ai vue
qu'une seule fois. » Il s'aperçut qu'il venait de dire son premier mensonge à cause de Senta et se demanda ce qui l'y avait
poussé. Mais il se jeta à l'eau. « C'est une cousine au premier
degré ? »

C'était trop en demander à Darren, qui répondit, l'air un
peu ahuri : « Premier, deuxième, je ne me suis pas tellement
posé la question. Tout ce que je sais, c'est que ma mère est sa
tante et son père mon oncle, et, dans mon pays, ça fait qu'on
est cousins. Vu ? » Il revint en terrain plus sûr et mieux connu.
« Allons, Phil, je suis sûr que t'en pinces pour elle. »

Un regard entendu et un sourire de tombeur étaient tout ce
qu'attendait Darren, et Philip réussit à les lui fournir sans trop

d'effort. Darren y répondit d'un clin d'œil. « Un drôle de numéro, Senta. Tu verrais l'endroit où elle habite, un vrai trou à rats, un tas d'ordures. Fee n'a pas voulu y mettre les pieds quand elles étaient en train d'arranger leurs robes et tous leurs trucs, et je ne peux pas lui donner tort. Et dire qu'elle pourrait vivre dans une belle maison, chez oncle Tom à Finchley. Elle veut nous faire croire qu'elle est dérangée ou quoi ? »

Philip avait beau sentir qu'il se trahissait à chaque mot, il ne pouvait s'arrêter. « Alors, Fee ne la connaît pas très bien ?

– T'en fais pas pour ça, mon vieux, moi je la connais. Je peux t'introduire là-bas si c'est ce que tu cherches. »

Il en avait fini sur ce sujet et revint à Guernesey et à sa passion des altitudes, profondeurs, poids, mesures et écarts de température. Philip le laissa continuer sur sa lancée, puis s'excusa. Senta l'attendait à neuf heures. Avant de quitter la maison, il devait monter au premier s'assurer de quelque chose. Il lui était venu à l'esprit qu'après son départ Fee aurait pu entrer dans sa chambre, si elle était encore là. À vrai dire, quand elle habitait encore Glenallan Close, elle n'entrait jamais chez lui sans raison particulière. Mais il avait été frappé d'une sorte de prémonition ou d'une simple appréhension. La statue de marbre était toujours là, découverte, dans le coin niché entre le placard à habits et le mur de façade.

Il était neuf heures moins dix mais la nuit n'était pas encore tombée, et la lumière crépusculaire donnait à la peau de Flore un rayonnement nacré et pourtant humain, presque vivant. C'était vraiment tout le portrait de Senta. Ce regard calme mais fixe, posé sur des horizons lointains, ne lui appartenait-il pas, à elle seule ? Ces lèvres ourlées subtilement, proportionnées au nez droit et fin ? Elle s'était même coiffée de la sorte lorsqu'ils étaient sortis ensemble, les cheveux relevés et tirés, avec de petits crans là où les tresses les avaient ondulés. Il ressentit un désir brusque – qu'il reconnut comme aberrant et s'empressa de refouler – d'embrasser cette bouche de marbre, de presser les lèvres contre ces lèvres qui semblaient si douces. Il enveloppa de nouveau la statue, non pas, cette fois, dans le plastique froid et glissant, mais dans un vieux chandail d'Aran, et la poussa tout au fond du placard.

Parler de Senta, entendre confirmer certains de ses propos
– à cet égard il se sentait déloyal, mais il devait avouer qu'il
avait eu des doutes et des craintes –, goûter sur ses lèvres la
saveur harmonieuse de son nom et l'entendre prononcer si
négligemment par un autre, tout cela l'avait enflammé d'une
ardeur renouvelée, plus intense. Dévoré d'impatience, le
souffle court, il conduisait en maudissant les feux rouges. Il
descendit l'escalier crasseux quatre à quatre, le corps crispé et
tendu de désir, ses doigts tremblèrent en introduisant la clé
dans la serrure, le parfum du bâton d'encens qui fumait lui
monta au visage lorsque la porte s'ouvrit pour l'admettre dans
cet antre d'odeur, de poussière, de mystère.

6

Sous l'aubépine, dont toutes les fleurs étaient tombées
depuis longtemps et qui était redevenu un arbre vert tout ordinaire, se tenait un Cupidon avec son arc et son carquois rempli
de flèches. Philip ne pouvait pas le voir très clairement car les
jumelles n'étaient toujours pas dans la pièce. Rien n'y était,
d'ailleurs. Mrs. Ripple avait satisfait aux exigences de Roseberry Lawn et débarrassé l'intérieur des livres de cuisine, de la
cheminée, des boiseries rapportées et des revêtements de sol.
C'était devenu une véritable coquille vide.

Le Cupidon amusait Philip. Il savait que c'était le dieu de
l'amour et se demandait si Arnham l'avait choisi pour cette
raison ou simplement par goût. Un mois plus tôt, il aurait ressenti la présence de ce substitut de Flore comme un affront,
une provocation. Mais il avait beaucoup changé durant ces
dernières semaines. C'était à peine s'il se souvenait pourquoi
il avait volé Flore. Il prit conscience qu'il ne se souciait plus
d'Arnham, qui lui était devenu indifférent, il éprouvait même
de l'amitié pour lui. Sa colère avait entièrement disparu. Et
s'il devait le rencontrer maintenant, il lui dirait bonjour et lui
demanderait de ses nouvelles.

Sa mission, en ce samedi, considéré généralement comme un jour de repos, était simplement de venir ici et d'inspecter la maison de Mrs. Ripple, pour vérifier s'il était vrai, ainsi qu'elle l'avait affirmé au téléphone, que la chambre était prête – on ne pouvait faire confiance à ce genre de clients. Les ouvriers de Roseberry Lawn devaient commencer lundi. Philip ferma la porte derrière lui et descendit. Mrs. Ripple l'attendait au pied de l'escalier.

« Je ne pourrai pas leur faire de thé.

– Ce n'est pas un problème, Mrs. Ripple, ils n'en espèrent pas tant. » Bien au contraire, mais à quoi bon argumenter ? Et il n'y avait aucune raison de créer tout de suite des problèmes en lui expliquant que si elle ne leur apportait pas leur thé du matin et de l'après-midi les ouvriers prendraient une demi-heure à onze heures et une autre à trois heures pour descendre au café. « Vous n'aurez pas de problèmes avec eux et je pense que vous apprécierez la façon dont ils nettoient tout après leur passage.

– Je ne tolérerai ni cigarettes ni transistors.

– Bien sûr que non », dit Philip, pensant qu'elle réglerait cette question avec les ouvriers. Il savait qui gagnerait cette bataille.

La porte claqua derrière lui. Pas étonnant que son plafond soit fissuré. Il descendit l'allée vers la voiture, où l'attendait Senta, installée à la place du passager.

C'était la première fois qu'elle sortait avec lui depuis ce repas au restaurant indien. Cela ne s'était pas renouvelé. À l'exception d'une soirée par semaine passée à contrecœur à la maison avec Christine, il lui avait consacré toutes ses nuits. À quoi bon sortir au restaurant, disait-elle, et il se rendait compte qu'elle n'était pas très portée sur la nourriture, bien qu'elle aimât les chocolats et le vin. Elle ne lui avait d'ailleurs jamais fait la cuisine. Il se remémorait souvent la remarque de Fee, lorsque, avant de la connaître, il avait demandé pourquoi Senta ne pouvait faire elle-même sa robe. Fee lui avait répondu que s'il avait connu Senta il n'aurait pas posé la question. Eh bien, il la connaissait maintenant et ne poserait plus cette question. Il en était de même pour la cuisine ou toute

autre tâche domestique. Elle passait la majorité de ses matinées au lit jusqu'à midi ou même plus tard, lui avait-elle dit.
Sa vie, en dehors du temps passé avec lui, était un mystère.
Si, aux rares occasions où il avait essayé de lui téléphoner,
elle avait été là, elle n'avait cependant pas répondu, bien qu'il
laissât sonner assez longtemps pour lui laisser le temps de
monter.

Leur vie commune cloîtrée, la moitié de ses nuits passées
dans son lit, lui semblait merveilleuse, la plus belle expérience
de sa vie, mais il sentait que d'une certaine façon ce n'était pas
bon, pas vrai. Ils devraient se retrouver pour parler, pour être
ensemble, pas seulement pour le sexe. Et, lorsqu'il l'avait
invitée à l'accompagner dans ce déplacement à Chigwell,
expédier cette visite à Mrs. Ripple, déjeuner quelque part et
peut-être faire un tour à la campagne, il s'attendait à un refus.
Il fut surpris et ravi de la voir accepter. Il fut encore plus heureux de l'entendre donner un écho à ses propres pensées et lui
dire qu'ils devraient passer tout leur temps libre ensemble,
tout le temps où ils ne travailleraient pas.

« Mais tu ne travailles jamais, Senta, lui avait-il dit d'un ton
légèrement railleur.

– Je suis allée à une audition, hier, dit-elle. C'est pour un
rôle assez important dans un film. Je ne l'ai pas eu, il est allé à
Miranda Richardson, mais le metteur en scène a aimé ce que
je faisais, il a dit que j'étais remarquable.

– Miranda Richardson ! »

Philip avait été impressionné. Que Senta soit considérée sur
un pied d'égalité avec Miranda Richardson en disait long sur
ses capacités. Il en avait aussi appris un peu plus sur la
RADA, l'Académie royale d'art dramatique, depuis qu'elle
lui avait dit qu'elle y avait été. C'était l'école d'art dramatique
par excellence, c'était comme dire qu'on avait été à Oxford.

Mais depuis, il en avait douté. C'était horrible de douter
ainsi, lorsqu'on éprouvait pour quelqu'un ce qu'il éprouvait
pour Senta, pourtant, au fond de lui-même, il doutait. Ses
doutes étaient nés lorsqu'elle lui avait dit que, pour garder la
forme et rester d'attaque, elle passait la plupart de ses après-
midi quelque part dans Floral Street, pour répéter et faire de la

danse. Elle y rencontrait toutes sortes de gens célèbres, des acteurs, des actrices et des danseurs. Un jour, lui avait-elle dit, elle avait pris le thé en compagnie de quelques amis avec Wayne Sleep.

Il ne pouvait en croire ses oreilles. Elle enjolivait la réalité, tout simplement. En traversant Covent Garden, elle avait probablement vu Wayne Sleep, sur le trottoir d'en face. Peut-être avait-elle été une fois dans un club de sport et essayé le cours d'aérobic. Il y avait des gens comme ça, pour qui la vérité est trop pâle et nue, qui éprouvent le besoin de l'embellir. Ce n'étaient pas des mensonges, on ne pouvait appeler cela des mensonges. Elle parlait très vraisemblablement de lui à ses amis, quels qu'ils soient. Mais on pouvait mettre sa main au feu qu'elle ne leur disait pas qu'il était géomètre adjoint dans une entreprise qui installait des salles de bains et des cuisines, et qu'il habitait chez sa mère à Cricklewood. Dans ses récits elle en faisait certainement un architecte d'intérieur à Hampstead.

Il sourit à cette pensée, elle se tourna vers lui, lorsqu'il entra dans la voiture, et lui demanda ce qui l'amusait.

« Je suis tout simplement heureux. C'est formidable de sortir avec toi comme ça. »

Pour toute réponse, elle se pencha vers lui tout en souplesse et pressa ses douces lèvres chaudes sur les siennes. Il se demanda si Mrs. Ripple regardait par la fenêtre.

« Bientôt nous serons pour toujours ensemble, Philip, dit-elle. J'en suis sûre. Je pense que c'est notre destin *karmanique* secret. »

Quelques jours auparavant, elle lui avait dressé son horoscope et, ce matin, elle lui avait dit que le chiffre clé de son nom était le huit. Maintenant, elle commençait à lui parler de numérologie, lui racontant comment son chiffre vibrait avec la planète Saturne et représentait la sagesse, l'apprentissage par l'expérience, la stabilité, la patience et la responsabilité. Philip tourna dans la rue où se trouvait la maison d'Arnham et la lui montra.

Elle n'y prêta que peu d'attention et se tourna vers lui, avec un regard mécontent. Il se sentit coupable, car il était vrai, comme elle le disait, qu'il ne l'avait pas bien écoutée.

« Vous, les " huit ", dit-elle, vous vous révélez froids et réservés auprès de ceux que vous devriez aimer et croire.

– Froid ? dit-il. Réservé ? Tu plaisantes. C'est une plaisanterie, n'est-ce pas, Senta ?

– C'est parce que vous avez peur de passer pour faibles. Pour rien au monde, vous, les " huit ", vous ne voudriez passer pour faibles. »

Ils déjeunèrent dans un pub de campagne et oublièrent ce que Senta appelait les codes secrets de l'Univers. Ensuite, ils parquèrent la voiture dans une partie de l'Essex où les routes sont étroites et peu fréquentées des touristes. Senta l'emmena parmi les arbres et ils firent l'amour sur l'herbe.

Il se demandait s'il l'aimait, s'il était amoureux d'elle. Elle lui avait dit la première fois de ne pas lui dire qu'il l'aimait, pas ce genre de discours. Il était dit qu'ils seraient ensemble pour toujours, qu'ils ne seraient plus qu'un, ils s'étaient trouvés l'un l'autre. Mais était-il amoureux ? Savait-il même ce que voulait dire cette expression si largement et si couramment utilisée, si usée et rebattue ?

La sensualité, le désir, si vous préférez, la passion, un besoin absolu et irrépressible de la posséder et de la posséder encore, tout y était. Et il pensait à elle continuellement. Elle occupait ses pensées lorsqu'il était en route pour les maisons que Roseberry Lawn transformait, lorsqu'il était avec Roy, à la maison avec Christine et Cheryl, même dans son propre lit à Glenallan Close. Bien qu'à ce moment-là, après être revenu de Kilburn au petit matin, il fût habituellement trop fatigué pour faire autre chose que dormir profondément. Parfois, il lui parlait en songe. Il lui parlait de ses pensées, de ses peurs, car, pour une raison ou une autre, il ne pouvait parler à la vraie femme. La vraie Senta, bien que silencieuse quand il parlait, semblait ne pas l'écouter. Et lorsqu'il attendait une réplique de sa part, une fois sur deux, elle partait sur la signification mystique de points de polarité ou l'affirmation étrange selon laquelle ils étaient des âmes unies qui n'avaient pas besoin de mots pour communiquer.

Comment pouvait-il être son autre moitié, son âme sœur, s'il n'était pas sûr de l'aimer ?

À la fin du mois de juin, Christine et Cheryl partirent en vacances ensemble. Philip était heureux, maintenant, de ne pas avoir décidé de partir avec sa mère et sa sœur lorsqu'il avait rompu avec Jenny et annulé le voyage organisé en Grèce qu'ils avaient prévu de faire ensemble. Il allait avoir deux semaines seul avec Senta.

Il était fâcheux, d'une certaine façon, d'avoir à rester à Glenallan Close. Mais il fallait que quelqu'un reste pour s'occuper de Hardy. Et Philip reconnaissait en lui-même que bien qu'il s'y rendît toutes les nuits, bien qu'il adorât y aller parce que Senta y était, bien qu'il se languît de cet endroit, ressentant une excitation à couper le souffle, il ne s'était jamais vraiment fait à la maison de Tarsus Street, il ne l'avait jamais acceptée. La crasse et l'odeur le gênaient toujours. Et l'endroit avait quelque chose de sinistre, le fait de ne jamais voir personne d'autre, de n'entendre aucun son, si ce n'est occasionnellement cette musique et ces pas de danse, le troublait. En fait, il aurait même dû ressentir une certaine appréhension à la voir habiter là. S'il était vraiment un de ces « huit » si sages et responsables, et il souriait à cette idée, il se ferait certainement du souci à la pensée que sa petite amie, son âme sœur comme elle disait, habitait ce coin de Londres, dans cette maison sordide. Il y avait des ivrognes, la nuit, dans Tarsus Street et des bandes de garçons traînant aux coins des rues, des épaves humaines couchées sur le pavé ou blotties contre les portes des maisons. Pourquoi ne s'en souciait-il pas ? Était-ce, horrible pensée, parce qu'elle semblait faire partie de l'endroit aussi bien que les autres ?

Un soir qu'il était venu la voir à neuf heures, alors qu'il tournait dans sa rue, il avait vu une fille étrange s'avancer vers lui, glissant sur le trottoir dans sa robe noire qui touchait le sol, la tête enveloppée dans un tissu rayé rouge comme les femmes africaines. Elle avait pris son bras comme il sortait de sa voiture et lui avait lancé un sourire, avant qu'il se rendît compte qu'il s'agissait de Senta. Pendant un horrible instant, il avait pensé qu'il s'agissait d'une prostituée venue le racoler.

Christine et Cheryl partaient pour les Cornouailles. Philip ne s'était pas beaucoup soucié de Cheryl ces derniers temps, mais maintenant il se demandait ce qu'il adviendrait de cette sale habitude qu'elle avait, quand elle et Christine seraient à Newquay. L'alcool et la drogue, eh bien on en trouve partout, se dit-il. Se rappelant son expérience dans cette rue sordide avec une Senta déguisée, il se demanda si ses peurs inexprimées étaient après tout justifiées et si Cheryl réunissait l'argent nécessaire grâce à la prostitution. Avec un certain malaise, il se rappelait les cinq livres qu'elle lui avait rendues aussi promptement, pas plus d'une nuit et une matinée après les lui avoir empruntées.

Il les accompagna en voiture à Paddington Station. Christine portait une robe de coton à fleurs et un cardigan blanc qu'elle avait tricoté elle-même durant les longues soirées d'hiver. De loin, on ne voyait pas les défauts. Il lui dit qu'elle était ravissante (c'était son expression), et le contraste entre elle et Cheryl en jean avec un tee-shirt Mickey et un blouson de cuir noir était presque risible. Cheryl n'avait plus rien de jeune, ni même l'air d'être une jeune fille, ni grand-chose d'humain. La peau de son visage semblait tirée et dure, ses yeux étaient amers. Elle s'était fait raser la tête presque jusqu'au sommet du crâne.

« C'est ce qu'on peut appeler une coupe militaire, fut tout ce que dit Christine.

– Je sais pas ce que c'est, une coupe militaire. Ça, c'est une " tête en daim ".

– C'est certainement très joli si tu aimes ça. » C'était ce que Christine faisait de plus virulent dans la critique.

Les laissant là, sur la rampe d'accès avec leurs valises – inutile d'espérer trouver une place de stationnement –, il s'en retourna à Cricklewood, se demandant ce qu'allait devenir sa sœur. Elle n'avait rien appris, n'avait aucun travail, ni même la perspective d'en trouver un, était terriblement ignorante, n'avait aucun petit ami ni aucune forme d'ami et était empêtrée dans une habitude dont il redoutait de découvrir la nature. Mais comme toujours, désormais, ces pensées furent rapidement remplacées par Senta. Aussitôt qu'il eut sorti Hardy pour sa promenade, il partit pour Kilburn, afin de passer le reste de la journée avec elle. Il voulait la persuader de revenir à Glenallan Close avec lui pour la nuit.

Hardy eut pour une fois droit à une vraie promenade, il l'avait bien méritée. Le pauvre chien avait dû se contenter trop souvent d'un tour rapide du pâté de maisons, ces derniers temps. Philip l'emmena à Hampstead Heath et traversa les bois entre Spaniards Road et le Vale of Health en direction de Highgate. Le mois de juin était frais, sec et sombre. Le vert profond de l'herbe, la couleur plus intense et plus riche des feuillages étaient un apaisement pour les yeux. Devant lui le petit chien courait, s'arrêtant parfois pour pousser sa truffe tout excitée dans un trou de lapin. Philip pensa à Senta, son corps blanc de marbre, cette poitrine plus que généreuse, ces mamelons qui n'étaient ni bruns ni rosâtres, mais d'un rose perle des plus pâles, et ce bouquet rose bronze sous son ventre, comme des fleurs rouges...

Il brancha son esprit et son imagination sur son visage aux yeux de païenne semblables à ceux de Flore. Sur sa voix et ce qu'elle disait. Il pouvait maintenant penser tendrement aux petits mensonges bêtes qu'elle lui faisait, à propos de la teinture de ses cheveux, par exemple, à propos de son audition pour ce film et sa rencontre avec Wayne Sleep. Ces histoires sans doute inventées elles aussi à propos de sa mère islandaise, morte en la mettant au monde. Fee n'avait-elle pas parlé une fois de la mère de Senta et de son jeune amant ?

Elle inventait ces histoires, voilà la vérité. Rien de mal à cela. Parmi les choses qu'elle lui avait racontées, certaines avaient été inventées pour l'impressionner et cela était très flatteur. Qu'une fille comme Senta veuille l'impressionner était un énorme compliment. Il avait lu quelque part que ces fantaisies étaient le lot des gens dont la vie est plutôt vide, qui ne s'adaptent pas à la réalité. En pensant ainsi, il se sentit le besoin de la protéger et éprouva un tendre amour pour elle. En la considérant ainsi, il ne doutait plus du tout de son amour pour elle.

Philip fut très fier d'être arrivé à ces conclusions aussi posément. Il lui semblait presque trouver quelque chose de vrai dans ces histoires de numérologie, car il était peut-être un de ceux qui apprenaient par l'expérience, qui parvenaient à la sagesse avec l'âge. Il ne lui en voulait pas de tous ses mensonges mais, puisqu'il en était ainsi, il ne se sentait ni dupe ni désillusionné et c'était une bonne chose. Il n'était pas déçu par elle et, pour être juste, ce n'était peut-être pas son intention, elle voulait paraître plus fascinante à ses yeux, plus excitante qu'elle ne l'était en réalité. Il était impossible, selon lui, qu'elle soit encore plus excitante et, pour ce qui est de la fascination, il aimait à se l'imaginer comme la petite fille aimante qu'elle était vraiment sous ces dehors troublants, la maîtresse passionnée qui était en même temps une femme tout à fait ordinaire, avec les doutes et les incertitudes d'une femme ordinaire.

Il alla faire des courses sur le chemin de Tarsus Street. Il prit chez le Chinois des plats à emporter. Si elle n'en voulait pas, ce serait pour lui. Il acheta des biscuits et des fruits, ainsi que deux bouteilles de vin et une grande boîte de chocolats de chez Terry Moonlight. Senta lui coûtait moins cher que Jenny parce qu'ils sortaient vraiment très rarement. Il aimait à ne pas lésiner sur les choses qu'il lui achetait.

Devant sa maison, un vieillard portant ce qui ressemble à un imperméable de femme, noué à la taille par une ficelle, fouinait dans un des sacs en plastique empilés sur le trottoir. En dépit des panneaux apposés sur les réverbères les informant que déposer les ordures dans la rue constituait une atteinte à l'environnement, les gens du quartier empilaient leurs sacs-poubelle à l'extérieur de leurs clôtures défoncées, en monceaux malodorants. Le vieil homme y avait trouvé un demi-pain en tranches enveloppé de Cellophane et, y enfouissant à nouveau sa main, était peut-être parti à la recherche d'un morceau de fromage ou des restes d'un joint. Philip le vit tripoter les os gras et cramoisis de ce qui avait été une aile de poulet tandoori. La nourriture de luxe qu'il transportait accrut le malaise qu'il aurait éprouvé normalement face à ce vieil homme. Il chercha une pièce d'une livre dans sa poche et la lui tendit.

« Merci, gouverneur. Que Dieu vous bénisse ! »

La possession de la pièce ne l'empêcha pas de continuer son exploration de la pile de sacs-poubelle. Aurait-il dû aller jusqu'à cinq livres ? Philip monta les marches en courant, et entra dans la maison toujours aussi silencieuse et sale. Il avait plu fortement la nuit précédente, et quelqu'un, comme on pouvait le voir clairement, avait traversé l'entrée dallée pour gagner l'escalier avec ses chaussures humides, dont les semelles au relief fortement marqué se dessinaient dans la poussière.

L'odeur des bâtons d'encens était puissante aujourd'hui. Il pouvait la sentir depuis l'escalier du sous-sol, où elle tentait de couvrir l'exhalaison âcre et envahissante de ce trou sombre. Senta l'attendait à l'intérieur. Parfois, et aujourd'hui c'était le cas, elle portait un vieux kimono japonais dans des bleus et des roses passés, dont le dos s'ornait d'un oiseau rose brodé avec sa longue queue incurvée. Ses cheveux étaient relevés sur le sommet de la tête et fixés à l'aide d'un peigne argenté. Elle lui tendit les bras et l'enlaça dans une étreinte douce, lente, intemporelle, baisant ses lèvres doucement, délicatement, pour finir par un baiser profond, dévorant et interminable.

Les anciens volets intérieurs peints étaient restés en place et elle les avait refermés sur les fenêtres. Ils refoulaient la lumière envahissante de juin, le soleil d'après la pluie. Sa lampe était allumée, l'abat-jour renvoyant la lumière jaune sur le lit aussi froissé que si on venait d'en sortir. Une bougie brûlait à côté du bâton d'encens en bois de santal qui se consumait dans sa soucoupe. La pièce entière se reflétait dans le miroir, dans des tons pourpre et or, glacés et poussiéreux, il aurait pu être minuit, il aurait pu être n'importe quelle heure de la journée. Le grondement de la circulation se faisait entendre à l'extérieur, agrémenté parfois du clic-clac de talons féminins sur le pavé, du glissement d'une poussette ou de roues de vélo.

Il déboucha le vin. Elle ne voulut pas manger, elle ne mangeait pas de viande. Elle resta assise sur le lit, les jambes croisées, prenant parmi ses chocolats ceux qu'elle préférait tout en buvant son vin dans un des deux verres teintés troubles. Philip n'était pas amateur de vin. Il n'en aimait ni le goût ni les effets, qui lui laissaient une tête embrumée et un mauvais goût dans la bouche. Il était dégoûté par l'alcool sous toutes ses formes, à l'exception, occasionnellement, d'un demi de bière. Mais Senta aimait à partager le vin avec lui et il sentait bien qu'elle aurait culpabilisé à boire toute seule. C'était cependant facile avec les verres colorés. On ne pouvait voir s'ils contenaient du vin ou de l'eau. Et lorsqu'il ne pouvait éviter de remplir son verre, il parvenait en général à s'en débarrasser dans le pot contenant la seule plante de la maison, une espèce d'aspidistra résistant à toute épreuve. Cette plante, qui avait survécu à l'obscurité prolongée, à la sécheresse et au manque de soins, commençait à s'épanouir avec ce régime alcoolisé.

Elle consentit à sortir manger avec lui, malgré sa répugnance à quitter sa chambre. Il était près de dix heures lorsqu'ils revinrent à Tarsus Street. Ils n'avaient pas pris la voiture pour se rendre au restaurant, un italien de Fernhead Road, ils avaient marché à l'aller et au retour, se tenant par la taille. Sur le chemin du retour Senta devint très amoureuse, s'arrêtant parfois pour le tenir et l'embrasser. Il sentait son désir pressant, comme des rayons, comme des vibrations. Philip avait autrefois vu des couples enlacés dans la rue, apparemment inconscients de la présence des autres, mutuellement absorbés, s'embrassant, se caressant, se délectant l'un de l'autre dans un isolement intense. Il ne s'y était jamais livré personnellement et avait parfois ressenti un prude sentiment de désapprobation. Mais maintenant, il se retrouvait être le partenaire consentant et ardent de l'un de ces couples, tout à fait à l'aise dans les plaisirs d'un baiser en public, dans la lumière d'un réverbère, dans la pénombre, contre un mur, dans l'embrasure obscure d'une porte.

De retour dans sa chambre du sous-sol, elle n'en pouvait plus d'attendre. Elle était avide de son corps, assoiffée d'amour, la sueur brillait sur sa lèvre supérieure, cette fièvre rougissait son front, sa peau blanche comme le marbre. Une fois au lit, elle fut néanmoins plus douce et plus généreuse qu'elle ne l'avait jamais été auparavant, s'offrant plutôt que dominant, donnant plutôt que prenant. Ses mouvements semblaient n'avoir d'autre but que le plaisir de Philip, elle lui offrait ses mains, ses lèvres, sa langue, retenant sa jouissance pour l'attendre. Une lente vague de plaisir, agitée de tendres vaguelettes, redoublant d'intensité, s'écrasant comme des tours, les submergea, lui et la chambre, faisant trembler le miroir et vibrer le sol. Le feu de la passion lui arracha un gémissement, qui devint un cri de triomphe sous son étreinte, son ondoiement par lesquels elle lui arrachait sa propre jouissance.

Il se dit que la prochaine fois il lui donnerait ce qu'elle lui avait donné, elle passerait en premier, il lui donnerait, dans la plénitude de son bonheur, ce qu'elle lui avait donné. Il n'aurait d'aucune façon pu savoir que quelques instants plus tard, par une action insignifiante, un mot de travers, il allait en éliminer toute probabilité.

Ses cheveux s'étalaient sur l'oreiller à côté du visage de Philip, en touches argentées. Ils brillaient comme de longs éclats de verre cassant. Son visage avait retrouvé sa pâleur, sa pureté, vierge de toute ride, sa peau aussi douce que l'intérieur d'un pétale d'ivoire. Ses yeux largement ouverts étaient des cristaux qu'une goutte verte teintait comme des herbes folles dans l'eau. Il passa les doigts dans les cheveux de Senta, prenant les tresses entre ses doigts, percevant la saine vigueur de ces nattes.

Il avait tourné la lampe et incliné l'abat-jour de façon que la lumière tombe sur leurs visages et leurs yeux emplis de passion. Cette lumière était maintenant dirigée sur le sommet de sa tête. Il regarda de plus près, souleva une des mèches d'argent et s'exclama sans y penser, sans hésiter :

« Tu as des racines rousses !

— Bien sûr. Je t'ai dit que je les décolorais. Enfin, que je me les faisais décolorer. » Sa voix ne contenait aucune colère, juste une légère note d'impatience. « Ils ont besoin d'une retouche. J'aurais dû m'en occuper la semaine dernière.

— Tu te les fais vraiment décolorer ? Tu leur fais donner cette couleur argentée ?

— Je te l'ai dit, Philip. Tu ne te souviens pas ? »

Il eut un rire bref, il se sentait détendu, à l'aise, heureux. Il rit, secouant la tête. « Je ne te croyais pas, honnêtement je n'en ai pas cru un mot. »

La suite fut très rapide.

Senta se leva d'un bond. Elle s'accroupit à quatre pattes sur le lit. Elle était comme un animal, les lèvres retroussées, les cheveux pendants. Il ne lui manquait qu'une longue queue battant l'air. Ses yeux étaient ronds et brillants, et un sifflement s'échappait d'entre ses dents serrées. Il s'était redressé et reculait pour la fuir.

« Mais qu'est-ce que j'ai bien pu dire de mal ? »

La voix de Senta avait changé, elle était grave, vulgaire, vibrante de rage. « Tu ne me crois pas ! Tu ne me fais pas confiance !

— Senta...

— Tu ne me fais pas confiance. Comment pouvons-nous ne faire qu'un, être unis l'un à l'autre, une seule âme, si tu ne me fais pas confiance ? Si tu n'as aucune foi ? » Sa voix s'éleva et ce fut comme une sirène hurlante. « Je t'ai donné mon âme, je t'ai parlé du fond de mon âme, j'ai révélé la totalité de mon esprit, et toi tu n'en as rien à foutre, tu chies dessus ! Tu m'as détruite ! »

Puis elle s'avança sur lui, le frappant de ses poings, visant son visage, ses yeux. C'était un homme et il la dépassait d'une bonne tête, il la dépassait largement en poids également. Mais malgré cela, il lui fallut un bon moment pour la maîtriser. Elle se tortillait pour se dégager, lançant des ruades de-ci de-là, émettant un sifflement et se tordant pour lui mordre la main. Il sentit des dents acérées déchirer sa peau et le sang qui coulait. Il fut surpris de la voir si forte. Sa force était purement nerveuse, comme une décharge électrique. Et, comme l'électricité, une fois le courant coupé, cette force s'évanouit.

Elle s'affaiblit et s'écroula comme quelque chose qui se meurt, comme un animal auquel on aurait tordu le cou. Et comme elle frissonnait et se radoucissait, elle se mit à pleurer à grands sanglots qui la secouaient tout entière, semblables à des rugissements, alors qu'elle reprenait son souffle en haletant comme un asthmatique, puis était de nouveau submergée de larmes de désespoir. Il la tenait dans ses bras, ressentant une détresse profonde.

7

Il ne put la quitter cette nuit-là et demeura avec elle. Il restait un peu de vin, qu'il lui versa dans un des verres colorés. C'est à peine si elle prononça quelques paroles, elle se contentait de pleurer en se cramponnant à lui. Mais elle le surprit en s'endormant, tout de suite après avoir fini le vin, enfouie sous la couette.

Il eut plus de mal à trouver le sommeil. Il resta couché à écouter les pieds qui commençaient à danser au-dessus de sa tête. Un deux trois, un deux trois, la mélodie y allait de son battement, *Tennessee Waltz* de... Lehár, n'est-ce pas ? – il se rappelait rarement les titres, mais Christine avait des disques. La chambre se refroidissait toujours durant la nuit. C'était l'été et, à l'extérieur, la nuit semblait chaude et moite, mais ici un froid humide s'échappait des murs. Il est vrai qu'ils étaient en sous-sol. Au bout d'un moment, il se leva, rouvrit les volets intérieurs et descendit un peu la fenêtre. Une fois les bâtons d'encens éteints, l'odeur âcre de la maison revenait toujours.

Leurs figures et leurs corps recroquevillés, leurs formes sous l'épais paquet de coton violet, reflétés dans le miroir obscur, donnaient l'impression que ce dernier n'était pas une glace réfléchissante, mais une vieille peinture à l'huile, sombre et encrassée. Au-dessus, les pieds poursuivaient leur danse, un deux trois, un deux trois, se déplaçant depuis le mur de la fenêtre, à travers toute la pièce en faisant trembler le miroir, puis jusqu'à la porte, pour revenir à la fenêtre. Le rythme et la musique finirent par l'endormir.

Le lendemain matin, il devait rentrer à la maison, pour s'occuper du chien. Tout était tellement différent, le matin. Une certaine fraîcheur avait pénétré par la fenêtre ouverte, une légère odeur de verdure peut-être, venant d'un des rares jardins à ne pas avoir été encombré de carcasses de voitures et de gravats. Philip prépara un café instantané et sortit du pain, du beurre et des oranges. Elle était calme et maussade. Ses yeux étaient lourds, gonflés. Quant à lui, il redoutait d'avoir un œil au beurre noir là où un des poings de Senta l'avait atteint, et le miroir terne et tacheté lui révéla un œil injecté de sang qui commençait à se cerner de bleu. Son poignet était enflé là où elle l'avait mordu et la marque de ses dents avait viré au violet.

« Je serai de retour dans une heure ou deux.

– Es-tu sûr de vouloir revenir ?

– Bien sûr que je le veux, Senta. Tu sais que je le veux. Écoute, je suis désolé d'avoir dit que je ne te croyais pas. C'était un manque de tact, c'était stupide.

– Ce n'était pas un manque de tact. Ça m'a montré que tu ne me comprenais pas du tout. Tu ne te sens pas en communion avec moi. Je t'ai cherché toute ma vie et, quand je t'ai trouvé, j'ai su que c'était mon karma. Mais pas toi, je ne suis qu'une petite amie pour toi.

– Je te convaincrai, même si ça doit me prendre toute la journée. Pourquoi ne viendrais-tu pas avec moi ? Voilà une meilleure idée. Nous n'avons pas envie de rester dans cette chambre toute la journée. Viens avec moi. »

Elle ne voulut pas. En remontant les marches, il se dit avec ressentiment qu'il était la victime dans cette histoire, et non elle. Un dentiste lui avait dit une fois, tandis qu'il lui plombait une molaire, qu'une morsure humaine était plus dangereuse que celle d'un animal. Il était bien sûr ridicule de penser ainsi, cette morsure n'aurait aucune suite pour sa santé. Il se demanda seulement comment il pourrait la cacher en attendant sa guérison.

Hardy eut droit à sa promenade et, comme Philip culpabilisait à son propos, il eut une dose de pâtée supérieure à ce que l'on donne normalement à un chien de sa taille. Il prit un bain, mit un morceau de sparadrap sur la morsure, pour finalement l'enlever. Si Senta le voyait, elle penserait qu'il cherchait à faire des histoires ou à attirer l'attention sur ce qu'elle avait fait. De toute façon, il ne pouvait mettre un sparadrap sur son œil. Roy ne manquerait pas de faire des commentaires le lendemain matin, mais il ne se souciait pas de cela maintenant.

Philip pensa à acheter du vin. Cela pourrait faire plaisir à Senta mais, d'un autre côté, s'il n'apportait rien, ils auraient une bonne raison de sortir. C'était une belle journée, pas un nuage à l'horizon, le soleil commençait déjà à chauffer. L'idée de passer sa journée dans cette chambre en sous-sol lui répugnait. Pour la première fois depuis qu'ils étaient ensemble, il ne ressentait aucun désir pour elle, il pouvait penser à elle sans que cette image ne s'accompagne d'un besoin de lui faire l'amour. C'était peut-être naturel après les excès de la veille.

Arrivé à la maison, il fit une pause avant de monter les marches, pour regarder la fenêtre du sous-sol. Elle avait à nouveau refermé les volets. Il entra et descendit l'escalier du sous-sol. Aucun bâton d'encens ne brûlait aujourd'hui. Elle était retournée dans son lit, dormant profondément. Il était déçu et plutôt impatient. S'il avait su, il aurait pu rester plus longtemps, s'adonner à ses activités dominicales, jouer au tennis avec Geoff et Ted comme cela lui arrivait parfois ou aller nager à Swiss Cottage. Et de toute façon il aurait pu ramener un journal du dimanche. Il s'assit sur la seule chaise de la pièce et la regarda. Graduellement, une espèce de pitié et de tendresse le remplit du désir de la toucher. Il ôta ses vêtements et se coucha à ses côtés, passant un bras autour du corps recroquevillé.

Il était une heure passée lorsqu'elle se réveilla. Ils s'habillèrent et se rendirent dans un bar à vin. Senta était calme et tranquille, préoccupée par quelque chose et inattentive à ce qu'il disait. Lui, de son côté, ne ressentait toujours aucun désir, mais le plaisir d'être avec elle semblait accru. Il s'étonnait qu'il ait pu y avoir un moment où il ne l'avait pas trouvée belle. Aucune des femmes qu'ils virent durant leur sortie ne lui arrivait à la cheville. Elle avait mis sa robe gris argenté avec la rose qui pendait sur la poitrine et des chaussures argentées avec d'énormes talons hauts qui la grandissaient soudain. Ses cheveux étaient tirés derrière les oreilles, qui portaient de longues boucles de cristal faisant penser à des pendeloques de lustre. Les hommes se retournaient pour fixer avec envie ses jambes blanches et nues, sa taille fine et sa poitrine généreuse moulée dans ses vêtements. Philip se sentait fier d'être avec elle et, pour une raison inconnue, plutôt nerveux.

Sur le chemin du retour, elle parla des curiosités occultes et astrologiques qui l'intéressaient, des harmonies et des fréquences de vibration multiples, du merveilleux synchronisme de l'Univers et de schémas discordants. Il écoutait le son de sa voix plutôt que ce qu'elle disait. C'est sûrement au cours d'art dramatique qu'elle avait appris à parler avec cet accent et ce timbre de voix qui faisait penser à un chant soprano. Puis il se rappela qu'il ne pouvait pas vraiment la croire lorsqu'elle disait avoir été à un cours d'art dramatique. Comme c'était dur et compliqué de ne pas savoir ce qu'il devait croire ou non !

Il fut envahi d'une certaine peur lorsqu'ils entrèrent dans la maison, se demandant comment ils allaient passer le reste de la journée. Pouvait-on passer le temps tout simplement avec elle, pouvait-on simplement s'asseoir avec elle et faire des choses, ne pas faire l'amour, un peu comme sa mère et son père, par exemple, étaient ensemble ? Elle allait vouloir faire l'amour et il redoutait d'en être incapable. Ce fut presque un soulagement lorsqu'elle s'assit sur le lit, l'invita à prendre place dans le vieux fauteuil en osier et lui dit qu'elle voulait lui parler, qu'elle avait quelque chose à lui dire.

« Qu'est-ce que je représente pour toi, Philip ? »

Il lui répondit simplement, sincèrement : « Tout

– Je t'aime », dit-elle.

La façon dont elle le dit était si simple, si douce, si naturelle et enfantine que cela lui alla droit au cœur. Elle lui avait dit de ne pas prononcer ces paroles et elle ne devait pas le faire non plus, et il sut que le moment était venu. Il se pencha vers elle et tendit ses bras. Elle secoua la tête, semblant regarder au loin derrière lui, avec les yeux de Flore. Elle toucha sa main, avança son doigt doucement vers le poignet blessé.

« J'ai dit que nous ne devions pas prononcer ces paroles avant d'en être sûrs. Eh bien j'en suis sûre maintenant. Je t'aime. Tu es mon autre moitié, j'étais incomplète avant de te trouver. Je suis désolée de t'avoir blessé la nuit dernière, j'étais folle de chagrin, je t'ai frappé et mordu parce que c'était une façon de libérer mon chagrin, ma tristesse. Comprends-tu cela, Philip ?

– Bien sûr.

– Et m'aimes-tu comme je t'aime ? »

L'occasion semblait solennelle. Elle requérait gravité et sérieux. D'un ton ferme et posé, comme s'il faisait un serment, il dit : « Je t'aime, Senta.

– J'aimerais qu'il suffise de le dire. Mais cela ne suffit pas, Philip. Tu dois prouver que tu m'aimes, et moi, que je t'aime. J'ai pensé à ça toute la matinée, pendant ton absence. Je suis restée couchée à penser à ça, comment nous devions chacun faire une chose immense pour nous prouver notre amour l'un à l'autre.

– C'est d'accord, dit-il. Je le ferai. Qu'aimerais-tu que je fasse ? »

Elle resta silencieuse. Ses yeux d'un vert cristallin avaient cessé de fixer quelque horizon inconnu pour rencontrer à nouveau les siens. Elle ne va pas vouloir se fiancer comme Jenny, se dit-il, ce n'est pas le style de Senta. Elle ne va pas me demander de lui acheter quelque chose. Avec un frisson, il se demanda si elle n'allait pas exiger qu'il se coupe une veine pour mêler son sang au sien. Ce serait bien son genre, et il le ferait, mais il éprouva un profond dégoût à cette idée.

« Je pense que la vie est une grande aventure, pas toi ? dit-elle. Nous ressentons ces choses de la même façon et donc je sais que tu es d'accord. La vie est terrible et belle et tragique, mais la plupart des gens la rendent ordinaire. Lorsque toi et moi faisons l'amour, nous vivons un moment de conscience intense, un moment où tout semble clair et brillant, nos sensations ont une telle intensité que c'est comme si nous éprouvions tout de façon neuve, fraîche et parfaite. Eh bien, ce devrait toujours être ainsi, nous pouvons apprendre à faire que ce soit ainsi, pas avec du vin ou des drogues, mais en vivant jusqu'aux limites de notre conscience, en vivant chaque jour avec chaque fibre de notre conscience. »

Il opina de la tête. Elle avait déjà raconté quelque chose de ce genre sur le chemin du retour. Le pis était qu'il commençait

à avoir envie de dormir. Son déjeuner avait été lourd et il avait
bu un demi de bière. Ce qu'il aurait aimé le plus était de se
coucher sur le lit avec elle et de la serrer dans ses bras jusqu'à
ce qu'ils s'endorment tous les deux. La déclaration de Senta
l'avait rendu très heureux et avait fait resurgir un désir som-
nolent, une espèce de douce envie que l'on peut agréablement
faire attendre jusqu'à ce qu'une nuit soit passée lorsque le
corps est chaud et détendu. Il lui sourit et voulut prendre sa
main.

Elle retira sa main et tendit l'index vers lui. « Certains
disent que pour vivre pleinement il faut avoir fait quatre
choses. Sais-tu lesquelles ? Je vais te les dire. Planter un arbre,
écrire un poème, faire l'amour avec une personne de son sexe
et tuer quelqu'un.

– Les deux premières, les trois premières, en fait, ne
semblent pas avoir grand-chose en commun avec la dernière.

– S'il te plaît, Philip, ne ris pas. Tu ris trop souvent. Il y a
des choses dont on ne devrait pas rire.

– Je ne riais pas. Je ne pense pas que je fasse un jour
aucune des choses dont tu viens de parler, aussi j'espère que
cela ne signifie pas que je n'aurai pas vécu. » Il la regarda,
prenant grand plaisir à voir son visage, ses grands yeux clairs,
la bouche qu'il ne pouvait se lasser de contempler. « Quand je
suis avec toi, je pense que je vis vraiment, Senta. »

C'était une invitation à l'amour, mais elle l'ignora. Elle dit
d'un ton calme, avec une intense concentration dramatique :
« Je vais te prouver mon amour en tuant quelqu'un et toi tu
devras tuer quelqu'un pour moi. »

Pour la première fois depuis leur retour, il se rendit compte
de l'odeur de renfermé de la pièce, du lit négligé et du sac à
linge qui débordait, et il se leva pour défaire les volets et
ouvrir la fenêtre. Il resta là, les mains sur le rebord de la
fenêtre, respirant l'air frais qui pouvait pénétrer dans Tarsus
Street, et lui dit par-dessus l'épaule : « Oui, bien sûr. Et à qui
penses-tu ?

– Cela n'a pas besoin d'être quelqu'un en particulier. En
fait, ce serait mieux si ça n'était pas le cas. Quelqu'un dans la

rue, la nuit. Elle ferait l'affaire. » Elle montrait du doigt, dans la rue, une vieille clocharde qui s'était installée à même le trottoir, le dos contre la rambarde du sous-sol. « Quelqu'un de ce genre, n'importe qui. Ce n'est pas la personne qui compte, c'est de le faire, c'est de commettre cet acte terrible qui vous met en dehors de la société ordinaire.

– Je vois. »

Le dos de la vieille femme ressemblait à un sac de vieux chiffons que quelqu'un aurait posé là pour qu'il soit ramassé par les éboueurs. Il était difficile de se rendre compte qu'il y avait un être humain à l'intérieur, une personne douée de sentiments, capable de ressentir une joie et de connaître la douleur. Philip se détourna lentement de la fenêtre mais sans s'asseoir, il se pencha contre le cadre écaillé et brisé du miroir. Le visage de Senta avait son expression intense, pâle mais concentrée. Il se dit qu'elle parlait comme quelqu'un – et quelqu'un de pas très doué – qui réciterait un texte appris pour une pièce.

« Je saurais ce que tu aurais fait pour moi et tu saurais ce que j'aurais fait pour toi et personne d'autre. Nous partagerions ces terribles secrets. Nous saurions vraiment que chacun d'entre nous représente plus pour l'autre que tout le monde qui l'entoure, si tu pouvais faire ça pour moi et si je pouvais le faire pour toi.

– Senta, dit-il, essayant de rester calme, je sais que tu n'es pas sérieuse. Je sais que ces choses sont des caprices de ton imagination. Tu crois peut-être que je suis dupe, mais ce n'est pas le cas. »

Son visage se transforma. Ses yeux fuirent le regard de Philip, pour finalement le fixer à nouveau. Elle parla d'une voix froide et posée, mais circonspecte : « Quelles choses ?

– Oh ! ce n'est rien. Je sais et toi aussi.

– Je ne sais pas. Quelles choses ? »

Il ne voulait pas lui dire, il ne désirait pas la confrontation, mais il était peut-être impossible d'y échapper. « Eh bien, puisque tu y tiens, à propos de ta mère et de tous tes voyages à l'étranger, de tes auditions pour jouer avec Miranda Richardson, je sais que tout cela sort de ton imagination. Je ne voulais pas te le dire, mais que puis-je faire d'autre quand tu parles de tuer des gens pour nous prouver que nous nous aimons ? »

Pendant tout ce temps, il resta paré à toute attaque similaire à celle qu'il avait eu à subir la nuit précédente. Mais elle restait calme, comme une statue, les mains croisées et les yeux fixés sur lui dans une pose hiératique. Elle leva les yeux vers lui. « Tu ne crois pas ce que je dis, Philip ?

— Comment le pourrais-je quand tu dis des choses pareilles ? Je crois en certaines choses.

— Très bien. Qu'est-ce que tu ne crois pas ? »

Il ne lui répondit pas. « Écoute, Senta, cela m'est égal que tu aies des idées fantasques, beaucoup de gens en ont, c'est juste une façon de rendre la vie plus intéressante. Ce n'est pas grave quand tu inventes des choses sur ta famille ou ton théâtre, mais quand tu commences à parler de tuer les gens, c'est si horrible et ça ne rime à rien, et c'est aussi une perte de temps. Nous sommes dimanche, c'est le week-end, nous pourrions prendre du bon temps, sortir quelque part, il fait beau, et nous sommes assis dans ce... euh... trou franchement dégoûtant, à t'écouter parler de tuer cette pauvre vieille créature assise dehors. »

Elle devint une vraie muse de tragédie, sombre et grave. On aurait dit qu'elle allait lui annoncer une terrible nouvelle à propos de sa famille ou que tous ceux qu'il aimait venaient de mourir. « Je suis absolument, résolument, profondément sérieuse », dit-elle.

Il sentit son propre visage se tordre, écarquillant les yeux et fronçant les sourcils dans un intense effort pour la comprendre.

« Ce n'est pas possible.

— Es-tu sérieux quand tu me dis m'aimer et vouloir faire n'importe quoi pour moi ?

— Dans les limites du raisonnable, oui. » Il prononça ces paroles d'un ton las.

« Dans les limites du raisonnable ! Qu'est-ce que tu me dégoûtes ! Tu ne vois pas que ce que nous vivons ne doit pas connaître la raison, doit être au-delà des limites du raisonnable ? Et pour le prouver, nous devons faire la chose qui transgresse la loi, qui dépasse les limites du raisonnable.

– Tu es vraiment sérieuse, dit-il d'un ton amer, ou tu crois l'être, ce qui revient au même dans ton état d'esprit actuel.

– Je désire tuer quelqu'un pour te prouver mon amour et tu dois en faire autant pour moi.

– Tu es folle, Senta, voilà ce que tu es. »

Elle lui répondit d'une voix inexpressive et lointaine. « Ne dis jamais ça.

– Je ne le dirai pas, je ne le pense pas vraiment. Mon Dieu, Senta, parlons d'autre chose, s'il te plaît. Allons faire quelque chose. Ne pouvons-nous oublier tout ça ? Je ne sais même plus comment tout ça a commencé. »

Elle se leva, s'approcha de lui. Il se prit à protéger son visage – quelle humiliation ! « Je ne vais pas te frapper. » Sa voix était pleine de mépris. De ses petites mains, ses mains d'enfant, elle lui prit les bras. Elle le regarda dans les yeux. Grâce aux talons hauts, elle n'avait pas à trop lever son regard. « Refuses-tu de le faire, Philip ? Le refuses-tu ?

– Bien sûr. Tu ne le sais peut-être pas, tu ne me connais pas encore vraiment, mais je déteste l'idée même de tuer et la violence sous toutes ses formes, retiens-le une fois pour toutes. Non seulement cela me met mal à l'aise, mais ça m'ennuie aussi profondément. Je ne peux même pas regarder un film violent à la télé, je n'en ai d'ailleurs pas envie, cela ne m'intéresse pas. Et maintenant tu voudrais que je tue quelqu'un. Quel genre de criminel crois-tu que je sois ?

– Je pensais que tu étais l'autre moitié de nos âmes unies.

– Arrête ces niaiseries ! Quelle merde, toutes ces conneries à propos de l'esprit, du karma et de la destinée ! Tu ne pourrais pas grandir un peu et vivre dans notre monde ? Tu parles de vivre – tu appelles ça vivre, enterrée dans ce trou à rats, à dormir la moitié de la journée. À inventer des histoires pour convaincre les gens de ton intelligence. Je croyais avoir tout entendu, ces histoires d'aller au Mexique et en Inde et où sais-je encore et ta mère islandaise et le *Vaisseau fantôme*, mais maintenant voilà qu'on me dit que je dois aller tuer une pauvre vieille clocharde pour te prouver que je t'aime. »

Elle refit son sifflement de fauve et le poussa si fort de ses deux mains qu'il en tituba. Il se raccrocha au bord du cadre doré pour se redresser et se demanda un instant si la grande glace qui oscillait n'allait pas venir s'écraser au sol. Mais elle se contenta de se balancer à la chaîne qui la maintenait au mur, et elle s'arrêta lorsqu'il se pencha pour la saisir de ses deux mains. Lorsqu'il se retourna, Senta s'était déjà jetée sur le lit, la tête dans les draps, le corps parcouru de curieuses convulsions. Lorsqu'il la toucha dans un geste de conciliation, elle se roula sur le dos, se redressa et commença à hurler. Un hurlement horrible, comme mécanique, une succession de cris courts et saccadés sortant de sa bouche grande ouverte, dont les lèvres s'étaient retroussées dans un grognement de tigresse.

Il fit comme il avait lu et entendu dire, et la frappa au visage. L'effet fut immédiat. Elle devint blanche comme une feuille de papier, suffoqua, hoqueta, releva les mains de façon à couvrir ses joues. Son corps tout entier tremblait. Après un moment, elle lui parla à travers ses doigts, soupira : « Apporte-moi de l'eau. »

Sa voix était faible, manquait de souffle, comme si elle était malade. Pendant un instant, il eut peur pour elle. Il sortit de la chambre, suivit le couloir menant le long des autres chambres du sous-sol vers les toilettes, et trouva derrière la porte suivante les reliques et les ruines d'une salle de bains. Là, un robinet unique, de cuivre, enveloppé de chiffons, saillait du mur verdâtre couvert de moisissures, au-dessus de la baignoire. Il remplit la tasse, la vida entièrement lui-même et la remplit à nouveau. L'eau avait un goût métallique d'eau morte. Il refit le chemin inverse, et la retrouva assise sur le lit, emmaillotée dans la couette violette comme si c'était l'hiver. Par la fenêtre, au-dessus et derrière elle, on pouvait toujours voir contre la rambarde la vieille femme, couverte maintenant d'une espèce de veston de couleur kaki. Elle ne donnait d'aucune façon l'impression d'avoir entendu les cris derrière elle, elle en avait peut-être entendu tellement dans sa vie qu'elle ne les remarquait plus.

Philip approcha la tasse des lèvres de Senta et l'aida à boire, comme si elle était réellement malade. Il l'entoura de son autre bras et posa la main tendrement sur son cou. Il pouvait sentir les tremblements qui agitaient son corps et la chaleur fiévreuse de sa peau. Elle but l'eau tranquillement, jusqu'au fond. Son cou se dégagea de lui-même de son étreinte câline, sa tête se déroba et elle lui prit la tasse. Tout se fit calmement et doucement, et le geste qui suivit n'en fut que plus terrible, car inattendu. Elle envoya la tasse à travers la pièce et elle alla s'écraser sur le mur d'en face.

« Sors d'ici ! lui cria-t-elle. Sors de ma vie ! Tu as gâché ma vie, je te hais. Je ne veux plus jamais te revoir. »

8

La voiture de Darren, un vieux tacot auquel il manquait un rien d'antiquité pour tenter les collectionneurs, était stationnée le long du trottoir et la porte d'entrée était ouverte. Sur la marche, Hardy dormait au soleil, mais il se réveilla lorsque Philip apparut, et il accourut pour lui faire fête. Philip se rappelait maintenant que Fee avait dit qu'elle passerait dimanche après-midi pour prendre le reste de ses affaires et, lorsqu'il entra dans la maison, il la vit descendre l'escalier avec une pile de vêtements sur un bras et un ours en peluche dans l'autre.

« Qu'est-il donc arrivé à ton œil ? Tu as participé à une bagarre ?

— Quelqu'un m'a frappé, dit-il, essayant de répondre honnêtement puis, mentant résolument : On m'a pris pour un autre.

— J'ai bien appelé cinquante fois hier matin.

— J'étais sorti, dit-il. Je suis pas mal sorti.

— Je vois ça. Je pensais que tu étais parti. Il n'est pas beau à voir, cet œil. Ça t'est arrivé dans un pub ? »

Sa mère ne le questionnait pas et ne contrôlait pas ce qu'il faisait, aussi ne voyait-il pas pourquoi il aurait dû le supporter d'une sœur. Elle alla à la voiture et en revint plutôt excitée. « Depuis quand ce pauvre chien est-il tout seul ? »

Il ne répondit pas. « Veux-tu que je te donne un coup de main avec toutes ces affaires ?

– D'accord. Je veux dire, merci. Je pensais que tu serais vraiment ici, Phil. »

Elle le précéda dans l'escalier. Dans la chambre qui était maintenant entièrement à Cheryl, les portes d'une penderie étaient ouvertes et, sur un des lits jumeaux, les robes, les manteaux et les jupes s'empilaient. Mais la première chose qu'il vit, la première chose dont il se rendit vraiment compte, fut le vêtement qui gisait sur le sol du placard. C'était la robe de demoiselle d'honneur dont Senta s'était dépouillée le jour où ils avaient fait l'amour pour la première fois.

« Elle a vraiment dû l'aimer, cette robe, pas vrai ? dit Fee. Elle a vraiment dû l'apprécier. On voit qu'elle l'a enlevée et jetée dans ce coin. Et à la voir, elle a d'abord été complètement trempée. »

Il ne dit mot. Il se rappelait. Fee ramassa la robe totalement massacrée, le satin constellé de taches d'humidité, le tulle chiffonné et la jupe, dont l'ourlet était déchiré. « Je veux dire que je comprendrais très bien qu'elle ne l'ait pas aimée. C'était mes goûts, pas les siens. Mais on pourrait penser qu'elle se serait souciée de mes sentiments, n'est-ce pas ? Je veux dire, la retrouver comme ça, mise au rebut. Et cette pauvre vieille Stéphanie. Elle a veillé des nuits entières pour la finir.

– Je suppose qu'elle n'y a pas pensé. »

Fee descendit une valise du haut de la penderie, elle commença à plier des choses et à les y ranger. « Remarque, elle est très spéciale. Je lui ai demandé d'être ma demoiselle d'honneur uniquement parce que la mère de Darren me l'avait spécialement demandé. Elle disait que Senta se sentirait mise à l'écart. J'en doute. Ces gens-là se sont vraiment mis à l'écart du reste de la famille. Je veux dire, nous avons invité le père et la mère de Senta mais ils ne sont pas venus, ils n'ont même pas répondu aux invitations. »

Feignant l'indifférence, il dit : « J'ai entendu dire que la mère de Senta était étrangère, mais qu'elle était morte. Je pense que ceux qui m'ont dit ça n'ont pas tout à fait bien compris. »

Il ressentit un drôle de petit frisson à prononcer son nom de façon si anodine. Il pensait que Fee allait le contredire, il l'observait, attendant qu'elle se retourne vers lui, la lèvre supérieure retroussée, le nez redressé, la figure qu'elle faisait lorsqu'on lui racontait quelque chose qui lui semblait incroyable. Elle replia la robe et dit : « Je ferais aussi bien de l'emmener. Je suppose qu'on peut la faire nettoyer, quelqu'un en voudra peut-être. Elle est cent fois trop petite pour moi. » Elle referma le couvercle de la valise, et le bloqua. « Oui, c'était quelque chose comme ça, dit-elle. Sa mère est morte en la mettant au monde. Elle venait d'un drôle de pays. Le Groenland ? Non, l'Islande. L'oncle de Darren était dans la marine marchande, ils ont fait relâche là-bas ou une chose de ce genre, et il l'a rencontrée, mais sa famille n'était pas vraiment enthousiaste parce qu'il n'était pas officier. Quoi qu'il en soit, ils se sont mariés et il a dû repartir en mer, elle a eu ce bébé – je veux dire, Senta – et elle est morte d'une espèce de complication horrible ou quelque chose de ce genre. »

Alors, tout était vrai, il était à la fois stupéfait et terriblement content, soulagé et épouvanté. Il avait d'autres questions à poser mais, avant qu'il ne le puisse, Fee dit : « Oncle Tom – je pense que je suis supposée l'appeler oncle maintenant – est retourné là-bas pour ramener le bébé. Sa famille en était folle, m'a dit la mère de Darren, parce qu'elle croyait pouvoir le garder. Oncle Tom l'a ramenée à la maison et, très peu de temps après, il a épousé tante Rita. C'est elle qui vit avec ce jeune type. Tu veux bien porter la valise, Phil ? Et je prendrai mon manteau d'hiver et les deux poupées. »

Ils chargèrent la voiture. Philip prépara une tasse de thé. Il faisait si chaud qu'ils s'installèrent dans le jardin pour le boire. Fee dit : « J'aurais aimé que Maman ne donne pas Flore. Je sais, tu vas trouver ça bizarre, mais je trouvais qu'elle donnait une certaine classe à l'endroit.

– Et il en a besoin », dit Philip.

Il s'amusa à l'idée d'installer Flore quelque part ici. Pourquoi ne pas lui aménager une rocaille ? Personne n'avait rien fait au jardin, à part tondre le gazon, depuis qu'ils s'étaient installés ici. Et c'est tout ce qu'il y avait, de l'herbe entourée de clôtures sur trois côtés, et là, en plein milieu, le petit bassin en ciment. Il essaya de s'imaginer Flore sur des rochers au milieu des fleurs et deux petits cyprès derrière elle, mais comment expliquer ça à Christine ?

« Viens donc manger à la maison un de ces soirs, dit Fee. Je veux dire, la cuisine de Maman ne te manque peut-être pas vraiment, mais au moins tu n'auras pas besoin de t'en occuper toi-même. »

Il lui dit qu'il viendrait et ils se mirent d'accord pour jeudi. D'ici là, il aurait vu Senta trois fois et ainsi il serait bon de passer une soirée sans elle, comme il le faisait quand Christine était à la maison. Après le départ de Fee, il sortit Hardy pour une longue promenade jusqu'à Brent Reservoir, sortant par la porte de derrière avec la clé dans la poche.

Il n'avait pas pris Senta trop au sérieux quand elle lui avait dit de s'en aller et qu'il avait gâché sa vie. Il se rendait bien compte maintenant qu'il était fautif. Il était naturel qu'elle soit furieuse lorsqu'il ne la croyait pas, alors qu'elle disait la vérité. Car c'était bien la vérité, si étonnant que ce fût. Tout devait être vrai, car, si son histoire sur la nationalité de sa mère et sa naissance n'était pas une invention, alors il en était de même de ses voyages, de ses cours d'art dramatique et de ses rencontres avec des gens célèbres. Bien sûr qu'elle avait été blessée et bouleversée, quand il le lui avait dit de façon aussi injuste.

C'était une situation plutôt embarrassante. Il ne pouvait simplement lui dire qu'il la croyait maintenant parce qu'il avait interrogé sa sœur à son propos. Il fallait réfléchir à la chose. À la lumière de ce que Fee avait dit, la rage de Senta était facile à comprendre. Il s'était conduit comme un rustre borné et résolu à vivre dans un monde ordinaire, conforme à l'image que se faisait Senta des gens ordinaires. Peut-être était-ce de l'hystérie, une espèce de colère incontrôlable lorsque sa parole était mise en doute, qui l'avait conduite à toutes ces histoires de lui prouver son amour ? Le problème était qu'il n'arrivait plus à se souvenir de ce qui s'était dit en premier, sa déclaration de défiance ou la demande de Senta pour qu'il tue quelqu'un pour elle. Il allait arranger les choses, ne plus perdre de temps. Ramener Hardy à la maison et aller tout droit à Tarsus Street.

S'endormir et rester endormi jusqu'à assez tard dans la nuit était une chose qu'il aurait difficilement imaginée. Mais il n'avait presque pas dormi la nuit précédente et pas plus de deux ou trois heures dans la nuit de vendredi. Après la promenade, il avait nourri le chien, mangé un morceau de pain avec du fromage, il était monté se changer et s'était couché sur le lit pour ce qui devait être une sieste de dix minutes. Il faisait nuit depuis longtemps, lorsqu'il se réveilla. Les chiffres lumineux verts de sa pendule digitale lui indiquèrent qu'il était minuit trente et une.

Leur discussion, ses plus plates excuses et sa demande de pardon devraient attendre le lendemain. Ou plutôt ce soir, se dit-il, s'enfonçant à nouveau dans le sommeil. Hardy, pour une fois qu'il n'était pas enfermé dans la cuisine pour la nuit, s'était couché en rond au bout du lit près de ses pieds.

Ce fut le petit chien qui, s'étant rapproché de son visage et lui léchant l'oreille, le réveilla. Il avait oublié de mettre le réveil, mais il n'était que sept heures. Un soleil doux et légèrement voilé emplissait la pièce. Déjà à cette heure, on sentait, dans l'atmosphère d'une journée chaude et parfaite, cette espèce de sérénité que dégage un ciel libre de tout nuage mais cependant voilé par un léger brouillard. C'était ce qu'on appelait un temps au beau fixe. La pluie et le froid semblaient être des phénomènes réservés aux autres pays.

Il prit un bain, se rasa, sortit Hardy dans le jardin – il devrait s'en contenter pour ce matin. Il faudrait que les kilomètres de la veille lui durent un jour ou deux. Philip enfila une chemise propre et le costume que Roseberry Lawn exigeait de ses employés lorsqu'ils rendaient visite aux clients. Il devait surveiller la transformation d'une cuisine à Wembley et faire un devis pour un projet de salle de bains à Croydon. Wembley n'était pas trop loin de là, mais les ouvriers ne devaient pas commencer leur travail avant huit heures trente. Il chercha ses clés dans le jean qu'il avait mis la veille.

Il avait deux trousseaux, les clés de l'Opel Kadett et un second avec la clé de la maison, celle de la porte d'entrée du bureau et, depuis un mois, celles de la maison de Tarsus Street. Ces dernières, à sa plus grande stupéfaction, n'y étaient pas.

La clé de sa maison y était, ainsi que celle du bureau. C'était un anneau tout simple, sans chaîne. Il était impossible que les clés se soient défaites toutes seules. Senta aurait-elle pu les enlever? Il s'assit sur le lit. Il avait froid, malgré la chaleur de la journée, mais ses mains, qui tenaient l'anneau avec ses deux clés, étaient moites. Après y avoir réfléchi, il dut se rendre à l'évidence. Elle lui avait demandé d'aller lui chercher un verre d'eau et, pendant son absence, elle avait ôté ses clés de l'anneau.

À midi, alors qu'il prenait une pause pour déjeuner, il essaya de l'appeler d'une cabine. Il n'avait encore jamais réussi à obtenir une réponse de ce téléphone dans l'entrée de Tarsus Street, et il en fut de même cette fois-ci. Il fit une chose strictement contraire aux règlements de Roseberry Lawn et demanda à Mrs. Finnegan, la cliente de Croydon, s'il pouvait utiliser son téléphone. Quelqu'un du genre de Mrs. Ripple en aurait fait toute une histoire, aurait refusé et l'aurait sermonné, mais Mrs. Finnegan se contenta de stipuler qu'il devrait passer par l'opératrice et lui rembourser l'appel. Peu importait de toute façon, puisqu'il n'obtint pas de réponse.

Il avait pris les mesures de la minuscule partie de chambre à coucher qu'elle voulait faire transformer en salle de bains avec grande baignoire, toilette, meuble de bains et bidet. Il lui avait dit qu'il doutait fort que cela soit possible, avait écouté ses protestations et argumenté très poliment, il avait souri et acquiescé lorsqu'elle lui avait répondu qu'il était très jeune, n'est-ce pas? et demandé de reconsidérer sa réponse. Elle continuait à le fixer d'un air dubitatif. Il était déjà cinq heures et quart. On ne pouvait choisir pire moment pour traverser Londres.

Il était sept heures moins vingt lorsqu'il atteignit Harrow Road et obliqua vers les quais. Dans Cairo Street, il s'arrêta devant un marchand de spiritueux pour acheter du vin, des chips et des chocolats à la menthe, les seuls du magasin.

Maintenant qu'il était presque arrivé, il prit conscience de l'excitation presque maladive qui commençait à s'accumuler en lui.

Le vieil homme en imperméable de femme était assis sur le trottoir, le dos à la rambarde au-dessus de la pièce de Senta. Il portait toujours son imperméable, bien qu'il fît très chaud : les pavés du trottoir étaient blanchis au soleil et le goudron fondait sur la route. Le vieil homme, dont le visage se couvrait d'une barbe de trois jours d'un blanc jaunâtre, s'était endormi, la tête renversée nonchalamment sur une pile de chiffons qu'il utilisait pour adoucir le contact de la rambarde. Il tenait sur ses genoux un assortiment de restes de nourriture, une tranche de pain brûlé, un croissant enveloppé de Cellophane, un pot contenant encore un fond de marmelade. Philip se dit que, s'il se réveillait, il lui donnerait une autre pièce d'une livre. Il ne savait pourquoi il était si ému par ce vieux vagabond, misérable et indigent. Après tout, on en voyait beaucoup comme lui, hommes et femmes, il n'était pas unique. Ils se concentraient ici et dans les rues avoisinantes à cause de la proximité du centre de Mère Teresa.

Les portes d'entrée des maisons de ce genre, qui avaient beaucoup de locataires, restaient souvent ouvertes. Mais il n'avait jamais trouvé celle-ci ouverte. Il n'y avait pas de sonnette. Cet endroit était à mille lieues du type de maison qui aligne une rangée de sonnettes à côté de la porte d'entrée, avec le nom des locataires indiqué proprement sur une carte au-dessus de chacune d'elles. Le heurtoir de la porte était en bronze et avait depuis longtemps viré au noir. Ses doigts en sentirent le contact collant. Il frappa et frappa encore.

Elle avait retiré les clés de son anneau parce qu'elle ne voulait pas le voir. Elle ne désirait pas qu'il revînt. C'était sans doute la vérité mais il ne voulait pas l'affronter. Il se pencha et regarda par la boîte aux lettres. Tout ce qu'il put distinguer fut le téléphone sur la table et le sombre passage menant à l'escalier du sous-sol. Il redescendit les marches et regarda vers le sous-sol. Les volets étaient refermés sur la fenêtre et ce malgré la chaleur. Cela lui fit dire qu'elle devait être sortie. Ces auditions auxquelles elle se rendait, ces gens célèbres qu'elle connaissait, tout était vrai.

Il traversa le trottoir en sens inverse et regarda la maison. Il y avait trois étages au-dessus du sous-sol. C'était la première fois qu'il la regardait ainsi. Dans le passé il avait toujours été trop pressé pour faire une pause, trop impatient d'entrer dans la maison et la retrouver.

Le toit n'était pas haut, couvert d'ardoises grises et entouré d'une espèce de corniche. C'était la seule ornementation de cette sinistre façade de brique d'un rouge-brun sombre, percée de trois rangées de fenêtres, chacune d'elles formant un rectangle très en retrait. Sur l'un des appuis à l'étage du milieu était posé un bac à fleurs cassé qui avait été doré autrefois et où quelques traces de dorure adhéraient encore. Il contenait quelques plantes mortes attachées à des tuteurs.

Philip se rendit compte que le vieil homme était réveillé et qu'il le regardait. Le vieux lui donnait une étrange impression, teintée de superstition. S'il l'ignorait et le repoussait, il ne reverrait jamais plus Senta. Mais s'il lui donnait quelque chose de substantiel, cela compterait en sa faveur dans ce centre de distribution mystique où les gens recevaient des bénéfices à la mesure de leur charité. Quelqu'un, dont il s'était moqué autrefois, lui avait dit une fois que ce que nous donnons aux pauvres est ce que nous emmenons lorsque nous mourons. Bien qu'il n'en eût pas vraiment les moyens, il sortit un billet de cinq livres de son portefeuille et le mit dans la main qui s'était déjà tendue pour le prendre.

« Payez-vous un bon repas, dit-il, embarrassé maintenant.

– Vous êtes grand, gouverneur. Dieu vous bénisse, vous et les vôtres. »

Drôle de terme que ce « gouverneur », se dit Philip, s'en retournant à sa voiture. D'où pouvait-il bien lui venir ? Le gouverneur d'une prison ou d'une maison de redressement ? Il frissonna bien que la voiture fût chaude et mal ventilée. Le vieil homme était toujours assis sur le trottoir, contemplant le billet de cinq livres avec satisfaction et suffisance. Philip rentra à la maison, se fit du café, des haricots blancs sur un toast, mangea une pomme, sortit Hardy. Beaucoup plus tard, vers neuf heures trente, il réessaya le numéro de téléphone mais sans succès.

Le lendemain arriva une carte de Christine. Elle représentait Le Mont-Saint-Michel, au large de la côte sud des Cornouailles. Christine écrivait : « Nous n'y sommes pas allées et je ne pense pas que nous irons, parce que l'excursion n'y passe pas. Mais c'était la plus jolie carte de la boutique. J'aimerais que tu sois là pour profiter de cette vague de chaleur avec nous. Grosses bises, Maman et Cheryl. » Cheryl n'avait pas signé elle-même. Tout était de la main de Christine. Philip se souvint soudain de la personne qui avait dit que l'argent donné aux pauvres était tout ce que l'on emportait à sa mort. C'était Gérard Arnham. La seule fois que Philip l'avait rencontré, Arnham avait dit cela. C'était peut-être alors qu'ils descendaient au restaurant et que Christine avait parlé de Stephen, rappelant ses paroles : « Oh, de toute façon, on ne peut l'emporter avec soi... »

Quand Arhnam avait cessé de donner de ses nouvelles, Christine s'était-elle sentie comme lui maintenant ? Mais non, c'était n'importe quoi. Senta était seulement fâchée, elle boudait et le punissait. Elle tiendrait quelques jours peut-être, il devait s'attendre à ce que cela dure quelques jours. Le mieux serait peut-être de ne pas essayer d'entrer encore dans la maison, de s'abstenir pour aujourd'hui. Mais lorsqu'il rentra ce soir-là d'un rendez-vous à Uxbridge, il ne put résister à l'attraction de Tarsus Street. Il faisait encore plus chaud que la veille, plus moite, plus étouffant. Il laissa les vitres de la voiture ouvertes. Il les laissa ouvertes, pensant par superstition : « Si je ferme la voiture, elle ne me laissera pas entrer mais, si je laisse les vitres ouvertes, elle me laissera entrer et il faudra que je revienne pour les fermer. »

Le vieil homme était parti, il ne restait de lui qu'un vieux chiffon noué autour de la rambarde, au niveau du sol. Philip alla à la porte d'entrée et actionna le heurtoir, il frappa une douzaine de fois. Alors qu'il s'éloignait, il regarda en direction de la courette et s'imagina voir les volets bouger. Il pensa pendant un instant que les volets étaient ouverts et que, au son de ses pas sur les marches de pierre, elle ou une personne se trouvant là les avait fermés. Ce devait probablement être le fruit de son imagination. Ce ne devait être qu'une illusion. De toute façon, ils étaient fermés maintenant.

Le mercredi, il n'y alla pas. C'était la chose la plus dure qu'il eût jamais faite. Il commençait à la désirer terriblement. Ce désir n'était pas uniquement sexuel, mais il l'était cependant. La chaleur toujours présente ne faisait qu'empirer les choses. Il était étendu nu sur son lit, à moitié couvert par les draps, et pensait à la première fois où elle était venue le rejoindre dans ce lit. Il se retourna sur lui-même, empoigna l'oreiller et poussa un grognement. Lorsqu'il s'endormit, il fit son premier rêve érotique depuis des années. Il lui faisait l'amour dans son lit du sous-sol de Tarsus Street et, contrairement à la plupart des rêves de ce genre, il lui faisait vraiment l'amour, la pénétrait profondément, ils étaient partis pour un de ces orgasmes partagés, pour y parvenir finalement dans des cris de joie et de plaisir. Il se réveilla immédiatement, il poussait des gémissements, se retourna et sentit une humidité collante sur la cuisse.

Ce n'était pas ce qu'il y avait de pis. Le pis était d'avoir éprouvé cette joie et de savoir que ce n'était pas vrai, que ce n'était pas arrivé. Il se leva très tôt et changea les draps. Il se dit : « Il faut que je la voie, je ne peux pas continuer ainsi, je ne peux envisager encore une journée pareille. Elle m'a assez puni. Je sais que j'ai eu tort, je sais que j'ai été injuste et insensible et même cruel, mais il n'est pas possible qu'elle veuille continuer à me punir, elle doit me laisser une chance de m'expliquer, de m'excuser. »

Allons, ce n'était pas sérieux, cette maison tout ordinaire dans une rue sordide tout ordinaire de Londres, dans laquelle personne ne pouvait pénétrer. Les issues n'étaient pas condamnées, les portes et les fenêtres étaient normales. Tout en traversant Londres pour se rendre une nouvelle fois chez Mrs. Finnegan à Croydon, il eut l'idée étrangement déplaisante que personne d'autre que Senta n'y vivait. Cette espèce de grande caserne était entièrement vide, mis à part Senta qui vivait dans une chambre du sous-sol. « Je pourrais y entrer, se dit-il, je pourrais casser la fenêtre du sous-sol. »

Les plans esquissés par Roy pour Mrs. Finnegan montraient une salle de douche occupant l'espace d'un placard de taille moyenne.

« Je veux une baignoire, dit Mrs. Finnegan.

– Il faudra alors sacrifier la moitié de la chambre à coucher et non le quart.

– Il me faut une chambre assez grande pour contenir des lits jumeaux ou au moins un lit double.

– Avez-vous pensé aux lits superposés ? demanda Philip.

– Tout ça est très bien pour quelqu'un de votre âge. La plupart de mes amis ont plus de soixante ans. »

Philip lui demanda s'il pouvait utiliser son téléphone. Elle voulut bien à condition qu'il appelle en PCV. Il appela Roy pour lui demander son avis. Roy, qui était exceptionnellement joyeux et expansif ces jours-ci, lui répondit de conseiller à la vieille conne de déménager pour une maison plus grande.

« Non, il vaut peut-être mieux pas. Suggère-lui une baignoire sabot. C'est très bien en fait, une façon superbe de prendre son bain, surtout quand on a un pied dans la tombe, et l'autre – il rit très fort à sa propre plaisanterie – sur une savonnette. »

Philip essaya d'appeler Tarsus Street par l'intermédiaire de l'opératrice. Elle devait répondre parfois, il le fallait bien. Que se passait-il quand son agent l'appelait ? Ou si elle était reçue à une de ses auditions ? Elle ne répondit pas. Il suggéra une baignoire sabot à Mrs. Finnegan, qui lui répondit qu'elle allait y réfléchir. Il devait y avoir des moyens de pénétrer dans une maison. Ne répondait-elle jamais à la porte ? Et l'agent de la compagnie du gaz, l'homme qui venait relever le compteur électrique, le facteur qui apportait un paquet ? Ou ne répondait-elle pas uniquement parce qu'elle savait que c'était l'heure à laquelle il était susceptible de venir ?

Il partit tard. Il était trop tard pour rentrer au bureau mais trop tôt, en fait, pour arrêter le travail. Il décida que sa journée était finie. Et le nombre de fois où il avait travaillé le samedi sans compter d'heures supplémentaires ? Il était cinq heures moins vingt et il était à West Hampstead, à dix minutes de là, même si la circulation était mauvaise. Elle ne s'attendrait pas à le voir arriver à cinq heures moins dix.

L'orage grondait dans la direction de Hampstead Heath. Or Mrs. Finnegan lui avait dit qu'il y aurait bientôt un orage pour nettoyer l'air. La colonne d'un éclair s'étira et dessina ses ramifications dans le ciel pourpre au-dessus du Tricycle Theatre. Des gouttes de pluie grosses comme les anciennes pièces de un penny constellaient le trottoir blanc de Tarsus Street. Le vieil homme était revenu, mais occupé cette fois à fouiller une poubelle regorgeant de sacs rouges remplis d'ordures. Philip s'arrêta et redressa son regard vers la maison. Il remarqua cette fois-ci qu'il n'y avait aucun rideau aux fenêtres mais que, derrière le bac à fleurs, une paire de volets analogues à ceux de Senta avaient été refermés.

Il est bien possible qu'ils l'aient déjà été la dernière fois. Il ne le pensait pas sans toutefois s'en souvenir vraiment. Habitait-elle vraiment toute seule ici ? Elle squattait peut-être l'endroit ? Il n'allait pas actionner le heurtoir aujourd'hui. Il se pencha vers le sous-sol et tapa au carreau de sa fenêtre. Les volets étaient bien sûr fermés. Il frappa plus fort et secoua le montant de la fenêtre. Un homme et une femme passèrent sur le trottoir. Ils ne firent pas attention à lui. Il aurait pu être un cambrioleur pour de bon, entrant par effraction pour voler ou saccager, cela les laissa indifférents, ils l'ignorèrent.

Philip monta les marches et, oubliant sa résolution, frappa à la porte d'entrée. Il resta là à frapper. Un terrible éclat de tonnerre sembla secouer toute la rangée de maisons. Quelqu'un dans la maison voisine ferma une fenêtre du rez-de-chaussée. La pluie se répandit en une cascade soudaine de trombes d'eau argentées et brillantes. Il s'était bien reculé sous le porche, de petites gouttes d'eau le piquaient de leurs dards glacés. Il continuait à frapper de façon mécanique, mais il était maintenant convaincu qu'il n'y avait personne à l'intérieur. Comme il en aurait été incapable lui-même, il était sûr que personne n'aurait pu rester là à l'intérieur sans rien faire, à écouter tout ce tintamarre.

Lorsque la pluie se radoucit un peu, il courut vers sa voiture. Il pouvait voir le vieil homme assis en haut d'un escalier encore plus long que celui de Senta qui, protégé par un porche au toit pointu et aux piliers de bois, commençait à ronger des os de poulet. Senta ne sortait jamais longtemps. Il se dit qu'il pourrait l'attendre jusqu'à son retour. Et dire que la semaine dernière il se demandait encore s'il l'aimait ! Était-il alors complètement aveugle, complètement inconscient de ses sentiments les plus profonds ? Amoureux d'elle ! Si elle arrivait maintenant, il se demandait comment il pourrait s'empêcher de se jeter à ses pieds. Comment pourrait-il ne pas étreindre ses jambes et embrasser ses pieds, pleurer de joie à sa simple vue, d'être à nouveau avec elle, même si elle refusait de lui parler ?

Au bout de deux heures, passées à simplement penser à elle, à imaginer son apparition, à se la représenter apparaissant au loin puis s'approchant graduellement, au bout de deux heures passées ainsi, il sortit de la voiture et retourna aux marches pour frapper à nouveau à la porte. Pendant qu'il était chez Mrs. Finnegan, il avait pensé casser sa fenêtre. Il y avait une brique simplement posée sur le rebord de ciment, entre la rambarde et la fosse que formait la courette du sous-sol. Philip enjamba la rambarde pour se retrouver sur le ciment et prendre la brique. Arrivé à ce point, il eut l'idée de regarder derrière lui dans la rue. Il voulait voir si le vieil homme aux sacs l'observait et c'est ainsi qu'il aperçut le policier en uniforme qui faisait sa ronde. Il laissa tomber la brique, retourna à la voiture et partit pour Kilburn High Road.

Là-bas, il mangea un hamburger chez McDonald, suivi de deux demis de bière chez Biddy Mulligan. Il allait être huit heures trente et pourtant il faisait encore jour. La pluie s'était arrêtée, bien que l'orage continuât à gronder. Mrs. Finnegan s'était trompée, le ciel n'était toujours pas dégagé. De retour à Tarsus Street, il frappa encore à la porte d'entrée et à la fenêtre du sous-sol. Observant la maison, depuis le trottoir d'en face cette fois-ci, il vit que les volets à l'étage étaient toujours fermés. Ils l'avaient peut-être toujours été et il s'imaginait les avoir vus ouverts jusqu'à aujourd'hui. Une idée folle commençait à trotter dans sa tête, selon laquelle tout cela n'était qu'une illusion, le fait qu'elle vive ici, qu'il lui ait fait l'amour, qu'il l'ait aimée. Il était peut-être fou, tout cela faisait partie de ses hallucinations. Peut-être souffrait-il de schizophrénie. Après tout, comment savoir ce que ressent un schizophrène tant qu'on ne l'est pas soi-même ?

À la maison, il trouva le pauvre chien se cachant de l'orage sous la table de la salle à manger, tout tremblant et geignant. Son bol à eau était vide. Philip le remplit et sortit sa pâtée, et, comme Hardy ne voulait pas manger, il le prit sur ses genoux et essaya de le consoler. Il était évident que c'était Christine que Hardy voulait. Lorsque le tonnerre gronda au loin, il trembla à en faire frémir sa peau. Philip pensa : « Je ne peux pas continuer ainsi. Je ne puis affronter la vie sans elle. Que vais-je faire si je ne dois plus jamais la revoir, ne plus toucher sa peau, entendre sa voix ? » Portant le chien sous un bras, il alla au téléphone et composa son numéro.

La ligne était occupée.

Ce n'était jamais arrivé avant. On répondait au téléphone ? Quelqu'un répondait. Au pis, quelqu'un avait décroché le combiné afin que ceux qui appellent entendent le signal occupé. Il sentit une absurde vague d'espoir. Le dernier coup de tonnerre était passé depuis dix minutes. Dans le ciel qui s'obscurcissait, des espaces plus clairs s'ouvraient parmi le déferlement de nuages. Il porta Hardy dans la cuisine et le déposa devant son assiette. Alors que le petit chien commençait à manger avec circonspection, le téléphone sonna.

Philip alla au téléphone, ferma les yeux, serra les poings, pria, faites que ce soit elle, faites que ce soit elle. Il décrocha le téléphone, dit « Allô ! », entendit la voix de Fee. Immédiatement, avant même qu'elle ait dit deux mots, il se souvint.

« Oh, mon Dieu, je devais venir manger chez toi et Darren !

— Que t'est-il arrivé ?

— Nous avons été submergés au bureau. Je suis rentré tard à la maison. » Comme il avait appris à mentir, ces derniers temps ! « J'ai oublié. Je suis désolé, Fee.

— J'espère bien que tu l'es. Moi aussi je travaille, tu sais. J'ai été faire des courses pour toi pendant l'heure du déjeuner et j'avais fait un pâté en croûte.

— Laisse-moi venir demain. Je pourrai le manger demain.

— Demain nous allons voir Belle-Maman avec Darren. Mais où étais-tu donc ? Qu'est-ce qui t'arrive ? Tu étais bizarre, dimanche, et cet œil, et tout ça. Que fais-tu dès que Maman a le dos tourné ? J'étais folle d'angoisse à t'attendre.

– Je t'ai dit que j'étais désolé. Je le suis vraiment. Pourrai-je venir samedi ?

– Je pense que oui. »

C'était la première fois qu'il expérimentait la sensation, en entendant le téléphone sonner, d'espérer une voix aimée, longuement attendue, et d'en entendre une autre. Il trouva l'expérience amère. À sa grande honte, bien qu'il n'y eût personne à part Hardy, il sentit ses yeux se remplir de larmes. Et si elle ne le repoussait pas et que quelque chose lui soit arrivé ? Sans le vouloir, il se rappela Rebecca Neave, qui avait disparu, qui n'avait pas été là pour répondre au téléphone quand il le fallait. Tarsus Street était un taudis, comparé à la maison où Rebecca habitait, il pensa à la rue, la nuit et la grande maison vide.

Mais la ligne avait été occupée. Il essaierait de nouveau et, s'il obtenait ce signal, il demanderait à l'opératrice si la ligne était vraiment en communication. L'idée de pouvoir vraiment entendre sa voix dans un instant était presque insupportable. Il s'assit, accroupi sur le téléphone, et vida son souffle en un long soupir. Imaginer qu'il lui parle et que, dans cinq minutes, moins de cinq minutes, il soit de nouveau dans sa voiture descendant par Crickwood, par Shoot-up-Hill, en route pour Tarsus Street. Il composa le numéro.

Il n'était pas occupé. Il entendit la sonnerie familière, qu'il avait entendue chez Mrs. Finnegan, qu'il avait entendue trente à quarante fois ces derniers jours. Elle retentit quatre fois, s'arrêta. Une voix d'homme se fit entendre.

« Allô ! ici Mike Jacopo. Nous ne pouvons pas vous répondre pour l'instant, mais si vous voulez laisser un message, ainsi que votre nom et numéro de téléphone, nous vous rappellerons dès que possible. Parlez après le bip. »

Presque dès les premiers mots, Philip avait compris à l'élocution guindée que ces phrases avaient été enregistrées sur un répondeur. Un bip strident se fit entendre. Il reposa le combiné en se demandant si son long soupir retenu avait été enregistré pour Jacopo.

9

Fee et Darren achetaient leur appartement avec un énorme crédit étalé sur plus de quarante ans. Ils ne l'avaient obtenu que parce qu'ils étaient très jeunes. Philip, assis dans leur petit salon clair avec vue sur l'entrée d'une nouvelle galerie commerciale, se demandait comment ils pouvaient supporter tout cela, la perspective de ces quarante années, comme les quarante maillons d'une chaîne d'acier.

L'immeuble se trouvait à West Hendon, où vivait une grande communauté indienne, et la majorité des épiceries vendait des *poppadoms,* des épices indiennes et de la farine de pois chiches. La plupart des constructions étaient récentes mais minables. À n'importe quel autre endroit, ils n'auraient pas eu les moyens de s'offrir un appartement, même en remboursant l'emprunt sur plus de la moitié d'une vie. Pendant les premières années, dit Darren, ils ne procéderaient pas vraiment au remboursement, ils se contenteraient de payer les intérêts. Il y avait cette pièce, une chambre à coucher et la cuisine, où Fee s'activait comme une vraie ménagère, faisant cuire des pommes de terre et inspectant son pâté en croûte à travers la porte vitrée de son nouveau four, et une douche à peu près de la taille de celle qu'il avait conseillée à Mrs. Finnegan. Darren dit qu'il n'avait pas pris un seul bain depuis un mois. Il riait en disant cela et Philip se l'imaginait, ravi de sa blague, la répétant inlassablement à ses collègues de travail.

« Non, sérieusement, je me suis mis aux douches. Ça ne me dit plus rien, les bains, maintenant. Les Indiens n'en prennent jamais, tu savais ça ? Qu'est-ce qu'il t'avait dit le type dans la boutique, Fee, comment s'appelle-t-il déjà, un de ces drôles de noms indiens ?

— Jalal. Il s'appelle Jalal. Il disait que ça les faisait rigoler qu'on reste à tremper dans notre eau sale.

– Quand on y pense, dit Darren, c'est exactement ce que nous faisons. Ceux d'entre nous qui ont une baignoire, en tout cas. » Il énuméra alors les statistiques sur le nombre de ménages en Grande-Bretagne possédant une baignoire, ceux qui en avaient deux et ceux qui n'en avaient pas. « Tu veux prendre une douche pendant que tu es là, Phil ? »

Philip n'était pas retourné à Tarsus Street depuis qu'il avait entendu la voix sur le répondeur. Le mardi soir, il n'avait pas trouvé le sommeil. Mike Jacopo, il en était convaincu, devait être l'amant de Senta. Ils vivaient là tous les deux ensemble, voilà ce que signifiait le « nous » du message. Jacopo était parti ou ils s'étaient querellés et, pour le contrarier ou lui montrer qu'elle n'en avait rien à faire, elle s'était rabattue sur Philip et l'avait conduit dans cette chambre secrète, au sous-sol, pendant trois semaines. Puis Jacopo était revenu et elle avait mis en scène cette querelle avec Philip pour se débarrasser de lui. Sa théorie avait des failles, mais il s'y tint, avec quelques variations, toute la journée du vendredi et du samedi ; ce jour-là, en fin d'après-midi, il lui vint à l'esprit qu'il n'y avait aucune raison pour que Jacopo ne soit pas simplement un autre locataire, peut-être le locataire du rez-de-chaussée. Ce « nous » ne signifiait pas nécessairement lui et Senta. Ce pouvait être lui et n'importe qui d'autre.

Maintenant qu'il était chez Darren et Fee, il savait qu'il pourrait probablement obtenir des réponses à ses questions, simplement en les posant directement. Mais s'il posait d'autres questions sur Senta, s'il en posait une seule, ils devineraient. Il se dit : « La vérité est que je ne veux pas savoir pour Jacopo, je veux seulement qu'elle revienne, je veux la voir et lui parler. » Darren parla de la nouvelle Rover, de football et des hooligans en Allemagne. Ils mangèrent le pâté en croûte et une charlotte bien lourde, et Darren sortit ses diapositives couleur, au moins une centaine, que Philip se sentit obligé de regarder.

On était arrivé aux photos du mariage, celles qui avaient été prises par le photographe d'un certain âge, qui sentait le tabac, et Philip se retrouva à regarder Senta en robe de demoiselle d'honneur. Ne devait-il plus la voir de plus près que cela, un portrait qu'elle partageait avec quatre personnes et que lui devait partager avec deux autres spectateurs ? Darren était assis à côté de lui et Fee regardait par-dessus son épaule. Il sentait son cœur battre et se demandait si eux aussi l'entendaient.

« On voit qu'elle a joué la comédie », dit Darren.

Le cœur de Philip semblait battre plus fort et plus vite. « Vraiment ? » arriva-t-il à dire d'une voix enrouée.

« Ça se voit. Quand elle a quitté l'école, elle a commencé des études d'art dramatique. Elle est un peu poseuse, vous trouvez pas ? Regardez comment elle se tient. »

Fee lui demanda de revenir pour le déjeuner du dimanche, elle faisait du gigot. Philip se dit qu'il ne pourrait affronter une nouvelle visite. Il répondit qu'il avait des choses à faire à la maison, du travail à rattraper.

Dans la matinée, devant la journée vide qui s'annonçait, il regretta d'avoir refusé, mais il n'appela pas Fee. Il emmena Hardy sur la lande de Hampstead et, tout en marchant, essaya d'imaginer un moyen d'entrer dans cette maison, sans que ce soit pour autant par effraction. Plus tard, durant la longue soirée lumineuse, il fit son numéro et réentendit le message enregistré de Jacopo. Philip reposa le combiné sans dire un mot et essaya désespérément de réfléchir. Après quelques instants, il décrocha à nouveau, recomposa le numéro et, quand la tonalité eut retenti, dit : « Ici Philip Wardman. Pourriez-vous demander à Senta de m'appeler ? Il s'agit de Senta Pelham, qui habite au sous-sol. Pourriez-vous lui demander de m'appeler d'urgence ? »

Christine et Cheryl devaient rentrer mercredi. Il ne pouvait supporter l'idée d'être avec d'autres personnes, d'avoir à leur parler, d'avoir à écouter encore un récit de vacances. Couché dans le noir, éveillé, à écouter une douce pluie frapper les carreaux, il pensait à la sincérité et à l'honnêteté de Senta, et comment il avait mis sur le compte des fantasmes ses récits d'expériences. La pluie redoubla d'intensité durant la nuit et dans la matinée elle tombait à verse. Il prit des routes en partie inondées pour se rendre à Chigwell, où il devait voir si les ouvriers avaient des problèmes avec la salle de bains de Mrs. Ripple.

Cette fois-ci, il ne jeta même pas un regard par la fenêtre pour voir le jardin d'Arnham. Il se désintéressait d'Arnham. Il se désintéressait de tout et de tout le monde, à part Senta. Elle avait pris place dans son esprit et s'était installée dans le lit, le fixant intensément. Les mouvements de Philip étaient lents, il se conduisait comme un zombie. La voix forte et cassante de Mrs. Ripple débitant ses plaintes n'était plus qu'un bruit, une simple gêne. Elle se plaignait du dessus en marbre de sa coiffeuse, il y avait un défaut dans la veine, un minuscule défaut, pas plus qu'une égratignure et sur le dessous, mais elle voulait que toute la plaque de marbre soit changée. Il haussa les épaules et dit qu'il verrait ce que l'on pouvait faire. L'ouvrier lui fit un clin d'œil et il réussit à le lui rendre.

La dernière fois qu'il était venu là, Senta était avec lui. Elle l'avait embrassé dans la voiture, devant la maison de Mrs. Ripple, et, plus tard, dans la campagne, ils avaient fait l'amour dans l'herbe, cachés par un bouquet d'arbres. Il fallait qu'il la retrouve, il était désespéré. Il pensa de nouveau à casser cette fenêtre, à forcer ces volets, à les scier s'il le fallait. Il s'imaginait entrant ainsi par effraction dans la pièce où elle l'attendait, tapie au bout du lit, son image réfléchie par le grand miroir. Et il s'y voyait faisant cette entrée à travers des vitres brisées et des planches fracassées, mais pour trouver une pièce vide.

Tarsus Street n'était pas belle à voir sous le soleil et vraiment horrible sous la pluie. Un des sacs-poubelle toujours présents avait éclaté et son contenu, essentiellement du papier, s'était répandu sur le trottoir et la chaussée, où les morceaux s'alignaient en fresques surréalistes. La pluie avait collé un emballage de biscuits autour d'un lampadaire à la manière d'une affichette administrative. Les fers de lance de la rambarde transperçaient les pages défaites d'un livre de poche. Des journaux mouillés s'étalaient dans les coins, où des boîtes d'allumettes et des cartons de jus de fruits venaient se blottir. Philip sortit de la voiture et traversa une flaque où flottait un pot de yaourt. La façade de la maison n'avait pas changé, mis à part le bac à fleurs débordant d'eau qui envoyait des trombes sur les briques sombres et humides. Les volets de l'étage et ceux de Senta étaient toujours fermés.

Il resta sous la pluie à observer la maison. Il n'y avait rien d'autre à faire. Il avait commencé à relever toutes sortes de détails qui lui avaient échappé au début. Il y avait un auto-collant de Greenpeace dans le coin gauche de la dernière fenêtre à gauche, à l'étage supérieur. Sur la surface peinte des volets du premier étage, quelque chose avait été écrit à côté d'un petit dessin au crayon. Il était trop loin pour voir ce qui avait été écrit ou dessiné. Derrière la fenêtre centrale du der-nier étage, une bouteille de vin était posée, légèrement décen-trée, sur la droite. La pluie continuait à tomber régulièrement et le ciel avait exactement la même nuance de gris que les ardoises de la toiture. Il remarqua qu'il manquait une tuile à la couverture en pointe du porche.

Il monta l'escalier et frappa à la porte d'entrée, en évitant la crotte de chien déposée en spirale sur la deuxième marche. Au bout d'un moment, il jeta un coup d'œil par la boîte aux lettres. Cette fois-ci, il vit le téléphone et le passage menant aux marches du sous-sol et quelque chose de nouveau : deux enveloppes posées sur la table à côté du téléphone.

De retour à la maison, il enleva son costume et le mit à sécher, se frotta les cheveux avec une serviette, se rappelant comment, ce premier jour, elle avait demandé une serviette pour sécher les siens. Il se fit des œufs au bacon mais, une fois qu'il les vit dans son assiette avec un quignon de pain beurré, il ne put les manger. Le téléphone sonna et son cœur battit à tout rompre. La voix lui manquerait en décrochant le combiné, il en était persuadé. Il produisit une espèce de croas-sement.

« Tu vas bien ? dit Fee. Tu as l'air bizarre.

– Ça va.

– Je t'appelais pour savoir si tu voulais que je fasse des courses pour Maman, pour mercredi. Tu sais, du pain, du jam-bon ou quelque chose d'autre. »

La question qu'il désirait poser, qu'il mourait d'envie de poser, fut évincée par une autre, apparemment moins impor-tante : « C'était à la RADA, à l'Académie royale d'art drama-tique, que Senta allait ?

– Quoi ? »

Il répéta la question. Il commençait à se sentir mal.

« Je ne saurais trop quoi te répondre, répondit-elle. Comment le saurais-je ?

– Pourrais-tu demander à Darren, s'il te plaît ?

– Pourquoi veux-tu le savoir ?

– Demande-lui simplement, s'il te plaît, Fee. »

Il entendit sa question transmise à Darren d'une voix lourde de sarcasme. Ils semblaient discuter. Avait-il fallu qu'ils se marient pour que Fee se rende compte que son amour d'enfance était un peu lourd à la détente ? Elle revint au téléphone.

« Il dit qu'il y a été une fois avec son frère pour voir une pièce dans laquelle elle jouait. Ce n'était pas vraiment un immeuble, tu vois ce que je veux dire, c'était simplement une grande maison. Quelque part dans l'Ouest, à Ealing, ou Acton.

– La RADA est à côté du British Museum, c'est à Bloomsbury. Il est sûr que ce n'était pas là ?

– Il dit que c'est Ealing, il est catégorique. Qu'est-ce qu'il y a, Phil ? Que se passe-t-il ? Tu n'arrêtes pas de poser des questions sur Senta.

– Mais non, je t'assure.

– Darren demande si tu veux son numéro de téléphone ? »

Quelle ironie ! Il connaissait ce numéro mieux que le sien, mieux que sa propre date de naissance, que son adresse. Il répondit non à cette question et oui à la première : « Si tu pouvais ramener un pain et quelque chose pour leur dîner, Fee. »

Elle riait lorsqu'elle lui dit au revoir.

Il resta assis, plongé dans sa méditation. C'était nouveau pour lui, cette révélation que quelqu'un pouvait à la fois dire la vérité et raconter des histoires, car c'est à ça que cela revenait. Elle lui avait raconté des choses vraies et elle avait enjolivé la réalité. Lorsque la vérité lui convenait, elle la lui avait présentée et, quand elle manquait de charme ou d'intensité dramatique, elle avait inventé. En faisait-il autant ? En faisions-nous tous autant ? Et où fallait-il placer dans ce schéma la demande qu'elle lui avait faite de prouver son amour pour elle ? Était-ce une simple fantaisie ou l'attente véritable d'un acte véritable ?

Pour l'heure, il composa son numéro. Cette fois, le répondeur n'était pas branché et le téléphone sonna sans discontinuer, sans réponse.

Il était tard dans la nuit. Le ciel était lourd, ne laissant voir aucune étoile, sans lune, légèrement brumeux, d'un rouge ouaté sur lequel les toitures se dessinaient au loin. L'humidité était palpable dans l'air frais, que ne venait troubler aucun souffle. Au croisement de Tarsus Street et de Caesarea Road se tenaient trois hommes de l'âge de Philip, l'un d'eux était un rasta, les autres étaient blancs, sans signes particuliers, mais l'un portait plusieurs anneaux dans le lobe de l'oreille droite. Philip avait remarqué les anneaux, parce qu'ils brillaient dans la lumière de ses phares. Les hommes se retournèrent pour l'observer, lui et la voiture, et le regardèrent en descendre. Ils ne firent rien.

Le vieil homme aux sacs n'était pas là. Philip ne l'avait pas revu depuis que le temps avait changé. La rue était toujours jonchée de vieux papiers, de boîtes en carton, de *bricks* de jus de fruits dans lesquels étaient encore plantées des pailles. Le pavé gras et humide, les rambardes et les échines courbées des voitures stationnées luisaient sous la lumière verdâtre des réverbères. Un chien arriva par Samaria Street, il poursuivait sa quête mystérieuse le long du ciment piqueté, peut-être était-ce le chien qui avait déposé son tas de crotte sur la marche. Il descendit vers les sous-sols de l'immeuble voisin. Çà et là, une goutte d'eau tombait des feuilles des platanes.

Une pensée étrange effleura l'esprit de Philip. C'était comme si une voix intérieure lui demandait ce qu'il faisait là à chercher l'amour, la passion, peut-être la partenaire d'une vie, dans cet endroit horrible. Car quelle femme libre de son choix choisirait de vivre dans ce cloaque immonde du nord-ouest de Londres, ce trou rance ? Cette réflexion désagréable disparut aussi vite qu'elle était apparue ; regardant maintenant la maison d'un air las, il vit que les volets de la fenêtre centrale du rez-de-chaussée avaient été fermés, des rais de lumière vive passaient aux jonctions des panneaux gauchis.

Il monta les marches en courant. La porte d'entrée était

ouverte. C'est-à-dire qu'elle n'était pas fermée à clé, seul le loquet était mis. Il ne pouvait y croire. De quelque part à l'intérieur parvenait une musique sur un rythme de valse, le genre de musique qu'il avait entendue tard certains soirs, alors qu'il était au lit aux côtés de Senta. *Le Beau Danube bleu.* Alors qu'il se tenait là, la musique cessa et il entendit des rires et des applaudissements. Il poussa la porte et entra. La musique, qui venait de la pièce de gauche, où la lumière passait au travers de volets, reprit cette fois-ci un tango, *Jalousie.* Lors de toutes ces visites dans la maison, il avait à peine remarqué les portes qui donnaient sur ce couloir, il n'avait jamais pensé qu'il pouvait y avoir des pièces derrière. Il ne pensait alors qu'à aller chez Senta. Cette pièce devait bien sûr se trouver directement au-dessus de la sienne.

Il avait dû faire du bruit, bien qu'il ne s'en soit pas rendu compte. Il avait peut-être repris sa respiration bruyamment, ou alors ses pas avaient fait craquer le plancher, car la porte s'ouvrit brutalement et un homme s'écria : « Mais qu'est-ce qu'il fout là, ce type ? »

Philip ne put articuler un mot et, en fait, se sentit pétrifié, autant par la vue des deux personnes qui se trouvaient dans la pièce que par le ton violent et injurieux de l'homme. Elles étaient toutes deux en tenue de soirée, et faisaient penser à Fred Astaire et Ginger Rogers dans un de ces films des années trente que l'on voyait parfois à la télévision, puis il s'aperçut que ce n'était en fait pas du tout ça. La femme, dans la cinquantaine, avait une longue crinière de cheveux gris, ainsi qu'un visage ridé et grossier bien que vif et un corps épanoui et sinueux serré dans une robe de soie rouge défraîchie. Un bouquet de fleurs artificielles froissées, rouges et roses, ornait son corsage et tremblait lorsqu'elle prenait sa respiration. Son partenaire était assez élégant, bien que mal rasé et décoiffé. Son visage était blanc et fin, ses cheveux blonds, et il n'avait pas plus de quatre ou cinq ans de plus que Philip.

Retrouvant sa voix, Philip dit : « Je suis désolé. Je cherchais Senta, Senta Pelham, elle habite en bas. La porte d'entrée était ouverte.

– Nom de Dieu, elle a encore dû la laisser ouverte, dit la femme. Elle fait toujours ça, quelle foutue négligence. »

Son partenaire se dirigea vers le lecteur de cassettes et
baissa le son. « Elle est partie à une soirée, dit-il. Vous êtes
qui, au fait ?

– Philip Wardman, un de ses amis. »

Pour une raison obscure, la femme rit. « Vous êtes celui qui
a laissé un message sur notre répondeur. »

Voici donc Mike Jacopo. Philip dit, bégayant légèrement :
« Vous êtes... vous... vous habitez ici ? »

La femme dit : « Je suis Rita Pelham et ceci est ma maison.
Nous avons été pas mal absents ces derniers temps avec les
compétitions dans le Nord. »

Il n'avait pas la moindre idée de ce qu'elle voulait dire,
mais il comprit qu'il s'agissait de la mère de Senta ou de la
femme qu'elle appelait sa mère, et Jacopo était le jeune amant
dont Fee avait parlé. Confus, il ne put trouver ses mots. Ce qui
comptait de toute façon était qu'elle n'était pas là, elle était
sortie, elle était partie pour une soirée.

Jacopo avait remonté le volume. C'était encore le tango. Ils
se prirent mutuellement dans les bras l'un de l'autre, les mains
raides et la tête droite. Rita bascula en arrière, dans le cercle
formé par les bras de Jacopo, ses cheveux gris balayèrent le
plancher. Jacopo se déplaçait selon les pas stylisés de la danse.
Lorsqu'ils passèrent devant la porte, il la ferma d'un coup de
pied. Ils avaient oublié Philip. Il ressortit, releva le loquet et
ferma la porte derrière lui.

Tarsus Street était vide. Le rasta et les deux hommes blancs
avaient disparu, de même que son autoradio et l'imperméable
qui était sur le siège arrière, car il n'avait pas fermé la voiture
à clé.

Ce n'est qu'une fois rentré chez lui et couché qu'il se dit
qu'il aurait dû rester là-bas. Il aurait dû rester assis dans la voiture jusqu'à son retour, toute la nuit s'il l'avait fallu. Il n'y
avait pas pensé à cause du choc causé par le vol de la radio et
de l'imperméable, c'était un Burberry qu'il avait acheté avec
sa carte Visa et qu'il n'avait pas encore fini de payer. Il aurait
peut-être pu persuader Rita Pelham ou Jacopo de le laisser
entrer dans la chambre de Senta et y rester pour la nuit. Ils
n'auraient bien sûr pas été d'accord, bien sûr que non.

Que Rita soit propriétaire de la maison et y habite changeait en quelque sorte les choses. Cela signifiait que Senta, comme lui-même, habitait à la maison avec sa mère. Ce n'était pas exactement pareil, il le voyait bien, mais la situation était similaire. D'une certaine façon, les choses étaient moins sordides vues sous cet angle. Senta habitait avec sa mère, elle n'était pas responsable du délabrement de l'endroit, de la saleté et de l'odeur.

Il dormit et rêva d'elle. Dans son rêve, il était dans sa chambre, ou plutôt il était à l'intérieur du miroir, observant la chambre à travers la glace, le lit couvert d'oreillers violets et du duvet, la chaise en osier avec ses vêtements, les volets fermés sur les fenêtres, la porte qui menait à ce couloir et ces cavernes de détritus, fermée et bloquée par une chaise. Il était assis dans le miroir et c'était comme s'il était assis dans un réservoir d'eau verdâtre dans laquelle nageaient de minuscules organismes semblables à des poussières. De petites fougères vertes s'y balançaient doucement et un escargot laissait sa trace argentée sur l'autre face de la glace. Elle entra dans la pièce, forçant la porte et renversant la chaise. Elle s'approcha tout près du miroir et regarda la masse verte translucide et tachetée, sans le voir, elle ne le vit même pas quand leurs visages se pressèrent l'un contre l'autre, séparés par la vitre humide.

Dans la matinée, il sortit avec Hardy, prit Glenallan Close jusqu'à Kentail Way, et revint par Lochleven Gardens. Il rencontra le facteur, qui lui donna son courrier. C'était encore une carte de Christine, alors qu'elle rentrait ce jour même, et une lettre pour elle, d'une de ses sœurs. La carte postale représentait une rue de Newquay cette fois, et disait : « Il se peut que je sois rentrée avant que tu ne la reçoives, aussi je ne te donne pas de nouvelles. La croix est supposée marquer notre chambre mais Cheryl dit que c'est faux car nous sommes au troisième étage. Grosses bises, Maman. »

Philip posa la lettre pour Christine sur le manteau de la cheminée. Personne à la maison ne recevait beaucoup de courrier. Les gens qu'ils connaissaient et leur famille téléphonaient lorsqu'ils voulaient entrer en contact avec eux. Mais pourquoi

n'écrirait-il pas à Senta ? Il pourrait dactylographier l'enveloppe au travail pour qu'elle ne sache pas de qui elle venait.
La veille au matin, il n'y aurait même pas pensé, mais les
choses avaient changé. Rita et Jacopo étaient là et recevaient
des lettres. Il avait vu deux lettres à côté du téléphone, quand
il avait regardé par la boîte. S'il y avait une lettre pour Senta,
l'un d'eux la lui descendrait, et au moins elle l'ouvrirait. En
voyant qu'elle était de lui, la jetterait-elle ?

Dépouillé de sa radio, il se retrouva confronté à ses propres
pensées, alors qu'il était en route pour le siège de son entreprise dans le West End. La difficulté consistait à trouver quoi
lui dire qui l'empêcherait de jeter la lettre.

Philip n'écrivait pour ainsi dire jamais de lettres personnelles. Il ne se souvenait pas à quand remontait la dernière
fois qu'il en avait écrit une et il n'avait jamais écrit de lettre
d'amour, et celle-ci devrait en être une. D'habitude, lorsqu'il
prenait la plume ou le plus souvent lorsqu'il dictait quelque
chose à Lucy, la dactylo qu'il partageait avec Roy et deux
autres, c'était quelque chose de ce genre : « Chère Mrs. Finnegan, nous vous confirmons avoir reçu de votre part un chèque
de la somme de mille livres à valoir sur les travaux prévus. Si
vous avez la moindre question, s'il vous plaît, n'hésitez pas à
me contacter à l'adresse ci-dessus, quelle que soit l'heure... »
Cependant, il pouvait écrire une lettre d'amour, il savait qu'il
en était capable, il lui venait déjà des phrases sorties tout droit
de son cœur, et il pourrait s'excuser et implorer son pardon.
Cela ne le dérangeait pas, il ne se sentirait pas humilié de le
faire. Mais elle lui avait demandé de lui prouver son amour...

Roy, toujours de bonne humeur, le surprit à faire son enveloppe sur la machine à écrire de Lucy. « On écrit ses lettres
d'amour pendant les heures de travail maintenant, à ce que je
vois. »

Il était inquiétant de voir comme les imbéciles pouvaient
être proches de la vérité et tout ça sans le faire exprès. Philip
arracha l'enveloppe de la machine. Pas de doute, Roy pensait
vraiment que c'était pour Mrs. Ripple, car il ajouta : « La
commande de ce nouveau morceau de marbre est arrivée. Tu
peux passer un coup de fil à la vieille pour lui dire qu'elle
l'aura d'ici à midi ? »

Il essaya depuis le téléphone de Lucy. À deux reprises, il eut la tonalité « occupé ». En attendant, il jeta un coup d'œil au *Daily Mail* de Lucy, lut un article sur l'IRA, un autre sur un chien qui avait sauvé son maître de la noyade dans le Grand Union Canal, un autre enfin qui rapportait le meurtre d'une vieille femme à Southall. Il reprit le téléphone et composa le numéro de Mrs. Ripple.

« Allô ! qui est là ? »

Sa voix sortit du combiné comme une véritable rafale, sa phrase ne semblait pas composée de quatre mots mais d'un seul, polysyllabique. Il se présenta et lui transmit le message de Roy.

« Ce n'est pas trop tôt, dit-elle. Je ne serai pas là. Je dois sortir. »

Il lui répondit qu'il la rappellerait. Une idée lui était venue, sortie des airs, de nulle part, une idée sublime, la solution absolue. Il en était tellement impressionné qu'il lui parlait d'un ton incertain, hésitant, incapable de trouver les mots simples et ordinaires.

« Que dites-vous ? »

Il se ressaisit et dit : « Il faut que j'en parle à mon collègue, Mrs. Ripple. Avec votre permission, je vous rappelle dans cinq minutes. »

Comme si un observateur ou un auditeur pouvait lire ses pensées, il ferma la porte. Il reprit le journal et regarda à nouveau l'histoire du meurtre de la femme de Southall. Pourquoi n'avait-il pas pensé avant à cette solution ? C'était si simple, c'était simplement un nouveau coup dans leur jeu. Car c'était ce que cela représentait pour Senta, un jeu, mais un jeu auquel il devait participer. Cette idée lui plaisait même, d'un jeu secret qu'ils jouaient tous les deux, même si chacun ignorait la sincérité de la stratégie de l'autre. Cela ne faisait que rendre les choses plus excitantes.

C'était un personnage fantasmatique qui racontait également la vérité pour sa propre histoire. Il avait encore du mal à s'y habituer mais il savait que cette analyse était juste. Il avait maintenant la révélation d'un autre aspect de son caractère. Elle voulait un amant – un mari ? – qui partageât ses fantasmes. Même pendant la courte période où ils s'étaient connus, il était possible qu'il l'ait déjà déçue par son incapacité à raconter ses propres aventures et exploits. Le fait était qu'elle saurait qu'il inventait et s'attendrait à ce qu'il agisse ainsi. C'était ce qu'elle faisait, c'était une façon de vivre, pour elle. Il se trouva soudain stupide et insensible. Il avait été trop obtus pour répondre à son invitation, une invitation simple et innocente à partager ses délires, et avait été la cause de tous leurs malheurs, les dix jours les pires de sa vie.

La porte s'ouvrit et Lucy entra. Ce fut elle qui décrocha lorsque le téléphone sonna et elle éloigna le combiné de toute la longueur de son bras pour se protéger des rafales assourdissantes de la voix de Mrs. Ripple.

La lettre, il la composa à la table du salon, où il eut à subir toute une série d'interruptions. Tout d'abord Hardy, qui réclamait sa promenade. Philip l'emmena jusqu'au bout de Kentail Way et recommença : « Chère Senta... »

C'était un peu froid, il écrivit : « Senta chérie » et, bien qu'il n'eût jamais, de toute sa vie, appelé personne chérie, il préféra ce terme. « Senta chérie, tu m'as tellement manqué, je ne savais pas ce que c'était que ressentir l'absence de quelqu'un. S'il te plaît, fais que nous ne soyons plus jamais séparés ainsi. » Il aurait voulu lui parler de l'amour qu'ils avaient fait et de la terrible privation que c'était pour lui de ne plus le lui faire, mais une espèce de profonde timidité intérieure le retint. L'acte était charmant, ouvert et libre, mais les paroles l'embarrassaient.

Le bruit de la clé dans la serrure lui fit dire que c'était Christine, bien qu'il fût encore tôt. Il avait oublié que Fee passerait avec le pain et le jambon. Elle avait aussi apporté des pâtisseries danoises, une barquette de fraises et un pot de crème épaisse.

« À qui écris-tu ? »

Il avait rapidement recouvert la lettre avec le *TV Times* qui lui servait de sous-main, mais un coin dépassait. Elle ne croirait jamais la vérité, aussi la lui dit-il d'un air désinvolte.

« Senta Pelham, bien sûr. »

– Me fais pas rire. Ce serait peut-être une bonne idée. Ça me rappelle, j'ai fait nettoyer la robe de demoiselle d'honneur, celle qu'elle a si gentiment envoyée par terre, elle est superbe maintenant. Tu diras à Maman que j'en ai profité pour donner son manteau d'hiver et que je l'ai accroché dans sa garde-robe. »

Il attendit que la porte d'entrée se soit refermée derrière elle.

« Senta chérie, j'ai essayé de te voir, je ne sais combien de fois je me suis rendu chez toi. Bien sûr, je peux comprendre maintenant pourquoi tu ne voulais me laisser entrer ni me voir. Mais, je t'en supplie, ne fais plus jamais ça, ça fait trop mal. J'ai beaucoup pensé à ce que tu m'as demandé. Tout le temps que j'ai passé à penser à toi, je ne crois pas avoir pensé à quoi ou qui que ce soit d'autre, et bien sûr j'ai tout naturelle-ment réfléchi à ce que tu m'as dit que je devrais faire pour te prouver que je t'aime. Personnellement, je pense que la preuve réside en ce que j'ai enduré depuis le jour où je t'ai quittée et que tu as enlevé tes clés de... »

Peut-être valait-il mieux ne pas mettre cela. Cela sonnait trop comme un reproche, comme des jérémiades. Le batte-ment d'un moteur Diesel à l'extérieur lui dit que Christine était arrivée. Il reposa le *TV Times* sur sa lettre et alla à la porte. Elle était seule, sans Cheryl. Sa peau était bronzée, son visage était doré et ses joues roses, ses cheveux décolorés par le soleil. Elle avait l'air jeune et jolie, et il n'avait encore jamais vu la robe qu'elle portait, une robe-manteau, plus simple et plus raffinée à la fois que ce qu'elle portait d'habi-tude. Hardy le dépassa et se rua sur Christine, glapissant de joie.

Elle monta les marches, portant le chien dans ses bras, et embrassa Philip. « Tu m'as dit de prendre un taxi, ce que j'ai fait, et c'était aussi bien mais il m'a pris plus de cinq livres. Je lui ai dit que je ne pensais pas que c'était honnête de laisser le compteur tourner quand on est bloqués dans un embouteil-lage. Il devrait s'arrêter quand le taxi ne bouge pas, lui ai-je dit, mais il s'est contenté de rire.

– Qu'est-il arrivé à Cheryl ?

– C'est drôle que tu me demandes ça, car elle était avec moi pendant tout le voyage, et on était dans le taxi depuis dix minutes, on passait dans cette rue avec beaucoup de jolis magasins, et soudain, elle a dit au chauffeur de s'arrêter et de la laisser descendre ; c'est ce qu'il a fait et elle a dit : " Au revoir, à plus tard ", et elle est sortie et je dois dire que j'ai trouvé ça bizarre parce que les magasins étaient fermés. »

Edgware Road, se dit-il. « C'était bien, les Cornouailles ?

– Tranquille, dit-elle. C'était très tranquille. »

C'était ce qu'elle répondait quand les gens lui demandaient si elle avait passé un bon Noël. « J'ai été bien seule. »

Elle ne se plaignait pas, se contentait de constater.

« Cheryl voulait sortir toute seule. Tu sais, une jeune fille, elle ne voulait pas avoir une vieille chauve-souris sur le dos. Tu vois comme Hardy est content de me voir ! Il a vraiment l'air en forme, tu as bien pris soin de lui. » Elle scruta le regard adorateur du chien puis celui de Philip, de cette façon douce et plutôt timide qui était la sienne. « Je ne peux pas en dire autant de toi, Phil, tu as les traits tirés.

– Je vais bien. »

À cause de la défection de Cheryl, il allait devoir rester avec elle plutôt que de finir sa lettre. Il ne pouvait monter et l'abandonner pour sa première soirée à la maison. Repensant à ces dix terribles journées, il se dit : « Quel gâchis, quel gâchis ! Nous aurions pu être ensemble chaque nuit, toute la nuit, si je n'avais été aussi fou... »

Il était dix heures trente passées lorsqu'il se remit à sa lettre. Christine voulait se coucher tôt. D'un rapide coup d'œil à son agenda, elle avait vu qu'elle faisait un shampooing, une coiffure et un séchage au casque le lendemain matin à neuf heures. Philip était assis sur son lit, il posa du papier à lettres sur le *TV Times* et celui-ci sur son vieil atlas scolaire, qu'il prit sur les genoux.

« Senta chérie, tu m'as manqué terriblement... » Il relut ce qu'il avait écrit et se sentit assez satisfait. De toute façon, il savait qu'il ne pourrait faire mieux. « Je ne sais pas pourquoi j'ai fait une telle histoire quand tu as suggéré que nous devrions nous prouver notre amour l'un à l'autre. Tu sais que je ferais n'importe quoi pour toi. Je le ferai bien sûr. Je le ferais cinquante fois pour toi, seulement pour te revoir. Je t'aime. Il faut que tu le saches maintenant mais je t'en reparlerai. C'est ce que je veux que tu saches et je te le prouverai. Je t'aime. Avec tout mon amour pour toujours, et toujours, Philip. »

10

Elle ne répondit pas.

Il était pratiquement sûr qu'elle avait reçu sa lettre. Peu disposé à la confier à la poste, il l'avait portée lui-même jusqu'à Tarsus Street en allant à son travail et l'avait glissée dans la boîte. Il avait ensuite coulé un regard par la fente et avait vu la lettre par terre, non sur le paillasson car il n'y en avait pas, mais sur les carreaux rouges et noirs maculés de saleté. La maison était plongée dans le silence, les volets intérieurs fermés à la fenêtre du sous-sol et aux deux fenêtres du rez-de-chaussée situées immédiatement au-dessus. Sur la table, le téléphone disparaissait derrière un tas de prospectus, de journaux distribués gratuitement et de vieilles lettres.

Dès que l'idée lui était venue d'écrire à Senta ou, plus exactement, dès qu'il sut les choses qu'il devait lui écrire, son chagrin s'était évanoui et avait fait place à l'espoir. Cette euphorie était passablement injustifiée. Il ne suffisait pas d'écrire une lettre et de la porter soi-même pour faire revenir Senta. À un certain niveau de conscience, il reconnaissait parfaitement cette vérité, mais à un autre, beaucoup plus propre à influer sur ses émotions, semblait-il, il avait mis fin à sa souffrance, il pensait avoir résolu ses problèmes, mis fin à son désespoir, reconquis Senta. Au travail, il se sentait heureux, il avait presque retrouvé son humeur d'avant ce dimanche où il lui avait tenu les propos qui avaient provoqué son exclusion.

Il ne s'était pas demandé quelle forme prendrait la réaction de Senta. Un appel téléphonique, sans aucun doute. Pourtant, dans le passé, elle ne lui avait jamais téléphoné, pas une seule fois. Il ne parvenait pas à l'imaginer écrivant une lettre. Irait-il chez elle comme au bon vieux temps ? Il n'y avait pas encore quinze jours de cela et pourtant c'était le bon vieux temps. Le jeudi passa sans qu'il retournât à Tarsus Street. Le vendredi, il appela son numéro du bureau et obtint le répondeur de Jacopo. Il laissa le même message que la première fois, pour demander à Senta de le rappeler. Mais cette fois, il ajouta qu'elle devait le rappeler le soir même et donna son numéro de téléphone. Si étrange que cela puisse paraître, il lui était venu à l'esprit que Senta ignorait peut-être son numéro. La présence d'annuaires dans cette maison lui paraissait peu vraisemblable.

Christine emmena Hardy faire sa promenade du soir. Philip ne voulait pas quitter la maison. Il lui dit qu'il attendait un appel du directeur artistique, qui se trouvait au siège de la compagnie. Christine croyait tout ce qu'il lui disait : qu'une société du calibre de Roseberry Lawn avait un directeur artistique, que ce personnage mythique pouvait faire des heures supplémentaires le vendredi soir et éprouver le besoin de consulter un cadre subalterne comme Philip. Pendant son absence, Philip fit l'une des pires expériences affectives possible, attendre de longues heures près du téléphone l'appel d'une personne follement aimée, entendre enfin l'appareil sonner et avoir sa sœur au bout du fil.

Fee voulait savoir si Christine la coifferait dimanche soir, au cas où elle viendrait dîner avec Darren. Elle avait envie de se faire faire des mèches blond cendré. Normalement, Philip ignorait tout des rendez-vous et de l'emploi du temps de sa mère, mais il l'avait entendue dire au téléphone à son ami qu'elle devait sortir à six heures, dimanche soir, pour aller faire une permanente à une vieille dame clouée chez elle par une crise d'arthrite. Fee en prit note et annonça qu'elle rappellerait tout à l'heure, au retour de Christine, et Philip fut bien obligé d'acquiescer, tout en pensant que, si Senta ne l'appelait pas d'ici là, il ne pourrait qu'espérer entendre sa voix lorsque le téléphone sonnerait. Il ne pourrait s'empêcher de se précipiter pour saisir le combiné.

Et c'est ce qui arriva, car Senta n'appela pas et il endura la résurgence et la destruction du même espoir, lorsque Fee passa son coup de fil. Senta n'avait pas appelé lorsque à minuit il alla enfin se coucher.

Le samedi après-midi, il prit la voiture et alla jusqu'à Tarsus Street. Le vieil homme en imperméable de femme avait déniché quelque part un chariot ou une voiture à bras en bois, où il avait entassé tous ses biens, fourrés dans des sacs en plastique. Ceux-ci étaient disposés comme des coussins, dont ils avaient aussi les couleurs voyantes : le rouge des supermarchés Tesco, le vert de chez Marks et Spencer, le jaune de chez Selfridge et le bleu et blanc des pharmaciens Boots. Le vieil homme était couché là-dessus comme un empereur sur son char et mangeait un sandwich – une substance graisseuse entre deux tranches de pain blanc où ses doigts laissaient des empreintes noires.

Il adressa un salut à Philip en brandissant le sandwich. Il n'avait jamais paru aussi gai. Son large ricanement découvrait des chicots verdâtres. « R'gardez ce que je m'suis payé avec vos largesses, gouverneur ! » Il donna un coup de pied dans la paroi de bois de la charrette. « Je roule en auto maintenant et puis, surtout, elle marche à l'huile de jarret ! »

Après ce discours, Philip pouvait difficilement se dispenser de lui donner une pièce d'une livre. Mais il était peut-être en droit d'espérer quelque chose en retour. « Comment vous appelez-vous ? » demanda-t-il.

La réponse, indirecte, vint avec une certaine réticence. « On m'appelle Joley.

– Vous êtes toujours dans le coin ?

– Ici, du côté de Caesarea – il prononçait Si-saria – et là-bas, jusqu'à Ilbert.

– Est-ce qu'il vous arrive de voir une jeune fille sortir de cette maison ?

– Une gamine avec les cheveux gris ? »

Curieuse façon de décrire Senta, pensa Philip, mais il approuva de la tête.

Le vieux clochard cessa de manger. « Z'êtes pas un poulet, au moins ?

– Moi ? Bien sûr que non.

– J'vais vous dire une chose, gouverneur, elle y est en ce moment. Elle est arrivée et elle est entrée dans la maison y a dix minutes. »

Sans vergogne, il tendit la main. Philip ne savait s'il devait le croire ou non, mais il lui donna une autre pièce d'une livre. Une flambée d'espoir qu'elle ait pu laisser ouverte la porte d'entrée, une fois encore, se trouva bientôt dissipée. Mais lorsqu'il lança un regard vers le fond de la courette, il vit que les volets intérieurs avaient été un peu repliés. En enjambant le petit parapet de crépi et en s'accroupissant sur le rebord extérieur en ciment, il avait vue sur la chambre de Senta. À la perspective de la dévorer ainsi des yeux après en avoir été privé deux semaines, sauf dans ses rêves – bien sûr – il sentit les battements de son cœur s'accélérer, le sang marteler ses veines. Il n'y avait personne dans la chambre. La robe argentée était jetée sur le fauteuil de rotin, avec une paire de collants lilas, portés puis abandonnés, car ils présentaient encore faiblement la forme de ses jambes et de ses pieds. Le lit avait toujours sa housse de couette et ses taies violettes.

Cette fois, il ne frappa pas à la porte. Le vieux l'observait, en ricanant mais non sans sympathie. Philip lui dit au revoir et ajouta « à bientôt », bien qu'il doutât à présent de jamais le revoir. Il rentra chez lui en essayant de se convaincre de ne plus revenir, de supporter l'épreuve, d'envisager de vivre sans elle, de s'armer de courage pour vivre sans elle. Mais, arrivé à la maison, il ne put s'empêcher de monter dans sa chambre en traînant les pieds et là, ayant poussé sa chaise contre la porte, il sortit Flore du placard. Son visage, ses boucles bien ordonnées, son sourire lointain et ses yeux hypnotiques avaient soudain cessé de lui rappeler Senta. Malgré tout, il fut envahi d'un sentiment qu'il n'avait encore jamais éprouvé, qui lui était inconnu. Il avait envie de la jeter à terre, de la briser en morceaux avec un marteau et de piétiner ces fragments pour les réduire en poussière. Pour quelqu'un qui haïssait la violence sous toutes ses formes, c'étaient là des impulsions troublantes et honteuses. Il se contenta de replacer Flore dans sa cachette. Puis il s'étendit à plat ventre sur le lit et, à sa surprise et à sa honte, se trouva soudain secoué de sanglots douloureux et secs. Sans parvenir à verser de larmes, il pleura ainsi la tête enfouie dans l'oreiller, pressant le drap comme un tampon contre sa bouche, de peur que Christine ne monte au premier étage et ne l'entende.

C'est vers le milieu de la journée de dimanche qu'il abandonna tout espoir. Fee était là ; Christine devait lui faire ses mèches dans l'après-midi. Et Cheryl était à la maison, offrant à Philip la première occasion de la voir depuis son retour des Cornouailles. Mais elle ne resta pas longtemps. Sitôt après avoir mangé ou plutôt picoré le déjeuner qu'avait préparé Christine, relativement meilleur qu'à l'ordinaire – poulet rôti garni de farce en boîte, pommes de terre surgelées et vrais haricots frais à rames – elle se leva de table et, cinq minutes plus tard, elle avait quitté la maison. Durant les quelques instants où elle s'était trouvée seule avec Philip, elle lui avait demandé de lui prêter cinq livres. Il s'était vu obligé de les lui refuser, n'ayant même pas cette somme ; et il avait ajouté, assez sottement sans doute, qu'elle n'avait pas besoin d'argent un dimanche. À présent il était là, assis à table, une coupelle en verre avec deux demi-pêches au sirop posée devant lui, et il pensait : " Je ne reverrai plus jamais Senta. Voilà, c'est fini. " Le plus effrayant était qu'il ne voyait pas comment il trouverait la force de passer une semaine de plus dans ces conditions. Dimanche prochain arriverait-il, le trouverait-il ici, vivant, survivant ? Survivrait-il vraiment à une nouvelle semaine de cette torture ?

La vaisselle faite, Christine et Fee prirent possession de la cuisine. Christine ne faisait jamais payer ses filles lorsqu'elle les coiffait, mais elle les laissait la dédommager des produits qu'elle utilisait. Elle était à présent en grande discussion avec Fee sur le montant de ce dédommagement.

« Oui mais, ma chérie, tu nous as acheté tout ce bon jambon et ces fraises à la crème, et je ne t'ai payé que le pain, disait Christine.

– Les fraises étaient un cadeau, Maman, c'était avec plaisir, tu le sais.

– Et moi, c'est avec plaisir que je t'offre de te faire tes mèches, ma chérie.

– Bon alors, voilà ce qu'on va faire, tu me dis le prix de la teinture blond cendré et puis je veux une lotion fixante, tu la compteras aussi, avec ce qu'il te faudra du shampooing, et on déduira le prix du jambon, c'était combien déjà ? Ah oui ! une livre vingt-deux, et je te donnerai la différence. »

Philip était assis dans le living, Hardy sur les genoux, et regardait vaguement le *Sunday Express* en faisant semblant de le lire. Christine entra, tenant à la main la boîte à biscuits où elle conservait sa menue monnaie.

« Tu sais, j'aurais juré qu'il y avait au moins sept livres cinquante dans cette boîte avant mon départ et je n'y retrouve que trente pence.

– Je n'ai pas puisé dans tes réserves, dit-il.

– J'aurais dû y jeter un coup d'œil mercredi. Je me demande si ça n'est pas arrivé hier après-midi pendant que tu étais sorti et que j'ai fait le tour du pâté de maisons avec Hardy, sans fermer la porte à clé. Je sais que j'aurais dû, mais je continue à me figurer que j'habite un quartier tranquille et sympa. Je n'ai pas été absente plus de dix minutes mais, comme tu sais, c'est bien assez long pour que quelqu'un entre, jette un rapide coup d'œil et fasse main basse sur ce qu'il trouve. Un pauvre type complètement fauché, au bout du rouleau, je suppose. Comme je dis toujours : je compatis, ne serait-ce que pour la grâce de Dieu. »

Philip se dit qu'il savait très bien qui était ce « pauvre type complètement fauché, au bout du rouleau ». Le vol avait été commis non hier, mais juste avant le déjeuner. Autrefois il ne serait pas resté indifférent, il aurait ressenti l'obligation de faire quelque chose, au moins de faire part de ses soupçons à Christine. Désormais, il ne se souciait plus que de lui-même. Cependant il vida ses poches, donnant à sa mère ce qu'il lui restait de monnaie. Il se demanda fugacement où se trouvait Cheryl maintenant, dans quel trafic elle s'était lancée avec les sept livres cinquante. Que pouvait-on bien acheter avec une somme aussi minable ? Ni coke, ni herbe, ni crack. Une bouteille de whisky ? Oui, sans aucun doute. Un dissolvant quelconque ? Il ne parvenait pas à considérer sa sœur comme une accro du reniflage de colle.

Achevée, la coiffure de Fee était un casque gonflé et brillant de bandes couleur miel et crème. Même Philip, qui n'y entendait à peu près rien, se rendait compte que Christine continuait à pratiquer un style de coiffure qui était à la mode dans sa première jeunesse. Il lui arrivait de désigner ces coupes par leur nom, l'« Italienne », la « Ruche », comme s'il s'agissait d'appellations éternelles, familières non seulement aux jeunes de 1960, mais à toutes les générations ultérieures. Fee paraissait satisfaite. Si elle aussi suspectait Cheryl d'avoir volé le contenu de la boîte à biscuits, elle n'en dit rien à Philip.

Après le départ de Fee, Christine commença à ranger dans son fourre-tout les accessoires dont elle avait besoin pour faire la permanente de la vieille dame grabataire. Tout en s'activant, elle poursuivait à l'intention de Philip une sorte de reportage, lui décrivant ce qui se passait lorsque sa mère à elle se faisait faire une permanente, dans les années vingt : on vous enroulait les cheveux sur une machine électrique qui vous faisait des boucles à la chaleur, et vous restiez toute la journée attachée à ce curieux ustensile de cuisine. Philip regrettait de voir partir sa mère, il n'avait pas envie d'être livré à lui-même et à ses pensées. C'était une réaction absurde, il se retrouvait petit garçon : à l'époque, il ne supportait pas que sa mère quitte la maison, même s'il y avait toujours quelqu'un pour s'occuper de lui.

Un mois plus tôt, pourtant, il poussait un soupir de soulagement quand elle lui annonçait qu'elle sortait. Et il y avait moins d'un an, il souhaitait ardemment qu'elle épousât Arnham. À sa propre surprise, il lui posa une question qu'elle-même, avec cette étrange délicatesse qu'elle montrait par intermittence, ne lui eût jamais posée : « À quelle heure vas-tu rentrer ? »

Elle le considéra avec un étonnement bien compréhensible. « Je ne sais pas, Philip. Cela va me prendre trois heures. J'essaie de faire de mon mieux pour cette pauvre vieille. »

Il n'insista pas. Il monta au premier. La sonnette retentit au moment où il entrait dans sa chambre. Christine ouvrit presque immédiatement. Elle devait se trouver juste derrière la porte, prête à sortir. Il l'entendit dire : « Oh, bonjour ! Comment allez-vous ? Vous venez voir Cheryl ? »

Il y eut sans doute une réponse, mais elle demeura inaudible. Comment comprit-il, lui qui n'entendait rien, ne voyait rien ? Comment comprit-il la situation au point de retourner sur le palier, en haut de l'escalier, retenant son souffle, se tordant les mains ?

« Cheryl est sortie, disait sa mère, mais je suis sûre qu'elle ne va pas tarder. Moi aussi je dois sortir et, mon Dieu, je suis déjà en retard. Vous voulez peut-être entrer pour attendre Cheryl ? »

Philip descendit les marches. Senta était entrée dans la maison et s'était arrêtée dans le couloir, levant la tête. Ni l'un ni l'autre ne soufflait mot et ils n'avaient d'yeux que l'un pour l'autre. Si la scène parut étrange à Christine, elle n'en montra rien, elle ne montra aucune attention particulière et sortit en refermant la porte derrière elle. Toujours en silence, Philip s'avança vers Senta, qui fit un pas vers lui, et ils tombèrent dans les bras l'un de l'autre.

À la serrer contre lui, à respirer son odeur, à goûter ses lèvres douces, ourlées, humides et salées, à sentir le poids de ses seins contre son torse, il crut un instant défaillir d'extase. Mais, au contraire, il fut parcouru d'un sursaut de force et de puissance, il ressentit soudain un immense bien-être et il la souleva dans ses bras. Mais à mi-hauteur de l'escalier, elle se débattit, sauta sur ses pieds et le précéda en courant jusqu'à sa chambre.

Ils étaient étendus sur le lit de Philip, comme la première fois. Jamais ils n'avaient trouvé aussi merveilleux de faire l'amour, jamais ils n'y avaient pris autant de plaisir, certainement pas la première fois, ni même ces soirées répétées, pleines d'abandon voluptueux, sur le lit de Senta, dans sa chambre souterraine. À présent, allongé à côté d'elle, le bras mollement passé sous ses épaules, Philip se sentait baigné d'une chaude et profonde tendresse pour elle. Il aurait été inconcevable de lui adresser le moindre reproche. Ces affreuses visites à Tarsus Street, les coups martelés à la porte, les efforts pour regarder dans sa chambre, les coups de téléphone sans réponse, tout cela prenait le caractère d'un rêve. Un de ces rêves qui frappent par leur netteté et leur réalisme quand on les fait, qui s'attardent un moment, de façon troublante, au réveil, avant de s'enfoncer rapidement dans l'oubli.

« Je t'aime, Senta, dit-il. Je t'aime, oh, comme je t'aime ! »

Elle tourna la tête vers lui et lui sourit. Elle promena un petit ongle laiteux le long de sa joue, jusqu'au coin de sa bouche. « Je t'aime, Philip.

– C'est merveilleux de ta part d'être venue ici comme ça. C'est ce que tu pouvais faire de plus merveilleux.

– C'était la seule chose à faire.

– J'ai fait la connaissance de Rita et de Mike Jacopo, tu sais. »

Elle ne se laissa pas décontenancer. « Ils m'ont donné ta lettre. » Elle se blottit contre son corps, comme elle aimait à le faire, de façon à toucher le plus possible de sa chair, de sa peau. C'était une autre forme d'acte sexuel et l'on aurait dit qu'elle cherchait ainsi à ne plus faire qu'un seul être avec lui. « Je ne leur ai parlé de rien. Pour quoi faire ? Ils ne comptent pas. Et puis d'ailleurs, ils sont déjà repartis.

– Repartis ?

– Ils vont à des concours de danse, tu sais ? C'est comme ça qu'ils se sont rencontrés. Ils ont gagné des coupes d'argent. » Son gloussement étouffé déclencha le rire de Philip.

« Oh, Senta, Senta ! Tout ce que je veux, c'est répéter ton nom sans arrêt. Senta, Senta. C'est drôle, en un sens j'ai l'impression que tu ne m'as jamais quitté et en même temps on dirait que je m'aperçois seulement maintenant que tu es revenue, que je t'ai retrouvée, et j'ai envie de rire, de crier, de hurler de bonheur. »

Lorsqu'elle lui répondit, il sentit le mouvement de ses

lèvres contre sa peau. « Je suis désolée, Philip. Peux-tu me pardonner ?

– Je n'ai rien à te pardonner. »

Senta avait la tête nichée au creux de la poitrine de Philip. En laissant son regard tomber sur le sommet de son crâne, il vit que la racine de ses cheveux n'était plus rousse, elle était décolorée et argentée. Un instant, un doigt glacé vint se poser sur son bonheur et une pensée lui vint, insidieuse et importune : elle s'en tirait très bien sans moi, elle s'occupait d'elle-même, elle est allée chez le coiffeur. Elle est allée à une soirée...

Elle leva la tête et le regarda. « Ce soir, nous ne parlerons pas de ce que nous allons faire l'un pour l'autre. Ne gâchons pas cette soirée. Nous en parlerons demain. »

Les fantasmes n'avaient aucune place dans la personnalité affective de Philip. Jamais, en faisant l'amour avec une fille, il n'en avait imaginé une autre, plus belle ou plus sexy, jamais, seul la nuit dans son lit, il n'avait évoqué de femmes en déshabillé extravagant, complaisamment offertes dans des situations pornographiques imaginaires. Jamais il ne s'était bercé de rêveries où il se voyait au faîte de la réussite, riche et puissant, propriétaire d'une maison somptueuse, d'une grosse voiture ou sous les traits d'un grand voyageur, d'un financier ou d'un magnat des affaires, pour qui le monde n'a plus de secrets. Son imagination ne l'emportait même jamais jusqu'au tapis disposé devant le bureau du directeur général de Roseberry Lawn, où il recevait des félicitations et une promotion rapide. Il avait un sens aigu du présent et de la réalité. Inventer un fantasme pour complaire à Senta – car c'est à cela que revenait son « épreuve » – était une tâche qui le décourageait d'avance.

La première semaine qui suivit leurs retrouvailles, la nécessité de cette invention jeta comme une ombre sur son bonheur. Il en sentait l'obscure pression même lorsqu'il était le plus heureux, lorsqu'il était avec elle à Tarsus Street, par exemple, et la paix profonde d'après l'amour, le moment où il aurait dû être libéré de tout souci, n'était pas à l'abri de l'intrusion de cette menace qui le fixait en silence. Car elle semblait vraiment le fixer, elle semblait presque un être vivant, qui s'introduisait dans sa conscience aux moments les moins opportuns et s'y installait, bras croisés, exerçant son chantage.

L'acte qu'il avait à accomplir, quoique purement verbal, ne pouvait être différé plus longtemps. Il devait l'affronter et lui trouver une forme, imaginer un scénario et des acteurs – deux acteurs, lui-même et sa victime. Senta le lui rappela plus d'une fois.

« Nous avons besoin de nous donner une preuve de notre amour, Philip. Il ne suffit pas d'avoir été malheureux pendant notre séparation. Cela arrive à tout le monde, même à des gens ordinaires. » Elle ne cessait de répéter que ni lui ni elle n'appartenaient au commun des mortels, qu'ils étaient plutôt semblables à des dieux. « Nous devons prouver que nous sommes prêts, l'un pour l'autre, à transcender les lois humaines ordinaires. Et je dirais même : à les réduire à néant, à montrer que, tout simplement, elles ne valent pas pour nous. »

Durant leur séparation, elle avait beaucoup réfléchi à ce genre de choses et décidé qu'ils étaient la réincarnation de quelque couple d'amants célèbres du passé. Elle n'avait pas encore déterminé l'identité exacte de ces personnages historiques, ou plutôt, selon ses propres termes, « la vérité ne lui avait pas encore été révélée ». Et puis, au cours de la même période, elle avait passé une audition et obtenu un rôle dans une pièce montée par un théâtre périphérique. C'était un petit rôle, moins d'une vingtaine de répliques, mais en fait il n'était pas si mineur, puisque le personnage qu'elle jouait se révélait être à la fin l'agent secret que le reste de la distribution s'était évertué à chercher tout au long de quinze scènes surréalistes.

Tout cela plongeait Philip dans un malaise bien mal venu à ce stade de leurs relations. Il aurait aimé pouvoir s'abandonner simplement à la joie d'avoir retrouvé l'amour de Senta, faire peut-être des projets d'avenir raisonnables et sensés, songer à un éventuel mariage. Désirait-il vraiment se marier, c'est-à-dire s'engager pour longtemps ? Il en était moins sûr, mais il savait qu'elle était la seule femme qu'il rêverait jamais d'épouser. Mais au lieu de pouvoir y réfléchir calmement, il était souvent plongé dans l'embarras, en s'entendant demander s'il se rappelait qui il avait été au juste dans une vie antérieure, Alexandre, Marc-Antoine ou Dante. Il avait aussi un autre problème : juger si ce rôle théâtral était un fantasme ou un fait réel.

Un fantasme, il en était à peu près sûr. Elle lui avait souvent dit la vérité sur son passé, mais cela ne signifiait pas qu'elle la disait toujours, il s'en était déjà persuadé. Son principal fantasme était celui qu'il avait désormais à affronter, et il retardait de jour en jour le moment d'entrer à son tour dans ce jeu pénible et absurde. Plus le temps passait, plus il y pensait et plus cette idée le remplissait de dégoût. Tuer un être humain était une chose absolument monstrueuse, la pire qu'on pût commettre, sans doute – c'était naturellement la raison pour laquelle elle suggérait qu'ils le fassent –, c'était tellement révoltant que même le simple fait de prétendre l'avoir fait était en quelque sorte une mauvaise action, une action corruptrice. Philip ne savait pas très bien ce qu'il entendait par ce mot, mais il était sûr des sentiments qu'il éprouvait.

Un homme réellement sain d'esprit ou normal raconterait-il à une femme qu'il a tué quelqu'un ? Revendiquerait-il un meurtre tout en étant parfaitement innocent ? Et, si l'on allait par là, une personne capable de s'accuser pouvait-elle être *vraiment* innocente ? Il savait qu'il aurait dû être capable de la persuader que ce fantasme était une folie et qu'il n'était même pas très bon pour eux d'y songer. S'ils s'aimaient autant qu'il en était convaincu, ils auraient dû pouvoir tout se dire, tout s'expliquer. S'ils en étaient incapables, il en portait, autant qu'elle, la responsabilité. Il savait bien qu'il n'était pas un dieu mais, devant ses protestations, elle se contentait de dire qu'il ne pouvait en avoir conscience, mais que le moment venu la vérité lui serait révélée.

« Nous sommes Arès et Aphrodite, lui apprit-elle. Ces dieux anciens n'ont pas disparu avec l'avènement du christianisme. Ils se sont seulement cachés et se réincarnent de temps en temps dans certains individus sélectionnés à cet effet. Toi et moi, Philip, nous sommes deux de ces personnes. J'ai fait un rêve, la nuit dernière, où tout cela m'a été révélé. Nous nous tenions debout, les pieds sur la courbure du globe terrestre, dans une lumière aveuglante, et nous étions vêtus de robes blanches. »

Il n'était absolument pas sûr de savoir qui étaient Arès et Aphrodite, même si, il en était persuadé, ils n'avaient existé que dans l'esprit des hommes. Dans l'esprit de femmes comme Senta, peut-être ? Elle lui expliqua que ce couple de dieux – encore appelés Mars et Vénus, noms qui lui étaient plus familiers – avaient provoqué la perte de nombreux mortels, qu'ils n'hésitaient pas à faire périr quiconque les avait offensés ou leur avait simplement fait obstacle par son existence même. Philip aurait eu du mal à citer quelqu'un qui l'eût offensé ou *a fortiori* gêné par son existence. Dans un passé encore récent, Gérard Arnham aurait pu entrer dans cette catégorie. Aujourd'hui, il paraissait totalement irréel d'envisager seulement de lui faire du mal.

Le lundi suivant – Senta lui était revenue depuis plus d'une semaine – il décida que, quelles qu'en soient les conséquences pour l'image morale qu'il avait de lui-même, il ne pouvait différer plus longtemps le moment d'agir. Cela fait, ce serait la fin de ses problèmes. Senta y verrait une preuve de son amour, jouerait à son tour un jeu analogue pour prouver le sien et, ayant franchi ce cap, ils pourraient s'installer dans les délices de leur relation, qui devait passer au stade suivant : vivre ensemble, se fiancer, se marier peut-être. Il se rassura lui-même en se persuadant – idée brillante qui lui était venue spontanément – que la réalité de leur amour aurait tôt fait de la guérir de son besoin d'affabulation.

Pour une fois, il n'eut pas une journée très active. Il acheta plusieurs journaux du matin en allant travailler. En revenant de sa tournée d'inspection aux appartements en cours de rénovation à Wembley, il acheta un journal du soir. Ceux du matin ne l'avaient guère avancé. Au bout de près d'un an,

l'affaire de la disparition de Rebecca Neave revenait au premier plan. Son corps n'avait jamais été retrouvé. À présent,
son père et sa sœur constituaient ensemble une espèce
d'association appelée la Fondation Rebecca-Neave. Ils lan-
çaient un appel à la générosité publique. Ces dons per-
mettraient de financer un centre d'enseignement de
l'autodéfense et des arts martiaux réservé aux femmes. Une
photo montrait Rebecca vêtue du jogging de velours vert
qu'elle portait lors de sa disparition. Le logo de la Fondation
reprendrait une version stylisée de ce portrait.

L'*Evening Standard* publiait un article faisant partie d'une
série sur Rebecca et deux autres jeunes filles disparues au
cours de l'année écoulée. Philip y trouva aussi un paragraphe
qui lui parut offrir exactement ce qu'il cherchait. Il le lut
dans la voiture, sur l'un des parkings du centre commercial
de Brent Cross, où il s'était arrêté pour acheter du vin, des
fraises et des chocolats pour Senta.

> Le corps de l'homme découvert dans un chantier de démolition
> de Kensal Rise (nord-ouest de Londres) a été identifié ; la vic-
> time est un certain John Sidney Crucifer, soixante-deux ans, un
> mendiant sans domicile fixe. D'après la police, il s'agirait d'un
> meurtre.

C'est Senta elle-même qui avait suggéré qu'une victime de
ce genre ferait l'affaire, lorsqu'elle lui avait désigné la vieille
clocharde adossée contre la rambarde. La seule difficulté
serait que la police découvre le meurtrier de John Crucifer et
que son nom soit publié dans la presse. Il se dit que Senta se
moquait peut-être qu'un autre fût envoyé en prison pour un
crime commis par lui, Philip, et cette pensée lui fut désagréable. Mais allons, il perdait l'esprit ! Comment cela, « se
moquer » ? Tout cela n'était qu'invention pour elle. Elle
savait très bien qu'en réalité il n'avait tué personne, bien
qu'elle n'aille sans doute pas jusqu'à le dire clairement. Elle
savait déjà, probablement, que l'engagement qu'il avait pris
à son égard n'était qu'une avancée dans leur jeu. De toute

façon, elle ne lisait jamais la presse, il ne l'avait jamais vue tenir un journal ni même y jeter un coup d'œil.

Ce John Crucifer ferait l'affaire. Philip n'avait pas à s'inquiéter des détails, ni même de l'éventualité hautement improbable que son assassinat soit monté en épingle, devienne une « cause célèbre » passionnant le pays, car la vérité était que Senta ne voulait pas que la lumière crue de la réalité pénètre dans son monde. Elle voulait du rêve et, cette fois au moins, elle en aurait. Assis dans sa voiture, sur le parking du centre commercial, il sentit monter une bouffée de honte. Elle était due en fait à la perspective de la conversation qu'il allait avoir avec Senta, où il serait obligé de lui raconter tous ces bobards et d'être le témoin de sa satisfaction. Il allait lui mentir, elle allait accueillir ses mensonges comme des vérités et tous deux en auraient parfaitement conscience.

En fait, ce fut encore pis qu'il ne l'avait imaginé.

Il rentra chez lui pour dîner et reprit le chemin de Tarsus Street vers sept heures et demie. En cours de route, et pour la énième fois de la journée, il se prit à répéter dans le détail l'histoire qu'il avait concoctée pour Senta. Il avait aussi, dans sa poche, l'entrefilet qu'il avait découpé dans le *Standard* avec les ciseaux de Christine, et une pièce d'une livre destinée au vieil homme nommé Joley.

Joley continuait à lui inspirer des sentiments superstitieux. On aurait dit qu'il avait été engagé pour être le gardien à la fois de Senta et de leur amour, ou plutôt non, l'image n'était pas exacte, c'était comme si, pour préserver ses relations avec Senta, Philip devait apaiser le vieillard par ses dons. Si le flux de pièces d'une livre venait à se tarir, une sorte de malveillance se ferait jour, une volonté de nuire qui pourrait les affecter, Senta et lui. Il s'était risqué à émettre ce genre d'idée en parlant à Senta la nuit précédente – il s'essayait à produire des envolées de fantaisie pour être à la hauteur de l'imagination de Senta – et elle s'était mise à parler d'une obole pour un passeur et de pâtée pour un chien qui gardait l'entrée du monde souterrain des enfers. Philip n'y comprit à peu près rien, mais il fut heureux de lui avoir fait plaisir.

Ce soir, Joley n'était pas là. Aucune trace de sa personne ni de sa charrette couronnée de coussins colorés. Pour une obscure raison, cela lui parut de mauvais augure. Philip fut pris d'une terrible tentation de repousser d'un jour encore l'histoire qu'il avait à raconter à Senta. Mais quand l'occasion se représenterait-elle ? Il pouvait s'écouler des semaines avant qu'il ne trouve une seconde chance du même ordre. Il *fallait* qu'il le fasse, qu'il cesse d'y penser en s'analysant et en se torturant ainsi, mais qu'il agisse, tout simplement.

D'un ton froid qui tranchait sur sa façon de lui parler d'habitude, il lui dit qu'il avait fait ce qu'elle voulait. Le visage de Senta s'éclaira d'une vive impatience. Ses yeux d'aigue-marine, vert et blanc comme l'écume, lancèrent un éclair. Elle lui serra les poignets. Il se trouva incapable de prononcer littéralement les mots prévus. Il lui tendit la coupure de presse.

« Qu'est-ce que c'est ? »

Il parla comme il l'eût fait pour éprouver sa connaissance d'une langue étrangère, écoutant le son de chaque mot. « C'est pour t'apprendre ce que j'ai fait.

— Aaah ! » C'était dit dans un long soupir de contentement. Elle lut l'entrefilet deux ou trois fois, tandis qu'un grand sourire s'élargissait sur son visage. « Quand l'as-tu fait ? »

Il avait pensé pouvoir s'en tirer sans donner trop de détails.

« La nuit dernière.

— Après m'avoir quittée ?

— Oui. »

La scène lui rappelait une représentation de *Macbeth* par une troupe d'amateurs, qu'il avait vue autrefois au lycée.

« Je vois que tu as suivi mon conseil, dit-elle. Raconte-moi tout. En partant d'ici, tu es passé en voiture par Harrow Road, hein ? Je suppose que c'est par un coup de chance que tu l'as trouvé en train de traîner par là ? »

Il éprouva une formidable sensation de répulsion, non pas vis-à-vis d'elle mais du sujet lui-même, un dégoût physique aussi fort que la répugnance suscitée par les crottes de chien sur les marches ou une masse grouillante de vers. Il parvint à articuler : « Contentons-nous de savoir que je l'ai fait. » Il avait la gorge nouée.

« Et comment l'as-tu fait ? »

Il aurait voulu fuir cette idée, s'il avait pu ; il aurait voulu repousser le plus loin possible la certitude, absolue et incontestable, que Senta était excitée, qu'elle s'abandonnait avec délices à une sorte d'intérêt avide, voluptueux, lascif. Elle s'humectait les lèvres, les entrouvrait comme si le souffle lui manquait un peu. Les mains qui tenaient les poignets de Philip remontèrent le long de ses bras, l'attirant vers elle. « De quelle façon l'as-tu tué ?

– Je ne veux pas en parler, Senta, c'est au-dessus de mes forces. » Et il fut pris de frissons comme s'il avait réellement commis un acte de violence horrible, comme s'il se remémorait la poussée d'une lame de couteau, un giclement de sang, un hurlement de douleur, une lutte suivie de l'abandon final, résigné, à la mort. Il haïssait ces images et la fascination mauvaise qu'elles exerçaient sur les autres gens. « Ne me pose pas de questions, je ne peux pas... »

Elle lui prit les mains et les tint, la paume vers le haut. « Je sais. Tu l'as étranglé avec ces deux mains-là ! »

Cela ne valait pas mieux que de se représenter le couteau et le sang. Il eut l'impression de sentir ses mains trembler dans celles de Senta. Il se força à approuver de la tête, à articuler une réponse : « Oui, je l'ai étranglé.

– Il faisait noir, non ?

– Bien sûr. Il était une heure du matin. Ne me pose plus aucune question là-dessus. »

Il s'aperçut qu'elle ne comprenait pas son refus de donner des détails. Elle s'attendait à ce qu'il lui dresse un tableau de la nuit, de la rue déserte et silencieuse, de la confiance innocente de sa victime et de sa réaction de prédateur qui saisit sa chance. Le visage de Senta se ferma, comme cela lui arrivait lorsqu'elle était déçue. Toute animation, tout sentiment reflua et l'on aurait dit que ses yeux se tournaient soudain vers l'intérieur pour contempler le fonctionnement de son esprit. De ses mains de petite fille, elle saisit deux épaisses mèches de ses cheveux d'argent et les répandit sur ses épaules. Ses yeux semblèrent revenir vers le monde extérieur et se gorger de lumière.

« Tu l'as fait pour moi ?

– Tu le sais. C'était ce dont nous étions convenus. »

Un long frisson, réel ou feint, les deux possibilités étaient également vraisemblables, parcourut de la tête aux pieds le corps de Senta. Il se représenta qu'elle était actrice. Elle avait besoin de ce genre d'invention, il faudrait bien qu'il s'en accommode. Elle posa la tête contre la poitrine de Philip, comme pour écouter les battements de son cœur, et chuchota : « Maintenant, je vais faire la même chose pour toi. »

11

Il n'avait pas du tout l'intention de suivre Cheryl quand ils démarrèrent. C'était la première fois en fait qu'il sortait avec sa sœur depuis le jour où ils étaient tous allés chez Arnham. Christine et Fee étaient alors avec eux. Il n'était pas sorti seul avec Cheryl depuis bien avant la mort de son père.

Il était en route vers Tarsus Street et on était samedi soir. Il était somme toute plus difficile de dire qu'on ne reviendrait pas avant le lendemain soir à une mère qui ne posait jamais de questions plutôt qu'à celle qui vous aurait sondé ou épié. Il le lui avait pourtant dit, assez simplement, et elle avait répondu par un sourire innocent et dénué de soupçons.

« Amuse-toi bien, très cher. »

Bientôt, tout rentrerait dans l'ordre. Une fois fiancé, il n'y aurait plus aucun problème à dire qu'il passait la nuit chez Senta. Il montait dans sa voiture quand Cheryl sortit en courant pour lui demander de la déposer quelque part.

« Je descends Edgware Road, de ce côté-ci.

– Vas-y. Fais un détour et dépose-moi à Golders Green. »

Ce serait un sacré détour mais il était curieux et acquiesça. Il y avait quelque chose de troublant à l'idée que chacun connût un secret de l'autre. Alors qu'il tournait dans Lochleven Gardens, elle demanda s'il pouvait lui prêter de l'argent.

« Juste un billet de cinq livres, Phil, et tu me laisses en bas d'Edgware Road.

– Je ne te prête plus d'argent, Cheryl. »

Il attendit un instant et, comme elle ne disait rien : « Que doit-il se passer à Golders Green ? Quelque chose d'important ?

– Un ami à qui je peux emprunter l'argent. » Elle l'avait dit sur un ton assez insouciant.

« Cheryl, que se passe-t-il ? Je dois savoir. Je sais qu'il se passe quelque chose pour toi. Tu n'es jamais à la maison si ce n'est la nuit, tu n'as aucun ami, tu es toujours seule et toujours en train de chercher de l'argent. Il se passe quelque chose de grave, n'est-ce pas ?

– Ça ne te regarde pas. » Il y avait à nouveau dans sa voix ce ton connu de morosité menaçante mais aussi de l'indifférence, une pointe de je-m'en-foutisme lui faisant savoir qu'elle n'était pas gênée par ses questions et que toute intrusion dans sa vie privée serait parée par un refus d'admettre quoi que ce soit.

« Ça me regarde si je te prête de l'argent, tu dois l'admettre.

– Soit, mais tu ne m'en prêtes pas, n'est-ce pas ? Tu m'as dit que tu ne m'en prêterais plus, alors tu ferais bien de te taire.

– Tu peux au moins me dire ce que tu vas faire ce soir.

– D'accord. Dis-moi d'abord ce que tu fais. Mais ne te fatigue pas. Je le sais. Tu vois cette Stéphanie, n'est-ce pas ? »

Cette conviction tout à fait erronée, concernant ce qu'il avait fait et pourrait faire, lui fit rapidement se demander si sa propre certitude, à savoir l'inclination de Cheryl pour la drogue ou l'alcool, était aussi fausse. Si elle pouvait se tromper et elle se *trompait*, il pourrait en être de même pour lui. Il ne se soucia même pas de nier quand il aperçut son mouvement de tête triomphant. Il la déposa à Golders Green, près de la station où les bus font demi-tour. Il pensait prendre Finchley Road mais, en voyant Cheryl se diriger vers High Road, l'idée lui vint de la suivre et de voir ce qu'elle allait faire. Il trouva très étrange qu'elle portât un parapluie.

Il avait plu et il allait pleuvoir à nouveau, semblait-il. Les rares personnes qu'il voyait passer avaient des parapluies. Mais il lui semblait n'avoir jamais vu Cheryl avec un parapluie. Qu'aurait-elle voulu protéger de la pluie ? Sûrement pas ses cheveux courts et hérissés. Ni son jean ni son blouson en ciré. La voir avec un parapluie était aussi incongru que de voir Christine porter un jean. Il gara la voiture dans une rue adjacente. En revenant dans la rue principale, il crut qu'il l'avait perdue et puis il la repéra, assez loin déjà dans le virage de High Road, marchant le long du large trottoir.

Il traversa Finchley Road dès que la silhouette verte du piéton s'alluma. Il y avait cette lumière du milieu de l'été et il ferait encore jour pendant deux heures, mais la pluie et un ciel sombre et menaçant faisaient monter l'obscurité. La foule envahissait ce quartier quand les boutiques étaient ouvertes, les voitures étaient garées en double file et le passage des bus devenait difficile. C'était uniquement un centre commercial et maintenant, en l'absence de cinémas et de pubs, avec seulement un bar à vin, la rue était déserte, à l'exception de Cheryl marchant près des vitrines. Pas si déserte, en fait. Philip se rendit compte avec inquiétude que la rue n'était désertée que par les gens normaux, responsables et disciplinés. Il vit trois punks devant la vitrine d'un magasin d'accessoires de motos. Un homme marchait seul de l'autre côté de la rue, du côté de Cheryl, un homme grand et mince, vêtu de cuir et les cheveux en catogan.

Pendant un instant, Philip pensa que Cheryl allait aborder cet homme. Il avançait dans sa direction tout en restant beaucoup plus au bord du trottoir et, comme il approchait d'elle, Cheryl sembla s'écarter des auvents protégeant les vitrines. Entre-temps, Philip s'était posté à l'entrée du bureau d'une société immobilière, du côté où se trouvaient les punks. Il s'était quelquefois demandé si Cheryl ne se livrait pas à une sorte de prostitution. Cette idée était incroyablement affligeante et répugnante. Elle aurait expliqué ses soudains accroissements de fortune mais non son besoin désespéré de petits prêts temporaires. Et il voyait bien maintenant qu'il s'était trompé – au moins cette fois-ci – puisque Cheryl croisa, le regard détourné, l'homme vêtu de cuir. Elle l'avait laissé passer et s'était arrêtée, regardant à présent autour d'elle avec circonspection. Sans aucun doute cherchait-elle à voir si la rue était aussi vide qu'elle en avait l'air.

Elle ne pouvait le voir, il en était sûr. Elle observa avec insistance les punks qui s'étaient éloignés de la vitrine et qui, depuis l'autre côté de la rue, la regardaient, mais sans intérêt et sans intention de l'approcher. Et Philip comprit quelque chose. Il comprit, avant même que Cheryl n'accomplisse le geste qui allait ruiner toutes les suppositions qu'il avait faites à son sujet ce soir, qu'elle-même et ces punks appartenaient à une espèce identique, non seulement insouciante de la loi mais unie par une secrète et tacite conspiration contre cette dernière. Ces punks seraient les derniers à vouloir la dénoncer.

Et la dénoncer pour quel méfait?

Convaincue de n'être pas observée, elle glissa vers l'entrée d'un des magasins. C'était une boutique de vêtements avec une porte en glace. Philip la vit s'accroupir devant cette porte et apparemment insérer quelque chose dans la grande boîte aux lettres de couleur métal argenté. Était-elle en train de forcer la porte? Il réprima le cri de protestation qu'il sentait monter en lui en plaquant sa main sur la bouche.

Il ne pouvait voir, à la distance où il se trouvait et dans cette lumière, ce qu'elle était en train de faire. Il ne voyait que son dos, sa tête penchée et on aurait dit qu'elle essayait de harponner quelque chose. La rue restait vide, à l'exception d'une voiture passant dans la direction de la gare. Philip écoutait le ronronnement du silence, provoqué par la pulsation régulière, éternelle et distante du trafic routier. Tout à coup, Cheryl opéra une rapide traction du bras droit, recula, toujours penchée, se hissa sur la pointe des pieds et retira quelque chose de la boîte aux lettres. Philip put alors tout voir et tout comprendre.

Le parapluie, utilisé comme un crochet, avait servi à retirer un vêtement d'un râtelier ou d'un comptoir dans la boutique. C'était peut-être un pull, un chemisier ou une jupe. Il n'aurait pu le dire. Elle ne lui donna pas la moindre chance de voir, roula la chose et la fourra dans son blouson. Il était accablé par ce qu'il venait de voir, tout sentiment temporairement anéanti. Mais il était aussi fasciné. Il n'aurait vraiment pas voulu *la* voir faire ça de nouveau : il voulait le voir fait de nouveau.

Un instant, il crut que cela se produirait quand il la vit s'approcher d'une autre boutique quelques mètres plus loin et coller son nez à la vitrine. Or, avec une soudaineté qui le sidéra, elle se retourna et commença à courir. Non, comme il s'y serait attendu, dans la direction de Finchley Road mais à l'opposé, traversant la route et disparaissant dans une rue adjacente, près du pont ferroviaire. Philip pensa la suivre, puis en abandonna très rapidement l'idée et revint à sa voiture.

C'était donc ça ? Une manie insensée de voler des vêtements dans les boutiques ? Il avait lu quelque part que la cleptomanie était une notion absurde, que cela n'existait pas réellement. D'ailleurs que faisait-elle des choses qu'elle volait ?

Raconter toute cette histoire à Senta lui parut au premier abord impensable. Alors qu'il traversait le nord de Londres et descendait vers le West End, il repensa à cette possibilité. Leur relation n'était-elle pas censée appeler la confidence, l'échange des doutes et des peurs ? Puisqu'ils allaient être ensemble pour toujours, associés à vie, ils devaient se décharger l'un l'autre de leur fardeau, partager leurs tourments.

Il se rendit chez Senta par Caesarea Grove, passant devant la grande église sombre en pierre de taille grise, dont le porche ouest servait parfois de campement nocturne à Joley. Mais le porche était vide, et les portes de fer forgé du cimetière étaient fermées par des chaînes et un cadenas. Durant toute son enfance, Philip avait redouté de passer par de tels endroits, ces églises ou ces maisons construites dans l'esprit des sinistres édifices du Moyen Âge, et il aurait fait un détour ou aurait couru le regard détourné. Il s'en souvenait maintenant, la mémoire de la sensation de peur et non la peur elle-même. Il restait une douzaine de pierres tombales, pas plus, sous les troncs noirs des arbres aux feuilles pointues et vernissées. Pour une raison quelconque, il avait ralenti pour se livrer à cette observation mais déjà il accélérait, tournait au carrefour et se garait devant la maison de Senta.

Il remarqua qu'il y avait à l'étage plus de volets fermés que d'habitude. La cave était la seule partie éclairée et la vue de cette unique lumière suffisait à faire battre son cœur plus vite. Il sentit à nouveau sa respiration oppressée. Il monta l'escalier et s'introduisit dans la maison. De la musique lui parvint, une musique différente de celle sur laquelle Rita et Jacopo aimaient danser. Cela remontait par l'escalier de la cave. C'était tellement inhabituel qu'il craignit un instant qu'elle ne fût pas seule ; il resta derrière la porte, écoutant la musique bouzouki, perplexe. Elle avait dû l'entendre dans l'escalier car elle ouvrit la porte la première et se précipita dans ses bras.

Il n'y avait bien entendu personne d'autre. Il ressentit son amour pour elle en voyant ce qu'elle avait fait, ce dont elle semblait si fière : le dîner et le vin préparés sur la table de bambou, la musique, la chambre plus propre et plus fraîche, les draps violets du lit changés pour des marron. Elle portait une robe qu'il n'avait encore jamais vue, noire, courte, fine et collante, un décolleté ovale découvrant ses seins blancs. Il la tint dans ses bras, l'embrassant doucement, lentement. Elle passa dans les cheveux et sur le cou de Philip ses petites mains, chaudes malgré les bagues froides qu'elle portait. Il murmura : « Sommes-nous seuls dans la maison ?

– Ils sont partis quelque part pour le Nord.

– Je préfère quand nous sommes seuls », dit-il.

Elle versa du vin dans leurs verres et il lui parla de Cheryl. Il sentait parfois en lui une étrange perfidie, une défiance sans fondement à l'idée qu'elle ne fût pas intéressée par ce qu'il lui disait, par sa famille, par ce qu'il faisait. Il s'attendait à ce qu'elle fût préoccupée, impatiente de revenir à ses propres soucis. En réalité, elle était intéressée, aimait vraiment écouter, lui donnait toute son attention, s'asseyant les mains jointes et le regardant droit dans les yeux. Quand il en arriva à l'épisode du parapluie fouillant la boîte aux lettres, un sourire éclaira le visage de Senta. Sourire qu'on aurait pu croire d'admiration si on n'avait su qu'il ne pouvait en être ainsi.

« Que penses-tu que je devrais faire, Senta ? Je veux dire, devrais-je en parler à qui que ce soit ? Devrais-je *lui* en parler ?

– Tu veux vraiment savoir ce que je pense, Philip ?

– Bien sûr. C'est pour cela que je te le demande. Je veux connaître ton opinion.

– Mon opinion est que tu te préoccupes beaucoup trop de la loi, de la société et de choses de ce genre. Les gens comme toi et moi, les êtres d'exception sont au-dessus de la loi, tu ne penses pas ? Ou disons au-delà de la loi. »

Toute sa vie, il avait été élevé dans le respect de la loi, de l'autorité et du gouvernement des hommes. Son père, joueur invétéré, était néanmoins intraitable sur le chapitre de l'honnêteté et d'une intégrité absolue dans ses affaires. Vivre selon ses propres lois avait, pour Philip, un avant-goût d'anarchie.

« Cheryl ne sera pas au-delà de la loi si elle se fait prendre, dit-il.

– Philip, nous ne voyons pas le monde tout à fait de la même façon, toi et moi. Je sais que tu vas apprendre à le voir comme je le vois. Mais tu n'y es pas encore. Il s'agit de voir le mysticisme et la magie de ce monde, comme si on était détaché des questions pratiques, ennuyeuses qui gâchent la vie de la plupart des gens. Quand tu m'auras rejointe, nous découvrirons un monde peuplé de choses merveilleuses et occultes, où tout est possible, où rien n'est interdit. Et où il n'y a ni policiers ni lois. Tu commenceras à voir des choses que tu n'avais jamais vues, des ombres et des prodiges, des visions et des fantômes. Tu as fait un pas dans cette direction quand tu as tué le vieux pour moi. Tu le savais, n'est-ce pas ? »

Philip soutint son regard mais il était troublé, moins heureux qu'il ne l'avait été quelques instants auparavant. Il était bien conscient qu'elle ne lui avait donné aucun avis d'aucune sorte qu'il eût aimé entendre, qu'elle ne lui avait pas véritablement répondu. Elle avait usé de termes vagues, pouvant correspondre à toutes sortes de définitions, sans rapport aux choses concrètes, aux règles et aux contraintes, à la bienséance, à un comportement socialement acceptable, sans respect pour la loi. Elle parlait bien, était remarquablement intelligente, pensait-il, et les choses qu'elle avait dites ne pouvaient pas être insensées. Son sentiment naissait, comme cela s'était déjà produit, de sa propre incapacité à comprendre. C'était à la fois intéressant et inquiétant. Il avait appris que, si vous mentez à propos d'un de vos actes, comme il l'avait fait à propos du vagabond, vous oubliez tout très vite, quelque chose dans votre mémoire l'efface. Il savait que si, au lieu de considérer comme admis ce qu'il avait fait, elle lui avait demandé ingénument son emploi du temps du dimanche soir précédent il lui aurait répondu la chose suivante : après l'avoir quittée, il était rentré chez lui et s'était couché. Il aurait eu la réaction naturelle de dire la vérité.

Le soleil se glissa dans les fentes des vieux volets, dessinant des barres d'or au plafond et déposant des baguettes dorées sur le couvre-lit marron. Ce fut la première chose que vit Philip en se réveillant fort tard ce dimanche matin là : un rai de lumière qui coupait sa main inerte, posée sur les couvertures. Il ramena cette main et, se retournant, chercha Senta. Elle n'était plus avec lui. Elle était partie.

À nouveau elle le surprenait. Il s'était assis, déjà en proie à la peur qu'elle l'eût abandonné, à la peur de ne plus jamais la revoir, quand il vit le petit mot sur son oreiller : « Je reviens tout de suite. Je devais sortir, c'était important. Attends-moi, Senta. » Pourquoi n'avait-elle pas écrit : « Je t'aime » ? Cela n'avait aucune importance. Elle lui avait laissé le petit mot. L'attendre ? Il l'aurait attendue éternellement.

Il vit à sa montre qu'il était plus de onze heures. La plupart des nuits, il ne dormait purement et simplement pas assez, apparemment jamais plus de cinq ou six heures. Pas étonnant qu'il fût fatigué, qu'il s'endormît constamment. Tout à fait réveillé maintenant et encore détendu, il continuait à penser à Senta, soulagé et heureux parce que, à ce moment précis, dans la région de son esprit où vivaient Senta et lui-même, il n'y avait ni peur ni inquiétude. Mais sa conscience, comme si elle n'avait pas voulu le voir sans souci, laissa Cheryl s'insinuer. Pour la première fois depuis la scène dont il avait été témoin, il fut frappé par la monstruosité de cet acte. Il avait été choqué mais maintenant le choc s'était dissipé. Il sut immédiatement qu'il ne pourrait en rester là et prétendre qu'il n'avait pas vu ce qu'il avait vu. Il allait devoir affronter Cheryl. La suite de l'histoire ne pourrait être qu'un appel téléphonique de la police annonçant l'arrestation de Cheryl pour vol. Vaudrait-il mieux ou non en parler d'abord à Christine ?

Philip n'aurait pas pu rester couché après cela. Il devait se lever. Dans le coin malpropre où se trouvaient les toilettes, avec le robinet de cuivre enveloppé d'un chiffon qui gouttait dans la baignoire, il réussit à se débarbouiller. Revenu dans la chambre, il ouvrit les volets et laissa la fenêtre relevée. Senta disait que les mouches pouvaient entrer par la fenêtre ouverte et, au moment où il remonta le châssis, une grosse mouche bleue vrombit près de sa joue. Mais la chambre semblait vouloir aspirer de l'air. C'était une journée d'été, claire, avec cette lumière presque tremblante, tout à fait inattendue après la semaine grisâtre qui venait de s'écouler. Les ombres courtes étaient bien noires, là-bas sur le ciment, et la lumière du soleil d'un blanc éblouissant.

Il se passa alors quelque chose qui ne s'était jamais produit auparavant et qui lui procura un immense plaisir. Il la vit arriver à la maison. Il la vit en jean et chaussures de sport – c'était sans précédent, il ne l'avait jamais encore vue en pantalons. L'aurait-il même reconnue si elle ne s'était pas penchée vers la grille pour le regarder à travers les barreaux ? Elle y glissa la tête, puis un bras, le tendant vers lui dans un mouvement de tendresse. Sa main était ouverte, paume vers le ciel, comme si elle avait voulu saisir la sienne. La main se retira et Senta gravit l'escalier. Il écouta très attentivement chaque pas qu'elle fit, dans l'entrée, dans le couloir, en descendant l'escalier.

Elle fit durer son entrée dans la chambre. Elle referma la porte avec un soin exagéré, comme pour ne pas réveiller la maisonnée. Il se demanda comment il pouvait la trouver si pâle alors qu'elle était déjà si blanche, si peu colorée d'ordinaire. Sa peau avait ce reflet glauque. Elle portait, avec son jean et ses chaussures de sport, une vaste tunique de coton rouge foncé, serrée à la taille par une ceinture de cuir noire. Ses cheveux étaient ramassés ou attachés sur le sommet de la tête, sous une casquette en velours de coton très masculine. Elle l'enleva, la jeta sur le lit et secoua ses cheveux. Philip la vit le regarder, l'amorce d'un sourire aux lèvres, et il la contempla dans le miroir sombre et tacheté qui était derrière elle, ses cheveux déployés sur les épaules en un grand éventail argenté.

Elle tendit la main et il la prit dans les siennes. Il l'attira vers lui, assis sur le bord du lit. Il écarta les cheveux de son visage en le tournant et l'approchant du sien, il embrassa ses lèvres, fraîches pour une aussi chaude journée.

« Où étais-tu passée, Senta ?

– Tu n'étais pas inquiet, Philip ? Tu as trouvé mon petit mot ?

– Oui, bien sûr. Merci. Mais tu ne disais pas où tu étais mais seulement que c'était important.

– C'était important. Et même très important. Tu ne devines pas ? »

Pourquoi pensa-t-il tout de suite à Cheryl ? Pourquoi supposa-t-il qu'elle était allée chez Cheryl, qu'elle lui avait dit quelque chose qu'il aurait voulu taire ? Il ne lui répondit pas toutefois, ne trouvant pas ses mots. Elle lui parlait doucement, ses lèvres effleurant sa peau.

« Je suis allée faire pour toi ce que tu avais fait pour moi. Je suis allée te prouver mon amour, Philip. »

Très étrangement, toute mention de ces actes réciproques le mettait immédiatement mal à l'aise. Plus qu'un malaise, une répugnance, un réflexe effarouché. Durant quelques secondes, il pensa qu'elle pourrait bien essayer de lui enseigner sa philosophie, il saurait lui faire comprendre la sienne, à savoir qu'il fallait cesser de rêver. Mais tout ce qu'il put dire fut : « Vraiment ? Tu n'as rien à me prouver. »

Elle n'entendait jamais ce qu'elle ne voulait pas entendre. « J'ai fait ce que tu as fait. J'ai tué quelqu'un. C'est pourquoi je suis sortie si tôt. Je me suis entraînée à me réveiller quand je voulais, tu sais. Je me suis réveillée à six heures et je suis sortie. Il fallait que je me lève tôt parce que c'était loin. J'ai pensé : "Philip va s'inquiéter, je vais lui laisser un petit mot. " »

Son exaspération grandissait mais il fut délicieusement touché par sa tendresse, sa sollicitude pour lui. Il était conscient de vivre quelque chose de merveilleux bien qu'effroyable. Elle l'aimait plus aujourd'hui qu'avant leur séparation, son amour pour lui n'avait cessé de grandir. Il saisit délicatement son visage pour l'embrasser à nouveau mais elle s'éloigna.

« Non, Philip, tu dois m'écouter. Ce que je te dis est très important. Je suis allé à Chigwell, tu sais, en métro, et c'est très loin.

– Chigwell ?

– Enfin, un endroit appelé Grange Hill. C'est la station suivante. La plus proche de la maison de Gérard Arnham. Tu ne devines pas, n'est-ce pas ? C'est Gérard Arnham que j'ai tué pour toi. Je l'ai tué à huit heures ce matin. »

12

De fait, il la crut pendant une demi-minute peut-être. Cela lui parut infiniment plus long, cela lui parut des heures. Le choc avait provoqué une étrange sensation dans sa tête, une sorte de palpitation bourdonnante et un nuage rouge sombre devant les yeux, une impression de roues tournoyant derrière ses yeux. Et puis la raison rejeta tout ça. Espèce de fou, se dit-il, espèce de fou. N'as-tu pas encore compris qu'elle rêve éveillée ?

Il humecta ses lèvres sèches de sa langue tout aussi sèche, frissonna légèrement. Son cœur faisait un bruit sourd et secouait sa poitrine. Curieusement, Senta ne semblait pas percevoir à quel point il était ébranlé, renversé, tentant de ressaisir la réalité et de se rassurer face à l'irruption de ces visions cauchemardesques.

« Je l'ai observé, dit-elle. Je suis retourné deux fois la semaine dernière à cette maison que tu m'avais montrée. J'ai vu qu'il promenait son chien dans les bois environnants tous les matins, avant d'aller travailler. J'ai supposé qu'il devait aussi le faire le dimanche mais un peu plus tard – et je ne m'étais pas trompée. Je l'ai attendu, cachée derrière les arbres, et je l'ai vu arriver avec son chien. »

S'il avait encore eu le moindre doute sur sa sincérité, voilà qui le dissiperait définitivement. Gérard Arnham avec un chien ! Philip se souvenait en quels termes Christine lui avait parlé de l'absence d'intérêt d'Arnham pour les chiens – elle avait invoqué cette raison pour ne pas emmener Hardy avec eux le jour fatidique. Cela lui permit d'interroger Senta, à la manière d'un policier qui veut obtenir une information qu'un menteur aura oublié de considérer.

« Quel genre de chien ?

– Un tout petit, noir. » Elle avait répondu immédiatement. Elle avait pensé aux moindres détails. « Un scottish-terrier, c'est ça ? Si ça avait été un grand doberman féroce, Philip, je n'aurais probablement pas été capable de faire ce que j'ai fait. J'ai choisi Arnham parce que c'était ton ennemi, tu sais. Tu m'as dit que c'était ton ennemi, voilà pourquoi je l'ai choisi. »

Philip aurait voulu lui demander à quoi ressemblait Arnham mais il se souvint de ce qui s'était passé la dernière fois qu'il avait semblé douter de ses histoires. Il essaya de penser à une autre formulation de sa question.

« Il est très intéressant de constater qu'une fille serait effrayée de voir un inconnu s'approcher d'elle dans un bois, dit-elle, et qu'un homme ne le sera pas si une jeune fille l'approche dans des circonstances identiques. J'ai avancé vers lui, la main sur un œil. J'ai dit que j'avais quelque chose dans l'œil qui me faisait mal, que je ne voyais plus et que j'avais peur. C'était malin, tu ne trouves pas ?

– Il est très grand, n'est-ce pas ? » Philip était fier de lui. C'était le genre de choses qu'il avait vu faire dans les enquêtes policières des feuilletons télévisés. « Il a dû sans doute se pencher sur toi pour examiner ton œil.

– Oh, bien sûr, bien sûr ! Il s'est penché sur moi et a relevé mon visage pour examiner mon œil. » Elle eut un mouvement d'approbation satisfaite. Et Philip se rendit compte qu'il souriait à cette deuxième et sans doute ultime confirmation. C'était tout ce qu'il escomptait. Arnham ne mesurait pas plus d'un mètre soixante-quinze, au mieux. « Il était aussi près de moi que tu l'es maintenant. Je savais où frapper. Je l'ai poignardé au cœur avec une dague de verre.

– Tu l'as quoi ? demanda Philip, quelque peu amusé maintenant par l'inventivité de Senta.

– Je ne t'ai jamais montré ma dague vénitienne ? Ces dagues faites à Murano, aussi effilées que des rasoirs. Quand on s'en sert, elles cassent à la garde et ne laissent qu'une égratignure. La victime ne saigne même pas. J'en avais deux mais j'en ai utilisé une pour quelque chose d'autre et les voilà perdues toutes les deux maintenant. Je les avais achetées à Venise à l'époque où je voyageais. J'ai tout de même eu de la peine pour le pauvre petit chien, Philip. Il s'est mis à tourner autour de son maître mort et ce gémissement atroce a commencé. »

Il ne connaissait pas grand-chose sur Venise, il n'y était jamais allé, et encore moins sur le verre de Venise. Mais il voulait lui demander, il dut se retenir de lui demander si elle portait un de ces masques à tête d'oiseau et une cape noire.

« Ce sera dans tous les journaux dès demain, dit-elle. Je ne regarde pas les journaux d'habitude mais demain je n'y manquerai pas. Oh non, je sais ! J'irai là-haut tout à l'heure et je le verrai à la télé. »

Avant cela, elle prendrait un bain dans leur salle de bains. Elle ne pensait pas avoir de sang sur elle mais, sang ou pas, elle se sentait loin d'être propre après ce qu'elle avait fait. C'est la raison pour laquelle elle avait revêtu une blouse rouge sombre, afin qu'on ne puisse voir les taches de sang si elle avait été éclaboussée. Si cela s'était produit, les taches devaient être minuscules. Elle avait soigneusement examiné ses vêtements dans le train du retour.

Philip la suivit dans l'escalier, au premier puis au deuxième étage. Il n'était jamais monté auparavant aux étages supérieurs de la maison. C'était uniformément poussiéreux, sordide, tristement confiné dans une saleté repoussante. Il jeta un regard dans une pièce où, sur un lit défait, étaient entassés des sacs de plastique laissant échapper des vêtements. Des caisses en carton, qui avaient autrefois contenu des boîtes de conserve, étaient alignées contre les murs. Il y avait beaucoup de mouches, bourdonnant autour d'ampoules pendant à un fil électrique. Senta pénétra dans la salle de bains aux murs et au plafond d'un éclatant vert laqué, le sol étant composé de morceaux de linoléum de différentes couleurs. Elle retira ses vêtements, qu'elle abandonna en tas sur le sol.

Quelque chose d'inattendu s'était produit. Il ne ressentit aucun désir pour elle. Il pouvait la voir nue, indéniablement belle, et ne rien éprouver. Moins que devant une peinture, beaucoup moins que devant une photo. Aussi peu érotique que la statue de Flore. Il ferma les yeux, les frotta de ses mains fermées, les rouvrit et la regarda entrer dans l'eau – et il n'éprouva rien. Depuis la baignoire, elle lui parlait de son retour en train, de sa peur d'être suivie au début, de la recherche obsédante, ensuite, de la moindre tache de sang, de l'examen méticuleux de ses doigts et de ses ongles. Il avait peur, il était paniqué. C'était le genre de choses qu'il détestait tout particulièrement, le crime, le truc à sensation forte, la fascination pour ce qui est violent et affreux.

Il ne pouvait pas rester avec elle dans la salle de bains. Il se mit à circuler sans but d'une pièce à l'autre. Elle l'appela, de cette voix douce mais très haut placée, comme si de rien n'était, comme s'il avait été un visiteur quelconque.

« Va jeter un coup d'œil au dernier étage. J'y ai habité autrefois. »

Il monta. Les pièces étaient plus petites et plus basses, le plafond épousant la pente du toit. Il y avait trois pièces, aucune salle de bains mais des toilettes et une petite cuisine avec, dans un coin, une vieille cuisinière et, dans l'autre, l'espace qu'occupait peut-être autrefois le réfrigérateur. Toutes les fenêtres étaient fermées et, sur le rebord de l'une d'entre elles, il y avait la bouteille de vin vide qu'il avait vue de la rue. L'atmosphère et l'odeur laissaient pressentir que les fenêtres n'avaient pas été ouvertes depuis des mois, des années. Dehors le soleil brillait mais il semblait lointain, les vitres sales faisant une sorte d'écran de brouillard. À travers les carreaux grisâtres, les toits de Queens Park et de Kensal faisaient l'effet d'une photo décolorée ou surexposée.

Philip était monté là-haut pour une raison précise. Il était venu s'isoler avec sa douleur et sa peur. Mais il était à présent distrait de ces émotions. Il déambulait, livré à une sorte d'émerveillement. Les pièces étaient sales, de cette saleté à laquelle il commençait à s'habituer dans cette maison : l'odeur était forte, comme du caoutchouc brûlé à certains endroits, douceâtre et rance à d'autres ; dans les toilettes, où la cuvette était marron foncé tirant sur le jaune vif et acide, cela sentait les oignons pourris. Mais cela faisait des pièces tout de même, du *volume*. Il se surprit à noter le genre de choses qu'il avait l'habitude de noter dans son travail, les placards avec leurs portes à panneaux, les planchers, l'évier en acier inoxydable, les tringles de rideaux, les quelques meubles.

Elle l'avait appelé. Il descendit et lui demanda : « Pourquoi t'es-tu installée dans la cave ? »

Elle éclata de rire, en un long trille musical. « Oh, Philip, quelle tête ! Quel air désapprobateur ! » Il tenta de sourire. « Je n'aimais pas grimper tous ces escaliers, dit-elle. Et de toute façon, qu'aurais-je fait de toutes ces pièces ? »

Elle se sécha et passa sa robe argent à fleur grise, puis ils allèrent déjeuner dans un pub. Il l'emmena à Hampstead et ils mangèrent dehors des petits pains ronds, du fromage et de la salade, en buvant du *lambrusco*, ce vin rosé pétillant. Ils se promenèrent sur les bords de la Heath, Philip traînant pour retarder leur retour à Tarsus Street. Il ne se sentait pas capable, pensait-il, de lui faire l'amour. Il était en proie à une épouvantable désolation. Ce qu'il avait cru son grand amour avait entièrement disparu, s'était évanoui. Plus elle parlait – et elle parlait de tout, des dieux, des hommes et de la magie, du meurtre, de ce que la société appelle crime, d'elle-même et de lui et de leur avenir, de son passé et du métier de comédienne – et pis c'était. Elle lui tenait la main, et celle-ci était froide et inerte dans la main chaude de Senta.

Il proposa d'aller au cinéma, à l'Everyman ou au Screen on the Hill, mais elle préférait rentrer. Elle voulait toujours rentrer à la maison. Elle aimait être à l'intérieur, dans la cave. Il se demanda si elle avait quitté le dernier étage parce qu'elle s'y était sentie trop exposée, trop vulnérable. Ils se couchèrent côte à côte sur le lit et à son grand soulagement – très provisoire malheureusement – elle s'endormit. Il passa alors son bras autour d'elle et sentit son corps chaud et vivant, le mouvement de sa respiration. Mais il ne ressentait pas plus de désir que s'il avait été étendu auprès d'un corps de pierre, d'une statue de marbre grandeur nature.

Elle lui avait laissé un petit mot et il en ferait autant à présent. « À demain. Bonne nuit. » Elle ne lui avait pas écrit qu'elle l'aimait mais il le ferait. « Je t'aime de tout mon cœur. Philip. » Il se leva avec précaution pour ne pas la déranger, tira les volets et ferma la fenêtre. Elle semblait très belle, étendue là, les yeux fermés, les longues mèches argentées posées comme des papillons sur la peau blanche. Les lèvres closes étaient celles de Flore, sculptées dans le marbre, bien découpées aux commissures. Il baisa ses lèvres et frissonna en ayant la sensation d'embrasser une femme atteinte d'une maladie mortelle ou même un cadavre.

Avant de partir, il vérifia qu'il avait bien mis les clés dans sa poche. À cause de tout cela, le claquement sourd de la porte d'entrée, qu'il referma, lui parut définitif, bien qu'il sût qu'il n'en était rien et qu'on n'en était encore qu'au début.

Arnham n'était pas vraiment petit. On ne pouvait pas dire qu'il faisait moins d'un mètre soixante-quinze. Il n'y avait que lui pour le voir aussi petit, à cause de sa propre taille. Arnham n'aimait pas trop les chiens mais Arnham était marié maintenant. Peut-on supposer qu'il se soit agi du chien de sa femme ? Il se peut que sa femme aime les chiens, qu'elle ait déjà eu un chien avant son mariage, ce scottish-terrier. Si Arnham et Christine s'étaient mariés, ils auraient gardé Hardy, naturellement. Philip songea à cela sur le chemin du retour. Quand il entra dans la pièce de séjour, il trouva Fee, Darren et Christine en train de regarder la télévision.

Le journal venait juste de commencer, la version courte du dimanche soir. Philip se sentait un peu mal. En fait, il n'aurait pas voulu écouter les nouvelles, il ne voulait pas savoir, mais comme il était là, que cela avait commencé, il allait rester et savoir. Pour lui l'effet de suspense était accentué par les incessantes interventions de Darren, pressant le présentateur d'en finir pour arriver au plus vite à la rubrique des sports. Mais il n'y avait aucune rubrique concernant un meurtre, quelque meurtre que ce soit, et Philip se sentit mieux. Il commençait à se demander comment il avait pu être stupide au point de croire un moment que Senta fût une meurtrière. La frêle, la toute petite Senta, aux mains d'enfant.

« Cheryl a dit que tu t'affichais avec Stéphanie », déclara Fee, tout en allumant une cigarette. La fumée le fit se sentir mal à nouveau. « Est-ce exact ?

– Tout se passe dans la tête de Cheryl, dit-il. Tu as donc vu Cheryl ?

– Pourquoi ne l'aurais-je pas vue ? Elle habite ici. »

Il allait devoir parler de Cheryl à Fee. Fee était la personne idéale. Mais pas maintenant, pas ce soir. Il alla chercher quelque chose à manger, un sandwich de viande froide et une tasse de café instantané, et proposa d'emmener Hardy faite une promenade autour du pâté de maisons. En marchant avec Hardy en laisse, il se mit à penser à Arnham de nouveau, Arnham étendu mort, le petit chien gémissant près de son corps. Le plus troublant, c'est que Senta avait décrit cela d'une manière remarquable et n'avait cessé d'en parler. C'est lui maintenant qui ne cessait d'y penser, la conscience envahie par cette image. Il était incapable d'infléchir le cours de ses pensées et il passa la nuit à rêver de dagues de verre. Il était à Venise ou en tout cas il marchait le long d'un canal dans une ville quand, au détour d'une rue, il vit un homme attaqué par un autre, masqué, vêtu d'une cape, et l'éclat d'une dague parfaitement et terriblement transparente dans le clair de lune. L'assassin avait pris la fuite, Philip s'était précipité vers la victime étendue sur le dos, une main inerte trempant dans l'eau noire. Il avait cherché la blessure mais n'avait trouvé, à l'endroit où la dague s'était enfoncée, qu'une sorte d'égratignure comparable à celle laissée par les griffes d'un chat. Mais l'homme était mort et son corps refroidissait rapidement.

Au cours de la semaine précédente, Philip avait évité de regarder les journaux. Il n'avait pas voulu savoir si la police avait découvert le meurtre du vagabond, John Sidney Crucifer. Chassant toute cette affaire de son esprit, il avait écarté tout ce qui aurait pu lui être associé, tout ce qui aurait pu révéler des détails supplémentaires. Il avait très peu regardé la télévision de toute façon depuis qu'il avait retrouvé Senta. Il se rendait compte maintenant qu'il n'avait rien fait pour remplacer la radio dans sa voiture de façon à ne pas avoir à entendre les informations. Il était possible de faire l'autruche, quand il ne s'agissait que d'une question mineure. Aujourd'hui, il ne pouvait se permettre d'ignorer les journaux. Il devait en avoir le cœur net.

Sur le chemin de Highgate, où il faisait installer deux nouvelles salles de bains Roseberry Lawn dans la maison d'une actrice, il s'arrêta pour acheter trois journaux du matin à un kiosque. Il s'était garé à un endroit interdit au stationnement mais il était trop impatient de savoir. Il suffirait d'ouvrir l'œil à l'approche d'une contractuelle.

Il y avait eu deux meurtres dimanche, l'un à Wolverhampton, l'autre dans un endroit appelé Hainault Forest dans l'Essex. Les trois quotidiens donnaient des détails mais aucun ne consacrait de développements à ces affaires. C'eût été différent si les victimes avaient été des femmes, particulièrement de jeunes femmes. Mais dans les deux cas c'étaient des hommes. Des hommes assassinés, cela ne fait jamais la une. Celui de Hainault Forest n'était pas identifié, simplement décrit comme un homme d'une cinquantaine d'années. Un garde forestier avait trouvé le corps. On ne disait rien sur la cause de la mort, sur la méthode du meurtrier.

Philip reprit la route vers la maison de l'actrice. Olivia Brett était une jeune femme qui avait eu un succès phénoménal dans une série télévisée. Elle était désormais constamment demandée. Elle était mince, le visage émacié, les cheveux, décolorés dans la même teinte que ceux de Senta, étaient plus courts, beaucoup moins épais et brillants. Elle avait dix ans de plus que Senta et son maquillage plâtreux la vieillissait encore. Elle voulut connaître le prénom de Philip, l'appeler par son prénom, l'appeler aussi chéri et lui demanda de l'appeler Ollie, comme tout le monde. Elle adorait les salles de bains Roseberry Lawn, beaucoup plus que tout ce qu'elle avait pu voir à Beverly Hills. Elle adorait la couleur, la couleur qui faisait que la vie valait la peine d'être vécue. Voulait-il boire quelque chose ? Elle ferait mieux de ne rien boire, un Perrier à la rigueur. Elle devenait tellement grosse qu'elle ne pourrait bientôt plus jouer que les grand-mères obèses.

Quelque peu étourdi par tout cela, Philip, déclinant l'invitation à boire, monta voir les deux pièces qui allaient devenir des salles de bains. Ce n'était qu'un premier coup d'œil, il était encore prématuré de simplement prendre des mesures. Philip s'attarda dans la première pièce, qui servait déjà de salle de bains, avec une robinetterie à l'ancienne devenue vétuste, et regarda par la fenêtre. Londres était au-dessous de lui, s'étendait au pied de ces collines. Chigwell faisait partie de Londres, n'est-ce pas ? Et non de l'Essex ? Il se souvenait à présent qu'il y avait une station Hainault sur la ligne du centre. En se « confessant », elle avait parlé d'une forêt. Était-ce Hainault Forest qu'elle avait en tête ? Était-ce cette étendue couverte de bois près de chez Arnham ?

L'âge de la victime semblait correspondre. Un homme d'environ un mètre soixante-quinze aurait paru grand à Senta qui était si petite. Ça suffit, se dit-il, ça suffit. Ce n'est qu'un fantasme, qu'une invention de sa part. Autant penser que le rêve de l'homme assassiné avec une dague de verre, la nuit dernière, était la réalité. Où Senta aurait-elle déniché une dague de verre de toute façon ? Ce n'est pas le genre de choses qu'on trouve en vente libre. Une petite voix lui murmura : « Sais-tu qu'elle a peut-être inventé une partie de son histoire mais que le reste est bien réel ? Elle a suivi des cours d'art dramatique. Même si ce n'était pas à l'Académie royale. Elle a voyagé, même si ce n'était pas aussi loin et autant qu'elle le prétend. »

Olivia Brett avait disparu et une femme de ménage à l'air renfrogné l'attendait en bas pour, dit-elle, le reconduire. Philip se répéta qu'il ne pouvait pas s'agir d'Arnham, qu'il savait que ce n'était pas lui, qu'il se rendait malade pour rien. La seule chose à faire maintenant consistait à ne plus penser à tout cela, comme il l'avait déjà fait pour Crucifer. N'achète pas de journaux, ne regarde pas la télévision. Si tu veux saisir cette opportunité, tu dois lui montrer que cette tendance à fantasmer n'est pas dans le coup, que c'est puéril et tu n'y arriveras pas si elle te fait marcher comme ça. Tu n'aurais jamais dû te laisser prendre au jeu.

Mais que s'était-il passé quand il avait protesté, quand il avait résisté ? Elle avait refusé de le voir. Mais à présent verrait-il un inconvénient à ce qu'elle refusât de le voir ? L'idée, la monstruosité de cette idée le glaça. On ne pouvait avoir aimé quelqu'un comme il l'avait aimée et en être ensuite dégoûté, en un rien de temps, à cause de mensonges et de rêves éveillés. Pouvait-on ? Pouvait-on ?

Il ne lui vint pas à l'esprit de ne pas aller à Tarsus Street ce soir-là. En descendant Shoot-up-Hill, il se dit qu'il savait maintenant que c'était une faute de mentir et de fantasmer. Cela créait tant de confusion, de misère et de douleur. Il acheta du vin et des chocolats pour elle. C'était vouloir la gagner par des cadeaux et il le savait.

Abordant la rue par Caesarea Grove, il eut une bouffée d'angoisse en pensant à Joley. C'était la plus longue période d'absence de Joley depuis la première fois qu'il l'avait vu et qu'il avait pu observer son rythme. Cette fois encore, les portes de l'église avaient été fermées et le porche était vide. Une semaine plus tôt, rien n'aurait pu retarder Philip lorsqu'il allait rejoindre Senta. Les choses avaient changé. Il était tout à fait prêt et même content de différer d'une demi-heure son arrivée chez Senta, le temps de chercher Joley.

Le vagabond avait dit à Philip que Ilbert Street était son autre refuge. Cette longue rue reliait Third Avenue à Kilburn Lane. Il la parcourut au milieu des voitures garées. C'était encore une chaude soirée qui laissait présager une nuit douce, le genre de nuit que Joley aimerait passer dehors, sur le seuil d'une porte ou dans un terrain vague. Philip put à peine voir le trottoir, les voitures en stationnement étant serrées les unes contre les autres. Il gara finalement sa voiture et refit la rue à pied. Joley n'était nulle part. Philip quitta la rue principale, et fit une incursion dans le petit terrain sombre et dévasté. À cette heure le soleil était couché et des langues de lumière rouge se déroulaient sur le ciel gris. Il eut à nouveau le sentiment que sa chance dépendait de Joley et Joley n'était plus là maintenant.

Voir Senta lui répugnait maintenant qu'il arrivait à Tarsus Street. Pourquoi lui avait-il raconté qu'il avait tué quelqu'un ? Quelle folie l'avait pris ? Il est vrai qu'il le lui avait dit sans conviction, avec une telle désinvolture, un tel détachement que quiconque aurait compris qu'il inventait. Sans doute ne l'avait-elle pas vraiment cru. Il se résolut à entrer, lentement, presque avec lassitude. Comme un mari malheureux rentrant à la maison pour retrouver des enfants bruyants et une femme querelleuse.

Le bâton d'encens incandescent parfumait l'escalier de la cave. Il finit par entrer dans la chambre. Les volets étaient fermés, la lampe de chevet allumée. L'atmosphère était confinée, à peine supportable, et l'entêtant parfum d'encens presque étouffant. Elle était couchée sur le ventre, les bras sous sa tête. Au moment où il entra, elle fit un mouvement convulsif. Il effleura son épaule et prononça son nom. Elle se tourna lentement sur le dos et le regarda. Son visage était plissé, inondé et gonflé par les larmes, rougi, trempé. L'oreiller dans lequel elle avait enfoncé la tête était mouillé de larmes ou de sueur.

« Je croyais que tu ne viendrais pas. Je croyais que tu ne reviendrais jamais.

– Senta ! Bien sûr que je serais revenu. Je suis revenu.

– J'ai cru que je n'allais plus jamais te revoir. »

Il la prit dans ses bras et la serra contre lui. C'était une enfant effrayée qui pleurait. Que nous est-il arrivé ? pensa-t-il. Qu'avons-nous fait ? Nous étions si heureux. Pourquoi avons-nous gâché tout cela avec tous ces mensonges, tous ces jeux ?

Philip était allé dans la bibliothèque pour voir si Gérard Arnham était dans l'annuaire de Chigwell. Il n'y était pas. L'annuaire datait d'il y a un an et naturellement Arnham n'aurait pu y figurer. Il n'y avait pas six mois qu'il avait emménagé. Il aurait pu aussi bien demander le numéro aux renseignements mais il se demandait ce qu'il aurait dit si quelqu'un d'autre qu'Arnham avait répondu, sa femme par exemple. Il était difficile de lui demander si son mari était toujours vivant.

Trois jours étaient passés depuis que Senta lui avait annoncé qu'elle avait tué Arnham. Pendant ce temps, elle avait changé et il avait changé. Les rôles s'étaient inversés. C'était lui qui prenait maintenant ses distances, et elle qui s'accrochait à lui et pleurait. Elle disait avoir tué son ennemi pour lui et, au lieu de lui en être reconnaissant, il la détestait d'avoir fait cela. C'était tout à fait ce qu'il ressentait, sauf qu'il savait très bien qu'elle n'avait pas tué Arnham mais prétendait l'avoir fait. Fouillant ses propres sentiments, il découvrit que son antipathie venait de la fierté que tirait Senta à l'idée de tuer quelqu'un d'une manière particulièrement brutale. Ou d'avoir tué ? N'était-ce pas dû au fait qu'il n'était pas sûr qu'elle ne l'ait pas tué, à une crainte persistante qu'elle l'ait effectivement tué ?

Entre-temps, il avait vu dans un journal que l'homme assassiné dans Hainault Forest avait été identifié : il s'agissait de Harold Myerson, âgé de cinquante-huit ans, consultant en machines-outils et vivant à Chigwell. Le fait qu'il fût de Chigwell était une coïncidence puisqu'il n'y avait aucune possibilité que Myerson fût Gérard Arnham. Il n'aurait pas eu deux noms et Arnham n'était pas aussi vieux que ça. L'autre meurtre survenu dans les îles Britanniques le dimanche précédent était celui de Wolverhampton, un garçon de vingt ans tué d'un coup de couteau dans une bagarre à la sortie d'un pub. Philip savait que c'était vrai dans la mesure où il avait lu trois journaux du matin et un du soir le lundi, et en avait acheté trois autres, qu'il avait épluchés le mardi. Ce qui voulait dire que Senta n'avait rien fait ce dimanche-là, qu'Arnham devait être vivant et que Philip était stupide de croire à des choses aussi folles. Des gens qu'on connaissait n'allaient pas tuer d'autres gens. C'était un autre monde, quelque chose qui dépassait la connaissance de tout un chacun.

Afin d'expliquer son attitude envers elle, il avait essayé de lui faire croire que cela provenait de son anxiété. Il lui fit répéter en détail toute l'histoire, espérant relever des oublis, trouver des contradictions entre les deux versions du récit.

« Quel jour es-tu allée là-bas ? Tu disais être allée à Chigwell pour observer la maison dans la matinée.

– J'y suis allée le mardi et le vendredi, Philip. »

Il se força à parler, se trompant presque de mots. « Ce mardi était juste le lendemain du jour où je t'ai dit avoir tué John Crucifer. Je suis venu ici un lundi soir et je t'ai raconté comment j'avais tué Crucifer la nuit précédente.

– C'est exact, dit-elle. C'est exact. Je savais qu'il me fallait prendre une décision. Après que tu eus fait ça pour moi, je savais que je devais préparer mon plan d'action. Je me suis levée tôt, je n'avais pas beaucoup dormi, j'ai pris le métro pour aller là-bas et j'ai observé la maison. J'ai vu cette femme en robe de chambre ouvrir la porte et prendre une bouteille de lait. Une femme avec un grand nez et une grande bouche et une épaisse chevelure brune en bataille. »

Des révélations pareilles faisaient frissonner Philip. Il se rappelait la première fois qu'il avait vu la femme d'Arnham, à travers les vitres d'une fenêtre en forme d'écu. Senta, assise sur le lit à côté de Philip, les jambes repliées sous elle et ses bras l'enlaçant, se serra contre lui.

« Je me suis sentie bien en la voyant. Je me suis dit qu'elle était la femme qu'il avait épousée quand il aurait dû épouser la mère de Philip. Et j'ai pensé que ce serait bien fait pour elle quand il serait mort et qu'elle serait veuve. C'est mal de voler les hommes d'autres femmes. Si une femme essayait de t'enlever à moi, je la tuerais, je n'hésiterais pas. Je te dirai un secret à ce propos mais pas maintenant, plus tard. Je n'aurai aucun secret pour toi, Philip, et tu n'en auras aucun pour moi – jamais. Arnham est sorti à huit heures avec le petit chien. Il l'a emmené dans cet espace vert où se trouvent les arbres, il est entré à couvert et ensuite l'a ramené. Ça n'a pris que vingt minutes environ. Je ne suis pas partie cependant, j'ai poursuivi mon observation et il est ressorti au bout d'un moment, en costume, sa serviette à la main, et elle, encore en robe de chambre, l'accompagnait. Il l'a embrassée et elle a passé les bras autour de son cou comme ça.

– Et tu es retournée le vendredi ?

– Je suis retournée le vendredi, Philip, pour vérifier qu'il faisait toujours le même parcours. J'avais cru que la voleuse le faisait parfois avec lui. J'ai dû leur inventer des noms. Tu ne trouves pas ça drôle ? Je l'ai appelé Gerry et elle, Chipie, et le petit chien Ébène, à cause de sa couleur. Je me disais : " Suppose que Chipie promène Ébène, j'aurais fait tout ce trajet pour rien et je n'aurais plus qu'à revenir lundi, n'est-ce pas ? " »

Philip réalisa qu'il ne supporterait pas le récit du meurtre à nouveau. Quand elle parvint au moment où elle avançait vers Arnham dans la forêt et lui disait avoir quelque chose dans l'œil, il l'interrompit en lui demandant pourquoi elle pensait avoir été suivie sur le chemin du retour jusqu'à la station de métro.

« C'était juste à cause de cette vieille femme sur le quai. Il fallait toujours attendre longtemps le train et elle n'a cessé de me regarder. Je croyais avoir du sang sur moi. Mais je n'arrivais pas à en trouver la moindre trace. Et comment aurait-elle pu le voir puisque je portais cette tunique rouge ? Et puis, quand le train est arrivé, je suis montée m'asseoir, j'ai enlevé ma casquette et défait mes cheveux. La vieille femme n'était pas là, elle n'était pas dans le même compartiment mais il y avait d'autres gens et alors je me suis mise à penser qu'elle avait pu croire que j'étais un garçon et que les autres pourraient dire que j'étais une fille, que tous ensemble ils établiraient le lien et trouveraient que c'est suspect. Tu ne penses pas que la police serait déjà ici ? Elle serait ici, n'est-ce pas ?

– Tu n'as pas besoin de t'inquiéter de la police, Senta.

– Oh ! je ne suis pas inquiète. Je sais que la police n'est que l'instrument d'une société dont les règles ne signifient rien pour des gens comme nous. Je n'ai pas peur mais je dois être sur mes gardes, je dois avoir une histoire toute prête. »

Si cela n'avait pas été aussi déplaisant, il y aurait eu quelque chose de risible à voir la police traquer Senta qui était si frêle, avec ses grands yeux miroir d'une âme innocente, sa peau douce et intacte, ses pieds et ses mains d'enfant. Philip la prit dans ses bras et commença à l'embrasser. Il donna congé à ses mauvaises pensées. Il se demanda si ce n'était pas lui plutôt qu'elle qui était fou, en acceptant de croire ne serait-ce qu'un instant ces élucubrations. Toutefois, un moment après, tout en ouvrant leur seconde bouteille de vin et défaisant l'emballage de papier d'argent d'une cerise en chocolat, il lui demanda d'autres détails, de lui raconter à nouveau comment elle avait suivi Arnham depuis sa maison jusqu'à cet endroit dégagé où commençaient la verdure et les arbres.

Dans la pièce de la cave, le crépuscule descendait plus vite qu'au-dessus. L'atmosphère était glauque et renfermée, l'odeur de la poussière se mélangeant au parfum de l'encens qui brûlait. À cette heure-là, dans la pénombre, le grand miroir suspendu ressemblait à une vaste surface d'eau verdâtre où l'on ne distinguait plus que vaguement leur reflet. Il avait un éclat proche de la nacre, épais et translucide. Les draps marron froissés, les oreillers et le couvre-lit donnaient au lit l'apparence de collines rapprochées et de vallées encaissées. Philip arrêta Senta quand elle voulut allumer la lampe de chevet. Il l'attira à lui, glissant les mains dans sa courte jupe noire, sous le chemisier de coton ajouré. Sa peau avait la douceur de la soie, souple et sans résistance. Dans le noir, les volets à demi fermés et avec la seule lumière grisâtre qui parvenait du soupirail, il pouvait l'imaginer telle qu'elle avait été avant de lui faire ces révélations, telle qu'elle avait été à deux occasions dans son propre lit.

Alors et alors seulement, les yeux clos, il lui fut possible de faire l'amour avec elle. Il était en train d'apprendre à fantasmer.

Au milieu de la nuit, il se réveilla. Il avait décidé bien plus tôt qu'il ne rentrerait pas chez lui cette nuit. Une fois par semaine au moins il ne rentrait pas chez lui et la nuit ainsi que le soir précédents il était resté à la maison avec Christine. Ce qui se passait, c'est qu'il avait l'habitude de se réveiller, de s'habiller et de glisser hors de la chambre et de la maison. Il se réveillait toujours, même sans en avoir besoin.

Elle était endormie à côté de lui. Une lumière jaune provenant du réverbère de la rue couvrait son visage et transformait l'argent de ses cheveux en un or cuivré. La fenêtre était à peine ouverte et les volets étaient entrebâillés. Autrefois, même à cette heure-ci, on entendait de la musique à l'étage au-dessus et le bruit des pieds qui dansaient. Mais à présent Rita et Jacopo étaient partis on ne sait où. La vieille maison pesant au-dessus d'eux de tout son poids de chambres sales en désordre et de déchets amassés se délabrant lentement mais sûrement était pour eux seuls. Senta respirait sur un rythme régulier et muet, les lèvres légèrement entrouvertes, aussi pâles qu'un coquillage.

Mais quand il revint, après avoir fermé les volets et s'être servi à boire au robinet bricolé, elle était réveillée, assise. Elle avait un châle blanc à franges sur les épaules. La lumière était allumée maintenant, vive et sans faux-semblant. Les trous dans l'abat-jour de parchemin projetaient un dessin tacheté au plafond. Elle avait dû mettre une ampoule plus puissante sur cette lampe qui était l'unique allumée, surexposant ainsi la moindre parcelle de saleté dans la chambre, la poussière sur le parquet formant des moutons gris le long des plinthes, les toiles d'araignées et les dépôts noirâtres sur les corniches, la chaise à l'osier dépaillé, les vieilles taches sombres de liquide renversé sur le tapis et les coussins. Il se mit à penser : je dois la sortir d'ici, nous ne pouvons pas vivre comme ça. La lumière avait réveillé une grosse mouche qui tournoyait autour du goulot visqueux d'une des bouteilles de vin.

Senta déclara : « Je suis complètement réveillée. Je veux te dire quelque chose. Je t'ai dit, tu te souviens, que j'avais un secret à te révéler plus tard ? C'est à propos des femmes qui s'emparent d'hommes qui ne sont pas à elles. »

Il revint dans le lit à côté d'elle, souhaitant seulement dormir, réalisant qu'il n'avait plus que cinq heures avant de se lever, de s'arracher à ce lit, de vaguement se laver, de s'habiller et de partir travailler. Il se sentit ridicule en se souvenant à cet instant précis qu'il avait oublié d'apporter un caleçon et une chemise propres, en pensant à des choses si triviales et si peu importantes, doublement ridicules au regard de ce qu'elle lui dit : « Tu sais que tu n'as pas été le premier, n'est-ce pas ? J'aurais aimé me garder pour toi mais je ne l'ai pas fait et on ne refait pas le passé. Même Dieu ne peut changer le cours de l'histoire – tu savais ça ? Même Dieu. J'ai été amoureuse de quelqu'un d'autre, enfin, j'ai cru que je l'étais. Je sais maintenant que je ne l'étais pas, depuis que j'ai appris ce qu'est vraiment l'amour. Cet homme, plutôt ce garçon, c'était encore un garçon... il y avait une fille qui a tout fait pour me le voler et elle y est parvenue pendant un moment. Il serait sans doute revenu vers moi à la fin mais je n'en aurais pas voulu, pas après elle. Tu sais ce que j'ai fait, Philip ? Je l'ai tuée. Elle a été mon premier meurtre. C'est avec elle que j'ai utilisé ma première dague de verre de Murano. »

Elle est folle, pensa-t-il. Ou elle se moque de moi tout simplement. Qu'avait-elle en tête pour aller inventer de telles histoires ? Que pensait-elle en tirer ? « Éteins la lumière à
présent, Senta. J'ai besoin de dormir. »

13

Une odeur d'œuf pourri avait envahi l'escalier. Ce qui
signifiait que Christine avait commencé de bonne heure sa
permanente. Philip avait lu quelque part que les chiens avaient
un odorat un million de fois supérieur à celui des hommes. Si
ses narines captaient une telle puanteur, qu'est-ce que cela
devait être pour Hardy ! Le petit chien était couché sur le
palier et il remua faiblement la queue au moment où Philip
passa dans la direction de la salle de bains. Chaque fois qu'il
le voyait, Philip se souvenait du chien que Senta avait attribué
à Arnham, du chien qu'elle appelait Ébène.

Philip était fatigué. S'il avait eu le choix, il serait retourné
au lit y dormir encore des heures. « VD », comme avait l'habitude de dire son père, « Vivement dimanche ». Cheryl avait
déjà utilisé la salle de bains ainsi que sa serviette à lui. Ses
pensées se déplacèrent vers elle, vers cette nuit durant laquelle
il l'avait vue voler il ne savait quoi dans cette boutique de
Golders Green. Il n'avait rien fait à ce sujet, n'avait pris
aucune mesure. Son esprit était trop absorbé par Senta. Elle
l'obsédait et l'épuisait.

La nuit précédente, l'idée l'avait effleuré de ne pas aller à
Tarsus Street mais il avait fini par y aller. Il s'était mis à sa
place, en se rappelant ce qu'il avait vécu quand elle l'avait
quitté. Il ne supportait pas de la voir pleurer, de la sentir malheureuse. Sa chambre le déprimait et il l'avait entraînée
dehors, dans l'intention de l'embrasser et de la laisser rentrer
seule. Mais elle avait commencé à pleurer et à le supplier, de
telle sorte qu'il était revenu avec elle dans la maison pour
écouter ce qu'elle avait à dire. C'était encore une fois cette

histoire d'Arès et d'Aphrodite, d'appartenance à une élite, de pouvoir et de mépris des lois humaines. Ils n'avaient pas fait l'amour.

À présent, chaque fois qu'il était seul, il se demandait ce qu'il allait faire. Il devait débarrasser son esprit de ces différentes obsessions, de ces terreurs en suspens : la vue d'un chien, d'un couteau et même d'une station de métro. Il fallait écarter tout cela et penser à leur avenir, au sien et à celui de Senta. Avaient-ils un avenir en commun ? Il ressentit douloureusement le fait qu'il n'ait jamais réalisé son intention de parler de Senta à Christine et au reste de la famille. Ce besoin de parler, il en avait bien ressenti l'urgence jusqu'à ce qu'elle commence à salir leur relation avec ses prétentions meurtrières. Il souhaitait ardemment que tout le monde sache. Il tenait à ce que son amour et son engagement soient connus de tous.

Philip était descendu. La maison empestait le produit sulfureux qu'utilisait Christine, bien que la porte de la cuisine fût fermée. Il était impossible de prendre un petit déjeuner dans une telle atmosphère. Il ouvrit la porte, salua une femme âgée aux cheveux blancs comme neige, que Christine enroulait sur des bigoudis de plastique bleu.

« Je sais que ce n'est pas une odeur très agréable, chéri. Elle aura disparu dans dix minutes.

– Moi aussi », dit Philip.

Il trouva le pot de café parmi des bombes de laque de taille géante et deux tubes de gel défrisant. Pourquoi avait-elle besoin de défrisant ? Elle n'avait aucun client noir. Il remarqua – bien évidemment – que c'était fabriqué par une certaine maison Ébène. La vieille dame, qui n'avait presque pas cessé de parler depuis qu'il était entré, se lançait à présent dans l'histoire de sa petite-fille et de son séjour dans une famille française où personne ne pouvait parler. Ni le père ni la mère ne parlaient. Inutile de dire que les grands-parents ne pouvaient pas non plus et que les enfants énonçaient à peine quelques mots.

« Est-ce qu'ils étaient sourds aussi, les pauvres ? demanda Christine.

– Non, ils n'étaient pas sourds, Christine. Je n'ai jamais dit qu'ils étaient sourds. J'ai dit qu'ils ne pouvaient pas parler. »

Philip qui, une demi-heure plus tôt, pensait qu'il ne rirait jamais plus, s'étouffait avec son Nescafé brûlant. « Elle veut dire qu'ils ne pouvaient pas parler anglais. Allons, maman, ressaisis-toi. »

Christine se mit à glousser. Elle était si jolie quand elle riait. Philip ne pouvait s'empêcher de repenser à Arnham et comprenait qu'il ait pu être attiré par elle. Son café terminé, il dit au revoir et s'en alla. Le souvenir d'Arnham l'avait replongé dans l'anxiété et le doute. Il ne fit attention ni au soleil qui brillait, ni au parfum de cent petits jardins en fleurs, ni à son propre soulagement d'échapper à la puanteur qui régnait dans la maison. Il s'assit dans la voiture et démarra, passant les vitesses comme un automate. Première étape du jour, le bureau, ce qui signifiait : aller grossir l'embouteillage des voitures descendant lentement vers Londres.

Comment pouvait-on dire que des gens qu'on connaissait ne seraient pas des assassins ? Les assassins n'étaient-ils pas des gens ordinaires jusqu'à leur premier crime ? Ce n'étaient pas tous des êtres malfaisants ou déments. Ou, s'ils l'étaient, leur folie ou leur indifférence à l'égard des lois de la société était dissimulée derrière une apparence de normalité. En société, ils se comportaient comme tout le monde.

Combien de fois avait-il lu, dans des livres ou des journaux, les propos de l'épouse ou de la petite amie d'un assassin, leur aveu d'ignorance de ce qu'il était vraiment, leur incapacité à simplement imaginer qu'il avait pu faire des choses pareilles quand il s'absentait ? Senta était pourtant si petite, si douce, si enfantine. Quand elle ne lui faisait pas la leçon sur ces histoires de pouvoir et de magie, elle parlait parfois comme une enfant de sept ou huit ans. Elle glissait sa main dans la sienne comme l'aurait fait une petite fille. Il l'imagina s'approchant d'un homme, pleurant de douleur, et de peur, levant la tête pour lui demander de regarder l'œil qui lui faisait mal. C'était une vision qu'il avait quand il fermait les yeux. S'il ouvrait un journal, il avait cette vision en surimpression des photos et du texte imprimé. Il la revoyait entrant dans la chambre avec sa casquette et sa tunique rouge et il croyait se souvenir aussi des taches sur cette tunique. Il y avait une tache de sang sur l'épaule, c'était certain.

Bienveillant, l'homme s'inclinait, examinait son œil. Sans doute demandait-il à Senta la permission de toucher son visage, de baisser la paupière inférieure. Au moment où il se rapprochait, cherchant le grain de poussière, elle sortait sa dague de verre de la poche de sa tunique et, de toute sa force d'enfant, la plongeait dans le cœur de l'homme penché sur elle...

Avait-il crié ? Ou s'était-il simplement affaissé, grognant et grimaçant, avec le dernier regard, terriblement égaré, de qui agonise sans comprendre ? Le sang avait giclé, éclaboussant la tunique sur l'épaule. Le petit chien, le petit scottish-terrier noir, était revenu en courant, aboyant jusqu'à ce que l'aboiement se transforme en gémissement.

"Arrête, arrête donc ! " se dit vainement Philip, comme chaque fois que son imagination le ramenait dans ces parages. Il s'appelait Harold Myerson, Harold Myerson. Il avait cinquante-huit ans. Il se trouvait qu'il habitait Chigwell et c'était pure coïncidence. Des milliers de gens habitaient Chigwell. Philip se demanda comment il pourrait aller à la police se renseigner sur Harold Myerson. Sur son domicile, par exemple, son adresse exacte. Les journaux n'avaient rien mentionné. Cette démarche, cette façon d'enquêter paraîtraient étranges. Ils voudraient savoir pourquoi il posait ces questions. Ils lui demanderaient son nom et se souviendraient de lui. Et en fin de compte, ça leur permettrait de remonter jusqu'à Senta.

"Tu crois qu'elle l'a vraiment tué, lui murmurait sa voix intérieure. Tu le crois mais tu es incapable de regarder les choses en face. Rien ne dit que les assassins doivent être grands, forts et méchants. Ils peuvent être petits et délicats, des enfants ont commis des meurtres. C'est comme dans les arts martiaux, où la faiblesse d'un combattant est utilisée de manière à prendre l'avantage sur la force de l'adversaire. La sollicitude et la pitié font que l'adversaire ne sera plus sur ses gardes, s'il entend une prière ou un appel à l'aide, s'il perçoit une faiblesse. "

Il y avait une chose à laquelle il n'avait pas pensé jusqu'à présent. Il s'y trouvait confronté tout à coup, au moment où le trafic ralentissait, le feu passant au rouge. Et si Gérard Arnham ne s'était pas appelé ainsi ? Et s'il s'était appelé Harold Myerson mais avait donné à Christine un faux nom pour mieux lui échapper en temps voulu ? Les gens peu scrupuleux faisaient ce genre de choses. Et Arnham l'avait été, mentant à Christine à propos de la durée de son séjour en Amérique et puis en l'abandonnant, à son retour.

Plus il y réfléchissait et plus il y croyait. Après tout, il n'avait jamais eu la preuve de quoi que ce soit. Il n'avait jamais vu le nom d'Arnham dans un annuaire et n'avait jamais entendu Christine prononcer son nom. Philip commençait à se sentir mal. Il éprouvait un désir pressant de sortir de sa voiture, de l'abandonner ici même, à mi-chemin, sur Edgware Road et de s'enfuir en courant. Fuir où ? Aucun endroit dont il n'aurait pas à revenir. Nulle part où se cacher et se détacher de Senta.

Arnham pouvait avoir cinquante-huit ans. Certaines personnes font plus jeunes que leur âge et avoir dit à Christine qu'il avait cinquante et un ans ne voulait rien dire. On savait bien qu'il lui avait menti. Par exemple, quand il avait dit qu'il la rappellerait dès son retour d'Amérique. Un homme d'un mètre soixante-quinze paraissait bien grand à Senta si menue. Philip, qui avait plus d'un mètre quatre-vingts, lui faisait l'effet d'une tour. Et le chien ? Il avait déjà pensé à cette question. C'était le chien de Mrs. Arnham. Le chien de Mrs. Myerson. Ébène, propriété de Chipie.

Roy était dans un de ses bons jours. Dû au fait, semble-t-il, qu'Olivia Brett avait téléphoné deux fois et réclamé Philip.

« Pas par ton nom, figure-toi, précisa Roy. Ce garçon adorable, terriblement attirant, blond, les cheveux bouclés, voilà ce qu'elle a dit. Cours-moi après, mon chéri, tu me ferais tellement plaisir.

– Que voulait-elle ?

– Tu me le demandes ? À ton âge, tu devrais savoir. J'imagine qu'elle te le dira si tu fais un saut à Highgate avant le coucher du soleil. »

Philip répéta patiemment : « Que voulait-elle ?

– En clair, peut-elle compter sur toi pour surveiller les ajusteurs quand ils vont commencer ? Ni moi ni un gars moins attirant, voilà ce que veut dire la petite chérie. »

Philip se mêlait rarement à la cohue des cafés et des pubs du centre de Londres à l'heure du déjeuner. Il s'arrêtait généralement quelque part dans la banlieue en allant voir un client. Aujourd'hui pourtant, sans petit déjeuner, il se sentait affamé. Avant ce long trajet pour Croydon, il avait besoin d'avaler quelque chose de solide, des hamburgers ou un plat de saucisses avec des frites. On avait besoin, à Croydon, de deux porte-serviettes dans leur emballage de carton, en remplacement d'une paire abîmée. Il ferait aussi bien de les emporter dans le coffre de sa voiture.

Le quartier était occupé par des immeubles de bureaux. Les passages et les allées qui les séparaient conduisaient à des parkings et des entrepôts. Seule une ancienne rue avait été conservée, telle qu'elle avait toujours été, dernière trace d'une esplanade conçue au siècle précédent avec trois petites boutiques collées à son extrémité. Les boutiques elles-mêmes n'étaient pas anciennes mais plutôt des pièges à touristes susceptibles d'emprunter ce passage pour aller à la station de Baker Street. Revenant du parking, Philip se dirigeait vers un café où, pensait-il, il n'y aurait plus trop d'affluence. Il sortit d'un passage sous une arche pour déboucher dans la vieille rue qui semblait ne mener nulle part.

Il était souvent passé par là mais sans jamais jeter un regard aux boutiques. Il aurait été incapable de dire quels articles étaient présentés dans les vitrines. Cette fois, la lueur du verre rouge et bleu capta son attention et il s'arrêta pour regarder les verres, les carafes et les vases disposés sur les étagères.

C'était du verre vénitien pour l'essentiel. Tout devant se trouvaient des paires de boucles d'oreilles et des colliers de perles de verre, puis des animaux, chevaux galopant, chiens dansant et chats au long cou. Mais ce qui fixa son regard incrédule fut une dague de verre – qui avait sans doute accroché son œil avant même qu'il en fût conscient.

Elle était placée sur le côté gauche de la vitrine et contenue, par sécurité, prudence ou parce que la loi l'exigeait, dans une boîte, non de verre, mais de plastique transparent. Le verre de la dague était translucide et comme légèrement givré. La lame avait peut-être vingt-cinq centimètres de long, la garde dix centimètres de large. Philip la regardait, sans y croire au début, puis avec un certain malaise quand il l'eut reconnue. Comment se pouvait-il qu'il n'ait entendu parler pour la première fois des dagues de verre que cinq jours plus tôt ? Et que depuis il en ait constamment entendu parler et finisse par en voir une à présent dans cette vitrine ?

C'était comme ces mots que vous n'aviez jamais entendus auparavant et que, le même jour, vous entendez prononcer, vous lisez dans le journal et dans un livre. Il était impossible d'expliquer rationnellement ces phénomènes. On ne pouvait se contenter de dire qu'on avait vu ce mot de nombreuses fois – connu les dagues de verre mais de manière subconsciente – et que seul un choc émotionnel le signalait distinctement à la conscience. Quelque chose d'occulte devait être à l'œuvre, un pouvoir quelconque bien au-delà de la connaissance humaine. Senta en parlerait probablement comme ça et qui pourrait dire qu'elle avait tort ? Pour Philip, le pis n'était pas cette coïncidence mais la découverte que les dagues de verre existaient bel et bien. Senta n'avait pas menti. Elle n'avait pas menti à propos de sa mère islandaise et morte en couches, à propos du cours d'art dramatique. L'avait-il jamais prise en flagrant délit de mensonge ?

Cette pensée, le fait qu'il ait inventé les mensonges de Senta, était trop effrayante pour s'y attarder. Il entra dans la boutique. Une fille s'approcha et lui demanda, avec un léger accent étranger, italien peut-être, si elle pouvait l'aider.

« La dague de verre dans la vitrine, dit-il, d'où vient-elle ?

– De Murano. C'est du verre de Venise. Tout vient de Venise. C'est fait à Murano. »

C'était bien le nom que Senta lui avait donné. Il avait vainement essayé de s'en souvenir. « N'est-ce pas un peu dangereux ? »

Il ne voulait pas avoir l'air accusateur mais elle fut immédiatement sur la défensive. « Il est difficile de se blesser avec. La lame est, comment dire, complètement émoussée. Le verre est poli ; je vais vous montrer. »

Elle en avait des douzaines dans un tiroir, dans les boîtes de Plexiglas. Il dut faire un effort pour pouvoir les toucher. Il sentit une goutte de sueur perler sur sa lèvre supérieure. Il effleura du doigt le tranchant de la lame. Ce n'était absolument pas affûté. La pointe se terminait par une petite boule ou une bulle de verre.

« Quel est l'intérêt d'avoir un couteau qui ne coupe pas ? » dit-il, comme si elle n'avait pas été là, comme s'il parlait tout seul.

Elle haussa les épaules. Elle ne répondit rien, le regardant d'un air de plus en plus soupçonneux. Philip ne demanda pas le prix, lui rendit la boîte et le couteau et sortit de la boutique. La réponse à sa question était assez simple : il n'était pas plus difficile de repasser du verre que du métal. Il était en train de comprendre la façon dont Senta mélangeait la vérité et l'invention. Elle avait pu acheter les dagues mais pas à Venise. Elle avait pu les acheter ici même à Londres.

Il quitta la vieille rue, absorbé dans ses pensées. Il n'y avait pas de bus de ce côté-ci, ni de boutiques mais seulement le dos des immeubles. Devant un mur presque aveugle, haut de quatre étages, se trouvait une zone de parking. Une pancarte sur le portail indiquait qu'il était strictement réservé aux employés de la société qui occupait l'immeuble.

Une voiture venait d'y entrer. Philip la remarqua parce que c'était une Jaguar noire, ce qui l'arracha aux idées sombres et douloureuses qui l'agitaient.

Un peu ahuri, il suivit la voiture qui se garait à une place libre. La porte s'ouvrit et le conducteur descendit.

C'était Gérard Arnham.

14

Ces derniers temps, Philip avait hésité entre ne plus jamais revoir Arnham, le revoir afin de tout tirer au clair et avait finalement opté pour l'indifférence. Mais il était conscient du fait qu'il pourrait à tout moment tomber sur Arnham en allant au bureau. Cette dernière raison, tout autant que la foule, l'avait fait renoncer aux déjeuners dans les restaurants du coin. Et à l'instant, il ne pouvait penser à quelqu'un qu'il eût été plus heureux de rencontrer. C'était presque comme s'il avait retrouvé une personne aimée après en avoir été séparé. Philip put à peine réprimer un cri de joie en voyant Arnham sortir du parking.

Arnham, sur le trottoir opposé, reconnaissant Philip quelques secondes après que celui-ci l'eut vu, marqua un temps d'hésitation. Il avait l'air tout à fait décontenancé. Il avait dû toutefois percevoir la joie de Philip. Un sourire, apparaissant lentement sur son visage, se déploya au moment où il levait la main en guise de salut. Après avoir laissé passer une ou deux voitures, il traversa rapidement la rue.

Philip s'avança vers lui, la main tendue. « Comment allez-vous ? Je suis content de vous voir. »

Cependant, l'euphorie passée, il pensa qu'Arnham devait être surpris par cet accueil complaisant. Après tout, il n'avait rencontré Philip qu'une fois auparavant, n'avait pas été très agréable avec lui et ses sœurs, et avait laissé tomber sa mère sans pitié. En vérité, il était peut-être simplement soulagé de constater que Philip était insensible ou de le voir considérer que le passé était le passé. Quoi qu'il en fût, il ne montra pas ses sentiments et se contenta, en lui serrant vigoureusement la main, de demander à Philip comment il allait.

« Je ne savais pas que vous travailliez par ici.

– Je n'y étais pas encore quand nous nous sommes rencontrés, répondit Philip. Je terminais mon stage.

– C'est incroyable que nous ne nous soyons pas rencontrés plus tôt. »

Philip expliqua qu'il ne venait pas fréquemment au bureau central mais ne précisa pas ce qu'il savait de la vie professionnelle d'Arnham. Ce dernier demanda timidement : « Comment va votre mère ?

– Elle va bien. Parfaitement bien. » Pourquoi n'exagérerait-il pas un peu ? Il était ravi de voir Arnham mais il ne perdait pas de vue qu'il avait délaissé Christine après avoir couché avec elle – Philip l'envisageait dorénavant avec calme –, qu'il s'était enfui. « Ses affaires marchent bien, dit-il en glissant vers la pure invention, et il y a ce type qui est très épris d'elle. »

Rêvait-il ou Arnham était-il bel et bien agacé ? « Ma sœur Fee s'est mariée. » En disant cela, il lui sembla voir Senta en demoiselle d'honneur, ses cheveux argentés étalés sur le satin de couleur corail. Il sentit son amour pour elle monter en lui et étouffer ce qu'il avait l'intention de dire.

Arnham ne parut pas s'en apercevoir. « Voulez-vous qu'on prenne un verre rapidement ? Je vais parfois au pub qui est juste au coin. »

Philip aurait peut-être accepté s'il n'avait pas eu cette course à faire. De toute façon, il ne tenait pas spécialement à passer plus de temps avec Arnham. Il avait rempli son rôle, avait prouvé son existence et redonné à Philip une sérénité qui avait paru définitivement hors d'atteinte.

« Je suis désolé mais je suis assez pressé. » Il avait curieusement perdu tout appétit. Il n'aurait rien pu avaler sans s'étouffer. Le moindre alcool l'aurait rendu malade. « Je suis déjà en retard.

– Une autre fois, alors. » Arnham eut l'air déçu. Il hésita et dit avec un certain embarras : « Ce serait... Y aurait-il un inconvénient à ce que j'appelle votre mère un de ces jours ? En souvenir du bon vieux temps ? »

Philip répondit assez froidement cette fois-ci : « Elle habite toujours au même endroit.

– Oui, j'ai son numéro. J'ai déménagé, bien entendu. »

Philip ne mentionna pas qu'il le savait déjà. « Appelez-la si

vous voulez. » Il ajouta : « Elle sort beaucoup mais vous finirez bien par la trouver. » Il eut une formidable envie de le
prendre dans ses bras, de danser et de crier sa joie au monde
entier. Il aurait pu entraîner Arnham dans une danse au beau
milieu de la rue, une valse digne de Jacopo et Rita, en chantant
gaiement les refrains de *Merry Widows* et *Vienna Woods*. Il en
resta à un échange de poignées de main et salua Arnham.

« Au revoir, Philip, j'étais content de vous revoir. »

Philip, se retenant de courir, marchant comme un porte-
drapeau ou un clairon, eut l'impression qu'Arnham était resté
sans bouger sur le trottoir, suivant d'un regard déçu la silhouette s'éloignant d'un pas alerte. Au coin de la rue, il se
retourna pour faire un signe mais Arnham n'était plus là.

Philip prit sa voiture et se rendit au garage dont Roseberry
Lawn lui avait parlé pour faire remplacer sa radio.

Pour que tout soit parfait, il aurait fallu retrouver Joley dans
Tarsus Street, assis sur sa voiture à bras, mâchonnant ses trou-
vailles des poubelles environnantes. Philip était sûr de l'y
trouver et il avait déjà préparé un billet de cinq livres pour lui.
Mais, dès le tournant de Caesarea Grove, il vit immédiatement, dans la grande clarté du soir d'été, que Joley n'était pas
revenu. Malgré l'envie de revoir Senta qui l'avait tenaillé tout
l'après-midi, au point qu'il ne pensait pouvoir retarder d'une
seconde leurs retrouvailles, Philip se gara et revint dans les
parages de l'église pour chercher Joley.

Le portail n'était pas fermé et la porte de l'église elle-même
était entrouverte. Philip fit le tour par l'arrière, sur l'herbe
décolorée à cause du manque de lumière permanent, au milieu
des pierres tombales à moitié recouvertes de mousse, à
l'ombre d'un chêne vert et de deux grands cyprès aux
branches fastigiées. Il y avait là une odeur de moisi, de cham-
pignonnière. Il était facile, si vous étiez un peu bizarre, d'imaginer que c'était l'odeur des morts. Philip pouvait entendre,
provenant de l'intérieur de l'église, la plainte d'un orgue
jouant une hymne. Il n'y avait aucune trace de Joley nulle
part, pas même ces restes qu'il abandonnait, papiers déchirés
et un os ou deux, preuves de son séjour dans quelque coin
abrité.

Philip revint sur ses pas et entra dans l'église. Il n'y avait personne, si ce n'est l'organiste, qui était invisible. Les vitraux étaient faits dans un verre plus sombre et plus épais que celui de la boutique vénitienne, et la lumière provenait d'une ampoule électrique placée dans une sorte d'encensoir qui pendait dans l'abside. C'était une soirée d'été assez douce mais ici le froid était pénétrant. Il fut incroyablement soulagé de sortir et de retrouver le soleil déclinant. En arrivant à la maison, il vit Rita sur le perron. Elle portait une robe de soie à fleurs, courte, très voyante. Ses bas étaient en dentelle blanche et ses escarpins rouges. Jacopo la suivait, après avoir claqué la porte d'entrée. Il lui prit le bras et ils s'en allèrent dans la direction opposée. Philip se figura que, à l'aube, ils danseraient, au-dessus de sa tête, une valse sur *La Vie en rose* et un tango sur *Jalousie*. Il s'en fichait. Même s'il s'était agi de deux cents personnes.

Il entra dans la maison et courut à la cave. Comme elle l'avait déjà fait une fois ou deux, provoquant un plaisir inexprimable en lui, elle ouvrit la porte avant même qu'il ait introduit sa clé dans la serrure. Elle portait quelque chose de nouveau, du moins pour lui. C'était une robe longue, descendant jusqu'à la cheville, dans une matière soyeuse, à moitié transparente, plissée, d'un vert profond, ornée de perles vertes. Le tissu, fin et souple, épousait la forme voluptueuse de ses seins, tombait en cascade sur ses hanches pour venir caresser ses cuisses. Ses cheveux argentés et brillants faisaient l'effet de baguettes, de lames de couteau. Elle colla sa bouche à la sienne, s'agrippant à son cou. Elle lui donna sa langue, petit poisson délicieux qui se retira lentement, délicatement. Il suffoquait de plaisir, de bonheur.

Comment savait-elle qu'il ne fallait rien dire ? Les mots seraient pour plus tard. Mais comment pouvait-elle connaître la tourmente qui l'avait traversé, l'énorme transformation de son cœur, de ses sentiments ? Elle n'avait rien sous sa robe verte. Elle la passa par-dessus la tête, l'attira doucement vers le lit. Les volets étaient à moitié fermés, laissant passer une lumière à la fois lointaine et éblouissante. Sur une soucoupe se consumait un bâton d'encens à la cardamome et à la cannelle.

Comment avait-il pu croire qu'il haïssait cette pièce, penser que cette maison était sordide ? Il l'adorait. C'était chez lui.

« Alors tu vas venir habiter ici avec moi, dit-elle.

– J'y ai pensé, Senta. Tu m'as dit que tu avais habité dans l'appartement du haut autrefois. »

Elle s'assit sur le lit, ses bras entourant ses genoux. Elle prit une expression très pensive. Comme si elle était en train de calculer quelque chose. S'il s'était agi de quelqu'un d'autre, d'une autre fille, Jenny par exemple, il aurait imaginé qu'elle pensait prix, factures d'entretien et de mobilier. Mais ce n'était pas le genre de Senta.

« Je sais que c'est un foutoir mais on pourrait le nettoyer et repeindre. Y mettre des meubles.

– Ce n'est pas assez bien pour toi, ici, Philip ?

– C'est réellement trop petit. C'est un petit peu idiot d'essayer de vivre ici alors que l'appartement du haut est à l'abandon. Penses-tu que Rita serait contre ? »

Elle rejeta cette question d'un geste de la main. « Rita s'en ficherait. » Elle semblait hésiter. « Ce qu'il y a, c'est que j'aime bien être ici. » Elle avait l'air d'une enfant qui n'a pas confiance en elle, son visage prit une expression timide. « Je vais te dire quelque chose », dit-elle tout doucement.

Un instant, il se raidit, sentit ses nerfs se tendre à l'idée qu'elle puisse à nouveau lui mentir ou se lancer dans une confidence grotesque. Elle se rapprocha, lui prit le bras de ses deux mains et fourra son visage au creux de son épaule. « Je fais un peu d'agoraphobie, Philip. Tu sais ce que c'est ?

– Bien sûr ! » Il était agacé par cette façon qu'elle avait parfois de le traiter comme un imbécile.

« Ne sois pas fâché. Tu ne devrais jamais être fâché avec moi. C'est à cause de ça que je ne sors pas beaucoup, tu comprends. Et que j'aime vivre dans cette cave. Les psychiatres disent que c'est une forme de schizophrénie. Tu le savais ? »

Il essaya d'être léger. « J'espère que nous serons ensemble toute la vie, Senta, et je n'ai pas l'intention de passer cinquante ans dans un terrier. Je ne suis pas un lapin. »

Ce n'était pas très drôle mais cela la fit rire. « Je réfléchirai à cette histoire d'appartement. Je demanderai à Rita. Ça ira ? »

Ça allait prodigieusement bien. Toute difficulté était d'un coup aplanie. Il s'étonna, mais calmement et par pure curiosité, de ce que, hier seulement, les choses aient paru tragiques et effroyables, et de ce que, aujourd'hui, simplement parce qu'il avait vu et parlé à un homme qui n'était qu'une vague relation, la perfection soit restaurée. Il la prit dans ses bras et l'embrassa.

« Je veux que tout le monde sache pour nous deux maintenant.

– Naturellement, il faut leur dire, Philip. Il est temps de le faire. »

Aussitôt qu'il fut seul avec Christine, il lui parla de Senta.

« C'est très bien, chéri », dit-elle.

Qu'espérait-il entendre ? Pendant que Christine traînait à la cuisine, préparant le repas du soir, il eut le temps d'y réfléchir. Il est vrai que Senta lui paraissait si belle, si merveilleuse, si radicalement différente des filles qu'il avait connues qu'il s'attendait à un certain effroi tout d'abord, à des félicitations stupéfaites ensuite. Christine avait accueilli la nouvelle avec un air préoccupé, tout comme s'il avait annoncé qu'il sortait avec une fille ordinaire. Il aurait provoqué plus d'enthousiasme, pensa-t-il, en déclarant qu'il était de nouveau avec Jenny. Doutant qu'elle ait bien saisi, il avait ajouté : « Tu vois de qui je parle ? Senta, une des demoiselles d'honneur de Fee.

– Oui, Philip. La fille de Tom. J'ai dit que c'était très bien. Si vous êtes bien ensemble, je crois que c'est très bien.

– Tom ? » dit-il, surpris qu'elle puisse considérer ce lien de parenté comme la chose la plus remarquable à propos de Senta.

« Tom Pelham, l'autre frère d'Irène. Son ex-femme est danseuse et vit avec un type très jeune. »

Que voulait-elle dire par « autre frère » ? Il ne demanda pas.

« C'est ça. Senta a un appartement dans leur maison. »

« Appartement » était un peu exagéré mais, dans un mois ou deux, ce serait vrai. Allait-il aussi parler à Christine de sa rencontre avec Arnham ?

Non, cela ne ferait que la bouleverser. Il ne doutait pas qu'elle ait conservé précieusement, parmi d'autres souvenirs, la carte postale de la Maison-Blanche. De toute façon, Arnham ne rappellerait pas. Philip l'en avait dissuadé en lui parlant de ce nouveau type dans la vie de Christine. L'euphorie passée, il se demandait s'il n'avait pas compromis les chances de sa mère en inventant cette histoire. De toute façon, Arnham était marié ou vivait tout du moins avec une femme. Il était bien trop tard.

Christine servit une de ses spécialités, des œufs brouillés au thon, assaisonnés de curry, sur des toasts. Philip ne voulait pas penser à l'avenir, à la façon dont elle allait se débrouiller seule, la présence de Cheryl étant pour le moins fantomatique. Mais il aurait à y penser tôt ou tard.

« Je fais un saut chez Audrey, j'en ai pour deux heures », annonça Christine, réapparaissant dans une robe de coton à fleurs que Philip ne se souvenait pas avoir jamais vue auparavant mais qui provenait sans doute d'une vieille garde-robe d'été. « C'est une soirée tellement agréable. »

Elle lui parut radieuse. Elle avait l'air heureuse. C'était son innocence et son ignorance qui expliquaient ce tempérament enjoué, pensa-t-il. Il aurait à la soutenir financièrement, affectivement et socialement pour le restant de ses jours. Elle n'était pas capable d'affronter le monde. Celui-ci, même sous la forme d'un salon de coiffure, lui serait insupportable. C'était comme si son père l'avait prise sous la protection de ses grandes ailes vigoureuses. Oisillon qui n'aurait jamais grandi, elle poussait de petits cris de stupeur tout autour d'elle. Philip se demandait parfois comment, livrée à elle-même, elle se tirait de situations aussi courantes que payer son ticket de bus.

Cheryl, qui rentrait à l'instant, avait dû la croiser sur le seuil. Philip aurait été surpris de la voir entrer dans la salle de séjour. Elle ne le fit pas. Il entendit le bruit de ses pas dans l'escalier. Il y avait plus d'une semaine qu'il ne lui avait pas parlé. Il savait très bien qu'elle réagirait par l'indifférence à toute nouvelle qu'il lui donnerait sur lui-même ou sur son avenir.

Elle marchait juste au-dessus de lui à présent. Dans la chambre de Christine. Il entendit le grincement de la porte du cabinet de toilette. La situation matérielle de Cheryl ne l'inquiétait plus désormais et il ne pouvait s'empêcher de la considérer comme un poids supplémentaire. Pour prendre soin de sa mère, elle serait d'une incapacité notoire. La porte de la chambre avait claqué et, posté à l'entrée de la salle de séjour, la porte à peine ouverte, il l'écouta descendre l'escalier. Elle se moquait bien de savoir s'il entendait ou pas, s'il comprenait ou pas. Il aurait fallu être idiot pour ne pas comprendre qu'elle était allée dans la chambre de Christine pour y prendre l'argent qui s'y trouvait caché, pour fouiller le sac à main dans lequel Christine gardait ses pourboires, pour soulever la tête de l'ours en porcelaine, qui contenait habituellement les pièces de dix et de vingt.

La porte d'entrée se referma. Il attendit un moment qu'elle s'éloigne et se rendit chez Senta.

« Je n'arrive pas à y croire, déclara Fee. Tu plaisantes. » Le choc était tel qu'elle dut allumer une cigarette avec le mégot de la précédente.

« Il se moque de nous, Fee », ajouta Darren.

Philip était très déconcerté. Il s'attendait que la nouvelle serait accueillie avec plaisir et enthousiasme. Senta était la cousine de Darren et avait été la demoiselle d'honneur de Fee. On aurait pu penser qu'ils seraient ravis de voir un membre éloigné de la famille de Darren rejoindre le cercle de leur intimité.

« Vous m'avez toujours provoqué avec Senta, dit-il. Vous deviez bien vous rendre compte de ce que j'éprouvais pour elle. »

Darren se mit à rire. Il était assis, comme d'habitude, dans un fauteuil placé devant la télévision. Fee l'interpella de manière agressive :

« Qu'y a-t-il de si drôle ?

– Je te dirai plus tard. »

C'était indélicat de sa part et déconcertant. Fee n'arrangea pas les choses : « Tu veux dire que tout ce temps pendant

lequel on plaisantait sur ton penchant pour Senta, en te
demandant si tu voulais son numéro de téléphone et tout ça, tu
la voyais et tu sortais avec elle ?

– Elle ne voulait pas que les gens le sachent, pas à ce
moment-là.

– Je dois dire que je trouve ça très sournois, Phil. Je suis
désolée mais je le pense vraiment. On se sent tellement idiot
quand les gens vous trompent comme ça.

– Je suis désolé, je ne pensais pas que vous le prendriez de
cette façon.

– Pas la peine d'en faire un plat, j'imagine. C'est trop tard.
Et elle est censée venir nous rendre visite maintenant ? »

Il commençait à regretter d'avoir organisé cette rencontre.
« Nous avions pensé que le mieux serait pour moi de vous en
parler d'abord, qu'elle arriverait un peu après. Fee, Senta est
censée être une de tes amies, elle est la cousine de Darren. »

Darren, qui avait cessé de rire, leva une main et claqua les
doigts. « Est-ce qu'on peut avoir un peu de silence pendant les
résultats du billard ? »

Philip et Fee se retirèrent dans la cuisine, qui avait la taille
d'un placard de dimension moyenne.

« Tu es fiancé ou quoi ?

– Pas vraiment mais je le ferai. » " Je le lui proposerai, se
dit-il. Très formellement, je me mettrai peut-être même à
genoux. " « Quand nous le serons, dit-il avec une certaine
grandiloquence, nous l'annoncerons dans le journal. Dans le
Times.

– Personne n'a jamais fait ce genre de truc snob dans la
famille. C'est de la frime. Est-ce qu'elle voudra manger quelque chose ? Boire ? Il n'y a rien à boire ici.

– J'ai apporté une bouteille de champagne. »

Fee, qui se tenait nécessairement très près de Philip, lui jeta
un regard à la fois exaspéré et secrètement malveillant. « Tu
es vraiment toqué, faire les choses comme ça. Pourquoi ne pas
nous en avoir parlé plus tôt ?

– Le champagne est dans la voiture, je vais le chercher. »

S'il avait eu quelques minutes de plus en tête à tête avec
Fee, il l'aurait mise au courant à propos de Cheryl. Le moment

était particulièrement mal choisi. Il imaginait sa réponse tran-
chante : il était simplement en train de déplacer le problème
sur Cheryl, dès lors qu'il partait et allait se marier. Au lieu de
cela, elle l'entoura de ses bras, le serra un court instant, joue
contre joue, et chuchota : « Bon, je dois te féliciter, n'est-ce
pas ? »

Au moment où il prenait le champagne dans la voiture, il vit
Senta au loin. Elle tenait dans les bras une bouteille de vin.
C'était la première fois qu'il la rencontrait dans la rue. Le
souffle coupé, il ressentit un plaisir très particulier à marcher
vers elle et à l'embrasser en public. Non pas parce qu'on les
regardait mais parce qu'on pouvait les voir s'embrasser, là sur
le trottoir, avec les deux bouteilles froides serrées entre les
deux corps, préservant en quelque sorte leur chasteté.

Elle était en noir. Cela donnait à sa peau un aspect blanc
nacré et à ses cheveux un brillant plus éclatant, plus métallique. Ses ongles étaient peints de la même couleur et elle
avait un mascara argent sur les paupières. Chaussée de talons
aiguilles, elle gravit l'escalier devant lui. En dépit de la hauteur de ses chaussures, elle était encore nettement plus petite
que lui et il pouvait voir, bien qu'elle fût une marche au-
dessus de lui, le sommet de sa tête. Les racines rousses de ses
cheveux avaient un curieux reflet rose sous les mèches argentées. Il ressentit une immense tendresse pour son excentricité
et sa vanité sans malice.

Il ressentit aussi quelque chose d'autre : sa nervosité quand
elle n'était pas sur son propre terrain. Il y fit attention parce
qu'elle lui avait parlé de son agoraphobie. C'était particulièrement net dans la rue, et se transforma en une espèce de timidité quand elle fut entrée et en présence de Darren et de Fee.
Ils semblaient tous deux embarrassés quand Fee déclara brusquement : « Je ne cacherai pas que c'est une surprise mais
nous allons nous y faire. »

Darren, qui suivait sans le son la rediffusion d'un tournoi de
golf après le billard, demanda opportunément des nouvelles
de la famille. « Que devient tante Rita, ces temps-ci ? »

Dans un silence quasi absolu, qui marquait sa réserve et son
manque de confiance, Senta but son champagne. Elle remer-

cia Fee quand cette dernière proposa de lever son verre à la santé de Senta et Philip – « pas encore fiancés mais presque ». C'était la première fois qu'elle venait dans l'appartement. Quand Fee lui demanda si elle voulait le visiter – ce qui eût été rapide puisqu'il n'y avait à voir que la petite chambre à coucher et le minuscule cabinet de toilette –, elle secoua la tête et la remercia mais elle n'y tenait pas, pas cette fois. Darren plaisanta, avec l'air de fierté satisfaite du chien qui vient de trouver un os.

Dans la voiture, sur le chemin du retour vers Tarsus Street, il se sentit sur le point d'exploser, d'étouffer à l'idée de la demander en mariage. Mais il ne voulait pas qu'elle se souvînt, des années plus tard, peut-être vingt ans plus tard à l'occasion d'un anniversaire de mariage, qu'il lui avait demandé de l'épouser dans une voiture dans la banlieue nord de Londres.

« Où allons-nous ? demanda-t-elle. Ce n'est pas le chemin. Tu veux me kidnapper, Philip ?

– Pour le restant de tes jours. »

Il continua dans la direction de Hampstead Heath. Ce n'était pas très loin. D'une couleur identique à celle des cheveux de Senta, la lune, ronde et pleine, brillait. Après Spaniards Road, quand la route descend derrière la vallée de Health, il la conduisit jusqu'à la limite de la forêt. L'idée l'amusait qu'elle puisse vraisemblablement penser qu'il l'avait amenée là pour faire l'amour à la belle étoile par cette douce nuit d'été. Sa main menue dans la sienne, elle se laissait docilement guider. Le clair de lune donnait à l'herbe une couleur blanche et aux chemins de terre l'aspect de la chaux, les ombres projetées par les arbres étant parfaitement noires. Il devait y avoir d'autres gens alentour, il était impossible qu'ils fussent seuls mais tout était calme comme à la campagne et aussi immobile que s'ils avaient été dans un espace fermé.

Il lui parut impossible, au moment voulu, de s'agenouiller. Elle l'aurait pris pour un fou. Il prit ses deux mains et les étreignit fortement au milieu de leurs corps rapprochés. Il la regarda dans les yeux, ses grands yeux verts levés vers lui. Il pouvait voir la lune se refléter dans chacun d'eux. De la manière la plus conventionnelle, parlant comme son arrière-grand-père l'aurait fait ou répétant ce qu'il avait dû lire dans un livre, il lui dit : « Senta, je veux t'épouser. Veux-tu être ma femme ? »

Elle sourit faiblement. Il savait qu'elle ne s'était pas vraiment attendue à cela. Sa voix, quand elle répondit, était douce et claire : « Oui, Philip, je t'épouserai. J'ai très envie de t'épouser. » Elle avança ses lèvres. Il se pencha sur elle et l'embrassa à pleine bouche mais très chastement. Sa peau était froide comme le marbre. Mais un dieu était en train de transformer cette statue de marbre en une femme vivante. Philip sentait la chaleur monter dans ce corps de pierre. Elle dit avec une certaine gravité, se détachant légèrement, les yeux rivés aux siens : « Nous étions destinés l'un à l'autre depuis l'aube des temps. »

Sa bouche se colla ardemment à la sienne, sa langue glissant entre les lèvres de Philip. « Pas ici, dit-il. Rentrons à la maison, Senta. »

Ce ne fut qu'au milieu de la nuit, au cœur des heures les plus sombres qu'il comprit pourquoi, au cours de cette mise en scène romantique, au moment où il lui avait demandé de l'épouser, le malaise s'était, semble-t-il, installé entre eux pour tout gâcher. Il comprenait maintenant. C'était à cause de la scène ou plus exactement de la mise en scène, qui semblait reproduire celle qu'elle avait décrite, entre Gérard Arnham et elle, dans un autre champ et sous d'autres arbres. Juste au moment où il s'était penché sur elle, l'avait regardée dans les yeux en lui parlant gentiment, elle avait saisi la dague et l'avait plantée dans son cœur.

La lumière jaune des réverbères projetait les contours de la fenêtre sur le couvre-lit marron. Au-dessus de sa tête, il pouvait entendre *Skater's Waltz* et se figurer les cercles dessinés par Rita et Jacopo en train de danser. Il pensa qu'il devait être névrosé pour s'acharner ainsi sur un passé absurde. N'avait-il pas vu Arnham ? Ne lui avait-il pas parlé ? Ne savait-il pas en toute certitude que cet homme était vivant et bien-portant ?

Là-bas sur la rivière, il avait senti, en même temps que son bonheur et sa joie d'être avec lui, son malaise dans la nuit sans bornes. Comment avait-il pu penser sérieusement qu'une personne comme elle pourrait commettre un acte violent à découvert ? Elle se sentait en danger à l'extérieur.

Il regarda la tête argentée de Senta sur l'oreiller. Elle dormait profondément. La musique et la danse ne la dérangeaient jamais. Elle se sentait en sécurité dans la cave. Philip entendit les pieds glisser vers la fenêtre et, au moment où la musique s'arrêtait, un petit rire étranglé de Rita, comme si Jacopo la faisait tournoyer rapidement dans ses bras.

15

Il amena Senta chez lui voir Christine. Elle tendit la main presque timidement, comme un petit chien levant la patte, pour montrer sa bague de fiançailles, en argent avec deux pierres de lune, d'époque victorienne. Il la lui avait donnée la veille, quand l'annonce de leurs fiançailles était parue dans le journal. En public, Senta était très calme, ne répondant que par monosyllabes ou s'installant dans un silence qu'elle ne rompait que pour dire « s'il vous plaît » ou « merci ». Il essaya de se rappeler le mariage de Fee, la seule occasion qu'il avait eue de la voir évoluer dans un groupe. C'était une fille différente alors, elle était bavarde, allant au-devant des gens et se présentant elle-même. Il se souvenait même que, juste avant de partir, il l'avait vue parler et rire avec deux ou trois hommes, tous des amis de Darren. Mais il n'était pas gêné par cette attitude silencieuse, sachant qu'elle lui réservait l'exclusivité de sa conversation, de sa tendresse et de son entrain.

Ils restèrent à Glenallan Close une heure environ. C'était un dimanche et Cheryl était à la maison elle aussi. Philip avait jeté un coup d'œil au supplément en couleurs du journal et vu un article consacré aux dagues de verre de Murano. Il y avait une grande photo d'une dague, semblable à celles qu'il avait vues dans la boutique et une autre photo de la foule du carnaval de Venise sous la neige. Il referma le magazine comme s'il y avait eu des images pornographiques que les femmes auraient pu voir. Christine embrassa Senta au moment du départ. Sans savoir pourquoi, Philip craignait que Senta ne soit réticente. Elle ne le fut pas. Il fut extrêmement satisfait de la voir tendre la joue à Christine, la tête légèrement penchée sur le côté, souriant discrètement.

Elle refusait obstinément d'aller voir son père avec lui, comme il le suggérait. Son argument était simple : Tom Pelham avait de la chance de voir son nom imprimé dans le journal, pour une cause respectable et sans avoir à débourser un centime. Rita l'avait élevée, pas lui. Il était arrivé à Senta de ne pas voir son père pendant des mois. C'était encore Rita qui lui permettait de se loger gratuitement. Senta ne tenait pas non plus à le faire savoir à sa belle-mère. Elle l'apprendrait bien toute seule. Rita avait changé depuis qu'il y avait Jacopo.

Senta voulut s'arrêter chez le premier marchand de vins qu'ils trouvèrent. Elle en avait assez d'être toujours dehors, dit-elle. Philip voulait l'emmener déjeuner et ensuite retrouver Geoff et sa petite amie à Jack Straw's Castle. Il avait tout prévu, un autre repas à Hampstead pour prolonger la célébration de leurs fiançailles et enfin le pub où il pensait revoir, vraisemblablement un dimanche soir, quelques anciens amis de collège.

« Tu essaies de me guérir de ma phobie en me sortant le plus possible, dit-elle en souriant. N'ai-je pas été gentille ? N'ai-je pas fait de gros efforts pour toi ? »

Il dut renoncer, à condition qu'ils puissent trouver de quoi faire un bon dîner à la maison. Il s'inquiétait parfois de la voir ne rien manger, se contentant, semblait-il, de vin et d'un chocolat. Elle attendit en silence, les mains jointes, l'observant pendant qu'il se mettait en quête de biscuits, de pain, de fromage et de fruits dans un supermarché de Finchley Road. Il avait remarqué que, dans la rue, elle fixait le sol en général ou se livrait à une surveillance discrète.

Ils arrivèrent dans Tarsus Street par Kilburn. Il y avait pas mal de monde dehors, assis sur les murs, flânant, traînant, bavardant, des gens aux fenêtres se parlant d'un étage à l'autre – comme cela arrive durant les soirées d'été à Londres. Une forte odeur de diesel, de goudron chaud et de cuisine épicée remplissait l'air. Philip chercha Joley du regard comme il avait l'habitude de le faire et, pendant un instant, il crut l'avoir repéré au coin de Caesarea Grove. Mais c'était un type plus jeune, plus mince, qui avançait sans but le long du trottoir, transportant toutes ses richesses dans de vieux sacs de voyage.

En descendant de la voiture, les bras chargés de leurs provisions et de leurs bouteilles de vin, elle lui demanda qui il cherchait.

« Joley, répondit-il. Ce vieil homme à la voiture à bras. Tu dirais le clochard, je suppose. »

Elle eut un étrange regard oblique. Ses cils étaient très longs et très épais et ils semblaient balayer la fine peau blanche sous les yeux. De sa main qui portait les pierres de lune, elle releva une mèche argentée qui lui couvrait la joue.

« Tu ne penses pas au vieux qui s'asseyait sur le perron ? Celui qui était derrière l'église de temps en temps ?

– Pourquoi non ? C'est bien lui dont je parle. »

Ils étaient arrivés à la maison à présent et descendaient à la cave. Elle ouvrit la porte. Fermée ne serait-ce que quelques heures, cette pièce était confinée à un point presque intolérable. Senta s'empara d'une bouteille de vin dans un sac qu'il avait posé sur le lit et chercha le tire-bouchon.

« Mais c'était John Crucifer », dit-elle.

Pendant un bref moment, le nom ne lui dit rien. « Qui ? »

Elle se mit à rire. C'était un rire léger, plutôt musical. « Tu devrais savoir, Philip. Tu l'as tué. »

Il eut l'impression que la pièce basculait légèrement. Le sol se souleva comme s'il allait s'évanouir. Il se toucha le front et ses doigts étaient incroyablement froids. Il s'assit au bord du lit.

« Tu veux dire que le vieux qui prétendait s'appeler Joley et qui faisait son petit parcours là en bas est celui qui a été assassiné dans Kensal Green ?

– C'est exact, dit-elle. Je pensais que tu le savais. »

Elle versa une longue rasade de vin dans un verre qui n'avait pas été nettoyé depuis le dernier riesling. « Tu aurais dû savoir que c'était Crucifer.

– Le type qui a été assassiné... » Il parlait doucement, détachant ses mots. « ... Il s'appelait John. »

Elle souriait pour dissimuler son impatience. « John, Johnny, Joley – et alors ? C'était une sorte de surnom. » Un peu de vin perla sur sa lèvre inférieure, telle une goutte de diamant. « Tu ne t'en es pas pris à lui parce que c'était Crucifer justement ? »

Il trouva sa propre voix très affaiblie, comme s'il était brutalement tombé malade. « Pourquoi l'aurais-je fait ?

– Prends un peu de vin. » Elle lui donna la bouteille et un verre qui était sale. Il les saisit machinalement, tenant la bouteille dans une main, le verre dans l'autre, le regard fixé sur elle. « Je croyais que tu t'étais attaqué à lui parce qu'il était mon ennemi. »

Il se produisit quelque chose d'effroyable. Son visage n'avait pas changé, blanc et lisse, ses lèvres pâles entrouvertes, mais il vit la folie passer dans ses yeux. Il aurait été incapable de dire comment il le savait puisqu'il n'avait jamais connu ou rencontré personne qui fût même légèrement dérangé. Mais là, c'était la folie, réelle, absolue, effrayante. Comme si le démon s'était insinué en elle et regardait à travers ses yeux. Et au même moment il pensa au regard de Flore, distant, antérieur à toute civilisation, insouciant de toute moralité.

Il lui fallait se contrôler le mieux qu'il pût. Il devait rester calme et même léger. « Que veux-tu dire, Senta ? Ton ennemi ?

– Il m'avait demandé de l'argent. Je n'avais rien à lui donner. Il s'est mis à hurler, à faire des remarques sur mes vêtements et sur mes cheveux. Je ne veux pas te répéter ce qu'il a dit mais c'était terriblement insultant.

– Pourquoi pensais-tu que je l'ai su ? »

En s'approchant de lui, elle dit doucement : « Parce que tu connais mes pensées, Philip, parce que nous sommes si proches l'un de l'autre que nous pouvons nous deviner l'un l'autre, n'est-ce pas ? »

Il détourna les yeux puis, avec une certaine réticence, la regarda à nouveau. La folie avait disparu. Il l'avait inventée.

C'est ça, c'était seulement le fruit de son imagination. Il lui redonna du vin et remplit son verre. Elle se mit à lui parler d'une audition qu'elle allait passer la semaine suivante pour un rôle dans une série télévisée. Du rêve à nouveau mais d'un genre moins dangereux, à supposer que le rêve puisse être inoffensif. Ils s'assirent côte à côte sur le lit dans cette pièce suffocante, remplie de la lumière orange du soleil. Pour une fois, il ne ressentait pas le besoin d'ouvrir la fenêtre. Pas un mot de ce qu'ils venaient de dire ne devait être entendu, pensait-il avec crainte et superstition.

« Senta, écoute-moi. Nous ne devons plus jamais parler de meurtre, même par plaisanterie ou par jeu. Un meurtre n'est pas une plaisanterie et ne peut jamais en être une.

– Je n'ai pas dit que c'était une plaisanterie. Je n'ai jamais dit ça.

– Non mais tu as inventé des histoires à ce sujet, prétendu telle et telle chose. Je n'ai pas fait mieux. Je l'ai fait aussi. Tu as prétendu avoir tué quelqu'un et j'ai prétendu l'avoir fait aussi. Cela n'a pas d'importance parce que nous ne l'avons pas vraiment fait, ni même cru que l'autre l'avait fait. Mais ce n'est pas bien de continuer à en parler comme si c'était vrai. Tu comprends ça? C'est mauvais pour nous. »

Juste un instant, il vit le démon derrière ses yeux. Le démon était passé en gloussant et avait disparu. Elle était silencieuse. Il se préparait à subir un assaut déchaîné, comme la dernière fois qu'il avait douté de sa parole. Mais elle était calme et silencieuse. Elle renversa la tête et but d'un coup son verre de vin, qu'elle lui tendit ensuite.

« Je n'en reparlerai plus, dit-elle lentement. Je comprends ce qu'il en est pour toi, Philip. Tu es encore très conventionnel. Tu étais très content quand tu as découvert que je vivais avec ma mère, n'est-ce pas ? Cela donnait un air de respectabilité. Ça t'a fait plaisir quand j'ai trouvé un vrai travail qui me faisait vivre. Comment pourrait-il en être autrement avec cette famille ? Tu as reçu une éducation très classique et rigide et tu ne vas pas changer en deux mois. Mais écoute-moi bien. Ce que nous avons dû faire pour nous prouver notre amour est effrayant, je m'en rends compte et je comprends aisément que tu veuilles enterrer le passé. Pour autant que tu te souviennes qu'on ne change pas le passé. Nous n'avons pas à en parler tout simplement. »

Il dit presque brutalement : « Si tu dois boire autant de vin, nous ferons mieux de manger un peu. Allons-y.

– Tu es en train de me dire que je bois trop, Philip ? »

Les signes avant-coureurs lui étaient devenus familiers. Il commençait à les connaître et savait comment se comporter.

« Non, bien sûr que non. Mais je pense que tu ne manges pas assez. J'essaie de m'occuper de toi, Senta.

– Oui, Philip, occupe-toi de moi, prends soin de moi. » Elle se tourna et s'agrippa à lui par les épaules, avec un air effrayé et sauvage tout à coup. « Ne mangeons pas tout de suite. S'il te plaît. Je veux que tu m'aimes.

– Je t'aime », dit-il en posant son verre et en lui retirant le sien. Il la prit dans ses bras et ils s'étendirent sur le couvre-lit marron.

Ce fut encore un retour à la maison au petit matin pour lui. Il avait eu l'intention de discuter avec elle de leur avenir. Vivraient-ils ensemble dans l'appartement du haut ? Y avait-elle pensé comme elle l'avait promis ? Arrêteraient-ils la date de leur mariage l'année prochaine ? Avait-elle des suggestions à faire pour régler le problème de Christine et celui de Cheryl ? Ils avaient à peine parlé mais avaient fait l'amour toute la soirée. À un certain moment, il s'était levé pour manger quelque chose et s'était débarbouillé sous le robinet.

Il était revenu ouvrir la fenêtre, afin d'aérer cette atmosphère de poussière confinée. Il l'avait trouvée assise dans le lit, débouchant la deuxième bouteille de vin. Elle l'avait accueilli avec un grand élan de tendresse.

Il dormit profondément. Comme un mort, épuisé et en paix. Son avenir avec Senta lui paraissait radieux, des jours sans fin à rêver et des nuits entières à l'aimer. Il aimait de plus en plus faire l'amour avec elle et il en était de même pour elle. Il était difficile d'imaginer que cela puisse encore s'améliorer mais c'est ce qu'il avait déjà pensé trois semaines auparavant. Quand le réveil sonna et qu'il se réveilla, il la chercha. Mais il

était dans son lit à lui, elle ne pouvait y être et il se sentit
dépossédé.

En allant travailler – une visite bien contraignante à Olivia
Brett –, il se reprocha d'avoir imaginé des signes de névrose
chez Senta. C'était lié au choc, bien entendu. C'était à cause
du choc provoqué par la découverte que John Crucifer était
Joley. La pauvre Senta n'avait fait que lui transmettre un
simple fait qu'il aurait pu déduire tout seul depuis le temps.
Cela l'avait tellement agacé qu'il avait déchargé sur elle sa
propre hystérie. Les psychologues n'appelaient-ils pas cela
une projection?

Il n'était pas vraiment surprenant qu'elle ait cru qu'il avait
tué Joley. Après tout, c'est ce qu'il lui avait dit. Il lui avait
bien dit, si fantastique et irréel que cela puisse paraître maintenant, qu'il avait tué le vieux. Bien sûr, elle l'avait cru. Tout
cela illustrait bien ce dont il avait parlé, le danger de ce genre
de conversation pour eux-mêmes. Cela affectait certainement
son caractère puisqu'il en venait à penser que Senta n'était pas
tout à fait normale.

Mais Joley... Philip se rendit compte à quel point il haïssait
l'idée que c'était Joley qu'on avait assassiné dans Kensal
Green. Et s'il la haïssait tellement, c'est parce qu'il avait dit à
Senta qu'il était l'assassin. Il lui était difficile à présent de
comprendre pourquoi il avait pu faire cela. Si elle était vraiment amoureuse de lui, et il n'en doutait pas, qu'avait-elle
besoin de rêver de preuves d'amour. Ça ne pouvait avoir été
qu'une manière de différer, le temps qu'elle s'apaise, une
manière de supporter le poids de ses sautes d'humeur. Philip
eut une vague appréhension à l'idée d'utiliser cette expression
pour Senta, sachant très clairement comment elle réagirait.
Mais comment l'aurait-il décrit autrement?

En disant qu'il avait tué Joley, il s'était en quelque sorte
impliqué dans ce meurtre. Plus que ça, il s'en était rendu en
partie responsable, devenant une sorte de complice après
coup. Il s'était mis au même niveau que l'assassin de Joley,
dans la même catégorie. L'esprit agité par toutes ces
réflexions, Philip gagna le perron de la maison d'Olivia Brett
et fut accueilli par elle. Il ne put s'empêcher de repenser aux

compliments qu'elle était censée avoir faits à son sujet et il se sentit mal à l'aise en sa présence.

Dans ce genre de profession, on ne comptait plus les histoires de femmes seules à la maison qui n'attendaient que l'occasion de se jeter sur des types comme lui, qui invitaient le contremaître, l'ajusteur dans leur chambre et, soudain, apparaissaient nues devant eux. Ça ne lui était jamais arrivé parce qu'il était encore jeune dans le métier. Olivia Brett portait une robe de chambre blanche, avec beaucoup de volants mais rien de transparent. Elle exhalait un parfum de fruits tropicaux qu'on aurait laissés au soleil.

Elle insista pour qu'il monte devant elle. Il se demandait ce qu'il ferait s'il sentait sa main sur son cou ou ses doigts courir sur son dos. Mais elle ne le toucha pas. Il ne voulait pas du tout penser à elle, il souhaitait qu'elle fût un répondeur automatique ou qu'elle posât ses questions sur le ton le plus neutre et le plus pratique. Elle lui montra la salle de bains qui venait d'être démolie et se tint derrière lui pendant qu'il dessinait une première esquisse de l'installation électrique.

« Oh, chéri ! dit-elle, je ne sais si on vous l'a dit mais j'ai changé d'avis et j'aimerais avoir une de ces douches intégrées dans les murs et qui vous arrosent partout.

– Oui, j'avais noté ça.

– J'ai montré une photo de votre catalogue à mon ami et vous savez ce qu'il m'a dit ? Il a dit que c'était un Jacuzzi vertical pour pouvoir pisser. »

Philip fut un petit peu choqué. Non par ce qu'elle avait dit mais parce qu'elle l'avait dit et à lui. Il ne répondit rien, sachant toutefois qu'il aurait dû rire complaisamment. Il sortit son mètre, prétendant mesurer quelque chose dans le coin opposé. Quand il se retourna, il vit qu'elle le regardait avec intérêt et il ne put s'empêcher de la comparer à Senta, son visage ridé et brillant à la peau soyeuse de Senta, sa poitrine marbrée entre les revers de *broderie anglaise* [1] aux seins blancs de Senta. Cela le fit sourire. Enjoué, il lui dit : « Je crois que nous y sommes. Je n'aurai plus à vous déranger jusqu'à ce que les électriciens en aient terminé avec ça.

---

1. En français dans le texte.

– Avez-vous une petite amie ? » demanda-t-elle.

Il était abasourdi. Elle avait un ton très direct et désagréable. Il sentit son visage rougir. Elle s'approcha d'un pas.

« Que craignez-vous ? »

C'était un coup de génie. Philip avait souvent pensé à ce qu'il aurait dû répondre, aux parfaites répliques mais il y pensait toujours dix minutes plus tard. Il ne sut pas comment il avait pensé à celle-là. Elle était arrivée sur les ailes d'une sérénité appropriée.

« Je crains, répondit-il, de m'être fiancé la semaine dernière. »

Il passa devant elle, souriant poliment, et descendit l'escalier sans hâte. Elle avança sur le palier derrière lui. Il eut un vague scrupule. Mais se prostituer pour Roseberry Lawn vous plaçait certainement bien au-delà de l'exigence de loyauté.

« Au revoir pour cette fois, lança-t-il. Ne vous dérangez pas pour me raccompagner. »

Cet épisode lui procura un certain contentement. Il s'en était bien tiré. Il avait ainsi pu penser à autre chose que l'affaire Crucifer, alias Joley. La réalité, ou en tout cas une autre réalité, s'était imposée. Philip pouvait à présent concevoir que la mort de Joley n'ait absolument rien à voir avec lui. Les cadeaux qu'il avait faits à Joley avaient même probablement rendu ses derniers jours meilleurs.

Il gara sa voiture dans le parking quand il arriva au bureau. Il était une heure dix. À cette heure-ci, s'il avait voulu déjeuner, il aurait pu tomber sur Arnham à nouveau. Philip se dit que c'était la raison pour laquelle il évitait le passage conduisant aux maisons de style géorgien. Mais il savait qu'il n'en était rien. Il voulait en vérité éviter la boutique de verre vénitien où il aurait pu voir dans la vitrine la dague en verre de Murano.

Sa vie durant, probablement, le nom de Murano ou même le mot « dague » lui rappellerait des souvenirs désagréables. C'était une autre bonne raison pour tenter de guérir Senta de sa manie d'inventer. Il réalisait à présent qu'il refoulait des pans entiers d'existence : le district de Kensal Green, les noms Joley et John, les scottish-terriers, Venise et les dagues de verre, les petites clairières herbeuses. Bien entendu, cela changerait avec le temps, le temps nettoierait tout ça.

Il prit la direction opposée et se retrouva dans une rue très animée, où des marchands à la sauvette attiraient les touristes. Philip n'aurait jamais pensé pouvoir acheter quoi que ce soit sur ces étalages, il serait passé sans regarder. Mais au moment où il passait près de l'un d'eux – sur lequel on vendait des tee-shirts, des ours en peluche avec des tabliers aux couleurs de l'Union Jack, des serviettes à thé à l'effigie du prince et de la princesse de Galles – la poussée de la foule diminua. Il fut contraint de s'arrêter ou presque, et il crut un instant qu'il allait être le témoin d'une attaque ou d'un raid sur l'étalage et le vendeur.

Une voiture s'était garée le long du trottoir, en stationnement interdit, et deux hommes en sortirent rapidement. Ils étaient jeunes et avaient l'air de voyous, costauds, avec des blousons de cuir semblables à celui de Cheryl. Ils s'approchèrent de l'étalage, un à chaque extrémité. Le plus grand et plus vieux des deux dit au vendeur : « Tu as une patente quelque part, non ? »

Philip comprit immédiatement qu'ils n'étaient pas des voyous ni des voleurs mais des policiers.

Il n'avait jamais jusque-là regardé la police avec peur. Et ce qu'il ressentait à présent n'était pas exactement de la peur mais plutôt une réserve prudente. Pendant qu'il les regardait penchés sur le stand de souvenirs et que le vendeur cherchait dans son manteau accroché à un poteau, il pensa à Joley et à sa mort. Il n'en avait certes parlé qu'à Senta qui, d'un certain point de vue, ne comptait pas. Mais il avait tout de même prononcé le mot de meurtre à voix haute. Ces deux policiers, dont l'un examinait la patente le sourcil froncé, faisaient peut-être partie de l'équipe enquêtant sur le meurtre de Joley. Pourquoi s'était-il laissé entraîner dans ce jeu par Senta ? Pourquoi avait-il joué ainsi ?

Philip avala un sandwich et but une tasse de café. Tout en mangeant, il essaya de se repasser les semaines qui venaient de s'écouler. Il se souvint comment Senta s'était détachée de lui et comment, pour la reconquérir, il avait confessé un meurtre qu'il n'avait pas commis, qu'il n'aurait pas commis dans le plus délirant de ses cauchemars, tant il haïssait ces choses-là. C'était bien pis que ce qu'elle avait fait. Elle avait simplement inventé un meurtre. Il ne pouvait pas comprendre à présent pourquoi il n'avait pas fait la même chose, pourquoi il ne s'était pas rendu compte que n'importe quelle affabulation ou presque aurait marché. Qu'est-ce qui avait pu lui faire penser qu'il était nécessaire d'assumer la responsabilité d'un véritable meurtre ? Il se sentait souillé, il avait l'impression que ses mains étaient réellement sales. Il les regarda, les étala sur le Formica jaune de la table, comme s'il allait trouver de la terre de cimetière et du sang sous ses ongles.

Dans l'ascenseur qui le menait au bureau de Roy, il se souvint de la façon dont Joley l'avait appelé « gouverneur ». Philip l'aimait bien, il aimait ce sens de l'humour que Joley avait su garder malgré les épreuves imposées par la vie. Bien sûr, il n'avait pas été très inspiré d'insulter une jeune fille simplement parce qu'elle n'avait pas d'argent à lui donner. Philip se demanda pourquoi Joley était allé à Kensal Green. Il y avait peut-être une soupe populaire là-bas.

Roy travaillait sur un plan de réfection complète d'appartement. Il était très clairement de mauvaise humeur.

« Qu'est-ce que tu fous ici ?

– Venu te voir, bien sûr. Tu m'as dit de venir vers deux heures.

– Je t'ai dit d'aller à Chigwell vers deux heures et de voir pourquoi la Ripple n'est toujours pas contente de son machin truc en marbre. Pas étonnant que la société soit en train de prendre le bouillon quand un petit prétentieux qui est sur le tout premier échelon est incapable d'arriver à un rendez-vous à l'heure. »

Roy n'avait rien dit concernant le rendez-vous avec Mrs. Ripple, Philip en était certain. Mais il n'y avait rien à dire. Il n'était pas même vexé d'être appelé « petit prétentieux ». Ce qui avait touché au but indéniablement, c'était le truc sur le bas de l'échelle.

Il mit un certain temps à arriver à Chigwell. Il s'était mis à pleuvoir à verse. Les fortes pluies ralentissaient toujours la

circulation. Les voitures et les camions avançaient très lentement sur Wanstead, et il était trois heures moins cinq quand il
sonna à la porte de Mrs. Ripple. Elle était avec une amie, une
certaine Pearl. Elles ouvrirent la porte à deux, comme si elles
avaient mis la main sur le loquet toutes les deux en même
temps. Il eut l'impression qu'elles l'attendaient juste derrière
la porte et qu'elles l'avaient attendu là un certain temps.

« On ne vous attendait plus, n'est-ce pas, Pearl ? dit
Mrs. Ripple. Je suppose que nous ne sommes plus à la page.
Nous sommes naïves. Nous nous accrochons à cette vieille
idée qui veut que quand on nous dit " deux heures " cela veut
dire " deux heures ".

– Je suis vraiment désolé, Mrs. Ripple. Il y a eu un malentendu. On ne m'avait pas prévenu que j'aurais dû être ici il y a
une heure déjà. »

Elle continua avec une certaine aigreur : « Maintenant que
vous êtes là, vous devriez monter immédiatement. Vous verrez si vous pouvez m'expliquer pourquoi je devrais accepter
la camelote que vous avez jugé bon d'installer dans ma salle
de bains. »

Pearl monta aussi. Elle ressemblait assez à Mrs. Ripple
pour être sa sœur mais dans une version mieux équipée, mieux
agrémentée. Comme si Mrs. Ripple avait été le modèle standard et Pearl le modèle de luxe. Elle avait des cheveux noirs
bouclés comme un caniche qu'on n'aurait pas tondu et portait
une robe de soie assez collante, d'un bleu très brillant. Elle
s'arrêta sur le seuil et demanda avec emphase : « Combien
dis-tu que nous avons payé pour ce travail ? »

Mrs. Ripple n'hésita pas une seconde. Elles avaient dû
répéter cette petite scène pendant qu'elles l'attendaient. « Six
mille cinq cent quarante-deux livres et quatre-vingt-quinze
pence.

– Des voleurs de grand chemin », dit Pearl.

Mrs. Ripple désigna d'un doigt tremblant le haut d'une
coiffeuse en marbre. Elle ressemblait à un personnage de
théâtre amateur indiquant la présence d'un fantôme en cou-
lisses. Philip examina le marbre, la minuscule fissure dans une
veine blanche de la marbrure. Pearl saisit son poignet, provo-

quant à la fois sa crainte et son mécontentement, pour lui faire suivre du doigt la fissure.

« Mais ce n'est ni un défaut ni un coup, Mrs. Ripple, dit-il en dégageant sa main sans offenser Pearl. C'est la caractéristique de la pierre. C'est une substance naturelle. Ce n'est pas comme si c'était du plastique avec lequel on peut obtenir une surface parfaitement lisse.

– J'espère bien que ce n'est pas du plastique, au prix auquel je l'ai payé », dit Mrs. Ripple.

Philip aurait voulu lui dire qu'elle avait non seulement choisi la coiffeuse dans leurs brochures illustrées mais encore examiné des échantillons du marbre qui serait utilisé. Cela n'aurait fait qu'envenimer les choses ou en tout cas n'aurait rien arrangé. Il essaya plutôt de la convaincre du fait que tout visiteur saurait apprécier son goût et la qualité de sa salle de bains grâce à ce petit défaut donnant la preuve indéniable que c'était du marbre et non une quelconque matière synthétique. Mrs. Ripple ne marcha pas du tout. Elle voulait du marbre, bien évidemment, elle avait toujours su ce qu'elle voulait et c'était du marbre, mais elle voulait quelque chose qui soit veiné, qui ait bien la qualité du marbre mais sans fissure.

N'osant promettre qu'ils obtiendraient ce qu'elle voulait, encore moins qu'ils l'installeraient sans supplément, Philip annonça qu'il prenait l'affaire en main et qu'elle aurait de ses nouvelles dans un ou deux jours.

« Ou dans une semaine ou deux », commenta méchamment Pearl.

La pluie avait cessé. Il y avait de grandes flaques d'eau sur la route et le soleil les transformait en miroirs rutilants. On voyait la vapeur d'eau s'élever. Philip alla jusqu'au bout de la route, jusqu'au premier croisement, se dirigeant vers l'endroit où vivait Arnham. Les roues de sa voiture projetaient des gerbes d'eau, il avait le soleil dans les yeux et s'il n'avait pas ralenti pour régler son rétroviseur, il aurait écrasé le chat ou le petit chien qui le poursuivait. Il fit un écart, écrasa la pédale de frein aussi fort qu'il put, dérapa sur le sol humide. Le chien avait dû être frappé par l'aile de la voiture. Il roula sur lui-même en glapissant.

C'était un sealyham, blanc et pelucheux. Philip le prit dans ses bras. Il ne pensait pas qu'il fût blessé car, au moment où il se mit à chercher un os brisé ou une zone douloureuse, le petit chien réagit en lui léchant frénétiquement le visage. La femme ou la petite amie d'Arnham avait descendu les quelques marches du perron et se tenait près du portail. Elle avait l'air plus vieille que la dernière fois qu'il l'avait vue et plus mince. Mais il ne l'avait aperçue qu'à travers une vitre les fois précédentes. À la lumière du jour, elle avait l'air d'être maigre, laide et déjà âgée.

« Il s'est jeté sous mes roues, dit Philip. Je me demande comment il ne s'est pas blessé. »

Elle répondit froidement : « Je suppose que vous rouliez vite.

– Je ne crois pas. » Il commençait à en avoir marre d'être accusé pour des choses dont il n'était pas coupable. « Je roulais à quarante à l'heure parce que la route était humide. Tenez, prenez-le.

– Ce n'est pas mon chien. Qu'est-ce qui vous fait croire que c'est mon chien ? »

Le fait qu'elle seule fût sortie ? Ou le fait qu'il ait, d'une façon ou d'une autre, établi un lien entre Arnham et le chien ? C'était un scottish-terrier, se souvint-il, *c'était l'invention de Senta*. Arnham détestait les chiens, n'en avait jamais eu.

« Je vous ai entendu freiner, dit-elle. Je suis sortie pour voir ce qui se passait. » Elle remonta l'escalier, rentra dans la maison et ferma la porte.

Philip lut la plaque sur le collier du chien, qui était maintenant confortablement installé dans ses bras. C'était Whisky, propriété de H. Spicer, qui vivait un peu plus bas que Mrs. Ripple. Il rapporta le chien et refusa les cinq livres de récompense qu'on lui proposait.

Mais en revenant à sa voiture il pensa à la confusion, au désordre de l'esprit que pouvait causer une déception, au point de mélanger les faits à la vérité et de déformer la vérité. À partir de ce que lui avait dit Senta, il avait fait certaines suppositions fondées sur son histoire. Cette histoire était indubitablement fausse mais les suppositions tenaient toujours.

Il monta dans la voiture et jeta encore un coup d'œil à la maison au moment où il démarrait. " La seule chose à laquelle tu puisses t'accrocher, se dit-il, c'est qu'Arnham vit ici et qu'il est en vie. Oublie le reste et sois heureux. "

16

« Je me demande si elle n'a pas seulement amassé de l'argent pour faire des économies. Qu'en penses-tu ? Je veux dire, elle n'a pas de travail et n'est pas sur le point d'en trouver un, elle n'a aucune qualification, la pauvre chérie. Elle s'est peut-être dit qu'avec un peu d'argent derrière elle... ? Je ne sais pas. Est-ce que je suis stupide ? »

Philip s'était décidé à dire à sa mère ce qui s'était passé le soir où il avait suivi Cheryl. Il était forcé d'admettre qu'elle n'avait pas cru à son histoire. Christine savait que Cheryl chipait de l'argent aux membres de sa propre famille et avait appris à ne pas en laisser traîner dans la maison, à moins qu'elle ne s'attendît à le perdre. Mais que Cheryl puisse voler dans une boutique était, pour sa mère, trop dur à assimiler. Philip pensait avoir été le témoin d'un vol. En réalité, Cheryl avait récupéré quelque chose qui lui appartenait et qu'elle avait, on ne sait pourquoi, oublié plus tôt dans la journée.

« Ce n'est pas très gentil d'avoir suspecté ta propre sœur d'une chose pareille. » C'était là le pire reproche qu'elle puisse faire et le ton de sa voix traduisait la douceur plutôt que la réprobation.

Philip pouvait dire qu'il n'y avait aucune raison d'argumenter : « D'accord. Peut-être que ce n'était pas un vol. Mais si tu sais qu'elle *te* vole, pourquoi le fait-elle ? »

Cheryl ne savait pas ce qu'elle faisait quand elle volait. C'était comme si Christine avait été incapable de penser au-delà du vol lui-même, de penser à ce pour quoi volait Cheryl. Quand Philip suggérait que c'était pour boire ou se droguer, elle le regardait avec des yeux ronds. La drogue, ça ne concernait que les enfants des autres. De plus, elle avait vu Cheryl dans son bain deux jours plus tôt et celle-ci n'avait aucune marque d'aiguille, ni sur les cuisses ni sur les avant-bras.

« Penses-tu vraiment que tu aurais remarqué s'il y en avait eu ? »

Christine pensait que oui. Elle aurait su si Cheryl avait bu. Quand ils étaient en vacances, des gens de leur hôtel avaient perdu de l'argent. On avait appelé la police mais Cheryl n'avait même pas été interrogée. Selon Christine, cela prouvait son innocence. Voler sa propre mère était différent, ça n'était pas vraiment voler, on avait déjà quasi le droit de le faire.

« L'allocation de chômage qu'elle touche ne représente pas grand-chose, tu sais, Philip. » Elle défendait sa fille avec une sorte de compassion absolue, comme si Philip avait été décidé à la condamner. « Écoute, disait-elle, je vais en parler à une amie qui est assistante sociale, celle qui s'occupe d'adolescents. »

C'était cette Audrey sans doute. En son for intérieur, Philip se reprochait de ne pas croire que sa mère puisse connaître quelqu'un faisant ce genre de travail, avoir parmi ses amis une personne ayant des responsabilités civiques. Il répondit fermement : « Ce serait une très bonne idée. Et tu pourrais expliquer ce que j'ai vu. Je l'ai vu et c'était un vol. Cela n'aidera personne de prétendre autre chose. »

Ce soir-là, Christine semblait désireuse de le voir partir quand bien même il eût décidé de rester. Ce n'était pas par générosité à son égard. Elle voulait vraiment être seule dans la maison. Il se demanda si Arnham avait tenu sa promesse de l'appeler, s'il avait resurgi dans sa vie et était attendu ce soir. Philip esquissa un sourire en pensant à Arnham dans cette maison, parlant à Christine, lui confessant peut-être que Flore lui manquait, alors que la statue, pendant tout ce temps, était à l'étage supérieur, juste au-dessus de leurs têtes.

Cette pensée fit qu'il jeta un regard sur Flore, qui se tenait là, dans la niche du placard. Le visage de Senta dans l'ombre le dévisageait et la douce lumière du soir créait l'illusion d'un sourire. Philip ne put résister à l'envie de poser la main sur la froide joue de marbre et de la caresser ensuite. Avait-il volé Flore ? Était-il un voleur tout comme Cheryl ? Quelque chose, une intuition inattendue le conduisit jusqu'à la porte de la chambre de Cheryl. Il n'était pas entré dans cette pièce ou n'y avait pas même jeté un coup d'œil depuis le jour où Fee avait trouvé la robe froissée de demoiselle d'honneur sur le sol du cabinet de toilette. Il ouvrit la porte, surpris qu'elle ne fût pas fermée à clé, et entra.

Trois radios, un téléviseur portable avec un écran de la taille d'une carte à jouer, un magnétophone, deux sèche-cheveux, un truc pour la cuisine, un robot probablement, encore du matériel électrique, tout était entassé sur une commode et Philip sut immédiatement que ça avait été volé. Une des radios avait encore le ruban adhésif rouge. Il se demanda comment elle avait fait pour emporter ces objets encombrants sans se faire repérer. Une ingénuité née du désespoir et de l'exaspération, pensa-t-il. Cette boutique d'objets volés était comme les économies ou les investissements d'un autre, destinés à être transformés en argent liquide – à quelle fin ?

Sa sœur était une criminelle mais il ne savait que faire. Accepter avec fatalisme était la seule chose envisageable pour l'instant. Faire appel à la police ou aux services sociaux conduirait à l'inculpation de Cheryl pour vol. Et parce qu'elle était sa sœur, il ne pouvait s'en décharger sur quelque autorité extérieure à la famille. Il ne pouvait qu'espérer des jours meilleurs, croire à l'aide ou au conseil de l'assistante sociale que connaissait sa mère. Il referma la porte de la chambre derrière lui, sachant confusément qu'il n'y reviendrait jamais plus.

Aussitôt arrivé à Tarsus Street ce soir-là, il raconta à Senta ce qu'il avait vu. Elle le regardait. La plupart des gens, quand ils disent regarder quelqu'un dans les yeux, ne regardent en fait qu'un seul œil. Senta regardait bien les deux yeux et, comme cela la faisait toujours loucher, elle avait un air d'intense concentration. Ses lèvres étaient légèrement entrouvertes, ses yeux verts et tachetés étaient bien ouverts, les pupilles tournées l'une vers l'autre.

« Ça n'a pas d'importance tant qu'elle ne se fait pas prendre, n'est-ce pas ? »

Il essaya de se moquer d'elle : « Ce n'est pas une façon très morale de voir les choses. »

Elle était terriblement sérieuse. Elle parlait de manière pédante : « Mais nous ne souscrivons pas à la moralité conventionnelle, Philip. Après tout, selon cet ordre moral, le pire acte que l'on puisse commettre est le meurtre. Tu ne trouves pas que tu es un peu hypocrite de condamner quelqu'un pour une histoire aussi bénigne alors que tu as commis un meurtre ?

– Je ne la condamne pas », dit-il pour dire quelque chose car ses pensées étaient inexprimables : croyait-elle vraiment qu'il avait tué John Crucifer, sachant que sa propre confession était une invention ? « Je me demande seulement ce que je dois faire. Que devrais-je faire ? »

En ce qui concerne Cheryl, pensait-il. Senta était indifférente, uniquement préoccupée d'elle-même et de lui. Elle souriait.

« Viens vivre ici avec moi. »

Il ne se soucia plus de Cheryl pour un temps, ce qui était l'effet qu'elle avait sans doute escompté. « Vraiment, Senta ? Dans l'appartement du haut ? C'est possible ?

– J'ai pensé que ça te ferait plaisir.

– Bien sûr que ça me ferait plaisir. Mais toi – tu ne te sens pas bien là-haut. Je n'ai pas envie que tu te rendes malheureuse pour moi.

– Philip, j'ai quelque chose à te dire. » Attendant de nouvelles révélations, il sentit ses nerfs se tendre, ses muscles se bander. Mais soudainement il sut que tout irait bien, il sut ce qu'elle allait dire. Et ce fut bien, plus que bien. « Je t'aime tellement, dit-elle. Je t'aime beaucoup, beaucoup plus que je ne m'y attendais quand je t'ai rencontré. C'est drôle, n'est-ce pas ? Je savais que je t'avais cherché et que je te trouverais mais je ne savais pas que je serais capable d'aimer quelqu'un comme je t'aime. »

Il la prit dans ses bras et la serra fort contre lui. « Senta, tu es mon amour, tu es mon ange.

– Donc tu vois, je ne pourrai pas me sentir mal avec toi. Où que ce soit. Je ne pourrai pas être malheureuse avec toi. Je serai heureuse partout avec toi. Tant que je saurai que tu m'aimes, je serai heureuse. » Elle releva la tête et l'embrassa. « J'ai demandé à Rita pour l'appartement et elle a dit qu'elle n'y voyait pas d'inconvénient. Elle a dit qu'elle ne voulait pas nous le louer. Ce qui veut dire évidemment qu'elle pourrait nous jeter dehors quand bon lui semble, nous n'aurions pas de bail en règle. »

Il était surpris par ce sens pratique, inhabituel chez Senta, par la connaissance qu'elle avait de ces questions. Il comprit alors ce que cela signifiait aussi pour lui : il pourrait continuer à donner de l'argent à Christine sans avoir à vivre dans sa maison. Il pourrait ainsi se détacher de Christine, de Cheryl et de Glenallan Close. Et ce serait une retraite honorable.

Il y avait longtemps qu'il n'avait pas même jeté un regard sur un journal. Il avait évité de regarder les journaux et la télévision ainsi que d'écouter la radio. Mais l'avait-il fait par peur d'y découvrir quelque chose ? Il savait à peine lui-même ce qu'il entendait par là. Certainement pas la peur d'apprendre qu'une chasse à l'homme était organisée pour retrouver l'assassin de Joley.

Parfois il imaginait que la confession qu'il avait faite à Senta avait été entendue, que des gens passant dans la rue l'avaient entendu confesser l'assassinat de John Crucifer. Il s'attendait un peu que Christine lui annonce que la police avait téléphoné ou avait enquêté sur lui à son bureau. Cela l'inquiétait par moments, et puis il se reprenait et voyait à quel point c'était absurde, digne d'un cauchemar ou d'un rêve éveillé. Mais un jour qu'il était dans l'entrepôt d'Uxbridge en train de chercher une pièce de marbre sans fissure, il vit un policier à moto sur la route. Il était en train de relever le nom et d'examiner les papiers d'un automobiliste en infraction. Philip ressentit pendant un moment une peur viscérale qui n'avait ni rime ni raison.

La première chose qu'il entendit en arrivant au bureau, c'est que Roy était absent, « cloué au lit par un virus », et que Mr. Aldridge voulait le voir « dans la minute de son arrivée si ce n'était moins ». Mr. Aldridge était le directeur de Roseberry Lawn.

Philip ne se sentait pas nerveux. Il était sûr de ne pas avoir commis d'impair. Il prit l'ascenseur et la secrétaire de Mr. Aldridge, qui se trouvait seule à l'entrée du bureau, lui dit d'entrer directement. Il pensait qu'on le ferait attendre. Il commençait à être très optimiste, imaginant qu'il était convoqué pour être félicité ou qu'on allait lui annoncer une promotion.

Aldridge était assis mais il laissa Philip debout de l'autre côté du bureau. Ses lunettes avaient glissé sur la moitié inférieure de son nez et il avait l'air passablement revêche. Il voulait dire à Philip qu'Olivia Brett s'était plainte de sa conduite, l'avait trouvé incroyablement mal élevé et insultant et qu'il attendait ses explications.

« Comment a-t-elle rapporté mes propos ?

– Je vous en parle directement. J'espère que vous en êtes conscient. Elle a téléphoné et a demandé à me parler personnellement. Apparemment, vous avez fait une remarque très déplacée, à propos de la douche qu'elle faisait installer et, comme elle ne riait pas, vous lui avez dit que vous n'aviez pas de temps à perdre avec elle, que vous aviez des choses plus importantes à faire.

– Ce n'est pas vrai, dit Philip avec emportement. J'ai pensé, elle m'a laissé penser – enfin, ce que j'ai pensé importe peu. Mais c'est elle qui a fait la remarque sur la douche et pas moi. »

Aldridge reprit : « Je l'ai toujours admirée. En la voyant à la télévision, j'ai toujours pensé qu'elle était une de nos plus jolies actrices, une véritable lady. Si vous imaginez un instant que je puisse admettre d'une femme aussi belle et raffinée qu'elle fasse une plaisanterie aussi déplorable – elle s'est forcée à répéter exactement ce qui avait été dit –, vous êtes plus stupide que je ne croyais. Franchement, je ne pense pas que vous soyez stupide. Je pense que vous êtes sinueux, sournois. Je ne crois pas que vous ayez la moindre idée de la courtoisie et de la considération inébranlables que nous devons à nos clients et qui constituent la fierté de Roseberry Lawn. Vous pouvez partir maintenant et que je n'entende jamais, je répète jamais, un de nos clients se plaindre à nouveau de vous de la sorte. »

Philip était furieux parce qu'il n'avait pas pensé que les gens puissent être aussi mauvais que ça. Il n'avait jamais imaginé qu'une actrice à succès, jolie, célèbre et riche, comblée prendrait une revanche aussi mesquine sur un homme qui avait simplement refusé de faire l'amour avec elle. Cela le rendit malade, le blessa profondément. Mais il n'y avait aucune raison d'en être affecté trop longuement. Il reprit sa voiture et retourna à Uxbridge où, parmi une vingtaine de coiffeuses en marbre emballées dans des boîtes en carton, il finit par trouver celle qui n'avait aucune fissure.

En rentrant à Londres, il acheta un journal du soir. Il ne s'attendait pas à y trouver quoi que ce soit sur la mort de Joley et il fut surpris de voir une photo montrant des hommes-grenouilles fouillant Regent's Canal pour trouver l'arme qui avait, selon la police, servi à tuer John Crucifer.

« J'ai le rôle, j'ai le rôle, chantait-elle en se jetant dans ses bras. Je suis tellement heureuse, j'ai le rôle.

– Quel rôle ?

– Je l'ai appris ce matin. Mon agent m'a téléphoné. C'est le rôle d'une fille folle dans *Impatience*.

– Tu as un rôle dans une série télévisée, Senta ?

– Ce n'est pas le rôle principal mais c'est plus intéressant que le rôle principal. C'est vraiment ma grande chance. Il va y avoir six épisodes et je suis dans tous les épisodes sauf le premier. La responsable du casting a dit que j'avais une tête fascinante. Tu es content pour moi, Philip, tu es content ? »

Il n'arrivait tout simplement pas à la croire. Il lui était impossible de se forcer à sourire, de simuler la joie. Elle ne parut pas s'en apercevoir pendant un moment. Elle avait mis une bouteille de champagne rosé au réfrigérateur chez Rita.

« Je vais la chercher », dit-il.

En montant, puis en traversant la cuisine sale de Rita qui sentait les produits laitiers caillés, il se demanda ce qu'il allait faire. Marquer le coup, l'affronter, récuser ses mensonges ou continuer à vivre dans son monde fantasmatique, jamais abusé mais lui donnant le change jusqu'à la fin de ses jours ? Il revint dans sa chambre, posa la bouteille et commença à défaire prudemment le bouchon. Elle tenait un verre à proximité pour recueillir la mousse qui s'échapperait et elle poussa un cri de joie quand le bouchon sauta.

« À quoi porterons-nous le toast ? Je sais : à Senta Pelham, grande actrice de l'avenir ! »

Il leva son verre. Il ne put que répéter ce qu'elle avait déjà dit : « À Senta Pelham, grande actrice de l'avenir ! » Il sentit la froideur de sa propre voix.

« Je fais le filage mercredi prochain.

— C'est quoi le filage ?

— Toute la troupe s'assoit autour d'une table et lit le script. Je veux dire que chacun lit son rôle mais sans véritablement jouer.

— Quelle est le nom de la compagnie ? »

Elle eut une brève hésitation mais elle répondit : « Wardville Pictures. » Elle regarda ses mains et le verre de champagne, qu'elle tenait à deux mains, posé sur les genoux. Sa tête bascula vers l'avant comme une fleur sur sa tige et ses cheveux argentés tombèrent sur ses joues. « La fille du casting s'appelle Tina Wendover et l'adresse est Berwick Street dans Soho. »

Elle parla calmement, posément, répondant en quelque sorte avec un air de défi à des questions précises. C'était comme s'il l'avait mise en cause. Il se rendait compte avec un certain malaise qu'elle était capable de lire, jusqu'à un certain point du moins, ce qui lui passait par la tête. En disant qu'ils pouvaient s'échanger leurs pensées, elle avait été juste avec elle-même. Il la regarda et vit qu'elle soutenait son regard. Une fois encore, elle jouait ce jeu troublant de le regarder dans les deux yeux.

Est-ce qu'elle l'invitait à vérifier ce qu'elle faisait, sachant qu'il ne le ferait pas ? Sa capacité d'invention aurait été plus facile à accepter, pensait-il, si elle s'était abusée elle-même, si elle avait cru à ses propres histoires. Ce qui était troublant, c'est qu'elle ne les croyait pas et ne s'attendait pas souvent que les autres y croient. Elle remplit leurs verres à nouveau. Elle lui dit, tout en continuant à le fixer : « La police n'est pas très habile, n'est-ce pas ? C'est un monde dangereux, une jeune fille peut s'approcher de quelqu'un en plein jour, à découvert, et le tuer sans que personne sache quoi que ce soit. »

Qu'était-elle en train de faire, simplement parce qu'il n'avait pas cru sa première histoire ? Quand elle parlait comme ça, il avait une sensation de chute interne, d'arrêt du cœur. Il ne trouvait pas ses mots.

« Je me demande si Chipie a remarqué ma présence autour de leur maison ces matins-là. J'étais prudente mais il y a des gens qui sont très observateurs, n'est-ce pas ? Imagine que je sois retournée là-bas et qu'Ébène m'ait reconnue ? Il pourrait se mettre à me flairer, puis à hurler et là tout le monde comprendrait. »

Il n'avait toujours rien dit. Elle continua.

« Il était très tôt, dit-elle, mais beaucoup de gens m'ont vue, un garçon qui livrait les journaux, une femme avec un bébé dans un landau. Et quand j'ai repris le train, j'ai vu quelqu'un qui me regardait avec insistance. Je crois que c'est parce qu'on voyait les taches de sang malgré la couleur rouge de ma tunique. J'ai emporté ma tunique à laver, ce qui fait que je ne sais s'il y avait des taches ou non. »

Il se détourna d'elle et contempla leur reflet dans le miroir. La seule couleur présente dans le tableau qu'ils formaient – adoucis dans la faible lumière noirâtre, leurs vêtements sombres, leur peau blême, d'une pâleur tremblotante – était celle du vin, le rose pâle et brillant que la couleur verte du verre transformait en rouge sang. Son amour pour elle, en dépit de ce qu'elle avait dit, en dépit de tout, le saisissait et semblait tordre l'intérieur de son corps. Il aurait voulu désirer ouvertement ce qu'ils auraient pu avoir si elle n'avait pas persisté à l'abîmer.

« Je n'ai pas peur de la police. Ce n'est pas la première fois de toute façon. Je sais que je suis plus intelligente qu'eux. Je sais que nous sommes tous les deux trop intelligents pour eux. Mais je me suis posé des questions. Nous avons fait ces choses stupéfiantes et personne n'a rien soupçonné. Je pensais qu'ils viendraient m'interroger à ton sujet et je suppose qu'ils pourraient encore le faire. Tu ne dois pas t'inquiéter, Philip.

Tu es tout à fait en sécurité avec moi, ils n'apprendront jamais rien par moi à ton sujet.

– N'en parlons pas », dit-il en mettant ses bras autour d'elle.

La nuit était sombre et le ciel couvert. Philip trouva que tout était étrangement calme, le bruit de la circulation très lointain, la rue vide. Peut-être parce qu'il partait de chez Senta plus tard que d'habitude. Il était plus d'une heure.

Il regarda par-dessus le mur bas en descendant l'escalier et vit que ses volets étaient à peine ouverts. Il avait eu l'intention de les fermer avant de partir. Mais, depuis la rue, personne n'aurait pu la voir dormant nue sur le grand lit à miroir. En tant que garde du corps attitré, il fit le test et fut rassuré en plongeant son regard, au-dessus de la balustrade, dans le noir le plus profond. Qu'avait-elle voulu dire avec ce « pas la première fois » ? Il ne lui avait rien demandé parce qu'il avait mis un certain temps à s'en imprégner. Cela refaisait surface brutalement à présent. Voulait-elle dire qu'il y avait eu une autre occasion pour la police de la suspecter d'avoir accompli une chose effroyable ?

Le réverbère, faible et verdâtre, et la légère brume qui flottait créaient une atmosphère sous-marine. Comme si la ville avait été submergée, les maisons transformées en récifs, les arbres en algues montant à travers l'obscurité nuageuse vers une lumière invisible. Philip s'aperçut qu'il marchait prudemment vers sa voiture, réduisant le bruit de ses pas pour ne pas troubler un silence inhabituellement profond. Ce n'est qu'après avoir démarré – avec un rugissement de bête fauve, le moteur brisa le calme de la nuit – et tourné dans Caesarea Grove qu'il remarqua le prospectus qu'on avait glissé sous un de ses essuie-glaces pendant qu'il était chez Senta. Les essuie-glaces, mis en marche pour retirer la buée, étalèrent des morceaux de papier déchirés sur le pare-brise. Philip se rangea sur le côté, s'arrêta et descendit.

Il fit une boule avec le papier déchiré. C'était une publicité pour des soldes de tapis. Une gouttelette d'eau glacée provenant d'un des arbres de l'église tomba sur sa nuque et le fit sursauter. Il faisait sombre avec une sorte d'évaporation moite et froide. Philip posa la main sur la porte. Le fer forgé, rouillé, était humide. Il sentit un écoulement sur sa nuque, plus froid que celui provoqué par la goutte d'eau, un frisson qui lui parcourut tout le dos.

Une seule bougie brûlait sur une des marches qui conduisaient au porche sur le côté de l'église. Il inspira profondément. La porte s'ouvrit avec un grincement proche d'un cri humain. Il fit quelques pas sur les pierres, dans l'herbe trempée, guidé par l'auréole bleuâtre, l'anneau jaune qui entourait la flamme.

Quelqu'un était étendu sur une pile de couvertures et de chiffons à l'intérieur du porche. Le visage de Joley se redressa comme celui d'un fantôme, éclairé par la lumière de la bougie.

17

Il détestait faire ça. Utiliser des voies détournées était contraire à son caractère. L'idée de se faire passer pour quelqu'un d'autre, de raconter un mensonge pour obtenir une information lui était tellement détestable qu'il en ressentait un malaise physique réel. Il n'avait cessé de remettre à plus tard, quatre jours durant. Maintenant, il était seul dans le bureau de Roy, qui était sorti déjeuner, et son assistante était en train de taper le courrier de Mr. Aldridge dont la secrétaire était malade. C'était une opportunité qu'il eût été lâche de ne pas saisir.

La rencontre avec Joley avait rendu cette décision impérative. Pour une raison quelconque – qu'il aurait été bien incapable de concevoir à présent –, il avait totalement cru l'affirmation de Senta que Joley et l'homme assassiné John Crucifer ne faisaient qu'un. Il l'avait crue et avait éprouvé un terrible sentiment de culpabilité, comme s'il avait été responsable de la mort de Joley; non qu'il ait effectivement assas-

siné mais parce que, sans sa propre existence et présence
là-bas, Joley serait encore vivant.

Joley était vivant. Son absence d'un mois était liée à son
séjour à l'hôpital. Philip n'avait jamais envisagé que les vagabonds puissent vivre une existence comparable à celle d'une
humanité plus conventionnelle, qu'ils puissent avoir des
médecins par exemple, qu'ils puissent – quand le besoin s'en
faisait sentir – entrer dans le monde des propriétaires d'habitation.

« Ils m'ont fait la prostate », lui avait dit Joley en l'accueil-
lant près du foyer formé par la bougie et lui offrant un coussin
fait d'un sac en plastique bourré de journaux, « compte tenu
de mon mode de vie, comme qui dirait, il n'est pas souhaitable
d'avoir un besoin urgent de pisser toutes les dix minutes. Je
peux te dire que je devenais dingue dans cet hôpital.

– Ils vous lavaient tout le temps, non ?

– Non, pas ça, gouverneur. C'était plutôt les portes. Les
portes fermées, je peux pas encaisser. On était six dans cette
pièce, enfin cinq et moi. Et le jour ça allait mais la nuit ils fer-
maient les portes. Je sue comme un porc quand les portes sont
fermées. Et puis j'étais en convalescence. Je devais, ils m'ont
forcé. On ne retourne pas comme ça directement dans la rue,
ils m'ont dit. Ça fait un peu putain, je devrais avoir de la
chance. »

Philip lui donna un billet de cinq livres.

« Merci, gouverneur. Tu es un gentleman. »

Depuis lors il avait revu Joley deux fois. Il n'en avait rien
dit à Senta. Qu'aurait-il dit ? La seule chose qu'il aurait pu lui
dire, c'est qu'elle avait encore une fois menti. De plus, elle
avait peut-être cru sincèrement que John Crucifer était Joley.
À présent, dans le bureau, il demandait Wardville Pictures aux
renseignements et il fut étonné d'obtenir un numéro de téléphone. Concentré, respirant profondément, il composa le
numéro.

« Puis-je parler à Tina Wendover ? »

La voix répondit : « Elle fait un filage. Qui la demande ? »

Philip était déconcerté. Senta lui avait bien dit qu'il y aurait
un filage d'*Impatience* mercredi. On était mercredi. Philip
donna son nom.

« Voulez-vous parler à son assistante ? »

Il accepta et, une fois connecté, bredouilla qu'il appelait de la part de l'agent de Senta Pelham. Il avait entendu dire que Senta avait obtenu un rôle dans *Impatience*.

« Oui, c'est exact. » Elle semblait surprise d'entendre cette question, qu'il ait émis un doute et elle demanda sur un ton inquisiteur : « Qui êtes-vous exactement ? »

Il se sentit immédiatement coupable d'avoir douté d'elle, en même temps qu'il était tout à fait surpris. La confirmation de ce qu'elle lui avait dit projetait une lumière nouvelle sur Senta. Ce n'était pas une personne différente mais une Senta plus pleine, plus rare, plus intelligente, plus raffinée et plus accomplie qu'il n'avait jamais supposé. En ce moment même, elle devait être au filage. Il ne savait pas très bien ce qui pouvait se passer lors de ces premières rencontres précédant le tournage d'une série télévisée. Il imaginait les acteurs et les actrices, certains d'eux connus, assemblés autour d'une table et lisant leur rôle. Et Senta se trouvait parmi eux, était une des leurs, sachant ce qu'il fallait faire, connaissant la marche à suivre. Il l'imaginait dans sa longue jupe noire peut-être avec le haut gris argent, les cheveux défaits. Entourée de Donald Sinden et de Miranda Richardson. Philip ne savait si ces deux acteurs avaient un rôle dans la série mais ce furent les deux noms qui lui vinrent à l'esprit.

Elle lui paraissait soudain plus réelle, elle était plus que jamais un être humain responsable, engagé dans le monde. Il le comprenait parce qu'il l'aimait encore plus. Ses craintes reculaient. Elles étaient le fruit d'une suspicion maladive, de sa méconnaissance de gens comme Senta et du monde imaginaire, onirique auquel les introduit leur art. À un point tel que leurs vies semblaient irréelles, tout du moins à des gens comme lui. Il n'était pas étonnant que la vérité, qui était claire et nette pour lui, fût pour eux une chose vague, aux contours incertains, sujette à des interprétations infinies.

En arrivant chez lui ce soir-là, il entendit des voix dans la salle de séjour, celles de Christine et d'un homme. Il ouvrit la porte et constata que le visiteur était Gérard Arnham.

Apparemment, Arnham avait appelé Christine le jour même où il avait rencontré Philip. Christine n'en avait rien dit. Philip découvrait que sa mère pouvait, elle aussi, avoir des secrets. Elle était jolie, avait un air juvénile et aurait très bien pu passer pour la sœur aînée de Fee. Elle s'était fait une nouvelle mise en plis, une nouvelle couleur et Philip dut admettre qu'elle n'était pas, tout compte fait, une mauvaise coiffeuse. Elle portait une robe bleu pâle à pois blancs, ample, serrée à la taille, avec un décolleté – une de ces robes, se plaisait-il à penser, que les hommes aiment toujours et les femmes rarement.

Arnham bondit sur ses pieds. « Comment allez-vous, Philip ? Nous allions sortir pour dîner. Je pensais vous attendre pour vous voir. »

En lui serrant la main, Philip eut immédiatement à l'esprit la femme qui était sortie de la maison d'Arnham et l'avait accusé de conduire trop vite. Il devrait mettre en garde Christine et cette perspective lui déplut. Il n'avait toutefois pas besoin – ni la possibilité d'ailleurs – de le faire tout de suite. Il pensa aussi à Flore, là-haut dans son placard.

« Nous pourrions prendre un verre de sherry ensemble, Phil », proposa Christine comme si cela avait été terriblement audacieux.

Philip alla chercher le sherry et les verres et ils se mirent à parler, avec une certaine difficulté, échangeant des banalités. Avant l'arrivée de Philip, Arnham avait raconté son déménagement et comment il avait trouvé sa maison actuelle. Il y revint avec force détails, Christine buvait ses paroles. Philip n'était pas très attentif. Il se mit à spéculer encore une fois sur l'hypothèse d'un mariage de Christine et d'Arnham. Il lui revint que la femme qui avait accouru en l'entendant freiner n'avait pas l'air heureuse. Ne s'entendaient-ils plus, elle et lui ? Étaient-ils sur le point de se séparer ?

Il les regarda s'éloigner, répondait au petit signe de la main que lui fit Christine. La voiture d'Arnham était garée de l'autre côté de la rue, ce qui expliquait qu'il ne l'ait pas remarquée en arrivant. Arnham, avec une politesse un peu compassée, aida Christine à s'installer et Philip imagina qu'Arnham aurait posé une couverture sur les genoux de Christine si l'atmosphère lourde de cette soirée d'été ne l'avait exclu. Impossible de ne pas la voir maintenant comme Mrs. Arnham, vivant dans la maison de Chigwell avec l'aubépine dans le jardin. Peut-être que la femme qu'il avait vue était la sœur d'Arnham ou sa femme de ménage.

Il serait libre de partir. Il n'y aurait plus d'obstacle à ce qu'il emménage à Tarsus Street avec Senta. En descendant Shoot-up-Hill, il y pensa comme à quelque chose de vraisemblable et non comme à un rêve impossible. Cheryl suivrait Christine, ce qui serait la meilleure chose qui puisse lui arriver, avoir deux parents à nouveau, vivre dans une maison plus attrayante. Il savait qu'il avait déjà pensé à tout cela quand Christine avait rencontré Arnham. Mais les circonstances étaient différentes, c'était avant Senta.

Joley était là, sur le trottoir, se reposant sur sa charrette dans la chaleur du soleil, comme un vieux chien. Philip leva le bras pour le saluer et Joley lui répondit en levant les pouces. On sentait une vague de chaleur approcher dans l'air calme du soir, dans l'or sombre du soleil couchant. Philip sentit, en entrant dans la maison où l'on entendait un air de valse, qu'un cycle venait de s'accomplir, que les choses avaient été rétablies dans leur perfection initiale. Non, c'était plus que cela, une perfection nouvelle qui résultait de l'épreuve et de l'erreur et qui avait pour conséquence une connaissance plus étendue. Senta, sincère, honnête, l'amour de ses rêves, l'attendait là en bas. Christine avait retrouvé Arnham. Joley était à son poste. Le temps serait encore splendide demain.

La chaleur était épouvantable et délicieuse. Il aurait été agréable d'être au bord de la mer, où Philip aurait tant aimé être avec Senta. À Londres, la chaleur apportait sécheresse, odeurs et sueur. Mais la chambre de Senta conservait la fraîcheur. L'atmosphère y était lourde en temps normal, froide quand il faisait froid. Elle avait ouvert à l'arrière une fenêtre dont il ignorait l'existence, pour faire un courant d'air dans ce capharnaüm.

On pouvait vivre en plein air et Londres, pour un temps, ressemblait à une ville continentale avec ses terrasses de café.

Philip voulait passer ces soirées dehors. Plus que tout, il aimait qu'on les voie ensemble en public, il aimait la convoitise des autres hommes. Se balader à Hampstead ou à Highgate main dans la main avec Senta au milieu d'une foule de jeunes gens lui paraissait la manière la plus distrayante de passer la soirée – avec bien entendu la perspective de rentrer tôt. Et bien qu'elle eût préféré rester à la maison, elle consentait à le suivre.

Le quatrième jour de la vague de chaleur, aucun changement de temps n'étant prévisible, il se rendit à Chigwell dans l'après-midi. La nouvelle pièce de marbre de Mrs. Ripple était arrivée, parfaite, pour autant que Philip pouvait en juger, trop lisse et uniforme pour être vraie. Il décida de la livrer lui-même afin d'obtenir l'agrément de Mrs. Ripple et de lui donner l'assurance que la pose serait faite dans la semaine. C'était un lundi.

Senta et lui avaient été exceptionnellement heureux tout le week-end. Sans lui parler de son opération de contrôle, il l'avait félicitée pour son rôle dans *Impatience* et avait vu à quel point elle appréciait ses compliments et était heureuse de répondre à ses questions assez naïves. Elle lui montra comment elle entendait jouer son rôle, transformant subtilement sa voix et modifiant l'expression de son visage de telle sorte qu'elle devint, de manière fugace mais inquiétante, une autre personne. Elle semblait déjà connaître presque toutes ses répliques. Il goûtait d'avance la fierté qu'il ressentirait en la voyant à l'écran. L'émotion était forte et il se sentit oppressé.

Ils étaient restés ensemble du vendredi soir au lundi matin. Le samedi soir, ils avaient discuté de l'appartement du haut et envisagé de le nettoyer afin de pouvoir s'y installer sans délai. Mais il faisait trop chaud. Il serait toujours temps de s'y mettre, convinrent-ils, quand le temps se rafraîchirait. Le début des travaux attendrait jusqu'au vendredi suivant.

Il devait sans doute y avoir des milliers de gens dehors par cette chaleur, dans ces rues ensoleillées mais il les voyait à peine. C'étaient des ombres, des fantômes, vaguement réels. Ils n'étaient là que pour rendre, par contraste, Senta plus réelle, plus belle, plus à lui. Tout malentendu était dissipé, tout conflit passé, les querelles oubliées, les allusions à la mort et à la violence absorbées par le soleil et une vie sensuelle rythmée par les seuls loisirs. Ils déjeunaient dans les buvettes des parcs, sur l'herbe au bord de la rivière, buvaient du vin. Ils traînaient, main dans la main, en revenant vers la voiture, puis rentraient à Tarsus Street, couverts de poussière blanche, brisés par la chaleur et se mettaient au lit dans la cave fraîche. Il avait le sentiment naissant de l'avoir guérie de son agoraphobie. Sans beaucoup d'effort, il l'avait persuadée de sortir pour profiter des après-midi ensoleillés et des soirées douces et agréables.

« Pense, lui dit-elle que dans une semaine nous pourrons être ensemble tout le temps.

– Peut-être pas dans une semaine mais très bientôt.

– Il ne faut pas le remettre, il faut commencer vendredi. Nous pourrions peut-être monter le lit, ce serait un début. Je demanderai à Rita si cet horrible Mike peut nous aider, d'accord ? Il n'y a qu'une chose pour laquelle je voudrais que tu m'aides en priorité mais ça ne prendra pas longtemps et ensuite nous pourrons vraiment commencer à réfléchir aux aménagements de l'appartement. Philip, je n'ai jamais été aussi heureuse ! »

Durant tout ce week-end, elle n'avait pas fantasmé une seule fois. Pas une histoire extravagante sur le présent ou le passé. Il pensait qu'une sorte d'exorcisme s'était mis en place. Elle était délivrée du besoin de déformer la vérité. Comment pouvait-il éviter de croire, avec une certaine vanité, que c'était son amour pour lui et le sien pour elle qui l'avait transformée ? La réalité était devenue convenable.

Bloqué dans un embouteillage sur la route de Chigwell, Philip pensait tendrement à Senta. Il l'avait laissée au lit, les volets à demi fermés. Une brise matinale, qui disparaîtrait vite, aérait la pièce grâce aux fenêtres à chaque extrémité. La lumière du soleil dessinait de larges bandes sur les draps mais n'atteignait pas son visage, ses yeux. Il avait veillé à cela. Elle s'était vaguement réveillée et avait levé les bras vers lui. Plus encore que d'habitude, il avait dû s'arracher à elle qui, ruinant ses efforts, s'accrochait à lui, l'embrassait, lui chuchotait de ne pas sortir, de ne pas partir encore.

Il y avait un tel bouchon sur l'A12 que Philip pensa un instant qu'il serait plus sage de faire demi-tour dès que possible. Puis il se demanda ce que ça changerait à sa vie. Pas grand-chose. Le bonheur aurait duré quelques jours de plus, autant que le soleil et la chaleur. Mais il aurait passé. Il n'y avait pas d'échappatoire pour eux maintenant, c'était dans la nature des choses. S'il avait fait demi-tour, une bulle d'illusion et de mensonge se serait formée. Les supputations fausses et fumeuses se seraient effondrées plus tard et non cet après-midi-là.

Il ne fit pas demi-tour. Sa chemise, trempée de sueur, collait au dossier de son siège. Une voiture, devant lui, à une distance d'un kilomètre environ, avait chauffé et l'eau du radiateur bouillait. C'était pour cela que la circulation avait ralenti. Il était content de ne pas avoir donné d'heure précise à Mrs. Ripple, d'avoir mentionné seulement le milieu de l'après-midi – ce qu'elle avait trouvé bien vague.

Vingt minutes plus tard, il dépassait la voiture en détresse qui bloquait une voie et dont le capot ouvert laissait échapper un nuage de vapeur. La plaque de marbre tomba du siège arrière au moment où il s'engageait sur la voie privée de Mrs. Ripple et il eut un moment de panique, pensant qu'elle était cassée. Il la trouva intacte après s'être garé devant la maison et il sentit une coulée de sueur le parcourir. Le goudron fondait sur la chaussée et, dans la lumière éclatante et dure, des mirages de flaques d'eau dansaient. Les pelouses jaunissaient, se desséchaient. Il saisit, à l'arrière de la voiture, la plaque de marbre dans son emballage de carton.

La porte d'entrée de Mrs. Ripple s'ouvrit au moment où il approchait et une femme sortit, un scottish-terrier noir en laisse. Elle fit une pause sur le perron, comme le font les gens qui font traîner leur départ. C'était la femme, l'épouse, la sœur, la bonne de Gérard Arnham. Mrs. Ripple se tenait à l'intérieur de la maison et on voyait derrière elle Pearl aux cheveux noirs bouclés et à la robe d'un bleu brillant. Mais elle portait aujourd'hui un vêtement rose vif et sans manches. Mrs. Ripple portait une robe délicate à fines bretelles qui découvrait ses épaules brûlées par le soleil et ses bras décharnés.

Philip ne comprit pas pourquoi la vue de cette femme avec son chien lui causa un tel choc. Il titubait. Sa main posée sur la barre la plus haute du portail s'était serrée, jusqu'à ce qu'il sentît le métal s'enfoncer dans sa chair. Le poids du paquet qu'il portait lui rappela brusquement un autre objet de marbre qu'il avait trimbalé par une autre chaude journée : Flore, qu'il avait transportée chez Arnham quand il vivait à Buckhurst Hill.

La femme d'Arnham s'avança sur le chemin dans sa direc-tion, le petit chien reniflant ses chevilles. Elle ne parut pas le reconnaître. Son visage d'oiseau de proie était fatigué, elle avait des cernes noirs, des rides profondes sur le front. Elle avait l'air d'avoir été desséchée par la chaleur, réellement vidée. Elle le croisa, le regard fixe, dans une sorte de transe. Philip la dévisagea, il ne put s'en empêcher. Il se retourna, la vit passer le portail et s'avancer, comme une aveugle appa-remment, dans la rue.

Mrs. Ripple lança : « Vous voilà enfin ! » C'était l'accueil le plus doux qu'elle lui ait jamais réservé. Pearl réussit à lui sourire sans desserrer ses lèvres rouges et brillantes.

Comme un automate, il commença à ouvrir l'emballage de carton pour déposer la plaque sur le canapé de Mrs. Ripple. Ce qui l'avait choqué, c'était le chien, la présence du chien, réalisa-t-il, le *genre* de chien. Il voulait demander à Mrs. Ripple qui était cette femme mais il le savait déjà. Il savait qui elle était et il en était de même pour le chien. C'était Chipie et Ébène.

« Bon, je dois dire qu'il y a un progrès », disait Mrs. Ripple.

Pearl fit courir un ongle rouge sur la surface du marbre. « Au moins, il n'y aura pas de savon ou je ne sais quoi coincé dans les fissures. Avec l'autre, on aurait eu une niche à saletés. Je n'ose même pas y penser.

– Ils n'y pensent pas, Pearl. Ces hommes qui les dessinent. Ce serait autre chose si une femme y avait son mot à dire. »

Philip aurait aimé leur dire que cette série de coiffeuses avait été précisément dessinée par une femme. Une autre fois sans doute. Pour l'instant, il avait l'esprit vide ou entièrement occupé par la présence d'un petit chien noir que Senta avait surnommé Ébène et qu'elle avait vu gémir près de son maître agonisant.

« Bien, si vous êtes satisfaite, s'entendit-il déclarer, je vais le monter. On viendra la poser avant la fin de la semaine.

– Tu as remarqué, Pearl, qu'avec ces gens c'est toujours pareil ? Le début de la semaine, c'est mercredi matin et " avant la fin de la semaine ", c'est le vendredi après-midi. »

Il l'entendit à peine. Il porta la plaque de marbre à l'étage, trop conscient de son poids, comme s'il avait été beaucoup plus vieux. Dans la salle de bains, il passa devant la fenêtre, garnie d'un store autrichien à fleurs, et regarda l'arrière de la maison d'Arnham. L'aubépine qu'il avait vue en fleur la première fois était couverte de baies dont la couleur variait du vert au brun-rouge. Au-delà se trouvait le Cupidon avec son arc et son carquois, qui avait remplacé Flore. Mais il remarqua autre chose à propos du jardin qui le sidéra. Personne n'en avait pris soin depuis des semaines. Personne n'avait tondu la pelouse, arraché les mauvaises herbes, élagué les branches mortes. L'herbe avait poussé de plus de quinze centimètres avec des herbes folles blanc et jaune.

Le petit chien vint courir dans le jardin, venant de l'autre côté de la maison. Il disparut dans l'herbe comme un animal sauvage dans la brousse. Ébène, pensa-t-il, Ébène. Philip revint sur ses pas et se retrouva sur le palier. Bien qu'il ne se sentît pas très bien, paniqué à un point incompréhensible, il devait savoir la vérité. Il était trop proche de la certitude sans y être vraiment. Il était impensable de repartir en emportant un doute qui le rongerait sans trêve. Il en ressentait la douleur par anticipation – ce n'était pas la première fois.

Il n'eut pas à demander. Il était sur le palier, appuyé sur la rampe en haut de l'escalier, écoutant les voix des femmes. La porte de la salle de séjour était ouverte et il entendit Mrs. Ripple dire : « Tu sais qui c'était ?

– Qui était quoi ?

– La femme avec le petit chien qui est venue demander si nous connaissions un jardinier.

– Je n'ai pas retenu le nom.

– Elle s'appelle Myerson. Myerson. Tu sais, je n'aime pas les chiens dans les maisons. Je n'aurais jamais laissé entrer quelqu'un d'autre. Mais avec elle, je ne pouvais rien dire, dans les circonstances. Je suis surprise que le nom ne t'ait pas frappée. C'est son mari qui a été assassiné. Quand était-ce ? Un mois ? Cinq semaines ?

– Assassiné ? dit Pearl. Quel était son nom déjà ?

– Harold. Harold Myerson.

– Tu m'en as peut-être parlé dans ta lettre. Je ne lis jamais ces trucs-là dans les journaux, j'évite. Je suis peut-être lâche mais je ne les supporte pas.

– Il a été assassiné dans Hainault Forest, dit Mrs. Ripple. C'était un dimanche matin, une belle matinée ensoleillée. Un coup de couteau dans le cœur pendant qu'il promenait son chien. »

18

Elle s'assit sur le lit et lui sur la chaise en osier. La fenêtre était ouverte et, par peur, il l'avait fermée. Il y avait la pièce où ils se trouvaient et le miroir rustique – glauque, moucheté, une étendue marécageuse – reflétait cette pièce.

« Je t'ai dit que je l'avais tué, Philip, dit-elle. Je n'ai cessé de te répéter que je l'avais poignardé avec ma dague de verre. »

Il ne pouvait parler. Il avait à peine pu articuler quelques mots pour exiger de Senta qu'elle lui dise la vérité. Elle était plus calme, plus raisonnable que jamais et même gaie.

« Je vois bien que j'ai tué quelqu'un qui était innocent. Mais c'est toi qui m'as dit qu'Arnham vivait là. Tu m'as montré la maison. Nous sommes passés en voiture et tu l'as désignée en disant que c'était là que vivait Gérard Arnham. Je pense que tu dois admettre, Philip, que c'est toi qui t'es trompé, pas moi. »

Elle parlait comme si l'objet de la discorde était le fait

qu'elle ait choisi une innocente victime. Elle aurait pu être en train de lui reprocher gentiment d'être en retard à un rendez-vous. Philip était penché en avant, la tête entre les mains. Il sentait la sueur de ses doigts et le battement chaud de son sang sous le front. La main qu'elle posa sur son bras, le contact de sa petite main d'enfant le fit sursauter et reculer. C'était comme une allumette brûlant tout contre la peau nue.

« Cela n'a vraiment aucune importance, Philip, l'entendit-il dire. (Sa voix était douce et raisonnable.) Qui j'ai tué, peu importe. Ce qui compte, c'est que j'aie tué quelqu'un pour te prouver mon amour. Je veux dire – si tu veux bien – que ce n'est pas ce vieux débris, comment s'appelle-t-il, Joley que tu as tué, n'est-ce pas ? Tu t'es trompé là aussi. Mais nous l'avons fait. » Il entendit à peine le gloussement lamentable qu'elle fit. « La prochaine fois, dit-elle, j'espère que nous serons meilleurs, que nous serons plus prudents. »

Il avait bondi et s'était jeté sur elle avant même de comprendre ce qui se passait. Il avait saisi ses épaules et ses ongles s'y enfonçaient, il la secouait sur le lit, plaquait violemment sur le matelas son corps frêle, sa fragile cage thoracique, son squelette d'oiseau. Elle ne résistait pas. Elle se soumettait à sa violence, en gémissant un peu. Quand il se mit à la frapper, elle se protégea le visage de ses mains.

La vue de l'anneau qu'il lui avait offert, la pierre de lune montée sur de l'argent, le fit s'arrêter. Son visage aussi, si faiblement protégé, tremblant devant ses mains qui s'abattaient sur elle, sembla le paralyser au milieu de cet accès de violence. Lui qui détestait la violence, qui n'aurait pu s'imaginer en train de se livrer à la moindre brutalité ! En parler seulement le choquait. Y penser simplement lui paraissait déjà une forme de corruption.

Au-dessus, la Grande Valse du *Chevalier à la rose* envoyait ses accents douloureux à travers le plafond. Dégoûté de lui-même, il s'était abattu en travers du lit. Il ne bougeait pas, incapable de réfléchir, désirant mourir.

Il se rendait compte à présent qu'elle s'était assise sur le lit. Elle se frottait les yeux. Les coups lui avaient coupé le visage, il y avait une trace de sang sur une de ses pommettes. Quand

elle s'était protégé le visage, l'anneau à pierre de lune lui avait
éraflé la joue. Du sang coula sur son doigt et elle sursauta
quand elle le vit. Elle se mit à quatre pattes pour regarder
l'égratignure dans le miroir.

« Je suis désolé de t'avoir frappé, dit-il. Je suis devenu fou.

– Ça va. Ça n'a pas d'importance.

– Ça en a. Je n'aurais jamais dû te frapper.

– Tu peux me frapper si tu veux. Tu peux faire tout ce que
tu veux avec moi. Je t'aime. »

Elle le sidérait. Le choc était tel qu'il avait l'impression
d'avoir été assommé d'un coup de gourdin. Désemparé, il
pouvait seulement la regarder et écouter les mots qu'elle prononçait, détachés de tout contexte. Son visage était adouci par
l'amour, comme si les traits avaient commencé à fondre. Le
sang en altérait la perfection blanche et argentée, la rendait
plus humaine. Trop humaine.

« Tout cela est donc vrai ? » réussit-il à dire.

Elle approuva de la tête. Elle paraissait surprise mais
comme un enfant peut l'être. « Oui, tout était vrai. Bien
entendu.

– Quand tu l'as suivi, que tu t'es approchée de lui en prétendant avoir quelque chose dans l'œil, c'était vrai ? » Il put à
peine prononcer ces mots mais le fit tout de même : « Quand
tu l'as poignardé, c'était vrai ?

– Je te l'ai dit. Bien sûr que c'était vrai. Je ne savais pas
que tu doutais de moi, Philip. Je pensais que tu avais
confiance en moi. »

Dans un état de fébrilité provoqué par la peur, l'incrédulité
et la panique, il était rentré directement de Chigwell chez elle.
Il n'était repassé ni au bureau ni chez lui et il était assez tôt
quand il était arrivé. Pour une fois, elle le vit arriver par une
des fenêtres ouvertes. Son sourire s'était effacé quand elle
avait vu la tête de Philip.

Il n'avait rien apporté à boire ni à manger. Son univers
s'effondrait ou du moins c'est ce qu'il ressentait en descendant l'escalier de la cave. Il ne mangerait plus, ne boirait plus.
C'est elle qui demanda, après avoir répondu à ses questions et

confirmé tout ce qu'il redoutait et alors qu'il était prostré :
« Si nous buvions du vin ? J'aimerais bien. Tu veux bien aller
en chercher ? »

Dehors, il se sentit traqué. C'était une sensation nouvelle.
En revenant chez elle, il avait été effrayé de ce qu'elle pourrait
lui dire, de ce que son apparence et ses mots pourraient confirmer. Maintenant qu'il en était certain, il avait l'impression
d'être poursuivi. Avant le week-end, il en était arrivé à ne plus
croire que ce qu'il était capable de vérifier. Il était presque
parvenu à ôter toute foi à ses dires. Il avait eu la confirmation
qu'elle avait bien un rôle dans une série télévisée et il en avait
été heureux, soulagé. Il était étrange qu'il puisse la croire
maintenant tout à fait quand elle lui racontait les choses les
plus incroyables qu'elle ait jamais dites. Il n'y avait plus
aucun doute.

Il acheta deux bouteilles de vin blanc bon marché. Avant
même d'être rentré, il sut qu'il ne pourrait admettre d'en boire
la moindre goutte. Il devait avoir les idées claires. Il ne voulait
pas oublier, encore moins glisser dans cet état de vague
euphorie qu'ils atteignaient parfois quand le sexe se confondait avec les rêves du matin – qui viennent facilement et qu'on
subit, hébété. En rentrant dans la pièce, passant de l'atmosphère poussiéreuse du rez-de-chaussée à la fraîche obscurité
de la cave, les faits, la vérité le frappa à nouveau : elle avait
assassiné de sang-froid un inconnu sans défense. Incrédule, il
se répéta à voix basse : « C'est impossible, c'est impossible... »

Elle se mit à boire avec avidité. Il emporta son verre, le vida
sous le robinet et le remplit d'eau. Dans ces verres de couleur
vert foncé, il était impossible de savoir si c'était de l'eau ou du
vin. Elle tendit le bras vers lui. « Passe la nuit avec moi. Ne
rentre pas chez toi ce soir. »

Il la regarda d'un air désespéré. Il exprima ses pensées à
haute voix. « Je ne crois pas pouvoir rentrer chez moi. J'ai
l'impression que je ne pourrais pas sortir de cette pièce, ni
voir d'autres gens. Je ne peux rester qu'avec toi. Tu as rendu
impossible toute relation avec d'autres gens. »

Cela parut lui plaire. Il eut même l'impression fugace que

c'était exactement son intention, le séparer du monde, le rendre infréquentable. Il vit à nouveau la folie dans son visage, dans son regard lointain, dans sa parfaite indifférence à tout ce qui rendait perplexe et horrifiait l'humanité. C'était le visage de Flore. Il l'avait vu dans le marbre en la découvrant, bien longtemps auparavant, dans le parterre de fleurs du jardin d'Arnham. Cette fois, il n'essaya pas, comme il avait pu le faire avant, d'écarter de son esprit l'idée de sa folie. Si elle était folle, elle ne pouvait s'en empêcher. Si elle était folle, elle était irrémédiablement incapable de contrôler ce qu'elle faisait.

Il la prit dans ses bras. C'était horrible mais il n'en tirait aucun plaisir. C'était comme s'il avait tenu un noyé ou un sac d'ordures. Il eut presque un haut-le-cœur. Et puis il sentit la pitié le gagner, pour elle et pour lui. Il se mit à pleurer, la tête posée sur son épaule et les lèvres pressées sur son cou.

Elle caressa ses cheveux. Elle chuchota : « Pauvre Philip, pauvre Philip, ne sois pas triste, il ne faut pas être triste... »

Il était seul dans la maison. Il s'assit devant la fenêtre de la salle de séjour, regardant la lumière décroître dans la rue. Glenallan Close, avec un tel coucher de soleil, baignée dans une pâle lumière rouge, dans une chaleur sans air, était plus belle que jamais.

Il n'avait cessé d'être tourmenté, il était sans repos depuis vingt-quatre heures. Il était incroyable, à y repenser, que deux personnes aient pu supporter une telle chose. Bien entendu, il n'avait pas été question d'aller travailler. Durant cette nuit blanche, ces interminables heures pendant lesquelles elle avait tour à tour dormi et veillé, elle l'avait prié de lui faire l'amour jusqu'à s'agenouiller devant lui de manière pathétique – sans rien obtenir. Finalement, il était allé téléphoner dans l'entrée vers huit heures du matin et avait appelé Roy chez lui. Il n'eut pas besoin de simuler une voix cassée, une gorge enrouée et une lassitude presque communicative. Tout était bien là, produit des heures atroces qu'il venait de passer.

Et avec le lever du soleil, tout avait recommencé. Aucune porte, aucune fenêtre n'avait été ouverte la veille et la chaleur croissait comme dans un four. Senta, qui avait dormi jusqu'à ce qu'il revienne, se réveilla et se mit à pleurer. Il aurait voulu la frapper à nouveau pour mettre un terme à ce gémissement qui ne rimait à rien. Il joignit les mains pour ne pas la frapper. Il faisait l'apprentissage de cette violence qui lui avait été si longtemps étrangère. Il apprenait que nous sommes tous capables d'à peu près tout.

« Tu dois cesser, dit-il. Il faut arrêter. Nous devons parler et décider ce qu'il faut faire.

– Qu'est-ce qu'il y a à faire si tu ne m'aimes pas ? »

Son visage était trempé comme si la peau avait absorbé les larmes. Des mèches de cheveux humides étaient collées sur ses joues.

« Senta, tu dois me dire. » Il eut tout à coup une idée. « Dis-moi la vérité maintenant. Tu ne dois me dire que la vérité à partir de maintenant. »

Elle approuva de la tête. Il sentit qu'elle essayait de l'amadouer, de paraître consentante afin d'éviter d'autres ennuis. Ses yeux étaient devenus fuyants, plus verts et plus durs sous les paupières gonflées.

« Que voulais-tu dire en affirmant que ce n'était pas la première fois ? Tu me l'as dit quand nous étions en train de parler de la police. Qu'est-ce que ça signifiait ? »

Il y eut un silence pendant lequel ses yeux bougèrent, regardèrent le miroir, revinrent sur lui. Elle parla très innocemment, de manière délibérément désarmante.

« Je voulais dire que j'avais déjà tué quelqu'un. Ce petit ami, Martin, Martin Hunt – je te l'ai dit. Je t'ai dit qu'il y avait eu quelqu'un avant toi. Je pensais qu'il était l'homme de ma vie. C'était avant que je t'aie même vu. Bien avant que nous fassions connaissance. Tu ne m'en veux pas, Philip ? N'est-ce pas ? Si j'avais su, je ne me serais jamais même approchée de lui. Je ne lui aurais jamais parlé si j'avais su que j'allais te rencontrer. »

Il secoua la tête. C'était une faible protestation contre quelque chose qu'il ne comprenait pas mais qu'il savait être monstrueux.

« Quoi d'autre ? »

Au lieu de répondre, elle se rapprocha de lui et, comme elle n'obtenait aucune bienveillance, dit : « Tu vas me protéger et me sauver et continuer à m'aimer, n'est-ce pas ? N'est-ce pas ? »

Cela le terrifia parce qu'il ne connaissait pas la réponse. Il ne savait quoi dire. Il ne savait pas ce qu'il redoutait le plus, la loi et son pouvoir ou elle. Il était important pour lui, en tant qu'homme, de ne redouter ni l'un ni l'autre. Il se força à la prendre dans ses bras et à la serrer contre lui.

« J'étais jalouse, dit-elle d'une voix étouffée. Si jamais tu trouvais une autre fille, je la tuerais, Philip. Je ne te ferais pas de mal mais je la tuerais. »

Elle ne lui avait rien dit mais il manquait de courage pour insister. Il l'avait enlacée d'un geste un peu mécanique, son bras se transformant en une sorte d'attache assez forte pour soutenir à sa charnière un autre être humain. Cela ressemblait assez à la manière dont il avait transporté Flore chez Arnham. Senta était aussi lourde et inerte que la pierre.

Il sortit plus tard et acheta à manger. Il avait fait du café et il réussit à lui en faire boire. Ils entendirent des pas à l'étage au-dessus et la porte d'entrée claquer et, quand Philip regarda par la fenêtre vers le trottoir, il vit Rita et Jacopo se diriger vers la station de métro, des valises à la main. Dans l'après-midi, Senta monta et, quand elle revint, elle dit avoir pris deux somnifères chez Rita. Philip fit en sorte de ne pas laisser de vin dans la pièce et, dès qu'elle fut endormie, partit. Elle allait dormir pendant des heures et il reviendrait dans la nuit.

Quelqu'un avait fait une profonde éraflure sur les portières de sa voiture. Elle avait été faite, semble-t-il, avec un clou rouillé abandonné sur le capot de la voiture. Joley n'était pas dehors ni dans Caesarea Grove mais faisait la queue à la soupe populaire Mère-Teresa dans Tyre Street. Philip lui fit signe de la tête mais ne sourit pas et ne salua pas non plus. Il constatait qu'un choc important et le souci provoqué par un événement terrible paralysaient tout mouvement, refermaient le corps sur lui-même, provoquant une concentration mentale terrifiante. Il se demandait même s'il devait conduire. Il n'était pas préparé à conduire, pas plus qu'il ne l'avait été à boire.

La maison de Glenallan Close était vide, à l'exception de Hardy. Le petit chien lui fit une grande fête, sautant partout et lui léchant les mains. Philip trouva du pain en tranches dans une boîte, de la salade de chou et de la saucisse dans le réfrigérateur mais ne voulut de rien. Il se remettrait un jour à manger, quand il ne sentirait plus ce blocage dans la gorge, comme une porte coincée. Il alla dans la verrière de la salle de séjour pour regarder la fin du coucher de soleil et admirer le ciel irréel d'un rouge clair, délavé et nacré – toile de fond d'un autre monde que celui dans lequel il venait de vivre. Il eut profondément envie de croire que tout cela n'était pas vrai, qu'il l'avait imaginé ou rêvé, qu'il allait se réveiller.

La voiture entra dans son champ de vision, s'arrêta devant la maison. Il pensa de manière absurde : la police. C'était la Jaguar d'Arnham. Christine et lui en sortirent, elle portant une gerbe de fleurs dans une main et un panier de ce qui semblait être des fraises dans l'autre. Hardy entendit Christine arriver et courut à la porte.

Elle avait pris des couleurs. Sa peau était vermeille. « Nous avons fait un pique-nique, dit-elle. Gérard a pris un jour de congé et nous sommes allés dans la forêt d'Epping. C'était absolument délicieux, comme si nous avions vraiment été à la campagne. »

Un autre monde. Il se demanda si on pouvait lire sur son visage le désespoir qu'il ressentait. Arnham était très bronzé, ce qui accentuait sa physionomie italienne ou grecque. Il portait une chemise blanche, ouverte presque jusqu'à la taille, et un jean, comme un jeune homme. « Comment allez-vous, Philip ? Je peux vous dire que vous n'étiez pas où il fallait aujourd'hui. »

Désormais, il ne serait jamais plus là où il faut. Sans même essayer de s'exprimer poliment, il demanda : « Où habitez-vous maintenant ?

– Toujours à Buckhurst Hill mais de l'autre côté de High Road. Ça n'a pas été un grand déménagement. »

Christine, qui était allée chercher un vase pour y placer ses œillets, dit avec une innocence charmante et non calculée : « Oui, Philip, je voulais tellement voir la maison de Gérard.

Nous étions si près. Je suppose que je suis trop curieuse mais j'adore voir une nouvelle maison. Gérard n'a pas voulu m'y emmener, en prétextant qu'elle n'était pas prête pour ma visite. Il devait tout nettoyer avant que j'y mette le pied. »

Philip hésita un instant, puis dit froidement : « La vérité, j'imagine, c'est que vous ne vouliez pas qu'elle s'aperçoive que vous vous étiez débarrassé de Flore. »

Il y eut un silence. Arnham rougit violemment. Le coup avait parfaitement porté. Philip ne croyait pas vraiment que ce fût la cause de la réticence d'Arnham. Il constatait à présent qu'il avait vu juste. Tenant à la main quatre ou cinq œillets, dans une attitude digne de Flore, Christine tourna son regard étonné vers Arnham.

« Vraiment, Gérard ? Vous ne vous êtes pas défait de Flore, n'est-ce pas ?

– Je suis désolé, dit Arnham, je suis absolument navré. Je ne voulais pas que vous le sachiez. Il a raison de dire que c'est pour ça que je n'ai pas voulu vous emmener chez moi. J'ai un petit jardin et vous m'auriez forcément demandé. Je suis désolé.

– Si vous ne l'aimiez pas, j'aurais préféré que vous me le disiez. » Philip n'aurait jamais cru que Christine pourrait être à ce point bouleversée. « J'aurais préféré que vous le disiez et nous l'aurions reprise.

– Christine, croyez-moi, je la voulais, je l'aimais. Je vous en prie, ne me regardez pas comme ça.

– Oui, je sais, c'est très stupide et très puéril mais ma journée est gâchée.

– Il l'a vendue à des gens de Chigwell. » Philip ne se souvenait pas avoir été aussi vindicatif. C'était une saveur nouvelle et agréable, amère et dure. « Demande-lui s'il ne l'a pas vendue à des gens de Chigwell, les Myerson.

– Je ne l'ai pas vendue.

– Donnée, alors.

– Ça ne s'est pas passé comme ça. C'était un malentendu. J'étais parti pour l'Amérique, vous savez, et j'y suis resté un mois. Il y a eu la vente aux enchères de la maison et de ce qu'elle contenait. La statue ne devait pas être incluse, j'avais laissé des instructions pour qu'elle ne soit pas vendue mais il y a eu une confusion et elle a été vendue. » Arnham, en colère, regardait Philip. « J'étais consterné quand je m'en suis rendu compte. J'ai fait de mon mieux pour essayer de la récupérer et j'avais retrouvé la trace du marchand qui l'avait achetée. Seulement, entre-temps, il l'avait vendue à quelqu'un qui l'avait payée en liquide. En fait, c'est la raison pour laquelle je n'ai pas repris contact avec vous, Christine. Je ferais mieux de tout vous dire. Je l'aurais fait si votre fils ne l'entendait pas mais puisqu'il est là... »

Autrefois, Philip aurait quitté la pièce mais maintenant il ne voyait pas pourquoi il l'aurait fait. Il ne bougea pas.

« Je voulais vous voir, reprit Arnham. J'avais très envie de vous voir mais j'étais incapable de vous avouer ce qui s'était passé avec Flore. J'ai eu la frousse. Pendant un moment, j'ai cru pouvoir la récupérer et ensuite, n'ayant pas pu le faire et ayant déménagé, des mois avaient passé, j'ai pensé qu'il était trop tard, qu'il était alors ridicule de vous appeler. Sans parler du fait que je ne pouvais toujours donner aucune explication pour la statue. Quand j'ai revu votre fils dans Baker Street, j'ai réalisé à quel point je..., à quel point vous m'aviez manqué. » Il lança à Philip un regard lourd de ressentiment. Le visage d'Arnham s'était empourpré. « J'avais envie de vous voir, dit-il à Christine presque sur un ton de reproche. Je voulais reprendre contact avec vous et je l'ai fait. Mais j'étais constamment inquiet au sujet de la statue. Je pensais vous dire qu'elle s'était cassée ou qu'on l'avait volée. »

Philip eut un rire étouffé. Sa mère s'était levée, avait soulevé le vase d'œillets pour le poser sur le rebord de la fenêtre. Elle arrangea les fleurs quelque peu, essayant de créer un effet de symétrie. Elle ne dit pas un mot. Hardy sauta de la chaise sur laquelle il était assis et, le museau joyeusement relevé et remuant la queue, trotta vers Arnham. Philip remarqua, comme on observe un fait indubitable, la réticence instinctive d'Arnham. Il posa la main sur la tête de Hardy en guise de concession à Christine, sans aucun doute.

Elle fit face à Arnham. Philip s'attendait à ce qu'elle commence à exprimer des reproches, bien que ça ne lui ressemblât pas. Mais elle se contenta de sourire et dit : « Bien, c'est terminé. J'espère que le malentendu est dissipé pour vous aussi. À présent je vais aller faire du thé pour tout le monde.

– Vous voulez bien que je vous emmène dîner, Christine ?

– Non, je ne pense pas. Il est déjà tard, je n'ai pas l'habitude de manger à cette heure-ci. Et puis vous avez une longue route pour rentrer. Je crois que je ne m'étais jamais rendu compte à quel point c'était loin », dit-elle sur un ton badin.

Philip les abandonna et monta dans sa chambre. Il devait retourner chez Senta, bien que ce fût la dernière fois qu'il voulait le faire. Si, la semaine dernière, on lui avait dit qu'un jour et un jour prochain il ne voudrait plus la voir, que la voir lui répugnerait, il aurait pris cela pour une plaisanterie. Aujourd'hui, il se sentait comme il y a très longtemps, quand il était petit et que son chat était tombé malade. Il avait adoré ce chat que les Wardman avaient adopté déjà adulte, un chat de gouttière. Il l'avait appelé Smoky à cause de son pelage tacheté gris et noir, et l'avait nourri et soigné jusqu'à en faire un bel animal élégant.

Smoky avait l'habitude de dormir sur le lit de Philip. Il restait sur ses genoux pendant qu'il faisait ses devoirs. C'était le chat de Philip, gâté, choyé, caressé à longueur de temps. En vieillissant, le chat perdit sa belle santé. Des années et des années avaient passé et Smoky devait avoir quatorze ou quinze ans. Il avait de mauvaises dents et mauvaise haleine, il perdait ses poils et son pelage était clairsemé, il ne se toilettait plus. Et Philip perdit son affection pour lui. Il cessa de l'aimer. Bien qu'il se sentît terriblement coupable, il évitait le pauvre Smoky et son panier niché dans un coin de la cuisine. Quand ses parents, terrifiés de lui en parler, finirent par suggérer qu'il faudrait peut-être, par bonté, endormir Smoky, il se sentit soulagé, débarrassé d'un poids.

N'avait-il donc aimé son chat que pour sa beauté ? N'avait-il aimé Senta que pour sa beauté ? Et pour ce qu'il considérait la beauté de son esprit, de son moi, de son âme ? Il savait désormais que ces dimensions de son être n'étaient pas belles mais malades, ignobles, dégoûtantes, dénaturées. Elles étaient mauvaises et sentaient mauvais. Était-ce la raison pour laquelle il avait cessé de l'aimer ? Ce n'était pas aussi simple que ça. Ce n'était pas simplement parce qu'il avait peur de sa folie mais plutôt parce qu'il avait aimé un être imaginaire, sans rapport avec cet étrange petit animal sauvage au cerveau dérangé qui l'attendait à Tarsus Street.

Il ouvrit son placard et regarda Flore malgré l'obscurité, son visage encadré par un pantalon de tweed et l'imperméable remplaçant celui qui avait été volé. Chose curieuse, elle ne ressemblait plus à Senta. Peut-être ne lui avait-elle jamais ressemblé et cela avait-il été le fruit de son imagination débordante. Le visage de pierre avait l'air aveugle, affable, dépourvu d'expression. Elle n'était même pas un être mais une chose faite de marbre, peut-être pas même sculptée d'après un modèle vivant. Peut-être l'œuvre d'un sculpteur mineur. Il la sortit et la coucha sur le lit. L'idée lui traversa l'esprit de la remettre à sa place dans le jardin, avant de partir. Aucune raison ne s'y opposait puisque Arnham s'en était séparé depuis longtemps, que Christine était désormais au courant et que Myerson, son propriétaire, était mort. Il la descendit.

Gérard Arnham était sur le point de partir. La porte d'entrée était ouverte et Christine se tenait près du portail pendant qu'il montait dans sa Jaguar. Philip se dirigea vers le jardin du fond et la remit à sa place initiale, près du petit bassin. Avait-elle toujours eu ce misérable air de pacotille ? La tache qui couvrait son sein, les plis de sa tunique, l'oreille mutilée, un autre coup jamais remarqué auparavant, une fleur d'aubépine manquant au bouquet, tout cela en faisait l'ornement idéal d'une ruine. Il s'éloigna et, se retournant, vit un moineau se poser sur son épaule.

Dans la cuisine, Christine buvait sa deuxième tasse de thé.

« J'ai appelé pour savoir si tu en voulais, mon chéri, mais tu n'étais pas dans les parages. Le pauvre Gérard est assez bouleversé, non ?

— Tu étais très bouleversée quand il s'est éclipsé pendant des mois.

— Vraiment ? » Elle semblait contrariée, comme si ses

efforts pour se souvenir étaient vains. « Je ne pense pas le revoir de sitôt et je ne peux pas dire que j'en sois désolée. Audrey n'aurait pas apprécié. »

En tout cas, Philip *crut* qu'elle avait dit « Audrey ». Il avait toujours cru l'entendre dire « Audrey », sans doute parce qu'il ne l'avait jamais écoutée attentivement. « Qu'est-ce qu'il a à voir avec elle ?

— Pas elle, mon chéri, *Aubrey*. Mon ami Aubrey. Tu vois de qui je parle, le frère de Tom, Tom Pelham. »

Le monde flottait, le plancher flottait. « Tu parles du père de Senta ?

— Non, Philip. C'est Tom. Je te parle d'Aubrey Pelham, le frère de la mère de Darren, et il ne s'est jamais marié. Je l'ai rencontré pour la première fois au mariage de Fee. Philip chéri, je n'en ai jamais fait un secret, jamais rien caché. J'ai toujours dit que je sortais avec Aubrey, que je le voyais beaucoup. Tu ne vas pas nier ça, non ? »

Il ne pouvait le nier. Il avait été trop occupé de lui-même pour faire véritablement attention. Il avait entendu « Audrey », un prénom féminin. Mais ce n'était pas pour une femme que Christine avait renouvelé sa garde-robe, décoloré ses cheveux, retrouvé un air juvénile.

« En fait, il veut m'épouser. Tu... est-ce que... ça t'embête-rait si je l'épousais ? »

C'était tout ce qu'il avait souhaité, espéré, un homme à qui il pourrait la confier. Comment se pouvait-il que des choses aient un jour une importance capitale pour ne plus rien signi-fier le lendemain ?

« Moi ? Non, ça ne m'embêterait pas, évidemment.

— J'ai pensé que je devais te demander. Quand les enfants grandissent, je pense qu'on doit leur demander leur avis quand on se marie, même si on ne s'attend pas qu'ils posent des questions.

— C'est pour quand ?

— Oh ! je ne sais pas, mon chéri. Je ne lui ai pas encore dit oui. J'ai pensé que ce serait bien pour Cheryl, si j'épousais Aubrey.

— Pourquoi " bien pour Cheryl " ?

– Je te l'ai dit, Philip, il est éducateur, il s'occupe d'adolescents à problèmes comme elle. »

Philip se mit à penser : elle a tout arrangé, organisé sa vie sans moi. Et moi qui croyais qu'elle était incapable de s'en tirer toute seule, qu'elle aurait à s'appuyer sur moi toute sa vie. Tout à coup, il découvrait quelque chose d'autre : sa mère était une femme que des hommes voulaient épouser, que des hommes souhaitaient ardemment épouser. Être mariée, voilà ce qu'elle savait faire, de manière à la fois admirable et bizarre – et ils le sentaient bien.

Il en fut gêné, ce n'était pas son habitude, mais il passa son bras autour d'elle et l'embrassa. Elle leva les yeux vers lui et sourit.

« Je ne reviendrai peut-être pas avant un certain temps, dit-il, je vais chez Senta.

– Amuse-toi bien, mon chéri », dit-elle vaguement. Elle se dirigeait vers le téléphone dans l'entrée, attendant de toute évidence qu'il s'en aille afin de pouvoir parler tranquillement de sa réaction et de son accord à Aubrey Pelham. Il monta dans sa voiture et ne démarra pas immédiatement. La réticence à l'idée de voir Senta, qu'il avait déjà ressentie dans la maison, n'avait fait que croître. Il commençait à comprendre comment une violente antipathie pouvait être le revers d'une passion. Il voyait en elle l'incarnation du mal, il voyait son regard fixé sur lui, vert et étincelant. Il essaya de se figurer ce que ce serait de ne plus jamais la revoir, ce soulagement, cette paix. D'une certaine façon, il savait qu'une fois là-bas ce serait peine perdue. Mais lui écrire... Pourquoi ne lui écrirait-il pas que tout était fini, qu'ils avaient perdu la tête, que c'était mauvais pour tous les deux ?

Il savait qu'il ne pouvait pas le faire. Mais il ne pouvait retourner chez elle immédiatement non plus. Il avait besoin de différer cette rencontre le plus tard possible dans la nuit. L'obscurité faciliterait les choses. Une vision étrange lui revenait constamment à l'esprit : ils s'étaient enfermés tous les deux dans la cave, ne voyant personne, ne sortant jamais, à l'abri. C'était une vision odieuse.

Il s'éloigna lentement de la maison de sa mère. Il se mit à

rouler dans la direction de Tarsus Street, comme s'il avait été aimanté. Il savait cependant qu'un moment viendrait où il abandonnerait cet itinéraire et roulerait à l'aventure, pour un temps au moins. Il ne pouvait affronter Senta maintenant, immédiatement.

Ce moment se produisit quand il atteignit les environs de Kilburn après avoir quitté Edgware Road. Il continua tout droit. Il pensait à ce que lui avait dit Christine à propos de Cheryl et se sentit très agacé par cette solution facile à un problème inconnu. Un beau-père qui était une sorte de juge pour enfants – voilà la solution que Christine avait trouvée. Philip se souvint brusquement avoir vu, bien avant de rencontrer Senta, Cheryl sortant en larmes d'un magasin.

Sauf que ce n'était pas un magasin. Ralentissant à un stop, il décida de se garer, à un endroit, clairement signalé, où le stationnement était interdit. Il sortit et se mit à fixer la lumière éclatante qui, sans l'obstacle de fenêtres ou de portes, répandait dans une rue un clignotement rouge et jaune – invitation à découvrir un univers de machines à sous et jeux électroniques. Il n'était jamais entré dans ce genre d'endroit parce qu'il n'en avait jamais eu envie. En vacances au bord de la mer, parfois dans un pub, il s'était laissé tenter et n'en avait tiré aucun plaisir. Il se souvint aussi qu'au cours d'une traversée depuis Zeebrugge, après des vacances en famille, son père avait joué sur une machine appelée Dynamo démoniaque. Ce nom l'avait frappé, il était tellement ridicule.

Il y avait la même machine dans cet endroit, ce soir. Il y avait aussi une Tempête spatiale, un Ouragan absolu, une Apocalypse et une Guerre des gorilles. Il avança dans l'allée centrale, observant les machines et les visages de ceux qui jouaient, soit pétrifiés, soit terriblement concentrés. Sur une machine appelée Chariots de feu, un garçon mince, très pâle et le crâne rasé, avait réussi à allumer une série de torches olympiques et les pièces de monnaie ne cessaient de tomber. Il avait l'air très jeune mais devait avoir plus de dix-huit ans. Philip avait lu quelque part que ce genre d'endroit était interdit aux moins de dix-huit ans. C'était une nouvelle loi qui venait de passer. Croyaient-ils qu'on devenait responsable et

sage comme par magie le jour de son dix-huitième anniversaire ?

Il n'y avait aucune émotion sur le visage du garçon. Philip
avait eu un père joueur. Il ne s'attendait pas à ce que le type
empoche ses gains et parte. Il le vit se diriger vers la Tempête
spatiale.

Cheryl n'était pas là mais il sut où il pourrait la trouver.

19

Elle s'assit en face de lui à la table du café. Il l'avait
convaincue de venir discuter en lui promettant cinq livres. Il
ne les lui donna pas tout de suite. Il se demanda depuis
combien de temps elle n'avait pas lavé ses cheveux, ne s'était
pas lavée elle-même. Ses ongles étaient sales. En regardant sa
main droite et son anneau en argent au majeur, il ne pouvait
imaginer autre chose que cette main s'agitant indéfiniment sur
une machine à sous, aussi mécaniquement que sur chaîne de
montage mais sans l'indifférence du travailleur à la chaîne.
Son visage était marqué, comme seul peut l'être un visage
adolescent, avec des sillons, des rides qui ne lui donnaient pas
un air âgé mais seulement très, très fatigué.

Il l'avait finalement trouvée dans une salle de jeu dans Tot-
tenham Court Road, après l'avoir cherchée dans des endroits
du même genre tout le long d'Oxford Street. Il l'observa en
train de perdre ses dernières pièces de monnaie et se tourner,
d'un mouvement sans doute devenu réflexe, vers la personne
qui se trouvait à côté d'elle pour essayer de lui emprunter de
l'argent. Philip vit la déception sur le visage de Cheryl.
L'homme ne l'avait même pas vraiment regardée. Il continuait à regarder les machines à sous alignées avec la concentration de quelqu'un qui passe un test chez un opticien. Il
accompagna un mouvement répété de la tête d'un geste de la
main pour signifier à Cheryl qu'elle devait s'en aller. Les
éclairages or et rouge, fixes et clignotants, les profondeurs de

la salle illuminées par des spots et des foyers de lumière écla-
tants donnaient à l'endroit l'apparence d'un enfer de théâtre.

Maintenant qu'il avait découvert ce penchant secret, il était
difficile de tirer quoi que ce soit d'elle parce qu'elle se
moquait éperdument de ce qu'il découvrirait et penserait
d'elle. Elle parlait avec une espèce de réticence ennuyée. Elle
avait goûté son café et l'avait repoussé, frissonnant avec
affectation.

« Il était mort. Rien ne pouvait me rapprocher plus de lui. Je
me sentais pareille à lui. Je crois qu'on peut dire ça. Ou peut-
être que c'est dans le sang, transmission héréditaire.

– On n'hérite pas d'un truc comme ça.

– Qu'est-ce que tu en sais ? Tu es médecin ?

– Tu fais ça depuis combien de temps ? Depuis qu'il est
mort ? »

Elle approuva de la tête, avec une affreuse grimace d'ennui.
Elle ne tenait pas en place. Elle prit la cuiller à café et se mit à
taper le bord de la soucoupe.

« Comment est-ce que ça a commencé ?

– Je passais devant. Je pensais à Papa. Ni Fee ni toi n'aviez
l'air de vous préoccuper de la façon dont il était mort. Ni
Maman d'ailleurs. Je passais devant en pensant à lui. Je pensais à cette nuit où nous étions rentrés tous ensemble de
vacances. Nous étions sur un ferry et il avait trouvé une
machine à sous. Chaque fois qu'il gagnait, il me donnait
l'argent et me laissait jouer une fois. Le bateau était bondé et
vous étiez allés manger quelque part. Il y avait juste Papa et
moi, il faisait nuit, les étoiles brillaient. Je ne sais pas comment je me souviens de ça parce qu'on n'était sûrement pas
sur le pont. Papa gagnait tout le temps et les pièces tombaient
sans arrêt. Je pensais à ça et je me suis dit que j'allais essayer
une fois. Pourquoi pas ?

– Et tu es devenue accro ? demanda Philip.

– Je ne suis pas *accro*. Ce n'est pas une drogue. » Pour la
première fois son visage s'anima. Elle avait l'air indigné. « Il
y a un type là-bas qui vient de me dire que j'étais accro. " T'es
une camée. " Il m'a dit ça comme si je m'injectais quelque
chose. Je n'ai jamais fait ça. Je n'ai jamais pris d'héro. Je n'ai

jamais fumé. Pourquoi est-ce que les gens pensent qu'on est accro juste parce qu'on aime un truc ?

– Tu voles pour jouer, non ? Tu as pris l'habitude de voler pour pouvoir continuer.

– *J'aime* ça, Phil. Tu ne peux pas comprendre. J'aime ça plus que tout au monde. Appelle ça un hobby. Comme Darren avec le sport. Tu ne le traites pas de drogué. C'est un *intérêt* et tu es censé en avoir aussi. Les gens qui jouent au billard, au golf, aux cartes, à je ne sais quoi, tu ne les traites pas de camés. »

Il répondit fermement : « Ce n'est pas la même chose. Tu ne peux pas t'arrêter.

– Je n'ai pas envie de m'arrêter. Pourquoi est-ce que je m'arrêterais ? Tout irait bien, il n'y aurait aucun problème si seulement j'avais de l'argent. Mon problème, c'est que je n'ai pas d'argent, ce n'est pas les machines à sous. » Elle posa la cuiller, elle avança la main à travers la table et la tendit vers lui, paume ouverte. « Tu as dit que tu me donnerais cinq livres. »

Il prit dans son portefeuille un billet qu'il lui donna. C'était horrible. Il ne voulait pas en faire toute une histoire, en le lui donnant aussi vite que de la nourriture à un affamé ou après un long et prudent calcul, comme ces gens qui s'amusent à offrir un biscuit à un chien pour le leur refuser au dernier moment. Mais au moment où il sortit le billet, aussi simplement que s'il avait voulu rembourser un prêt, elle le lui arracha des mains. Elle retenait sa respiration et comprimait ses lèvres. Elle tenait le billet serré dans la main, ne paraissant pas vouloir le mettre dans sa poche. Elle ne retiendrait pas son souffle plus long-temps que ça.

Quand elle fut partie, disparaissant au milieu des machines aux noms improbables, il revint à sa voiture, qu'il avait laissée dans une rue adjacente. Il était un peu plus de dix heures et demie et il faisait nuit. Cette conversation avait focalisé son angoisse sur Cheryl. Il était entièrement préoccupé par Cheryl et son attitude extrêmement défensive. Elle serait conduite à voler de nouveau, elle déjà en train de le faire probablement.

Elle se ferait prendre et elle irait en prison. Par égoïsme et souci de se préserver, il se dit que ce serait sans doute la meilleure chose qui puisse arriver à Cheryl. En prison, ils pourraient la soigner, l'aider. En tant que frère, il savait qu'elle était en train de s'égarer. " Je dois faire quelque chose, pensa-t-il, je dois. "

Il ne pouvait plus maintenant différer le retour chez Senta. Pas moyen de repousser. Elle serait sans doute déjà effrayée, angoissée, se demandant ce qui avait bien pu lui arriver. Tout en conduisant, il essaya des formules de rupture. Si la police avait découvert quoi que ce soit, il aurait été obligé de rester avec elle. Mais curieusement, la police ne savait rien. Il se pouvait qu'aucun témoin ne soit venu leur parler d'une fille aux vêtements tachés de sang, d'une fille seule dans un train un dimanche matin. Sûrement parce qu'elle n'avait aucun lien avec Myerson. C'était le meurtre d'un inconnu par un inconnu, le cas le plus difficile à résoudre, sans raison et sans mobile.

Suis-je donc complice d'un meurtre ? Suis-je en train de protéger un meurtrier ? Qu'apporterait la livraison de l'assassin de Myerson à la justice ? Est-ce que ça ramènerait le pauvre Myerson ? Une des raisons d'arrêter un assassin était de prévenir toute récidive. Il savait qu'elle avait déjà tué. Elle le lui avait dit de manière assez détournée mais l'avait dit tout de même. C'était la première fois qu'elle avait utilisé une dague de verre.

À Tarsus Street, la maison était dans l'obscurité complète. Les volets de la cave étaient ouverts mais il n'y avait aucune lumière. En entrant, il se souvint de l'époque où elle l'avait rejeté et à quel point il avait été malheureux. Comment avait-il pu en être ainsi, il y a si peu de temps, et en être autrement aujourd'hui ? S'il ne lui avait pas menti à propos de John Crucifer, Myerson serait peut-être encore en vie. Et il avait menti uniquement pour reconquérir quelqu'un dont il ne voulait plus à présent.

Il descendit l'escalier d'un pas lourd. Il éteignit la lumière et, une fois dans l'obscurité, pénétra dans la chambre obscure.

Le silence était absolu mais, en s'approchant du lit, il l'entendit soupirer dans son sommeil. Au rythme de sa respiration et à la profondeur de son sommeil, il sut qu'elle avait pris les somnifères de Rita. Sans quoi, en l'entendant approcher, elle se serait réveillée. Il se déshabilla et se coucha près d'elle. C'était sans doute la seule chose à faire. Pendant un long moment, en attendant le sommeil, il contempla la courbe pâle de sa joue sur l'oreiller marron. Les mèches argentées de ses cheveux captaient le peu de lumière de la pièce et brillaient dans le noir. Elle était couchée sur le côté, les poings fermés sous le menton. Il resta éloigné d'elle pendant un moment et puis, timidement, comme quelqu'un qui redoute d'être rejeté, il posa la main sur sa taille et l'attira contre lui.

Ils étaient dans la chambre et c'était le matin, encore tôt, un peu après sept heures. Mais c'était comme en plein jour. Le soleil se répandait généreusement dans le désordre et la saleté, au travers des fenêtres noires de crasse. Philip avait fait du café. Il restait du lait dans une bouteille mais il avait tourné. Senta s'était enveloppée dans deux châles, l'un autour de la taille, l'autre sur les épaules. Ses cheveux étaient roux à la racine de nouveau. Elle était encore sous l'effet du somnifère, les yeux dans le vague, les mouvements ralentis mais il était certain qu'elle avait perçu le changement qui s'était opéré en lui. Elle en était à la fois intimidée et effrayée. Il s'assit au pied du lit. Elle se tenait de l'autre côté, appuyée sur les oreillers. Mais elle se déplaça vers lui à travers les monticules du couvre-lit et tendit une main timide vers la sienne. Il eut envie de retirer sa main mais il ne le fit pas. Il la laissa dans la sienne, alors qu'il sentait sa gorge se nouer.

Il eut l'impression, à s'entendre, d'avoir attrapé froid. Il essaya de s'éclaircir la gorge. « Senta, dit-il, est-ce que tu l'as tué avec ta deuxième dague de verre ? »

La question était tellement bizarre – les mots eux-mêmes, leur conjonction, le fait qu'il les ait adressés à une personne qu'il était censé aimer, qu'il envisageait d'épouser – qu'il dut fermer les yeux et presser ses doigts sur les tempes.

Elle fit signe que oui. Il savait ce qui lui passait par la tête.

Elle était indifférente à ses questions, aux faits et au danger. Elle voulait seulement qu'il continuât à l'aimer. Il poursuivit, essayant de stabiliser sa voix et de rester calme : « Tu ne te rends pas compte que la police finira par te trouver. C'est un miracle qu'ils ne l'aient pas encore fait. Les dagues de verre permettent de faire le lien entre les deux morts. Ils finiront pas découvrir ce lien. Ils doivent avoir ces détails quelque part sur leurs ordinateurs. Pourquoi ne sont-ils pas remontés jusqu'à toi ? »

Elle le regarda et sourit. Elle tenait fermement sa main entre les siennes, aussi pouvait-elle sourire. « J'ai envie que tu sois jaloux, Philip. Je sais que ce n'est pas très gentil mais j'aime que tu sois jaloux. »

L'interprétation qu'elle faisait de ses questions lui fit découvrir qu'elle glissait vers la folie. Ce qui la liait au réel se relâchait.

« Je ne suis pas jaloux, dit-il en essayant de rester patient. Je sais bien que ce Martin n'était rien pour toi. Je suis inquiet pour toi, Senta, inquiet de ce qui va arriver.

– Je t'aime, dit-elle, en pétrissant sa main dans les siennes. Je t'aime plus que je ne m'aime moi-même. Pourquoi veux-tu que je me préoccupe de ce qui va m'arriver ? »

Curieusement, avec effroi, il sut que c'était vrai. Elle l'aimait à ce point et son visage le disait. Les mots n'étaient pas nécessaires. Il la pressa contre lui dans la lumière matinale chargée de poussière, sa joue contre la sienne, sans vigueur mais impatient de partir. Elle se lova contre lui et le temps passa, un long moment qui parut des heures jusqu'à ce qu'il se décide à dire :

« Je dois partir, Senta. »

Elle s'accrocha encore plus à lui. « Je ne peux plus m'absenter, dit-il. Je dois retourner travailler. »

Il ne lui dit pas qu'il allait essayer de voir Fee et Darren avant leur départ au travail. Il dut la détacher de lui, en l'embrassant pour la réconforter. Les châles étalés sur elle, Senta prit la position fœtale sur le lit. Il ferma presque complètement les volets pour atténuer l'intense lumière du soleil. Il sortit rapidement sans se retourner.

Son beau-frère avait une autre allure le matin, bien plus séduisante que celle des après-midi et des soirées où on le trouvait étalé devant la télévision. Rasé de frais, il était à nouveau un élégant jeune marié, un peu vieilli par un rictus de concentration provoqué par l'improbable lecture du *Financial Times*. Et Fee, intelligente et vive, un séchoir dans une main et une assiette de toasts dans l'autre, s'étonnait de voir son frère, convaincue que sa présence était due à un accident arrivé à leur mère. On pouvait tout lui dire. Philip s'interrogea sur l'usage de cette phrase qui n'avait toujours aucun sens.

Il se rendit compte qu'il différait la discussion sur la raison véritable de sa visite. La plupart des gens faisaient sans doute cela, pensa-t-il. Parler d'abord des choses les moins importantes, les moins angoissantes. Toutefois, il se sentit brusquement coupable de placer le cas de Cheryl dans cette catégorie. Fee avait été incrédule puis embarrassée. Elle avait allumé une cigarette comme s'ils avaient parlé de tout sauf de l'accoutumance.

« Des machines à sous ? dit Darren. *Des machines à sous* ? J'y joue et personne ne me traite de camé.

– Parce que tu n'es pas accroché. Tu peux contrôler ton besoin de jouer et tu peux t'arrêter. Cheryl ne peut pas. »

Philip réalisa qu'il n'obtiendrait rien d'eux, qui auraient très bien pu comprendre les dangers de l'alcoolisme, par exemple. Ce qui montrait à quel point Fee s'était détachée de lui pour se rapprocher de Darren. Sans doute était-ce indispensable à la stabilité du mariage. Il était temps de parler et impossible de différer plus longtemps. Darren s'était déjà levé et cherchait les clés de sa voiture. Philip demanda :

« Qui est Martin Hunt ?

– Quoi ?

– Martin Hunt, Fee. Je suis sûr que c'est par toi et Darren que j'ai entendu ce nom. »

Elle fronça les sourcils et retroussa les narines par indignation ou incrédulité. « Tu sais qui c'est, tu dois savoir. Qu'est-ce qui ne va pas avec ta mémoire ces jours-ci ?

– Est-ce qu'il... est-il mort ? »

– Comment le savoir ? Je ne pense pas. Il est jeune. Il a seulement vingt-quatre ou vingt-cinq ans. Pourquoi serait-il mort ?

– Qui est-il, Fee ?

– Je ne le connais pas, dit-elle. C'est Rebecca que je connaissais. J'étais en classe avec Rebecca Neave. C'était son petit ami. C'est tout ce que je sais, ce que j'ai vu à la télé et dans les journaux. »

Il mit un certain temps à absorber ça, à comprendre ce qu'elle venait de dire et à en tirer des conclusions. Il se demanda plus tard si elle avait remarqué son changement de physionomie. Il avait eu la chair de poule et l'impression de se vider de son sang. Quelque chose de proche de l'évanouissement. Il s'était appuyé sur le dossier d'une chaise de la salle à manger. Darren était revenu vers Fee pour lui dire qu'il partait et pour l'embrasser.

Fee était allée dans la cuisine. Elle revint en se séchant les mains dans du papier absorbant. « Pourquoi voulais-tu savoir tout ça sur Martin Hunt ? »

Il avait menti. Senta lui avait appris comment et il pouvait mentir presque sans frémir. « On m'a dit qu'il s'était tué dans un accident de voiture. »

Fee s'en moquait. « Je ne crois pas. Nous n'en avons pas entendu parler. » Elle disparut à nouveau et, quand elle revint, elle portait une veste de coton. « Je dois aller travailler, Phil. Tu viens ? Oh ! j'allais oublier, Maman a appelé pour dire que Flore était de retour. Je n'ai pas vraiment compris ce qu'elle voulait dire. Elle a simplement dit que Flore était revenue comme si elle était rentrée de son plein gré ou quelque chose comme ça. » Ils descendirent, se retrouvèrent dans la rue sous le soleil éclatant. Philip n'avait pas besoin de mentir cette fois-ci. « Je l'ai retrouvée par hasard. J'ai pensé que Maman serait contente de la récupérer, alors... je l'ai récupérée.

– Pourquoi ne pas l'avoir dit ? Maman pense que c'est un miracle. Elle pense que Flore est rentrée et qu'elle s'est remise sur son socle de ciment.

– Je suis sûr qu'elle ne le croit pas vraiment, dit Philip d'un air absent. De toute façon, je lui expliquerai. »

Fee le regarda avec curiosité au moment où ils se séparèrent. « Est-ce que tu as fait tout ce chemin juste pour me parler d'un type dont tu ne te souvenais même plus d'avoir entendu parler ? »

Il prépara une sorte d'explication pour Christine. Ce qui lui fit oublier ses soucis immédiats. Il cessa de penser à ce qu'il savait devoir affronter à un moment donné. Il allait dire à sa mère qu'il savait en fait depuis longtemps qu'Arnham n'était plus en possession de Flore, que Flore avait été vendue. Qu'il avait passé une annonce, l'avait finalement retrouvée et récupérée pour lui faire une surprise. Il n'eut pas l'opportunité de jouer la comédie qu'il venait d'inventer.

Cheryl s'était enfermée dans sa chambre. Christine, livide, vint à la rencontre de Philip avant même qu'il ne fût dans la maison, avant même qu'il ait retiré sa clé de la serrure. Elle s'approcha et se jeta dans ses bras. Il la prit par les épaules et essaya de parler calmement.

« Que se passe-t-il ? Qu'est-ce qui ne va pas ?

— Oh ! Phil, la police était ici. Ils ont ramené Cheryl et ils ont fouillé la maison.

— Qu'est-ce que tu veux dire ? »

Il l'obligea à s'asseoir. Elle tremblait et il serra fortement sa main. Elle était essoufflée et parlait en haletant. « Elle s'est fait prendre en train de voler dans un magasin. Juste une bouteille de parfum mais elle avait, elle avait... » Christine fit une pause, reprit son souffle et poursuivit : « Elle avait d'autres choses dans son sac. Ils l'ont emmenée au poste, l'ont accusée de je ne sais quoi et l'ont amenée ici ensuite. Il y avait une femme inspecteur, et le commissaire, un jeune homme. » Elle fut prise d'une sorte de fou rire hystérique, mêlé de larmes. « J'ai trouvé ça tellement étrange, ça paraissait si drôle en dépit du fait que c'était horrible ! »

Il se sentait impuissant. « Que va-t-il lui arriver ?

— Elle doit se présenter devant le tribunal demain matin. » Christine avait dit ça assez calmement, presque froidement. Mais elle se remit à sangloter et poussa un cri de douleur qu'elle étouffa de sa main.

20

Elle était dans sa chambre, la porte fermée à clé. Philip frappa puis secoua la poignée. Elle lui dit de s'en aller.

« Cheryl, je veux seulement te dire que Maman et moi, nous t'accompagnerons au tribunal. »

Il y eut un silence. Il répéta ce qu'il venait de dire.

« Si vous faites ça, je n'irai pas. Je me sauverai.

– Tu es un peu stupide.

– C'est mon problème, dit-elle. Vous n'avez rien à voir là-dedans. Je ne veux pas que vous entendiez ce qu'ils vont dire. »

En descendant, il entendit le bruit de la clé dans la serrure mais elle ne sortit pas de sa chambre. Il se demanda pourquoi la police l'avait laissée rentrer chez elle. Christine, comme si elle avait lu dans ses pensées, lui dit : « Elle peut s'enfermer, Phil, mais nous ne pouvons pas l'enfermer, n'est-ce pas ? »

Il secoua la tête. Christine ne leur avait jamais dit quoi faire, ne les avait jamais contraints à quoi que ce soit, les avait laissés livrés à eux-mêmes et s'était contentée de les aimer. Dans le cas de Cheryl, cela se révélait insuffisant. Il était dans la cuisine avec Christine, buvant le thé qu'elle avait préparé quand ils entendirent Cheryl qui sortait. Pour une fois, elle sortait sans bruit. La porte d'entrée se referma avec un bref déclic. Christine gémit doucement. Philip savait qu'elle n'aurait pas protesté s'il lui avait annoncé qu'il passerait, comme d'habitude, la soirée et une partie de la nuit chez Senta. À présent, faire savoir à Senta qu'il ne viendrait pas n'avait plus, semblait-il, aucune importance. Il sentait au contraire à quel point il serait soulagé si cette soirée avait été le commencement d'une séparation définitive, si tout cela avait pu être du passé. Pourtant, même s'il s'accrochait à cet espoir, il se souvenait de l'amour de Senta pour lui.

« Tu crois qu'elle reviendra ? » lui demanda Christine.

Pendant un instant, il ne sut pas de qui elle parlait. « Cheryl ? Je ne sais pas. J'espère. »

Il était dans le jardin quand le téléphone sonna. C'était le crépuscule. Il était allé promener Hardy jusqu'à Lochleven Gardens et il était de retour. De la lumière, provenant de la cuisine, tombait sur Flore et projetait une longue ombre noire sur le gazon. Un excrément blanchâtre d'oiseau avait séché sur son bras. Christine ouvrit la fenêtre et lui annonça que Senta était au téléphone.

« Pourquoi n'es-tu pas venu ?

– Je ne peux pas venir ce soir, Senta. » Il lui parla de Cheryl et ajouta qu'il ne pouvait laisser sa mère seule. « Et il est impossible de t'appeler, tu le sais bien, dit-il comme s'il avait essayé de le faire.

– Je t'aime. Je ne veux pas rester ici sans toi. Philip, est-ce que tu vas venir habiter avec moi ? Quand vas-tu le faire ? »

Il entendait la musique de Rita et Jacopo en bruit de fond. « Je ne sais pas. Il faut que nous parlions. »

Il y eut un accent de terreur dans sa voix. « Pourquoi faut-il que nous parlions ? Que nous parlions de quoi ?

– Senta, je viendrai demain. Je te verrai demain. » Je te dirai que c'est fini, pensa-t-il, que je te quitte. Je ne te reverrai plus jamais.

Après avoir raccroché, il se mit à penser à tous ces gens, des femmes pour la plupart, qui vivent ou sont amoureux de quelqu'un qu'ils soupçonnent d'être un assassin. Lui, il savait que la femme qu'il aimait avait déjà tué. Mais cela revenait au même. Il était sidéré que ces gens puissent simplement envisager de livrer le suspect à la police, de le faire « coffrer ». Il était tout aussi surpris qu'ils veuillent continuer à vivre avec lui. Il se souvenait d'avoir autrefois joué, au cours d'une soirée, à un jeu qui consistait à dire ce qu'une personne devrait faire pour vous faire cesser de l'aimer, de l'apprécier ou de vouloir la connaître. Il avait répondu quelque chose d'idiot, de facétieux sur le dégoût provoqué par une personne qui ne se lave pas assez souvent les dents. Il était aujourd'hui plus sensé. Son amour pour Senta s'était évanoui quand il avait appris qu'elle était responsable de la mort de Myerson.

Cheryl rentra juste avant minuit. Philip veillait, attendant son retour, espérant qu'elle reviendrait. Il avait envoyé Christine se coucher. Il se précipita dans l'entrée pour lui parler quand il entendit la clé dans la serrure.

« Je voulais simplement te dire que je n'essaierai pas de t'accompagner au tribunal si c'est ce que tu souhaites.

– La police vient me chercher, dit-elle avec lassitude. Ils envoient une voiture à neuf heures et demie.

– Tu dois leur dire à propos des machines à sous. » Au moment même où il le disait, il sentit que c'était ridicule, une frivolité au cours d'une tragédie. « Tu leur diras, n'est-ce pas ? Ils feront quelque chose pour t'aider. »

Elle ne répondit pas. Elle retourna, d'un geste bizarre, les poches de son jean pour montrer qu'elles étaient vides. Elle retira des poches de sa veste un rouleau entamé de bonbons à la menthe et une petite pièce de monnaie. « C'est tout ce que j'ai au monde. Voilà mon bien. Il vaudrait mieux que j'aille en prison, tu ne crois pas ? »

Il ne la revit pas le matin. Il partit travailler avant qu'elle ne soit levée. Dans l'après-midi, il appela Christine pour apprendre que Cheryl avait été condamnée avec sursis. Elle irait en prison à la première récidive dans les six mois à venir. Elle était à la maison avec Christine et Fee avait pris son après-midi pour rester avec elles. Il devait se préparer à l'épreuve qui l'attendait. Demain, tout serait terminé, il l'aurait fait, il aurait rompu avec Senta et une phase nouvelle de sa vie, vide et froide, s'étendrait devant lui.

Serait-il jamais capable d'oublier ce qu'elle avait fait et qu'il l'avait aimée ? Cela deviendrait vague et imprécis mais ce serait toujours là. Un homme avait perdu la vie à cause d'elle. Et avant cet homme, un autre était mort de son fait. Elle en tuerait d'autres encore, le temps passant. Elle était ainsi faite, elle était folle. Il serait marqué par cette histoire pour le restant de ses jours, pensa-t-il. Ce serait une cicatrice à vie même s'il devait ne plus jamais lui parler ni la revoir.

Il était tout à fait résolu à la voir. Après tout, il avait préparé le terrain. Il lui avait dit qu'ils devraient avoir une conversation. La peur qu'il avait entendue dans la voix de Senta montrait bien qu'elle avait deviné ce qu'il comptait lui dire. Il lui dirait toute la vérité, sa haine de la violence et de la mort violente. En parler ou le lire même était pour lui intolérable. Il lui dirait que la découverte de ce qu'elle avait fait avait détruit son amour pour elle ou plutôt qu'il la voyait comme une personne différente désormais, qu'elle n'était plus la fille qu'il avait aimée et que cette fille avait été une illusion.

Mais que ferait-il de l'amour qu'elle avait pour lui ?

Joley faisait la queue devant le centre Mère-Teresa. Philip, superstitieux, avait remarqué sa présence. En arrivant à Tarsus Street, Philip s'était dit que, s'il voyait Joley, il entrerait et parlerait à Senta. Sinon, il laisserait tomber et rentrerait chez lui. Le vieil homme à la poussette et aux coussins de voiture était en soi un signe qui fut confirmé par un grand salut de Joley.

Philip gara sa voiture. Il resta assis au volant pendant un long moment, se souvenant qu'il avait l'habitude de grimper l'escalier quatre à quatre, de se ruer vers la maison au point d'en négliger de fermer sa voiture. Et aussi du temps où elle lui avait repris ses clés, où il était tellement malheureux et où elle lui manquait tellement qu'il voulait entrer par effraction. Pourquoi ne pouvait-il pas se replacer en esprit et en sentiments à cette époque ? Elle était vraiment toujours la même. Même physique, même voix. Il pourrait sûrement entrer dans la maison, descendre l'escalier jusqu'à la cave, la prendre dans ses bras et oublier.

Il démarra, fit demi-tour et rentra chez lui. Il ne savait pas s'il était faible ou courageux, conséquent ou lâche. Cheryl était sortie. Christine aussi. Il apprit plus tard qu'elles étaient sorties ensemble pour se rendre chez Fee et Darren avec Aubrey Pelham. Le téléphone se mit à sonner à huit heures et il le laissa sonner. Il l'entendit sonner neuf fois entre huit et neuf heures. À neuf heures, il mit le petit chien en laisse et fit quatre ou cinq kilomètres dans les environs. Il imagina bien entendu que le téléphone avait sonné pendant son absence et il imagina Senta, dans l'entrée sale et malodorante de Tarsus Street, composant et recomposant le numéro. Il pensa à ce qu'il en avait été pour lui quand elle l'avait chassé de la maison et qu'il avait essayé de l'appeler.

Le téléphone sonnait quand il rentra. Il décrocha. Il comprit soudainement qu'il ne pourrait pas éviter de répondre au téléphone sa vie durant. Elle avait l'air incohérent, elle était en pleurs, elle respirait difficilement. « Je t'ai vu dans la rue. J'ai vu la voiture. Tu as fait demi-tour et tu m'as laissée.

– Je sais. Je ne pouvais pas entrer.

– Pourquoi est-ce que tu ne pouvais pas ? Pourquoi ?

– Tu sais pourquoi, Senta. C'est fini. Nous ne pouvons plus nous voir. Il vaut mieux ne plus jamais se revoir. Fais ta vie et je recommencerai la mienne. »

Elle dit d'une petite voix paisible, soudainement calme : « Je n'ai aucune vie en dehors de toi.

– Écoute, nous n'avons vécu ensemble que trois mois. Ce n'est rien dans une vie. Nous nous oublierons l'un et l'autre.

– Je t'aime, Philip. Tu as dit que tu m'aimais. Je dois te voir, il faut que tu viennes ici.

– Ça ne donnera rien de bon. Ça ne changera rien. »

Il lui dit bonne nuit et raccrocha.

Le téléphone sonna presque immédiatement après et il répondit. Il sut qu'il y répondrait toujours.

« Je dois te voir. Je ne peux pas vivre sans toi.

– Dans quel but, Senta ?

– C'est Martin Hunt ? C'est à cause de lui ? Philip, je n'invente rien, c'est la réalité, la vérité la plus absolue. Je n'ai jamais couché avec lui, je ne suis pas sortie avec lui. *Il ne voulait pas de moi, il désirait cette fille.* Il la désirait plus que tout.

– Ce n'est pas ça, Senta, dit-il. Ça n'a rien à voir. »

Elle continua fébrilement, comme s'il n'avait pas même parlé : « C'est pourquoi la police ne m'a jamais soupçonnée. Parce qu'ils ne savaient pas. Ils ne savaient même pas que je le connaissais. Ce n'est pas une preuve ? Non ? »

Quelle sorte de femme était-elle donc pour penser qu'il s'offenserait plus d'une relation sexuelle que d'un meurtre ?

« Senta, je ne mettrai pas un terme à cette histoire sans te revoir, je ne ferai pas ça. Je le promets. Ce serait lâche. Je te promets que je ne le ferai pas. Je te verrai et nous y mettrons un terme.

– Philip, si je te disais que je ne l'ai jamais fait, si je te disais que j'ai tout inventé ?

– Je sais que tu ne mens que pour les petites choses, Senta. »

Elle ne le rappela pas. Il resta couché sans pouvoir s'endormir pendant des heures. Sa présence physique lui manquait mais, au moment où il se mit à penser qu'il avait fait l'amour avec quelqu'un qui avait été capable de tuer un inconnu de sang-froid, il se sentit mal et dut courir dans la salle de bains. Imagine qu'elle se suicide ? Il pensa tout à coup qu'il n'aurait pas été surpris qu'elle proposât de se suicider avec lui. C'était quelque chose qui lui ressemblait. Mourir ensemble, partir main dans la main vers un au-delà glorieux. Arès et Aphrodite, immortels en tunique blanche...

Le beau temps revint le lendemain. Il se réveilla tôt. Le soleil était déjà chaud, une bande brillante de lumière s'étalait en travers de son oreiller en provenance de la fenêtre, dont il n'avait pas tiré les rideaux. Un moineau était posé sur la main tendue de Flore. Il y avait une importante rosée sur le gazon et de longues ombres denses et bleutées. C'était un rêve, pensa-t-il, tout cela était un rêve. Flore avait toujours été là, elle n'était jamais allée chez d'autres propriétaires, dans d'autres jardins. Fee habite toujours ici. Je n'ai jamais rencontré Senta. Les meurtres n'ont pas eu lieu. Je les ai rêvés. Senta est un rêve.

Cette femme du nom de Moorehead était en bas et attendait sa permanente. C'était la première permanente que faisait Christine depuis plusieurs semaines. L'odeur d'œuf pourri, se répandant partout et rendant le petit déjeuner impossible, lui rappela une autre époque, celle d'avant Senta. Cela permit à l'illusion de durer. Il fit du thé et en donna une tasse à Mrs. Moorehead. Christine déclara que c'était une chance pour deux vieilles femmes que d'avoir un jeune homme pour prendre soin d'elles. Mrs. Moorehead se redressa et Philip sut que, la permanente terminée et au moment de partir, elle dirait à Christine que ça ne se faisait pas de donner un pourboire à la patronne.

Cheryl descendit. Il y avait des mois qu'elle ne s'était pas levée aussi tôt. Elle s'assit à la table de la cuisine en buvant son thé. Philip sentit qu'elle voulait se retrouver seule avec lui pour lui emprunter de l'argent. Il s'échappa avant qu'elle n'en ait l'occasion.

Il devait laisser sa voiture au garage aujourd'hui pour qu'on y place la radio. Il le fit et on lui promit qu'elle serait prête à trois heures. En allant au bureau, il acheta un journal. Celui du soir venait d'arriver et le titre de la une annonçait l'arrestation d'un homme pour le meurtre de John Crucifer. Philip se mit à lire tout en marchant. Il n'y avait pas grand-chose, les éléments essentiels. L'assassin supposé était le propre neveu de Crucifer, soudeur au chômage, Trevor Crucifer, âgé de vingt-cinq ans.

Philip eut le sentiment incroyable d'être finalement et absolument disculpé. Quelqu'un d'autre avait tué le type et c'était connu. Connu officiellement et définitivement. C'était comme si sa confession stupide et pathologique n'avait jamais été faite. Il se sentit libéré de toute culpabilité à un degré que le savoir de son innocence n'aurait jamais atteint. Il s'imagina ouvrant le journal pour découvrir en page intérieure qu'on avait trouvé le véritable assassin de Harold Myerson. Senta impliquée dans ce meurtre n'était qu'une illusion. Tout ce qu'elle lui avait dit n'était que le résultat d'une série de coïncidences, d'un concours de circonstances.

Roy était assis à son bureau, la climatisation éteinte et les fenêtres ouvertes. Le directeur lui avait transmis une lettre. Elle provenait de Mrs. Ripple, qui faisait une liste de sept défauts trouvés dans sa nouvelle salle de bains.

« Je n'ai pas de voiture avant trois heures, dit Philip.

– Alors tu ferais bien de prendre la mienne. »

Roy lui indiqua que les clés se trouvaient dans la poche de sa veste pendue chez Lucy. Au moment où il entra dans la pièce, le téléphone se mit à sonner. Lucy n'était pas là et il répondit. Une voix demanda si Mr. Wardman était attendu aujourd'hui.

« Je suis Philip Wardman.

– Oh, bonjour, Mr. Wardman. Je suis officier de police. Inspecteur Gates. »

Ils lui avaient proposé de venir le voir chez lui ou à son travail mais Philip déclara très spontanément qu'il devait de toute façon aller à Chigwell. Gates, lui, savait de quoi il s'agissait. Il y pensa, tournant et retournant tout cela dans son esprit, alors qu'il traversait la banlieue encombrée de l'est de Londres.

« Nous faisons une enquête sur une statue qui a disparu, Mr. Wardman. Enfin, une statue volée. »

Il était resté un instant stupéfait, silencieux. Mais Gates n'avait pas été menaçant ou accusateur. Il s'était adressé à Philip comme à un témoin potentiel, un de ceux qui apportent une aide précieuse à la police dans leurs enquêtes. Philip était allé plusieurs fois dans le coin, n'était-ce pas un fait établi ? le district de Chigwell Row, c'est-à-dire là où avait disparu la statue. S'ils pouvaient venir le voir et lui parler ou inversement s'il avait le temps de passer afin de répondre à quelques questions...

Au volant de la voiture de Roy, les fenêtres baissées, sous un soleil éclatant, Philip se disait qu'ils voulaient simplement savoir s'il n'avait pas vu des gens suspects dans le voisinage. L'idée lui vint tout à coup que Flore puisse avoir de la valeur, vraiment de la valeur. Il eut une sensation de froid. Il pensa à son travail. Mais ils ne savaient pas, ils ne pouvaient pas savoir.

Gates était accompagné de quelqu'un qui se présenta comme commissaire. Philip trouva que c'était une personne bien haut placée pour une simple affaire de vol d'un ornement de jardin. Le commissaire s'appelait Morris. « Nous vous avons demandé de venir à cause d'une coïncidence assez intéressante. Je crois que votre jeune sœur a eu quelques ennuis ? »

Philip approuva de la tête. Il était médusé. Pourquoi ne parlaient-ils pas de Chigwell et du voisinage de Mrs. Ripple ?

« Je vais être très franc avec vous, Mr. Wardman, peut-être plus franc que nous sommes supposés l'être d'habitude. Personnellement, je ne m'intéresse pas aux secrets. Une inspectrice a fouillé votre maison et a vu dans le jardin une statue.

Elle a très intelligemment établi la connexion entre cette statue et celle qui avait disparu du jardin des Myerson, informée qu'elle était par la description donnée par le service informatique de la police métropolitaine.

– Elle vaut donc beaucoup d'argent ? réussit à dire Philip.

– Elle ?

– Désolé. Je voulais dire la statue. A-t-elle de la valeur ?

– Feu Mr. Myerson l'a payée dix-huit livres dans une vente aux enchères. Je ne sais pas si vous considérez que c'est avoir de la valeur. Cela dépend de vos critères, je suppose. »

Philip s'était apprêté à dire qu'il ne comprenait pas mais il comprenait maintenant. Il ne s'agissait pas de la valeur de Flore. Ils savaient qu'il l'avait volée. L'inspectrice l'avait vue quand ils avaient ramené Cheryl à la maison, l'avait identifiée grâce au morceau manquant sur l'oreille et à la tache verte. Les deux policiers le regardaient et il soutint fermement leur regard. Il n'y avait pas d'alternative. S'il niait, ils pourraient accuser la pauvre Cheryl. Il ne comprenait d'ailleurs pas comment ils ne l'avaient pas accusée. Compte tenu des circonstances, elle aurait dû naturellement être choisie comme coupable.

« Bon, d'accord, dit-il, j'ai effectivement pris cette statue. Je l'ai volée, si vous préférez. Mais je pensais, à tort sans aucun doute, que j'avais le droit de le faire en quelque sorte. Allez-vous... » Sa détermination faiblit et il s'éclaircit la voix. « Allez-vous engager des poursuites pour vol ?

– Est-ce votre préoccupation essentielle, Mr. Wardman ? » demanda Gates.

La question était incompréhensible. Il formula différemment ce qu'il avait dit : « Est-ce que je vais être poursuivi ? » Ne recevant pas de réponse, il demanda s'ils voulaient qu'il fasse une déposition.

Il était curieux de les voir faire machine arrière, semblait-il, comme s'ils n'avaient pas songé à ça, comme si Philip avait eu une idée brillante et originale. Il fit sa déposition à une dactylo qui pouvait ou non être officier de police. Il dit la vérité, qui sonnait faux prononcée à voix haute. Quand il eut terminé, il s'assit et les regarda, les deux policiers et la fille qui aurait pu ou non en être un. Il attendit que les mots qu'il avait lus dans des romans policiers ou entendus à la télévision soient prononcés : vous n'êtes pas tenu de répondre à l'accusation de...

Morris se leva. « Très bien, Mr. Wardman. Merci beaucoup. Nous ne vous retiendrons pas plus longtemps », dit-il.

Philip se força à dire d'une voix calme et ferme : « C'est tout ?

— Tout pour l'instant, oui.

— Allez-vous engager des poursuites contre moi pour avoir pris cette statue ? »

Il y eut une certaine hésitation. Morris rassemblait des papiers sur le bureau. Il leva les yeux et déclara d'une voix délibérément ralentie : « Non, je ne pense pas. Je ne crois pas que ce soit nécessaire. Ce serait une perte de temps et de deniers publics, n'est-ce pas ? »

Philip ne répondit pas. C'était une question qui n'appelait pas de réponse. Il se sentit brusquement gêné, idiot. Une fois dehors, le soulagement vint dissiper la gêne. Il rendrait Flore à Mrs. Myerson, pensa-t-il, c'était la moindre des choses. Si la police ne s'en occupait pas, il irait lui-même la porter à Chigwell.

Il se rendit chez Mrs. Ripple, qui le conduisit à la salle de bains. Elle lui montra tous les défauts dont elle avait fait la liste, en y ajoutant bon nombre de vitupérations et en lui rappelant ce que ça avait coûté. Pearl était invisible, peut-être repartie chez elle.

Il passa devant la maison des Myerson. Il y avait dans le jardin la plaque d'un agent immobilier signalant que la maison était à vendre. Le scottish-terrier que Senta avait surnommé Ébène dormait à l'ombre sur le chemin. Philip mangea un sandwich dans un pub de Chigwell et rentra à Londres sans encombre. Il gara la voiture de Roy et partit chercher la sienne.

Quand il revint au bureau, Lucy lui annonça : « Un Mr. Morris vous a demandé au téléphone. »

Un instant, Philip ne put se souvenir de qui il s'agissait. Puis il sut. Le policier était assez discret pour ne pas dire quels étaient sa fonction et son rang là où Philip travaillait. Mais pourquoi avait-il appelé ? Avaient-ils changé d'avis ?

« A-t-il laissé son numéro ?

– Il va rappeler. Je lui ai dit que vous n'en aviez pas pour longtemps. »

Les quinze minutes semblèrent très longues. Philip eut le temps de revivre ses craintes antérieures. S'ils décidaient de le poursuivre, il était décidé à aller voir Roy immédiatement pour vider son sac et affronter le pire. Puis il se rendit compte qu'il ne pourrait pas continuer à attendre ainsi. Il chercha le numéro de la police dans l'annuaire et appela Morris. Il fallut un certain temps pour le trouver. Philip avait la bouche sèche et les battements de son cœur résonnaient de manière insupportable.

Quand Philip se fut présenté, Morris lui demanda : « Avez-vous une petite amie, Mr. Wardman ? »

C'était la dernière chose à laquelle Philip s'attendait. « Pourquoi me demandez-vous ça ? dit-il.

– Peut-être connaissez-vous une fille aux cheveux longs très blonds, enfin, blond platine ? Une fille plutôt petite, un mètre cinquante environ ?

– Je n'ai pas de petite amie », répondit Philip, sans être certain de dire la vérité.

21

Il avait l'explication présente à l'esprit. C'était comme une de ces énigmes dans le journal. Vous cherchez la réponse en dernière page et, quand vous la lisez, c'est tellement clair et évident que vous vous demandez comment vous n'avez pas pu la découvrir tout de suite.

La police avait dû prendre note de chaque événement du passé récent de Harold Myerson et s'entretenir avec chacune de ses relations, tous ses voisins, prendre le nom de chacun de ses visiteurs. Leur intérêt avait été avivé par le vol de Flore et par la description du voleur donnée par le voisin de Myerson. Un ou peut-être plus d'un témoin leur avait décrit la petite jeune fille aux longs cheveux argentés vue dans les environs le dimanche du meurtre de Myerson et plus tard dans le métro. Pouvait-il y avoir un lien entre cette fille et le voleur de la statue ? C'était une hypothèse téméraire mais la police n'en négligeait aucune.

Philip se rendit compte que s'ils n'avaient pas vu Flore dans son jardin ils ne l'auraient jamais trouvée. Ils n'auraient jamais, sinon grâce à lui, trouvé Senta. Il les avait bien conduits à Senta. Il les avait conduits à Senta grâce à une statue qui lui ressemblait.

Tout ça lui traversa l'esprit alors qu'il roulait vers Tarsus Street. Il n'avait pas attendu, n'avait rien dit à Roy. Curieusement, son ancien désir de Senta s'était rallumé au moment où il avait entendu Morris la décrire. Il n'avait aucune idée de ce qu'il dirait ou ferait une fois là-bas. Mais il savait qu'il devait y aller, tout lui dire et faire quelque chose pour l'aider. Il ne pouvait se bercer de l'illusion que la police ne la trouverait pas maintenant.

Le ciel était couvert et il commençait à pleuvoir. D'abord des gouttes isolées, bien séparées comme de larges pièces plates, puis une grosse averse telle qu'on en voit sous les tropiques. Mais elle ne se contenta pas de tomber, elle déchira le ciel et déversa un torrent d'eau – comme si une vanne avait été ouverte, accompagnée par un terrible bruit métallique. Au lieu des éclairs attendus, le ciel s'était assombri et, tout au long de son trajet, Philip vit les lumières s'allumer dans les maisons et les bureaux. Les voitures roulaient phares allumés. Les faisceaux blancs dessinaient des couloirs brumeux dans le torrent.

Joley et une vieille femme flanquée d'un chien dans un panier à roulettes se tenaient à l'abri sous le porche de l'église. Le chien ressemblait à ceux que l'on voit parfois sur les sirupeuses cartes d'anniversaire, jetant un regard au-dessus du bord du panier, la tête entre les pattes. Joley fit un signe de la main. Philip pensa soudainement, s'en souvenant pour une raison quelconque, qu'aujourd'hui était le jour choisi par Senta et lui pour commencer les travaux dans l'appartement du haut. Ils l'avaient décidé le week-end dernier, ce week-end délicieux, ensoleillé et heureux qui semblait vieux d'un millier d'années. Ils devaient monter vendredi soir pour voir ce qu'il y avait à faire et il l'aurait aidée à faire ce qu'elle voulait.

Il avait préféré raccrocher plutôt que de répondre encore aux questions du commissaire Morris. Il avait reposé le combiné et coupé la communication pendant que le policier parlait encore. Morris allait certainement rappeler immédiatement. Quand Lucy ou Roy lui dirait que Philip était sorti, il saurait que la communication n'avait pas été interrompue accidentellement mais délibérément par Philip. Il saurait que Philip était coupable ou coupablement complice et soucieux de lui cacher l'identité de sa petite amie. Et il ne mettrait donc pas beaucoup de temps à la trouver, à retrouver son identité et son adresse. Ce serait facile. Il n'aurait qu'à demander à Christine. Il n'aurait qu'à demander à Fee. En toute innocence, elles la lui donneraient tout de suite.

Philip gara sa voiture aussi près qu'il put de l'escalier. Les roues du côté du trottoir, sur lesquelles la pluie tambourinait, baignaient dans un véritable lac. La pluie faisait l'effet d'un grand rideau gris rugissant le séparant de la maison. Il se souvint de la pluie la première fois qu'ils avaient fait l'amour, le soir du mariage de Fee mais cela n'avait rien à voir, absolument rien avec cet orage-ci. La maison était à moitié visible, la pluie déroulant brutalement un voile obscur comme du brouillard.

Il ouvrit sa portière et bondit hors de la voiture, la claqua derrière lui. Les secondes qu'il passa sur le trottoir et l'escalier avant d'être à l'abri du porche suffirent à le tremper. Il se secoua et enleva sa veste. Dès qu'il fut dans l'entrée, il sut que Rita et Jacopo n'étaient plus là. Il arrivait toujours à le savoir même s'il ne savait jamais vraiment comment. La maison était assez sombre. Toutes les maisons devaient être sombres à cause du crépuscule créé par l'orage. Il n'aurait pas pu dire pourquoi il n'alluma pas la lumière.

Il ne sentait pas de fumée d'encens provenant de la cave, il ne sentait rien si ce n'est ce parfum propre à la maison, auquel on s'habituait. Il s'était précipité jusqu'ici et, maintenant qu'il y était, il hésitait devant la porte. Il fallait qu'il s'endurcisse avant de la voir. Après une longue inspiration, après avoir fermé puis ouvert les yeux, il se décida à entrer. La pièce était vide, elle n'était pas là.

Mais elle était partie très récemment. Une bougie brûlait dans une soucoupe sur la table basse qui se trouvait devant le miroir. C'était une nouvelle bougie. Sa pointe effilée était à peine entamée par la flamme. Les volets étaient fermés, la chambre dans le noir complet. Elle ne pouvait être sortie sous cette pluie. Il ouvrit les volets. La pluie ruisselait le long de la vitre, comme une vibrante cascade.

Sa robe verte, une robe que l'on aurait pu croire faite de pluie, d'eau transformée en soie, était posée sur la chaise d'osier. Les escarpins argent étaient posés l'un à côté de l'autre sous la chaise. Il y avait plusieurs feuilles tapées à la machine, agrafées ensemble et posées sur le lit. Il pensa que ce pouvait être un script de télévision, il quitta la chambre, remonta l'escalier puis hésita. Elle montait souvent dans les étages. C'était la maison de ses parents. Il monta à l'étage suivant, arriva aux pièces qu'il avait regardées le jour où elle s'était lavée dans la salle de bains de Rita, le matin où elle était revenue lui dire qu'elle avait tué Arnham.

Les pièces n'avaient pas changé, celle remplie de sacs de vêtements et de journaux, la chambre où dormaient Rita et Jacopo avec la fenêtre cachée par un couvre-lit et un matelas de mousse qui faisait office de tapis. Il ouvrit la porte de la salle de bains. Il n'y avait personne mais, au moment où il revint sur le palier, il entendit une latte de parquet craquer au-dessus de sa tête. Il pensa que c'était le jour du début des travaux là-haut. " Elle a commencé sans moi, elle a décidé de s'y mettre avant mon arrivée. Tout ce qui s'est passé depuis entre nous, tout mon dégoût, ma haine n'ont eu aucun effet. " Il se rendit compte que tout ce temps, durant tout le trajet et depuis qu'il s'était garé et avait pénétré dans la maison, il avait redouté qu'elle n'ait pu se suicider, craint de la retrouver morte.

Il alla jusqu'au pied de l'escalier menant au dernier étage. Là, il perçut progressivement l'odeur. Un épouvantable relent se répandait dans l'escalier. En le sentant et en s'apercevant qu'il était de plus en plus fort et avait progressé vers lui depuis qu'il était à cet étage, il réalisa que c'était quelque chose qu'il n'avait jamais senti auparavant. C'était une odeur nouvelle et peut-être une odeur que peu d'êtres humains sont obligés de sentir de nos jours. Le plancher craqua de nouveau au-dessus de lui. Il gravit les marches, essayant de respirer par la bouche uniquement, de supprimer le sens de l'odorat.

Les portes étaient toutes fermées. Il ne pensait à rien, il avait cessé de se demander comment ils avaient pu seulement même envisager de vivre ici. Ses mouvements étaient instinctifs. Il n'entendait plus le bruit de la pluie. Il ouvrit la porte de la pièce principale. La lumière était faible mais ce n'était pas complètement sombre car il n'y avait ni rideaux ni volets sur les lucarnes. C'était l'arrière de la maison et, à travers la vitre ruisselante, on pouvait voir au-dessus des toits un ciel aussi gris et dur que du granit. Il n'y avait rien dans la pièce, si ce n'est un vieux fauteuil et sur le sol, entre la porte à moitié ouverte d'un placard et la fenêtre de gauche, quelque chose qui ressemblait à une civière ou une paillasse mais qui était en fait une porte recouverte d'une couverture grise.

Senta s'y tenait tout près. Elle portait les vêtements qu'elle avait portés pour sa visite à Chigwell, la tunique rouge sur laquelle elle avait cherché des taches de sang, le jean, les chaussures de sport. Ses cheveux étaient ramassés dans un morceau de tissu rayé rouge. Le sourire qu'elle lui fit la transforma. Son visage entier, tout son corps devint un sourire. Elle vint vers lui les bras tendus.

« Je savais que tu viendrais. Je le sentais. Je me disais : Philip va venir, il ne pensait pas ce qu'il m'a dit, il ne pouvait pas le penser. C'est drôle, non ? Je n'ai pas eu peur plus d'un instant. Je savais que mon amour était trop fort pour que le tien ait pu cesser. »

Et c'était vrai, pensa-t-il, c'était bien vrai. Son amour était revenu en cascade, comme la pluie. La pitié et la tendresse qu'il ressentait le brûlaient, procuraient une sensation de brûlure à l'intérieur du corps. Il avait les larmes aux yeux. Il l'entoura de ses bras et la tint contre lui. Elle s'écrasa sur lui comme si elle avait voulu entrer en lui.

Cette fois, elle fut la première à se détacher de cette étreinte. Elle fit un pas en arrière, la tête légèrement penchée sur le côté. Il se rendit compte, de manière incongrue, que pendant qu'il la tenait contre lui son amour pour elle renaissait, il avait cessé de sentir l'odeur. Elle revint en une épaisse vague chaude. Il associait cette odeur aux mouches. Elle tendit la main, prit la sienne et dit : « Philip, mon chéri, tu m'as dit que tu m'aiderais à faire quelque chose que je dois faire. Enfin, que nous avons à faire. Ça doit être fait avant que nous puissions envisager de vivre ici. » Elle sourit. C'était le sourire le plus fou qu'il puisse imaginer sur le visage d'une femme, démoniaque, vide et coupé du réel. « J'aurais dû le faire plus tôt, je sais que je devais le faire plus tôt mais je ne suis pas assez forte physiquement pour faire des choses pareilles toute seule. »

Il avait la tête vide. Il pouvait seulement regarder fixement et sentir la douleur, sentir sa main, petite et chaude, dans la sienne. Il avait toutes sortes de choses à lui dire, des choses terribles à lui raconter. Il put seulement commencer à dire : « Tu as dit que Jacopo...

– Ils sont partis jusqu'à demain. De toute façon, il ne faudrait pas qu'ils sachent. Il faut le faire avant qu'ils soient de retour, Philip. »

Une boucherie laissée ouverte et à l'abandon pendant sept jours de grosse chaleur, pensa-t-il. Une boucherie remplie de viande pourrie après que tout le monde a été tué par la bombe ou les radiations. Elle ouvrit le placard. Il vit une sorte de visage. Comme celui de Flore luisant dans le recoin de son placard mais pas comme ça, pas du tout comme ça. Quelque chose qui avait été autrefois une fille, jeune, appuyée sur le mur nu et encore vêtue de velours vert.

Il émit un son atroce. Il mit ses deux mains sur la bouche. Il lui semblait que tout l'intérieur de son corps remontait vers sa bouche pour y gonfler. Le sol se mit à bouger. Il ne s'évanouissait pas mais il était incapable de rester debout. Ses mains bougeaient autour de lui comme s'il avait cherché de l'eau pour nager. Il se laissa descendre jusqu'à s'accroupir sur la paillasse à couverture grise.

Elle n'avait rien remarqué, ça ne l'avait même pas effleurée. Elle regardait dans le placard à présent comme s'il n'avait contenu qu'une pièce de mobilier mal taillée ou encombrante qu'il fallait déplacer ou dont il fallait se débarrasser. Tous ses sens étaient déconnectés, à part la vue sans doute. Il la vit se pencher dans le placard et ramasser sur le sol un couteau à la lame et au manche tachés d'un sang noir. Elle mentait seulement pour les petites choses, pour les détails sans importance...

« Tu as ta voiture, n'est-ce pas, Philip ? J'ai pensé qu'on pourrait le descendre avec le truc sur lequel tu es assis et le mettre dans ma chambre jusqu'à ce qu'il fasse nuit et, à ce moment-là, on pourrait... »

Il se mit à hurler : « Tais-toi, au nom du ciel, arrête ! »

Elle se tourna lentement, jeta sur lui un regard de dément, pâle et vitreux. « Qu'est-ce qui ne va pas ? »

Il fit alors les choses les plus importantes qu'il ait jamais faites dans sa vie : se lever, se tenir debout, fermer d'un coup de pied la porte de ce placard. Il passa les bras autour de Senta et l'emporta hors de la pièce. C'était la deuxième porte à fermer. Ses narines, l'intérieur de sa tête semblaient avoir été badigeonnés avec cette odeur. Il n'y avait pas assez de portes au monde pour s'en débarrasser. Il l'emmena sur le palier en haut de l'escalier, la traîna sur la moitié de l'escalier jusqu'à ce qu'ils s'effondrent ensemble sur les marches. Il la prit par les épaules puis fit une cage de ses mains autour de son visage. Il rapprochait de force son visage du sien, leur bouche à quelques centimètres l'une de l'autre.

« Écoute-moi, Senta. Je t'ai livrée à la police. Je n'en avais pas l'intention mais je l'ai fait. Ils vont venir ici. Ils seront ici très bientôt. »

Ses lèvres étaient entrouvertes et ses yeux écarquillés. Il s'attendait à ce qu'elle se jette sur lui pour le frapper et le mordre, mais elle était calme et sans énergie, comme si elle avait été suspendue à ses mains.

« Je vais t'aider à t'échapper, dit-il, je vais essayer. » Il n'avait pas voulu dire ça. « Je vais prendre la voiture pour t'emmener loin d'ici.

– Je ne veux pas m'en aller, dit-elle. Où est-ce que j'irais ?
Je ne veux aller nulle part sans toi. »

Il se leva et elle aussi, et ils descendirent l'escalier. Il y
avait une autre odeur en bas, la vieille odeur aigre et moisie. Il
pensa qu'il y avait des heures et des heures qu'il avait parlé à
Morris. Elle ouvrit la porte de la cave. La bougie avait brûlé
pour n'être plus qu'une mare de cire. Il ouvrit les volets et vit
que la pluie avait cessé. De l'eau coulait le long du mur en
contrebas et inondait le trottoir quand les voitures passaient. Il
se retourna vers elle. Il vit immédiatement qu'une seule chose
la préoccupait, comptait pour elle.

« Tu m'aimes toujours, Philip ? »

C'était peut-être un mensonge. Il ne savait plus. « Oui,
répondit-il.

– Tu ne me quitteras pas ?

– Je ne te quitterai pas, Senta. »

Il s'accroupit sur le lit près d'elle et se détourna du miroir,
de son reflet ridé, abîmé, effrayé. Elle rampa vers lui sur le
matelas et il la prit dans ses bras. Elle se lova contre lui, posa
la bouche sur sa peau et il la serra fort. Il pouvait entendre les
voitures traverser les flaques d'eau dans la rue et il en entendit
s'arrêter devant la maison. Les choses auxquelles nous pensons, se dit-il, les choses dont nous nous souvenons dans des
moments terribles. Quand il avait volé la statue, il avait pensé
qu'ils n'enverraient pas de voiture de police pour une histoire
pareille.

Mais ils le feraient pour celle-ci. Ils le feraient pour celle-ci.

Le goût
du risque

À la mémoire d'Eleanor Sullivan
1928-1991
Une grande amie

1

Le 13 mai arrive en tête des jours porte-malheur. Et c'est encore bien pis si cela tombe par hasard un vendredi. Cette année, pourtant, il s'agissait d'un lundi – augure déjà peu favorable même si Martin n'éprouvait que mépris à l'égard de toute superstition : il se serait lancé dans n'importe quelle entreprise d'importance un 13 mai et n'aurait pas hésité une seconde à prendre l'avion.

Le matin, il trouva un revolver dans la serviette que son fils emportait à l'école. On appelait cela un cartable, de son temps, mais maintenant on disait une serviette. L'objet se trouvait au milieu d'un fouillis de livres de classe, cahiers cornés, papiers froissés, chaussettes de football et, un instant, saisi de frayeur, Martin crut que c'était un vrai. Pendant une quinzaine de secondes, il imagina Kevin réellement en possession du plus gros revolver qu'il eût jamais vu, tout en étant bien incapable, au demeurant, d'en identifier le modèle.

Quand il comprit que c'était une réplique, cela ne l'empêcha pas de la confisquer.

« Tu peux dire adieu à cette arme, crois-moi. »

Il fit cette découverte dans la voiture, peu avant neuf heures, le matin du lundi 13 mai, alors qu'il conduisait son fils au collège de Kingsmarkham. La serviette mal fermée était tombée du siège arrière en laissant échapper une partie de son contenu sur le plancher. Kevin vit d'un œil chagrin, sans rien dire, disparaître le revolver dans la poche d'imperméable de son père, et, à la grille de l'école, il descendit en marmonnant un au revoir, sans jeter un regard derrière lui.

C'était le premier maillon de toute une chaîne d'événements qui devait aboutir à cinq morts. Si Martin avait trouvé l'arme plus tôt, avant que Kevin ne sorte de la maison, rien de tout cela ne serait arrivé. Sauf si l'on croit à la prédestination, à la fatalité. Si l'on pense que nos jours sont comptés. Dans ce cas, en imaginant un compte à rebours de la mort à la naissance, Martin venait d'atteindre le jour numéro un.

Lundi 13 mai.

C'était également son jour de congé. L'inspecteur adjoint Martin de la brigade criminelle de Kingsmarkham était sorti tôt, pas seulement pour conduire son fils à l'école – simple conséquence du fait d'avoir quitté la maison à neuf heures moins dix –, mais aussi pour aller faire changer les essuie-glaces de sa voiture. Il faisait bon, ce matin, le soleil brillait dans un ciel clair et la météo annonçait du beau temps, mais il n'allait pas prendre le risque d'emmener sa femme pour la journée à Eastbourne avec des essuie-glaces qui ne fonctionnaient pas.

Les employés du garage se comportèrent de façon typique. Martin les avait avertis par téléphone deux jours auparavant, ce qui n'empêcha pas la réceptionniste de faire comme si elle n'était au courant de rien. Quant à l'unique mécanicien disponible, il secoua la tête en disant que c'était faisable, mais tout juste. « Les » avait été appelé à l'improviste pour une urgence. Il faudrait lui en parler. L'inspecteur finit par obtenir la vague promesse que la voiture serait prête pour dix heures trente.

Il revint à pied par Queen Street. La plupart des boutiques n'étaient pas encore ouvertes. Les gens qu'il croisait se rendaient à la gare pour partir au travail. Martin sentait l'arme dans sa poche – sa forme et sa masse, qui pesait à sa droite. C'était un gros et lourd revolver avec un canon de dix centimètres. Si la police britannique finissait un jour par être armée, voilà quel effet ça ferait. Toute la journée et toute la semaine. Cela risquait de présenter autant d'inconvénients que d'avantages, se dit Martin. Mais il ne voyait guère, de toute façon, le Parlement laisser passer une mesure pareille.

Il se demandait s'il devait parler du revolver à sa femme et, plus perplexe encore, s'il fallait le dire à l'inspecteur principal Wexford. Qu'est-ce qu'un garçon de treize ans pouvait bien avoir à faire de ce qui avait tout l'air d'être une réplique des armes de la police de Los Angeles ? Il avait passé l'âge des pistolets d'enfant, c'est sûr, mais à quoi servait donc un revolver factice sinon à menacer, à faire croire aux autres qu'il s'agissait d'un vrai ? Et n'était-ce pas forcément dans un but criminel ?

Pour l'instant, Martin devait s'en tenir là, mais, ce soir, naturellement, quelle que soit la décision qu'il ait prise, il devrait avoir une conversation sérieuse avec Kevin. Il tourna dans la rue principale, d'où l'on apercevait l'horloge bleu et or du clocher de l'église St. Peter : il était presque neuf heures et demie. L'inspecteur allait à la banque, où il comptait retirer assez d'argent pour couvrir la note du garage, les frais d'essence, un déjeuner pour deux, quelques dépenses imprévues à Eastbourne, et qu'il en reste un peu pour les deux jours suivants. Martin se méfiait des cartes de crédit et, bien qu'il en possédât une, s'en servait rarement.

Il observait la même attitude à l'égard des distributeurs de billets. La banque était encore fermée, la porte d'entrée en chêne massif solidement close, mais il avait à sa disposition un distributeur automatique placé dans la façade de granit. La carte se trouvait dans son portefeuille et Martin alla jusqu'à la sortir, la regarder... Il avait noté quelque part le code vital, dont il essaya de se souvenir. 5053 ? 5305 ? Il entendit qu'on tirait les verrous, le pêne joua dans la serrure et le lourd panneau de bois pivota vers l'intérieur, révélant une seconde porte en verre. Le petit groupe de clients qui attendait déjà à son arrivée entra avant lui.

Martin s'avança vers l'un des guichets équipés d'un sous-main et d'un stylo à bille attaché à un faux encrier et sortit son chéquier. Sa carte de crédit ne lui serait pas nécessaire comme garantie ici, car il était connu. Il avait son compte dans cette agence. Un des caissiers avait d'ailleurs déjà remarqué sa présence et l'inspecteur lui dit bonjour.

Peu de gens, toutefois, connaissaient son prénom. Presque tout le monde l'appelait Martin depuis toujours. Même sa femme. Wexford, lui, devait être au courant, de même que le service clients de la banque et la personne qui s'occupait des comptes. Le jour de son mariage, il l'avait prononcé, ce nom, et sa femme l'avait répété, mais la plupart des gens pensaient qu'il s'appelait Martin. La vérité à ce sujet était un secret qu'il gardait pour lui autant que possible et, en rédigeant son chèque, il signa comme d'habitude : *C. Martin.*

Deux caissiers remettaient de l'argent liquide ou recevaient des dépôts derrière leur paroi de verre : Sharon Fraser et Ram Gopal. Une petite plaque sur la vitre mentionnait le nom de chacun d'eux et un signal lumineux s'allumait au-dessus de leur tête pour indiquer quand ils étaient libres. Une queue s'était formée dans la partie maintenant réservée aux files d'attente, délimitées par des cordes turquoise et des piquets chromés.

« Comme si on était du bétail à la foire ! s'écria, indignée, la femme devant lui.

– C'est quand même plus équitable, répondit Martin, profondément épris d'ordre et de justice. Cela permet de s'assurer que personne ne passe avant son tour. »

Ce fut à cet instant, juste après avoir prononcé ces paroles, qu'il prit conscience d'une certaine agitation. L'atmosphère à l'intérieur d'une banque invite toujours au plus grand calme. L'argent, c'est sérieux, c'est silencieux. La frivolité, l'amusement, la vivacité et la hâte n'ont pas leur place ici, dans ce lieu de la tradition et des transactions monétaires. Le moindre changement d'ambiance est immédiatement perceptible. On remarque un ton qui monte. Une épingle qui tombe devient un fracas. La plus légère turbulence fait sursauter les clients qui attendent. Martin sentit un courant d'air quand la porte en verre s'ouvrit trop brusquement. Il eut conscience de l'ombre projetée par la porte d'entrée – jamais fermée pendant la journée et maintenue en permanence dans cette position pendant les heures d'ouverture – que l'on rabattait avec précaution et presque en silence.

Il se retourna.

Après, tout se passa très vite. L'homme qui avait fermé, puis verrouillé la porte, dit d'un ton coupant : « Reculez tous contre le mur. En vitesse, s'il vous plaît. »

Martin remarqua son accent, manifestement de Birmingham. Oui, de Brum [1], se dit-il. À ce moment-là, quelqu'un cria. Il y en a toujours un qui crie.

Un revolver à la main, l'homme annonça d'une intonation plate et nasillarde : « Il ne vous arrivera rien si vous faites ce qu'on vous dit. »

Son complice, un jeune, armé lui aussi, s'avança dans le couloir formé par les cordes turquoise et les piquets chromés en direction des deux caissiers. Il en avait un à gauche, derrière la vitre, et un autre à droite : Sharon Fraser et Ram Gopal. Martin recula contre le mur de gauche avec les autres gens de la queue. Ils se trouvaient tous du même côté, sous la menace du revolver que tenait le plus âgé des deux hommes.

L'inspecteur était pratiquement sûr que l'arme dans la main gantée du jeune était un jouet. Pas une réplique, comme celle qu'il avait dans sa poche. Un simple jouet. Le garçon paraissait dix-sept ou dix-huit ans, mais Martin savait que, sans être bien vieux lui-même, il l'était déjà trop pour pouvoir faire la différence entre quelqu'un de dix-huit ans et quelqu'un de vingt-quatre.

Il s'efforça de mémoriser chaque détail physique sans savoir, sans imaginer à ce moment-là, que tout ce qu'il arriverait à retenir se révélerait inutile. Il observa l'autre homme avec autant de soin. Le plus jeune avait des taches rouges bizarres sur le visage. Des boutons, peut-être. Martin n'avait jamais rien vu de semblable. L'homme était brun, avec des tatouages sur les mains. Il ne portait pas de gants.

Son revolver pouvait lui aussi être une imitation. Impossible à dire. En regardant le garçon, l'inspecteur songea à son propre fils, à peine plus jeune. Kevin comptait-il faire une chose pareille ? Il palpa l'arme factice dans sa poche, croisa le regard de l'homme fixé sur lui, retira sa main et la ramena sur l'autre.

Le garçon dit quelque chose à la caissière, Sharon Fraser,

---

1. Abréviation familière pour Birmingham (*NdT*).

mais Martin ne put saisir ses paroles. Ils devaient bien avoir un système d'alarme dans la banque. Il dut s'avouer qu'il ignorait de quel type. Un bouton que l'on actionnait du pied ? Une alarme qui retentissait en ce moment même au poste de police ?

Il ne lui vint pas à l'esprit de fixer dans sa mémoire le moindre détail concernant ses compagnons, ces gens tapis contre le mur avec lui. Mais s'il l'avait fait, cela n'aurait rien changé. Tout ce qu'il aurait pu dire, c'est qu'aucun n'était âgé, même s'il n'y avait là que des adultes, à l'exception d'un bébé suspendu contre la poitrine de sa mère. Ce n'étaient à ses yeux que des ombres, un public anonyme et sans visage.

L'inspecteur sentait monter en lui un désir pressant d'intervenir, de faire quelque chose. Il éprouvait une immense indignation, comme toujours en face d'un crime ou d'une tentative de crime. Comment osaient-ils ? Pour qui se prenaient-ils ? De quel droit se permettaient-ils de venir ici prendre ce qui ne leur appartenait pas ? Il avait la même réaction lorsqu'il entendait dire, ou lisait, qu'un pays en avait envahi un autre. Comment pouvait-on commettre pareil outrage ?

La caissière était en train de remettre l'argent. Ram Gopal ne devait pas avoir déclenché d'alarme, se dit Martin. Le regard fixe, pétrifié de terreur ou tout simplement d'un calme impassible, l'employé regardait Sharon Fraser appuyer sur les touches de la caisse située à côté d'elle, qui allait déverser des billets déjà réunis en liasses de cinquante et cent livres, et contemplait sans ciller les paquets qu'elle poussait l'un après l'autre sous la cloison de verre, le long de la petite pente métallique, jusque dans la main avide et gantée.

Le garçon prenait l'argent de la main gauche, le ramassait et le jetait dans une sacoche de toile attachée autour de ses hanches. Il braquait toujours son revolver – son jouet – sur Sharon Fraser. Et l'homme tenait tous les autres, y compris Ram Gopal, sous la menace de son arme. C'était facile, de là où il se tenait. L'intérieur de la banque n'était pas grand et ils étaient tous serrés en petit groupe. Martin perçut le son des pleurs d'une femme, de légers sanglots, de faibles gémissements.

Il se sentait presque déborder d'indignation, mais pas tout à fait encore. Il songea que si l'on avait autorisé la police à porter des armes celles-ci lui seraient maintenant si familières qu'il saurait distinguer un vrai revolver d'un faux. Le garçon était maintenant devant Ram Gopal. Sharon Fraser, une jeune fille grassouillette dont Martin connaissait vaguement la famille et dont la mère avait été à l'école avec sa femme, serrait les poings, ses longs ongles rouges enfoncés dans les paumes. Ram Gopal avait commencé à faire passer les liasses de billets sous la cloison de verre. C'était presque fini. Dans un instant, tout serait terminé, et lui, Martin, n'aurait rien fait.

Il regarda l'homme brun et trapu battre en retraite vers les portes. Cela ne changeait pas grand-chose, ils étaient tous encore sous la menace de son revolver. Martin glissa la main dans sa poche où il sentit l'arme énorme de Kevin. L'homme le vit mais ne fit rien. Il lui fallait ouvrir cette porte, tirer les verrous pour leur permettre de s'enfuir.

L'inspecteur avait compris tout de suite que le revolver de Kevin n'était pas un vrai. Par le même processus d'identification et de raisonnement, à défaut d'expérience, il savait que le revolver du garçon était lui aussi une réplique. L'horloge sur le mur, au-dessus des caissiers et derrière la tête du garçon, indiquait neuf heures quarante-deux. Tout était allé si vite ! Il y a une demi-heure seulement, il se trouvait encore au garage et, dix minutes plus tôt, découvrait le revolver factice dans la serviette avant de le confisquer.

Martin mit la main à sa poche, saisit le revolver de Kevin et cria : « Lâchez vos armes ! »

L'homme, qui s'était détourné une fraction de seconde pour déverrouiller la porte, s'y adossa en tenant son revolver à deux mains comme un gangster dans un film. Le jeune prit le dernier paquet de billets, qu'il fit glisser dans son sac de toile.

« Lâchez vos armes ! » répéta Martin.

Le garçon tourna lentement la tête et le regarda. Une femme émit un vague gémissement étranglé. Le frêle petit revolver du jeune parut trembler. La porte d'entrée se rabattit avec fracas contre le mur. L'inspecteur n'avait pas entendu l'autre homme – celui qui possédait un vrai revolver – s'en aller, mais il savait qu'il était parti. Une rafale de vent s'engouffra dans la banque. La porte en verre claqua. Le garçon fixait l'inspecteur avec des yeux bizarres, insondables, des yeux de drogué peut-être, et tenait son arme comme s'il allait la laisser tomber d'une minute à l'autre. Comme s'il se livrait à une sorte de test pour voir combien de temps elle resterait suspendue à un doigt.

Quelqu'un entra dans la banque. La porte en verre pivota vers l'intérieur. « Partez ! cria Martin. Appelez la police immédiatement ! Il y a eu un hold-up. »

Il avança d'un pas en direction du garçon. Tout serait facile, maintenant. *C'était* facile. Le vrai danger se trouvait écarté. L'autre tremblait sous la menace de son revolver. Mon Dieu, se dit Martin, j'y suis donc arrivé ! Tout seul !

Le garçon appuya sur la détente et lui logea une balle en plein cœur.

Martin tomba. Il ne se plia pas en deux, mais s'affaissa sur le sol comme si ses genoux se dérobaient sous lui. Du sang jaillit de sa bouche. Il n'émit pas d'autre son qu'une petite toux. Son corps se recroquevilla, comme dans un film au ralenti, ses mains tentèrent de se raccrocher au vide, mais avec des gestes sans force, pleins de grâce, et il s'effondra peu à peu jusqu'à l'immobilité totale, ses yeux aveugles fixant la voûte du plafond de la banque.

Pendant un moment le silence régna, puis soudain les gens se mirent à faire du bruit, à crier, à hurler. Ils se pressèrent tout autour du mourant. Brian Prince, le directeur de l'agence, sortit du bureau du fond accompagné de quelques membres du personnel. Ram Gopal était déjà au téléphone. Le bébé commença à pousser des cris de désespoir déchirants, tandis que sa mère hurlait et bredouillait en serrant violemment le petit corps contre elle. Sharon Fraser, qui connaissait Martin, rejoignit la salle et s'agenouilla près de lui, en larmes. Elle se tordait les mains, réclamant que justice soit rendue et les coupables punis.

« Mon Dieu, mon Dieu, que lui ont-ils fait ? Que s'est-il passé ? Aidez-moi, quelqu'un, ne le laissez pas mourir... »

Mais Martin était déjà mort.

2

Le prénom de Martin parut dans les journaux. On le prononça à haute voix ce jour-là, au journal télévisé de la BBC en
début de soirée, et de nouveau à vingt et une heures. Inspecteur adjoint Caleb Martin, âgé de trente-neuf ans, marié et
père d'un garçon.

« C'est bizarre, dit l'inspecteur Burden, vous n'allez pas le
croire, mais j'ignorais absolument qu'il s'appelait comme ça.
Toujours cru qu'il s'agissait de John ou de Bill, quelque chose
de ce genre. On disait toujours Martin, comme si c'était son
prénom. Je me demande bien pourquoi il a tenté une chose
pareille. Qu'est-ce qui lui a pris ?

– Un accès de courage, répondit Wexford. Pauvre diable...

– De témérité insensée, oui ! répliqua Burden avec plus de
tristesse que de méchanceté.

– Je ne pense pas que le courage ait jamais eu grand-chose
à voir avec l'intelligence, vous savez. Ni avec le raisonnement
et la logique. Il ne s'est même pas donné le temps de réfléchir. »

C'était l'un de leurs. Un de leur équipe. En plus, pour un
policier, il y a quelque chose de particulièrement horrible dans
l'assassinat d'un collègue. C'est comme si la culpabilité était
double, comme si on avait commis là le pire de tous les
crimes, leur vie étant, dans l'idéal, justement vouée à la pré-
vention de tels actes.

L'inspecteur principal Wexford ne consacrait pas plus
d'énergie à rechercher l'assassin de Martin qu'il n'en aurait
mis à pourchasser n'importe quel autre meurtrier, mais il se
sentait émotionnellement plus impliqué que d'habitude. Il
n'avait pas éprouvé d'affection particulière pour son collègue,
dont les efforts trop appliqués et sans humour l'irritaient. Ce
côté « balourd » que l'on attribue souvent, de façon péjorative
et méprisante, à la police était le premier terme qui venait à

l'esprit à propos de Martin. On dit même les « bourriques »,
en argot, pour désigner les policiers. Mais tout cela était
oublié, maintenant que Martin était mort.

« Je me suis souvent dit que Shakespeare manquait drôlement de psychologie en déclarant que le mal survit aux
hommes qui le font, quand le bien, lui, se retrouve souvent
enterré avec leur dépouille, déclara Wexford à Burden. Non
que ce pauvre Martin ait commis tant de péchés, mais vous
voyez ce que je veux dire. On se souvient des bonnes choses,
pas des mauvaises, en fait. Je me rappelle comme il était poin-
tilleux, consciencieux et même... obstiné. Je deviens tout sentimental quand je pense à lui, et, à d'autres moments, je me
sens aveuglé par la colère. Bon Dieu, cela me rend vraiment
fou de rage, quand je pense à ce gamin boutonneux qui l'a
abattu de sang-froid. »

Ils avaient commencé par un interrogatoire particulièrement poussé et minutieux de Brian Prince, le directeur, puis
des caissiers, Sharon Fraser et Ram Gopal, pour passer ensuite
aux clients présents dans la banque – du moins ceux qui
étaient venus se présenter ou que l'on avait pu retrouver. Personne ne pouvait dire avec exactitude combien de gens se
trouvaient là au moment du meurtre.

« Ce pauvre Martin aurait été capable de nous renseigner,
dit Burden. J'en suis sûr. Il le savait, mais il est mort et, s'il ne
l'était pas, tout cela n'aurait d'ailleurs aucune importance. »

Brian Prince n'avait rien vu. Il n'avait découvert ce qui se
passait qu'en entendant le garçon tirer le coup fatal. Ce fut
Ram Gopal, membre de la communauté immigrée indienne
très réduite de Kingsmarkham et appartenant à la caste des
brahmanes du Pendjab, qui donna à Wexford la meilleure description des deux hommes et la plus complète. Avec un signalement pareil, se dit l'inspecteur principal après cela, ce serait
un crime que de ne pas les attraper.

« Je les ai regardés avec beaucoup d'attention. Je suis resté
très calme, pour garder toute mon énergie, en me concentrant
sur tous les détails physiques. Je savais bien que je ne pouvais
rien tenter d'autre. Alors je n'ai fait que ça. »

Michelle Weaver, qui était passée à la banque juste avant de se rendre à l'agence de voyages où elle travaillait, deux portes plus loin, indiqua que le garçon, âgé de vingt-deux à vingt-cinq ans, était blond, pas très grand, et souffrait d'une acné sévère. Mrs. Wendy Gould, la mère du bébé, déclara elle aussi qu'il était blond, mais assura qu'il mesurait bien un mètre quatre-vingts. D'après Sharon Fraser, il était grand et blond, mais elle avait surtout remarqué ses yeux, d'un bleu clair et brillant. Les trois hommes décrivirent le garçon comme petit ou de taille moyenne, mince, et âgé de vingt-deux ou vingt-trois ans peut-être. Wendy Gould trouvait qu'il avait l'air malade. La dernière, Mrs. Margaret Watkin, annonça que le garçon était brun, petit, avec les yeux sombres. Tout le monde s'accordait sur le fait qu'il avait des boutons, mais Margaret Watkin doutait que ce fût de l'acné. Tout plein de petites taches de vin, plutôt, suggéra-t-elle.

L'autre homme était, de l'avis de tous, bien plus vieux – de dix ou vingt ans, à en croire Mrs. Watkin. Brun, basané pour certains, et avec des mains poilues. Michelle Weaver fut la seule à signaler qu'il avait un grain de beauté sur la joue gauche. Sharon Fraser avait l'impression qu'il était très grand, mais l'un des hommes le qualifia de « minuscule », et un autre le décrivit comme « pas plus grand qu'un adolescent ».

L'assurance et la concentration de Ram Gopal inspiraient confiance à Wexford. L'employé déclara que le jeune mesurait environ un mètre soixante-quinze. Il était très mince, avec des yeux bleus, des cheveux blonds et des boutons d'acné ; il portait un jean en denim, un tee-shirt ou un pull foncé et un blouson de cuir noir. Il avait aussi des gants, détail qu'aucun autre témoin ne songea à mentionner.

L'homme, lui, ne portait pas de gants. Ses mains étaient couvertes de poils sombres. Il avait les cheveux presque noirs, mais avec un début de calvitie prononcé qui faisait paraître son front extrêmement haut. Âgé de trente-cinq ans au moins, il était vêtu comme le garçon, hormis que son jean était d'une teinte grise ou marron, et il avait une espèce de chandail marron.

Le garçon n'avait parlé qu'une seule fois, pour demander à Sharon Fraser de lui faire passer l'argent, et celle-ci était incapable de décrire sa voix. Ram Gopal émit l'opinion qu'il ne s'agissait ni d'un accent cockney ni de la voix d'une personne cultivée. Quelqu'un du sud de Londres, probablement. Peut-être l'accent de la région, mais « londonisé », en quelque sorte, par l'importance grandissante de la capitale et par la télévision ? Possible, reconnut Ram Gopal. Mais il ne s'y connaissait guère en la matière, découvrit Wexford qui, le mettant à l'épreuve, s'aperçut qu'il prenait un accent du Devon pour celui du Yorkshire.

Combien de personnes se trouvaient donc dans la banque ? Quinze, en comptant les employés, affirma Ram Gopal. Seize, d'après Sharon Fraser. Brian Prince, lui, n'en savait rien. Parmi les clients, l'un disait douze, un autre dix-huit.

Qu'il y en ait eu plus ou moins, il était clair que tout le monde n'avait pas répondu à l'appel lancé par la police. Entre le moment où les malfaiteurs s'étaient enfuis et l'arrivée des policiers, pas moins de cinq personnes, semblait-il, avaient quitté la banque sans rien dire tandis que les autres s'occupaient de Martin.

Elles avaient saisi la première occasion de s'enfuir. Pouvait-on les en blâmer, surtout si elles n'avaient rien vu d'intéressant ? Qui a envie de se retrouver impliqué dans une enquête policière quand on n'a pas le moindre élément à y apporter ? Ou bien quelque chose de si mince, de si banal, que d'autres témoins plus observateurs ne manqueront pas de signaler ?

Comme il est plus facile, pour garder sa tranquillité d'esprit et ne pas se compliquer la vie, de s'esquiver et de continuer vers son travail, vers les magasins, ou de rentrer chez soi ! La police de Kingsmarkham dut bien admettre que quatre ou cinq personnes restaient bouche cousue. Qu'elles sachent quelque chose ou pas, elles gardaient le silence et se cachaient. Le seul renseignement que possédât la police était que les employés de la banque ne connaissaient de vue aucun de ces quatre, cinq – ou peut-être seulement trois – individus. Pour autant qu'ils s'en souviennent. Que ce soient Brian Prince, Ram Gopal ou Sharon Fraser, aucun ne se rappelait avoir vu un visage familier dans les files d'attente délimitées par les cordes, exception faite des habitués, tous restés à l'intérieur de la banque après la mort de Martin.

Lui, ils le connaissaient de vue, bien sûr, notamment Michelle Weaver et Wendy Gould, entre autres. Sharon Fraser ne pouvait ajouter qu'une chose : elle avait l'impression que ces clients introuvables étaient des hommes. L'élément le plus sensationnel apporté par les témoins vint de Michelle Weaver, qui déclara avoir vu le garçon couvert d'acné laisser tomber son revolver juste avant de s'enfuir de la banque. Il l'avait jeté sur le sol, puis s'était sauvé.

Elle ne pouvait guère s'attendre que l'on prît une telle déclaration au sérieux, se dit Burden au début. Car ce que Michelle Weaver décrivait là, il l'avait lu quelque part. On le lui avait enseigné ou il l'avait glané au cours d'une conférence quelconque. C'était une technique classique de la Mafia. Il alla jusqu'à lui dire qu'ils devaient avoir lu le même livre.

Michelle Weaver insista. Elle avait vu le revolver glisser sur le sol. Les autres s'étaient tous rassemblés autour de Martin, mais elle se trouvait en fin de queue, derrière les gens à qui l'homme armé avait ordonné de se mettre contre le mur.

Caleb Martin avait lâché l'arme avec laquelle il avait tenté son geste de bravoure. Son fils Kevin l'identifia par la suite comme sa propriété personnelle, que son père lui avait confisquée ce matin-là dans la voiture. Il s'agissait d'un jouet – une copie grossière, comportant plusieurs inexactitudes de facture, d'un Smith & Wesson modèle 10 avec un canon de dix centimètres, destiné à l'armée et à la police.

Plusieurs témoins avaient vu tomber l'arme de Martin. Un entrepreneur de bâtiment du nom de Peter Kemp, qui se tenait à côté de lui, déclara qu'il avait lâché le revolver au moment où la balle l'avait atteint.

« Ce ne serait pas plutôt l'arme de l'inspecteur Martin que vous auriez vue, Mrs. Weaver ?

– Pardon ? ?

– L'inspecteur a lâché son revolver, et celui-ci a glissé sur le sol entre les pieds des gens. Vous pourriez vous être trompée. Ne serait-ce pas de cette arme-là que vous voulez parler ?

– J'ai vu le garçon jeter le revolver par terre.

– Vous dites que vous avez vu l'arme glisser sur le sol, comme l'a fait celle de Martin. Il y avait donc deux revolvers par terre ?

– Je ne sais pas. Je n'en ai vu qu'un.

– D'abord dans la main du garçon, et ensuite en train de glisser sur le sol. Avez-vous réellement été témoin du moment où l'arme a quitté sa main ? »

Mrs. Weaver n'était plus aussi affirmative qu'au début. Il lui semblait bien, oui, qu'elle l'avait vue dans la main du garçon et ensuite sur le sol. Elle avait vu un revolver filer sur le marbre luisant entre les pieds des gens. Quelque chose lui vint à l'esprit et elle se tut un instant, fixant Burden.

« Je n'irai pas en témoigner à la barre sous serment », déclara-t-elle.

Dans les mois qui suivirent, les recherches concernant les malfaiteurs qui avaient cambriolé la banque de Kingsmarkham furent élargies au pays tout entier. Peu à peu, on retrouva la totalité de l'argent volé. L'un des deux hommes paya l'achat d'une voiture en espèces avant que les numéros des billets n'aient été communiqués au public, et remit six mille livres à un revendeur qui se ne se doutait de rien. Il s'agissait du brun – le plus vieux. Le marchand fournit une description détaillée de son client, avec son nom, bien sûr – du moins celui qu'on lui avait donné : George Brown. C'est sous cette identité, ensuite, que le désigna la police de Kingsmarkham.

Du reste de l'argent, un peu moins de deux mille livres refirent surface, enveloppées dans du papier journal, sur une décharge publique urbaine, mais l'on ne revit jamais les six mille qui manquaient. Elles avaient sans doute été dépensées par petites sommes à la fois, ce qui ne présente guère de risques. Comme le précisa Wexford, si l'on donne deux billets de dix à la caissière pour payer ses achats d'épicerie, elle ne va pas aller vérifier les numéros sur une liste. Il suffit d'être prudent et de ne pas retourner deux fois au même endroit.

Juste avant Noël, Wexford se rendit dans le Nord pour interroger un prisonnier qui se trouvait en détention préventive dans le Lancashire. Le marché habituel : si l'autre se montrait coopératif et donnait des renseignements utiles, les choses se passeraient un peu mieux lors du procès. Pour l'instant, il risquait une peine de sept ans.

Cet homme, un certain James Walley, raconta à Wexford qu'il avait travaillé avec quelqu'un qui s'appelait George Brown de son vrai nom. Il espérait obtenir l'indulgence du tribunal pour l'un de ses délits passés. Wexford rendit visite au véritable George Brown à son domicile de Warrington. Celui-ci paraissait très âgé, même s'il devait être plus jeune que son apparence ne le laissait supposer, et boitait depuis une chute qu'il avait faite d'un échafaudage quelques années plus tôt, en essayant de s'introduire par effraction dans un immeuble.

La police de Kingsmarkham se mit alors à désigner l'individu qu'elle recherchait sous les termes de « X, alias George Brown ». Du garçon couvert d'acné, il n'y eut jamais le moindre signe. Pas l'ombre d'un renseignement. Dans le milieu, personne ne le connaissait. Il aurait aussi bien pu être mort, pour ce qu'on en savait. X, alias Georges Brown, réapparut en janvier sous le nom de George Thomas Lee, arrêté lors d'un cambriolage à Leeds. Cette fois, ce fut Burden qui alla le voir en prison préventive. C'était un homme petit, avec des yeux qui louchaient et des cheveux roux carotte coupés en brosse. Il débita toute une histoire sur un garçon boutonneux qu'il avait rencontré dans un pub de Bradford et qui s'était vanté d'avoir tué un policier quelque part dans le Sud. Il donna le nom d'un pub, puis l'oublia et en cita un autre, mais il connaissait le nom et l'adresse complets du garçon. Certain d'avance que le motif caché derrière tout cela n'était qu'une vengeance pour un méfait sans gravité, Burden retrouva le jeune homme. C'était un grand brun, assistant de laboratoire au chômage, avec un casier aussi net que la peau de son visage. Il ne se souvenait d'aucune rencontre dans un pub avec X, alias George Brown, mais se rappelait bel et bien avoir appelé la police après avoir surpris un intrus dans le dernier endroit où il avait travaillé.

Martin avait été tué par une belle provenant d'un Colt Magnum 357 ou 38. Impossible de savoir lequel, car, même s'il s'agissait d'une balle de 38, le 357 accepte les deux types de munitions. Wexford se tourmentait parfois au sujet de cette arme. Une nuit, il rêva qu'il se trouvait dans la banque et regardait deux revolvers valser sur le sol de marbre tandis que les clients contemplaient la scène comme des spectateurs devant une piste de patinage. « Magnums on Ice » !

Il alla parler en personne à Michelle Weaver, qui se montra fort obligeante, toujours aussi disposée à répondre, et ne manifesta aucun signe d'impatience. Mais cinq mois s'étaient écoulés et le souvenir de ce qu'elle avait vu le matin de la mort de Caleb Martin commençait forcément à s'estomper.

« Je n'ai pas pu le voir jeter son arme, c'est impossible. Je veux dire, j'ai dû l'imaginer. S'il l'avait jetée, elle aurait été là, par terre. Mais il n'y avait que celle que le policier a lâchée.

— Quand la police est arrivée, c'est vrai, elle n'a trouvé qu'un seul revolver. »

Wexford lui parlait sur le ton de la conversation, comme s'ils étaient entre égaux et échangeaient des renseignements confidentiels. Il gagna ainsi sa sympathie et elle prit de l'assurance, redoublant d'efforts pour l'aider.

« Il n'y avait là que le jouet confisqué le matin par l'inspecteur Martin à son fils, lui dit-il. Ni une copie ni une arme factice. Un simple jouet.

— Alors c'est un jouet, que j'ai vu ? s'étonna-t-elle. Ils les font drôlement ressemblants ! »

Un autre interrogatoire, mené également sur le mode de la conversation, mais cette fois avec Margaret Watkin, ne révéla guère plus que l'obstination du témoin qui ne démordait pas de sa description du garçon.

« Je sais reconnaître de l'acné quand j'en vois. Mon fils aîné en est terriblement atteint. Ce n'est pas ce qu'il avait, lui. Je vous l'ai dit, ça ressemblait davantage à des taches de vin.

— Peut-être des cicatrices de boutons ?

— Non, rien à voir. Plutôt ces marques qu'ont certaines personnes, comme des fraises, vous voyez ? Sauf que celles-ci étaient du genre violet, et toutes marbrées. Il en avait des dizaines. »

Wexford interrogea le Dr Crocker, qui lui répondit qu'il

n'existait aucun angiome corresponsant à cette description, et on en resta là.

Il n'y avait plus grand-chose à dire, plus de questions à poser. L'inspecteur avait parlé avec Michelle Weaver fin février. Et début mars, Sharon Fraser se souvint tout à coup d'un détail concernant l'un des hommes que l'on n'avait pas retrouvés parmi les clients de la banque. Il tenait une liasse de billets à la main. Des billets verts. Or il n'en existait aucun de cette couleur en Angleterre depuis que celui d'une livre avait été remplacé par une pièce, quelques années auparavant. Elle ne se rappelait rien de plus sur lui. Est-ce que cela les aidait ?

Wexford ne pouvait guère prétendre que oui – ou si peu. Mais on ne décourage pas les manifestations d'esprit civique.

Il ne se passa pas grand-chose d'autre jusqu'au jour où quelqu'un appela police secours, au 999, le 11 mars.

3

« Ils sont tous morts. » C'était une voix de femme jeune, très jeune. « Ils sont tous morts, répéta-t-elle avant d'ajouter : Je vais perdre tout mon sang ! »

La standardiste qui prit l'appel n'était pas une débutante, mais elle déclara plus tard que ces mots l'avaient glacée. Elle venait de prononcer la formule classique : la personne voulait-elle la police, les pompiers ou une ambulance ?

« Où êtes-vous ? demanda-t-elle.

– Au secours ! Je vais perdre tout mon sang.

– Dites-moi où vous êtes. L'adresse... »

La voix commença à donner un numéro de téléphone.

« L'adresse, s'il vous plaît...

– *Tancred House*, à Cheriton. Au secours, aidez-moi, je vous en prie... Dites-leur de se dépêcher... »

Il était vingt heures vingt-deux.

Les bois, composés principalement de conifères – plantations de pins sylvestres, de mélèzes et d'épicéas dominés çà et là par de hauts sapins de Douglas –, couvraient à peu près dix hectares de terrain. Mais au sud se trouvaient encore des vestiges de l'ancienne forêt de Cheriton, l'une des sept qui existaient au Moyen Âge dans le comté du Sussex, les autres étant Arundel, St. Leonard's, Worth, Ashdown, Waterdown et Dallington. Celle d'Arundel exceptée, elles n'en formaient qu'une seule à l'époque, vaste territoire de six cents hectares qui, selon les chroniques anglo-saxonnes, s'étendait du Kent jusqu'au Hampshire. Les cerfs y couraient en liberté, et dans ses profondeurs vivaient des sangliers.

Dans la petite partie qui en reste aujourd'hui poussent, jusque sur les pentes et en bordure sud d'un domaine privé, des chênes, des frênes, des châtaigniers, des marronniers, des bouleaux et des lauriers-tins. Au milieu de ce qui était encore, au début des années trente, un vaste parc où, sur le gazon vert, se dressaient des sapins de Douglas, des cèdres et même, plus rares, quelques séquoias, à côté de zones boisées plus anciennes d'un demi-hectare, le nouveau propriétaire a fait planter une jeune forêt. Les routes qui mènent à la maison – dont l'une n'est qu'un sentier étroit – serpentent dans les bois entre deux talus escarpés et, à d'autres endroits, traversent des bosquets de rhododendrons. Bordées d'arbres en pleine maturité, elles reçoivent çà et là l'ombre de quelque géant du passé.

On aperçoit parfois des daims, et on a même signalé des écureuils roux. Si le coq de bruyère reste rare, la fauvette y est commune et, l'hiver, arrivent les busards Saint-Martin. À la fin du printemps, les rhododendrons en fleur offrent de longues perspectives rosées, sous une brume verte de feuilles de hêtres fraîchement dépliées. Le rossignol chante. Plus tôt dans l'année, en mars, les bois sont encore sombres mais luisent déjà de tout ce qui va naître, et, sous les pieds, le sol a la riche couleur d'or rouge des faines tombées. Le tronc des hêtres brille comme si l'écorce était recouverte d'une dentelle d'argent. La nuit, cependant, règnent les ténèbres et la paix. Un calme profond, un silence inquiétant emplissent la forêt.

Le domaine n'est pas clôturé, mais la haie qui l'entoure est percée de plusieurs portails à cinq barreaux, tous en cèdre rouge. En général, ils ne donnent accès qu'à des chemins impraticables en voiture. L'entrée principale, elle, sépare les bois de la route qui continue vers le nord à partir de la nationale B2428, reliant Kingsmarkham et Cambery Ashes. À gauche, on voit une pancarte, un simple panneau fixé à un poteau, qui indique : TANCRED HOUSE, VOIE PRIVÉE, REFERMEZ LE PORTAIL SVP. Pourtant, nul besoin de clé, de code ou d'un système quelconque pour l'ouvrir.

Ce mardi-là, à vingt heures cinquante et une, le 11 mars, le portail était clos. L'inspecteur adjoint Vine descendit de la première voiture pour l'ouvrir, bien qu'il fût d'un grade supérieur à celui de la plupart des officiers de police présents. Il était venu à Kingsmarkham remplacer Martin. Le cortège, composé de trois véhicules, se terminait par une ambulance. Vine attendit qu'ils soient tous passés, puis referma le battant. Il était difficile de rouler très vite, mais, une fois à l'intérieur, dans le domaine privé, Pemberton fit de son mieux.

Ils devaient apprendre par la suite, quand ils la fréquentèrent quotidiennement, que l'on appelait cette route « la grande allée ».

Il faisait sombre. Le soleil était couché depuis deux heures. Le dernier lampadaire se trouvait à une centaine de mètres derrière eux sur la B2428, de l'autre côté du portail, et ils ne pouvaient se fier qu'à leurs phares, qui transformaient la brume flottant à travers bois en serpentins de brouillard verdâtre. Si des yeux cachés dans la forêt les regardaient, on ne les voyait pas. Les troncs, enveloppés de longues écharpes de brume, ressemblaient à des enfilades de grands piliers gris, et dans les profondeurs, entre les arbres, régnaient des ténèbres impénétrables.

Personne ne soufflait mot. Le dernier à avoir parlé était Barry Vine, pour annoncer qu'il descendait ouvrir la barrière. L'inspecteur Burden restait silencieux. Il songeait à ce qu'ils allaient trouver à *Tancred House*, tout en se répétant qu'il ne fallait pas anticiper. Cela ne servait à rien de se perdre en conjectures. Pemberton, lui, n'avait rien à dire et aurait de toute manière jugé déplacé de sa part d'engager la conversation.

Dans le car derrière eux se trouvaient le chauffeur, Gerry Hinde, et l'officier de police Archbold, chargé des recherches sur les lieux du crime, accompagné d'un photographe du nom de Milsom et d'une auxiliaire féminine, l'agent Karen Malahyde. Le personnel médical de l'ambulance se composait d'un homme et d'une femme, qui conduisait. Il avait été décidé pratiquement dès le départ que l'on n'utiliserait ni gyrophares ni sirènes.

Les trois véhicules ne faisaient d'autre bruit que celui des moteurs. Le cortège zigzaguait entre des talus escarpés, le long de l'allée bordée d'arbres. Parfois, la route traversait des plateaux sablonneux. Pourquoi tant de virages, cela restait un mystère, car la pente de la colline était faible et il n'y avait aucun obstacle à éviter, sauf peut-être les arbres géants isolés, invisibles dans le noir.

Simple caprice de celui qui avait planté la forêt, se dit Burden, essayant de se rappeler s'il avait vu ces bois encore jeunes. Mais il ne connaissait pas bien la région. Naturellement, il savait à qui ils appartenaient maintenant. Personne ne l'ignorait, à Kingsmarkham. Il se demandait si le message laissé à l'intention de Wexford lui était parvenu et si l'inspecteur principal se trouvait même déjà en chemin, sa voiture à deux ou trois kilomètres derrière.

Vine scrutait le paysage, le nez contre la vitre, comme s'il y avait quelque chose à voir, en dehors des ténèbres, de la brume et des bords de la route devant eux, jaunâtres, luisants et mouillés dans la lumière des phares. Aucune paire d'yeux, verts ou dorés, ne les fixait des profondeurs de la forêt, et on ne percevait pas le moindre mouvement d'oiseau ou d'un quelconque animal. On ne discernait même pas le ciel, d'ici. Les troncs se dressaient comme des colonnes nettement séparées, mais les branches du haut semblaient former une voûte compacte.

Burden avait entendu dire qu'il y avait des cottages sur le domaine, pour loger le personnel qu'entretenait Davina Flory. Ceux-ci devaient se trouver à proximité de *Tancred House*, à cinq minutes de marche de la maison, pas plus. Pourtant, ils ne dépassèrent aucune porte, aucun sentier pénétrant dans les bois, et ne virent aucune lumière, faible ou vive, briller au loin, d'un côté ou de l'autre de la route. On était à quatre-vingts kilomètres de Londres, mais on aurait pu aussi bien s'imaginer au nord du Canada ou en Sibérie. La forêt semblait interminable, rangée sur rangée d'arbres, dont certains faisaient plus de douze mètres de haut ; d'autres, en pleine croissance, étaient déjà grands. À chaque virage, on se disait qu'il y aurait une clairière, que cela allait s'arrêter, que l'on pourrait enfin apercevoir une maison. Mais on ne voyait que des arbres, encore des arbres, un nouveau bataillon de cette armée muette, immobile, en attente.

Burden se pencha en avant et demanda à Pemberton, d'une voix qui résonna dans le silence : « Combien de chemin avons-nous parcouru depuis le portail ? »

Pemberton regarda le compteur : « Trois kilomètres et demi, chef.

– C'est sacrément loin, non ?

– D'après la carte, presque cinq kilomètres, précisa Vine, qui avait une marque blanche sur le nez, à l'endroit où il s'était appuyé contre la vitre.

– On dirait que cela fait des heures ! » marmonna Burden en fouillant du regard les interminables bosquets, les hauteurs infinies de ces piliers de cathédrale.

La maison surgit alors devant leurs yeux, et ils eurent un choc.

Les bois s'ouvrirent, tel un rideau que l'on écarte, et elle apparut, brillamment éclairée comme un décor de théâtre, noyée d'un clair de lune artificiel, vert et froid. Cela créait une impression étrangement dramatique. La maison luisait, miroitait dans un bain de lumière, découpée en relief sur un puits de ténèbres nébuleuses. La façade, elle, était piquetée de points lumineux orange – les carrés et les rectangles des fenêtres allumées.

Burden s'attendait à un spectacle de sombre désolation. Mais la scène qui s'offrait à ses yeux ressemblait au plan d'ouverture d'un conte de fées animé de personnages vivant dans un lointain palais. Un film sur la Belle au bois dormant. Il aurait dû y avoir de la musique, une douce mais lugubre

mélodie avec des cors et des tambours. Le silence donnait la
sensation qu'il manquait quelque chose d'essentiel, qu'un terrible désastre venait de se produire. Le son était coupé, mais
les plombs n'avaient pas sauté. L'inspecteur vit les bois se
refermer à nouveau tandis que la grande allée prenait un autre
virage. L'impatience le saisit. Il avait envie de descendre, de
courir vers la maison, de se précipiter à l'intérieur pour y
découvrir le pire, voir de quoi il s'agissait. Cela l'irritait de
devoir rester assis.

Le premier coup d'œil avait été un bref avant-goût, comme
une bande-annonce. Cette fois-ci, les bois disparurent pour de
bon et on put se rendre compte, à la lumière des phares, que la
route traversait une zone herbeuse plantée de quelques grands
arbres. Les occupants de la voiture se sentirent très exposés en
entamant ce parcours, tel un groupe d'envahisseurs à cheval
qui doit affronter une embuscade. À l'autre bout, la maison
était maintenant illuminée par une clarté absolue. C'était une
belle gentilhommière de style George V, excepté son toit
pentu et ses cheminées droites comme des cierges. Elle semblait très grande, majestueuse, et menaçante aussi.

Un mur bas, perpendiculaire au chemin qu'ils suivaient,
séparait ses abords immédiats du reste du domaine, coupant la
partie sans arbres en deux. La route bifurquait sur la gauche
juste avant une ouverture dans la clôture. On pouvait continuer tout droit ou suivre ce virage qui semblait mener vers le
côté, puis derrière la maison. Les projecteurs étaient masqués
par le mur.

« Allez tout droit », dit Burden.

Ils franchirent le passage, entre deux piliers en ogive qui
marquaient l'entrée d'une cour, vaste étendue pavée de
pierres de Portland d'un gris doré aux surfaces plaisamment
irrégulières et trop rapprochées pour laisser pousser même de
la mousse. En plein milieu se trouvait un large bassin circulaire également en pierre avec, au centre, sur un îlot orné
d'une profusion de fleurs et de plantes à grandes feuilles en
marbre de teintes variées, vert, rose ou gris bronze, un groupe
représentant un homme, un arbre et une jeune fille sculptés
dans un marbre gris. Il s'agissait peut-être d'une fontaine,
mais elle ne coulait pas. L'eau stagnait, sans une ride.

La maison, en forme de E privé de sa barre centrale ou comme un rectangle avec un grand côté en moins, se dressait, totalement dépouillée, par-delà cette large plaine dallée. Aucune plante grimpante ne venait adoucir les bandes de plâtre lisse, aucun buisson ne poussait à proximité pour compenser la rusticité des pierres apparentes. Les lampes à arc situées sur la face interne de la clôture révélaient chaque ligne, chaque petit trou de la façade.

Il y avait des lumières partout, dans les deux ailes du bâtiment, dans la partie centrale et la galerie du dessus. Elles brillaient derrière les rideaux tirés, roses, orange ou vertes selon la couleur des tentures, et aussi à travers les vitres nues. Les lampes à arc rivalisaient avec l'éclat plus doux de ces teintes, sans parvenir à les éclipser totalement. Rien ne bougeait. Pas un souffle. On aurait dit que l'air comme le temps s'étaient figés.

En fait, se dit plus tard Burden, qu'est-ce qui aurait bien pu remuer ? Même si le vent avait soufflé en tempête, tout serait resté immobile. Les arbres se trouvaient derrière la maison, perdus dans ces ténèbres caverneuses.

Le cortège remonta jusqu'à la porte d'entrée, en passant à gauche de la fontaine et des statues. Burden et Vine ouvrirent la portière à toute volée. C'est Vine qui atteignit le seuil le premier après avoir gravi deux marches de pierre, larges et basses. S'il avait jamais existé un porche, celui-ci avait disparu, ne laissant de chaque côté qu'une paire de colonnes lisses, en retrait. La porte brillait d'un blanc étincelant dans toute cette clarté, comme si la peinture était encore fraîche. La queue de la cloche, en fer forgé, était torsadée comme un bâton de sucre d'orge. Quand Vine la tira, le bruit dut retentir dans toute la maison car les infirmiers l'entendirent clairement en descendant de l'ambulance, à vingt mètres de là.

Vine agita la cloche trois fois, puis frappa violemment avec le marteau en cuivre. Les boiseries de la porte luisaient comme de l'or dans la lumière vive. Se rappelant la voix au téléphone, cette femme qui appelait au secours, ils tendirent l'oreille. Pas un son. Ni gémissement ni murmure. Le silence. Burden fit claquer le heurtoir et battre le volet de la boîte aux lettres. Personne ne songea à une porte de derrière, au nombre de portes qu'il devait y avoir à l'arrière de la maison. Il ne leur vint pas à l'idée que l'une d'elles pouvait être ouverte.

« Il va falloir entrer en force », dit Burden.

Mais par où ? La porte d'entrée était flanquée de quatre larges fenêtres, deux de chaque côté. À l'intérieur, on distinguait une sorte de hall, une orangerie, avec des lauriers et des lis en pot sur le sol de marbre blanc moucheté, dont les feuilles chatoyaient à la lumière d'une paire de chandeliers. Tout ce qui se trouvait au-delà, derrière une arcade, restait invisible. L'ensemble dégageait une impression de chaleur et de calme. C'était un endroit civilisé, une noble demeure dotée de tous les conforts où habitaient des gens riches épris de luxe. Dans l'orangerie, contre le mur, il y avait une console en acajou ornée de dorures et une chaise aux pieds grêles avec un siège recouvert de velours rouge placée négligemment à côté. D'une jarre chinoise posée sur la console jaillissaient les longues vrilles d'une plante rampante.

Burden s'éloigna de l'entrée, traversant les dalles de la vaste cour de pierre, dans ce qui ressemblait à un clair de lune très amplifié, comme si l'astre s'était dédoublé ou se reflétait dans un miroir céleste. Il déclara plus tard à Wexford que toute cette lumière avait aggravé les choses. Cela aurait semblé plus naturel qu'il fasse noir. On se serait senti plus à l'aise.

L'inspecteur s'approcha de l'aile ouest. Le bas de la dernière fenêtre, construite légèrement en saillie, était situé à une trentaine de centimètres du sol, pas plus. Les lampes allumées dans la pièce ne laissaient filtrer, vues de l'endroit où il se tenait, qu'une douce lueur verte. Les rideaux étaient tirés, la doublure claire du côté de la vitre, mais Burden devinait qu'ils devaient être en velours vert sur l'autre face. Il se demanda ensuite quel instinct l'avait conduit à cette fenêtre, pourquoi il avait négligé les autres, plus proches, pour venir jusque-là.

C'était comme un pressentiment. Ce qu'il y avait à voir, à découvrir, se trouvait dans cette pièce. Il essaya de regarder par la fente lumineuse, brillante comme une lame de couteau entre les deux rideaux, et ne vit qu'un éclat qui l'éblouit. Les autres étaient là, derrière lui, silencieux, mais tout près.

« Cassez la vitre », dit-il à Pemberton.

Celui-ci, calme et de sang-froid, prêt à l'action, brisa avec une clé anglaise l'un des grands carreaux rectangulaires de la fenêtre, puis, glissant la main par l'ouverture, il écarta le rideau, déverrouilla le châssis du bas et le souleva. Burden baissa la tête pour passer sous la barre et entra le premier, suivi de Vine. Ils se retrouvèrent enveloppés d'une étoffe lourde et épaisse qu'ils durent repousser en tirant le rideau, dont les anneaux tintèrent doucement sur la tringle.

Une fois à l'intérieur de la pièce, les pieds sur le tapis moelleux, ils eurent devant les yeux le spectacle qu'ils étaient venus voir. On entendit Vine retenir brusquement son souffle. Personne d'autre ne fit le moindre bruit. Pemberton entra par la fenêtre avec Karen Malahyde. Burden s'éloigna d'un pas sur le côté pour leur faire de la place, mais sans avancer. Il ne poussa aucune exclamation. Il regardait. Cela dura quinze secondes. Il croisa les yeux fixes de Vine et tourna même la tête pour noter, comme s'il se trouvait à un tout autre niveau de réalité, qu'en effet les rideaux étaient en velours vert. Puis son regard revint vers la table du dîner.

C'était une grande table, de quelque trois mètres de long, couverte d'une nappe, avec des verres, de l'argenterie et de la nourriture posés dessus. La nappe était rouge. On aurait dit qu'il s'agissait de sa couleur normale, un tissu damassé écarlate, mais la partie la plus proche de la fenêtre était blanche, elle. La marée rouge n'était pas arrivée jusque-là.

À l'endroit le plus écarlate se tenait écroulée, face en avant, une femme qui avait dû être assise ou debout près de la table. Devant elle, rejeté en arrière sur la chaise, se trouvait le corps d'une autre femme, la tête pendante, avec un flot de longs cheveux noirs et une robe aussi rouge que la nappe, comme dans une harmonie de couleur délibérée.

Elles étaient placées en vis-à-vis, au centre, et, d'après les assiettes et la disposition générale du couvert, il apparaissait clairement que les chaises à chaque bout devaient avoir été occupées, elles aussi, par deux autres convives qui, morts ou vifs, n'étaient plus là. Il ne restait que les cadavres et cette étendue rouge au milieu.

Il ne faisait aucun doute que les femmes étaient mortes. La plus âgée, celle dont le sang avait coloré la nappe, avait été blessée par balle sur le côté de la tête. Cela se voyait sans que l'on ait besoin de la toucher, et nul ne le fit. La moitié de son crâne et de son visage avait été emportée.

L'autre avait été touchée au cou. Son visage, étrangement intact, était d'une pâleur de cire. Elle avait les yeux grands ouverts, fixés au plafond éclaboussé de petites taches sombres qui pouvaient bien être du sang. Il en avait jailli également sur les murs tapissés de vert sombre, sur les abat-jour vert et or des lampes dont les ampoules brillaient toujours, et le tapis vert foncé était maculé de marbrures noires. Une goutte de sang avait atteint un tableau au mur, coulé sur la peinture à l'huile, épaisse et claire, avant de sécher dessus.

Sur la table se trouvaient trois assiettes avec de la nourriture, froide et figée sur deux d'entre elles, mais encore identifiable. La troisième était aussi noyée de sang que si l'on avait répandu des quantités de sauce dessus, vidé toute une bouteille pour quelque repas d'horreur.

Il existait forcément une quatrième assiette. La tête mutilée de la femme qui s'était abattue en avant et dont le sang, véritable fontaine, avait tout imbibé plongeait dedans. Ses cheveux sombres, qui commençaient à grisonner, s'étaient détachés du chignon qu'elle portait sur la nuque et répandus au milieu du désordre du dîner – salière, verre renversé, serviette froissée. Une autre serviette, ensanglantée, gisait sur le tapis.

Il y avait une table roulante garnie près de la chaise occupée par la plus jeune des deux femmes, celle dont les cheveux retombaient en flot par-dessus le dossier. Son sang avait éclaboussé le linge et les plats blancs, arrosant également une corbeille de pain. Les tranches de pain français étaient toutes piquetées de gouttelettes semblables à des raisins secs. On devinait un dessert quelconque dans un grand plat en verre, mais Burden, qui avait tout regardé sans haut-le-cœur jusque-là, fut incapable de poser les yeux sur ce que le sang en avait fait.

Cela faisait longtemps, une éternité, qu'il n'avait pas

éprouvé une telle nausée devant ce genre de spectacle. D'un autre côté, avait-il jamais rien vu de pareil ? Il éprouvait une sorte de vertige et se sentit soudain frappé de mutisme. Tous les mots semblaient inutiles. Bien que la maison fût chauffée, il eut brusquement une impression de froid glacial et, en prenant les doigts de sa main gauche dans sa main droite, il les trouva gelés.

Il imagina le bruit que cela devait avoir fait. Le bruit énorme d'une arme qui vide son canon – un fusil de chasse, une carabine, quelque chose de plus puissant ? Un roulement de tonnerre dans le silence, la paix et la chaleur. Et ces gens assis là à parler, en plein repas, que l'on venait déranger d'une manière si horrible, si inattendue... Il y avait eu *quatre* personnes, en fait. Une de chaque côté de la table, une à chaque bout. Burden se retourna et échangea de nouveau un regard sans expression avec Barry Vine. Un regard de désespoir, de malaise, de part et d'autre. Ils étaient tous deux abasourdis par le spectacle.

L'inspecteur bougea, le corps raidi, comme si ses pieds et ses mains traînaient des poids en fonte. Il franchit lentement la porte ouverte de la salle à manger pour avancer dans la maison, gorge serrée. Par la suite, bien des heures plus tard, il se souvint que, pendant ces quelques minutes, il avait oublié la femme qui leur avait téléphoné. La vision des morts oblitérait dans son esprit le souvenir des vivants – de ceux qui, peut-être, l'étaient encore...

Il arriva non pas à l'orangerie mais dans un hall majestueux, une vaste salle éclairée du plafond, de très haut, par un lustre suspendu au centre du toit, ainsi que par de nombreuses lampes, moins vives, aux pieds d'argent, de verre ou de céramique, avec des abat-jour dans les teintes abricot et ivoire profond. Le plancher en bois ciré était recouvert çà et là de tapis que Burden devina d'origine orientale, ornés de motifs lilas, rouges, bruns et or. De ce hall partait un escalier qui se divisait en deux au niveau du premier étage jusqu'à une galerie bordée d'une balustrade en colonnes ioniques. Au pied des marches, étalé bras et jambes en croix sur les degrés inférieurs, gisait le corps d'un homme.

Abattu d'une balle, lui aussi. Dans la poitrine. Sur le tapis rouge, le sang répandu faisait comme des taches de vin d'une couleur plus sombre. Burden, retenant son souffle, s'aperçut qu'il avait mis la main devant sa bouche et se força à l'enlever. Parcourant d'un regard délibérément lent le décor tout autour, il perçut un mouvement dans l'angle le plus éloigné de lui.

On entendit soudain un objet tomber bruyamment, avec une sorte de tintement qui eut pour effet de lui délier la langue. Cette fois, il poussa une exclamation.

« Mon Dieu ! » dit-il d'une voix étranglée, comme si quelqu'un lui appuyait sur la gorge.

C'était un téléphone. Un mouvement brusque, involontaire, sur le fil, l'avait envoyé au sol. Quelque chose, venant du coin le plus sombre où il n'y avait pas de lampe, rampait vers l'inspecteur en gémissant, empêtré dans ce fil. L'appareil traînait derrière. Il rebondissait et glissait sur le chêne poli, secoué comme un jouet qu'un enfant tire au bout d'une ficelle.

Il ne s'agissait pas d'un enfant, mais presque. C'était une toute jeune fille qui s'avança vers lui à quatre pattes pour venir enfin s'écrouler à ses pieds en poussant les petits cris incohérents, affolés, d'un animal blessé. Elle avait du sang partout. Sa chevelure en était imbibée et ses vêtements trempés. Il en coulait sur ses bras nus. Quand elle releva le visage, il apparut aussi couvert de sang que si elle s'en était barbouillée avec les doigts.

À sa grande horreur, Burden vit qu'il en sortait aussi d'une blessure qu'elle avait en haut de la poitrine, du côté gauche. Il tomba à genoux devant la jeune fille.

Celle-ci émit alors un murmure étouffé : « Aidez-moi, aidez-moi... »

4

L'ambulance partit dans les deux minutes suivantes pour l'hôpital de Stowerton, gyrophare en marche cette fois, et la sirène hurlant sur deux notes à travers les bois sombres et les bosquets silencieux.

Elle allait si vite que le chauffeur dut freiner à mort et se ranger d'un mouvement brusque pour éviter la voiture de Wexford qui, à vingt et une heures cinq, venait de quitter la nationale B2428 et de s'engager dans la grande allée.

L'inspecteur principal avait reçu le message à l'endroit où il dînait avec sa femme, sa fille et l'ami de celle-ci. Un nouveau restaurant italien de Kingsmarkham, *La Primavera*. Ils en étaient au plat principal quand son téléphone portable commença à émettre des bips, l'empêchant de façon particulièrement radicale, se dit-il ensuite, de faire quelque chose qu'il risquait de regretter. Après un mot rapide à Dora et un salut plutôt désinvolte aux deux autres, il quitta immédiatement la table en abandonnant son veau marsala.

Il avait essayé à trois reprises d'appeler *Tancred House*, mais la ligne était toujours occupée. Pendant que la voiture, conduite par Donaldson, négociait le premier virage de la rouge étroite dans les bois, il essaya encore et, cette fois, le téléphone sonna. Burden répondit.

« Le combiné était décroché. Il était tombé par terre. Il y a trois morts ici, tués par balle. Vous avez sans doute croisé l'ambulance qui transportait la fille.

— Elle est dans un état grave ?

— Je ne sais pas. Elle était consciente, mais plutôt mal en point.

— Vous lui avez parlé ?

— Bien sûr, dit Burden. Il le fallait. Deux individus ont pénétré dans la maison, mais elle n'en a vu qu'un seul. D'après elle, il était vingt heures quand ça s'est passé. Peut-être une ou deux minutes de plus. Elle n'a pas pu en dire davantage. »

Wexford remit le téléphone dans sa poche. La pendule du tableau de bord indiquait neuf heures douze. Quand il avait reçu le message, il n'était pas de mauvaise humeur, mais assez perturbé et de plus en plus mécontent. En prenant place à la table de *La Primavera*, déjà, il avait dû lutter contre une impression d'antipathie, de réel écœurement. C'était la troisième ou quatrième fois qu'il retenait, se contrôlant par égard pour Sheila, le commentaire cinglant qui lui montait aux lèvres, lorsque son téléphone s'était mis à sonner. Il s'efforça de chasser de son esprit le souvenir pénible de cette rencontre. Il n'avait pas le temps de s'appesantir là-dessus. Tout devait maintenant laisser place au meurtre de *Tancred House*.

La maison illuminée apparut à travers les arbres, fut engloutie dans les ténèbres et resurgit quand Donaldson remonta l'allée pour traverser la vaste étendue vide. Devant l'ouverture découpée dans le mur bas, il hésita, puis accéléra, se dirigeant tout droit vers la cour de devant. Un groupe de statues qui devait représenter Apollon à la poursuite de Daphné se reflétait dans les eaux sombres d'un bassin peu profond. Donaldson la contourna sur la gauche, avant d'aller se garer au milieu des autres voitures.

La porte d'entrée était ouverte. Wexford constata que l'on avait cassé un carreau d'une fenêtre en saillie dans l'aile ouest, sur le côté gauche de la maison. En entrant, après une orangerie remplie de lis, se trouvait une arcade encadrée par deux murs à colonnes de style Adam, lui sembla-t-il, qui donnait sur le grand hall. Le sang qui couvrait le sol et les tapis dessinait comme des îlots sur le chêne clair. Quand Barry Vine s'avança vers lui, il aperçut le corps au pied de l'escalier.

Wexford s'approcha pour regarder. Il s'agissait d'un homme d'une soixantaine d'années, grand, mince, avec un beau visage aux traits finement ciselés du type que l'on qualifie généralement de sensible – maintenant jaunâtre et d'une pâleur de cire, avec la bouche ouverte et des yeux bleus grands ouverts au regard fixe. Le sang avait teint la chemise blanche en rouge-écarlate et encore assombri la veste foncée. Le mort portait costume et cravate. On avait tiré sur lui par deux fois presque à bout portant. De face, dans la poitrine et à la tête – qui n'était plus qu'une bouillie sanglante, une substance gluante et brunâtre, mélangée à son épaisse chevelure blanche.

« Vous savez qui c'est ? »

Vine secoua la tête.

« Je devrais, chef ? Sans doute le type à qui appartient la maison !

– Il s'agit d'Harvey Copeland, ancien député du sud de Londres. L'époux de Davina Flory. Bien sûr, vous n'êtes pas ici depuis longtemps, mais vous avez entendu parler d'elle.

– Oui, chef. Naturellement. »

Était-il au courant ou pas ? Comment le savoir, avec ce visage toujours impassible, cet air imperturbable, ce calme flegmatique ?

Wexford se rendit dans la salle à manger et, même préparé au spectacle, en eut le souffle coupé. Personne n'est vraiment tout à fait endurci. Il n'arriverait jamais à regarder des scènes pareilles avec indifférence.

Burden se trouvait dans la pièce avec le photographe. Archbold, en sa qualité de spécialiste des recherches sur les lieux du crime, était en train de prendre des mesures et des notes, et deux techniciens du service médico-légal venaient d'arriver. Archbold se leva quand Wexford entra, mais celui-ci lui fit signe de continuer son travail.

Après avoir laissé son regard s'attarder quelques instants sur le corps des deux femmes, il s'adressa à Burden : « Cette fille, répétez-moi tout ce qu'elle a dit.

– Ils étaient deux. Il était huit heures à peu près. Ils sont venus en voiture.

– Comment peut-on arriver ici autrement ?

– Il y a eu du bruit à l'étage. L'homme tué dans l'escalier est allé voir de quoi il s'agissait. »

Wexford fit le tour de la table et s'arrêta près de la morte dont la tête et les cheveux flottants pendaient sur le dossier de la chaise. De cet endroit-là, il voyait la femme d'en face sous une perspective différente. Il regarda ce qui restait du visage posé, la joue gauche dans l'assiette pleine de sang, sur la nappe rouge.

« C'est Davina Flory.

– Je m'en doutais, répondit Burden d'une voix mesurée. Et l'homme sur l'escalier est probablement son mari. »

Wexford acquiesça d'un signe. Il éprouvait un sentiment inhabituel chez lui. Une sorte de crainte mêlée de respect.

« Et là, qui est-ce ? N'avaient-ils pas une fille ? »

L'autre femme, âgée de quarante-cinq ans à peu près, avait les yeux et les cheveux sombres. Sa peau, blanche et exsangue dans la mort, devait avoir été très pâle de son vivant. Elle était mince, vêtue à la gitane avec de longs vêtements en coton imprimé ornés de perles et de chaînes, dans lesquels dominait déjà le rouge, mais pas de manière aussi intense que maintenant.

« Tout cela a dû faire un vacarme infernal !

– Quelqu'un a peut-être entendu, dit Wexford. Il y a forcément d'autres gens dans le domaine. Davina Flory, son mari et sa fille se faisaient servir. Je suis sûr qu'on m'a parlé d'une gouvernante et peut-être d'un jardinier qui vivent dans des logements de fonction sur la propriété.

– Je m'en suis ocupé. Karen et Gerry sont allés voir s'ils arrivaient à les trouver. Vous avez remarqué qu'on ne passe devant aucune maison en venant ici. »

Wexford contourna la table et, après une hésitation, se rapprocha enfin du corps de Davina Flory. Son opulente chevelure noire mêlée de fils blancs, libérée du chignon lâche qui la retenait sur la nuque, s'étalait en vrilles ensanglantées. Sur l'épaulette de sa robe en soie rouge qui moulait étroitement ses formes sveltes se trouvait une énorme tache noirâtre. Ses mains reposaient sur la nappe colorée, dans la même position que si elle participait à une séance de spiritisme. Des mains incroyablement longues et fines, comme on n'en voit guère que chez les Orientales. L'âge ne les avait pas beaucoup abîmées – à moins que la mort n'en ait déjà resserré les veines. Elles ne portaient pour ornement qu'une simple alliance en or à gauche et, à droite, les doigts s'étaient presque refermés dans l'agonie, agrippant une poignée de tissu damassé écarlate.

Wexford, sentant l'effroi grandir en lui, s'était reculé d'un pas pour mieux se pénétrer de cette scène d'horreur et de destruction, lorsque la porte s'ouvrit brutalement sur le médecin légiste. L'inspecteur avait, quelques instants plus tôt, entendu une voiture se garer dehors, mais il avait cru que c'était Gerry Hinde ou Karen Malahyde qui revenaient. Il s'agissait en fait de l'arrivée du Dr Basil Sumner-Quist, un homme qu'il ne pouvait supporter. Il aurait mille fois préféré sir Hilary Tremlett.

« Mon Dieu, mon Dieu ! s'écria Sumner-Quist. Quelle chute pour les puissants ! »

L'homme se caractérisait par son mauvais goût. Non, pis, par un manque de goût total, aussi révoltant que scandaleux. Il avait un jour qualifié une mort par le garrot de « délicieux petit amuse-gueule ».

« Je suppose que c'est elle ? » s'enquit-il en plantant un doigt dans le dos de la robe en soie rouge. L'interdiction de toucher les corps s'appliquait à tous sauf à lui.

« D'après nous, oui, répondit Wexford en soulignant le moins possible la note de désapprobation contenue dans sa voix – il en avait suffisamment manifesté comme cela pour ce soir. Il s'agit très probablement de Davina Flory, l'homme sur l'escalier est son mari, Harvey Copeland, et nous pensons que cette femme est sa fille. Je ne connais pas son nom.

– Vous avez fini ? demanda Sumner-Quist à Archbold.

– Je peux revenir après, docteur. »

Le photographe prit un dernier cliché et quitta la pièce derrière Archbold et les techniciens du labo. Le médecin légiste ne perdit pas de temps. Il souleva la tête en l'attrapant par les lourds cheveux noirs striés de gris. Son corps cachait la partie ravagée du visage et un noble profil apparut, avec un haut front majestueux, un nez droit, une large bouche bien dessinée, le tout parcouru de milliers de fines rides et de sillons plus profonds.

« Elle les prend au berceau, dites donc ! Elle doit avoir au moins quinze ans de plus que lui. »

Wexford baissa la tête d'un mouvement brusque.

« Je viens de lire la première partie de son autobiographie.

Une vie remplie de péripéties, semble-t-il. La seconde ne sera donc jamais écrite. De toute façon, à mon humble avis, il y a déjà trop de livres de par le monde. »

Sumner-Quist lâcha un de ses rires stridents comme le braiment d'un âne.

« J'ai entendu dire que toutes les femmes, en vieillissant, tournent soit à la chèvre, soit à la guenon. Pour celle-ci, je dirais une guenon, pas vous ? Absolument aucun muscle relâché. »

Wexford sortit de la pièce. Il était conscient de la présence de Burden, derrière lui, mais il ne se retourna pas. La colère qui couvait déjà en lui au restaurant avait trouvé maintenant un autre ferment et menaçait d'exploser.

« Quand je le tuerai, au moins ce sera le vieux Tremlett qui fera l'autopsie ! dit-il d'une voix sourde et glaciale.

— Jenny est une grande admiratrice des livres de Davina Flory, répondit Burden. Ceux d'anthropologie ou je ne sais quoi. Enfin, j'imagine qu'ils sont politiques, aussi. C'était une personne remarquable. J'ai offert l'autobiographie à ma femme pour son anniversaire la semaine dernière. »

Karen Malahyde entra dans le hall.

« Je ne sais pas si j'ai eu raison, chef, dit-elle. J'étais sûre que vous voudriez parler aux Harrison et à Gabbitas avant qu'il ne soit trop tard, alors je leur ai communiqué les faits sans donner de détails. À mon avis, ils ont vraiment eu un choc.

— Vous avez très bien agi, dit Wexford.

— Je les ai prévenus que vous viendriez probablement les voir dans la demi-heure qui suit, chef. Ils habitent deux maisons mitoyennes, situées à deux minutes d'ici environ, dans l'allée qui part du jardin de derrière.

— Montrez-moi. »

Elle le conduisit au bout de l'aile ouest, après la fenêtre au carreau cassé, et lui indiqua l'endroit où la route, après avoir contourné le jardin, disparaissait dans le noir.

« Deux minutes de marche ou en voiture ?

— Disons dix minutes de marche, mais je vais expliquer à Donaldson où elles se trouvent, si vous voulez.

— Non, dites-le-moi. J'irai à pied. »

Donaldson le suivait avec Barry Vine. Wexford s'engagea dans l'allée séparée du jardin par une haute haie. De l'autre côté, la forêt reprenait ses droits. Il y avait très peu de brume par ici, et la lune s'était levée. Loin des lampes à arc, le chemin devant lui baignait dans une clarté d'un vert phosphorescent où les conifères mettaient des ombres noires, tantôt lisses, tantôt hérissées comme des plumes. Découpées en noir aussi, sur le ciel clair et brillant, se dressaient les silhouettes des arbres, de ces merveilleux spécimens plantés des dizaines d'années auparavant, et qui, même de nuit, semblaient étranges ou fantastiques par leur taille immense, leur curieux feuillage ou leurs branches tordues. Les ombres qu'ils projetaient ressemblaient à des signes d'hébreu sur un vieux parchemin couvert de taches.

L'inspecteur pensait à la mort et à la notion de contraste. La chose la plus laide se produisant dans un si beau lieu. « Une absolue perfection injustement déshonorée. » Le souvenir de ce sang qui avait éclaboussé la pièce et la table comme de la peinture renversée le fit frémir.

Ici, tout près pourtant, on se trouvait dans un autre monde. Le chemin avait quelque chose de magique. Ce bois plein de sortilèges, irréel, semblait une toile de fond pour *La Flûte enchantée* ou le décor d'un conte de fées. Une illustration, non un vrai paysage. Le silence était total. Sur le sol recouvert d'aiguilles de pin, les chaussures de Wexford ne faisaient aucun bruit. Au fur et à mesure qu'il avançait, un nouveau panorama s'offrait à lui, au clair de lune, à chaque détour de l'allée. Mélèzes dénudés, araucarias aux branches semblables à des reptiles prisonniers, cyprès pointant leurs cimes jusqu'au ciel, pins sylvestres aux sommets en accordéon, cyprès de Lambert à la texture aussi dense que de la tapisserie, genévriers minces et touffus, sapins aux rameaux hérissés encore bosselés des cônes de l'an passé. Une clarté lunaire de plus en plus forte inondait la pinède, scintillant à travers les sentiers et atténuée, çà et là, par une barrière dense de branches couvertes d'aiguilles ou de troncs pareils à des paquets de cordes tordues.

La nature, qui aurait dû se soulever, hurler, envoyer une

tempête mugir dans ces bois et pousser la vie sauvage à protester, les branches d'arbres à s'agiter, à se lamenter, restait
silencieuse, douce et tranquille. Ce calme semblait presque
anormal. Pas une brindille ne remuait. Wexford suivit un tournant de l'allée qui bientôt s'interrompit. Les bois s'éclair-
cirent devant lui et il vit apparaître une clairière d'où partait
un sentier moins large traversant un rideau de conifères
d'espèces plus communes.

On apercevait les lumières des maisons qui brillaient au
bout du chemin.

Barry Vine et Karen Malahyde étaient montés au premier et
au second étage s'assurer qu'il n'y avait pas d'autres victimes.
Curieux de savoir ce qu'il allait trouver là-haut, Burden hésitait cependant à franchir le corps d'Harvey Copeland tant
qu'Archbold n'avait pas pris note des détails de la position du
cadavre, déjà photographié sous tous les angles et examiné
une première fois par le médecin légiste. Pour accéder à
l'escalier, il aurait fallu, comme Vine et Karen, enjamber ce
bras droit tendu. Mais, freiné par une sorte d'inhibition, de
malaise, et par un certain sens des convenances, Burden préféra traverser le hall pour aller regarder ce qui se révéla être le
salon.

Superbement meublé, d'un ordre exquis, c'était un musée
rempli de jolies choses et d'*objets d'art* [1]. Sans trop savoir
pourquoi, l'inspecteur pensait que Davina Flory vivait de
façon plus décontractée, plus bohème. Il l'aurait bien vue en
robe longue ou en pantalon, assise à une vieille table de réfectoire patinée par le temps, dans une grande salle chaleureuse,
désordonnée, buvant du vin et bavardant jusque tard dans la
nuit avec d'autres personnes qui partageaient ses vues. Il imaginait une sorte de salle de banquet dans laquelle trônait
Davina Flory, vêtue comme une matrone de tragédie grecque.
Avec un sourire confus, Burden examina de nouveau les
fenêtres ornées de festons, les portraits dans les cadres dorés,

---

1. Les mots ou expressions en italique suivis d'un astérisque sont en français dans le texte original (*NdT*).

la jardinière de kalanchoes et de fougères, le mobilier XVIIIe siècle aux pieds fins, puis referma la porte.

À l'arrière de l'aile est, après le hall, se trouvaient deux pièces, les bureaux des maîtres de maison selon toute apparence, et une autre qui donnait sur une grande verrière remplie de plantes. L'un des morts – ou plusieurs – avait été passionné de jardinage. Cet endroit était tout parfumé de bulbes fleuris, narcisses et jacinthes, et il y régnait l'atmosphère spécifique, verte, douce et humide des serres.

L'inspecteur découvrit une bibliothèque après la salle à manger. Toutes ces pièces étaient aussi en ordre, aussi impeccables et soignées que la première qu'il avait vue, comme si elles appartenaient à quelque demeure historique classée dont une partie est accessible au public. Dans la bibliothèque, tous les livres étaient rangés derrière des treillages en bois rouge sombre avec des panneaux de verre fin et brillant. Il n'y avait qu'un seul livre sorti, ouvert sur un lutrin. De là où il se tenait, Burden voyait qu'il s'agissait d'un texte ancien dont on devinait les S allongés. Un couloir menait ensuite vers la cuisine.

Cette pièce était vaste mais, rénovée dans un style pseudo-rustique – les portes de placard, toutefois, semblaient en chêne et non en pin –, n'avait rien d'un antre lugubre. C'est là que se trouvait la table de réfectoire qu'il avait imaginée, brillante et bien cirée, avec au centre un plateau de bois poli garni de fruits.

Un bruit de toux derrière lui le fit se retourner. Archbold venait d'entrer, accompagné de Chepstow, le policier chargé de relever les empreintes.

« Excusez-moi, chef. Les empreintes. »

Burden leva la main droite pour montrer son gant. Chepstow approuva d'un signe, puis s'attaqua à la poignée intérieure de la cuisine. C'était une trop noble demeure pour que l'on trouvât ici une « sortie de service ». L'inspecteur s'approcha avec précaution des portes ouvertes. L'une d'elles menait à une buanderie équipée d'une machine à laver, d'un sèche-linge et de tout le matériel de repassage, l'autre à une sorte de vestibule garni d'étagères, de placards et d'une rangée de patères d'où pendaient des manteaux. Il fallait traverser encore une autre pièce avant d'atteindre une issue vers l'extérieur.

Il se retourna quand Archbold entra. Celui-ci lui fit un petit signe. Les verrous n'étaient pas tirés, et il y avait une clé dans la serrure, mais, gant ou pas, Burden ne voulut pas toucher la poignée.

« Vous pensez qu'ils sont arrivés par là ?

– C'est une possibilité, vous ne croyez pas, chef ? Sinon, par où ? Toutes les autres portes donnant sur l'extérieur sont verrouillées.

– À moins qu'on ne les ait fait entrer. Ils ont pu se présenter devant et quelqu'un leur aura ouvert pour les accueillir. »

Chepstow vint faire ses tests sur la poignée, la plaque de propreté et le chambranle. Puis, un gant de coton à la main droite, il tourna le bouton avec soin. La porte s'ouvrit sans résistance. Dehors, les ténèbres étaient verdâtres et froides, baignées au loin par le clair de lune. Burden distinguait une haute haie fermant une cour pavée.

« Quelqu'un a laissé la porte ouverte. La gouvernante en rentrant chez elle, si ça se trouve. Il est possible que ce soit son habitude et qu'ils ne verrouillent qu'avant d'aller se coucher.

– Peut-être, dit Burden.

– C'est terrible d'avoir à se barricader comme ça, quand on est aussi isolés.

– Ils ne l'ont pas fait, visiblement », répondit l'inspecteur, irrité.

Il se dirigea vers la buanderie qui menait, au-delà d'une autre porte ouverte, à une espèce de petit vestibule, tapissé de placards, d'où partait, encadré par deux murs, un escalier beaucoup plus étroit que celui de devant. Il s'agissait donc de cet « escalier de service » caractéristique des grandes demeures anciennes dont Burden avait souvent entendu parler mais qu'il n'avait pratiquement jamais vu. Il monta les marches et se retrouva dans un couloir avec des portes ouvertes de chaque côté.

Il paraissait y avoir un nombre incalculable de chambres à coucher. Quand on habite une maison comme celle-là, on doit finir par en perdre le compte exact. L'inspecteur allumait puis éteignait les lumières au fur et à mesure qu'il avançait. Le couloir tournait à gauche. On se trouvait sûrement dans l'aile ouest, maintenant, se dit-il. Au-dessus de la salle à manger. L'unique porte, à cet endroit, était fermée. Il l'ouvrit et appuya sur l'interrupteur que ses doigts trouvèrent à tâtons sur le mur de gauche.

La lumière qui jaillit révéla exactement le genre de désordre dans lequel il avait cru que vivait Davina Flory. Mais il comprit vite que cela trahissait en fait le passage du ou des hommes armés. C'étaient eux les responsables de l'état de la pièce. Qu'avait dit Karen Malahyde, déjà ?

« Ils ont retourné toute sa chambre pour trouver quelque chose. »

Le lit n'était pas complètement défait, mais on avait rejeté les couvertures et écarté les oreillers, tiré les tiroirs des tables de chevet et deux de la coiffeuse. L'une des portes de l'armoire était ouverte et une chaussure, qui en était tombée, gisait sur le tapis. Le couvercle relevé du coffre capitonné au pied du lit laissait échapper un pan de tissu soyeux à fleurs rose et or, qui pendait sur le côté.

Burden éprouvait une impression bizarre. Ce qu'il avait imaginé de la vie de Davina Flory, de sa personne elle-même, ne cessait de lui revenir à l'esprit. Sa chambre, il la voyait bien comme cela. Superbement confortable, nettoyée et remise en ordre chaque jour, mais sans cesse dérangée par sa propriétaire, non par mépris désinvolte du labeur des domestiques, mais parce que celle-ci, indifférente, ne voyait, ne remarquait même pas l'aspect soigné des lieux. Il se trompait, en réalité. Ce désordre était l'œuvre d'un intrus.

Pourquoi trouvait-il alors quelque chose d'incongru à ce spectacle ? Le coffret à bijoux, un coffret en cuir rouge, retourné, vide, sur le tapis, témoignait pourtant de la vérité de façon assez évidente !

Burden secoua la tête d'un air chagrin. Non, il n'aurait pas imaginé Davina Flory possédant des bijoux et une boîte pour les ranger.

Avec les cinq personnes présentes, le petit salon des Harrison se trouvait plutôt encombré. On était allé chercher John Gabbitas, le forestier, dans la maison voisine. Comme il n'y avait pas assez de chaises, il fallut en descendre une du premier étage. Brenda Harrison insista pour faire du thé, alors que personne ne semblait en vouloir, mais en définitive, constata Wexford, cela leur permit de souffler et les réconforta tous. Ils en avaient besoin.

La gouvernante paraissait très peu affectée. Bien sûr, elle avait eu environ une demi-heure pour se faire au choc de la nouvelle avant son arrivée. Toutefois, l'inspecteur principal trouvait son efficacité déconcertante. On aurait dit que Vine et Malahyde venaient de lui annoncer quelque désastre mineur survenu à ses patrons. Un morceau de toit envolé, par exemple, ou une fuite d'eau dans le plafond. Elle s'affairait avec les tasses à thé et la boîte de biscuits, alors que son mari, assommé, sur sa chaise, secouait la tête de temps en temps, les yeux écarquillés, comme s'il n'arrivait pas à y croire.

Avant de se précipiter hors de la pièce pour mettre une bouilloire à chauffer et préparer un plateau – cette femme avait l'air hyperactive et incapable de tenir en place –, Mrs. Harrison confirma l'identification faite par Wexford. Le mort sur l'escalier était bien Harvey Copeland, la plus âgée des deux femmes à table, Davina Flory, et l'autre sûrement sa fille Naomi. Malgré le rang social élevé qu'occupaient indubitablement ses employeurs, il semblait qu'ils s'appelaient tous par leur prénom : Davina, Harvey, Naomi et Brenda. Celle-ci dut même réfléchir un moment avant de se souvenir du nom de famille de Naomi. Ah ! oui, Jones. Mrs. Jones. Mais la petite se faisait appeler Flory.

« La petite ?

– Daisy était la fille de Naomi et la petite-fille de Davina. Elle portait le même nom, un peu comme une Davina Flory junior, si vous voyez ce que je veux dire. Mais on l'appelait Daisy.

– Pourquoi " on l'appelait " ? demanda Wexford. Elle n'est pas morte. »

Mrs. Harrison haussa légèrement les épaules et répondit

d'un ton indigné, lui sembla-t-il, mais peut-être simplement parce qu'on l'avait reprise : « Ah ! je croyais que la femme agent avait dit qu'ils étaient tous morts. »

Puis elle alla préparer le thé.

Wexford savait déjà que des trois ce serait elle sa principale source d'informations. Son apparent manque de sensibilité, cette indifférence presque révoltante ne comptaient guère. Cela pourrait même faire d'elle le meilleur témoin. Car John Gabbitas, un jeune homme d'une bonne vingtaine d'années qui vivait effectivement dans l'une des maisons de *Tancred Wood* et s'occupait des bois, travaillait aussi à son compte comme forestier et spécialiste des arbres, et il déclara qu'il venait de rentrer une heure plus tôt d'un travail à l'autre bout du comté. Ken Harrison, lui, avait à peine prononcé un mot depuis l'arrivée de Wexford et de Vine.

« Quand les avez-vous vus pour la dernière fois ? » demanda l'inspecteur principal.

Mrs. Harrison répondit aussitôt. Ce n'était pas le genre de femme à se perdre en réflexion.

« Sept heure trente. Comme toujours, réglé comme une horloge. Sauf si elle recevait à dîner. Quand ils n'étaient que tous les quatre, je préparais ce qu'il y avait, je le mettais dans les plats et sur la table chauffante qu'après je roulais jusqu'à la salle à manger. C'est toujours Naomi qui servait. Enfin, je crois. Je n'étais jamais là pour le voir. Davina aimait être à table à sept heures quarante-cinq pile quand elle était à la maison. Ça ne changeait jamais.

— Pas même ce soir ?

— Non, toujours pareil. J'ai amené la table roulante dans la salle à sept heures trente. Il y avait de la soupe, de la sole et des abricots avec du yaourt. J'ai passé la tête par la porte du salon-serre. Ils étaient tous là...

— La porte du quoi ?

— Du salon-serre, c'est comme ça qu'ils l'appelaient. J'ai dit que je m'en allais et je suis sortie par-derrière, comme d'habitude.

— Vous avez fermé à clé ?

— Bien sûr que non. Je ne le fais jamais. D'ailleurs, Bib était encore là.

– Bib ?

– Elle vient à vélo donner un coup de main. Certains jours, elle a des heures à faire ailleurs le matin, alors elle travaille surtout ici l'après-midi. Je l'ai laissée finir de s'occuper du congélateur. Elle m'a dit qu'elle allait partir dans cinq minutes. » Quelque chose traversa soudain l'esprit de Mrs. Harrison, qui changea de couleur – pour la première fois. « Le chat. Il va bien ? Oh, ils n'ont pas tué le chat !

– Pas que je sache, dit Wexford. Non, sûrement pas. »

Avant qu'il pût ajouter : « Seulement les gens », comme il allait le faire avec une discrète ironie, elle s'exclama : « Oh, Dieu soit loué ! »

Il lui laissa un moment de répit avant de poursuivre : « Vers huit heures, vous avez entendu du bruit ? Une voiture ? Des coups de feu ? »

L'inspecteur principal savait que l'on ne pouvait pas entendre des coups de feu de leur cottage. Surtout tirés dans la maison. La gouvernante secoua la tête.

« Les voitures ne passent pas par ici. On est au bout de la route. Il n'y a que cette grande, là, qui rentre dans le domaine, et la petite de l'autre côté.

– Quelle petite route ? »

Elle lui répondit d'un ton impatient, celui de ces gens qui s'imaginent que tout le monde connaît aussi bien qu'eux le fonctionnement, les règles et la topographie de leur petit univers.

« Celle qui vient de Pomfret Monachorum, naturellement.

– C'est par là que je suis rentré chez moi, dit John Gabbitas.

– À quelle heure ?

– Huit heures vingt, la demie. Je n'ai vu personne, si c'est ce que vous me demandez. Je n'ai croisé aucune voiture, aucun piéton, rien du tout. »

Wexford trouva que la réponse arrivait un peu trop à propos. Ken Harrison se mit alors à parler. Les mots sortaient lentement de sa bouche, comme s'il avait été blessé à la gorge et ne savait pas encore bien placer sa voix.

« On n'a rien entendu. Il n'y a pas eu un seul bruit. » Il

ajouta, d'un ton songeur et énigmatique : « Il n'y en a jamais », avant d'expliquer : « D'ici, on n'entend jamais ce qui se passe dans la maison. »

Les autres semblaient avoir compris et accepté les faits depuis un bon moment. Mrs. Harrison s'était presque immédiatement adaptée à la situation. Cela modifiait son petit monde, mais elle s'en arrangerait. Son mari, en revanche, réagissait comme si on venait de lui annoncer la nouvelle à l'instant.

« Tous morts ? Vous avez dit : ils sont tous morts ? »

Une réplique de *Macbeth*, songea Wexford, pas très sûr de lui, cependant. Une bonne partie de la soirée paraissait tirée de cette pièce.

« La jeune fille, miss Flory, Daisy, est vivante. »

L'était-elle encore ? se demanda-t-il. Ce que dit alors Harrison le choqua. Il aurait cru cela impossible, mais l'homme y réussit.

« C'est drôle qu'ils n'aient pas terminé le travail, non ? » dit-il.

Barry Vine toussa.

« Vous prendrez bien une autre tasse de thé, proposa Brenda Harrison.

— Non merci. Il se fait tard. Nous devons partir. Vous avez sûrement envie d'aller vous coucher.

— Vous en avez terminé avec nous, alors ? »

C'était peut-être l'un de ses mots favoris. Ken Harrison regardait Wexford d'un regard vitreux vaguement teinté de mélancolie.

« Terminé ? Ah ! non, absolument pas. Nous aurons à parler de nouveau avec chacun d'entre vous. Si vous pouviez me donner l'adresse de Bib ? Quel est son nom de famille ? »

Personne n'en savait rien, apparemment. Ils connaissaient son adresse, mais pas son nom. C'était Bib, point final.

« Merci pour le thé », ajouta Vine.

Wexford retourna à la maison en voiture. Sumner-Quist était parti. Archbold et Milsom poursuivaient leur travail à l'étage.

« J'ai oublié de vous dire que j'avais fait bloquer toutes les

routes partant d'ici, quand le message est arrivé, annonça
Burden.

– Quoi ? Avant de savoir ce qui se passait ?

– Eh bien... je savais qu'il s'agissait d'un... massacre. Elle
a dit " Ils sont tous morts " en appelant le 999. Vous trouvez
que j'ai pris là une mesure excessive ?

– Non, non, répondit l'inspecteur principal avec lenteur.
Pas du tout. Je crois que vous avez eu raison, du moins s'il est
possible de mettre des barrages partout. Parce qu'il doit y
avoir des douzaines de chemins différents pour s'enfuir.

– Pas vraiment. Ce qu'ils appellent " la petite route " mène
à Pomfret Monachorum et à Cheriton. Et la grande allée abou-
tit directement à la B2428, qui va jusqu'en ville. Nous avions
justement une voiture de police, à moins de un kilomètre de
distance. De l'autre côté, c'est la direction de Cambery Ashes,
comme vous le savez. C'était un coup de chance pour nous.
Enfin, ça en avait tout l'air. Les deux policiers de la voiture
ont été mis au courant dans les trois minutes qui ont suivi
l'appel. Mais ils ne sont pas allés par là, je pense qu'ils ont dû
prendre la petite route. De toute façon, ils ne pouvaient
pas faire grand-chose. Aucune description, pas de numéro
d'immatriculation, même approximatif, aucune idée de ce
qu'il fallait chercher. C'est pareil maintenant, d'ailleurs. Mais
je ne pouvais pas en demander plus à la fille, vous êtes
d'accord, Reg ? J'avais l'impression qu'elle était en train de
mourir.

– Bien sûr que non. C'était impossible.

– Mon Dieu, pourvu qu'elle s'en tire !

– Je l'espère aussi, dit Wexford. Elle n'a que dix-sept ans.

– Enfin oui, naturellement, on souhaite qu'elle survive,
mais je pensais à ce qu'elle pourrait nous raconter. Pratiquement tout ce qui s'est passé, vous ne croyez pas ? »

L'inspecteur principal se contenta de le fixer sans un mot.

5

La jeune fille pourrait tout leur révéler. Davina Jones – qu'on appelait Daisy Flory – saurait leur dire quand et comment les hommes étaient arrivés, à quoi ils ressemblaient, peut-être même ce qu'ils voulaient et ce qu'ils avaient pris. Elle les avait vus, avait peut-être parlé avec eux et même aperçu leur voiture. Elle était sûrement intelligente, se dit Wexford, en souhaitant qu'elle soit également observatrice. Il espérait ardemment qu'elle survivrait.

En revenant chez lui, à minuit, il eut envie de téléphoner à l'hôpital pour se renseigner. Mais à quoi bon savoir si elle était morte ou vivante ?

S'il apprenait qu'elle était morte, il n'en dormirait pas. Une fille si jeune, avec toute la vie devant elle... Il y avait aussi, autant être honnête, la raison invoquée par Burden : elle disparue, l'affaire deviendrait tellement plus difficile à débrouiller ! D'un autre côté, si on lui disait que Daisy Flory était vivante, qu'elle allait mieux, il se sentirait bien trop excité par la perspective de lui parler pour pouvoir trouver le sommeil.

En réalité, on lui répondrait simplement soit qu'elle était morte, soit qu'elle « se maintenait » ou « ne souffrait pas ». De toute façon, l'agent Rosemary Mountjoy était assise devant la porte de sa chambre et y resterait jusqu'à ce que sa collègue Anne Lennox vienne prendre la relève le lendemain matin à huit heures.

L'inspecteur monta à l'étage sans faire de bruit pour voir si Dora était encore éveillée. La lumière venant de la porte ouverte tombait non pas sur le visage de sa femme, mais en large bande sur son bras qui sortait des couvertures, sur la manche de sa chemise de nuit et sur sa main soignée, plutôt menue, aux ongles roses taillés en amande. Plongée dans un profond sommeil, Dora respirait lentement, calmement. Elle arrivait donc à dormir sans problème malgré ce qui s'était passé en début de soirée? Malgré Sheila et le quatrième convive que Wexford appelait déjà « ce misérable » ? Il sentit monter en lui une exaspération disproportionnée à l'égard de sa femme. Battant en retraite, il tira la porte derrière lui, redescendit et, une fois au salon, fouilla dans le porte-revues pour retrouver l'*Independent on Sunday* de l'avant-veille.

Le supplément littéraire était encore là, fourré entre le *Radio Times* et un quelconque magazine gratuit. L'inspecteur cherchait l'interview réalisée par Win Carver, avec le grand portrait qu'il se souvenait avoir vu en double page. Il s'assit dans un fauteuil et tomba enfin sur la page 11. Le visage en question s'étalait sous ses yeux. Ce même visage qu'il venait de voir, mort, une heure plus tôt, quand Sumner-Quist l'avait soulevé de la table par une poignée de cheveux comme un bourreau brandit une tête coupée.

Le texte commençait par une simple colonne à gauche de la photo. Wexford regarda le portrait. Seule une femme ayant connu une réussite écrasante dans des domaines sans aucun rapport avec le triomphe de la jeunesse et de la beauté pouvait tolérer de se voir ainsi représentée. Il ne s'agissait pas de rides, sur ce visage, mais de sillons profonds creusés par le temps et des plis de la vieillesse. Le nez saillait, tel un bec, d'un nid de peau fripée. Les lèvres s'incurvaient dans un demi-sourire à la fois ironique et bienveillant. Quant aux yeux, avec leurs iris sombres et brûlants, le blanc encore pur et sans vaisseaux dilatés, ils étaient toujours jeunes au milieu de cet enchevêtrement de replis.

On lisait en légende : Davina Flory : le premier volume de son autobiographie, *La Plus Jeune des neuf fauvettes*, est publié par St. Giles Press au prix de 16 £. Il tourna la page et elle lui apparut au temps de sa jeunesse : petite fille en robe de velours avec un col de dentelle et, dix ans plus tard, jeune femme au long cou de cygne, au sourire énigmatique, portant les cheveux coupés à la garçonne et une de ces robes sans taille avec la ceinture sur les hanches.

Les images dansaient devant ses yeux et Wexford eut un énorme bâillement. Trop fatigué pour lire l'article ce soir, il remonta au premier, laissant le journal ouvert sur la table. La soirée qui venait de s'écouler lui semblait incroyablement longue, comme un tunnel d'événements avec, à l'entrée, déjà lointain mais tout à fait présent, le souvenir de Sheila et de ce misérable.

Alors que le grand lecteur avait recours à un magazine, celui qui ne lisait pas alla chercher l'aide d'un livre.

Burden rentra chez lui au milieu des hurlements de son fils. Quand il eut atteint le premier étage, le bruit avait cessé. Mark se faisait consoler dans les bras de sa mère. L'inspecteur entendit celle-ci lui expliquer, de ce ton plein d'assurance plutôt didactique qu'elle avait et qui réconfortait aussitôt, que le reptile à double arête dorsale nommé diplodocus ne parcourait plus la planète depuis deux millions d'années et n'avait de toute manière jamais vécu, que l'on sache, dans des placards à jouets.

Quand Jenny arriva enfin dans la chambre, elle trouva Burden assis au lit, l'exemplaire de *La Plus Jeune des neuf fauvettes* – qu'il lui avait offert pour son anniversaire – sur les genoux. Elle l'embrassa, puis se lança dans une description détaillée du rêve de Mark qui détourna un moment les pensées de son mari de la note biographique qu'il était en train de lire sur le rabat de la jaquette. Il décida de ne rien dire de ce qui s'était passé. Demain matin, seulement. Jenny éprouvait une profonde admiration pour la morte. Elle suivait ses voyages et collectionnait ses œuvres. La veille au soir, sur l'oreiller, ils avaient parlé de ce livre, de l'enfance de Davina Flory et des influences précoces qui avaient contribué à former le caractère de cette anthropologue et « géo-sociologue » distinguée.

« Tu ne dois pas me prendre mon livre avant que je l'aie terminé », dit-elle d'une voix ensommeillée.

Elle se retourna et enfouit sa tête dans l'oreiller.

« On va éteindre, de toute façon, non ?

– Dans deux minutes. Je veux juste me détendre un peu. Bonne nuit, ma chérie. »

Contrairement à bien des écrivains ayant dépassé un certain âge, Davina Flory n'éprouvait nulle réticence à voir publier sa date de naissance. Elle était née à Oxford, avait soixante-dix-huit ans, et était la plus jeune des neuf enfants d'un professeur de grec. Après des études à Lady Margaret Hall couronnées par un doctorat d'État à l'université de Londres, elle avait épousé en 1935 un de ses camarades d'Oxford, Desmond Cathcart Flory. Ils s'étaient lancés ensemble dans la restauration des jardins de *Tancred House*, la demeure familiale de Desmond à Kingsmarkham, et avaient commencé à planter la fameuse forêt.

Burden finit sa lecture, éteignit la lumière, puis, allongé dans le noir, repensa à ce qu'il venait d'apprendre. Desmond s'était fait tuer en France en 1944, huit mois avant la naissance de sa fille Naomi. Deux ans plus tard, Davina faisait ses premiers voyages en Europe et au Moyen-Orient. Elle se remaria en 1951. Il avait oublié le reste – le nom de son nouvel époux et la liste de ses œuvres.

Tout cela n'avait aucune importance. Que Davina Flory ait été quelqu'un revenait au même, en définitive, que si elle faisait partie des « gens ordinaires », comme disait Burden. Peut-être ses meurtriers n'avaient-ils pas la moindre idée de son identité. Bon nombre des individus auxquels l'inspecteur avait affaire dans son métier étaient illettrés, de toute manière. Pour ce ou ces voleurs armés de *Tancred House*, ce n'était qu'une femme qui possédait des bijoux et vivait dans un endroit isolé. Son mari, sa fille, sa petite-fille étaient eux aussi vulnérables et sans protection. Cela leur suffisait.

La première chose que vit Wexford en se réveillant, ce fut le téléphone. D'habitude, c'était le réveil noir de chez Marks & Spencer, cette petite chose arrondie toujours en train de lui vriller les oreilles ou sur le point de le faire. L'inspecteur principal ne se souvenait pas du numéro de l'Hôpital royal de Stowerton, mais l'agent Mountjoy aurait appelé s'il y avait eu du nouveau.

Dans le courrier, sur le paillasson, se trouvait une carte de Sheila, postée de Venise quatre jours plus tôt, pendant qu'elle y séjournait avec cet homme. La photo représentait un lugubre décor baroque, avec une chaire recouverte d'une draperie en marbre, sans doute, mais habilement sculptée de façon à évoquer une étoffe. « Nous venons d'aller voir les Gesuiti, qui est l'église "pour rire" que Gus préfère au monde. À ne pas confondre, dit-il, avec les Gesuati. La pierre de Wilton est un peu froide aux pieds. Il gèle, ici. Tendresses. S. »

Il allait la rendre aussi prétentieuse que lui ! se dit Wexford en se demandant ce que diable signifiait cette carte. Qu'était-ce donc qu'une église « pour rire » ? Et la pierre de Wilton, au fait ? Cela faisait penser à un village des Cotswolds.

Il prit sa voiture et partit travailler, les pages littéraires de l'*Independent on Sunday* dans la poche. On avait déjà commencé à enlever du mobilier et diverses installations afin d'aménager un bureau pour les policiers à *Tancred House*, d'où serait menée toute l'enquête. Quand Wexford arriva, l'officier de police Gerry Hinde lui apprit qu'un fabricant de matériel informatique de la zone industrielle de Kingsmarkham mettait à leur disposition à titre gracieux, pour faire un geste, des ordinateurs, des traitements de texte avec imprimantes laser et divers utilitaires, des postes de travail, des logiciels et des fax.

« Il est P.-D.G. et président du groupe conservateur local, expliqua Hinde. Un type du nom de Pagett. Graham Pagett. Il nous a passé un coup de fil. D'après lui, c'est sa façon d'appliquer la politique du gouvernement, qui considère que la lutte contre le crime est l'affaire de chacun. »

Wexford répondit par un grognement.

« Ce genre de soutien peut nous être utile, chef.

– Oui, c'est très aimable à lui », répondit Wexford d'un air absent. Il n'allait pas encore monter à l'étage, mais, sans perdre de temps, emmener Barry Vine avec lui pour retrouver la dénommée Bib.

Ce devait être tout simple, cette affaire. Un meurtre en vue d'un cambriolage, ou bien par accident au cours du cambriolage lui-même. Deux malfaiteurs dans une voiture volée en quête des bijoux de Davina Flory. Ils avaient peut-être lu l'*Independent*, mais le journal ne mentionnait rien d'autre à ce sujet qu'une phrase de Win Carver disant que l'écrivain portait une alliance. De plus, ils préféraient sans doute lire *People*

– s'ils savaient lire ! Deux malfaiteurs, c'est sûr, mais qui connaissaient les lieux. Du moins l'un des deux – l'autre étant un camarade, un copain rencontré en prison, peut-être...

Quelqu'un ayant un lien avec ces domestiques, les Harrison ? Ou bien avec la fameuse Bib ? Elle habitait Pomfret Monachorum, ce qui signifiait sûrement qu'elle était rentrée chez elle par la petite route, c'est-à-dire, pour Wexford, le chemin idéal par où le tueur et son complice avaient pu s'enfuir. Cela semblait très vraisemblable, surtout si l'un des deux connaissait effectivement les lieux. L'inspecteur principal l'entendait presque dire à l'autre qu'il fallait filer par là pour éviter de rencontrer les « bourriques ».

La forêt séparait Pomfret Monachorum de Tancred, de Kingsmarkham, et pratiquement du reste du monde, la route continuant au-delà jusqu'à Cheriton et Pomfret. Dans le village se dressaient encore les murs en ruine d'une abbaye, ainsi qu'une église, jolie du dehors mais saccagée à l'intérieur, d'abord par Henri VIII puis par Cromwell. Le reste se composait d'un presbytère, d'un groupe de cottages, de quelques logements sociaux, et sur la route de Pomfret se trouvaient trois petites maisons de bardeaux et d'ardoises.

C'est dans l'une d'elles que vivait Bib, même si Wexford et Vine ignoraient laquelle. Les Harrison et Gabbitas savaient seulement qu'il s'agissait de cette rangée qui s'appelait « Edith Cottages ».

Le cottage du milieu arborait une plaque incrustée dans les bardeaux au-dessus des fenêtres du premier étage portant ce nom et une date : 1882. Les trois habitations auraient eu besoin d'être repeintes. Aucune ne semblait très prospère. Elles avaient toutes une antenne de télévision sur le toit, et une antenne parabolique sortait de la fenêtre d'une chambre, dans celle de gauche. Près de la porte d'entrée de celle de droite, il y avait un vélo appuyé contre le mur, et une camionnette Ford Transit à moitié garée sur la bande d'herbe du bord de la route, devant le portail. Devant celle du milieu, on voyait une poubelle à roulettes posée sur une dalle de ciment, et des jonquilles en fleur. C'était le seul jardin à être ainsi orné. Celui de la maison avec la bicyclette était envahi de mauvaises herbes.

Comme Brenda Harrison lui avait dit que Bib avait un vélo, Wexford décida d'essayer le cottage de droite. C'est un jeune homme qui vint ouvrir. Plutôt grand, mais très mince, vêtu d'un blue-jean et d'un sweat-shirt d'une université américaine tellement porté et usé par les lavages qu'on ne distinguait plus que le U de *University* et deux majuscules, *ST*, sur un fond grisâtre. Avec son visage de fille, il ressemblait à un ravissant garçon manqué, un peu comme ces jeunes acteurs à qui l'on faisait jouer les héroïnes des pièces du xvie siècle.

« Salut », leur dit-il, mais d'une voix abasourdie et un peu lente. L'air complètement interloqué, il jeta un coup d'œil à la voiture dehors, derrière Wexford, puis son regard circonspect revint se poser sur le policier.

« Brigade criminelle de Kingsmarkham. Nous cherchons une personne du nom de Bib. Est-ce qu'elle habite ici ? »

Le jeune homme examina la carte de l'inspecteur principal avec un grand intérêt. Ou même avec anxiété. Puis un large sourire nonchalant transforma tout à coup son visage, le faisant paraître plus masculin, et il rejeta en arrière la longue mèche noire qui lui retombait sur le front.

« Bib ? Non. Pas ici. Dans la maison d'à côté. Celle du milieu. » Après une hésitation, il demanda : « C'est au sujet des meurtres chez Davina Flory ?

— Comment êtes-vous au courant ?

— Le journal télévisé de ce matin, répondit-il en précisant, comme si cela pouvait intéresser Wexford : On a étudié un de ses livres à la fac. J'avais pris littérature anglaise en matière secondaire.

— Je vois. Eh bien, merci beaucoup, monsieur. » La police de Kingsmarkham appelait tout le monde « monsieur » et « madame », ou par son nom et son titre, jusqu'au moment où la personne se trouvait réellement inculpée. Ce respect de la politesse constituait l'une des règles de Wexford. « Nous n'allons pas vous déranger plus longtemps », ajouta-t-il.

Si le jeune Américain ressemblait à une fille déguisée en garçon, Bib aurait pu être un homme, à voir le peu de concessions qu'elle-même – ou la nature – avait fait à son sexe. Son âge restait également une énigme. Elle pouvait avoir aussi bien trente-cinq ans que cinquante-cinq, avec ses cheveux sombres coupés très court, sa figure rougeaude et luisante que l'on aurait crue frottée au savon, et ses ongles taillés au carré. Elle portait un petit anneau d'or à une oreille.

Quand Vine lui eut expliqué la raison de leur visite, elle hocha la tête et dit d'une voix bourrue, monocorde et curieusement dénuée d'expression : « Je l'ai vu à la télé. J'suis pas arrivée à l'croire.

– Pouvons-nous entrer ? »

Cette question n'était pas qu'une simple formalité dans l'esprit de Bib. Elle parut la considérer sous tous ses angles avant d'acquiescer lentement d'un signe de tête.

Son vélo, elle le rangeait dans le vestibule, appuyé contre un mur tapissé d'un papier fané orné de pois de senteur devenus tout beiges. Le salon était meublé comme la demeure d'une très vieille femme, avec la même odeur – une sorte de mélange de camphre et de vêtements pas très nets conservés avec soin, de fenêtres fermées et de pastilles à sucer. Wexford s'attendait à découvrir une mère âgée dans un fauteuil, mais la pièce était vide.

« Pour commencer, pourrions-nous connaître votre nom, s'il vous plaît ? » demanda Vine.

Si on l'avait traînée d'autorité devant un tribunal, sans avocat, pour répondre à une accusation de meurtre, Bib ne se serait pas comportée avec plus de prudence. Elle pesait chaque mot et donna ses nom, prénoms, avec lenteur et réticence, en hésitant entre chaque.

« Euh, Beryl... Agnes... Mew.

– Beryl Agnes Mew. Je crois que vous occupez un emploi à temps partiel à *Tancred House* et que vous étiez là-bas hier après-midi, miss Mew ?

– Mrs. » Son regard alla de Vine à Wexford et elle répéta, d'un ton très décidé : « Mrs. Mew.

– Excusez-moi. Vous étiez là-bas hier après-midi ?

– Oui.

– Qu'y faisiez-vous ? »

C'était peut-être le choc qui avait cet effet-là sur elle. Ou une méfiance et une suspicion généralisées envers l'humanité.

Elle parut stupéfaite de la question de Vine et le fixa d'un regard sans expression avant de hausser lourdement les épaules.

« Quel est votre travail à *Tancred House*, Mrs. Mew ? »

Elle réfléchit à nouveau. Elle ne bougeait pas, mais ses yeux étaient plus mobiles que ceux de la plupart des gens et semblaient bouger de façon complètement affolée, maintenant.

« Ils appellent ça le gros, répondit-elle à Vine qui ne comprit pas.

– Vous faites le gros ouvrage, Mrs. Mew, intervint Wexford. Oui, je vois. Frotter les planchers, laver les peintures, etc. ? » Elle confirma d'un signe solennel. « Vous étiez en train de nettoyer le congélateur, je crois ?

– *Les* congélateurs. Y z'en ont trois. »

Elle balança lentement la tête d'un côté et de l'autre.

« Je l'ai vu à la télé. J'suis pas arrivé à l'croire. Hier, y z'allaient bien. »

Comme si les habitants de *Tancred House* avaient succombé à une brusque épidémie de peste, se dit Wexford.

« À quelle heure êtes-vous rentrée chez vous ? » lui demanda-t-il.

S'il lui avait fallu se livrer à une telle introspection avant de communiquer son identité, ce genre de question aurait dû lui demander des minutes entières de réflexion, mais Bib répondit assez vite : « Ils avaient commencé le repas.

– Mr. et Mrs. Copeland, accompagnés de Mrs. et de miss Jones, étaient allés dans la salle à manger, vous voulez dire ?

– Je les ai entendus causer et la porte a fermé. J'ai rentré mes machins dans le congélateur, p'is je l'ai remis en marche. J'avais les mains gelées, alors j'y ai fait couler d'l'eau chaude dessus un p'tit moment au robinet. » L'effort d'avoir tant parlé la fit taire un instant. Elle essayait visiblement de rassembler des forces insoupçonnées. « J'ai pris mon manteau, p'is j'suis allée chercher mon vélo qu'était dans c't endroit là-bas derrière avec des espèces de haies autour. »

Wexford se demanda si elle parlait quelquefois à son voisin l'Américain. Si elle s'exprimait de cette façon, comprenait-il un seul mot ?

« Vous avez fermé la porte de derrière à clé en partant ?

– Moi ? Non. C'est pas mon travail de fermer les portes à clé.

– Il était donc dans les – quoi ? Huit heures moins dix ?

– J'crois bien, dit-elle après une longue hésitation.

– Comment êtes-vous rentrée chez vous ? demanda Vine.

– À vélo ! » Elle semblait indignée de sa stupidité. Il aurait dû le savoir. Tout le monde était au courant.

« Quel chemin avez-vous pris, Mrs. Mew ? Quelle route ?

– La p'tite route.

– Je vous demande de bien réfléchir avant de répondre. » Mais c'est ce qu'elle faisait à chaque fois. Voilà pourquoi cela prenait tant de temps. « Est-ce que vous avez vu une voiture sur le chemin du retour ? En avez-vous croisé une ou vous a-t-on dépassée sur cette petite route ? » De toute évidence, il lui fallait un peu plus d'explications. « Une voiture, une fourgonnette, ou... le genre de véhicule qui se trouve devant la maison d'à côté. »

Pendant un instant, Wexford craignit que cette question ne lui fît croire que son voisin américain pouvait être impliqué dans le crime. Elle se leva et regarda la Ford Transit par la fenêtre d'un air perplexe, en se mordant la lèvre.

« Ç'ui-là ? dit-elle enfin.

– Non, non. Un autre. N'importe lequel. Avez-vous croisé un véhicule quelconque en rentrant chez vous hier soir ? »

Elle réfléchit, hocha la tête, puis la secoua négativement pour finalement répondre : « Non.

– En êtes-vous sûre ?

– Oui.

– Combien de temps vous faut-il pour arriver jusque chez vous ?

– Dans c'sens-là, ça descend.

– Oui. Donc combien de temps avez-vous mis hier soir ?

– Vingt minutes à peu près.

– Et vous n'avez rencontré personne ? Pas même John Gabbitas dans la Land Rover ? »

Une lueur d'animation traversa pour la première fois ses yeux inquiets.

« Y dit que j' l'ai vu ?

– Non, non. Ce serait d'ailleurs peu vraisemblable si vous
étiez chez vous, disons, à huit heures quinze. Merci beaucoup,
Mrs. Mew. Vous voulez bien nous montrer le chemin que
vous prenez à partir d'ici pour rejoindre la petite route ?

– D'accord », répondit-elle après une longue pause.

La route sur laquelle étaient situés les cottages descendait
en pente raide dans la vallée de la petite rivière. Bib Mew leur
indiqua cette direction et leur donna de vagues instructions,
ses yeux revenant sans cesse à la Ford Transit. Wexford se dit
qu'il devait avoir fait germer irrémédiablement dans son
esprit l'idée qu'elle aurait dû croiser cette camionnette la
veille au soir. Quand ils se dirigèrent en voiture vers le pied de
la colline, elle resta là, appuyée à son portail, à suivre leur parcours de son regard insistant.

En bas, il n'y avait pas de pont au-dessus du cours d'eau
que l'on pouvait traverser à gué. Simplement une passerelle
en bois à l'usage des piétons et des cyclistes. Vine entra avec
la voiture dans une quinzaine de centimètres d'eau qui coulait,
très rapide, sur des pierres brunes et plates, pour arriver de
l'autre côté à ce que l'inspecteur adjoint s'obstinait à appeler
une intersection, terme bien peu approprié à l'extrême rusticité du lieu, avec ses rives pentues couvertes de buissons, ses
arbres en surplomb et les grasses prairies où l'on voyait au
loin paître du bétail. D'après les indications de Bib – si on
pouvait les qualifier ainsi –, il fallait tourner ici à gauche et
prendre ensuite la prochaine à droite. C'est ainsi que l'on
accédait à la petite route en venant de Pomfret Monachorum.

Tout à coup, ils eurent une brève vision de la forêt. Les
arbres formant les haies s'écartèrent et elle leur apparut un
instant, voûte d'un bleu sombre qui les dominait largement,
pour revenir près de un kilomètre plus loin les encercler rapidement, tandis que, s'enfonçant dans un profond tunnel entre
de hauts talus, ils plongeaient vers la petite route à l'entrée de
laquelle une pancarte signalait : TANCRED HOUSE SEULEMENT.
TROIS KILOMÈTRES. SANS ISSUE.

« Quand on estimera qu'il ne reste qu'un kilomètre et demi,
je descendrai faire le reste du chemin à pied, dit Wexford.

– Entendu. Il fallait qu'ils connaissent les lieux s'ils sont passés par là, chef.

– Ils les connaissaient. L'un des deux, en tout cas. »

Il quitta la voiture à un bon moment, quand il vit le soleil se montrer. Les bois ne verdiraient pas avant un mois encore. Il n'y avait pas le moindre halo vert autour des arbres qui bordaient ce chemin sablonneux. Tout était d'un marron brillant, une couleur étincelante de vigueur qui teintait les branches d'un or bruni et donnait aux feuilles en bourgeons une chaude nuance cuivrée. Il faisait froid et sec. En fin de nuit, la veille, quand le ciel s'était éclairci, il avait gelé. Il ne restait plus de givre maintenant, pas le moindre filet d'argent, mais un courant de fraîcheur demeurait en suspens dans l'air pur et tranquille. Au-dessus des cimes des arbres, tantôt denses, tantôt légères comme des plumes, et dans les espaces dégagés des bosquets, le ciel était d'un bleu clair délicat, si pâle qu'il en devenait presque blanc.

L'article de Win Carver parlait de ces bois. La journaliste expliquait quand ils avaient été plantés, quelles parties remontaient aux années trente et lesquelles, plus anciennes, avaient été agrandies par des apports datant de la même époque. Des chênes séculaires et, çà et là, quelques marronniers d'Inde aux branches arquées et aux bourgeons collants se dressaient bien au-dessus des rangées de petits arbres d'aspect plus soigné, en forme de vase, qui semblaient avoir été taillés par la nature à des fins ornementales. Peut-être des charmes, se dit Wexford. Ensuite, il remarqua une étiquette métallique attachée à l'un des troncs. Oui, charme commun, *Carpinus betulus*. Les spécimens plus hauts et pleins de grâce qu'il rencontra un peu plus loin sur son chemin étaient des sorbiers d'Amérique, lut-il. *Sorbus aucuparia*. L'identification de ces arbres lorsqu'ils étaient sans feuilles devait être un bon test pour les spécialistes.

Les bosquets cédaient ensuite la place à une plantation d'érables de Norvège *(Acer platanoides)* aux troncs semblables à de la peau de crocodile. Il n'y avait aucun conifère ici. Pas le moindre pin ni sapin pour montrer sa silhouette vert sombre au milieu de ces branches nues et luisantes. On se trouvait dans la partie la plus belle de la forêt d'arbres à feuilles caduques créée par la main de l'homme, mais véritable copie de la nature – délibérément organisée au départ, tout en restant fidèle à l'ordre naturel. Les bûches taillées laissées sur place étaient maintenant couvertes de superbes champignons aux ruchés, aux collerettes et aux pieds noueux, de couleur jaune ou bronze. Les troncs pourrissants des arbres morts, toujours debout et patinés d'argent, servaient de refuge aux hiboux ou de garde-manger aux piverts.

Wexford poursuivait sa marche, s'attendant à chaque détour de la route étroite à se retrouver hors du bois, face à l'aile est de la maison. Mais les tournants ne lui apportaient à chaque fois qu'un nouveau panorama d'arbres droits ou tombés, ou bien très jeunes et entourés de broussailles. Un écureuil d'un brun-bleu argenté grimpa en ondulant le long d'un chêne, puis, sautant de rameau en rameau, s'élança d'un grand bond vers la branche d'un bouleau voisin. La route décrivit une ellipse finale. Elle s'élargit, s'éclaircit, et la maison apparut devant lui, irréelle sous ses voiles de brume.

L'aile est se dressait devant lui, majestueuse, et, de là où il se trouvait, il voyait la terrasse et les jardins de derrière. À la place des jonquilles dont les jardins publics et les parterres des logements sociaux de Kingsmarkham étaient remplis, des grappes de minuscules scilles scintillaient comme des joyaux bleus sous les arbres. Mais le parc de *Tancred House* était encore engourdi par le sommeil de l'hiver. Les bordures de plantes herbacées, les parterres de roses, les chemins et les haies, les allées couvertes et les pelouses semblaient tous encore avoir été taillés, nettoyés, soignés et, dans certains cas, emballés pour hiberner. De hautes haies d'ifs et de cyprès servaient de remparts dissimulant toutes les dépendances de la maison, sombres écrans habilement plantés en vue d'assurer une intimité privilégiée.

L'inspecteur principal resta un instant à contempler ce spectacle, puis se dirigea vers l'endroit où étaient garées les voitures de police. Le bureau réservé à l'enquête avait été aménagé dans ce qui ressemblait à des écuries, bien qu'aucun cheval ne les eût occupées depuis un demi-siècle. Elles étaient bien trop élégantes pour cela et il y avait des stores aux fenêtres. Une horloge à cadran bleu avec des aiguilles dorées sous un fronton central lui indiqua qu'il était onze heures moins vingt.

Sa voiture était garée sur les dalles, ainsi que celle de Burden et deux fourgons. À l'intérieur, un technicien s'occupait des ordinateurs. Karen Malahyde arrangeait une estrade pourvue d'un pupitre et d'un micro, et disposait des chaises en demi-cercle pour la conférence de presse prévue à onze heures.

Wexford s'assit au bureau installé à son intention, plutôt touché par le mal que s'était donné Karen. C'était elle, sans aucun doute, qui avait veillé à tout. Il avait devant lui trois stylos à bille neufs, un coupe-papier en cuivre qu'il ne pensait guère utiliser un jour, deux téléphones – comme s'il ne possédait pas son poste mobile personnel –, un ordinateur avec une imprimante dont il ignorait totalement le fonctionnement, et un cactus dans un pot émaillé bleu et brun. Le cactus, une grosse boule grise couverte de poils, ressemblait davantage à un animal, à une bête câline qu'à une plante – à ceci près que, lorsqu'il y mit le doigt, il s'y enfonça un piquant acéré.

Wexford secoua la main en jurant un peu. Mais il voyait bien qu'on cherchait à l'honorer. Ces choses-là obéissaient apparemment à une hiérarchie : il y avait un autre cactus sur le bureau visiblement destiné à Burden, mais ses dimensions n'étaient en rien comparables au sien et il n'était pas si hérissé. Barry Vine, lui, devait se contenter d'un saintpaulia pas même fleuri.

L'agent Lennox avait téléphoné peu après avoir pris la relève à l'hôpital. Rien à signaler. Tout allait bien. Qu'est-ce que cela voulait dire ? Qu'est-ce que ça lui faisait, à lui, que cette fille vive ou meure ? D'autres jeunes filles mouraient dans le monde entier, de famine, dans des guerres ou des révolutions, à la suite de sévices cruels ou de négligences hospitalières. Pourquoi donner tant d'importance à celle-ci ?

Il tapa le numéro d'Anne Lennox sur les touches de son téléphone.

« Je crois qu'elle va bien, chef.

– Elle *quoi* ? »

Il devait avoir mal entendu.

« Elle va bien, enfin, beaucoup mieux. Vous voulez parler au Dr Leigh, chef ? »

La ligne redevint silencieuse. Ou, plutôt, la voix se tut et l'on entendit des bruits d'hôpital, claquements de pas, sons métalliques et glissements. Puis une femme demanda :

« C'est la police de Kingsmarkham ?

– Inspecteur principal Wexford.

– Dr Leigh. Que puis-je faire pour vous ? »

Le ton lui parut lugubre. Il y sentait cette gravité qu'on leur apprenait peut-être à adopter quand une tragédie venait de se produire. Une mort pareille affecterait tout l'hôpital. Il donna simplement le nom de la malade, sachant qu'on ne lui demanderait pas d'autres précisions.

« Miss Flory. Daisy Flory. »

Tout accent sinistre disparut aussitôt. Il s'était sans doute fait des idées.

« Daisy ? Oui, elle va bien. Elle fait de grands progrès.

– Quoi ? Que dites-vous ?

– Je dis qu'elle va bien. Pas de problème.

– Elle va *bien* ! Parlons-nous de la même personne ? Cette jeune femme que l'on a amenée la nuit dernière, blessée par balle ?

– Son état est tout à fait satisfaisant, monsieur l'inspecteur principal. Elle doit sortir du service des urgences dans la journée. Je suppose que vous voudrez la voir, n'est-ce pas ? Il n'y a aucune raison pour que vous ne veniez pas lui parler cet après-midi. Rien qu'un petit moment, bien sûr. Disons dix minutes.

– Est-ce possible à quatre heures ?

– Seize heures, oui. Demandez à me voir d'abord, s'il vous plaît. Je suis le Dr Leigh. »

La presse arriva en avance. Les « médias », comme il fallait sûrement les appeler, se dit Wexford qui, en s'approchant de l'estrade, vit par la fenêtre s'avancer un camion de la télévision avec toute une équipe de tournage.

6

Le terme de « maison » pouvait faire penser à l'un de ces pavillons mitoyens entassés par centaines sur quelques hectares. Le mot « terres » ne parlait que du sol et non de ce qui était construit dessus. Burden, dans un accès d'imagination inhabituel chez lui, se dit que l'appellation « domaine » devait être la seule qui convînt. Le domaine de *Tancred* était un vrai petit monde ou, de façon plus réaliste, un hameau avec son manoir, ses écuries, ses remises, ses dépendances et les logements des serviteurs passés et présents. Et aussi des jardins, des pelouses, des haies, une pinède, des plantations d'arbres et une forêt.

À l'exception peut-être des bois, tout devrait être fouillé. Il fallait arriver à se faire une idée de cette propriété. Les écuries, dans lesquelles les policiers avaient installé leur quartier général, n'en constituaient qu'une petite partie. De là où se tenait l'inspecteur, sur la terrasse qui courait tout le long de la façade arrière de la maison, on ne voyait presque rien des autres bâtiments. Les haies, habilement agencées, et tous les arbres soigneusement disposés de façon à cacher les choses humbles ou utilitaires, ne laissaient apparaître que le faîte d'un toit en ardoises ou la pointe d'une girouette. Et c'était l'hiver, encore ! Le feuillage, en été, dissimulerait ces jardins, ce panorama, derrière des rangs serrés de verdure.

Une longue pelouse rectiligne s'étendait entre des bordures de plantes herbacées, puis cédait la place à une roseraie composée de parterres en cercle, pour réapparaître ensuite et se transformer en prairie après avoir franchi un saut-de-loup. Du moins, c'est ce qu'il semblait, vu d'aussi loin. Tout avait été conçu pour que les jardins se fondent doucement dans le paysage à l'autre bout – le parc avec ses arbres géants et l'orée bleutée de la forêt. L'ensemble des bois paraissait bleu dans cette douce lumière tamisée encore hivernale, à l'exception de la pinède aux teintes mêlées, à l'ouest : jaune et noir de fumée, gris-vert et vert-jaune, gris perle et ardoise, et un brillant ton de cuivre.

Même en plein jour, même d'ici, les deux maisons où habitaient les Harrison et Gabbitas demeuraient invisibles. Burden descendit les marches de pierre et prit l'allée. Après un portail ménagé dans la haie, il se dirigea vers la partie occupée par les écuries et les remises – là où avaient débuté les recherches – et arriva à une rangée de cottages, modestes et délabrés, mais pas en ruine, qui abritaient sans doute autrefois quelques-uns des nombreux domestiques dont avaient besoin les Victoriens pour maintenir ordre et confort aux abords de leurs demeures.

La porte d'entrée de l'un d'eux était ouverte. Deux agents en uniforme, à l'intérieur, ouvraient des placards et fouillaient une misérable arrière-cuisine. L'inspecteur pensa à la crise du logement – il n'y avait pas assez de maisons, ne cessait-on de répéter – et à tous les sans-abri. On en voyait même dans les rues de Kingsmarkham, de nos jours. C'était sa femme, consciente des problèmes sociaux, qui lui avait appris à raisonner ainsi. Il ne l'aurait jamais fait avant son mariage. Mais il voyait bien que les habitations superflues de *Tancred* ou de centaines d'autres propriétés de ce genre qui devaient exister dans toute l'Angleterre ne pouvaient guère apporter de solution. Comment faire renoncer les Flory et les Copeland de ce monde à un cottage abandonné par leurs domestiques en faveur de la clocharde qui dormait sous le porche de St. Peter ? En admettant même que celle-ci en veuille ! Interrompant le cours de ses pensées, il revint donc une fois de plus vers l'arrière de la maison pour rejoindre Brenda dans les cuisines et faire une tournée d'inspection avec elle.

Archbold et Milsom, probablement à la recherche de traces de pneus, examinaient à cet endroit les parties dallées. Quand Burden était arrivé ce matin, ils travaillaient sur la vaste cour de devant. Le printemps avait été sec. Les dernières grosses pluies remontaient à plusieurs semaines et une voiture pouvait être venue ici sans laisser aucune trace de son passage.

En se penchant pour regarder les eaux calmes du bassin, Burden vit un couple de gros poissons rouges, le corps blanc et la tête écarlate, nager en rond avec lenteur et sérénité.

Blanc, écarlate... Le sang était toujours là, même si l'on avait emporté la nappe, avec quantité d'autres objets enfermés dans des sacs, au laboratoire médico-légal de Myringham. À la fin de la soirée, la pièce s'était remplie de ces sacs plastique scellés contenant lampes, ornements, coussins, serviettes de table, assiettes et couverts.

Burden n'avait pas à se soucier de ce que Brenda risquait de voir dans le hall, maintenant que le pied de l'escalier et le coin du téléphone étaient recouverts d'un drap. Il tenta toutefois de la tenir à l'écart de la salle à manger, mais elle lui échappa pour aller ouvrir la porte. Ses mouvements étaient si rapides qu'il n'aurait pas fallu la lâcher des yeux une seconde.

Petite et mince, elle avait une silhouette d'adolescente – son pantalon révélait à peine la ligne de ses fesses et de ses cuisses –, mais des rides aussi profondes que des coups de couteau marquaient son visage, et elle avait les lèvres pincées, à force de les serrer sans arrêt nerveusement. Avec ses cheveux secs et roussâtres déjà bien clairsemés, Mrs. Harrison serait sûrement obligée de porter une perruque dans dix ans. Elle ne tenait pas en place. Toutes les nuits, elle devait se tourner et se retourner dans un sommeil agité.

Dehors, son mari regardait, bouche bée, par la fenêtre en saillie dont ils avaient bouché le carreau cassé la nuit précédente, mais pas tiré les rideaux. Brenda lui jeta un coup d'œil rapide, puis passa la pièce en revue d'un lent mouvement de tête. Ses yeux s'arrêtèrent brièvement sur l'endroit du mur le plus éclaboussé de sang, et plus longuement sur une partie du tapis située près de la chaise de Naomi Jones, dont Archbold avait raclé les poils ensanglantés pour les envoyer au labo avec le reste – notamment les quatre balles que l'on avait retrouvées. Burden s'attendait à un commentaire, une remarque visant à accuser la police d'avoir gâché un beau tapis qu'un nettoyage aurait pu rendre à sa propreté initiale, mais la gouvernante ne dit rien.

Ce fut Ken Harrison qui émit – de façon presque inaudible, en fait, de l'intérieur de la maison – l'inévitable critique. L'inspecteur ouvrit la fenêtre.

« Je n'ai pas bien entendu, Mr. Harrison.

– C'était du verre de plus de deux cents grammes, ça !
– Je suis certain qu'on pourra le remplacer.
– Mais ça coûte de l'argent ? »
Burden haussa les épaules.

« Et la porte de derrière n'était même pas fermée », s'exclama le domestique du ton qu'emploierait un maître de maison respectable devant un acte de vandalisme.

Brenda, pour la première fois libre d'examiner la pièce à sa guise, était devenue livide. Ce regard subitement figé, cette pâleur croissante pouvaient annoncer un évanouissement. Ses yeux vitreux croisèrent ceux de l'inspecteur.

« Venez avec moi, Mrs. Harrison, il n'y a aucune raison de rester ici. Vous vous sentez bien ?

– Je ne vais pas me trouver mal, si c'est ce que vous croyez. »

Mais cela avait failli arriver, il en était sûr, car elle s'assit sur une chaise dans le hall et, tremblante, pencha la tête en avant. Burden, qui respirait une odeur de sang, espérait qu'elle ignorait l'origine de cette puanteur de poisson et de limaille de fer mêlés, quand soudain elle bondit sur ses pieds en disant qu'elle allait très bien. Ne devaient-ils pas monter au premier ? Elle franchit d'un bond parfaitement désinvolte le drap qui recouvrait les marches sur lesquelles était tombé Harvey Copeland.

Elle lui montra le second étage, composé de greniers sans doute jamais utilisés. Au-dessous, au premier, se trouvaient les chambres qu'il avait déjà vues, celles de Daisy et de Naomi Jones. Aux trois quarts d'un couloir de l'aile ouest, Brenda ouvrit une porte en annonçant qu'il s'agissait de la pièce où dormait Copeland.

Burden fut surpris. Il croyait que Davina Flory et son mari partageaient la même chambre. Bien qu'il n'eût rien dit, la gouvernante devina ses pensées et lui jeta un regard prude curieusement teinté de lubricité.

« Elle avait seize ans de plus que lui, vous savez. Une très vieille femme ! Mais bien sûr, on n'aurait jamais dit cela d'elle, vous comprenez. L'âge ne comptait pas, en fait. Davina était elle-même, c'est tout. »

L'inspecteur, étonné de tant de finesse, comprenait bien ce que Brenda voulait dire. Il jeta un coup d'œil rapide à la pièce.

Personne n'y était entré. Rien n'avait été dérangé. Copeland dormait dans un lit à une place et, malgré le mobilier en acajou foncé d'une teinte riche et chaude, l'endroit avait un air austère avec ses rideaux crème unis, son tapis crème et, comme unique décoration, des reproductions de vieilles cartes du comté sur les murs.

L'état de la chambre à coucher de Davina Flory parut bouleverser Brenda davantage que celui de la salle à manger, provoquant chez elle, enfin, un accès d'émotion.

« Quel désordre ! Regardez-moi le lit ! Et toutes ces affaires sorties des tiroirs ! »

Elle courut tout ramasser. Burden n'essaya pas de l'en empêcher. Les photos fourniraient un témoignage définitif de l'état dans lequel on avait trouvé les lieux.

« J'aimerais que vous me disiez ce qui manque, Mrs. Harrison.

— Regardez son coffret à bijoux !

— Vous souvenez-vous de ce qu'elle possédait ? »

Brenda, mince et agile comme une adolescente, s'était assise par terre et rassemblait tous les objets éparpillés autour d'elle : une broche, une pince à épiler les sourcils, une clé de valise, un flacon de parfum vide.

« Cette broche, par exemple, pourquoi l'ont-ils laissée ? »

Elle eut un rire bref, étranglé.

« Ça ne valait rien. C'est moi qui la lui ai donnée.

— Vous ?

— Oui, pour Noël. Tout le monde se faisait des cadeaux. Il fallait bien que je trouve quelque chose. Qu'est-ce qu'on donne à une femme qui a tout ? Elle la portait, peut-être qu'elle l'aimait bien, mais en tout cas ça ne valait que trois livres.

— Que manque-t-il, Mrs. Harrison ?

— Elle ne possédait presque rien, vous savez. Je dis " une femme qui a tout ", mais il y a des choses qu'on peut se payer et dont on ne veut pas forcément, hein ? Des fourrures, par exemple, même si on a les moyens de se les offrir. C'est cruel, de toute façon, non ? Elle aurait pu avoir des diamants à gogo, mais ce n'était pas son genre. »

Brenda, debout maintenant, fouillait les tiroirs.

« À mon avis, tout est parti, du peu qu'il y avait. De belles perles. Des bagues offertes par son premier mari. Jamais elle ne les portait, mais elles étaient là. Son bracelet en or a disparu. Sur une des bagues, il y avait des diamants énormes, Dieu sait ce que ça devait valoir ! Elle aurait pu les laisser à la banque, vous ne trouvez pas ? Elle pensait les donner à Daisy pour ses dix-huit ans, m'avait-elle dit.

– Quand cela ?

– Bientôt. La semaine prochaine ou celle d'après.

– Elle " pensait " le faire, c'est tout ?

– Je vous répète ce qu'elle m'a dit. Tel quel.

– Vous croyez qu'il vous serait possible de me faire une liste des bijoux volés, Mrs. Harrison ? »

Elle acquiesça d'un signe, puis referma brutalement le tiroir.

« Figurez-vous qu'hier, à cette heure-ci, j'étais en train de faire cette chambre – je fais toujours les chambres le mardi – quand elle est entrée bavarder. Davina, je veux dire. Toute contente d'aller en France avec Harvey et de passer à la télévision française pour son nouveau livre, dans une émission littéraire très importante. Elle parlait parfaitement la langue, bien sûr.

– Que s'est-il passé ici hier soir, selon vous ? »

Brenda descendait le petit escalier devant lui.

« Selon moi ? dit-elle. Et comment je le saurais ?

– Vous devez bien avoir une idée. Vous connaissez la maison, vous connaissiez les gens. Cela m'intéresserait de savoir ce que vous en pensez. »

Au pied des marches, ils rencontrèrent un grand chat de cette couleur que l'on appelle « bleu RAF », se souvint Burden. Venu de la porte d'en face, l'animal traversait le vestibule. En les voyant, il s'arrêta net, ouvrit les yeux très grands, aplatit les oreilles et commença à se hérisser jusqu'à ce que son poil cendré, dense et soyeux, soit complètement dressé, dans l'attitude d'un animal plein de bravoure menacé par des chasseurs ou quelque dangereux prédateur.

« Ne fais pas la sotte, Queenie, lui dit Brenda d'un ton affectueux. Que tu es bête ! Tu sais bien qu'il ne te fera aucun mal tant que je serai là. »

Burden se sentit légèrement offensé.

« Il y a des foies de volaille pour toi à la porte de service », continua-t-elle.

La chatte fit demi-tour, filant par là où elle était entrée. Brenda Harrison suivit le même chemin, et ils franchirent une porte que Burden n'avait pas ouverte la veille au soir, avant de prendre un couloir qui menait jusqu'au petit salon. Dans la serre baignée de soleil, il faisait aussi chaud qu'en été. L'inspecteur y était passé brièvement la nuit précédente. L'endroit paraissait différent de jour, et il s'aperçut qu'il s'agissait en fait de cette partie vitrée, à l'architecture classique et au toit arrondi, qui avançait en saillie au milieu de la terrasse d'où il avait contemplé les pelouses et les bois dans le lointain.

Le parfum des jacinthes était plus fort, plus doux et écœurant. La lumière avait fait éclore les narcisses qui montraient maintenant leurs corolles orange. L'atmosphère humide, chaude et odorante évoquait une forêt tropicale, avec son air moite, presque palpable.

« Elle m'empêchait d'avoir un animal à moi, déclara soudain Brenda.

– Pardon ?

– Davina. Comme je vous ai dit, c'était quelqu'un qui ne prenait pas de grands airs, on était tous égaux – enfin c'est ce qu'elle *prétendait* –, mais je n'avais pas le droit d'avoir un animal. J'aurais aimé un chien. Prends un hamster, Brenda, qu'elle me disait. Ou une perruche. Mais l'idée ne me plaisait pas. C'est cruel, de garder les oiseaux en cage, vous ne trouvez pas ?

– Ça ne me dirait rien d'en avoir un, répondit Burden.

– Dieu sait ce qui va nous arriver maintenant, à Ken et à moi ! On n'a pas d'autre maison. Vu le prix que ça coûte, aucune chance de pouvoir acheter. Quelle sale plaisanterie, dites donc ! Davina nous avait promis le cottage pour toute notre vie, mais, en définitive, il s'agissait bel et bien d'un logement de fonction. »

Elle se baissa pour ramasser une feuille morte sur le plancher et prit un air de coquetterie teinté d'une légère mélancolie.

« Ce n'est pas facile de repartir de zéro. Je sais que je ne fais pas mon âge, tout le monde me le dit, mais tout de même, on ne rajeunit pas, ni mon mari ni moi.

– Vous alliez me dire ce qui s'était passé ici la nuit dernière, d'après vous.

– D'après moi ? soupira-t-elle. Eh bien, il s'est passé la même chose que dans toutes ces histoires épouvantables. Ce n'est pas la première, hein ? Les voleurs sont entrés et montés à l'étage parce qu'ils avaient entendu parler des perles et peut-être des bagues. Il y a toujours quelques lignes sur Davina dans les journaux. Bon, tout le monde savait qu'il y avait de l'argent ici. Harvey les a entendus. Il est allé voir. Alors ils sont descendus, ils l'ont tué, et après, il leur a fallu supprimer les autres pour les empêcher de parler. De les décrire aux gens, quoi.

– C'est une possibilité.

– Sinon, quoi d'autre ? » demanda-t-elle, comme si aucun doute n'était permis. Puis, à la stupéfaction de l'inspecteur, elle ajouta d'un ton animé : « Je pourrai avoir un chien, maintenant. Quoi qu'il arrive, personne ne va plus m'en empêcher, pas vrai ? »

Burden revint dans le hall et contempla l'escalier. Plus il réfléchissait, moins les indices lui semblaient correspondre au déroulement des faits.

On avait volé des bijoux, sûrement de grande valeur – peut-être cent mille livres –, mais tuer trois personnes pour cela, avec l'intention d'en supprimer une quatrième... ? L'inspecteur haussa les épaules. Il n'ignorait pas que des hommes et des femmes s'étaient déjà fait assassiner pour cinquante pence – le prix d'un verre.

Le souvenir de son apparition télévisée encore un peu sur le cœur, Wexford pouvait quand même se féliciter d'avoir réussi à rester discret sur Daisy Flory. La télévision n'était plus un média mystérieux et effrayant. Il s'y était habitué. Cela faisait trois ou quatre fois qu'il passait devant les caméras et, sans être encore blasé, il se sentait quand même plus sûr de lui.

Une seule question l'avait mis dans l'embarras. Elle semblait sans rapport – ou si peu – avec les meurtres de *Tancred House*. La police avait-elle plus de chances de trouver les coupables de cette affaire que de mettre la main sur les responsables du hold-up de la banque ? Il répondit qu'il était certain que les deux crimes seraient résolus et l'assassin de l'inspecteur adjoint Martin arrêté, tout comme ceux de *Tancred House*. Un petit sourire apparut sur le visage de son interlocuteur, qu'il essaya d'ignorer, en gardant son calme.

La question ne venait pas du correspondant local des journaux nationaux, ni d'un quelconque représentant de ces publications présent à la conférence de presse, mais d'un reporter du *Kingsmarkham Courier*, très jeune, aux cheveux bruns, assez beau de visage et l'air très content de lui.

« Cela va bientôt faire un an depuis le meurtre de la banque, monsieur l'inspecteur principal.

– Dix mois, corrigea Wexford.

– Les statistiques ne prouvent-elles pas que plus le temps passe, moins on peut espérer... »

Wexford désigna une autre personne qui levait la main et les mots du journaliste du *Courier* furent noyés par la question suivante. Comment allait la jeune miss Flory ? Davina ou Daisy, comme on l'appelait, n'est-ce pas ?

L'inspecteur comptait, pour le moment, se montrer discret là-dessus. Il répondit qu'elle se trouvait au service des urgences – ce qui était peut-être encore possible, à cette heure-là – dans un état stationnaire mais très grave. Elle avait perdu beaucoup de sang. Il n'en savait rien, en réalité, mais ne doutait pas que ce fût le cas. La correspondante du journal lui demanda si la jeune fille était sur « la liste des cas critiques », et l'inspecteur put lui assurer qu'aucun hôpital, à sa connaissance, n'établissait jamais de liste de ce genre.

Wexford irait la voir seul. Il ne voulait être accompagné de personne pour ce premier interrogatoire. L'officier de police Gerry Hinde, parfaitement dans son élément, était en train de mettre sur son ordinateur toute la masse d'informations qu'il avait réunies et à partir desquelles, annonça-t-il mystérieusement, il allait créer une banque de données à transmettre à tous les postes de travail du secteur des écuries. On avait apporté des sandwiches du supermarché de High Road, à Cheriton. En ouvrant l'emballage du sien avec le coupe-papier – et comprenant à quel point cet objet se révélerait utile, finalement –, l'inspecteur principal se demanda comment le monde avait pu tourner avant l'invention des boîtes plastique refermables pour les sandwiches. Une invention à ranger parmi les grandes découvertes sacrées, se dit-il en jetant un regard dégoûté à Gerry Hinde. Au même titre, au moins, que les photocopieuses !

Juste au moment où il partait, Brenda Harrison apparut avec la liste des bijoux volés à Davina Flory. Il n'eut que le temps de la parcourir brièvement avant de la passer à Hinde. Parfait pour le fichier ! Son collègue allait avoir quelque chose de plus à insérer dans son programme avec sa souris.

À son vif déplaisir, il vit en sortant des écuries que le reporter du *Courier* l'attendait, assis sur un muret, en balançant les jambes. Wexford se faisait une règle de ne jamais discuter des « affaires » avec la presse en dehors des conférences organisées dans ce but. Le jeune homme devait patienter depuis une heure dans l'espoir de le voir apparaître à un moment ou à un autre.

« Non. Rien de plus pour aujourd'hui.

– C'est vraiment injuste. Vous devriez nous donner la priorité. Soutenir votre shérif local.

– Alors, c'est plutôt à *vous* de me soutenir et de me laisser travailler au lieu de me soutirer des renseignements, répliqua Wexford, amusé malgré lui. Comment vous appelez-vous ?

– Jason Sherwin Coram Sebright.

– On en a plein la bouche, dites donc ! Un peu long pour signer des articles.

– Je ne sais pas encore quel nom je vais utiliser dans ma profession. J'ai débuté au *Courier* la semaine dernière seulement. Il se trouve, en fait, que j'ai un net avantage sur tous les autres, car je connais Daisy. Elle est dans mon école. Enfin, celle où j'allais avant. Je la connais très bien. »

Tout cela dit sur un ton d'assurance effrontée peu commun, même de nos jours. Jason Sebright semblait parfaitement à l'aise.

« Si vous allez la voir, j'espère que vous m'emmènerez avec vous, dit-il. Je voudrais une interview exclusive.

– Vos espoirs risquent fort d'être déçus, Mr. Sebright. »

Il l'escorta jusqu'à la sortie et attendit de le voir monter dans sa voiture. Donaldson prit la grande allée, la même qu'il avait empruntée la nuit précédente, suivi de près par la minuscule Fiat du reporter. À cinq cents mètres environ, dans une partie du bois jonchée d'arbres tombés, ils dépassèrent Gabbitas, en plein travail sur une machine qui devait servir à débiter des planches, se dit Wexford. L'ouragan qui s'était déchaîné trois ans plus tôt avait fait des dégâts par ici. L'inspecteur principal remarqua des espaces défrichés où l'on avait récemment réalisé des plantations. Les jeunes arbres de soixante centimètres de haut étaient arrachés à des poteaux et entourés de protections contre les animaux. Là aussi, on avait construit des abris saisonniers pour le bois en planches, et empilé des panneaux de chêne, de sycomore et de frêne sous des bâches.

Ils arrivèrent au grand portail, que Donaldson descendit ouvrir. Un bouquet de fleurs était accroché au montant gauche. Wexford baissa la vitre pour mieux voir. Il ne s'agissait pas là d'une composition florale ordinaire, mais d'une corbeille remplie de fleurs avec l'un des côtés largement découpé pour les mettre le plus possible en valeur. Des freesias dorés, des scilles bleu ciel et des *stéphanotis* d'un blanc de cire jaillissaient du bord doré du panier. Il y avait une carte attachée à l'anse.

« Qu'est-ce qui est écrit dessus ? »

Donaldson trébucha sur les mots, s'éclaircit la gorge et reprit : « Ô Mort, tu peux t'enorgueillir maintenant d'avoir en ta possession une demoiselle sans pareille. »

Il laissa le portail ouvert pour Jason Sebright, qui, remarqua Wexford, descendit lui aussi de voiture pour lire la carte.

Donaldson s'engagea sur la B2428 en direction de Cambery Ashes et de Stowerton, qu'ils atteignirent en dix minutes.

Le Dr Leigh, une jeune femme de vingt-cinq ans environ à l'air fatigué, vint accueillir Wexford dans le couloir devant les salles MacAllister.

« Je comprends qu'il soit urgent de parler avec elle, mais pourriez-vous limiter la durée de l'entrevue, aujourd'hui ? Enfin, en ce qui me concerne et si elle est d'accord, vous pouvez revenir demain mais, pour cette toute première fois, je crois qu'il faudrait s'en tenir à dix minutes. Ce sera suffisant pour apprendre l'essentiel, non ?

– Si vous le dites, répondit l'inspecteur principal.

– Elle a perdu beaucoup de sang, expliqua le médecin, confirmant ce que Wexford avait déclaré à la presse. Mais la balle ne lui a pas cassé la clavicule et, plus important, elle n'a pas touché le poumon. Un vrai miracle. Ce n'est pas tellement sur le plan physique qu'elle est atteinte, mais elle est très bouleversée encore. Vraiment très bouleversée.

– Cela ne m'étonne pas.

– Pouvez-vous venir dans le bureau un instant ? »

Wexford la suivit jusqu'à une porte marquée INFIRMIÈRE EN CHEF, et entra avec elle dans une petite pièce vide pleine de fumée. Pourquoi le personnel d'hôpital, sûrement plus averti que les autres des méfaits et des dangers de la cigarette, fumait-il toujours plus que tout le monde ? Ce mystère intriguait souvent l'inspecteur. Le Dr Leigh, avec un claquement de langue agacé, alla ouvrir la fenêtre.

« On a extrait une balle de la poitrine de Daisy. L'omoplate l'a empêchée de ressortir. Vous la voulez ?

– Certainement. On n'a tiré qu'une fois sur elle ?

– Une seule fois. À gauche, en haut de la poitrine.

– Bien. »

L'inspecteur enveloppa le cylindre de plomb dans son mouchoir et mit le tout dans sa poche, saisi soudain d'une légère nausée à l'idée que l'objet avait été retiré du corps de la jeune fille.

« Vous pouvez y aller, maintenant. Elle est dans une chambre individuelle. Nous la laissons seule parce qu'elle est très malheureuse. Il ne lui faut aucune compagnie pour l'instant. »

Le Dr Leigh l'emmena dans les salles MacAllister. Les cloisons des chambres particulières se composaient de panneaux de verre dépoli du côté du couloir, et chaque porte possédait une lucarne en verre transparent. Anne Lennox, assise sur un tabouret qui semblait peu confortable devant la porte qui avait un 2 imprimé sur la vitre, était plongée dans un roman de Danielle Steel. Elle bondit sur ses pieds quand Wexford apparut.

« Vous avez besoin de moi, chef ?

– Non merci, Anne. Restez où vous êtes. »

Une infirmière sortit de la chambre et leur tint la porte ouverte. Le Dr Leigh dit à l'inspecteur qu'elle l'attendrait et lui répéta ses recommandations concernant la durée de sa visite. Wexford entra. La porte se referma derrière lui.

7

Elle était assise dans un grand lit blanc, appuyée contre une masse d'oreillers, avec le bras gauche en écharpe et l'épaule gauche recouverte d'un bandage épais. Il faisait si chaud, dans la chambre, qu'au lieu d'une grande chemise enveloppante d'hôpital elle portait un petit vêtement blanc sans manches qui laissait nus son épaule et le haut de son bras droit, auquel était attachée une perfusion intraveineuse.

En voyant la jeune fille, on pensait à la photo de l'*Independent on Sunday*. C'était tout à fait Davina Flory – la *vraie* Davina, à dix-sept ans.

Mais au lieu d'être coiffée à la garçonne, Daisy avait une longue chevelure lisse et abondante, d'un très beau brun presque noir, qui lui tombait jusqu'aux épaules – l'une blessée, l'autre intacte et dénudée –, les recouvrant à demi. Elle avait le front aussi haut que celui de sa grand-mère, et de grands yeux profondément enfoncés, non pas marron mais d'une vive couleur noisette, cerclés de noir autour de la pupille. Sa peau était blanche pour une femme si brune, et ses lèvres – plutôt minces – très pâles. Quant à son nez, plus joli que le bec d'aigle de sa grand-mère, il était un peu retroussé. Wexford, se souvenant des mains étroites aux longs doigts de la morte, constata que Daisy avait les mêmes, avec une peau plus douce, plus juvénile. Elle ne portait pas de bagues, et sur les lobes rose clair de ses oreilles percées on voyait des marques plus foncées, comme de minuscules blessures.

En voyant l'inspecteur, elle ne dit rien mais se mit à pleurer. Les larmes coulaient sans bruit sur ses joues.

Il retira une poignée de mouchoirs en papier de la boîte qui se trouvait sur sa table de nuit et les lui tendit. Elle s'essuya le visage, puis baissa la tête, plissant les yeux, le corps secoué de sanglots réprimés.

« Je suis désolé, dit-il. Vraiment désolé. »

Elle hocha la tête, serrant les mouchoirs humides dans sa main gauche. Il ne s'était guère attardé sur cet aspect des choses, mais elle avait quand même perdu sa mère, au cours des violences de la nuit précédente. Et une grand-mère à qui elle était peut-être tout aussi attachée, ainsi qu'un homme qui lui tenait lieu de grand-père depuis l'âge de cinq ans.

« Miss Flory...

– Appelez-moi Daisy », dit-elle d'une voix étouffée par les mouchoirs qu'elle tenait contre sa bouche. Elle déglutit péniblement et releva la tête, faisant visiblement un effort.

« Appelez-moi Daisy, s'il vous plaît. " Miss Flory ", ce n'est pas possible. Mon vrai nom est Jones, de toute façon. Oh, il faut que j'arrête de pleurer ! »

Wexford attendit un moment, sans oublier toutefois le peu de temps dont il disposait. La jeune fille essayait de chasser des images de son esprit, de les effacer, d'arrêter la bande vidéo dans sa tête, pour revenir au moment présent. Elle poussa un long soupir.

Il patienta un peu, mais il ne pouvait lui accorder qu'un très court répit. Une minute, tout au plus, pour lui laisser reprendre une respiration égale et essuyer les larmes avec ses doigts.

« Daisy, commença-t-il. Vous savez qui je suis, n'est-ce pas ? Un policier. L'inspecteur principal Wexford. »

Elle hocha vivement la tête à plusieurs reprises.

« Je n'ai pas le droit de rester plus de dix minutes avec vous aujourd'hui, mais je reviendrai demain, si vous le permettez. J'aimerais que vous répondiez à une ou deux questions maintenant. J'essaierai de ne pas les rendre trop pénibles. Vous êtes d'accord ? »

Elle acquiesça avec lenteur, et eut un nouveau sanglot.

« Il nous faut revenir à la nuit dernière. Je ne vous demanderai pas ce qui s'est passé exactement. Pas pour l'instant. Simplement, quand les avez-vous entendus pour la première fois dans la maison, et où ? »

Elle hésita si longtemps qu'il ne put s'empêcher de regarder sa montre.

« Si vous pouviez juste me dire à quelle heure cela se passait, et où ils se trouvaient... »

Elle se mit à parler tout d'un coup, d'une voix précipitée : « À l'étage. Pendant le dîner. Nous en étions au plat principal. C'est ma mère qui les a entendus la première. Elle a demandé : " Qu'est-ce que c'est ? On dirait qu'il y a quelqu'un en haut. "

— Oui, et ensuite ?

— Davina, ma grand-mère, a déclaré que c'était le chat.

— Le *chat* ?

— Une grande chatte qui s'appelle Queenie. Une persane bleue. Quelquefois, le soir, elle se déchaîne et court dans toute la maison. C'est incroyable, le raffut qu'elle peut faire ! »

Daisy Flory eut un sourire, un merveilleux et grand sourire de jeune fille, qu'elle réussit à conserver un instant avant que ses lèvres ne se mettent à trembler. L'inspecteur aurait aimé prendre sa main dans la sienne, mais, naturellement, il ne pouvait pas faire une chose pareille.

« Vous avez entendu une voiture ? »

Elle secoua la tête.

« Seulement du bruit là-haut. Quelque chose qui cognait, et des pas. Harvey, le mari de ma grand-mère, est sorti de la pièce. Nous avons entendu le coup de feu, suivi d'un autre. Un bruit horrible, vraiment horrible. Ma mère a poussé un hurlement. Nous avons toutes bondi. Enfin non, moi j'ai bondi et ma mère aussi, et je... je me suis dirigée plus ou moins vers la sortie quand elle m'a crié : " Non, non ", et il est arrivé. Il est entré dans la pièce.

— *Il ?* Un seul homme ?

— Je n'en ai vu qu'un. L'autre, je l'ai entendu, mais pas vu. »

Ces souvenirs la rendirent muette à nouveau. Il vit des larmes lui monter aux yeux une seconde fois. Elle les essuya de la main droite.

« Je n'en ai vu qu'un seul, répéta-t-elle d'une voix étranglée. Il est entré avec un revolver.

– Essayez de vous détendre, lui dit Wexford. Je suis obligé de vous interroger, mais ce sera bientôt terminé. Dites-vous que c'est quelque chose d'inévitable. D'accord ?

– D'accord. Il est entré... »

Sa voix perdit toute animation et elle continua d'une voix mécanique, comme une machine : « Davina était encore assise. À aucun moment elle ne s'est levée. Elle est restée assise, mais la tête tournée vers la porte, et il lui a tiré une balle dans le crâne, je crois. Après, il a tiré sur ma mère. Je ne sais pas ce que j'ai fait. C'était si atroce, quelque chose qui ne ressemblait à rien de ce qu'on peut imaginer, la folie, l'horreur, comme si ce n'était pas vrai, et pourtant... Oh ! je ne sais plus... J'ai essayé de me mettre par terre. J'ai entendu l'autre, dehors, faire démarrer une voiture. Celui qui était dans la maison, avec le revolver, a tiré sur moi, et après je ne sais plus. Je ne me souviens pas...

– Vous avez bien répondu, Daisy. Vraiment très bien. Je ne pense pas que vous puissiez vous rappeler ce qui s'est passé après que l'on vous a tiré dessus. Mais vous souvenez-vous du signalement de cet homme ? Pouvez-vous le décrire ? »

Elle secoua la tête et mit la main droite devant sa figure. Ce n'est pas qu'elle était incapable de décrire l'homme au revolver, se dit Wexford, mais plutôt qu'elle n'arrivait pas encore à s'y résoudre.

« Je ne l'ai pas entendu parler, murmura-t-elle. Il n'a rien dit. »

Et, bien qu'il ne lui eût pas posé la question, elle souffla : « Il était à peine huit heures passées quand nous les avons entendus. Et huit heures dix quand ils sont partis. Dix minutes, pas plus... »

La porte s'ouvrit sur une infirmière.

« Le temps est écoulé. Cela suffit pour aujourd'hui, je crois. »

Wexford se leva. Même si on ne les avait pas interrompus, il n'aurait guère osé s'aventurer plus loin. La jeune fille était allée déjà presque au bout de ses possibilités.

Elle lui dit d'une voix à peine plus forte qu'un murmure : « Cela ne me dérange pas que vous reveniez. Je sais bien qu'il faudra que je parle. Je vous en dirai un peu plus demain... »

Ses yeux quittèrent le visage de l'inspecteur pour fixer la fenêtre d'un regard dur. Soulevant lentement les épaules – celle qui était blessée ainsi que l'autre –, elle se couvrit la bouche de la main droite.

L'article de l'*Independent on Sunday* était à la fois intelligent et plein de rosserie. Chaque fois qu'elle pouvait se montrer sarcastique, Win Carver ne s'en privait pas, ne manquant aucune occasion de persifler. Pourtant, son papier était bon. La nature humaine est ainsi faite, dut reconnaître Wexford, que ce ton ironique et légèrement malveillant le rendait même *meilleur* qu'un article plus amène.

Un journaliste du *Kingsmarkham Courier* aurait adopté un style flagorneur pour décrire la reforestation réalisée par Davina Flory, ses études de dendrologie, ses talents de jardinière et ses collections de spécimens d'arbres rares. Carver, elle, traitait le sujet comme s'il avait quelque chose de vaguement comique et constituait un bel exemple d'aimable hypocrisie. « Planter » un bois, laissait-elle entendre, n'était pas vraiment le mot juste pour définir un travail réalisé par d'autres, quand on ne se donnait que le mal de régler les factures. Et le jardinage pouvait être un passe-temps très agréable si l'on en faisait seulement pendant ses moments de loisir, par beau temps, et que des jeunes gens musclés se chargeaient, eux, de bêcher.

Davina Flory, continuait-elle à peu près dans la même veine, avait effectivement connu un succès, une renommée extraordinaires, mais pouvait-on dire qu'elle avait dû beaucoup lutter pour en arriver là ? Son entrée à Oxford ne surprenait guère, étant donné son intelligence, son père professeur et le fait qu'il n'y ait pas eu de problèmes d'argent. D'accord, c'était peut-être une grande paysagiste, mais les terres et les moyens financiers lui étaient tombés tout rôtis dans le bec par son mariage avec Desmond Flory. Devenir veuve vers la fin de la guerre avait dû être bien triste, mais sûrement un peu compensé par le fait d'hériter d'une immense gentilhommière et d'une énorme fortune après la mort de ce premier mari.

La journaliste se montrait également un peu caustique au sujet de son second – et bref – mariage. Toutefois, quand elle en arrivait aux voyages et aux livres de Davina Flory, à son exceptionnelle perspicacité à propos de l'Europe de l'Est, à l'examen politique, sociologique que celle-ci en avait fait – à une époque particulièrement difficile et dangereuse –, Win Carver n'avait que des termes élogieux à son égard et rappelait les livres d'« anthropologie » auxquels ces voyages avaient donné naissance. Elle évoquait ensuite, avec une nostalgie charmante et flatteuse, son propre passé d'étudiante, près de vingt ans plus tôt, et sa lecture des deux seuls romans de l'auteur, *Les Hôtes de Midian* et *Un simple citoyen à Athènes*. Elle comparait tout le bien qu'elle en pensait au sentiment éprouvé par Keats devant les traductions d'Homère par Chapman, allant jusqu'à dire qu'elle s'était trouvée elle aussi réduite au silence « en haut du mont Darien ».

Pour finir, elle parlait assez longuement du premier volume de l'autobiographie *La Plus Jeune des neuf fauvettes*, et Wexford, qui pensait que le titre était tiré de *La Nuit des rois*, eut le plaisir de constater qu'il ne s'était pas trompé. Venait ensuite un compte rendu de l'enfance et de la jeunesse de Davina Flory telles que les décrivaient ces Mémoires, puis une allusion à sa rencontre avec Harvey Copeland. La journaliste terminait par quelques mots – vraiment très rapides – sur Naomi Jones, la fille de miss Flory, qui possédait des parts dans une galerie d'artisanat de Kingsmarkham, ainsi que sur sa petite-fille et homonyme.

Dans les dernières lignes de l'article, Win Carver pariait sur les chances qu'avait miss Flory de faire partie de la prochaine liste des femmes à décorer commandeurs de l'Empire britannique, les estimant assez élevées. Avant un an ou deux, prévoyait-elle, miss Flory deviendrait *dame* Davina. La plupart du temps, écrivait Carver, « on attend que les gens aient dépassé quatre-vingts ans, de façon qu'ils n'aient plus trop longtemps à vivre. »

L'existence de Davina Flory s'était interrompue trop tôt, et non par une mort naturelle mais par la fin la plus violente qui fût... Wexford, toujours dans le bureau d'enquête, mit les journaux de côté et examina la liste des bijoux volés que Gerry Hinde lui avait fait imprimer. Il n'y en avait pas beaucoup, mais ils semblaient avoir de la valeur. Ensuite, l'inspecteur principal traversa la cour pour se rendre dans la maison.

On avait nettoyé le hall, qui empestait ce désinfectant à l'odeur de Lysol et de jus de citron vert mélangés. Brenda Harrison remettait en ordre les bibelots déplacés, une expression de concentration intense sur le visage – expliquant sans aucun doute ses rides précoces. Sur la troisième marche de l'escalier, à l'endroit où le tapis, peut-être irrémédiablement taché, était recouvert d'un morceau de toile, se tenait la persane bleue nommée Queenie.

« J'ai le plaisir de vous annoncer que Daisy se rétablit bien », annonça Wexford.

Mais Brenda le savait déjà.

« Un des policiers me l'a dit, répondit-elle sans enthousiasme.

– Depuis combien de temps travaillez-vous ici avec votre mari, Mrs. Harrison ?

– Ça va bientôt faire dix ans. »

L'inspecteur fut surpris. Dix ans, c'est long. Il se serait attendu à un lien affectif plus fort avec cette famille, après tant d'années à son service. À plus de *sentiment*.

« Mr. et Mrs. Copeland étaient donc de bons patrons ? »

La gouvernante haussa les épaules. Elle était en train d'épousseter une chouette en porcelaine Crown Derby rouge et bleu, et la reposa devant elle, sur la surface polie, avant de répondre. Elle dit alors d'un ton pensif, comme s'il lui avait fallu une intense réflexion pour en arriver là : « Ils ne prenaient pas de grands airs. » Puis, après une hésitation, elle ajouta avec fierté : « Pas avec nous, en tout cas. »

La chatte se leva, s'étira et marcha lentement vers Wexford.

Elle s'arrêta devant lui, se hérissa, lui jeta un regard hostile et, tout à coup, fila dans l'escalier. Quelques instants plus tard, les bruits commencèrent. On aurait dit un cheval miniature galopant dans le couloir et causant toutes sortes de chocs et de heurts violents.

Brenda Harrison alluma une lampe, puis une deuxième.

« Queenie se déchaîne toujours comme ça, à peu près à cette heure-ci, dit-elle.

– Est-ce qu'elle fait des dégâts ? »

Un petit sourire éclaira les traits de la gouvernante, lui étirant les joues de presque trois centimètres. Wexford comprit qu'elle faisait partie de ces gens qui s'amusent des bouffonneries des animaux, leur sens de l'humour se limitant presque exclusivement au spectacle de chimpanzés en train de prendre le thé, de chiens parodiant les humains et de chatons affublés de bonnets. C'est grâce à eux que les cirques continuent à exister.

« Vous pouvez monter dans une heure, vous ne verrez aucune trace de son passage.

– Et cela se produit toujours à cette heure-ci ? »

Il consulta sa montre. Six heures moins dix.

« Plus ou moins, oui. »

Elle lui jeta un regard de côté, avec un nouveau petit sourire.

« Elle est fine comme tout, mais elle ne sait pas lire l'heure, hein ?

– Je voulais juste vous demander encore une chose, Mrs. Harrison. Avez-vous vu traîner des étrangers dans les parages, ces derniers jours, ces dernières semaines, même ? Des inconnus ? Des gens que vous ne vous attendiez pas à rencontrer près de la maison ou dans le domaine ? »

La gouvernante réfléchit et secoua la tête.

« Il faut demander à Johnny. Johnny Gabbitas, je veux dire. Lui, il circule dans les bois. Il est toujours dehors.

– Depuis combien de temps est-il ici ? »

La réponse le surprit légèrement.

« Peut-être un an. Pas plus. Attendez un peu, oui, je crois que ça fera un an en mai.

– Si vous repensez à quelque chose, à quoi que ce soit de bizarre ou d'inhabituel qui se serait passé, vous ne manquerez pas de nous le dire, n'est-ce pas ? »

Il faisait nuit, maintenant. Quand il contourna l'aile ouest, une minuterie déclencha les lumières sous l'abri du mur. Il s'arrêta et regarda, derrière lui, les bois et la route qui en sortait. La nuit dernière, les deux hommes devaient être arrivés de ce côté ou alors par la petite route. Pas d'autre itinéraire possible.

Pourquoi aucune des quatre personnes présentes dans la maison n'avait-elle entendu de voiture ? En réalité, trois d'entre elles n'étaient plus en état de parler et Daisy n'avait rien entendu. C'est tout ce qu'il savait – et il n'en saurait jamais davantage. Car si quelqu'un avait remarqué quelque chose, la jeune fille n'était pas au courant. Enfin, demain, elle lui en apprendrait beaucoup plus.

Les deux hommes dans la voiture devaient avoir vu la maison illuminée devant eux. À huit heures, les lumières de dehors étaient allumées depuis deux heures et celles de l'intérieur depuis plus longtemps encore. La route montait vers la cour, puis franchissait l'ouverture encadrée par les piliers de pierre. Mais supposons que la voiture ne soit pas arrivée jusqu'à la maison. Qu'elle ait tourné à gauche *avant* d'atteindre le mur. Puis à droite, ensuite, vers la route sur laquelle il se trouvait en ce moment – qui passait à une vingtaine de mètres de l'aile ouest, continuait après les cuisines et la porte de service, pour contourner le jardin et sa haute haie avant d'entrer dans la pinède menant jusqu'aux maisons des Harrison et de John Gabbitas.

Emprunter ce chemin supposait avoir une connaissance de *Tancred House* et du domaine. Et savoir aussi que la porte de derrière n'était pas fermée le soir. Si le véhicule dans lequel ils étaient arrivés avait suivi cet itinéraire pour se garer près de la porte de la cuisine, il était possible et même vraisemblable que personne ne l'ait entendu de la salle à manger.

Pourtant, Daisy avait entendu – sans rien voir – un homme faire démarrer un moteur, après que celui qu'elle avait *vu* eut tiré sur elle et sur sa famille.

Le premier avait probablement quitté la maison par la porte de service et amené la voiture devant la maison. Il s'était enfui en entendant du bruit à l'étage. L'autre, qui avait tiré sur Daisy, avait réagi, lui aussi. Voilà pourquoi il n'avait pas tiré une seconde fois la balle qui aurait été fatale. C'était la chatte Queenie, bien sûr, la responsable de tout ce bruit. Mais les deux hommes ne pouvaient pas le savoir. Ils n'étaient sûrement pas montés au dernier étage, sans pour autant en ignorer l'existence, et avaient dû croire qu'il y avait quelqu'un là-haut.

C'était là une explication totalement satisfaisante, à tous égards sauf un. Wexford, immobile au bord de la route, regardait derrière lui en réfléchissant à la seule chose qui n'allait pas, quand des phares de voiture émergèrent du bois, sur la grande allée. Ils se dirigèrent vers la gauche, juste avant d'atteindre le mur, et, dans la lumière venant de la maison, l'inspecteur principal put constater qu'il s'agissait de la Land Rover de Gabbitas.

Celui-ci s'arrêta quand il vit Wexford, et baissa la vitre.

« Vous me cherchiez ?

– Juste quelques mots, Mr. Gabbitas. Est-ce que vous pouvez m'accorder une demi-heure ? »

En guise de réponse, l'autre se pencha et ouvrit la portière du côté passager. Wexford se hissa dans la voiture.

« Allons jusqu'aux écuries, voulez-vous ?

– Il n'est pas un peu tard ?

– Tard pour quoi, Mr. Gabbitas ? Pour une enquête sur un meurtre ? Nous avons trois morts et une blessée grave. Mais tout bien réfléchi, je crois que nous serions mieux chez vous.

– Parfait. Si vous insistez. »

Ce bref échange permit à l'inspecteur de découvrir certaines choses qu'il n'avait pas remarquées à leur première rencontre. Par son accent et ses manières, le forestier se révélait d'un rang social considérablement supérieur à celui des Harrison. Il était, de plus, extrêmement beau, dans le genre héros pas commode, amoureux de la vie au grand air. Le type d'acteur qu'un directeur de casting aurait pu choisir pour jouer le premier rôle masculin dans une adaptation de Thomas

Hardy ou de D. H. Lawrence. Byronien et rustique à la fois. Il avait les cheveux noirs, les yeux très sombres. Ses mains posées sur le volant étaient brunes et couvertes de poils noirs, tout comme ses longs doigts. Le demi-sourire adressé à Wexford quand celui-ci lui avait demandé de descendre la petite route révélait une rangée de dents très blanches et régulières. C'était un de ces fiers-à-bras qui, paraît-il, plaisent tant aux femmes.

Wexford grimpa sur le siège du passager.

« À quelle heure m'avez-vous dit être rentré chez vous hier soir ?

– Huit heures vingt, vingt-cinq, pour autant qu'il me semble. Je ne pouvais pas savoir qu'il me faudrait être précis là-dessus. »

Il y avait de l'impatience dans sa voix.

« En tout cas, j'étais chez moi quand ma pendule a sonné la demie.

– Connaissez-vous Mrs. Bib Mew, qui travaille dans la maison ? »

Gabbitas parut amusé.

« Je vois de qui vous parlez. J'ignorais qu'elle s'appelait comme ça.

– Mrs. Mew est partie d'ici à vélo hier soir à huit heures moins dix, et elle est arrivée chez elle à Pomfret Monachorum vers la demie. Si vous êtes rentré à huit heures vingt, vous l'avez probablement rencontrée en chemin. Elle a pris la petite route, elle aussi.

– Je ne l'ai pas vue, répondit Gabbitas d'un ton sec. Je vous le répète, je n'ai croisé ni dépassé personne. »

Après avoir traversé la pinède, ils arrivèrent au cottage où vivait le forestier, qui, en faisant entrer Wexford, devint légèrement plus courtois. L'inspecteur principal lui demanda où il se trouvait la veille.

« J'élaguais un bois près de Midhurst. Pourquoi ? »

C'était une maison de célibataire, ordonnée, fonctionnelle et plutôt tristement meublée. Dans le salon où Gabbitas emmena l'inspecteur dominaient quelques objets qui faisaient ressembler la pièce à un bureau : une table avec un ordinateur portable, un classeur en métal gris, des paquets de fiches. Des rayons de bibliothèque chargés d'encyclopédies couvraient la moitié d'un mur. Le forestier lui dégagea une chaise en retirant du siège une pleine brassée de dossiers et de cahiers.

« Vous êtes donc revenu chez vous par la petite route, insista Wexford.

— Je vous l'ai déjà dit.

— Mr. Gabbitas, reprit l'inspecteur, plutôt en colère. Vous devez suffisamment regarder la télévision, à défaut de l'avoir appris d'une autre source, pour savoir que le but d'un policier lorsqu'il pose deux fois la même question c'est, soyons francs, d'essayer de prendre les gens en défaut.

— Excusez-moi. Je le sais, oui. C'est seulement que, enfin, un homme qui respecte la loi n'aime pas tellement qu'on l'estime capable d'avoir fait quelque chose permettant de le prendre en défaut. Je m'attends sans doute que l'on me croie sur parole.

— Probablement. C'est plutôt idéaliste dans le monde où nous vivons. Je me demande si vous avez beaucoup réfléchi à cette affaire, aujourd'hui. Pendant que vous étiez plongé dans la solitude des bois près de Midhurst, par exemple ? Ce serait tout naturel d'y avoir un peu pensé.

— J'y ai réfléchi, oui, répondit l'autre sèchement. Comment faire autrement ?

— Ce problème de la voiture dans laquelle sont arrivés les coupables du... massacre, notamment. Où était-elle garée pendant qu'ils se trouvaient dans la maison ? Et ensuite, quand vous êtes rentré chez vous. Elle n'a pas pris la fuite par la petite route, ou bien vous l'auriez croisée. Daisy Flory a appelé police secours à huit heures vingt-deux, quelques minutes après leur départ et aussi vite qu'elle pouvait le faire en rampant, parce qu'elle avait peur de se vider de tout son sang. »

Wexford observa le visage du forestier en prononçant ces paroles. Gabbitas resta impassible, mais serra un peu les lèvres.

« La voiture n'a donc pas pu fuir par cette petite route. Vous l'auriez vue.

– Elle a pris la grande allée, c'est évident.

– Il se trouve qu'il y avait une voiture de police sur la B2428 au même moment. On l'a alertée pour lui demander d'établir un barrage et de noter tous les véhicules qui passeraient à partir de huit heures vingt-cinq. D'après les officiers en service, il n'y en a eu aucun, de quelque type que ce soit, jusqu'à huit heures quarante-huit, quand nos propres voitures sont arrivées avec l'ambulance. On a également barré la B2428 en direction de Cambery Ashes. C'était peut-être trop tard. Il reste une chose que vous pouvez sans doute me dire. Existe-t-il une autre voie de sortie ?

– À travers bois, vous voulez dire ? Une Jeep arriverait éventuellement à franchir la forêt avec un conducteur qui connaîtrait les lieux. Mais il faudrait les connaître vraiment à fond. »

Gabbitas semblait extrêmement sceptique.

« Moi, je ne suis même pas sûr que je pourrais.

– Mais ça ne fait pas très longtemps que vous êtes là, en fait ? »

Comme s'il pensait qu'une explication, plutôt qu'une réponse, était nécessaire, Gabbitas répondit : « J'enseigne un jour par semaine au collège d'agriculture de Sewingbury et j'accepte divers travaux. Je suis arboriculteur, entre autres choses.

– Quand êtes-vous arrivé ici ?

– En mai dernier. »

Le forestier mit la main devant sa bouche et se frotta les lèvres.

« Comment va Daisy ?

– Bien, dit Wexford. Elle s'en tirera très bien – physiquement. Quant à son état psychologique, c'est différent. Qui habitait ici avant vous ?

– Des gens qui s'appelaient Griffin », dit Gabbitas.

Il épela le nom.

« Un couple et son fils.

– Leur travail se limitait-il au domaine ou en prenaient-ils aussi à l'extérieur, comme vous ?

– Le fils était d'âge adulte. Il avait un métier, je ne sais pas

lequel. À Pomfret ou Kingsmarkham, je suppose. Griffin, lui
– je crois qu'il s'appelait Gerry de son prénom, ou peut-être
Terry, oui c'est cela, Terry –, s'occupait des bois. Et elle
n'était que sa femme. Il me semble qu'elle allait quelquefois
aider dans la maison.

– Pourquoi sont-ils partis ? Ils ne quittaient pas seulement
un emploi, mais un logement.

– Il se faisait vieux. Pas soixante-cinq ans, mais quand
même. Je crois que le travail était devenu trop dur pour lui. Il a
pris sa retraite anticipée. Ils disposaient d'une autre maison
qu'ils avaient achetée. C'est à peu près tout ce que je sais sur
les Griffin. Je ne les ai rencontrés qu'une fois, quand j'ai
trouvé cet emploi et que l'on m'a montré le cottage.

– Les Harrison en sauront davantage, j'imagine. »

Gabbitas, pour la première fois, eut un vrai sourire. Son
visage devenait séduisant et amical quand il souriait, et ses
dents étaient vraiment spectaculaires.

« Ils ne s'adressaient pas la parole.

– Qui donc, les Harrison et les Griffin ?

– Brenda Harrison m'a dit qu'ils ne se parlaient plus
depuis que Griffin l'avait insultée, des mois plus tôt. J'ignore
ce qu'il a pu dire ou faire, elle n'a rien ajouté.

– Était-ce la vraie raison de leur départ ?

– Je ne pourrais pas vous dire.

– Savez-vous où se trouve cette maison dans laquelle ils
ont emménagé ? Ont-ils laissé une adresse ?

– Pas à moi. Je crois qu'ils ont dit quelque part vers
Myringham. Mais pas si loin. Je me souviens nettement qu'ils
ont mentionné ce nom. Voulez-vous un café ? Du thé ou autre
chose ? »

Wexford refusa. Il déclina également l'offre que lui fit
Gabbitas de le ramener là où était garée sa voiture, devant le
bureau de l'enquête.

« Il fait noir. Il vaut mieux que vous preniez une torche. »

Le forestier cria ensuite à Wexford : « C'était son lieu à
elle. Les écuries que vous occupez étaient le refuge personnel de Daisy. Sa grand-mère les lui avait fait aménager
exprès. »

Gabbitas avait vraiment un don pour ce genre de coups de théâtre, ces petites révélations.

« Elle passait des heures toute seule là-dedans, à faire ses choses à elle, je ne sais pas quoi. »

Ils s'étaient donc installés dans son refuge sans demander la permission. En tout cas, ce n'était pas le propriétaire des écuries qui la leur avait accordée. Wexford suivit le sentier qui serpentait au milieu de la pinède, à l'aide de la torche que lui avait prêtée le forestier. En voyant apparaître la masse obscure de la façade arrière, sans lumières, de *Tancred House*, il lui vint soudain à l'esprit que tout cela devait maintenant appartenir à Daisy Flory. À moins qu'il n'y eût d'autres héritiers, mais si c'était le cas, ni les articles de journaux ni les notices nécrologiques n'en avaient fait mention.

Ce legs avait bien failli lui échapper. Si la balle s'était logée deux ou trois centimètres plus bas, la mort lui aurait tout dérobé. Wexford était sûr, sans savoir pourquoi, que cet héritage apparaîtrait comme un poids à la jeune fille et qu'en apprenant ce que d'aucuns appelleraient sa bonne fortune elle n'éprouverait qu'un sentiment de révulsion.

Hinde avait procédé à une vérification de tous les objets de la liste établie par Brenda Harrison avec la compagnie d'assurances de Davina Flory. Un collier de jais, un rang de perles probablement fausses, en dépit des affirmations de la gouvernante, deux bagues et un bracelet d'argent, plus une broche en argent et onyx – qu'elle ne s'était pas souciée d'assurer.

Sur les deux inventaires figuraient un bracelet en or d'une valeur de trois mille cinq cents livres, une bague avec un rubis entouré de diamants estimée à cinq mille, une autre, ornée de perles et de saphirs, à deux mille, ainsi qu'une bague décrite comme un nœud de diamants – une fantastique pièce de joaillerie, celle-là –, d'une valeur de dix-neuf mille livres.

L'ensemble se montait apparemment à un peu plus de trente mille livres. Les voleurs avaient aussi emporté les bijoux moins précieux, bien sûr, incapables de faire la différence. Peut-être même, plus ignorants encore, croyaient-ils leur butin nettement supérieur à ce qu'il était.

Wexford toucha de l'index le cactus couvert de fourrure grise dont la couleur, la texture lui rappelaient la chatte Queenie. Elle aussi, sans aucun doute, avait des griffes cachées sous son poil soyeux. Il verrouilla la porte et se dirigea vers sa voiture.

8

On avait utilisé cinq cartouches lors des meurtres de *Tancred*.

D'après l'expert en balistique qui les avait examinées, elles provenaient d'un Colt Magnum 38. Tous les canons de revolver sont striés à l'intérieur de rayures et de sillons distincts, qui, à leur tour, laissent des traces sur les balles tirées. Ces marques, uniques pour chaque arme, sont aussi caractéristiques qu'une empreinte digitale. Celles des balles de 38 retrouvées à *Tancred House* – qui avaient traversé le corps de Davina Flory, de Naomi Jones et d'Harvey Copeland – étaient toutes identiques. On pouvait donc en conclure qu'elles provenaient de la même arme.

« Nous savons au moins qu'il n'y a eu qu'un revolver, dit Wexford. Un Colt Magnum 38. L'homme que Daisy a vu a été le seul à tirer. Ils ne se sont pas divisé la tâche, et l'un des deux se serait chargé de tout ? N'est-ce pas un peu curieux ?

– Ils n'avaient qu'une arme, suggéra Burden. Ou, en tout cas, une seule qui soit vraie. J'ai lu l'autre jour, figurez-vous, quelque part dans un article sur une ville des États-Unis où un tueur en série court en liberté, que tous les étudiants du campus universitaire avaient le droit d'aller s'acheter un revolver pour se défendre. Des gamins de dix-neuf et vingt ans, sûrement. Vous imaginez un peu ? Mais il est encore difficile de s'en procurer un dans notre pays, Dieu merci !

– C'est ce que nous avons dit quand ce pauvre Martin a été tué, vous vous souvenez ?

– C'était un Colt 38 ou 357, là aussi.

– J'avais remarqué, répliqua sèchement l'inspecteur principal. Mais les cartouches dont on s'est servi dans ces deux affaires, le meurtre de Martin et le massacre de *Tancred*, ne correspondent pas, de toute façon.

– Dommage. Sinon, on aurait pu arriver à quelque chose. Une balle tirée et cinq qui restent ? L'histoire de Michelle Weaver ne paraîtrait plus aussi invraisemblable !

– Il ne vous est pas venu à l'esprit que c'était bizarre, *en fait,* d'avoir choisi une arme de ce type ?

– Si cela m'est venu à l'esprit ? Mais ça m'a frappé immédiatement ! La plupart prennent un fusil à canon scié.

– Oui, c'est la grande riposte des Britanniques à Dan Wesson ! Il y a quelque chose d'autre, je vous dirais, Mike, qui me paraît bizarre. Mettons que le barillet ait été chargé à plein – donc avec six balles. Quatre personnes se trouvent dans la maison, mais l'homme armé tire cinq fois, et non pas quatre. Harvey Copeland est le premier à être abattu. Pourquoi alors, sachant qu'il n'a que six balles, l'homme *tire-t-il sur lui à deux reprises* ? Il ignorait peut-être la présence des trois autres personnes dans la salle à manger. Ou bien il a paniqué. Il va dans la pièce et tire sur Davina Flory, puis Naomi Jones, une balle à chacune, et ensuite Daisy. Il reste encore une balle dans le barillet, mais l'homme ne tire pas une seconde fois sur Daisy pour " terminer le travail ", comme dirait Ken Harrison. Pourquoi ?

– Le bruit du chat, là-haut, l'a surpris. Ça l'aura fait fuir aussitôt ?

– Oui. Peut-être. À moins qu'il n'y ait pas eu six balles au départ, mais seulement cinq, la première ayant déjà servi avant *Tancred*.

– Pas sur ce pauvre vieux Martin, en tout cas, répliqua vivement Burden. On a déjà reçu quelque chose de Sumner-Quist ? »

Wexford secoua la tête.

« Il faut s'attendre à quelque retard, je crois. J'ai confié à Barry le soin de vérifier où se trouvait John Gabbitas mardi. À quelle heure il est parti, etc. Ensuite, j'aimerais que vous l'emmeniez voir des gens du nom de Griffin. Un certain Terry

Griffin et sa femme, qui habitent dans la région de Myring-ham. Ce sont les prédécesseurs de Gabbitas à *Tancred*. Nous cherchons une personne qui connaissait le domaine et ses habitants. Peut-être quelqu'un nourrissant une rancune.

– Un ancien employé, donc?

– Possible. Un individu qui sache tout d'eux, des biens qu'ils possédaient, de leurs habitudes et du reste, mais dont l'identité demeure une énigme. »

Après le départ de Burden, Wexford resta sur sa chaise à regarder les photos des lieux du crime. On aurait dit les images d'un film sur la drogue, songea-t-il. Des images que personne d'autre que lui ne verrait jamais – des preuves de violence *réelle*, de crime *réel*. Ces grandes éclaboussures, ces grandes taches sombres, c'était du *vrai* sang. Cela consti-tuait-il un privilège que de les voir, ou devait-il le regretter? Arriverait-il un jour où les journaux exhiberaient ce genre de photos? Probablement. Après tout, il n'y a pas si longtemps encore, aucune publication n'aurait jamais montré l'image d'un mort.

L'inspecteur se livra à la petite gymnastique mentale lui permettant de passer de l'homme sensible qu'il était, doué de sentiments humains, à l'état de machine bien rodée : un œil analysant tout, un instrument servant à aligner des points d'interrogation. Ensuite, il regarda de nouveau les clichés. Si tragique, effroyable et monstrueuse que fût la scène de la salle à manger, elle n'avait rien d'incongru. C'est bien ainsi que les femmes devaient tomber si l'une d'elles s'était trouvée assise à table face à la porte, et l'autre vis-à-vis, debout, et regardant un peu plus loin. Le sang sur le plancher, dans le coin mis à nu à côté du pied de la table, était celui de Daisy.

Il revit en pensée le spectacle de la veille au soir. La ser-viette ensanglantée par terre, et celle, toute maculée, que ser-rait Davina Flory de ses doigts déjà contractés par la mort. Son visage qui baignait dans une assiette de sang, et le terrible gâchis de sa tête. Naomi, renversée sur sa chaise, semblait évanouie. Ses longs cheveux, répandus par-dessus les bar-reaux du dossier, touchaient presque le sol. Les abat-jour et les murs étoilés de sang... Les marbrures noires du tapis... Les taches sombres qui avaient giclé sur le pain de la corbeille. Et la nappe plus foncée à l'endroit où elle était trempée d'une mare de sang lisse et dense.

Pour la seconde fois – et cela devait lui revenir sans cesse à l'esprit par la suite – Wexford eut l'impression qu'il s'agissait de la destruction d'un ordre établi, d'un outrage à la beauté, d'un retour au chaos. Bien que sans raisons objectives de le croire, il lui semblait détecter chez ce criminel un véritable plaisir de détruire. Mais ces photos ne présentaient rien d'incongru. Il ne s'attendait pas à autre chose, après des événements si terribles. Toutefois, celles qui montraient Harvey Copeland étalé sur le dos, bras et jambes en croix au pied de l'escalier, les pieds tournés vers le hall d'entrée et la porte, lui posaient un problème – qui serait peut-être résolu par le témoignage de Daisy.

Si les deux hommes, en descendant, l'avaient vu monter à leur recherche, pourquoi, quand le tueur avait tiré, Copeland n'était-il pas tombé *à la renverse* au bas des marches ?

J'irai à quatre heures, s'était dit Wexford. La même heure que la veille, bien qu'il n'ait rien précisé pour aujourd'hui. La circulation était fluide et l'inspecteur principal arriva assez en avance à l'hôpital. Il sortit de l'ascenseur à moins dix et prit le couloir qui menait aux salles MacAllister.

Cette fois-ci, pas de Dr Leigh pour l'attendre. Il avait suspendu Anne Lennox de sa garde, et l'endroit semblait désert. Tout le personnel était peut-être en train de souffler un moment – ou d'avaler la fumée ! – dans le bureau de l'infirmière en chef. L'inspecteur se dirigea sans bruit vers la chambre de Daisy. À travers les panneaux de verre dépoli, on voyait qu'il y avait quelqu'un avec elle, assis sur une chaise, à gauche du lit.

Un visiteur. Heureusement, pas Jason Sebright !

Le panneau vitré de la porte lui permit de le distinguer tout à fait. C'était un jeune homme de vingt-six ans à peu près, assez lourd et trapu, dont l'apparence laissa immédiatement deviner à Wexford – sans grand risque de se tromper – de quel genre de personne il s'agissait. Le visiteur de Daisy appartenait à la haute bourgeoisie. Sorti d'une *public school* distinguée mais sans doute pas d'une université, il était « quelque chose à la City de Londres », où il devait passer ses journées à travailler avec un ordinateur et un téléphone. Il serait « terminé » – comme dirait Ken Harrison – pour ce métier avant trente ans, et tâchait donc d'engranger un maximum d'argent d'ici là. Ses vêtements étaient ceux d'un homme du double de son âge : blazer bleu marine, pantalon de flanelle gris foncé, chemise blanche et vieille cravate de son école. La seule concession à une vague notion de mode et de « ce qui se faisait » était de porter les cheveux plutôt un peu plus longs qu'il ne convenait avec cette chemise et ce blazer. À la façon dont il coiffait sa chevelure blonde et bouclée, avec des mèches revenant au-dessous des oreilles, Wexford comprit que le garçon en tirait quelque vanité.

Daisy, elle, était assise sur son lit, les yeux fixés sur le visiteur, une expression indéchiffrable sur le visage. Elle ne souriait pas, mais ne semblait pas particulièrement triste. Impossible de savoir si elle commençait à se remettre du choc éprouvé. Le jeune homme avait apporté des fleurs, une douzaine de roses rouges en bouton posées entre eux sur le dessus-de-lit. Daisy avait la main droite – sa main valide – sur les tiges et le papier à motifs rose et or qui enveloppait le bouquet.

L'inspecteur principal attendit quelques secondes, puis frappa légèrement à la porte, l'ouvrit et entra.

Le jeune homme se retourna, gratifiant Wexford très exactement du regard que celui-ci attendait. Dans certaines écoles, s'était-il dit bien souvent, on leur apprend à toiser les gens comme cela, avec un mélange d'assurance et de mépris, plus une note d'indignation, de la même manière qu'on les entraîne à parler avec un pruneau dans la bouche.

Daisy ne lui sourit pas, mais réussit pourtant à se montrer à la fois polie et cordiale – une rare prouesse.

« Ah ! tiens, bonjour, dit-elle d'une voix déprimée mais mieux maîtrisée, aujourd'hui, et dénuée de toute trace d'hystérie. Nicholas, je te présente l'inspecteur Wexford. Pardon, *inspecteur principal*. Mr. Wexford, Nicholas Virson, un ami de la famille. »

Elle prononça ces paroles calmement, sans la moindre hésitation, bien qu'elle n'ait plus de famille, maintenant.

Les deux hommes se saluèrent d'un mouvement de tête.
« Bonjour », dit Wexford. Virson se contenta de refaire un
signe. Dans sa conception de la hiérarchie, de la grande
Chaîne des Êtres, les policiers occupaient un rang inférieur.

« J'espère que vous vous sentez mieux.

– Ça va, répondit Daisy en baissant les yeux.

– Suffisamment bien pour que nous puissions parler ? Aller
un peu plus au fond des choses ?

– Il le faut, dit-elle en redressant le cou et en levant le menton. Vous avez tout dit, hier, en m'expliquant que c'était inévitable, que nous n'avions pas le choix. »

Il la vit refermer les doigts sur le papier qui enveloppait les
roses, en serrant fort les tiges, et il lui vint l'idée bizarre
qu'elle cherchait à se faire saigner la main. Mais les fleurs
n'avaient peut-être pas d'épines.

« Il va falloir que tu t'en ailles, Nicholas. » On appelle
presque toujours les hommes qui portent ce prénom par un
diminutif, Nick ou Nicky, mais elle ne le fit pas. « Tu as été
très gentil de venir. J'adore ces fleurs », continua-t-elle en
écrasant leurs tiges et sans les regarder.

Wexford savait d'avance ce que Virson allait dire – plus ou
moins. Ce n'était qu'une question de temps.

« Écoutez, j'espère que vous n'allez pas soumettre Daisy à
un interrogatoire. Enfin, franchement, qu'est-ce qu'elle peut
bien avoir à vous dire ? De quoi peut-elle se souvenir ? Elle a
l'esprit complètement retourné, pas vrai, ma chérie ?

– Pas du tout, j'ai les idées très claires, répondit-elle d'une
voix basse, calme et monocorde, en donnant le même poids à
chaque mot.

– Bon d'accord, si elle le dit ! » Virson eut un rire qui réussit à paraître cordial. Il se leva puis resta là, plus aussi sûr de
lui tout à coup, et lança à Wexford par-dessus son épaule :
« Elle arrivera peut-être à vous décrire le tueur qu'elle a vu,
mais elle n'a même pas aperçu le véhicule dans lequel ils sont
venus. »

Pourquoi disait-il cela ? Parce qu'il lui fallait trouver quelque chose en attendant de se décider à tenter un baiser ? Daisy leva le visage vers lui, ce qui surprit l'inspecteur, et Virson, se penchant rapidement, posa les lèvres sur sa joue. Le baiser le poussa à prononcer un mot tendre :

« Si je peux faire quelque chose pour toi, ma chérie ?

– Oh ! oui, répliqua-t-elle. En sortant, pourrais-tu aller chercher un vase et y mettre ces fleurs ? »

Ce n'était évidemment pas du tout ce que Virson voulait dire, mais comment refuser ?

« Tu en trouveras un dans cet endroit qu'ils appellent le lavoir. Je ne sais pas où c'est. Quelque part en bas à gauche. Ces pauvres infirmières sont toujours tellement occupées. »

Et Virson s'en alla, reprenant les roses qu'il avait apportées.

Aujourd'hui, Daisy portait une chemise d'hôpital attachée par des rubans dans le dos, et recouvrant entièrement son bras gauche en écharpe entouré de bandages. Elle était toujours sous perfusion. Son regard suivit celui de Wexford.

« C'est plus commode pour faire absorber les médicaments. Voilà pourquoi on me la laisse, mais on l'enlève demain. Je ne suis plus *malade*.

– Et vous avez les idées claires ? lui demanda-t-il en reprenant ses propres mots.

– Absolument. » Elle s'exprima un instant comme quelqu'un de bien plus mûr : « J'ai réfléchi à tout cela, dit-elle. On me répète de ne pas y penser, mais il le faut bien. Que faire d'autre ? Je savais que je devrais tout vous raconter de mon mieux, alors j'ai réfléchi pour y mettre un peu d'ordre. Un écrivain n'a-t-il pas dit que la mort violente est extrêmement favorable à la concentration d'esprit ?

– Samuel Johnson, répondit l'inspecteur en cachant sa surprise. Mais il parlait d'un homme qui devait être pendu le lendemain. »

Elle eut un sourire. Un tout petit sourire retenu.

« Vous ne correspondez pas tellement à l'idée que je me faisais d'un policier.

– Je ne pense pas que vous en ayez rencontré beaucoup. »

Mais elle ressemble à Sheila, découvrit Wexford subitement. À ma propre fille ! Certes, Daisy était brune et l'autre blonde, mais ce ne sont pas ces choses-là, en dépit de l'opinion générale, qui font que deux personnes se ressemblent, mais plutôt une similitude dans les traits, la forme du visage. Cela le contrariait un peu quand on disait que Sheila lui ressemblait, sous prétexte qu'ils avaient les mêmes cheveux – du moins autrefois, avant que les siens ne deviennent gris et qu'il en perde la moitié ! Sheila était vraiment *belle*, Daisy aussi, et elles avaient le même type de visage. La jeune fille le regardait avec une tristesse proche du désespoir.

« Vous dites que vous avez réfléchi, Daisy. Faites-moi part de vos réflexions. »

Elle acquiesça, sans changer d'expression, tendit la main vers un verre posé sur la table de chevet – citronnade ou sirop d'orgeat – et but une ou deux gorgées.

« Je vais vous dire ce qui s'est passé. Tout ce dont je me souviens. C'est ce que vous voulez, n'est-ce pas ?

– Oui, s'il vous plaît.

– Interrompez-moi si quelque chose ne vous paraît pas clair. D'accord ? »

Elle avait soudain pris le ton de quelqu'un sachant commander aux domestiques – pas seulement à eux, d'ailleurs – et se faire obéir. Elle était habituée, comprit-il, à dire « venez » et qu'on vienne, « partez » et qu'on s'en aille, « faites ça » et qu'on le fasse.

« Entendu, répondit Wexford en réprimant un sourire.

– C'est difficile de savoir par où commencer. Comme disait toujours Davina en écrivant un livre : par où commencer ? On peut partir de ce que l'on croit être le début, pour s'apercevoir après que tout remonte à bien plus longtemps que cela. Mais dans le cas présent... partons de l'après-midi, voulez-vous ? »

Il acquiesça d'un signe.

« Je suis allée à l'école. Je suis externe à Crelands. En fait, j'aurais adoré être pensionnaire, mais Davina ne voulait pas. » Daisy parut se souvenir de quelque chose, peut-être seulement que sa grand-mère était morte. *De mortuis...* « En fait, cela aurait été stupide. Crelands se trouve juste après Myfleet, comme vous le savez, j'imagine. »

Oui, il le savait. C'est aussi l'*alma mater* de Sebright, apparemment. Une *public school* peu importante, mais qui faisait tout de même partie de l'*Headmasters' Conference*, l'Assemblée des directeurs, au même titre qu'Eton et Harrow. Les frais de scolarité étaient équivalents. D'abord exclusivement réservée aux garçons depuis sa fondation par Albert le Bon en 1856, l'école avait ouvert ses portes aux filles depuis sept ou huit ans.

« Les cours s'arrêtent à quatre heures de l'après-midi. Je suis rentrée chez moi à la demie.

– On est venu vous chercher en voiture ? »

Elle lui jeta un regard de surprise non feinte.

« Je sais conduire ! »

Wexford n'ignorait rien de la grande révolution automobile qui s'était produite en Grande-Bretagne, mais il se souvenait encore très clairement de l'époque où une famille avec trois ou quatre voitures lui semblait une anomalie américaine. Beaucoup de femmes n'avaient pas le permis et peu de gens possédaient une automobile avant de se marier. Sa propre mère aurait ouvert de grands yeux stupéfaits, croyant qu'il se moquait d'elle, s'il lui avait demandé : « Est-ce que tu sais conduire ? » Son léger étonnement n'échappa nullement à Daisy.

« Davina m'a offert une voiture pour mes dix-sept ans. J'ai passé le permis le lendemain de mon anniversaire. Quel soulagement, je vous assure, de ne plus avoir à dépendre de quelqu'un ni d'avoir à me faire conduire par Ken ! Comme je vous disais, donc, je suis rentrée à quatre heures et demie à mon appartement, comme je l'appelle. Vous l'avez vu, sans doute. Ce sont d'anciennes écuries. Je gare ma voiture là-bas et je dispose d'une pièce privée, qui m'est réservée.

– Daisy, j'ai un aveu à vous faire. Nous utilisons votre appartement comme bureau d'enquête. Cela semblait plus pratique. Il nous faut absolument être sur place. Quelqu'un aurait dû vous en parler. Je suis vraiment désolé que nous ayons oublié.

– Vous voulez dire que c'est plein de policiers, avec des ordinateurs, des bureaux et... un tableau noir ? » Elle avait dû voir quelque chose comme cela à la télévision. « Vous menez en quelque sorte votre enquête à partir de là ?

– Oui, je regrette.

– Oh ! ne regrettez rien. Ça m'est égal. Pourquoi est-ce que cela me gênerait ? Faites comme chez vous. Rien n'a plus d'importance pour moi, maintenant. » Elle détourna le regard, son visage se contracta un peu, puis elle continua, du même ton indifférent : « À quoi bon se soucier d'une petite chose comme celle-là, quand je n'ai même plus de raison de vivre ?

– Daisy..., commença-t-il.

– Non, ne dites rien, je vous en prie. Ne m'expliquez pas que je suis jeune, avec toute la vie devant moi, et que ça passera. Que le temps guérit tout et que l'année prochaine, à pareille époque, ces choses-là ne seront plus que des souvenirs. S'il vous plaît. »

Quelqu'un le lui avait déjà dit. Un médecin ? Un psychologue de l'hôpital ? Nicholas Virson ?

« Entendu. Je ne dirai rien. Racontez-moi ce qui s'est passé après votre retour. »

Elle attendit un peu, en retenant sa respiration.

« J'ai une ligne de téléphone personnelle. Je suppose que vous l'avez remarqué. Et que vous l'utilisez. Brenda a appelé pour me demander si je voulais du thé, qu'ensuite elle m'a apporté. Du thé avec des biscuits. Je lisais. On nous donne beaucoup de travail. Je passe le bac en mai – enfin, c'est ce qui était prévu. »

Il ne fit aucun commentaire.

« Je n'ai rien d'une intellectuelle. Davina pensait le contraire parce que je suis, disons, très douée. Elle ne supportait pas l'idée que je puisse tenir de ma mère. Excusez-moi, tout cela ne vous intéresse pas. Cela n'a plus d'importance, de toute façon.

« Davina aimait que l'on se change pour le dîner. On ne s'habillait pas vraiment, mais il fallait se changer. Ma... mère est rentrée en voiture. Elle travaille dans une galerie d'artisanat, enfin, elle est associée dans cette affaire avec une dénommée Joanne Garland. La galerie s'appelle *Les Guirlandes*, ce qui peut vous paraître vraiment nul, mais comme cela vient du vrai nom de la propriétaire, c'est peut-être plus acceptable. Elle est rentrée en voiture, donc. Je pense que Davina et Harvey sont restés chez eux tout l'après-midi, mais je n'en suis pas sûre. Brenda doit le savoir.

« Je suis allée dans ma chambre passer une robe. Davina disait toujours que le jean est un uniforme qui, en tant que tel, doit être uniquement réservé au travail. Les autres étaient tous dans le salon-serre en train de prendre l'apéritif.

– Pardon ?

– Dans le salon-serre. On appelait le jardin d'hiver comme cela, à la française. Le mot est joli, n'est-ce pas ? »

Wexford trouvait qu'il faisait plutôt prétentieux, mais ne dit rien.

« Nous prenions toujours un verre, là ou dans l'autre salon. Un simple sherry, vous savez, ou un jus d'orange, de l'eau gazeuse. Moi, je buvais de l'eau et ma mère aussi. Davina parlait de son départ pour Glyndebourne. Elle est – était – membre ou amie de je ne sais quoi, et se rendait là-bas trois fois par an. Elle participait à tous ces événements : Aldebourg, le festival d'Édimbourg, Salzbourg. Bref, ses billets étaient arrivés et elle demandait à Harvey ce qu'elle devait commander pour les dîners. Il faut réserver des mois à l'avance si on ne veut pas faire de pique-nique. Ce qu'on n'a jamais fait. Ce serait tellement épouvantable s'il se mettait à pleuvoir !

« Ils en parlaient encore quand Brenda a passé la tête par la porte pour dire que le repas était dans la salle à manger et qu'elle rentrait chez elle. J'ai commencé à discuter avec Davina d'un voyage en France prévu quinze jours plus tard. Elle allait à Paris participer à une émission littéraire quelconque à la télévision, et voulait que je les accompagne, elle et Harvey. Cela tombait pendant mes vacances de Pâques, mais je n'avais pas très envie de partir. C'est ce que j'étais en train de lui expliquer et... mais toutes ces histoires n'ont aucun intérêt pour vous. »

Daisy mit une main devant sa bouche, les yeux fixes, traversant Wexford du regard.

« Ce qui est arrivé est très difficile à accepter, lui dit-il. Je sais. Malgré le fait que vous étiez présente et que vous ayez tout vu, il faudra du temps pour accepter ce qui s'est pasé.

– Non, ce n'est pas dur à accepter, dit-elle d'un ton lointain. Je n'éprouve aucune incrédulité devant tout cela. Quand
je me suis réveillée ce matin, il ne m'a même pas fallu une
seconde avant de me souvenir. Vous savez... » Elle haussa les
épaules. « Cette fameuse seconde avant que les choses ne
vous reviennent. Ce n'est pas comme ça. Tout est là. Tout le
temps. Et jamais ça ne s'en ira. Ce qu'a dit Nicholas, que
j'avais l'esprit complètement retourné, rien n'est plus faux !
Enfin, bon, aucune importance, je continue. Je fais trop de
digressions.

« C'est ma mère qui servait le dîner, en général. Brenda
nous le laissait sur la table roulante. On ne buvait pas de vin,
sauf le week-end. Il y avait une bouteille de Badoit et une
carafe de jus de pomme. Et puis, voyons, de la soupe. Poi-
reaux pommes de terre. Une sorte de vichyssoise, mais
chaude. Nous l'avons mangée avec du pain, bien sûr. Ensuite,
ma mère a enlevé les assiettes pour servir le plat principal.
C'était du poisson. De la sole, je ne sais quoi. Ça s'appelle
sole *bonne femme* *, quand on la sert avec une purée de
pommes de terre, non ?

– Je ne sais pas, répondit Wexford, amusé malgré lui. Ce
n'est pas grave. Je me représente la scène.

– Oui, c'était bien cela, avec des carottes et des haricots
verts. Après nous avoir tous servis, ma mère s'est assise. Nous
avions déjà commencé à manger quand elle a dit : " Qu'est-ce
que c'est ? On dirait qu'il y a quelqu'un en haut. "

– Et vous n'avez pas entendu de voiture ? Aucun d'entre
vous ?

– Ils l'auraient dit. Nous attendions quelqu'un, voyez-
vous. Enfin, pas à ce moment-là, pas avant huit heures et
quart, mais elle est tout le temps en avance. Ces gens qui
arrivent toujours cinq minutes trop tôt sont aussi embêtants
que les éternels retardataires.

– Qui donc ? De qui parlez-vous, Daisy ?

– De Joanne Garland. Elle venait voir Maman. On était
mardi et Joanne s'occupait toujours de la comptabilité de la
galerie ce jour-là, avec ma mère. Toute seule, elle n'y arrivait
pas. Même avec une calculatrice. Elle était nulle en arith-

métique. Alors elle apportait le livre de comptes, et elles travaillaient ensemble sur le calcul de la TVA, toutes ces choses-là.

– Ah ! oui. Je vois. Continuez, voulez-vous ?

– Maman a dit qu'elle avait entendu quelque chose en haut et Davina a répondu que ce devait être le chat. Après, il y a vraiment eu un grand bruit. Plus que n'en fait Queenie d'habitude. Comme un objet qui s'écrase sur le sol. J'y ai réfléchi depuis. Je crois qu'il s'agissait peut-être d'un tiroir tombé de la coiffeuse de Davina. Harvey s'est levé. Il a dit qu'il allait voir.

« Nous avons tout simplement continué à manger. Pas inquiètes. Pas encore. Je me souviens que ma mère a regardé la pendule en disant qu'elle aimerait tant que Joanne arrive une demi-heure plus tard le mardi, parce qu'elle devait toujours dîner trop vite. C'est alors qu'on a entendu le coup de feu, suivi d'un autre, un second. Une détonation terrible !

« Nous avons bondi sur nos pieds, ma mère et moi. Davina est restée assise là où elle était. Maman a plus ou moins crié, hurlé. Davina n'a pas prononcé un mot. Elle n'a pas bougé... Enfin, ses mains se sont bizarrement refermées sur sa serviette. Elle la serrait très fort. Maman était debout, les yeux fixés sur la porte, et j'ai repoussé ma chaise. J'ai commencé à aller vers la sortie – il me semble, en tout cas, que c'était mon intention. Peut-être n'ai-je pas bougé, en fait. Maman a dit : " Non, non ! " ou : " Non, n'y va pas ! ", je ne sais plus. Je me suis arrêtée, comme figée sur place. Davina a tourné la tête vers la porte. Et il est entré.

« Harvey n'avait pas refermé. Enfin, la porte était entrouverte. L'homme l'a repoussée d'un coup de pied et il est entré. J'ai essayé de me rappeler si quelqu'un avait crié, mais je ne me souviens pas. Je n'en sais rien. Sans doute que oui. Il... il a tiré une balle dans la tête de Davina. Il tenait le revolver à deux mains, comme ils font toujours. Je veux dire, à la télé. Après, il a tiré sur Maman.

« Je n'ai pas un souvenir net de ce qui s'est passé ensuite. J'ai fait de gros efforts de mémoire, mais il y a comme une sorte de blocage. J'imagine que c'est normal quand on a vu se produire une chose pareille, mais j'aimerais pouvoir me rappeler.

« J'ai vaguement l'impression de m'être mise par terre. Je me suis tapie sur le sol. Je sais que j'ai entendu une voiture démarrer. Ce devait être l'homme qui était à l'étage et que nous avions entendu. L'autre, celui qui a tiré sur moi, est resté au rez-de-chaussée tout le temps, à mon avis. Et quand il nous a attaqués, le premier est sorti à toute vitesse faire démarrer la voiture. C'est comme ça que je vois les choses.

– Celui qui a tiré, vous pouvez me le décrire ? »

Il retenait son souffle, redoutant qu'elle ne lui dise – il s'y attendait – qu'elle ne s'en souvenait pas, que cela aussi avait été effacé, détruit par le choc. Le visage de la jeune fille, tout crispé, presque déformé par l'effort de concentration et le souvenir d'événements marqués d'une douleur quasi intolérable, parut s'éclairer soudain, comme si elle avait trouvé un instant de répit, et cette subite détente la calma, tel un soupir de soulagement.

« Oui, je peux le décrire. J'ai réussi à me *persuader* que j'en étais capable. Ce que j'ai vu de lui, du moins. Il était, disons, pas très grand mais trapu, lourdement bâti et très blond. Je n'ai pas vu son visage. Il portait un masque.

– Un masque ? Vous voulez dire une cagoule ? Un bas sur la tête ?

– Je n'en sais rien. Je ne sais *vraiment pas*. J'ai essayé de m'en souvenir parce que je pensais bien que vous me poseriez la question, mais impossible. On voyait ses cheveux blonds, plutôt courts et épais. Oui, des cheveux blonds très épais. Donc, ils ne pouvaient pas être couverts par une cagoule, n'est-ce pas ? Vous savez quelle impression cela me donne chaque fois que j'y repense ? »

Il secoua la tête.

« Cela ressemblait à un masque antibrouillard ou contre la pollution, vous voyez ce que je veux dire ? Ou même un de ceux que portent les forestiers quand ils se servent d'une tronçonneuse. On voyait ses cheveux, son menton, ses oreilles... Mais des oreilles normales. Ni grandes, ni décollées, ni rien. Un menton banal. Enfin... peut-être avec une fossette. Une sorte de petite fossette.

– Daisy, vous vous en êtes très bien sortie. Vraiment bravo pour avoir remarqué tout cela avant qu'il ne tire sur vous ! »

Elle ferma les yeux à ces mots, et son visage se contracta. Le coup de feu, l'attaque dirigée contre elle étaient encore, il le vit bien, un choc trop fort pour qu'elle pût les évoquer. Il comprenait la terreur que cela devait lui inspirer. Elle aurait pu si facilement mourir là-bas, dans ce carnage, elle aussi...

Une infirmière passa la tête par la porte.

« Tout va bien, dit la jeune fille. Je ne suis pas fatiguée, je ne me surmène pas. Je vous assure. »

La tête disparut. Daisy prit le verre posé sur la table de nuit et but une autre gorgée.

« Nous allons faire faire un portrait de lui d'après ce que vous avez pu me décrire, annonça Wexford. Et quand vous irez mieux et que vous serez sortie d'ici, je vous demanderai si vous êtes prête à me redire tout cela dans une déposition. Nous en ferons également, avec votre autorisation, un enregistrement. Je sais que ce sera dur pour vous, mais ne refusez pas tout de suite. Réfléchissez.

– Je n'ai pas besoin d'y réfléchir, répondit-elle. Bien sûr que je ferai une déposition !

– En attendant, j'aimerais revenir parler avec vous demain. Mais d'abord, encore une chose. Joanne Garland est-elle venue, finalement ? »

Parfaitement immobile, Daisy semblait rassembler ses souvenirs.

« Je ne sais pas, dit-elle au bout d'un moment. Enfin, je ne l'ai pas entendue sonner, rien... mais il a pu se produire n'importe quoi après... qu'il eut tiré sur moi. Je n'ai pas remarqué. Je saignais. Je ne pensais qu'à atteindre le téléphone. À ramper jusque-là pour vous appeler, la police, une ambulance, avant de perdre tout mon sang. J'étais concentrée là-dessus. J'ai vraiment cru que j'allais mourir comme ça.

– Oui, dit-il. Bien sûr.

– Elle a pu arriver après le départ des deux hommes. Je ne sais pas. Cela ne sert à rien de me le demander, je n'en ai pas la moindre idée. » Elle hésita, puis dit très doucement : « Mr. Wexford ?

– Oui ? »

Pendant un instant, elle ne parla pas. Elle pencha la tête en avant et son abondante chevelure brun foncé lui retomba sur le visage, le cou et les épaules, qu'elle recouvrit comme un voile. Daisy leva la main droite, sa main blanche et fine aux longs doigts, la passa dans ses cheveux et en rejeta une poignée en arrière. Elle leva les yeux et le fixa d'un regard tendu, intense, la lèvre supérieure retroussée de souffrance ou d'incrédulité.

« Que vais-je devenir ? lui demanda-t-elle. Où aller ? Que faire ? J'ai tout perdu. Tout a disparu. Tout ce qui comptait pour moi. »

Ce n'était pas le moment de lui rappeler qu'elle serait riche et qu'il lui restait quelque chose. Ce qui, pour beaucoup, donne un sens à la vie, elle le posséderait en abondance. L'inspecteur n'avait jamais été homme à croire aveuglément à ce vieil adage selon lequel l'argent ne fait pas le bonheur, mais il garda le silence.

« J'aurais dû mourir. Il valait mieux que je meure. Pourtant cette idée me terrifiait. Quand j'ai vu couler tout ce sang de mon corps, je me suis crue à l'agonie. J'étais terrifiée... Oh, comme j'avais peur ! Le plus drôle, c'est que je ne souffrais pas. J'ai plus mal maintenant qu'à ce moment-là. On pourrait croire qu'une chose qui vous rentre dans la chair, comme cela, doit faire terriblement souffrir. Mais non ! Aucune douleur. Il vaudrait tellement mieux que je sois morte. Je m'en rends compte, maintenant.

– Vous allez croire que je cherche à vous consoler comme les autres, avec de vieux clichés, je sais, dit-il. Mais vous ne ressentirez pas toujours les choses de cette façon. Cela *passera.* »

Elle le regarda fixement, puis déclara d'un ton plutôt impérieux : « Bien, je vous verrai demain.

– Oui. »

Il serra la main qu'elle lui tendit. Ses doigts étaient froids et très secs.

9

Wexford rentra tôt chez lui, avec l'impression que ce serait peut-être la dernière fois avant longtemps qu'il pourrait être ainsi de retour à six heures.

Dora raccrochait le téléphone dans l'entrée quand il ouvrit la porte.

« C'était Sheila, dit-elle. À une seconde près, tu aurais pu lui parler. »

Il réprima la réponse sardonique qui lui montait aux lèvres, n'ayant aucune raison de se montrer désagréable avec sa femme. Elle n'y était pour rien, et avait même fait de son mieux, mardi au dîner, pour arranger les choses, atténuer la malveillance des répliques et adoucir les sarcasmes.

« Ils *vont* venir, annonça Dora d'un ton neutre.

— Qui va venir, et où ?

— Sheila et... Gus. Pour le week-end. Sheila en a parlé mardi, tu te souviens.

— Il s'est passé un certain nombre de choses depuis mardi. »

De toute façon, il ne passerait sûrement pas beaucoup de temps à la maison, pendant ces deux jours. Mais le week-end commençait dès demain vendredi, en fait, et ils allaient arriver le soir ! Wexford se servit une bière, une Adnam, que l'on trouvait maintenant dans une boutique du quartier, et donna un dry sherry à Dora. Elle posa la main sur son bras et la laissa glisser jusqu'à celle de son mari, qu'elle prit dans la sienne. Cela lui rappela le contact des doigts glacés de Daisy. Mais ceux de Dora étaient chauds...

« Je vais être obligé de subir ce cuistre chez moi pendant tout le week-end ! éclata-t-il.

— Je t'en prie, Reg. Ne *commence* pas ! Nous ne l'avons vu que deux fois.

— Le premier jour où elle l'a amené ici, dit Wexford, il est resté planté dans cette pièce, devant mes livres, qu'il a sortis un à un. Il les a regardés les uns après les autres avec un petit sourire de mépris sur le visage. Il avait cet air-là quand il a pris le Trollope, puis les nouvelles de M. R. James, et il a secoué la tête. Je le revois encore, debout, le livre de James à la main, en train de secouer lentement, très lentement, la tête d'un côté et de l'autre. Je m'attendais qu'il baisse les pouces. Qu'il fasse le même signe que le chef des vestales quand le gladiateur a pris son adversaire au filet dans l'arène. À mort ! Le verdict du juge suprême – la mort.

– Il a le droit d'avoir ses opinions.

– Mais pas celui de mépriser les miennes et de le montrer. En plus, Dora, il n'y a pas que cela, tu le sais bien. As-tu jamais rencontré quelqu'un d'aussi arrogant dans ses manières ? Es-tu déjà tombée sur un ami de la famille ou de gens que tu connais bien qui te signifie de façon aussi flagrante son dédain pour toi ? Et pour nous deux ? Tout ce qu'il a dit visait à montrer sa grandeur, son intelligence, son esprit ! Qu'est-ce qu'elle lui trouve ? *Mais qu'est-ce qu'elle lui trouve ?* Il est petit et maigre, laid, myope, il ne voit pas plus loin que le bout de son nez agité de tics...

– Tu veux que je te dise quelque chose, chéri ? Les femmes *aiment* les hommes petits. Elles les trouvent séduisants. Je sais que les gens grands et forts comme toi n'y croient pas, mais c'est la vérité.

– Burke a écrit...

– Je sais. Tu me l'as déjà dit. La beauté d'un homme réside uniquement dans sa haute taille, ou quelque chose de ce genre. Mais Burke n'était pas une femme. De toute façon, je suppose que Sheila l'apprécie pour son esprit. Il est très intelligent, tu sais, Reg. Peut-être même génial.

– Par pitié, tu ne vas pas considérer tous les écrivains en compétition pour le Booker Prize comme des génies !

– Je trouve que l'on peut excuser la fierté d'un jeune homme pour sa propre réussite. Augustin Casey n'a que trente ans et on le considère déjà comme l'un des romanciers les plus réputés du pays. C'est ce que disent les journaux, en tout cas. Ses livres ont droit à une demi-page de critique dans la section littéraire du *Times*, et son premier roman a reçu le prix Somerset-Maugham.

— Le succès devrait rendre les gens humbles, aimables et modestes, comme l'a déclaré quelque part le donateur de cette récompense.

— Mais c'est si rare ! Essaie d'être indulgent envers lui, Reg. De l'écouter avec... la sagesse d'un aîné, quand il exprime ses opinions.

— Tu peux me demander cela après ce qu'il t'a dit sur les perles ? Tu es une femme magnanime, Dora. » Wexford eut une sorte de gémissement. « J'espère seulement que Sheila ne tient pas vraiment à lui. Qu'elle finira par le voir comme je le vois. » Il but sa bière et fit la grimace, comme s'il n'en aimait pas le goût, finalement. « Tu ne penses pas... » Il se tourna vers sa femme, consterné. « Tu ne penses tout de même pas qu'elle pourrait *l'épouser* ?

— Je crois qu'elle va peut-être vivre avec lui. Entamer — comment dire ? — une relation durable. J'en suis vraiment convaincue, Reg. Et toi, tu dois l'admettre. Elle m'a confié... Oh ! Reg, ne me regarde pas comme ça. Il faut bien que je te le répète.

— Me répéter quoi ?

— Elle dit qu'elle est amoureuse de lui et que c'est la première fois que ça lui arrive, apparemment.

— Mon Dieu !

— Qu'elle se confie ainsi, elle qui ne me raconte jamais rien... prouve sans doute que c'est important. »

La réponse de Wexford fut tout à fait mélodramatique. Il s'en rendit compte avant même que les mots ne lui sortent de la bouche, mais il ne put s'en empêcher. Cette tirade furieuse lui procurait une infime consolation.

« Cet homme va me voler ma fille. S'ils sont ensemble, c'en est fini, de Sheila et de moi ! Elle cessera d'être ma fille. C'est la vérité, je le vois bien. À quoi bon prétendre le contraire ? Pourquoi se mentir ? »

Il avait occulté le souvenir du dîner de mardi soir — peut-être à cause des événements de *Tancred House* et de leurs suites —, mais il y repensait maintenant. La seconde bière qu'il se versa lui rafraîchit la mémoire. L'inspecteur revit cet homme entrer dans le petit restaurant de province, parcourir les lieux du regard en murmurant quelque chose à Sheila. Elle avait demandé à son père – leur hôte – comment celui-ci souhaitait les placer à la table que l'on venait de leur attribuer. Mais, avant même que Wexford n'ait eu une chance de pouvoir répondre, Augustin Casey avait choisi sa chaise, adossée à un angle de la salle.

« Je vais m'asseoir ici. Pour bien voir tout ce cirque », déclara-t-il avec un petit sourire secret qui ne s'adressait qu'à lui-même, les excluant tous, y compris Sheila.

Wexford devina qu'il voulait dire par là observer le comportement des autres dîneurs. Ce qui était peut-être une prérogative d'écrivain ne semblait pourtant guère s'appliquer à un auteur aussi excessivement post-postmoderne, qui avait déjà écrit au moins un ouvrage de fiction sans personnages. Mais Wexford en était encore à essayer d'engager la conversation, de le faire parler, ne serait-ce que de sa propre personne. À la maison, Casey avait un peu discuté, émis quelques opinions obscures sur la poésie d'Europe de l'Est, en choisissant chaque phrase dans le souci de briller, mais, une fois au restaurant, il s'était tu, comme muet d'ennui tout à coup, limitant sa conversation à de brèves réponses aux questions que l'on ne pouvait éviter de lui poser.

L'une des choses qui mettaient l'inspecteur en rage, c'était son refus systématique d'utiliser toute expression ordinaire ou de respecter les bonnes manières. À la question : « Comment allez-vous ? », l'autre répliqua que cela n'allait pas du tout, que ce n'était pas la peine de le lui demander parce qu'il se sentait rarement bien. Quand on voulut savoir ce qu'il avait envie de boire, il réclama une eau minérale galloise inhabituelle qui se vendait en bouteilles bleu foncé. Comme il n'y en avait pas, il prit du cognac.

Après une seule bouchée, il ne toucha plus au premier plat et, en plein milieu du repas, sortit de son silence pour parler de perles. De la place qu'il occupait, il bénéficiait du spectacle de huit femmes, pas moins, qui en portaient aux oreilles ou autour du cou. Après avoir prononcé le mot une fois, il ne le répéta plus mais employa les termes de « concrétions » ou de « formations chitineuses » à la place, cita Pline l'Ancien qui les qualifiait de « bien suprême du monde », puis évoqua la littérature indienne des *Veda* et décrivit les bijoux étrusques, avant de se lancer dans un discours de mille mots environ sur les perles d'Oman et du Qatar que l'on trouve dans des eaux de plus de trente-cinq mètres de profondeur. Sheila était suspendue à ses lèvres. À quoi bon se leurrer ? Elle l'écoutait en le fixant avec adoration.

Casey redoubla d'éloquence sur la perle baroque Hope, d'un poids supérieur à trois cents grammes, et sur *la Reine des perles** ⁻, qui faisait partie des bijoux de la couronne de France volés en 1792. Il mentionna ensuite les superstitions qui s'attachaient à ces « concrétions » et, regardant le modeste collier de Dora, parla de la folie des femmes d'un certain âge qui croyaient, et croient sans doute encore, que de tels ornements pouvaient leur rendre leur jeunesse perdue.

Wexford venait de se décider à répondre, à riposter vertement, quand son téléphone commença à émettre des bips. Il quitta alors la table sans un mot. Du moins sans un reproche. Car il dit au revoir, bien sûr. Sheila l'embrassa et Casey annonça, comme s'il s'agissait là d'une formule acceptable d'adieu : « Nous nous reverrons. »

L'inspecteur principal fulminait de colère. Il bouillait encore de rage en traversant les bois sombres et froids, avant que le tragique absolu des événements de *Tancred* ne finît par le calmer. Pourtant, la tragédie de *Tancred* ne le concernait pas, tandis que celle-ci risquait fort de le toucher. L'avenir se peuplait de visions, de scénarios imaginaires. Il pensait à la maison où cet homme et sa fille allaient vivre ensemble. Il téléphonerait à Sheila et c'est cet homme qui répondrait, se dit-il. Quel message d'un humour abscons Casey aurait-il mis sur le répondeur qu'il partagerait avec elle ? Quand lui, Wexford, aurait à se rendre à Londres, comment pourrait-il passer la voir, comme il aimait tant le faire, si l'autre était là ?

En se couchant, ces questions occupaient tant son esprit qu'il s'attendait, inéluctablement, à rêver de Casey. Mais le cauchemar qui le visita vers l'aube concernait le massacre de

Tancred. Il se trouvait dans cette salle, à cette table, en compagnie de Daisy, de Naomi Jones et de Davina Flory. Copeland était allé voir ce qui faisait tant de bruit là-haut. Lui n'entendait rien. Examinant la nappe écarlate, il demanda à Davina Flory la raison d'une teinte aussi vive – de ce rouge. Et elle, en riant, lui répondit qu'il se trompait. Il ne percevait peut-être pas bien les couleurs, comme beaucoup d'hommes. La nappe était blanche comme neige.

La banalité de la comparaison ne la gênait-elle donc pas ? lui demanda-t-il. « Non, non », lui répondit l'écrivain avec un sourire en posant la main sur la sienne. Des clichés comme cela étaient souvent la meilleure façon de décrire quelque chose. Il ne fallait pas trop chercher à être brillant.

Le coup de feu partit, et le tueur entra dans la pièce. Wexford s'esquiva par la fenêtre sans qu'on le voie. Les carreaux de verre bombé de deux cents grammes avaient fondu pour lui permettre de passer au travers, et il eut le temps de voir la voiture disparaître dans la cour avec le deuxième homme au volant – qui n'était autre que Ken Harrison.

Le lendemain matin, aux écuries – qu'il n'appelait plus, maintenant, le bureau d'enquête –, on lui montra le portrait-robot réalisé d'après la description de Daisy, qui serait diffusé au journal télévisé du soir sur toutes les chaînes.

La jeune fille avait pu fournir si peu de détails ! Le dessin était bien plus neutre, plus inexpressif qu'aucun visage réel. Le portraitiste semblait avoir accentué, peut-être inconsciemment, les quelques traits que la jeune fille avait réussi à décrire. C'est tout ce dont il disposait, en fait, pour travailler. L'homme qui, sur le papier, plantait son regard dans celui de Wexford avait des yeux vides, largement écartés, un nez droit et des lèvres ni minces ni pleines, mais un menton fort, creusé d'une fossette, de grandes oreilles spectaculaires et une masse de courts cheveux blonds.

L'inspecteur principal parcourut sommairement les rapports d'autopsie de Sumner-Quist, avant de se faire conduire au tribunal de Kingsmarkham. Comme il s'y attendait, le coroner déclara l'enquête ouverte, entendit le témoignage du médecin légiste et ajourna l'affaire. Wexford traversa High Street et descendit York Street vers Kingsbrook Centre pour se rendre à la galerie d'artisanat *Les Guirlandes*.

Celle-ci était fermée, en dépit d'une pancarte accrochée à l'intérieur de la porte en verre qui informait les clients éventuels qu'elle ouvrait cinq jours sur sept, de dix à dix-sept heures trente, le mercredi jusqu'à une heure de l'après-midi, et qu'elle fermait le dimanche. On voyait à l'étalage, de chaque côté de ladite porte, l'assortiment habituel : poteries, bouquets de fleurs séchées, vannerie, cadres en marbre pour les photos, tableaux fabriqués avec des coquillages, petits cottages en céramique, bijoux en argent, boîtes en bois marqueté, bibelots de verre et figurines d'animaux – sculptées, tissées, cousues, en moulage, en tricot ou en verre soufflé – ainsi qu'une quantité de linge de maison imprimé de motifs représentant des oiseaux, des poissons, des fleurs et des arbres.

Aucune lumière n'éclairait cette pléthore d'objets inutiles. Dans l'ombre, qui devenait obscurité totale vers le fond de la galerie, Wexford arrivait tout juste à distinguer des articles plus importants, suspendus à de fausses poutres à l'ancienne. Des robes, sans doute, des châles et des tuniques, une caisse installée entre une pyramide de ce qui ressemblait à des animaux de feutrine grotesques – rien à voir avec des nounours câlins – et une vitrine exposant des masques en terre cuite et des vases muraux en porcelaine derrière des panneaux de verre ternis.

On était vendredi, et la galerie n'était pas ouverte ! Bien sûr, se dit l'inspecteur principal, Mrs. Garland pouvait avoir décidé de fermer *Les Guirlandes* pour tout le reste de la semaine par respect pour la mémoire de Naomi Jones, son associée, morte de façon si tragique. Ou parce qu'elle se sentait trop bouleversée, tout simplement. Wexford ignorait encore le degré d'amitié qui l'unissait à la mère de Daisy. Le but de sa visite était de lui demander si elle était ou non venue à *Tancred House* mardi soir.

Dans l'affirmative, pourquoi n'avoir pas pris contact avec la police ? Il y avait eu une publicité, un battage énorme dans les journaux autour de cette affaire. On avait fait appel à tous ceux qui savaient quelque chose ou étaient à quelque degré que ce soit en rapport avec *Tancred House*. Dans la négative, pourquoi ne pas être venue expliquer son absence ?

Où habitait-elle ? Daisy ne l'avait pas précisé, mais ce serait facile à découvrir. Pas au-dessus de la galerie, en tout cas. Les trois étages du centre commercial étaient tout entiers consacrés à divers commerces, boutiques, salons de coiffure, un vaste supermarché, un magasin de bricolage, deux fast-foods, un *garden-center* et une salle de gymnastique. L'inspecteur pouvait appeler le bureau d'enquête et avoir l'adresse en quelques minutes, mais il préféra se rendre à la poste principale de Kingsmarkham, située juste de l'autre côté de la rue. Afin d'éviter la queue pour les timbres, les pensions et les allocations qui zigzaguait entre deux cordes, Wexford demanda à consulter le registre électoral, comme autrefois, bien avant l'invention de toute cette technologie. De temps en temps, par défi, il aimait faire ce genre de choses démodées.

Les électeurs n'étaient pas classés par noms mais par rues. Il s'agissait là d'une tâche de subalterne, mais il avait commencé, maintenant. De toute façon, il tenait absolument à savoir le plus tôt possible la raison pour laquelle Mrs. Garland avait fermé boutique – et pour trois jours, apparemment.

Il finit par trouver son adresse. C'était à deux rues seulement de l'endroit où lui-même habitait. La maison de Joanne Garland, plus vaste et plutôt mieux située que la sienne, se trouvait à Broom Vale. Le registre lui apprit qu'elle vivait seule. Naturellement, si elle partageait son toit avec quelqu'un de moins de dix-huit ans, cela n'aurait pas été précisé, mais l'hypothèse semblait peu probable. Wexford retourna au tribunal, où il avait garé sa voiture. Trouver une place en ville posait maintenant de sérieux problèmes. Il voyait d'ici ce que pourrait publier dans le *Kingsmarkham Courier* un jeune reporter un peu malin –

Jason Sebright par exemple ! – en découvrant la voiture de l'inspecteur principal Wexford prise dans les mâchoires d'un sabot sur une double ligne jaune.

Il n'y avait personne chez Joanne Garland ni dans aucune des deux habitations voisines.

Quand Wexford était jeune, on trouvait en général toujours une femme chez elle. Les choses avaient changé, et, pour une raison ou une autre, cela lui rappela sa fille, pensée qu'il chassa aussitôt sévèrement de son esprit. Il examina la maison, à laquelle il n'avait jamais beaucoup accordé d'attention, bien qu'il fût passé devant une centaine de fois. C'était une villa indépendante avec jardin, tout à fait banale, d'aspect soigné et repeinte de frais, possédant sans doute quatre chambres et deux salles de bains. Une antenne parabolique dépassait d'une fenêtre à l'étage et, dans le jardin de devant, un amandier commençait à fleurir.

Après un instant de réflexion, l'inspecteur fit le tour jusque derrière. Tout semblait fermé, ce qui, à cette époque de l'année – le début du printemps –, était *normal*. Les fenêtres ne pouvaient pas être ouvertes. Il regarda par la vitre de la cuisine. La pièce était en ordre, malgré la vaisselle propre entassée sur l'égouttoir pour sécher.

De retour devant la maison, il jeta un coup d'œil rapide par le trou de la serrure du garage. Il y avait une voiture à l'intérieur, dont il ne put distinguer la marque. Par la minuscule fenêtre à droite de la porte d'entrée, il aperçut des journaux sur le sol, avec deux lettres. Les journaux de ce matin, peut-être ? Mais non, le titre d'un exemplaire du *Daily Mail* était visible contre le bord du paillasson, et celui d'un autre encore, à moitié caché par une enveloppe beige. Wexford se tordit le cou pour arriver à lire le nom du troisième quotidien, dont il n'apercevait qu'un coin de page avec un fragment de photo – un portrait en pied de la princesse de Galles.

En revenant à *Tancred House*, l'inspecteur fit arrêter la voiture devant un marchand de journaux. Comme il s'y attendait, la photo de la princesse de Galles figurait sur le *Mail* d'aujourd'hui. Trois journaux étaient donc arrivés pour Joanne Garland après son départ. Ce qui signifiait qu'elle était absente de chez elle *depuis mardi soir*.

« Impossible de savoir si Gabbitas se trouvait bien dans ce bois mardi après-midi, chef, expliqua Vine de sa voix lente et paisible. Les témoins sont plutôt rares dans le coin – ou du moins là où il prétend avoir été. Le propriétaire possède deux cent cinquante hectares. Il fait de la culture biologique, comme il dit, sur une partie des terres, et le bétail se promène un peu partout, vous voyez le tableau. Il en a reboisé une autre partie et dispose d'une de ces réserves subventionnées par le gouvernement où il est interdit de faire pousser quoi que ce soit.

« Le problème, c'est que le bois dont parle Gabbitas est situé à des kilomètres de tout. Vous suivez la petite route pendant trois kilomètres au moins avant d'y arriver. Vraiment le bout du monde ! Pas un toit en vue, ni même une grange. Moi qui ai toujours vécu à la campagne, je n'aurais jamais cru qu'il existe un endroit pareil dans aucun comté des environs de Londres !

« Ça s'appelle élaguer, ce qu'il faisait. On dirait tailler, si c'étaient des roses et pas des arbres. Il a travaillé là-bas, c'est sûr. Il a laissé des traces de son passage : on a comparé les empreintes de pneus avec ceux de sa Land Rover. Mais pour ce qui est de savoir s'il y était bien mardi, chef, je ne suis pas plus renseigné que vous. »

Wexford hocha la tête.

« Barry, je veux que vous alliez à Kingsmarkham voir une certaine Mrs. Garland. Joanne Garland. Si vous ne la trouvez pas – comme je le pense –, essayez de découvrir où elle est partie. De reconstituer, en fait, tous ses déplacements depuis mardi après-midi. Prenez quelqu'un avec vous. Karen, par exemple. La personne en question habite Broom Vale, au numéro 15. Elle possède une de ces boutiques kitsch du centre commercial. Vérifiez si sa voiture a disparu et interrogez les voisins.

– Chef ? »

L'inspecteur principal haussa les sourcils.

« C'est quoi, une boutique kitsch ? demanda Vine en prononçant les deux mots avec difficulté. Je dois sûrement le savoir, mais ça m'échappe. »

Curieusement, cela rappela des jours anciens à Wexford. Il repensa à son grand-père, qui tenait une quincaillerie à Stowerton et avait demandé un jour à un vendeur paresseux de sortir acheter un litre d'huile de coude – ce que fit le garçon, docilement. Mais Vine n'était ni paresseux ni stupide. Il dépassait même de cent coudées le pauvre Martin – avec tout le respect dû aux morts – et Wexford, au lieu de lui raconter cette histoire, lui expliqua le mot en question.

Il trouva Burden en train de déjeuner à sa table de travail, installée derrière des paravents dans un angle de la pièce, où l'on avait soigneusement rangé les meubles, les rayonnages, les chaises et les gros poufs de Daisy sous des housses. L'inspecteur mangeait une pizza avec une salade de chou cru. Ces aliments, pris ensemble ou séparément, ne figuraient pas parmi les plats favoris de Wexford, qui lui demanda tout de même d'où ils venaient.

« De notre traiteur ambulant. Il a son camion là-dehors, et viendra tous les jours de midi trente à deux heures. Ce n'est pas vous qui vous en êtes occupé ?

– Je ne suis au courant de rien, répondit Wexford.

– Envoyez Karen vous chercher quelque chose. Ils ont vraiment beaucoup de choix. »

Karen Malahyde était descendue à Kingsmarkham avec Barry Vine, lui dit Wexford. Il allait demander à Davidson de s'occuper de son repas. Celui-ci connaissait ses goûts. L'inspecteur principal s'assit en face de Burden avec un café brunâtre qu'il avait pris à la machine.

« Parlez-moi donc des Griffin.

– Le fils n'a pas de travail. Il vit de son allocation de chômage. Enfin non, c'est une indemnité du gouvernement, maintenant. Il a perdu son emploi depuis trop longtemps. Il habite avec ses parents et s'appelle Andrew, ou Andy. Eux, ce sont Terry et Margaret. Des gens d'âge mûr.

– Comme moi, dit Wexford. Vous avez de ces expressions, Mike.

– Ils sont à la retraite et plutôt désœuvrés, continua Burden sans prêter la moindre attention à la remarque. J'ai eu l'impression qu'ils s'ennuyaient, et aussi qu'ils étaient en plein délire paranoïaque. Rien ne va comme il faut. Le monde entier leur en veut. Quand nous sommes arrivés là-bas, ils attendaient que l'on vienne réparer leur téléphone et nous ont pris pour des employés. Ils nous ont tous les deux passé un vrai savon avant que l'on ait la moindre chance de pouvoir s'expliquer. Ensuite, à la seule mention du nom de *Tancred*, ils ont commencé à geindre sur les meilleures années de leur vie qu'ils avaient données à cette maison, et à se plaindre des injustices de leur patronne, Davina Flory. Vous imaginez un peu ! Le plus curieux, c'est qu'ils avaient beau savoir ce qui s'était passé là-bas mardi soir – ils étaient au courant, de toute évidence, il y avait même le journal d'hier sur une table, avec toutes les photos –, ils n'en ont pas soufflé mot tant que nous n'avons pas évoqué la chose. Même pas pour dire que c'était vraiment terrible. Ils ont seulement échangé un coup d'œil quand je leur ai demandé s'ils avaient travaillé là-bas. Griffin a répondu d'un air plutôt mécontent qu'ils ne risquaient pas de l'oublier, en effet. Après cela, ils ont démarré, tous les deux, jusqu'à ce que nous soyons... disons, obligés d'arrêter le flot.

– " Un événement s'est produit qu'il est difficile de raconter et impossible de taire ", cita Wexford, s'attirant un regard soupçonneux de Burden. Est-ce que l'employé du téléphone est venu ?

– Oui, quand même, à la fin. Elle commençait à me rendre dingue à aller toutes les cinq minutes à la porte d'entrée pour surveiller la route. Au fait, Andy Griffin n'était pas là. Il est arrivé après. Sa mère a dit qu'il faisait du jogging. »

Ils furent interrompus par Davidson qui contourna les paravents pour apporter à Wexford un sac en papier sulfurisé contenant du poulet tandoori et du riz pilaf, avec du condiment à la mangue.

« C'est ce que j'aurais dû prendre, dit Burden.

– Trop tard ! On n'échange pas, j'ai horreur de la pizza. Vous avez découvert la raison de leur dispute avec les Harrison ?

– Je ne le leur ai pas demandé, répondit l'inspecteur, surpris.

– Non, mais s'ils sont paranoïaques à ce point, ils auraient pu vous renseigner d'eux-mêmes.

– Ils n'ont pas parlé des Harrison. Ce qui est peut-être significatif. Margaret Griffin a enchaîné sur l'état impeccable dans lequel elle avait laissé le cottage, en racontant que la seule fois où ils ont rencontré Gabbitas celui-ci avait du goudron à ses bottes – qui est resté sur le tapis. Il a dû vite transformer l'endroit en un vrai dépotoir, d'après elle.

« Ensuite, Andy Griffin est arrivé. Je suppose qu'il faisait bien du jogging. Il est trop gros, pour ne pas dire gras, et il portait un survêtement, comme beaucoup de gens qui ne courent jamais. À le voir, il paraît incapable de rattraper un bus qui roulerait à moins de dix kilomètres à l'heure. Il est blond, plutôt petit, mais ne peut en aucun cas répondre à la description de Daisy Flory.

– Elle ne l'aurait pas décrit, elle l'aurait reconnu, dit Wexford. Même avec un masque.

– Exact. Il était sorti, mardi soir. Avec des copains, dit-il, et ses parents confirment que leur fils est parti vers six heures. Je vérifie auprès des copains. Il paraît qu'ils ont fait la tournée des pubs de Myringham, puis sont allés dans un chinois qui s'appelle le *Panda Cottage*.

– Quel nom ! On dirait un club pour homos en voie de disparition. Il touche donc le chômage ?

– Une indemnité de ce genre, oui. Ils changent sans arrêt les appellations. Ce garçon a quelque chose de bizarre, Reg, mais je ne pourrais pas vous dire quoi. Je reconnais que je ne suis pas très précis. En fait, je crois qu'il va falloir tenir Andrew Griffin à l'œil. Ses parents semblent détester tout le monde et ont accumulé — à tort ou à raison – pas mal de rancune à l'égard d'Harvey Copeland et de Davina Flory. Mais Andy, lui, les hait. Il change complètement de voix et d'attitude dès qu'il parle d'eux. Il a même déclaré qu'il était heureux de leur mort, et a utilisé les termes "ordures " et " salauds " à leur propos.

– Un vrai prince charmant.

– Nous en saurons un peu plus quand on aura vérifié s'il était vraiment dans les pubs et à ce fameux *Panda Cottage* mardi. »

Wexford jeta un coup d'œil à sa montre.

« Il est temps que je file à l'hôpital. Cela vous dirait de venir avec moi ? Vous pourriez poser quelques questions vous-même à Daisy sur les Griffin. » »

Il regretta aussitôt ses paroles. La jeune fille s'était habituée à lui, maintenant. Elle n'aurait sûrement pas envie de le voir arriver sans prévenir en compagnie d'un autre policier. Souci bien inutile, toutefois, Burden n'avait nullement l'intention de l'accompagner, car il avait rendez-vous avec Brenda Harrison pour un nouvel entretien.

« Il n'y a rien d'urgent, dit l'inspecteur. Elle parlera plus volontiers quand elle sera sortie de là. Au fait, où va-t-elle aller, *après* ?

– Je l'ignore, répondit lentement Wexford. Vraiment, je n'avais pas pensé à ça.

– Elle ne peut tout de même pas rentrer chez elle ! En admettant que la maison lui appartienne, mais je suppose que oui. Elle ne peut pas revenir si vite à l'endroit où ça s'est passé. Un jour, peut-être, mais sûrement pas maintenant.

– Je rentrerai assez tôt pour voir ce que les chaînes de télévision ont fait pour nous, annonça Wexford en partant. Je serai là pour le journal d'ITN, à dix-sept heures quarante. »

Cette fois encore, à l'hôpital, il ne s'annonça pas, mais entra sans se faire remarquer, presque furtivement. Pas de Dr Leigh ni d'infirmières dans les environs. L'inspecteur frappa à la porte de la chambre de Daisy. On ne voyait guère que la forme du lit à travers le panneau dépoli, mais c'était assez pour constater qu'il n'y avait aucun visiteur à son chevet.

Pas de réponse. Wexford était venu un peu plus tôt que les autres jours, en fait, et tout seul, sans personne avec lui. Cela l'ennuyait d'ouvrir la porte. Il frappa de nouveau, déjà convaincu, bien que rien ne vînt étayer cette certitude, que la pièce était vide. Daisy devait être dans un salon, s'il y en avait un ici. En se retournant, il se trouva face à un homme en courte veste blanche. L'infirmier en chef ?

« Je cherche miss Flory.

– Daisy est rentrée chez elle aujourd'hui.

– *Chez elle ?*

– Vous êtes l'inspecteur principal Wexford ? Elle a dit qu'elle vous téléphonerait. Ses amis sont venus la chercher. Je peux vous donner leur nom. Je l'ai là, quelque part. »

Daisy était partie chez Nicholas Virson et sa mère, à Myfleet – ce qui répondait à la question de Burden. En sortant d'ici, elle était allée chez ses amis, sans doute les plus proches qu'elle eût. L'inspecteur se demanda pourquoi elle ne lui en avait rien dit la veille, mais elle l'ignorait peut-être encore. Ils l'avaient certainement invitée par téléphone, et elle avait accepté pour fuir l'hôpital, comme le souhaitent presque tous les patients.

« Nous allons garder l'œil sur elle, lui assura l'infirmier en chef. Elle a rendez-vous lundi à l'hôpital pour un examen. »

De retour aux écuries, Wexford regarda, l'un après l'autre, tous les journaux télévisés. Le portrait du tueur de *Tancred*, tel que le dessinateur l'avait imaginé, apparut à l'écran. À le voir comme cela, agrandi et, d'une certaine manière, plus convaincant qu'un simple dessin sur papier, Wexford comprit qui cela lui rappelait.

Nicholas Virson.

Le visage sur l'écran correspondait exactement au souvenir que l'inspecteur gardait de Virson au chevet de Daisy. Coïncidence ? Hasard ? Ressemblance fortuite due à l'artiste ? Ou alors une sorte de transfert inconscient chez Daisy ? Cette image, déjà remplacée par celles du mariage d'une pop star, était-elle donc sans valeur ? Le masque du criminel avait bien joué son rôle, s'il le faisait ressembler au petit ami du témoin !

Wexford resta assis devant le poste, le regard absent. Il était presque six heures et demie, heure à laquelle devaient arriver Sheila et Augustin Casey, et l'inspecteur principal ne se sentait nullement pressé de rentrer chez lui.

Il retourna à son bureau, où l'attendaient une douzaine de messages. Le premier lui précisait ce qu'il savait déjà – on pouvait joindre Daisy Flory chez Mrs. Joyce Virson à *The Thatched House*, Castle Lane, Myfleet – et lui apporta aussi une information supplémentaire : le numéro de téléphone. Wexford sortit son poste personnel de sa poche et appuya sur les touches.

« Allô ? » répondit une femme d'un ton supérieur, impérieux, et qui voulait en imposer.

Wexford déclina son identité et annonça qu'il désirait s'entretenir avec miss Flory le lendemain, vers quatre heures de l'après-midi.

« Mais c'est samedi ! »

Il acquiesça. Difficile de prétendre le contraire.

« Eh bien, d'accord. S'il le faut. Saurez-vous trouver la maison ? Comment comptez-vous arriver ici ? Les liaisons par autobus n'ont rien de fiable... »

L'inspecteur répliqua qu'il serait là-bas à quatre heures et coupa la communication en pressant un bouton – l'un des avantages de ce nouveau téléphone. La porte s'ouvrit sur Barry Vine, laissant entrer un fort courant d'air froid du soir.

« D'où sortez-vous ? lui demanda Wexford plutôt aigrement.

– Écoutez, c'est peut-être ridicule, mais on ne trouve plus Mrs. Garland. Joanne Garland a disparu.

– Comment cela, disparu ? Vous voulez dire qu'elle est absente ? C'est différent.

– Non, elle a disparu. Elle est partie sans prévenir. Sans laisser de message ni d'instructions à qui que ce soit. On ne sait pas où elle est. Personne ne l'a revue depuis mardi soir. »

10

Les vieux regardaient la télévision. Après la fin du dernier repas de la journée, servi à cinq heures, c'était déjà la soirée, pour eux, et bientôt l'heure du coucher, fixée à vingt heures trente.

Les fauteuils, roulants pour certains d'entre eux, étaient disposés en demi-cercle devant le poste. Une face bestiale apparut soudain sur l'écran à toutes ces personnes âgées : c'était l'idée que le portraitiste de la police se faisait du meurtrier de

Tancred ; le genre de visage que l'on pourrait qualifier de « tête de brute » – expression dont se servit une téléspectatrice pour le décrire à son voisin dans un murmure sonore, comme au théâtre : « Regardez ce gros blond. Quelle tête de brute ! »

Elle semblait être l'une des pensionnaires les plus éveillées de la maison de retraite de Caenbrook, et Burden se sentit soulagé lorsque la mince jeune fille à l'air soucieux qui les avait reçus, l'inspecteur adjoint Vine et lui-même, les dirigea vers son fauteuil. La vieille dame se retourna avec un sourire, l'expression de surprise laissant place aussitôt à un air absolument enchanté lorsqu'elle comprit que les visiteurs, quels qu'ils fussent, étaient pour elle.

« Edie, il y a des gens qui veulent vous voir. Des policiers. »

Son sourire ne s'effaça pas, mais s'élargit au contraire.

« Hé, hé, qu'avez-vous encore fait, Edie ? lui demanda le vieil homme à qui elle s'était adressée.

– Moi ? Ah, si seulement... !

– Mrs. Chowney, je suis l'inspecteur Burden, et voici l'inspecteur adjoint Vine. Pourrions-nous parler un peu avec vous ? Nous aimerions beaucoup savoir où se trouve votre fille.

– Laquelle ? J'en ai six. »

Comme il le raconta plus tard à Wexford, Burden en resta presque abasourdi, ou du moins un instant réduit au silence. Mais Edie Chowney confirma la chose en annonçant fièrement – à un public qui avait dû l'entendre bien des fois – qu'elle avait également cinq fils, tous vivants, avec de bons métiers, et qui habitaient en Angleterre. Burden fut frappé par ce qu'il y avait de terrible, d'incompréhensible, sûrement, pour bien d'autres sociétés, dans le fait qu'aucun de ces onze enfants n'avait pu accueillir sa mère chez lui pour la prendre sous son aile. Ils préféraient sans doute rassembler à eux tous l'argent nécessaire et la laisser dans ce mouroir, sûrement très coûteux, pour vieillards inutiles.

Dans le couloir, en allant vers la chambre de Mrs. Chowney – une suggestion de la frêle aide-soignante qui suscita de nouvelles réflexions paillardes de la part du vieil homme –, Bur-

den songea que l'un de ces dix frères et sœurs de Joanne
Garland aurait peut-être été une meilleure source de renseignements pour ce qu'il cherchait. Mais il se trompait, car
Edie Chowney, après avoir marché jusque-là sans aucune aide
et les avoir fait entrer en se plaignant à la jeune fille du chauffage insuffisant, se révéla aussi parfaitement maîtresse de ses
esprits et de son discours qu'une personne de trente ans de
moins.

À près de quatre-vingts ans apparemment, c'était une petite
femme alerte, à la fois mince et large, avec des jambes plutôt
arquées et un corps solide de mère de famille nombreuse. Ses
cheveux fins étaient teints en brun foncé et seules ses mains,
semblables à des racines d'arbre avec leurs phalanges
noueuses, révélaient qu'elle devait avoir été trahie par
l'arthrite et reléguée pour cette raison à Caenbrook.

Dans la pièce, outre le mobilier fonctionnel, se trouvaient
quelques possessions personnelles d'Edie. Des photos enca-
drées, surtout, qui encombraient l'appui de la fenêtre, les dessus de table, la table de chevet et la petite bibliothèque, et
montraient des gens en compagnie de leur progéniture, de leur
conjoint et de leur chien, avec leur maison en arrière-plan
– tous âgés de quarante à cinquante-cinq ans. Joanne Garland
était sûrement l'un de ces personnages, mais lequel?

« J'ai vingt et un petits-enfants, précisa la vieille dame
quand elle vit Burden regarder les photos. Quatre arrière-
petits-enfants, et, avec un peu de chance, si l'aînée de Mau-
reen s'y met, j'aurai un arrière-arrière-petit-fils un de ces
jours. Que voulez-vous savoir sur Joanne?

– Où est-elle, Mrs. Chowney? demanda Barry Vine. Nous
voudrions avoir l'adresse où elle se trouve actuellement. Ses
voisins l'ignorent.

– Joanne n'a jamais eu d'enfants. Mariée deux fois et pas
de gamin! Vu que dans la famille les femmes ne sont pas sté-
riles, je suppose que c'était par choix. Nous, on ne l'avait pas
tellement, à l'époque, mais les temps ont changé. Joanne était
peut-être trop égoïste, elle n'avait pas envie de supporter le
bruit et le désordre. Parce que ça en met, du désordre, les
enfants, d'une façon ou d'une autre! Je m'y connais, j'en ai eu

onze. Remarquez, étant l'aînée des filles, elle en savait quelque chose, elle aussi.

– Elle est partie, Mrs. Chowney. Pouvez-vous nous dire où ?

– Son premier mari travaillait dur, mais il n'a jamais réussi. Elle a divorcé, ça ne m'a pas plu. Je lui ai dit : Tu es la première de la famille à passer devant un tribunal, Joanne. Après ça, Pam aussi a divorcé, et ensuite Trev, mais à l'époque, Joanne était la première. Enfin, bref, elle a rencontré un homme riche. Vous savez ce qu'il répétait toujours ? Je ne suis qu'un pauvre milliardaire, Edie, qu'il me disait. Oh ! ils ont eu la grande vie, je vous assure. Tout le temps à dépenser, dépenser, dépenser ! Mais ça a fini aussi mal que la première fois, et il a dû payer. Oh ! la la, ce qu'elle l'a fait cracher ! C'est comme ça qu'elle a pu avoir la maison, monter une affaire à elle, acheter cette grosse voiture et tout. C'est elle qui règle ma pension ici, vous savez. Et ça coûte aussi cher qu'un hôtel chic à Londres, ce qui est vraiment un mystère quand on regarde autour de soi ! Oui, c'est elle qui paie, les autres n'y arrivaient pas. »

Burden dut arrêter le flot. Edie Chowney faisait seulement une pause pour reprendre son souffle. L'inspecteur n'ignorait pas à quel point les gens solitaires peuvent se montrer loquaces lorsqu'ils se trouvent enfin en compagnie, mais là, se dit-il, ça devenait ridicule.

« Mrs. Chowney...

– D'accord, j'ai fini, répondit-elle d'un ton plus vif. Je sais que je parle trop. Ce n'est pas l'âge, c'est ma nature, j'ai toujours été bavarde. Mon mari me le reprochait assez. Vous vouliez savoir quoi, sur Joanne ?

– Où est-elle ?

– À la maison, évidemment. Ou à sa boutique. Où voulez-vous qu'elle soit ?

– Quand l'avez-vous vue pour la dernière fois, Mrs. Chowney ?

La vieille dame fit quelque chose de curieux. On aurait dit qu'elle cherchait à se souvenir duquel de ses enfants ils voulaient parler. Elle parcourut des yeux la collection de photos à côté de son lit, réfléchit un moment, puis en choisit une, en couleurs, dans un cadre d'argent, et la regarda en hochant la tête.

« Ça devait être mardi soir. Oui, c'est ça, le jour où la pédicure est passée. Elle vient tous les mardis. Joanne est arrivée pendant qu'on prenait le thé, vers cinq heures, peut-être cinq heures et quart. Tu es en avance, je lui ai dit. Et la boutique ? Elle m'a corrigée : " La galerie, maman, tu dis toujours ça. Tout va bien à la galerie, Naomi reste jusqu'à la demie. " Vous voyez de qui elle parlait ? Naomi, c'est une des personnes qui se sont fait assassiner – non, massacrer, comme ils disent à la télé –, à *Tancred House*. Quelle terrible histoire, hein ? Je suppose que vous êtes au courant. Oui, forcément, vu que vous êtes de la police.

– Quand votre fille était ici, vous a-t-elle parlé d'une visite à *Tancred* prévue pour ce soir-là ? »

Mrs. Chowney tendit le portrait à Burden.

« Elle allait toujours là-bas le mardi soir. Avec cette pauvre Naomi, celle qui a été massacrée, elles faisaient les comptes de la boutique. La voilà, Joanne. La photo date de cinq ans, mais elle n'a pas beaucoup changé. »

Ils découvrirent une femme vêtue, de façon un peu trop recherchée, d'un ensemble rose vif à boutons dorés, avec de nombreux bijoux fantaisie dorés autour du cou et aux oreilles. Grande, blonde, bien faite, elle avait une coiffure assez compliquée et apprêtée, et paraissait très maquillée, bien qu'il fût difficile de se faire une idée d'après la photo.

« Elle ne vous a pas dit qu'elle partait en vacances ?

– Mais non, répondit Edie Chowney d'un ton vif. Elle n'allait nulle part. Elle me l'aurait dit. Qu'est-ce qui vous fait croire qu'elle est partie ? »

C'était là une question à laquelle Burden n'avait guère envie de répondre.

« Quand pensez-vous qu'elle reviendra vous voir ?

– Dans trois semaines, répondit la vieille dame d'une voix où perçait l'amertume. Au moins ! Sûrement pas avant. Joanne ne vient jamais me rendre visite plus d'une fois toutes les trois semaines, ou même un mois. Comme elle paie, elle s'imagine avoir fait son devoir et qu'il suffit de passer dix minutes ici de temps en temps pour être une bonne fille.

– Et vos autres enfants ? »

C'est Vine qui posa la question. Burden, lui, avait décidé de s'abstenir.

« Pam vient me voir, mais comme elle habite à deux rues d'ici, ce n'est pas la mort de passer tous les jours. Elle ne le fait pas, cela dit. Pauline est à Bristol, on ne peut donc rien espérer. Quant à Trev, elle est sur une de ces plates-formes pétrolières, vous savez. Doug vit à Telford, je ne sais pas où ça se trouve. Shirley, elle, a quatre enfants, c'est sa grande excuse. Dieu sait pourtant qu'ils sont tous adolescents ! John fait un saut quand ça l'arrange, c'est-à-dire pas souvent, et tout le reste m'arrive à l'approche des fêtes. Ah ! ça, à Noël, ils sont là. Une vraie tribu ! Mais quel intérêt ? C'est ce que je leur ai dit la dernière fois. À quoi ça sert de venir tous en même temps ? Sept d'un coup pour le réveillon ! Trev, Doug, Janet, Audrey...

– Mrs. Chowney, intervint Burden, pouvez-vous me donner l'adresse de... – il hésita, ne sachant trop comment formuler la chose – d'un ou deux de vos enfants qui habitent le plus près d'ici et pourraient savoir où se trouve votre fille Joanne ? »

Finalement, Wexford ne quitta pas *Tancred House* avant huit heures. Quand la voiture arriva au portail principal, Donaldson descendit ouvrir les deux battants et l'inspecteur principal remarqua alors qu'il y avait quelque chose attaché aux montants. Il faisait trop sombre sous les arbres serrés pour que l'on distinguât rien d'autre que des paquets informes.

Il alluma les phares de route, sortit de la voiture et alla voir. Des bouquets. Un nouvel hommage aux morts. Deux, cette fois. Un à chaque poteau. Des fleurs toutes simples, mais arrangées avec un goût exquis : une touffe de violettes et de primevères à la mode victorienne, et une gerbe de narcisses blancs comme neige entourés de lierre vert foncé. Wexford lut sur une des cartes : « En signe d'affliction pour la grande tragédie du 11 mars. » Et sur l'autre : « Ces morts violentes, fruits de violents desseins, par leur triomphe surviennent. » Il revint à la voiture et Donaldson franchit le portail. Le message du tout premier bouquet semblait anodin ; une citation d'*Antoine et Cléopâtre*, plutôt bien venue – enfin, de la part de quelqu'un nourrissant une folle admiration pour Davina Flory. Mais le second avait des résonances quelque peu sinistres. C'était sans doute aussi du Shakespeare, mais Wexford n'arrivait pas à resituer le vers.

Il avait des choses plus importantes en tête. Les coups de téléphone à John Chowney et Pamela Burns *née* * Chowney n'avaient rien donné. Ni l'un ni l'autre ne savaient où était leur sœur, et ils ignoraient qu'elle devait partir. Aucun voisin n'avait été averti de son absence, pas plus que son marchand de journaux. Joanne ne se faisait pas livrer de lait. Le gérant de la boutique de cartes postales à côté des *Guirlandes*, dans Kingsbrook Centre, s'attendait à la voir ouvrir la galerie jeudi matin, après une journée de deuil à la mémoire de Naomi Jones.

John Chowney mentionna le nom de deux femmes qu'il appelait des amies proches de sa sœur, mais celles-ci ne purent fournir aucun renseignement à Burden, surprises elles-mêmes d'apprendre l'absence de Joanne. On ne l'avait pas vue depuis mardi soir, dix-sept heures quarante, heure à laquelle elle avait quitté Caenbrook pour monter, sous les yeux de la garde de service, dans sa voiture garée devant la maison de retraite. Joanne Garland s'était évaporée dans la nature.

En d'autres circonstances, la police ne s'en serait guère préoccupée. Une femme qui s'en va quelques jours sans le dire à ses amis et à sa famille n'est pas pour autant portée disparue. Mais cette visite prévue le mardi soir à huit heures et quart changeait tout. Si l'inspecteur pouvait être certain d'une chose, c'est que Joanne avait tenu sa promesse et s'était rendue à *Tancred*. Sa disparition tenait-elle à ce qu'elle avait vu là-bas ou à ce qu'elle y avait fait ?

En rentrant chez lui, Wexford entendit aussitôt un rire venant de la salle à manger. Le rire de Sheila. Son manteau était accroché dans l'entrée. Ce devait être le sien. Qui d'autre aurait pu porter une fourrure synthétique de léopard des neiges avec un col en faux renard bleu pétrole ?

Ils en étaient, après la soupe, au plat principal. Du poulet rôti, pas de la sole *bonne femme* *. Pourquoi repenser à cela ? Il s'agissait d'une tout autre maison – qui aurait été perdue, là-bas, à *Tancred* – et absolument pas des mêmes personnes. Wexford s'excusa auprès de Dora d'être aussi en retard, l'embrassa, embrassa Sheila, puis tendit la main à Augustin Casey qui ne la prit pas.

« Gus nous parlait de Davina Flory, Pop, dit Sheila.

– Vous la connaissiez ?

– Mes éditeurs ne sont pas de ceux qui se plaisent à faire croire à un auteur qu'il est le seul de leur catalogue », déclara Casey.

Wexford, qui ignorait qu'ils étaient publiés par la même maison, lui et la morte, ne dit rien, et retourna enlever son chapeau et son manteau dans l'entrée. Il se lava les mains en se promettant d'être tolérant, magnanime, de se montrer aimable et indulgent. Quand il fut de retour et assis à table, Sheila fit répéter à Casey tout ce que celui-ci avait dit des livres de Davina Flory – des choses pour la plupart bien peu édifiantes aux yeux de Wexford. L'écrivain répéta également une histoire incroyable selon laquelle l'éditeur lui aurait envoyé le manuscrit de l'autobiographie de Davina Flory pour avoir son avis avant de faire une proposition à l'auteur.

« Je ne suis pourtant pas obtus, généralement, dit Casey, n'est-ce pas, mon amour ? »

Wexford frémit à ce mot, en se demandant ce qui allait suivre. La réaction de Sheila à cette question le fit presque rentrer sous terre tant elle contenait d'adoration et d'horreur en même temps à l'idée que quiconque, y compris Casey lui-même, pût suggérer avec une telle désinvolture qu'il fût autre chose qu'un génie.

« Je ne suis pourtant pas obtus, généralement, reprit l'autre, sans doute dans l'espoir d'un nouveau concert de protestations indignées, mais je n'avais réellement aucune idée que tout cela s'était passé par ici, et que vous... – il tourna de petits yeux pâles vers l'inspecteur principal – le père de Sheila, je veux dire, étiez... comment dit-on ? Il doit bien y avoir un *mot* pour cela... ah ! oui, *chargé* de l'affaire. Je ne connais rien à ces choses-là, moins que rien, mais Scotland Yard existe toujours, n'est-ce pas ? N'ont-ils pas une sorte de brigade qui s'occupe des meurtres ? Alors pourquoi vous ?

– Donnez-moi vos impressions sur Davina Flory, répondit Wexford d'un ton tranquille, ravalant une rage qui lui emplissait la bouche d'une aigre bouffée de chaleur et lui faisait passer un voile rouge devant les yeux. Cela m'intéresserait d'avoir l'opinion de quelqu'un l'ayant connue professionnellement.

– *Professionnellement ?* Mais je ne suis pas anthropologue ni explorateur. Je l'ai rencontrée à une réception chez un éditeur et, merci bien, je ne crois pas que je vais vous donner mes *impressions*. Ce ne serait pas prudent du tout, me semble-t-il. Je resterai bouche cousue, sinon cela me rappellerait trop le jour où je me suis fait arrêter pour conduite imprudente et que ce drôle de petit flic qui m'avait pourchassé sur sa moto a relu après, au tribunal, tout ce que je lui avais dit, l'ensemble inévitablement déformé par le filtre de son esprit à demi illettré.

– Un peu de vin, mon chéri ? proposa Dora d'une voix douce. Tu vas l'aimer, Sheila l'a apporté exprès pour toi. »

« Tu ne les as pas mis dans la même chambre, j'espère ?

– Reg, c'est moi qui devrais faire ce genre de remarque. Pas toi, censé être le plus libéral des deux ! Évidemment, je les ai mis dans la même chambre. Je ne dirige pas un hospice victorien. »

Wexford ne put s'empêcher de sourire.

« Totalement irrationnel, non ? Cela ne me dérange pas que ma fille couche sous mon toit avec un homme qui me plaît, mais l'idée me fait horreur dès qu'il s'agit d'un merdeux pareil.

– C'est la première fois que je t'entends utiliser ce mot !

– Il y a un début à tout. Comme de chasser quelqu'un de chez moi, par exemple.

– Tu ne ferais pas cela.

– Non, non, bien sûr. »

Le lendemain matin, Sheila annonça à ses parents que Gus et elle aimeraient les emmener dîner à l'hôtel *Cheriton Forest*, le soir. L'établissement venait de changer de propriétaire et commençait à être réputé pour sa cuisine merveilleuse et ses prix élevés. Elle avait réservé une table pour quatre. Augustin Casey fit remarquer que ce serait amusant de voir ces choses-là de ses propres yeux. Il avait un ami qui écrivait des comptes rendus sur ce genre d'endroit pour un journal du dimanche – en fait, une sorte de répertoire des goûts des années quatre-vingt-dix, dont le titre, *Plus d'argent que de bon sens*, était une trouvaille personnelle de Casey. Ce dernier était intéressé non seulement par la cuisine et l'atmosphère, mais aussi par le type de clients que l'on y verrait.

« Je croyais vous avoir entendu dire, hier soir, que vous n'étiez pas anthropologue », rappela Wexford, incapable de résister à la tentation.

Casey eut un de ses sourires énigmatiques : « Dites-moi, que mettez-vous sur votre passeport ? Officier de police, je suppose. Moi, j'ai toujours laissé *étudiant*. Cela fait dix ans que j'ai quitté mon université, mais je garde encore cette mention sur mon passeport, et je pense que c'est définitif. »

Wexford devait sortir. Il avait rendez-vous avec Burden pour prendre un verre à l'*Olive and Dove*. Une de leurs règles, destinée à être parfois enfreinte, était de ne jamais faire ce genre de choses un samedi, mais il fallait qu'il quitte un peu la maison de temps en temps, même sachant qu'il avait tort. Sheila le rattrapa dans l'entrée.

« Tout va bien, mon petit Pop ? Vraiment ?

– Ça va. L'affaire Flory me cause un peu de souci. Que comptez-vous faire aujourd'hui ?

– Nous avions l'intention d'aller à Brighton, Gus et moi. Il a des amis là-bas. Nous serons de retour largement avant l'heure du dîner. Tu pourras t'arranger pour venir avec nous, j'espère ?

– Je ferai de mon mieux », répondit-il en hochant la tête.

Elle parut un peu déçue.

« Gus est merveilleux, non ? Je n'ai jamais rencontré quelqu'un comme lui. »

Son visage s'éclaira. Elle avait un si joli visage ! Aussi parfait que celui de Greta Garbo, aussi doux que celui de Marilyn Monroe et d'une beauté aussi extraordinaire que celui d'Hedy Lamarr, du moins à ses yeux, se dit Wexford. De quelles profondeurs venaient donc les gènes qui avaient produit pareil phénomène ?

« Il est tellement intelligent, continua Sheila, que la moitié du temps je n'arrive pas à le suivre. Aux dernières nouvelles, il est invité à séjourner, en tant qu'écrivain, dans une université du Nevada. Ils sont en train de constituer là-bas une bibliothèque rassemblant ses manuscrits, qui s'appelle " Les Archives Augustin-Casey ". Ils l'apprécient vraiment beaucoup. »

Wexford n'avait pratiquement pas entendu la fin. Il en était resté, béat, à la phrase du milieu.

« Il va aller vivre au *Nevada* ?

– Oui, enfin, un an. Dans un endroit du nom de Heights.

– Aux *États-Unis* ?

– Il compte écrire son prochain roman là-bas, annonça Sheila. Ce sera son chef-d'œuvre. »

Wexford l'embrassa, et elle lui jeta les bras autour du cou. En descendant la rue, il faillit se mettre à chanter. Tout allait bien. Mieux que ça, encore ! Ils allaient passer la journée à Brighton et *Augustin Casey partait un an pour l'Amérique*. Il émigrait pratiquement, ce bonhomme ! Oh, mais pourquoi ne lui avait-elle pas dit cela hier soir ? Il aurait passé une bonne nuit ! Enfin, inutile de se tourmenter à ce sujet, maintenant. Il se réjouissait d'avoir eu l'idée d'aller à pied à l'*Olive*. Il pourrait ainsi fêter la nouvelle en prenant un alcool.

Burden était déjà là. Il arrivait de Broom Vale où, expliquat-il, avec un mandat de perquisition obtenu deux heures plus tôt, des policiers fouillaient la maison de Joanne Garland. Sa voiture, une BMW gris foncé, se trouvait dans le garage. Elle n'avait aucun animal domestique à nourrir ou à promener, pas de plantes à arroser ni de fleurs en train de mourir dans les vases. Le poste de télévision était débranché, mais certaines personnes font de même tous les soirs avant de se coucher. Elle semblait avoir quitté la maison de son plein gré.

Un agenda de bureau, qui recensait méticuleusement tous ses rendez-vous, avait seulement appris à Burden que Joanne Garland s'était rendue à un cocktail le samedi précédent, et à un déjeuner dimanche avec sa sœur Pamela. La visite à sa mère figurait à la date du mardi 11 mars. Tous les autres espaces étaient encore vierges. Avec sa petite écriture soignée et bien droite, Joanne arrivait à faire rentrer pas mal de renseignements dans les petits rectangles de deux centimètres et demi sur sept et demi prévus pour chaque journée.

« Nous sommes déjà tombés sur des affaires du même genre, rappela Wexford à Burden. On croit qu'une personne a disparu, pour apprendre finalement qu'elle était partie en vacances. Mais dans aucun de ces deux cas il ne s'agissait de quelqu'un ayant une telle foule de parents et d'amis. Des gens qui, notez-le, ont toujours été tenus informés, par le passé, des absences de la personne en question. Joanne devait se rendre à *Tancred House* à huit heures et quart mardi soir. C'était une femme ponctuelle à l'excès, nous a dit Daisy Flory. En d'autres termes, généralement en avance à ses rendez-vous. Nous pouvons par conséquent supposer qu'elle est arrivée là-bas peu après huit heures.

– Si elle y est allée. Que prendrez-vous ? »

Wexford n'avait plus l'intention de fêter quoi que ce soit, maintenant.

« Je m'étais dit un scotch. Mais je ferais mieux de renoncer. Une pinte de bitter, comme d'habitude. »

Burden partit chercher les consommations.

« Nous n'avons aucune raison de penser qu'elle s'est rendue à *Tancred*, dit-il en revenant.

– Hormis le fait qu'elle y allait tous les mardis, riposta Wexford. Et qu'on l'attendait. Sinon, elle aurait téléphoné, vous ne croyez pas ? Or il n'y a eu aucun appel à *Tancred* ce soir-là.

– Attendez un peu, Reg, de quoi parlons-nous, en fait ? Ça ne colle pas ! Nous avons affaire à des malfaiteurs ordinaires, non ? À des cambrioleurs à la gâchette facile en quête de bijoux. L'un d'eux peut être particulièrement renseigné sur la maison et ses habitants, et l'autre non, ce qui explique sans doute pourquoi le " gros blond à tête de brute ", comme dit Mrs. Chowney, a été le seul à se montrer aux trois personnes qu'il a tuées et à la quatrième, qu'il a manquée. L'autre, le visage connu, est resté à l'écart.

« Mais il s'agit de malfaiteurs classiques. Pas du genre à emmener avec eux un éventuel témoin pour s'en occuper après. Vous voyez ce que je veux dire, quand je dis que ça ne colle pas ? Si Joanne est venue à la porte, pourquoi ne pas l'avoir tuée elle aussi ?

— Parce que le barillet du Magnum était vide, répondit aussitôt Wexford.

— Bon. Admettons. Il y a d'autres façons de tuer. Cet homme a éliminé trois personnes, il n'hésiterait pas à faire une quatrième victime. Au lieu de cela, lui et son copain emmènent cette femme. Pas en otage ni parce qu'elle en sait trop, mais simplement pour aller s'en débarrasser ailleurs. Pourquoi ? Ça ne colle pas !

— Bien. Vous l'avez dit trois fois, j'ai compris. S'ils l'ont tuée à *Tancred*, qu'ont-ils fait de sa voiture ? Ils sont allés la remettre soigneusement chez elle au garage ?

— La femme pourrait être dans le coup. Ce serait elle, alors, le second malfaiteur. Nous avons seulement supposé qu'il s'agissait d'un homme. Cela dit, Reg, faut-il vraiment considérer cette hypothèse ? Joanne Garland a la cinquantaine. C'est une femme d'affaires prospère qui a réussi. Car c'est un fait ! Dieu sait pourquoi, sa galerie a du succès et marche bien ! De toute manière, elle est assez à l'aise financièrement pour ne pas en dépendre. Elle conduit une BMW de l'année dernière, et sa garde-robe est remplie de vêtements auxquels je ne connais rien, mais Karen dit qu'ils viennent de grands couturiers. Valentino, Krizia, Donna Karan. Vous connaissez ?

— Je lis les journaux, quand même, répliqua Wexford.

— Elle possède tous les équipements imaginables chez elle. Une des pièces de la maison est une salle de gymnastique remplie de matériel de remise en forme. De toute évidence, cette femme est riche. Qu'irait-elle faire de l'argent qu'un receleur pourrait lui donner pour les bagues de Davina Flory ?

– Mike, je viens de penser à quelque chose. Est-ce qu'elle a un répondeur ? Quel est son numéro de téléphone ? Il y a peut-être un message.

– Je ne connais pas le numéro, dit Burden. Vous pouvez appeler les renseignements avec votre gadget ?

– Bien sûr. »

Wexford obtint rapidement l'information qu'il cherchait. De leur table, dans un coin sombre de la salle de l'*Olive*, il composa le numéro de Joanne Garland. Le téléphone sonna trois fois, puis il y eut un léger déclic et ils entendirent une voix bien différente de ce à quoi ils s'attendaient – non pas forte et stridente, pleine d'autorité et de confiance en soi, mais douce, et même méfiante : « Vous êtes bien chez Joanne Garland. Je ne peux pas vous répondre pour le moment, mais si vous voulez bien me laisser un message, je vous rappellerai dès que possible. Parlez après le signal sonore. Merci. »

L'annonce classique, avec le nom et la formule recommandée par la plupart des modes d'emploi de répondeurs.

« Nous vérifierons les messages, s'il y en a eu. Je vais essayer de nouveau. J'espère qu'ils comprendront, cette fois, et décrocheront. Gerry est là-bas ?

– L'officier de police Hinde travaille à cette affaire, mais pas sur le terrain, répondit Burden en gardant son sérieux. Il a établi ce qu'il appelle une fantastique banque de données concernant tous les crimes commis dans la région depuis douze mois, et se promène là-dedans avec sa souris – je me trompe sûrement dans la terminologie – à la recherche de coïncidences. Dans la maison, il y a Karen, Archbold et Davidson. Un des trois pourrait peut-être avoir l'idée de répondre. »

Wexford refit le numéro. L'appareil sonna trois fois, puis se mit à redonner le message. À l'appel suivant, Karen Malahyde décrocha après deux sonneries.

« Ah, quand même ! dit Wexford. Vous savez qui c'est ? Oui ? Bon. Remettez la bande au départ, voulez-vous ? Si vous n'avez pas l'habitude de vous servir de ce genre d'objet, cherchez la touche marquée ÉCOUTE. Ne recommencez pas l'opération, notez ce qu'il y a sur la cassette et retirez-la. C'est sûrement un appareil qui ne fait passer les messages que deux fois. Entendu ? Rappelez-moi à mon numéro personnel. » Il s'adressa ensuite à Burden : « Je ne crois pas qu'elle soit impliquée dans les crimes de mardi soir, bien sûr que non, mais je pense qu'elle en a été témoin. Mike, je me demande si nous ne ferions pas mieux, au lieu de fouiller son domicile, de rechercher son corps à *Tancred*.

— Il ne se trouve pas aux abords de la maison ni dans les dépendances. Vous savez bien que nous avons regardé partout.

— Pas dans les bois. »

Burden eut une sorte de gémissement.

« Vous voulez un autre demi ?

— J'y vais. »

Wexford se dirigea vers le bar, les verres vides à la main. Sheila et Augustin Casey étaient sûrement en train de rouler vers Brighton, en ce moment. Il imaginait avec satisfaction – puisqu'elle allait bientôt s'interrompre, ne plus résonner que dans l'ombre de la sierra Nevada – la conversation dans la voiture. Un monologue, plutôt, dans lequel Casey devait laisser libre cours à un flot de réflexions spirituelles et brillantes, d'histoires ésotériques, d'anecdotes malveillantes et de récits à sa propre gloire, tandis que Sheila écoutait, subjuguée.

Burden leva les yeux vers lui quand il revint.

« Ils auraient pu l'emmener avec eux parce qu'elle les avait vus ou avait été témoin des meurtres. Mais où donc ? Pour la tuer comment ? Et de quelle façon sa voiture a-t-elle pu regagner son garage ? »

Le téléphone de Wexford émit soudain des bips.

« Karen ?

— J'ai retiré la bande, comme vous m'avez dit, chef. Que souhaitez-vous que j'en fasse ?

— Demandez-en une copie et rappelez-moi. Je veux l'entendre. Ensuite, vous m'apporterez tout cela à la maison. La bande et la copie. Quels messages y avait-il ?

— Il y en a trois. Le premier est d'une dénommée Pam, la

sœur de Joanne, je crois. J'en ai recopié le texte. Elle demande
de rappeler au sujet de dimanche, je ne sais pas ce que ça veut
dire. Le deuxième est d'un homme qui doit être représentant.
Un certain Steve. Pas de nom de famille. Il explique qu'il a
essayé sans succès d'appeler la boutique et pensait pouvoir la
joindre à son domicile. C'est à propos des décorations de
Pâques, précise-t-il. Est-ce qu'elle pourrait le rappeler chez
lui ? Le dernier est de Naomi Jones.

– Oui ?

– Le voici, mot pour mot, chef : " Jo, c'est Naomi. J'aimerais bien t'avoir au bout du fil, de temps en temps, au lieu de
tomber toujours sur cet appareil. Est-ce que tu peux venir à
huit heures et demie, ce soir, et pas plus tôt ? Maman déteste
que l'on interrompe le dîner. Je suis vraiment désolée, mais tu
sais ce que c'est. À plus tard. " »

Déjeuner en tête à tête à la maison.

« Il est invité là-bas comme écrivain, et va partir en plein
Far West, dit Wexford.

– Tu ne devrais pas te réjouir de quelque chose qui la rend
si malheureuse.

– Ah bon ? Je ne décèle aucun signe de malheur chez elle.
Je pense plutôt que les écailles lui tombent des yeux et qu'elle
voit à quel point elle sera mieux sans lui. »

Tout ce que Dora aurait pu répondre à ces remarques fut
suspendu par la sonnerie du téléphone.

« Voilà, chef, annonça Karen. Vous m'aviez demandé de
vous faire entendre le message. »

La voix de la morte s'adressa à lui, tel le murmure d'un fantôme : « ... Maman déteste que l'on interrompe le dîner. Je
suis vraiment désolée, mais tu sais ce que c'est. À plus tard. »

Il frissonna. On avait bel et bien interrompu le dîner de
« Maman ». Une heure ou deux après que l'on eut laissé ce
message, sa vie s'était trouvée interrompue à tout jamais.
Wexford revit la nappe rouge, la tache qui s'étalait dessus, la
tête reposant sur la table, et l'autre, rejetée en arrière, pendant
sur le dossier de la chaise. Il y avait aussi Harvey Copeland,
bras et jambes en croix sur l'escalier, et Daisy en train de ram-

per devant ses morts pour se traîner jusqu'au téléphone dans l'espoir de sauver sa peau.

« Ce n'est pas la peine de me l'apporter. Merci, Karen. Cela peut attendre. »

À trois heures et demie, il partit pour Myfleet voir Daisy Flory dans la maison où elle avait trouvé refuge.

11

La première chose qui vint à l'esprit de Wexford, c'est que Daisy se tenait dans la même position que sa défunte grand-mère. La jeune fille ne l'avait pas entendu entrer. Elle n'entendait rien, écroulée sur la table, un bras tendu devant elle et la tête posée à côté. C'est ainsi qu'était tombée Davina Flory, quand la balle l'avait touchée.

Wexford contemplait Daisy, abandonnée à son chagrin et le corps secoué de sanglots silencieux. La mère de Nicholas Virson lui avait expliqué où la trouver, mais ne l'avait pas accompagné jusqu'à la porte, qu'il referma derrière lui avant de faire quelques pas dans ce que Joyce Virson appelait « la petite tanière ». Ces gens-là utilisaient de drôles de termes pour désigner des parties de la maison que d'autres auraient tout simplement appelées « serre » ou « salon » !

Comme son nom l'indiquait, *The Thatched House* était une maison au toit de chaume, chose assez rare dans les environs. Même si les propriétaires, par une sorte de snobisme plein de fausse modestie, l'appelaient un cottage, il s'agissait en fait d'une demeure de bonnes dimensions, d'une architecture irrégulière et pittoresque, avec des motifs crépis sur les murs et des fenêtres de plusieurs tailles – des grandes, des moyennes, de très petites et certaines, près du toit, coiffées de pignons. Le toit lui-même était une formidable construction de paille d'un style très orné, avec un dessin tressé tout autour de chaque cheminée décorée de crépi et de cannelures. L'épaisse couche de chaume recouvrait également un garage « attenant », comme disent les agents immobiliers.

On a tellement vu de chaumières sur les calendriers qu'elles ont maintenant quelque chose d'un peu absurde et appellent les sarcasmes. Mais en oubliant ces images pour boîtes de chocolats, on pouvait apprécier cette maison pour ce qu'elle était vraiment : une belle antiquité anglaise, avec un joli jardin rempli de fleurs printanières agitées par le vent et des pelouses de ce vert brillant dû au climat humide.

À l'intérieur, un certain côté négligé, bricolé avec des moyens de fortune, fit douter Wexford de son premier jugement quant au succès professionnel de Virson. La petite tanière où Daisy se tenait écroulée sur la table avait un tapis usé et des housses de Nylon extensibles sur les chaises. Sur l'appui de la fenêtre, on voyait une plante en pot fatiguée, avec des fleurs artificielles plantées dans la terre pour l'agrémenter un peu.

La jeune fille eut un petit gémissement, peut-être pour montrer qu'elle avait remarqué sa présence.

« Daisy... », dit Wexford.

Elle remua légèrement son épaule non bandée, mais ne donna aucun autre signe indiquant qu'elle avait entendu.

« Daisy, je vous en prie, cessez de pleurer. »

Elle releva lentement la tête et n'offrit aucune excuse, aucune explication, cette fois. Son visage était bouffi de larmes comme celui d'un enfant. L'inspecteur principal s'assit sur une chaise en face d'elle, séparé de Daisy par une petite table qui, dans ce genre de pièce, pouvait servir de bureau, être utilisée pour jouer aux cartes ou dîner à deux. La jeune fille le regarda avec désespoir.

« Voulez-vous que je revienne demain ? Il faut que je vous parle, mais pas forcément maintenant. »

Enrouée d'avoir tant pleuré, elle répondit d'une voix qu'il reconnut à peine : « Maintenant ou un autre jour, c'est pareil.

— Comment va votre épaule ?

— Oh ! très bien. Je n'ai pas mal. Elle est juste endolorie. » Daisy prononça alors une phrase qu'il aurait trouvée ridicule dans la bouche d'une personne plus mûre ou venant de quelqu'un d'*autre* : « C'est mon cœur qui souffre. »

Elle parut se rendre compte de ce qu'elle avait dit et

comprendre, après coup, quel effet cela faisait, car elle éclata d'un rire artificiel.

« Ce que ça a l'air bête ! Pourtant, c'est vrai. Pourquoi, quand on dit la vérité, cela sonne-t-il aussi faux ?

– Peut-être parce que ce n'est pas tout à fait exact, répondit Wexford doucement. Vous l'avez lu quelque part. On ne souffre pas vraiment du cœur, sauf si l'on a une crise cardiaque, et encore, je crois que c'est en général le bras qui fait mal.

– Comme j'aimerais être plus vieille ! Aussi vieille et aussi sage que vous.

– Vous allez rester un moment ici, Daisy ? lui demanda-t-il, sans prendre sa réflexion au sérieux.

– Je n'en sais rien. Sans doute. Maintenant que j'y suis, pourquoi aller ailleurs ? Je leur ai demandé de me faire sortir de l'hôpital. C'était affreux, là-bas ! Affreux de se retrouver seule et, pis encore, en compagnie d'étrangers. » Elle haussa les épaules.

« Les Virson sont très gentils. J'aimerais bien rester seule, mais cela me fait peur aussi. Vous comprenez ce que je veux dire ?

– Je crois. C'est mieux, pour vous, d'être chez vos amis. Avec des gens qui vous laissent tranquille quand vous en avez envie.

– Oui.

– Vous sentez-vous prête à répondre à quelques questions sur Mrs. Garland ?

– Joanne ? »

Elle ne s'attendait pas à cela, en tout cas. Elle s'essuya les yeux avec les doigts et battit des paupières.

L'inspecteur avait décidé de ne pas lui faire part de leurs inquiétudes. Elle savait peut-être que Joanne Garland était partie pour une destination inconnue, mais pas qu'elle était « portée disparue » ni qu'ils la considéraient déjà comme morte. En censurant bien ses paroles, il lui expliqua qu'ils n'arrivaient pas à la retrouver.

« Je la connais assez peu, dit Daisy. Davina ne l'aimait guère. Elle considérait qu'elle n'était pas assez bien pour nous. »

Se souvenant de certaines choses que Brenda Harrison avait dites, Wexford fut étonné, et sa surprise dut se lire sur son visage car Daisy poursuivit : « Oh ! ce n'était pas par snobisme. Davina n'avait aucun préjugé de classe. (Elle baissa la voix.) Mais elle n'aimait pas trop ces deux-là non plus, continua-t-elle en montrant la porte du pouce. Davina n'avait pas de temps à perdre avec les gens qu'elle trouvait insignifiants ou ordinaires. Il fallait que tout le monde ait du caractère, de la vitalité, quelque chose de particulier. Elle ne connaissait personne d'ordinaire, vous comprenez, enfin, à part les gens qui travaillaient pour elle, et ne supportait pas non plus que j'en fréquente. Elle disait toujours qu'elle voulait me voir entourée des meilleurs esprits. En ce qui concernait Maman, elle avait renoncé, et pourtant Joanne ne lui plaisait pas. Elle ne l'a jamais aimée. Je me souviens d'une de ses expressions. Davina disait que Joanne plongeait ma mère dans " un bourbier de banalité ".

– Votre mère n'en tenait aucun compte ? » demanda Wexford, en remarquant que Daisy arrivait maintenant à parler des deux femmes sans que sa voix ne se brisât et sans sombrer dans le désespoir. Parler du passé l'aidait à contenir son chagrin. « Cela ne la gênait pas ?

– Il faut bien comprendre que ma pauvre mère elle-même faisait partie, en réalité, de ces gens ordinaires que Davina n'aimait pas. Je ne sais pas pourquoi. La faute de certains gènes, je suppose. » La voix de Daisy se raffermissait au fur et à mesure qu'elle parlait, perdant, grâce à l'intérêt qu'elle portait encore au sujet, ses accents rauques de tout à l'heure ; évoquer ces êtres qu'elle avait perdus la distrayait de sa souffrance. « Maman aurait pu être la fille de quelqu'un d'ordinaire, et non pas de Davina. Mais le plus bizarre, c'est qu'Harvey était un peu pareil, lui aussi. Davina parlait beaucoup de ses autres maris, le numéro un et le numéro deux. Elle racontait comme ils étaient amusants, intéressants, mais moi je me posais des questions, car Harvey n'avait jamais grand-chose à dire. C'était un homme très tranquille. Enfin, passif plus que tranquille, en réalité. Facile à vivre, comme il disait. Il faisait ce que Davina lui disait de faire. » Wexford crut voir une étincelle pétiller dans ses yeux. « Ou il essayait, en tout cas. Mais il était insignifiant, je crois que je l'ai toujours su.

– Votre mère restait amie avec Joanne Garland malgré la désapprobation de votre grand-mère ?

– Oh, Maman a dû subir la désapprobation, voire les moqueries de Davina toute sa vie ! Elle savait que rien ne trouverait jamais grâce à ses yeux, alors elle a fini par en faire à sa tête. Elle ne se révoltait même plus quand sa mère riait d'elle. Travailler dans cette boutique lui convenait. Vous l'ignorez sans doute – comment pourriez-vous le savoir ? –, Maman a essayé pendant des années de peindre. Je me souviens, quand j'étais petite, Davina venait la voir travailler dans ce studio qu'ils avaient installé pour elle et, disons, elle la critiquait. Je me rappelle une chose qu'elle a dite – j'ignorais ce que cela signifiait, à l'époque : " Eh bien, Naomi, je ne sais pas à quelle école tu appartiens, mais je crois qu'on pourrait te classer dans les cubistes préraphaélites. "

« Davina voulait que je sois tout ce que ma mère n'était pas. Et peut-être aussi tout ce qu'elle n'était pas *elle-même*. Mais quel intérêt pour vous, ces choses-là ? Maman adorait la galerie. Elle adorait gagner sa vie de façon indépendante et être, enfin, ce qu'elle appelait sa " propre maîtresse ". »

Pour le moment, Daisy avait oublié ses larmes. Parler lui faisait du bien. Wexford ne pensait pas qu'elle aurait eu raison de rester seule, comme elle le disait.

« Depuis combien de temps travaillaient-elles ensemble ?

– Joanne et Maman ? Quatre ans, à peu près. Mais c'étaient des amies de toujours, bien avant ma naissance. Joanne avait une boutique dans Queen Street, où Maman a commencé à l'aider. Ensuite, elle a eu sa galerie, quand on a construit le centre commercial. Vous dites qu'elle est partie ? Elle n'en avait pas l'intention, pourtant. Je me souviens que ma mère... *ce jour-là* – c'est comme ça que je dis, dans ma tête : *ce jour-là* –, ma mère voulait prendre son vendredi pour je ne sais quoi, mais Joanne n'était pas d'accord parce que le contrôleur de la TVA allait venir et elle devait lui montrer les livres de comptes. Je parle de Joanne. Cela prend des heures et il fallait que Maman s'occupe de la clientèle, comme elles disaient.

– Votre mère l'a appelée et a laissé un message sur son répondeur pour lui demander de ne pas venir avant huit heures et demie.

– Ça ne m'étonne pas, répondit Daisy d'un ton indifférent. Elle le faisait souvent, mais cela ne changeait pas grand-chose.

– Joanne n'a pas téléphoné au cours de la soirée ?

– Non, personne n'a appelé. Et elle n'aurait pas téléphoné pour dire qu'elle arriverait plus tard. Je ne crois pas qu'elle aurait *pu*, d'ailleurs, même si elle avait voulu. Ces maniaques de la ponctualité sont comme cela. Ils n'y peuvent rien. »

Wexford regarda la jeune fille, dont le visage avait retrouvé un peu de couleur. Elle était perspicace et s'intéressait aux autres, à leurs pulsions incontrôlables, à leur comportement. Il se demanda de quoi elle parlait avec ces Virson, quand ils étaient seuls, ensemble, aux repas et le soir. Quels points communs avait-elle avec eux ? Comme si elle lisait dans ses pensées, Daisy poursuivit : « Joyce – Mrs. Virson – s'occupe de l'enterrement. Les employés des pompes funèbres sont venus aujourd'hui. Elle vous en parlera, j'imagine. Je veux dire, nous pouvons faire des obsèques, n'est-ce pas ?

– Oui, oui. Bien sûr.

– Je ne savais pas trop. Je pensais que c'était peut-être différent quand il s'agissait de gens assassinés. Je n'y avais pas songé du tout avant que Joyce n'en parle. Cela nous a fait un sujet de conversation. C'est difficile de communiquer quand on doit éviter de mentionner la seule chose qui vous importe dans la vie.

– Heureusement, vous pouvez en parler avec moi.

– Oui. »

Daisy essaya de sourire.

« Il ne me reste plus aucune famille, vous comprenez. Harvey n'en avait pas de son côté, à part un frère qu'il a perdu il y a quatre ans. Davina était " la plus jeune des neuf fauvettes ", et presque tous les autres sont morts. Il faut bien que quelqu'un se charge d'organiser ces choses-là. Moi toute seule, je ne saurais pas. Mais je dirai quel genre de cérémonie je veux et j'irai à l'enterrement, naturellement.

– Tout le monde comprendrait que vous ne le fassiez pas.

– Je crois que vous vous trompez, dit-elle d'un ton pensif avant d'ajouter : Vous avez trouvé quelqu'un ? Enfin, des indices sur la personne qui... a fait cela ?

– Je voudrais savoir si vous êtes tout à fait certaine de la description que vous m'avez donnée de cet homme. »

L'indignation lui fit plisser le front, et ses sourcils noirs se rejoignirent.

« Quelle question ! Évidemment, j'en suis certaine ! Je peux vous la répéter, si vous voulez.

– Non, ce ne sera pas nécessaire, Daisy. Je vais vous laisser, maintenant. Mais j'aurai à vous parler encore plusieurs fois, je le crains. »

Elle se détourna de lui, comme un enfant qui tourne le dos par timidité.

« J'aimerais... j'aimerais qu'il y ait quelqu'un, juste une seule personne à qui je pourrais ouvrir mon cœur, dit-elle. Je suis si seule. Oh ! si seulement je pouvais ouvrir mon cœur à quelqu'un... »

Il résista à la tentation de proposer son assistance. Il valait mieux. Elle l'avait qualifié de vieux en laissant entendre qu'il était sage... Il répondit, un peu légèrement sans doute : « Vous parlez beaucoup de votre cœur aujourd'hui, Daisy. »

Elle lui fit face à nouveau.

« Parce que c'est là qu'il a essayé de me tuer. Il m'a visée au cœur, non ?

– Il ne faut pas penser à cela, lui dit-il. Vous avez besoin que l'on vous aide à oublier. Ce n'est pas à moi de vous conseiller, je ne suis pas compétent, mais vous pourriez peut-être consulter quelqu'un, non ? Qu'en pensez-vous ?

– Je n'en ai aucun besoin ! » s'exclama-t-elle avec dédain, dans un refus farouche qui rappela à Wexford ce que lui avait dit un jour un psychothérapeute rencontré au cours d'une enquête : quand quelqu'un prétend n'avoir nul besoin d'une aide professionnelle, c'est le plus sûr moyen de savoir qu'il se trompe.

« Ce qu'il me faut, c'est quelqu'un qui... *m'aime*, et je n'ai personne.

– Au revoir. »

Il lui tendit la main. Elle avait Virson pour l'aimer. Wexford était sûr que cet homme éprouvait – et continuerait d'éprouver – des sentiments pour elle. L'idée le désolait plutôt. Elle lui serra la main d'une poigne aussi ferme que celle d'un homme énergique, où il sentit toute la force de son manque, de son appel au secours.

« À bientôt.

– Je regrette d'être aussi assommante », lui dit-elle doucement.

Joyce Virson n'était pas exactement en train d'errer dans le couloir, mais c'est ce qu'elle venait de faire, devina l'inspecteur en la voyant émerger de ce qui devait être un salon, où elle ne l'invita pas à entrer. C'était une grande et forte femme d'une soixantaine d'années, peut-être moins, qui semblait bizarrement avoir été bâtie à une tout autre échelle que ses semblables. Elle était plus grande et plus large, avec un visage, une bouche, un nez plus importants que la normale, une masse d'épais cheveux gris bouclés, des mains d'homme, des pieds qui chaussaient sûrement du quarante-deux et une voix criarde, affectée de grande bourgeoisie pour couronner le tout.

« Je regrette, je voulais simplement vous poser une question plutôt délicate. Pouvons-nous organiser... les obsèques ?

– Certainement. Il n'y a aucun problème.

– Ah ! très bien. Ces choses-là sont inévitables, n'est-ce pas ? La mort fait partie de la vie. Cette pauvre petite Daisy a quelques idées extravagantes, mais elle ne peut s'occuper de rien, naturellement. C'est tout à fait compréhensible. J'ai déjà pris contact avec Mrs. Harrison, la gouvernante de *Tancred House*, à ce sujet. J'aurais manqué de tact, me semble-t-il, en ne l'associant pas à cela, vous ne trouvez pas ? J'avais pensé à mercredi ou jeudi prochain. »

Wexford répondit que ces décisions lui paraissaient raisonnables, tout en se demandant quel était le statut de Daisy maintenant. Devrait-elle avoir un tuteur jusqu'à sa majorité ? Et quand aurait-elle ses dix-huit ans ? Mrs. Virson referma la porte sur lui avec une certaine brusquerie, comme il convient de le faire avec une personne qui, selon ses critères, aurait dû autrefois – au bon temps – entrer et sortir par la porte de service. En rejoignant sa voiture, Wexford vit une MG, vieille mais pleine de classe, franchir le portail ouvert, et Nicholas Virson en descendre.

« Bonsoir », dit-il à l'inspecteur principal qui, alarmé, regarda sa montre. Il n'était que six heures moins vingt. Nicholas entra dans la maison sans se retourner.

Augustin Casey arriva au rez-de-chaussée en veste de smoking.

S'il avait dû nourrir quelques craintes quant à la tenue de l'ami de Sheila pour aller dîner au *Cheriton Forest*, Wexford l'aurait plutôt imaginé en jean et sweat-shirt, sans accorder toutefois une grande importance à la question. Ce serait son problème, ensuite, de devoir accepter la cravate qu'on lui proposerait à l'hôtel ou bien de refuser, et que tout le monde rentre à la maison. Wexford, de toute façon, s'en moquait. Mais la veste de soirée semblait appeler un commentaire, ne serait-ce que par comparaison avec son propre costume gris assez peu élégant. Ne trouvant rien à dire, l'inspecteur se contenta de lui offrir un verre.

Sheila fit son apparition, vêtue d'une minijupe bleu paon avec un haut pailleté bleu paon et émeraude. Son père n'apprécia guère la façon dont l'autre la toisa des pieds à la tête pendant qu'elle lui disait, *à lui*, qu'il avait l'air superbe.

Le plus troublant, c'est que tout alla très bien pendant la moitié de la soirée – la première moitié. Casey parlait. Wexford commençait à comprendre que les choses se passaient bien, en général, quand c'était lui qui s'exprimait, c'est-à-dire quand il avait choisi le sujet de la conversation et discourait en faisant quelques pauses pour permettre à son public de formuler des questions intelligentes au moment opportun. Sheila, nota Wexford, était experte en la matière et semblait toujours savoir à quel instant précis les lui poser. Elle avait essayé de leur parler d'un nouveau rôle qu'on lui avait offert, une chance merveilleuse pour elle – jouer le rôle-titre de *Mademoiselle Julie*, la pièce de Strindberg –, mais cela impatienta l'écrivain.

Au bar de l'hôtel, il évoqua le postmodernisme. « Peux-tu nous donner quelques exemples, Gus, s'il te plaît », demanda Sheila, humblement résignée à ce que l'on ne s'intéressât pas davantage à sa carrière, et Casey leur en fournit d'abondance. Ils allèrent ensuite dans l'une des différentes salles de restaurant dont le *Cheriton Forest* pouvait maintenant s'enorgueillir. Elle était pleine, et aucun des hommes assis à ces tables ne portait de veste de smoking. Casey, qui avait déjà bu deux grands cognacs, en commanda un autre et se dirigea aussitôt vers les toilettes.

Sheila était toujours apparue à son père comme une jeune femme intelligente, et celui-ci regrettait fortement d'avoir à réviser son opinion, mais comment faire autrement quand elle disait des choses pareilles ?

« Gus est si brillant que je me demande ce qu'il peut bien trouver à quelqu'un comme moi. Je me sens vraiment inférieure quand je suis avec lui.

– De sacrées mauvaises bases pour une relation », répondit-il. Dora lui lança un coup de pied sous la table et sa fille eut l'air blessé.

Casey revint en riant, ce que Wexford ne l'avait pas vu faire souvent. Un client, l'ayant pris pour un serveur, lui avait demandé deux Martini dry et il avait répondu : « Ça vient, monsieur », avec l'accent italien. Cela déclencha des rires interminables de Sheila. Casey but son cognac, fit toute une histoire pour commander un vin particulier, puis, extrêmement jovial, se mit à parler de Davina Flory.

Toute notion de « rester bouche cousue » en face de « drôles de petits flics » semblait oubliée. Il avait rencontré Davina en plusieurs occasions. La première fois à une réception pour le lancement du livre d'un autre auteur, et ensuite, quand, venue chez son éditeur à lui, ils s'étaient vus dans l'« atrium » – terme désignant le hall d'attente, qui permit à l'écrivain de se lancer dans une dissertation sur les mots à la mode et les emprunts oiseux faits aux langues mortes. Il jugea acceptable une interruption de Wexford, faite à un bon moment.

« Vous ignoriez que j'étais publié chez St. Giles Press ?

Vous avez parfaitement raison. Je ne le suis pas. Mais c'est la même boutique – le même grand magasin, pourrait-on dire. Carlyon, St. Giles Press, Sheridan et Quick, tout cela est sous l'égide de Carlyon Quick, maintenant. »

Wexford songea à son ami Amyas Ireland, le beau-frère de Burden, éditeur de la maison Carlyon Brent et qui l'était toujours, pour autant qu'il sache. La maison n'avait pas encore été absorbée. Ce serait peut-être une bonne idée de l'appeler pour lui demander des renseignements sur Davina Flory.

Car les souvenirs de Casey se réduisaient à bien peu de choses. Il l'avait rencontrée pour la troisième fois lors d'une réception donnée par Carlyon Quick dans leurs nouveaux bureaux de Battersea – en pleine « brousse », comme il disait. Elle était accompagnée de son mari, un « vieux beau » débordant d'amabilité et de bonnes manières, qui avait été autrefois député de la circonscription où habitaient les parents de Casey, et professeur de l'un de ses amis à la London School of Economics une quinzaine d'années plus tôt. Un « séducteur à la noix », décréta le jeune homme. Il avait exercé son charme sur les bataillons d'attachées de presse et de secrétaires toujours présentes à ces occasions-là, pendant que la pauvre Davina devait entretenir la conversation avec des directeurs de collection et des responsables commerciaux assommants. Non qu'elle soit restée effacée, d'ailleurs. Elle avait clamé bien haut ses opinions, de sa voix d'Oxfordienne des années vingt, ennuyant tout le monde avec la politique de l'Europe de l'Est et des détails sur un voyage à La Mecque fait avec l'un de ses époux dans les années cinquante. Wexford sourit intérieurement devant ce bel exemple de projection.

Casey n'aimait, pour sa part, aucun de ses livres, à l'exception peut-être des *Hôtes de Midian* – le roman qui, d'après Win Carver, avait été le moins bien reçu par le public et la critique –, et la définissait personnellement comme une Rebecca West pour lecteurs sans discernement. Comment diable avait-elle pu se croire capable d'écrire des romans ? Elle était bien trop directive, trop didactique et dénuée de toute imagination ! Casey avait pratiquement la certitude qu'elle était la seule personne présente à cette réception à ne pas avoir lu son livre à lui, dont on parlait pourtant pour le Booker Prize – ou du moins à ne pas vouloir se donner la peine de prétendre le contraire.

Il accompagna sa dernière remarque d'un rire qui voulait passer pour une autocritique et goûta le vin. C'est là que tout commença à se gâter. Casey fit la grimace, se servit de son deuxième verre comme d'un crachoir pour se débarrasser de la gorgée offensante, et tendit ensuite les deux verres au serveur.

« Ce pinard est infect. Enlevez-moi ça et apportez une autre bouteille. »

Il était étrange que rien de tel ne se soit produit le mardi précédent à *La Primavera*, fit remarquer Wexford lorsqu'il en reparla ensuite avec Dora. Mais ce n'est pas Casey qui invitait, ce jour-là, répondit-elle. Et puis, après tout, quand on goûte un vin que l'on estime réellement imbuvable, où doit-on le cracher ? Sur la nappe ? Elle lui cherchait toujours des excuses, mais c'était un peu difficile, cette fois. Comment le défendre, par exemple, quand, après avoir renvoyé les hors-d'œuvre, il avait, devant trois serveurs et le directeur du restaurant réunis autour de la table, déclaré au maître d'hôtel que celui-ci en savait autant sur la *nouvelle cuisine* * qu'une cantinière d'école souffrant de syndrome prémenstruel ?

Bien que Wexford et Dora ne fussent pas ses hôtes, le restaurant se trouvait près de chez eux et, dans un sens, ils se sentaient un peu responsables. De plus, Wexford décelait un manque de sincérité dans la façon d'agir de Casey ; il faisait tout cela pour la galerie, ou même par pure « malice », comme disaient les vieux dans sa jeunesse. Le repas se poursuivit dans un silence accablé, rompu par l'écrivain, qui, après avoir refusé le plat principal, déclara d'une voix très forte que lui, en tout cas, n'allait pas se laisser démoraliser par ces salopards.

Reprenant le sujet de Davina Flory, il se mit alors à faire des réflexions grossières sur sa vie sexuelle. Il suggéra, entre autres, que celle-ci était encore vierge huit ans après son premier mariage. Desmond, affirma-t-il d'une voix rauque et sonore, n'avait jamais réussi à « bander ». En tout cas avec elle. Rien d'étonnant, d'ailleurs ! Et Naomi, bien sûr, n'était pas sa fille. Casey se refusait, soi-disant, à essayer de deviner qui pouvait bien être le père, mais il avança aussitôt plusieurs hypothèses. Ayant remarqué la présence, à une table éloignée, d'un monsieur assez âgé qui n'était pas – malgré une ressemblance très prononcée avec lui – un certain scientifique distingué directeur de collège à Oxford, il commença à supputer tout haut combien de chances il y avait pour que le *doppelgänger* [1] de cet homme ait été le premier amant de Davina Flory.

Wexford se leva, annonçant qu'il s'en allait, et demanda à Dora de venir avec lui. Les deux autres pouvaient faire comme ils voulaient.

« S'il te plaît, Pop, plaida Sheila.

– Mais grands dieux, qu'est-ce qu'il y a ? » demanda Casey.

À son vif dépit, Wexford se laissa convaincre par sa fille de rester. Il aurait beaucoup mieux fait de ne pas en démordre, se dit-il au moment de l'addition, car Casey refusa de payer.

Il y eut alors une scène épouvantable. L'écrivain, qui avait absorbé pas mal de cognac et, sans être ivre, commençait à ne plus se contrôler, cria et injuria le personnel du restaurant. Wexford était bien résolu à ne pas régler cette addition quoi qu'il arrive, et même si l'on devait appeler la *police*. En définitive, c'est Sheila qui paya. Le visage impassible, son père la laissa faire, confiant plus tard à Dora qu'il avait passé là le plus mauvais moment de sa vie.

Et il ne ferma pas l'œil de la nuit.

On avait mis du contreplaqué à l'endroit où il manquait un panneau de verre à la fenêtre de la salle à manger, pour empêcher le froid de rentrer.

« J'ai pris sur moi de commander du verre de deux cents grammes, annonça Ken Harrison d'un ton lugubre à Burden. J'sais pas combien de temps ils vont mettre pour livrer ça. Des mois, je parie. Les criminels, les bandits qui font ce genre de choses ne pensent pas à tous les ennuis qu'ils causent aux petites gens comme vous et moi ! »

1. Sosie *(NdT)*.

Burden n'apprécia guère de se voir compter parmi les « petites gens ». Cela lui donnait l'impression d'être un pauvre gueux, expliqua-t-il après à Wexford, mais il ne dit rien. Ils marchèrent, sans se presser, vers les jardins de derrière en direction de la pinède. C'était une belle matinée ensoleillée, avec un froid piquant et du givre qui argentait encore l'herbe et les haies de buis. Dans les bois, au milieu des arbres sombres et dénudés, les prunelliers commençaient à fleurir, leurs rameaux noirs enchevêtrés constellés de flocons blancs comme après une chute de neige. Pendant le week-end, Harrison avait taillé les rosiers de façon sévère, presque au ras du sol.

« Si ça se trouve, c'est fini pour nous, ici, dit-il. Mais il faut bien continuer, non ? Comme si tout était normal. C'est ça, la vie.

– Parlons un peu des Griffin, Mr. Harrison. Que pouvez-vous me dire sur eux ?

– Une bonne chose, déjà. Terry Griffin s'est offert un jeune cèdre de par ici comme sapin de Noël, il y a deux ans de ça. Je suis arrivé pendant qu'il l'arrachait. Personne ne verra rien, qu'il m'a dit. J'ai pris sur moi d'en parler à Harvey – Mr. Copeland, quoi.

– Est-ce la raison pour laquelle vous vous êtes brouillés avec eux ? »

Harrison lui jeta un regard de côté, à la fois agressif et soupçonneux.

« Ils n'ont jamais su que je l'avais dénoncé. Harvey a dit qu'il s'en était rendu compte tout seul, en faisant exprès de ne pas parler de moi. »

Après avoir traversé les arbres, ils entrèrent dans la pinède, où le soleil ne pénétrait qu'en bandes ou en rais de lumière entre les branches basses des conifères. Il faisait froid. Sous leurs pieds, le sol était sec et plutôt glissant – un vrai tapis d'aiguilles.

Burden ramassa une pomme de pin à la forme bizarre, d'un brun brillant et ressemblant aussi parfaitement à un ananas que si elle avait été sculptée de main de maître dans le bois.

« Savez-vous si John Gabbitas est chez lui ou bien dans la forêt ? demanda-t-il.

– Il sort à huit heures et il est là-bas, à cinq cents mètres à peu près, en train d'abattre un mélèze mort. Vous n'entendez pas la scie ? »

Le gémissement de l'engin parvint à cet instant, pour la première fois, aux oreilles de Burden, et des arbres devant eux jaillit soudain le cri discordant d'un geai.

« Quelle était donc la raison de votre dispute avec les Griffin, Mr. Harrison ?

– C'est personnel, répondit l'autre d'un ton bourru. Ça ne regarde que Brenda et moi. Elle serait perdue si ça se savait, donc je ne vous dirai rien de plus.

– Dans une affaire de meurtre, comme je l'ai déjà expliqué à votre femme, rien de ce qui concerne les personnes mêlées à l'enquête ne peut rester privé, déclara Burden avec cette douceur aimable et trompeuse qu'il avait apprise de Wexford.

– On n'est mêlés à aucune enquête, nous !

– Mais si, je regrette. J'aimerais que vous y réfléchissiez, Mr. Harrison. Il faudra décider si vous préférez nous le dire vous-même, ou bien votre femme, ou tous les deux ensemble. Si vous voulez m'en parler à moi ou à l'inspecteur adjoint Vine. Ici ou bien au poste de police. Parce que, de toute façon, vous allez nous le dire, que ce soit bien clair ! À plus tard. »

Il s'éloigna le long de l'allée qui traversait la pinède en laissant Harrison planté là à le regarder. L'homme cria quelque chose que Burden n'entendit pas et il ne se retourna pas. Il faisait rouler la pomme de pin entre ses deux paumes comme un jouet familier. La sensation lui plaisait. L'inspecteur mit le cône dans sa poche quand il vit la Land Rover devant lui, et Gabbitas en train de manier sa tronçonneuse.

John Gabbitas portait la tenue de protection – pantalon en toile dérapante, gants et bottes, masque et lunettes – que les jeunes forestiers avisés enfilent avant de se servir de cet outil. Après l'ouragan de 1987, les salles de chirurgie des hôpitaux de la région, se souvint Burden, étaient pleines de bûcherons amateurs qui s'étaient eux-mêmes amputé les pieds et les mains. Le signalement, enregistré maintenant, que Daisy avait donné du tueur lui revint à l'esprit. Elle avait dit que son masque ressemblait à « un de ceux que portent les forestiers ».

En apercevant Burden, Gabbitas arrêta la scie et s'approcha. Il abaissa sa visière, remonta son masque et ses lunettes.

« Nous nous intéressons toujours à cette rencontre que vous auriez pu faire en rentrant chez vous mardi dernier.

– Je n'ai vu personne, je vous ai dit. »

Burden s'assit sur un rondin, et tapota la surface lisse et sèche de l'écorce à côté de lui. Gabbitas vint s'y asseoir avec réticence, écoutant d'un air légèrement indigné l'inspecteur lui parler de la visite de Joanne Garland.

« Je ne l'ai pas vue. Je ne la connais pas. Je n'ai ni dépassé ni vu aucune voiture ! Pourquoi ne pas lui poser la question à *elle* ?

– Elle est introuvable, elle a disparu, lui apprit Burden, bien qu'il ne fût pas dans ses habitudes de révéler ce genre de choses à un éventuel suspect. En fait, nous avons commencé aujourd'hui à fouiller les bois... – Il regarda l'autre fixement – pour retrouver son corps.

– Je suis rentré chez moi à huit heures vingt, répéta le forestier avec obstination. Je ne peux pas le prouver parce que j'étais seul, mais je n'ai vu personne. Je suis revenu par la route de Pomfret Monachorum et je n'ai dépassé ou croisé aucune voiture. Il n'y en avait pas devant *Tancred House*, ni à côté de la maison ni derrière les cuisines. Je le *sais*. Je dis la vérité. »

J'ai un peu de mal à croire qu'en revenant à cette heure-là, tu n'aies pas vu les deux voitures, se dit Burden. Mais aucune, ça, c'est impossible à admettre ! Tu mens, et tu dois avoir un drôle de bon motif pour le faire... Pourtant, la voiture de Joanne Garland se trouvait dans son garage. Celle-ci était-elle arrivée dans un autre véhicule et, dans ce cas, lequel ? Un taxi, peut-être ?

« Que faisiez-vous avant de venir ici ? »

La question parut surprendre Gabbitas.

« Pourquoi me demandez-vous cela ?

– C'est le genre de question que l'on pose dans une enquête sur un meurtre, répondit patiemment Burden. Par exemple, comment avez-vous trouvé ce travail ? »

Gabbitas fit marche arrière. Après un long moment de réflexion et de silence, il en revint à la première question.

« Je possède un diplôme de sylviculture et je donne quelques cours, je vous l'ai dit. C'est l'ouragan, comme ils appellent la tempête de 1987, qui m'a permis de démarrer, en réalité, car il y a eu ensuite plus de travail que ne pouvaient en assurer tous les forestiers du pays. J'ai même gagné un peu d'argent, pour une fois. Je travaillais près de Midhurst. (Il releva les yeux d'un air sournois, trouva Burden.) C'est là que j'étais, en fait, le soir où a eu lieu cette histoire.

– En train d'élaguer. Mais personne ne vous a vu. »

Gabbitas eut un geste d'impatience. Il bougeait beaucoup les mains pour s'exprimer.

« J'ai un métier de solitaire, je vous l'ai dit. Il n'y a pas tout le temps quelqu'un là, à me surveiller. L'hiver dernier, enfin non, celui d'avant, la majeure partie du travail à faire dans la région était terminée, quand j'ai vu cette offre d'emploi.

– Où donc ? Dans un magazine ? La feuille de chou locale ?

– Dans le *Times*, répondit Gabbitas avec un petit sourire. C'est Davina Flory elle-même qui m'a reçu pour l'entretien. Elle m'a donné un exemplaire de son livre sur les arbres, mais je ne peux pas dire que je l'ai vraiment lu. (Il gesticula de nouveau.) C'est la maison qui m'a plu. »

Il dit cela à toute vitesse, comme s'il se jetait à l'eau, songea Burden. Comme pour empêcher qu'on lui demande si c'était la fille, en fait, qui lui avait plu.

« Et maintenant, si vous voulez bien m'excuser, j'aimerais abattre cet arbre avant qu'il ne tombe en faisant toutes sortes de dégâts inutiles. »

Burden revint par le bois et la pinède. Il traversa le jardin, cette fois, en direction de la vaste étendue recouverte de graviers qui menait aux écuries. La voiture de Wexford était là, ainsi que la sienne, deux cars de police et la Vauxhall de l'inspecteur adjoint Vine.

En entrant, il trouva Wexford dans une attitude surprenante de sa part. Assis en face d'un ordinateur, celui de Gerry Hinde, l'inspecteur principal regardait fixement l'écran. Quand il releva la tête, Burden eut un choc en voyant sa figure – ce teint gris, ces rides de vieillesse récentes, sûrement, et quelque chose qui ressemblait à de la souffrance dans ses yeux. Wexford parut, l'espace d'un instant, avoir perdu tout contrôle des expressions de son visage, puis il retrouva quelque maîtrise de lui-même et reprit sa physionomie habituelle – ou presque. Hinde, installé devant son clavier, avait fait apparaître une longue liste incompréhensible, en tout cas pour Burden.

Wexford aurait aimé, lui aussi, comme le souhaitait Daisy Flory, avoir quelqu'un à qui pouvoir se confier librement. Dora ne témoignait, en l'occurrence, d'aucune compréhension. Il aurait donné cher pour pouvoir discuter de ce que lui avait déclaré Sheila. Elle l'accusait, lui son père, de nourrir des préventions contre Augustin Casey et d'avoir décidé de le haïr. Elle était amoureuse de cet homme au point d'avoir découvert le sens de ce mot pour la première fois avec lui, si étrange que cela parût, et s'il fallait faire un choix – c'était cela, le pire ! – elle « trancherait », avait-elle dit – utilisant curieusement un terme biblique –, en sa faveur, et tournerait le dos à ses parents.

Tout cela, exprimé lors d'une promenade sinistre en tête à tête pendant que l'autre, au lit, cuvait son cognac, l'avait atteint en plein cœur – comme dirait Daisy. Son seul réconfort était de savoir que l'on avait offert à Sheila un rôle impossible à refuser, et que Casey s'en allait au Nevada.

Sa détresse se lisait sur sa figure, il le savait, et il fit de son mieux pour l'effacer. Burden vit l'effort que cela lui demandait.

« Nous avons commencé à fouiller le bois, Reg. »

Wexford se leva et s'éloigna.

« C'est vaste. Ne pourrait-on pas enrôler quelques gens d'ici pour nous aider ?

– Ils ne s'intéressent qu'aux enfants disparus. Personne ne va se joindre à nous pour retrouver le cadavre d'un adulte, que ce soit par amour ou pour de l'argent.

– Et nous n'avons ni l'un ni l'autre à offrir », répondit l'inspecteur principal.

12

« Il est parti, déclara Margaret Griffin.

– Parti où ?

– C'est un adulte, non ? Je ne lui demande pas où il va ni quand il rentre. Il vit chez ses parents, mais ce n'est plus un enfant. Il fait ce qu'il veut. »

Les Griffin buvaient un café en regardant la télévision au milieu de la matinée. Ils n'en offrirent ni à Burden ni à Barry Vine. Comme celui-ci le fit remarquer un peu plus tard à son collègue, Terry et Margaret Griffin faisaient beaucoup plus âgés qu'ils ne l'étaient. Des petits vieux, déjà, qui suivaient visiblement une routine, même s'ils ne le disaient pas : la télévision, les courses, des repas légers à des heures régulières, la solitude à deux, et au lit pas trop tard. Ils répondirent aux questions de Burden avec une agressivité résignée qui menaçait à tout moment de céder à la paranoïa.

« Est-ce qu'Andy s'absente souvent ? »

Mrs. Griffin était une petite femme ronde aux cheveux blancs et aux yeux bleus protubérants.

« Qu'est-ce qui le retiendrait ici ? Je veux dire, il ne risque pas de trouver du travail ! On a encore licencié deux cents employés chez Myringham Electrics la semaine dernière.

– Il est électricien ?

– Il peut tout faire, Andy, affirma Terry Griffin. À condition qu'on lui en donne l'occasion. C'est pas un de ces ouvriers non qualifiés, vous savez. Il a été le secrétaire particulier d'un homme d'affaires très important.

– Un monsieur américain, qui avait une confiance totale en lui. Il faisait sans arrêt des voyages à l'étranger et laissait tout entre les mains d'Andy.

– La maison était entièrement à sa disposition, il avait les clés, il pouvait conduire la voiture et tout. »

Burden, plutôt sceptique, demanda : « C'est pour aller chercher du travail qu'il s'en va, alors ?

— Je vous l'ai dit, je n'en sais rien et je ne lui pose pas de questions.

— Vous nous avez signalé que votre fils était sorti mardi à six heures, intervint Barry. Mais il faut tout de même que vous sachiez, Mr. Griffin, qu'aucun des amis qui étaient soi-disant avec lui ne l'a vu ce soir-là. Il n'a pas fait la tournée des pubs avec eux et ne les a pas retrouvés au restaurant chinois.

— De quels amis il parlait ? Il ne nous dit jamais rien sur les gens qu'il fréquente. Il a dû aller dans d'autres pubs, non ?

— Cela reste à voir, Mr. Griffin, dit Burden. Andy doit très bien connaître le domaine. Il y a passé toute son enfance, n'est-ce pas ?

— Qu'est-ce que vous appelez le domaine ? demanda Mrs. Griffin. Il n'y a que deux maisons là-bas, plus la grande où, eux, ils habitent. Enfin, habitaient, plutôt. »

Le domaine de *Tancred*, songea Burden. Comment auraient-ils pu comprendre le sens de ces mots ? Mais une vie passée dans la police lui avait appris à ne jamais rien expliquer s'il pouvait l'éviter.

« Les bois, les terres, Andy les connaît bien ?

— Évidemmennt. C'était un gamin de quatre ans quand on est arrivés là-bas, et cette fille, la petite-fille, n'était qu'un bébé. Normalement, ils auraient dû jouer ensemble, pas vrai ? Andy en avait envie. Il me disait toujours : " Pourquoi je ne peux pas avoir une petite sœur, Maman ? — Parce que le bon Dieu ne va plus nous envoyer de bébés, mon mignon ", que je devais lui répondre. Pas question qu'on la laisse jouer avec lui. Oh non, il n'était pas assez bon pour ce petit trésor de Mademoiselle ! Il n'y avait que deux enfants là-bas, mais interdit de jouer ensemble...

— Lui qui se prétendait député travailliste ! ajouta Terry Griffin en s'esclaffant d'une voix grave. Pas étonnant qu'il se soit fait jeter aux dernières élections.

— Andy n'entrait donc jamais dans la maison ?

— Je n'ai pas dit ça, répliqua Margaret Griffin d'un ton pincé, tout à coup. Absolument pas. Qu'est-ce que vous racontez ? Il venait avec moi, quelquefois, quand j'allais donner un coup de main. Ils avaient une gouvernante qui habitait à côté, toute seule, avant l'arrivée de ces Harrison. Mais elle ne pouvait pas faire tout le travail s'il y avait des invités. Alors Andy m'accompagnait partout dans la maison, quoi qu'ils puissent dire. Mais attention, je crois bien qu'il ne l'a plus jamais fait passé, mettons, ses dix ans. »

C'était la première fois qu'elle mentionnait Ken et Brenda Harrison – que l'un d'eux faisait allusion à l'existence de leurs voisins d'autrefois.

« Quand il s'en va, Mrs. Griffin, c'est pour combien de temps en général ? s'enquit Barry.

– Peut-être deux jours, ou une semaine.

– J'ai cru comprendre que vous étiez en froid avec Mr. et Mrs. Harrison quand vous êtes partis... »

Burden fut interrompu par un cri de victoire de Margaret Griffin. On aurait dit le ricanement d'un élément perturbateur dans un meeting ou, comme le suggéra Karen par la suite, un enfant qui se moque d'un petit camarade pris en faute en répétant : « Na-na-nère ! »

« Je le savais ! Tu l'avais dit, pas vrai, Terry, qu'ils le découvriraient ? Ça va se savoir, maintenant, tu l'avais dit. Et autant pour les belles promesses de Mr. Harvey Copeland *le travailliste* ! Ils vont s'emparer de ça pour salir le pauvre Andy, après tout ce temps. »

Sagement, Burden ne révéla par aucun mouvement musculaire ni même par un seul battement de paupières qu'il n'avait pas la moindre idée de ce dont elle parlait, et il conserva un regard plutôt sévère de personne qui sait tout pendant qu'ils le lui expliquaient.

L'estimation des bijoux de Davina Flory rejoignit le reste des données de Gerry Hinde sur l'ordinateur.

Barry Vine en discuta avec Wexford.

« Bon nombre de malfaiteurs trouveraient que trente mille livres, c'est assez pour tuer trois personnes, chef.

– En sachant qu'ils en tireront peut-être la moitié avec les filières qu'ils utilisent... Oui, c'est possible. Nous n'avons pas d'autre mobile.

– Il y a aussi la vengeance. De quelque préjudice réel ou imaginaire dont Davina ou Harvey Copeland se seraient rendus responsables. Et Daisy Flory avait un mobile. Que l'on sache, c'est elle qui hérite et personne d'autre, étant la seule survivante. Je reconnais que c'est un peu tiré par les cheveux, chef, mais si on parle de mobiles...

– Elle a tué toute sa famille et s'est blessée elle-même ? Ou alors elle a un complice ? Son amant Andy Griffin, par exemple ?

– Oui, je sais bien.

– Je ne pense pas que *Tancred* l'intéresse beaucoup, Barry. Elle n'a pas encore saisi l'importance de la fortune et des biens qui lui reviennent. »

Vine quitta l'écran des yeux.

« J'ai parlé à Brenda Harrison, chef. Elle dit qu'elle s'est disputée avec les Griffin parce qu'elle n'aimait pas que la femme étende son linge dans le jardin le dimanche.

– Vous y croyez ?

– Je trouve que cela révèle chez Brenda plus d'imagination que je n'aurais supposé. »

Wexford éclata de rire, puis reprit aussitôt son sérieux.

« Nous pouvons être sûrs d'une chose, Barry. Ce crime a été commis par quelqu'un qui ignorait tout du domaine et de ses habitants, aidé d'un complice qui, lui, les connaissait parfaitement.

– Un qui a les renseignements, et l'autre qui suit les instructions ?

– Je ne pourrais pas mieux résumer la chose », conclut Wexford.

Il était content de l'adjoint de Burden. On ne doit pas se dire, même en secret, lorsqu'un homme a connu une mort héroïque – ou toute autre mort –, que le remplacer apporte un changement positif, ni qu'une tragédie peut se révéler une vraie bénédiction. Mais enfin, il y avait un peu de cela dans ce que ressentait l'inspecteur principal... ou du moins un soulagement indiscutable de voir que le successeur de Martin se montrait si prometteur.

Barry Vine était un homme puissant et bien musclé, de taille moyenne, que l'on aurait pu qualifier de petit s'il ne se tenait pas si droit. Il s'adonnait à l'haltérophilie sans vraiment le cacher, mais en privé, cependant. Ses cheveux, aux reflets roux, courts et épais, étaient de ceux qui peuvent se dégarnir mais ne laissent jamais place à la calvitie, et sa petite moustache poussait brune et non pas rousse. Il y a des gens qui ont toujours la même apparence et que l'on reconnaît instantanément. On peut évoquer leur visage de mémoire et se le projeter intérieurement. Barry, lui, était plus changeant. Sous certains éclairages et certains angles, ses traits semblaient bien définis, avec un dessin assez dur de la mâchoire, mais, à d'autres moments, son nez et sa bouche avaient l'air presque féminins. Ses yeux, en revanche, plutôt petits et d'un bleu pur très sombre, ne variaient jamais, fixant amis ou suspects du même regard franc et posé.

Wexford, que sa femme qualifiait de libéral, s'efforçait toujours d'être patient et tolérant, mais ne réussissait souvent – d'après lui, du moins – qu'à se montrer irascible. Burden, lui, n'aurait jamais imaginé avant son second mariage – il n'avait peut-être pas bien écouté avant, quand on lui en parlait – qu'il pût exister la moindre sagesse ou vertu à défendre autre chose qu'un point de vue strictement conservateur. Il partageait tout à fait l'opinion que les forces de l'ordre représentaient le parti conservateur, doté de casques et de matraques.

Barry Vine, pour sa part, ne se préoccupait guère de politique. Typiquement anglais – et même plus, de façon curieuse, qu'aucun de ses supérieurs –, il votait pour le parti qui avait le mieux servi ses intérêts et ceux de son entourage immédiat dans un passé récent. Peu lui importait de savoir de quel bord celui-ci se réclamait. « Ses intérêts », cela signifiait, dans son vocabulaire, un maximum d'efforts de la part du gouvernement sur le plan financier, lui permettant d'économiser de l'argent grâce à la diminution des impôts et à la baisse des prix, pour une vie plus confortable.

Burden pensait que le monde irait bien mieux si les autres agissaient un peu plus comme lui, et Wexford que les gens auraient moins de problèmes s'ils apprenaient à réfléchir, mais Vine ne se risquait même pas à une métaphysique aussi primaire. À ses yeux, il y avait d'abord une vaste – quoique insuffisante – population composée de gens convenables et respectueux des lois, qui travaillaient, étaient propriétaires de leurs maisons et élevaient leur famille à des degrés divers de prospérité, et ensuite toute une masse d'individus qu'il identifiait instantanément, même s'ils n'avaient encore commis aucun délit. Le plus étrange, c'est que cela ne dépendait pas de leur classe sociale, comme pour Burden, par exemple. Vine pouvait repérer un malfaiteur, disait-il, sous le masque d'un noble titré possédant une Porsche et plusieurs millions de livres en banque – que la personne ait l'accent d'un professeur d'histoire de l'art à Cambridge ou celui d'un cantonnier. N'étant pas snob, il partait souvent avec un *a priori* favorable à l'égard du cantonnier, en fait. Son flair pour détecter les gens malhonnêtes se basait sur des indices tout différents. Sur l'intuition, peut-être, même s'il appelait cela du bon sens.

Lorsqu'il se retrouva au *Slug and Lettuce*, le pub de Myringham où, avait-il découvert, se réunissaient presque tous les soirs les amis d'Andy Griffin, il se servit donc très vite de ses antennes pour jauger du potentiel criminel des quatre hommes à qui il venait d'offrir des demis de bière Abbot.

Deux d'entre eux étaient au chômage, ce qui ne réduisait nullement leur assiduité au pub. Wexford les aurait excusés en disant que les humains veulent du cirque et pas seulement du pain – *panem et circenses*. Burden aurait parlé, lui, d'un manque de cervelle. Pour Vine il s'agissait là du comportement caractéristique d'individus en quête de moyens illégaux de gagner de l'argent. Le troisième, électricien, maugréait contre la crise qui lui faisait perdre du travail. Et le dernier, coursier pour une société de livraison en vingt-quatre heures, se proclamait « messager motorisé ».

On entendait très souvent au tribunal, dans la bouche des prévenus ou même des témoins, une phrase qui offensait particulièrement l'oreille de Vine : « Ça se pourrait bien. » Qu'est-ce que cela voulait dire ? Rien du tout. Moins que rien.

N'importe qui, en fait, aurait pu se trouver pratiquement n'importe où, à faire n'importe quoi !

Lorsque le chômeur nommé Tony Smith dit qu'il « se pourrait bien » qu'Andy ait été au *Slug and Lettuce* la nuit du 11 mars, Vine n'en tint donc aucun compte, les autres lui ayant déjà dit, quelques jours plus tôt, qu'ils ne l'avaient pas vu ce soir-là. Kevin Lewis, Roy Walker et Leslie Sedlar soutenaient mordicus qu'Andy n'était pas venu avec eux au pub ni, ensuite, au *Panda Cottage*. Ils se montraient moins affirmatifs en ce qui concernait l'endroit où celui-ci se trouvait actuellement.

« Ça se pourrait bien qu'il ait été ici au *Slug* le dimanche soir », lui dit Tony Smith. Les autres n'en savaient rien. Ils ne fréquentaient pas le pub ce jour-là, justement.

« Il va souvent dans le Nord, suggéra Leslie Sedlar.

– C'est ce qu'il vous a dit, ou vous le savez ? »

La distinction était difficile à faire pour eux. Tony Smith affirma qu'il le savait.

« Il va régulièrement dans le Nord avec le camion, pas vrai ?

– Il n'a plus de travail, fit remarquer Vine. Et cela depuis un an.

– Quand il était encore chauffeur, il allait là-bas régulièrement.

– Et maintenant ? »

Quelqu'un disait qu'il allait dans le Nord, donc c'était vrai. On le croyait. En réalité, les quatre hommes ne se souciaient guère des allées et venues d'Andy. Quelle importance ? Vine demanda à Kevin Lewis, qu'il jugeait, de tous, le plus sensé et sans doute le plus respectueux des lois, où pouvait se trouver Andy en ce moment, d'après lui.

« Parti à moto, répondit Lewis.

– Où donc ? À Manchester ? Liverpool ? »

Ils semblaient ne pas trop savoir où étaient ces villes. Le nom de Liverpool faisait remonter chez Kevin Lewis de vagues souvenirs de son « vieux » évoquant un certain « Mersey Sound », célèbre du temps de sa jeunesse.

« Entendu, il va dans le Nord. Mais supposons qu'il n'y soit pas, est-ce qu'il traînerait dans le coin, par exemple ? »

Roy Walker secoua la tête.

« Oh ! non. Pas Andy. Il serait ici, au *Slug*. »

Vine dut s'avouer battu.

« D'où vient son argent ?

– Il touche le chômage, je suppose, dit Lewis.

– Et c'est tout ? Rien de plus ? » Il fallait rester simple. Inutile de parler de « sources supplémentaires de revenus ». « Est-ce qu'il a d'autres rentrées ? »

Ce fut Tony Smith qui répondit : « Ça se pourrait bien. »

Et ils se turent, n'ayant rien d'autre à suggérer. L'énorme effort d'imagination auquel ils avaient dû se livrer les laissait épuisés. Une seconde Abbot aurait peut-être pu aider (« Ça se pourrait bien ! »), mais Vine trouva que le jeu n'en valait pas la chandelle.

Mrs. Virson avait une voix forte et vibrante, fruit de l'éducation reçue quelque quarante-cinq ans plus tôt dans une coûteuse pension pour jeunes filles. Elle ouvrit la porte de *The Thatched House* à Wexford et l'accueillit avec une courtoisie un peu hautaine. La robe imprimée à fleurs qu'elle portait la faisait ressembler à une chaise capitonnée d'une épaisse tapisserie. Elle était allée chez le coiffeur aujourd'hui, et les volutes, les ondulations de ses cheveux semblaient aussi figées que si elles sortaient du ciseau d'un sculpteur. Tout cela n'était probablement pas destiné à l'inspecteur, mais il s'était produit quelque chose depuis sa précédente visite qui avait modifié l'attitude de Mrs. Virson à son égard. L'insistance que mettait Daisy à accepter de le voir et de lui parler ?

« Elle dort, Mr. Wexford. Elle est encore profondément sous le choc, vous savez, et je tiens à ce qu'elle prenne beaucoup de repos. »

Il hocha la tête, n'ayant rien à ajouter.

« Elle sera réveillée à l'heure du thé. Ces jeunes gardent un robuste appétit, à ce que j'ai remarqué, malgré tout ce qu'ils peuvent traverser. Voulez-vous entrer par ici, en attendant ? Je suppose que vous avez envie de bavarder de certaines choses avec moi, n'est-ce pas ? »

L'inspecteur principal n'était pas homme à négliger

pareille occasion. Si Joyce Virson avait une information à lui apporter – ce qu'elle entendait certainement par « bavarder » –, il allait l'écouter ; cela pouvait être intéressant. Pourtant, quand ils furent installés dans le salon, assis l'un en face de l'autre sur des sièges recouverts de chintz fané de chaque côté d'une table basse artisanale, celle-ci ne parut nullement disposée à engager la conversation. Elle ne semblait ni embarrassée, ni mal à l'aise, ni même méfiante. Elle réfléchissait, tout simplement, se demandant peut-être par où commencer. Wexford préférait éviter de l'aider. Dans sa position, toute initiative de cet ordre prendrait des airs d'interrogatoire.

« Évidemment, ce qui s'est passé là-haut, à *Tancred*, est terrible, dit Mrs. Virson tout à coup. Quand j'ai appris cela, je n'en ai pas dormi pendant deux nuits entières. C'est vraiment la chose la plus effroyable que j'aie jamais entendue de ma vie. »

L'inspecteur attendit le « mais ». Quand les gens commencent ainsi par montrer qu'ils ont bien compris toute l'ampleur d'une tragédie ou d'un grand malheur, c'est en général pour émettre ensuite quelques réserves, l'empathie éprouvée au départ leur servant d'excuse pour les commentaires malveillants à venir.

Il n'y eut pas de « mais ». Mrs. Virson le surprit par sa franchise.

« Mon fils veut se fiancer à Daisy.

– Vraiment ?

– Cela ne plaisait pas à Mrs. Copeland. Je suppose que je devrais l'appeler Davina Flory, miss Flory, ou je ne sais quoi, mais les vieilles habitudes sont difficiles à perdre, n'est-ce pas ? Je regrette, je suis peut-être vieux jeu, mais pour moi une femme mariée sera toujours " Mrs. " suivi du nom de son mari. »

Joyce Virson attendit que Wexford dise quelque chose, mais comme il ne répondait rien, elle poursuivit : « Non, elle n'aimait pas cette idée-là. Naturellement, cela ne signifie pas qu'elle avait quelque chose contre Nicholas. C'était seulement cette notion stupide – je regrette, mais je trouvais cela stupide – selon laquelle Daisy devait vivre sa vie avant de se

ranger. J'aurais pu lui rappeler que, de son temps, à l'âge de Daisy, les filles se mariaient aussi jeunes que possible.
– Vous l'avez fait ?
– Quoi donc ?
– Vous dites que vous auriez pu le lui rappeler. L'avez-vous réellement fait ? »
Mrs. Virson prit soudain un air circonspect, vite effacé par un sourire.
« Je ne pouvais guère me permettre d'intervenir de la sorte.
– Qu'en pensait la mère de Daisy ?
– Oh ! ce que pouvait penser Naomi n'était vraiment pas important. Elle n'avait jamais d'opinion. Mrs. Copeland, voyez-vous, était beaucoup plus une mère qu'une grand-mère pour Daisy. C'est elle qui prenait toutes les décisions la concernant. Le choix de son école, par exemple. Ce genre de choses. Oh ! elle avait de très grands projets pour Daisy. Ou Davina, comme elle persistait à l'appeler. On s'y perd complètement ! Tout son avenir était tracé à l'avance. D'abord l'université – Oxford, *naturellement* –, et ensuite, la pauvre petite devait passer un an à voyager. Non pas là où aimerait aller une jeune fille, comme les Bermudes, par exemple, le midi de la France ou d'autres lieux agréables, mais dans des endroits d'Europe avec une histoire et des galeries d'art. Rome, Florence, ce genre de villes. Ensuite, il fallait qu'elle continue dans une autre université, s'il vous plaît, pour passer un nouveau diplôme ou je ne sais quoi. Je regrette, mais je ne vois pas l'intérêt de faire tant d'études quand on est jeune et jolie. Mrs. Copeland voulait la voir s'enterrer dans une université quelconque. Son idée, c'était qu'elle devienne... comment on appelle cela, déjà ?
– Une universitaire ?
– Oui, voilà. Elle devait y arriver à l'âge de vingt-cinq ans, après quoi elle serait censée écrire son premier livre. Je regrette, mais cela me paraît vraiment ridicule.
– Et Daisy ? Quel était son sentiment là-dessus ?
– Que peut savoir une fille de cet âge-là ? Elle ne connaît rien de la vie, en fait. Oh ! bien sûr, si on ne cesse de lui parler d'Oxford comme s'il s'agissait d'un lieu fascinant, si on

répète sans arrêt que c'est merveilleux d'aller en Italie, de voir tel tableau, telle statue, et à quel point on apprécie mieux les choses lorsque l'on a été formé de cette façon et ainsi de suite, naturellement, cela joue. On est si influençable, à cet âge. On n'est qu'un bébé.

– Le mariage aurait tout empêché, évidemment, dit Wexford.

– Mrs. Copeland a eu beau se marier trois fois, je ne crois pas qu'elle pensait tellement de bien du mariage. »

Mrs. Virson se pencha vers lui en confidence, baissant la voix, et avec un coup d'œil par-dessus son épaule, comme si quelqu'un se tenait dans un coin éloigné de la pièce.

« Je n'en suis pas certaine, je veux dire, pas de façon positive, c'est pure supposition de ma part, mais assez fondée, me semble-t-il : voilà, je suis convaincue que Mrs. Copeland n'aurait pas bronché si Nicholas et Daisy avaient voulu vivre ensemble sans êtes mariés. C'était une obsédée du sexe, vous savez. À son âge ! Elle aurait sûrement très bien accueilli une telle relation. Elle tenait absolument à ce que Daisy ait des expériences.

– Quel genre d'expériences ? demanda l'inspecteur avec curiosité.

– Oh ! vous ne devez pas prendre toutes mes paroles à la lettre, Mr. Wexford. En fait, elle répétait toujours qu'elle voulait que Daisy *vive sa vie*. C'est ce qu'elle-même avait fait, disait-elle, et je suppose que c'était vrai, avec tous ces maris, tous ces voyages. Mais le mariage, non, cette idée ne lui plaisait pas du tout.

– Vous aimeriez que votre fils épouse Daisy ?

– Oh *oui*, bien sûr ! Elle est si charmante ! Intelligente, évidemment, et belle aussi. Je regrette, mais je n'aimerais pas que Nicholas épouse une fille laide. J'imagine que vous ne trouvez pas cela très gentil, mais c'est tellement dommage de voir un bel homme avec une femme laide. »

Joyce Virson sembla brièvement se rengorger – il n'y avait pas d'autre mot pour décrire ce léger étirement du cou, et cette façon de se passer un doigt épais le long de la mâchoire, comme un oiseau qui se lisse les plumes du bec.

« Nous sommes tous beaux, des deux côtés de la famille, déclara-t-elle en gratifiant l'inspecteur d'un sourire espiègle, presque flirteur. Natutellement, la pauvre petite est follement amoureuse de mon fils. Il n'y a qu'à voir la façon dont elle ne le quitte pas des yeux. Elle l'adore. »

Wexford se dit qu'elle allait faire précéder ses prochains commentaires par son expression habituelle de regret à l'égard d'une opinion que, de toute évidence, elle ne déplorait pas le moins du monde, mais Mrs. Virson se contenta d'entrer dans le détail de toutes les qualités qui rendaient Daisy acceptable pour une union avec un membre de la famille Virson. La jeune fille éprouvait tant d'affection pour *elle*, et avait de si bonnes manières, un caractère si égal, toujours d'une telle bonne humeur...

« Et elle est si riche », dit Wexford.

Mrs. Virson bondit littéralement. Elle sursauta aussi violemment qu'une personne en proie aux premières atteintes d'une crise cardiaque. Sa voix monta de vingt à trente décibels.

« Cela n'a absolument aucun rapport ! Il suffit de voir la taille de cette maison et la position sociale qui est la nôtre dans cette ville. On ne peut pas s'imaginer que nous manquons d'argent, tout de même ! Mon fils a d'excellents revenus. Il est parfaitement capable d'offrir à son épouse le même... »

L'inspecteur s'attendait qu'elle ajoutât quelque chose sur le style de vie auquel était habituée Daisy, mais elle se retint et lui lança un regard noir. Écœuré par son hypocrisie et ses manières affectées, il avait voulu lui porter un coup au-dessous de la ceinture, et celui-ci l'avait touchée encore plus durement qu'il ne l'espérait. Il sourit tout seul.

« Vous n'avez pas peur qu'elle soit trop jeune ? dit-il avec un large sourire désarmant qui s'adressait aussi à elle, à présent. Vous venez de la traiter de bébé. »

L'entrée de Daisy évita à Joyce Virson de répondre. Wexford avait entendu les pas de la jeune fille dans le couloir au moment où il prononçait le mot « bébé ». Elle lui fit un pâle sourire. Son bras était toujours en écharpe, mais soutenu plus légèrement et entouré de bandages moins volumineux. Il prit conscience que c'était la première fois qu'il la voyait debout, évoluant dans une pièce. Elle était plus mince qu'il ne l'aurait cru, avec une silhouette plus frêle.

« Trop jeune pour quoi ? demanda-t-elle. J'ai dix-huit ans aujourd'hui. C'est mon anniversaire.

– Daisy, mais vous êtes terrible ! s'écria Mrs. Virson d'une voix stridente. Pourquoi n'avoir rien dit ? J'étais à cent lieues de me douter... Vous n'en avez pas soufflé mot. »

Elle ébaucha un rire de stupéfaction, mais Wexford devinait très bien sa contrariété. Elle éprouvait un vif dépit, car la révélation de Daisy démentait le fait qu'elle eût une connaissance intime de la jeune femme qui séjournait dans sa maison, comme elle le prétendait.

« Je suppose que vous avez mentionné discrètement la chose à Nicholas, pour qu'il puisse vous préparer une surprise.

– Je ne crois pas qu'il le sache, lui non plus. Il ne s'en souviendra pas. Je n'ai personne au monde, maintenant, qui puisse penser à mon anniversaire. (Elle regarda l'inspecteur et ajouta d'un ton léger, mais théâtral :) Mon Dieu, quelle tristesse !

– Tous mes meilleurs vœux, lui dit Wexford, en reprenant une formule un peu conventionnelle.

– Ah ! vous avez du tact, vous êtes prudent. Impossible de me souhaiter, à moi, " joyeux anniversaire ", n'est-ce pas ? Ce serait trop affreux. Une vraie insulte ! Dites-moi, vous en souviendrez-vous, l'année prochaine ? La veille, penserez-vous : " Demain, c'est l'anniversaire de Daisy " ? Vous serez peut-être bien le seul.

– Mais quelle sottise, ma chère enfant ! Nicholas ne l'oubliera sûrement pas. Ce sera à vous d'y veiller. Je regrette, mais avec les hommes, il faut toujours glisser une allusion, vous savez, ou même les pousser un peu du coude. »

Joyce Virson avait une expression de farouche espièglerie et les yeux de Daisy croisèrent un instant ceux de Wexford, avant de se détourner.

« Allons dans l'autre pièce, si vous voulez, lui dit-elle sans le regarder.

– Oh ! mais pourquoi ne pas rester, ma chère petite ? Il fait si bon, ici, et je n'écouterai pas ce que vous dites. Je serai beaucoup trop absorbée par mon livre pour entendre un seul mot. »

Wexford, bien résolu à ne pas s'entretenir avec Daisy en présence de Mrs. Virson, attendit cependant la réaction de la jeune fille pour donner son avis. Elle avait l'air si lointaine, son chagrin la rendait si indifférente à tout, qu'il pensait la voir accepter avec apathie. Mais elle déclara d'un ton ferme : « Non, il vaut mieux que cela se passe en privé, et nous n'allons pas vous chasser de votre salon, Joyce. »

Il la suivit jusqu'à la petite tanière, la pièce où ils s'étaient vus le samedi.

« Elle est pleine de bonnes intentions », dit Daisy en entrant.

Il s'émerveilla qu'elle pût être à la fois si jeune... et déjà si vieille.

« Oui, j'ai dix-huit ans aujourd'hui. Après les obsèques, je crois que je rentrerai chez moi. Juste après. Je peux faire ce que je veux, maintenant que j'ai dix-huit ans, non ? Absolument tout ce que je veux ?

– Autant qu'il est humainement possible, oui. À part enfreindre la loi impunément, vous êtes libre de vos actes. »

Elle eut un gros soupir.

« Je ne veux pas enfreindre la loi. Je ne sais pas ce que j'aimerais faire, mais je crois que je serais mieux chez moi.

– Vous ne vous rendez peut-être pas très bien compte de l'effet que cela aura sur vous, d'affronter à nouveau la maison, l'avertit Wexford. Après ce qui s'est passé, les souvenirs de cette nuit-là risquent de vous revenir de façon très douloureuse.

– Ils ne me quittent jamais, répondit Daisy. Ils ne peuvent pas être plus forts que lorsque je ferme les yeux. Chaque fois, je revois ces images, vous savez. Je ferme les yeux et je vois la table – avant et après. Je me demande si je pourrai jamais supporter de m'asseoir à nouveau à une table de dîner. Ici, on m'apporte mes repas sur un plateau, comme je l'ai demandé. »

Elle se tut, sourit brusquement et le regarda. Il vit une lueur étrange dans ses yeux sombres. « Nous parlons toujours de moi. À votre tour. Où habitez-vous ? Êtes-vous marié ? Avez-vous des enfants ? Est-ce que l'on pense à votre anniversaire ? »

Il lui dit où il habitait, qu'il était marié, qu'il avait deux filles et trois petits-enfants. Oui, on se souvenait de son anniversaire – plus ou moins.

« J'aimerais avoir un père. »

Pourquoi avait-il donc négligé de l'interroger là-dessus ?

« Vous en avez un, j'imagine. Vous le voyez, quelquefois ?

– Je ne l'ai pas connu, autant que je m'en souviens. Maman et lui ont divorcé quand j'étais bébé. Il vit à Londres, mais n'a jamais manifesté le moindre désir de me rencontrer. Ce n'est pas que j'aimerais le voir, lui. Je souhaiterais simplement avoir *un* père.

– Oui, j'imagine que... le mari de votre grand-mère tenait cette place-là dans votre vie. »

Il y avait une incrédulité manifeste dans le regard qu'elle lui jeta. Elle émit un bruit de gorge, entre le rire étranglé et une sorte de toux.

« Est-ce que Joanne a réapparu ?

– Non, Daisy. Nous nous faisons du souci pour elle.

– Mais que voulez-vous qu'il lui soit arrivé ? Rien de grave ! »

Son innocence sereine ne fit qu'exacerber les inquiétudes de l'inspecteur.

« Quand elle venait voir votre mère, le mardi, est-ce qu'elle arrivait toujours en voiture ? lui demanda-t-il.

– Bien sûr, répondit-elle d'un air surpris. Oh ! vous voulez savoir si elle faisait le chemin à pied ? Mais il y a au moins huit kilomètres ! De toute façon, Joanne n'allait jamais se promener. Je ne sais pas pourquoi elle habitait ici, elle détestait la campagne et tout ce qui s'y rapporte. J'imagine que c'était à cause de sa vieille mère. Je vais vous dire, elle venait quelquefois en taxi. Pas parce que sa voiture était tombée en panne, mais elle aimait bien prendre un petit verre, Joanne, et après, elle avait peur de conduire.

– Que pouvez-vous me dire sur ces gens, les Griffin ?

– Ils travaillaient pour nous, avant.

– Le fils, Andy, l'avez-vous revu après leur départ ? »

Elle lui jeta un regard curieux, comme étonnée qu'il soit tombé sur quelque chose de si inattendu, ou de si secret.

« Oui, une fois, dans les bois. C'est vraiment drôle que vous me posiez la question. Je marchais dans nos bois, quand je l'ai vu. Vous ne connaissez sans doute pas du tout les lieux, mais j'étais près de la petite route, celle qui va vers l'est, à côté de l'endroit où il y a des noyers. Peut-être qu'il m'a vue, je ne sais pas. J'aurais dû lui adresser la parole, lui demander ce qu'il faisait, mais je n'ai rien dit, Dieu sait pourquoi ! Cela m'a effrayée de le voir là. Je n'en ai parlé à personne. Il se trouvait sur une propriété privée, Davina aurait été furieuse, mais je ne le lui ai pas dit.

– Cela se passait quand ?

– Oh ! à l'automne dernier. En octobre, je crois bien.

– Comment serait-il arrivé jusque-là ?

– Il avait une moto, dans le temps. J'imagine qu'il l'a toujours.

– Son père dit qu'il a travaillé pour un homme d'affaires américain. J'avais dans l'idée – simple intuition de ma part – qu'ils avaient peut-être pu entrer en contact par l'intermédiaire de votre famille. »

Daisy réfléchit.

« Davina ne l'aurait jamais recommandé à personne. Je suppose qu'il s'agit de Preston Littlebury. Mais si Andy travaillait pour lui, ce ne serait que... enfin...

– Comme chauffeur, peut-être ?

– Même pas. Tout juste pour laver sa voiture.

– Je comprends. Cela n'a probablement aucune importance. Une dernière question. L'autre homme, celui que vous n'avez pas vu et qui a quitté la maison pour faire démarrer la voiture... Aurait-ce pu être Andy Griffin ? Réfléchissez avant de répondre. Envisagez-le comme une possibilité, et dites-moi ensuite si quelque chose – vraiment n'importe quoi – pourrait vous faire penser à Andy Griffin. »

Elle resta un instant silencieuse. Ne paraissant ni choquée ni incrédule, elle obéissait visiblement à ses instructions et examinait cette éventualité.

« Ce n'est pas *impossible*. Je dirais que rien ne me prouve que ce n'était pas lui. Je ne peux pas être plus affirmative. »

Il la quitta alors, en lui annonçant qu'il assisterait aux obsèques, le jeudi matin.

« Si vous voulez, je vais vous dire ce qui s'est passé, d'après moi », proposa Burden. Ils étaient chez lui et il avait son fils sur les genoux, en pyjama, Jenny étant allée à son cours de perfectionnement d'allemand. « Je vous apporte une autre bière et je vous explique. Non, allez plutôt la chercher. Comme cela, je n'aurai pas besoin de poser Mark. »

Wexford revint avec deux canettes et deux chopes.

« Vous voyez ces chopes. Elles sont identiques et il y en a une troisième sur l'étagère. Elles illustrent de façon très intéressante un petit point d'économie. Celle que vous tenez – faites voir de plus près –, oui, celle-ci, nous l'avons payée cinq shillings, Jean et moi, lors de notre voyage de noces à Innsbruck. Avant le système décimal, vous voyez, bien avant. La mienne, qui est en fait très légèrement plus petite, je l'ai achetée il y a dix ans quand nous avons emmené les gamins là-bas. À peine une légère différence, mais elle a coûté quatre livres. L'autre, sur l'étagère, est nettement plus petite, et, à mon avis, pas d'une aussi belle facture. Jenny et moi l'avons trouvée à Kitzbühel pendant nos vacances l'été dernier. Elle valait dix livres cinquante. Qu'est-ce que vous en dites ?

– Que le coût de la vie augmente. Je n'ai pas besoin de trois chopes pour le savoir ! Pourrait-on entendre votre scénario sur *Tancred* au lieu de cette étude comparée de la céramique ? »

Burden eut un large sourire et déclara à son fils d'un ton plutôt sentencieux : « Non, tu ne peux pas avoir la bière de Papa, Mark, tout comme Papa ne peut pas boire ton verre de Ribena.

– Pauvre Papa ! Je parie que c'est un grand sacrifice. Alors, que s'est-il passé mardi soir ?

– L'homme armé de la banque, celui qui avait de l'acné, appelons-le X.

– Vraiment original, Mike.

– L'autre, c'était Andy Griffin, continua Burden sans tenir compte de l'interruption. Il possédait les renseignements, et X le revolver.

– Revolver », répéta Mark.

Burden le mit à terre. Le petit garçon ramassa un sifflet en plastique dans le tas de jouets, visa Wexford et fit « bang, bang ! »

« Ah ! la la, Jenny n'aime pas qu'il ait des revolvers. D'ailleurs, il n'en a pas.

– Si, maintenant, il en a un.

– Vous croyez que je peux le laisser regarder la télévision une demi-heure, avant de le coucher ?

– Bon Dieu, Mike, vous avez plus d'enfants que moi, vous devriez savoir ! » Comme Burden semblait toujours hésitant, il s'impatienta : « De toute façon, je serais étonné que ce soit plus sanglant que ce que vous allez me raconter, alors... »

Burden alluma le poste.

« X et Andy partent pour *Tancred House* dans la Jeep de X.

– Dans la *quoi* ?

– Il faut bien que ce soit une voiture tout terrain.

– Où se sont-ils rencontrés, ces deux-là, X et Andy ?

– Dans un pub. Peut-être au *Slug and Lettuce*. Andy parle à X des bijoux de Davina et ils préparent leur coup. Andy connaît les habitudes de Brenda Harrison. Il sait qu'elle annonce le dîner tous les soirs à sept heures et demie avant de rentrer chez elle en laissant la porte de derrière ouverte. »

Wexford approuva de la tête.

« Un point important en faveur de la complicité d'Andy. »

Burden poursuivit d'un air satisfait : « Ils quittent la B2428 et remontent la grande allée après le portail, mais tournent à gauche juste avant d'atteindre le mur et la cour. Brenda est rentrée chez elle. Davina Flory, Harvey Copeland, Naomi Jones et Daisy Flory sont tous dans la fameuse serre. Personne n'entend donc une voiture arriver, et personne ne voit la lumière des phares, comme l'a prévu Andy. Il est à ce moment-là huit heures moins vingt-cinq.

– En calculant drôlement juste ! Supposons que Brenda soit partie avec cinq minutes de retard ou que les autres soient arrivés cinq minutes trop tôt à la salle à manger ?

– Ce n'est pas le cas, répondit simplement Burden avant de continuer. X et Andy pénètrent dans la maison par l'arrière et montent le petit escalier.

– Impossible. Bib Mew était là.

– On peut arriver à cet escalier sans passer par la grande cuisine, où Bib s'occupait du congélateur. Dans la chambre de Davina, ils cherchent ses bijoux, les trouvent, et visitent aussi les chambres des autres femmes.

– Sûrement, puisqu'il leur a fallu vingt-cinq minutes. Au fait, pourquoi ont-ils laissé ces chambres en ordre et celle de Davina en pleine pagaille, s'ils les ont toutes fouillées ?

– J'y arrive. Ils sont *revenus* dans celle de Davina parce que Andy pensait qu'un objet plus précieux que le reste leur avait échappé. C'est pendant qu'ils étaient en train de tout mettre sens dessus dessous qu'on les a entendus en bas et qu'Harvey Copeland est allé voir. Ils ont dû se dire qu'il avait pris le grand escalier, alors ils sont descendus par celui de derrière...

– Et se sont enfuis par la porte de service avec leur butin, sans avoir causé d'autres dommages que la perte, pour Davina, de quelques bijoux très bien assurés et auxquels, de toute façon, elle ne tenait guère.

– Nous savons que cela ne s'est pas passé ainsi, répliqua Burden avec le plus grand sérieux. Ils ont traversé la maison jusqu'au hall d'entrée. Je ne sais pas pourquoi. Ils avaient peut-être quelque raison de craindre le retour de Brenda ou bien croyaient qu'Harvey se trouvait à l'étage et avait l'intention de parcourir toute la galerie jusqu'au petit escalier. Quoi qu'il en soit, ils arrivent dans le hall et tombent sur Harvey, à mi-chemin, en train de monter. Il se retourne, les voit, et reconnaît immédiatement Andy Griffin. Il descend alors de deux ou trois marches, lance une menace à Andy ou crie aux femmes d'appeler la police...

– Pourtant, Daisy n'a rien entendu.

– Elle a oublié. Elle reconnaît elle-même ne pas pouvoir se rappeler les détails de ce qui s'est passé. C'est bien dit sur l'enregistrement de sa déposition : " J'ai fait de gros efforts de mémoire, mais il y a comme une sorte de blocage. " Harvey menace Andy, il est abattu par X et s'écroule à la renverse au bas de l'escalier. Andy est maintenant terrifié, évidemment, encore plus terrifié d'être reconnu. Il entend une femme hurler dans la salle à manger, et, tandis que X ouvre la porte d'un coup de pied, il court vers l'entrée et se sauve.

« X abat les deux femmes et tire sur Daisy. Il entend alors quelqu'un qui fait du raffut à l'étage. C'est le chat, mais il l'ignore. Daisy est à terre. La croyant morte, il s'enfuit comme son complice par la porte d'entrée, devant laquelle arrive la Jeep qu'Andy est allé chercher derrière la maison, où elle était garée...

— Cela ne marche pas, Mike. À cette heure-là, Bib Mew était en train de partir à vélo du même endroit. Et Daisy a entendu une voiture démarrer – non pas " arriver devant la porte ".

— Simple détail. Pourrait-elle en jurer, Reg ? Sa mère, sa grand-mère viennent de se faire tuer sous ses yeux, on lui a tiré dessus, elle est à terre, blessée, le sang coule – imaginez un peu le bruit que ce Magnum a dû faire, déjà –, et elle serait capable de faire la différence entre une voiture qui démarre et une qui arrive ? »

Détournant les yeux d'une émission sur la nature où l'on voyait des lions tuer et éventrer des gnous, Mark approuva, tout heureux : « Blessés, le sang coule ! » et visa son père avec le sifflet.

« Bon, il faut que j'aille le mettre au lit. Laisse-moi juste terminer, Mark. Pendant qu'Andy est parti derrière chercher la Jeep et que X est en train de faire un massacre dans la salle à manger, Joanne Garland arrive *en taxi*. Une fois de plus, elle a eu peur de conduire après avoir pris un verre ou deux...

— Où donc ? Avec qui ?

— Cela reste à élucider. Il faudra voir. Elle paie le chauffeur – qui s'en va –, ayant l'intention d'en appeler un autre quand elle aura fini les comptes avec Naomi. Il est huit heures dix. Elle n'était pas censée arriver avant la demie, mais nous savons qu'elle faisait partie de ces gens exagérément ponctuels qui sont toujours en avance.

« La porte d'entrée est ouverte. Elle fait un pas à l'intérieur. Appelle, peut-être, et voit le corps d'Harvey étalé bras et jambes en croix sur les marches. Elle entend peut-être même le dernier coup de feu. Est-ce qu'elle fait demi-tour pour

s'enfuir ? Possible. Andy vient d'apparaître avec la Jeep. Il en
descend d'un bond et s'empare d'elle. X sort de la maison, tue
Joanne avec la sixième et dernière balle du barillet, et ils
mettent le corps à l'arrière de la voiture.

« De peur de rencontrer quelqu'un sur la route, Gabbitas,
nous, ou bien un visiteur, ils fuient à travers bois, par des sentiers praticables en Jeep, mais pas dans une voiture de modèle
classique. » Burden prit son fils dans les bras et éteignit la
télévision. Le petit garçon serrait toujours son sifflet. « À
quelques petites modifications près, c'est à mon avis la seule
façon dont les choses ont pu se passer.

– Quel était le motif de la querelle entre les Harrison et les
Griffin ? » demanda Wexford.

Le visage de Burden se crispa brièvement d'indignation.
C'était tout ? Pas d'autres réactions après son analyse ? Il
haussa les épaules.

« Andy a tenté de violer Brenda.

– Quoi ?

– C'est ce qu'elle dit. Les Griffin prétendent qu'elle lui a
fait des avances. Andy a apparemment essayé d'exercer un
chantage là-dessus, Brenda a tout raconté à Davina Flory et,
pour que nous n'ayons pas à intervenir dans cette histoire, il a
fallu que les Griffin s'en aillent.

– On devrait le convoquer, Mike.

– C'est ce que nous allons faire », répondit Burden en partant coucher son fils tandis que Mark, tirant des coups de feu
avec son sifflet par-dessus l'épaule de son père, ne cessait de
crier : « Blessés, le sang coule ! Blessés, le sang coule ! »
jusqu'en haut de l'escalier.

13

N'avait-elle pas d'autres amis que les Virson et Joanne
Garland, cette famille riche et distinguée dont le noyau se
composait d'un écrivain célèbre et d'un économiste ancien

député ? Où étaient les camarades de classe de Daisy ? Et les relations de voisinage ?

Ces questions intéressaient Wexford depuis le début. Mais le crime était d'une telle nature qu'il interdisait que l'on y impliquât des personnes privées n'ayant jamais, jusqu'à ce jour, enfreint la loi, et l'inspecteur principal n'avait pas mené son enquête sur toutes les connaissances de la victime, comme il le faisait d'habitude dans une affaire de meurtre. Il lui était simplement venu à l'esprit, en parlant avec Daisy et, à un degré moindre, avec les Harrison et Gabbitas, qu'il semblait y avoir une certaine pénurie d'amis de la famille Flory.

Il comprit, lors de l'enterrement, à quel point il avait eu raison – et tort aussi. Malgré la célébrité de l'un des morts et la distinction sociale que les autres devaient à leurs liens avec Davina Flory, Wexford pensait que tous ceux qui portaient le deuil de cette famille attendraient un peu pour assister à un service rendu à sa mémoire. Daisy et Joyce Virson avaient parlé d'une cérémonie qui se tiendrait, semblait-il, en l'église St. James de Piccadilly, deux mois plus tard. Celle qui devait avoir lieu à l'église paroissiale de Kingsmarkham ne réunirait donc sûrement qu'une assemblée restreinte, et seul un cortège de quelques personnes se rendrait au cimetière, assez éloigné. Mais en réalité, il vint toute une foule de gens.

Jason Sebright, du *Kingsmarkham Courier*, relevait les noms à l'entrée de l'église lorsque Wexford arriva. Celui-ci, s'apercevant très vite que la queue était formée de journalistes, leur passa devant en brandissant sa carte. St. Peter faisait partie de ces églises anglaises que l'on aurait appelées cathédrales partout ailleurs. Avec sa nef gigantesque, ses dix chapelles latérales et un chœur aussi vaste qu'une église de campagne, elle était presque pleine.

Seuls les premiers rangs, à droite, étaient vides, et il restait quelques places libres çà et là. L'inspecteur principal se dirigea vers l'une d'elles, située près de l'allée latérale de gauche. La dernière fois qu'il était venu ici, c'était pour conduire Sheila à l'autel lorsqu'elle avait épousé Andrew Thorverton. Assis, comme aujourd'hui, dans la grande nef, il avait écouté proclamer ses bans. Un mariage soldé par un échec, une ou deux histoires d'amour et, maintenant, Augustin Casey... Il chassa celui-ci de son esprit et observa l'assistance. Quelqu'un jouait un morceau d'orgue. Du Bach, sans doute.

La première personne qu'il reconnut, il l'avait rencontrée à l'occasion d'une réception, pour le lancement d'un livre, à laquelle l'avait emmené Amyas Ireland. Une saga familiale, se rappelait-il, où l'on comptait un policier à chaque génération depuis l'époque victorienne. L'éditeur de l'ouvrage se trouvait maintenant trois rangs devant lui. Wexford se dit – sans trop savoir pourquoi – que tous ceux qui se tenaient sur le même banc devaient être de la même profession. Il identifia également – là aussi, à partir de peu de chose – une blonde rondelette avec un grand chapeau noir comme étant l'agent littéraire de Davina Flory.

La majorité de femmes, plutôt âgées, seules ou en groupes, et dont certaines semblaient des érudites, qui composait l'assistance le portait à penser qu'il s'agissait de vieilles camarades de Davina Flory, peut-être même du temps de ses études à Oxford. Il reconnut, d'après des photos parues dans les journaux, une romancière distinguée qui avait maintenant plus de soixante-dix ans, et n'était-ce pas le ministre de la Culture, à côté d'elle ? Son nom échappait à l'inspecteur pour le moment, mais il s'agissait bien de lui. Et cet homme, là, qui portait une rose rouge à la boutonnière – détail d'un goût douteux ? –, il l'avait vu à la télévision sur les bancs de l'opposition. Un vieil ami parlementaire d'Harvey Copeland ? Joyce Virson, elle, s'était réservé une place très en avant. Aucun signe de son fils. Et pas une seule jeune fille à l'horizon.

Juste au moment où Wexford se demandait qui allait occuper la place libre près de lui, Jason Sebright se précipita pour la prendre.

« Il y a là un de ces paquets d'écrivains célèbres ! s'exclama avec ravissement le jeune homme, à peine capable de dissimuler sa joie. Je vais écrire un papier intitulé *Les Amis de la grande dame*. Même si j'ai neuf refus sur dix, ça devrait me faire au moins quatre interviews exclusives.

– J'aime mieux mon métier que le vôtre, répliqua Wexford.

– J'ai appris mon métier à la télévision américaine. Je suis à moitié américain et j'ai passé mes vacances là-bas. Je rendais visite à ma mère, expliqua Sebright en singeant l'accent du Middle West de façon horrible. Nous avons beaucoup à apprendre, ici. Au *Courier*, ils sont tout le temps morts de peur à l'idée de marcher sur les pieds de quelqu'un. Il faut toujours mettre des gants avec les gens, et ce que je...

– Chut, s'il vous plaît ! La cérémonie va commencer. »

La musique s'était arrêtée et tout le monde se tut. Pas un souffle. On aurait dit que l'assistance avait cessé de respirer. Sebright haussa les épaules et mit un doigt devant sa bouche. Il régnait soudain ici le calme oppressant et froid mais chargé, pour certains, de transcendance, que l'on ne rencontre que dans les églises. Les gens attendaient, plongés dans l'expectative et peu à peu gagnés par une sorte de respect mêlé de crainte.

Les premiers accords d'orgue rompirent le silence dans une terrible et pesante avalanche de décibels. Wexford en crut à peine ses oreilles. Pas *La Marche funèbre de Saül*, personne ne choisissait plus ce morceau ! Mais si, c'était bien cela. « Pom pom pa-poum pom pa-pom pa-pom pom poum », fredonna-t-il tout doucement. Les trois cercueils remontèrent l'allée centrale avec une lenteur ineffable, au rythme de cette terrible et merveilleuse musique. Les hommes qui les portaient sur leurs épaules avançaient à une allure de pavane majestueuse. C'était quelqu'un doté d'un véritable sens du théâtre qui avait organisé cela. Quelqu'un de jeune, d'exalté, qui baignait dans une atmosphère de tragédie...

Daisy.

Elle suivait les trois cercueils. Seule. Ou plutôt, Wexford la crut seule avant de voir Nicholas Virson, qui devait l'avoir accompagnée, se mettre en quête d'une place libre. Elle était en grand deuil – ou peut-être ne portait-elle simplement que des vêtements que toutes les filles de son âge ont en abondance dans leur garde-robe ; de ces habits funèbres qu'elles mettent en général pour aller dans les discothèques et à des soirées. La robe de Daisy était un fourreau noir, étroit, qui descendait jusqu'à ses bottes noires. Le corps drapé d'étoffes noires et floues parmi lesquelles on arrivait presque à distinguer une vague forme de manteau, la jeune fille avait le visage d'une blancheur de craie et la bouche maquillée de rouge-cramoisi. Elle regardait droit devant elle et finit par aller s'installer, solitaire, sur le premier banc, resté vide.

« Je suis la résurrection et la vie, a dit Notre Seigneur... »

Son sens du théâtre – et de ce qui convenait à l'occasion ? – l'avait également poussée à s'assurer que l'on respecterait le texte du *Prayer Book* de 1662 [1]. L'inspecteur lui attribuait-il trop de responsabilités ? Était-ce là plutôt l'œuvre de Mrs. Virson ou fallait-il même saluer le bon goût du pasteur ? Mais Daisy était une jeune fille si remarquable... Wexford entendit résonner en lui comme un signal d'alarme, un cri d'alerte dont il ne parvint pas à comprendre l'origine.

« Seigneur, laisse-moi connaître ma fin et le nombre de mes jours, que je sois informé du temps qui me reste à vivre... »

Le vent ne s'était pas fait sentir en ville, ou alors il s'était peut-être levé seulement dans la dernière demi-heure. Wexford se souvenait vaguement qu'à la météo de la veille au soir, on avait annoncé une tempête. Les rafales sifflaient avec âpreté sur ce cimetière qui, quelques années plus tôt, n'était encore qu'une prairie à flanc de colline.

Pourquoi un enterrement et non pas une crémation ? se demanda-t-il. Encore une idée théâtrale de Daisy, peut-être, ou un vœu exprimé dans des dernières volontés. Il n'y aurait pas de lecture de testament après la cérémonie, lui avait dit le notaire. Ni rien d'autre, en fait. Aucune invitation à se retrouver ensuite pour prendre un sherry avec du gâteau. « Dans les circonstances présentes, avait précisé le notaire, ce ne serait absolument pas de mise. »

Pas de fleurs non plus. Daisy, apprit-on, avait demandé, à la place, des dons pour un certain nombre de causes qui n'avaient guère de chances de pousser la plupart de ces gens-là à faire un geste : des œuvres de charité pour le Bangladesh, un fonds de soutien contre la famine en Éthiopie, une

1. Rituel de l'Église anglicane (*NdT*).

collecte pour le Parti travailliste et une autre pour la Ligue de protection des chats.

On n'avait préparé qu'un seul tombeau pour les deux époux. Celui d'à côté était destiné à Naomi Jones. Ils étaient tous deux tapissés de gazon artificiel d'un vert plus écœurant encore que celui de l'herbe. On descendit les cercueils et l'une des vieilles érudites s'avança pour jeter une poignée de terre sur les restes de Davina Flory.

« Venez à moi, enfants bénis de mon Père, recevoir le royaume qu'il vous a préparé depuis le début des temps... »

Terminé. Fin de la pièce. Ce que tout le monde remarquait le plus, maintenant, c'était la morsure du vent. On remontait les cols de manteau, on serrait les bras en tremblant contre soi, par-dessus des vêtements trop légers. Pas découragé pour autant, Jason Sebright allait de l'un à l'autre en présentant audacieusement sa requête, équipé d'un micro et d'un magné-tophone au lieu de son carnet habituel. Wexford ne fut pas vraiment surpris de voir le nombre de gens qui réagissaient favorablement. Certains devaient sans doute penser qu'ils passaient en direct à la radio.

L'inspecteur principal n'avait pas encore parlé à Daisy. Il vit toutes les personnes du cortège aller vers elle, l'une après l'autre, et observa ses lèvres répéter toujours le même mot. L'une des vieilles femmes posa un baiser sur sa joue blême.

« Ma chère petite... Et cette pauvre Davina qui n'était même pas croyante, n'est-ce pas ? »

« Quelle belle cérémonie ! À donner des frissons dans le dos », dit une autre.

Un homme âgé s'exprimant d'une voix très *Ivy League* [1], comme disait Wexford, la serra dans ses bras et, d'un geste impulsif dû sans doute à un soudain accès d'émotion, lui pressa la figure contre son cou. Quand Daisy releva la tête, l'inspecteur vit que sa bouche avait laissé une marque cramoi-sie sur le col blanc. C'était un homme de haute taille, mince comme une allumette, avec une petite moustache grise et un

---

1. Nom collectif des huit universités les plus réputées de la Nouvelle-Angleterre et dont la fondation remonte à l'époque coloniale (*NdT*).

nœud papillon. Preston Littlebury, l'ancien patron d'Andy Griffin ?

« Vous avez toute ma sympathie, ma chère enfant, vous le savez. »

Wexford constata qu'il s'était trompé au sujet des jeunes filles. Une au moins avait bravé le mauvais temps et la tristesse de cette journée. Une pâle et mince adolescente en imperméable et pantalon noir.

« Je suis Ishbel Macsamphire, ma chère petite, annonça la vieille dame qui l'accompagnait. L'année dernière à Édimbourg. Vous vous souvenez ? Avec cette pauvre Davina. Et après, je vous ai rencontrée avec votre jeune ami. Voici ma petite-fille... »

Daisy se comporta de façon merveilleuse avec tous. Sa tristesse lui conférait une immense dignité et elle réussit ce tour de force difficile qu'il l'avait déjà vue accomplir, consistant à se montrer courtoise même sans sourire. Les gens s'éloignèrent un par un et, se retrouvant seule un instant, la jeune fille resta là, les yeux un peu agrandis et la bouche légèrement entrouverte, à regarder tout le monde s'en aller vers les voitures, comme si elle cherchait quelqu'un – une personne du cortège dont elle espérait la présence mais qui n'était pas venue et l'avait abandonnée. Le vent lui arracha la longue écharpe noire qu'elle portait, la faisant flotter comme une banderole. Daisy frissonna et rentra la tête dans les épaules un instant, avant de rejoindre Wexford.

« Dieu merci, c'est fini ! J'ai bien résisté, n'est-ce pas ? Je croyais que j'allais éclater en sanglots ou m'évanouir.

– Oh, non, pas vous ! Est-ce que vous cherchiez quelqu'un qui n'est pas venu ?

– Pas du tout. Quelle drôle d'idée ! »

Nicholas Virson s'approchait d'eux. Quoi qu'elle en dise, ce devait être lui, son « jeune ami » qu'elle attendait, car elle baissa un peu la tête, résignée, comme si elle se pliait à une nécessité. Elle lui prit le bras et se laissa emmener jusqu'à la voiture où se trouvait déjà la mère du jeune homme, qui scrutait la vitre couverte de buée.

Quelle actrice elle ferait ! se dit-il, comme il l'avait pensé autrefois, de temps en temps, à propos de Sheila. Les événements lui avaient donné raison. Sa fille était bel et bien devenue comédienne. Quant à Daisy, elle ne jouait pas, elle était sincère, mais faisait tout simplement partie de ces gens qui ne peuvent s'empêcher de tirer un maximum d'effets de leurs tragédies personnelles. Graham Greene n'avait-il pas écrit quelque part que tout romancier a dans le cœur une aiguille de glace ? Peut-être suivrait-elle, en cela aussi, les pas de sa grand-mère ?

Wexford sourit tout seul en se rappelant ce jeu d'enfants, « les pas de grand-mère », où il faut marcher sur la pointe des pieds pour se rapprocher le plus possible d'une petite fille qui vous tourne le dos, avant de s'enfuir en criant dès que celle-ci fait volte-face...

« Nous avons trouvé deux trousseaux de clés à l'intérieur, chef, dit Karen. Et son carnet de chèques. Mais ni argent liquide ni cartes de crédit. »

La maison était somptueusement meublée, et la cuisine équipée de façon luxueuse. Dans la salle de bains, qui communiquait avec la chambre à coucher de Mrs. Garland, il y avait un bidet, une douche de massage et un sèche-cheveux fixé au mur.

« Comme dans les grands hôtels, commenta Karen en pouffant de rire.

– Oui, mais je pensais que c'était seulement pour que les clients ne puissent pas les voler. Nous sommes dans une maison particulière, ici. »

Karen semblait perplexe.

« Enfin, comme ça, on ne risque pas de le perdre. Ni de se demander où on l'a laissé la dernière fois qu'on s'est lavé les cheveux. »

Wexford avait surtout l'impression, lui, que Joanne Garland dépensait pour le plaisir. Elle ne savait que faire de son argent. Une repasseuse électrique pour les pantalons, pourquoi pas ? Même si son armoire à vêtements n'en contenait qu'un seul ! Un poste de téléphone dans la salle de bains ? Plus besoin de courir dans la chambre, toute ruisselante, drapée dans une serviette ! La « salle de gym » contenait un vélo d'appartement, un rameur, une sorte de machine qui ne ressemblait à rien tant qu'à la Demoiselle de fer de Nuremberg, qu'il avait vue en photo, et un engin qui évoquait une trépigneuse.

« Autrefois, dans les maisons de correction, on obligeait de pauvres diables à monter et descendre sur ces fameux manèges de discipline, dit Wexford. Mais elle le fait pour *s'amuser*, elle.

– Enfin, pour garder la forme, chef.

– Et tout ça, c'est pour sa forme ? »

De retour dans la chambre, il se trouva en face de la plus vaste collection de cosmétiques et de produits de beauté qu'il ait jamais vue ailleurs que dans un grand magasin. Ceux-ci n'étaient pas rangés dans les tiroirs de la coiffeuse ni sur une étagère, mais à l'intérieur d'un meuble réservé exclusivement à cet usage.

« Il y en a d'autres encore dans la salle de bains, annonça Karen.

– On dirait plutôt quelque chose à se mettre dans le nez », dit l'inspecteur en prenant une petite bouteille brune avec un bouchon et un compte-gouttes dorés. Il dévissa le couvercle d'un pot pour en renifler le contenu – une crème jaune, épaisse et parfumée. « On en mangerait ! Tout cela ne sert à rien, j'imagine ?

– Peut-être à leur redonner un peu d'espoir, à ces pauvres vieilles, répondit Karen avec l'indifférence, l'arrogance de ses vingt-trois ans. On croit tout ce qu'on lit sur les étiquettes, pas vrai, chef ? La plupart des gens, en tout cas.

– Oui, je suppose. »

Le plus frappant, c'était l'ordre qui régnait partout. Comme si la propriétaire des lieux avait dû partir et l'avait su longtemps à l'avance. Mais personne ne s'en va ainsi sans avertir. Une femme avec une famille aussi nombreuse que celle de Joanne Garland ne part pas sans en parler à sa mère ou à ses frères et sœurs. Wexford se rappela le scénario de Burden. Il ne le satisfaisait pas, mais comportait quelques points intéressants.

« Où en sommes-nous de nos recherches auprès des compagnies de taxi de la région ?

– Il y en a beaucoup, chef, mais on aura bientôt terminé. »

L'inspecteur tentait d'imaginer quelles raisons plausibles pouvait avoir une femme d'un certain âge, riche et célibataire, de s'en aller soudain en voyage au mois de mars sans le dire à sa famille, à ses voisins ni à son associée. Un ancien amant resurgi du passé pour lequel elle aurait perdu la tête ? Bien peu vraisemblable dans le cas d'une femme d'affaires réaliste de cinquante-quatre ans. Un appel de l'autre bout du monde lui apprenant que l'un de ses proches allait mourir ? Mais dans ce cas, elle aurait averti sa famille.

« Son passeport était-il dans la maison, Karen ?

– Non, chef. Mais peut-être n'en avait-elle pas. On pourrait demander à ses sœurs si elle allait quelquefois à l'étranger.

– On pourrait, oui. C'est ce que nous allons faire. »

De retour aux écuries de *Tancred House*, l'inspecteur reçut un coup de téléphone de quelqu'un qu'il ne connaissait pas et dont il n'avait jamais entendu parler. Il s'agissait du directeur adjoint de la prison de Royal Oak, près de Crewe, dans le Cheshire. Wexford n'ignorait pas la réputation de Royal Oak, bien sûr. C'était une célèbre prison de catégorie B, avec des quartiers de haute sécurité, qui fonctionnait comme un centre de thérapie et s'en tenait toujours, des années après que ces théories furent passées de mode, au principe selon lequel on peut « soigner » les criminels par un traitement. Malgré un taux de récidivistes exactement égal à celui de n'importe quel autre établissement pénitentiaire britannique, cette prison, au moins, ne semblait pas aggraver l'état des détenus.

Le directeur adjoint annonça à Wexford que l'un de ses prisonniers voulait le voir et l'avait demandé personnellement. Il purgeait une longue peine pour tentative de meurtre et vol avec coups et blessures, et se trouvait actuellement à l'hôpital de la prison.

« Il croit qu'il va mourir.

– Et c'est vrai ?

– Je l'ignore. Il s'appelle Hocking, James. Connu sous le nom de Jem Hocking.

– Jamais entendu parler de cet homme.

– Mais lui sait qui vous êtes. Kingsmarkham, c'est bien ça ? Il connaît cette ville. Vous n'avez pas eu un officier de police abattu là-bas voilà presque un an maintenant ?

– Si, répondit l'inspecteur. C'est exact. »

Alias George Brown... Jem Hocking serait-il l'homme qui avait acheté une voiture sous ce nom-là ?

Mrs. Griffin leur déclara qu'Andy n'était pas encore rentré.

« Mais on a reçu un coup de téléphone, pas vrai, Terry ? Il a appelé hier soir de là-bas, dans le Nord. Où est-ce qu'il a dit qu'il était, Terry ? Manchester, c'est ça ?

– Il téléphonait de Manchester, confirma Terry Griffin. Il voulait qu'on ne se fasse pas de souci et qu'on sache que tout allait bien.

– Vous étiez inquiets ?

– Le problème n'est pas de savoir si on était inquiets ou non. Ce qui compte, c'est qu'Andy ait pu penser qu'on risquait de se faire du souci. Qu'il soit si attentionné pour nous. Ce ne sont pas tous les fils qui appelleraient leurs parents pour leur dire que tout va bien après être seulement partis deux jours. C'est vrai qu'on s'inquiète, avec cet engin. Moi, je n'aurais pas choisi la moto à sa place, mais comment faire autrement, pour un jeune, quand on voit le prix des voitures ? C'était vraiment attentionné et plein d'égards de nous téléphoner.

– Du Andy tout craché, commenta sa mère avec complaisance. Il a toujours été un garçon attentionné.

– Est-ce qu'il a dit quand il rentrait ?

– Je n'ai pas voulu le lui demander. Je ne m'attends pas qu'il nous tienne au courant de ses moindres mouvements.

– Et vous ne connaissez pas son adresse à Manchester ? »

Là aussi, Mrs. Griffin avait eu trop de tact, et ses rapports avec son fils étaient bien trop subtilement au diapason de ses besoins à lui pour qu'elle prît le risque de tout gâcher par des questions aussi crues.

Ce fut la dénommée Bib qui ouvrit la porte à Wexford. Elle portait un survêtement rouge avec un tablier par-dessus.

Quand l'inspecteur principal lui annonça que Mrs. Harrison l'attendait, elle émit une sorte de grognement et hocha la tête, mais ne prononça pas une parole. Elle le précéda de la démarche chaloupée de quelqu'un qui a passé trop de temps à bord d'un bateau.

Brenda Harrison se trouvait dans la serre. Il y faisait très chaud, légèrement humide, et cela sentait bon. Le parfum émanait de deux citronniers plantés dans des bacs de faïence bleu et blanc, qui portaient à la fois des fleurs d'un blanc de cire et des fruits. La gouvernante venait d'arroser, de mettre de l'engrais et de frotter les feuilles avec un tissu spécial pour les faire briller.

« Mais je me demande bien pour qui je le fais. »

Les stores imprimés bleu et blanc étaient relevés en accordéon jusqu'en haut de la verrière. La persane Queenie, installée sur l'appui d'une fenêtre, fixait de ses yeux couleur jacinthe un oiseau posé sur une branche, qui chantait sous la pluie, et dont les trilles la faisaient claquer des mâchoires.

Brenda, qui était à genoux, se releva, essuya ses mains sur sa blouse et se laissa tomber sur une chaise en rotin.

« J'aimerais juste entendre leur version, à ces Griffin. Vraiment, je serais contente de savoir ce qu'ils vous ont dit. »

Mais Wexford ne voulut pas lui donner ce plaisir et ne dit rien.

« Naturellement, j'avais décidé de ne pas souffler mot. À vous tous, je veux dire. Ce n'était pas juste pour Ken. Enfin, c'est ce que j'ai pensé. Ça ne serait pas gentil, je me suis dit. Et si on y réfléchit bien, en quoi le fait qu'Andy Griffin ait eu soudain, je ne sais pourquoi, le béguin pour moi et se soit livré à ces petits jeux peut-il avoir un lien avec le meurtre de Davina, d'Harvey et de Naomi par des criminels ? Aucun rapport, pas vrai ?

– Racontez-moi ce qui s'est passé, voulez-vous, Mrs. Harrison ?

– S'il le faut... C'est très désagréable. Je sais bien que je fais beaucoup plus jeune que mon âge – enfin, c'est ce que tout le monde me dit –, et je n'aurais peut-être pas dû être aussi surprise quand ce garçon, Andy, a pris quelques privautés avec moi. »

C'était là une expression que Wexford n'avait pas entendue depuis des années. La vanité de Mrs. Harrison le stupéfiait. Comment cette femme ridée, flétrie pouvait-elle nourrir l'illusion de paraître plus jeune que ses cinquante ans et quelques ? Quelle satisfaction, quelle fierté y a-t-il d'ailleurs à paraître plus jeune que l'on n'est ? Cela le rendait toujours très perplexe. Comme si l'on témoignait d'une vertu particulière en paraissant quarante-cinq ans à cinquante ! Et que signifiait donc « paraître cinquante ans » ?

Elle le fixait, cherchant ses mots pour révéler – ou peut-être brouiller – toute l'histoire.

« Quand il m'a touchée, j'ai sauté au plafond. »

Comme si elle prévoyait sa question, elle posa la main sur son sein gauche en détournant les yeux.

« C'est arrivé dans ma propre maison. Il était venu à la cuisine, je prenais une tasse de thé et, donc, bien sûr, je lui en ai offert une. Mais ne croyez pas que je l'aimais bien, ça non !

« C'est un méchant homme. Oui, oui, je n'exagère pas. Il n'est pas seulement un peu bizarre, il est mauvais. Il suffit de voir ses yeux. Ce n'était encore qu'un gamin quand on est arrivés ici, mais il ne ressemblait pas aux autres. Il n'était pas normal. Sa mère voulait qu'on le laisse jouer avec Daisy – vous voyez un peu ce que ça aurait donné ! Même Naomi a dit non, et pas seulement Davina. Il piquait des crises de rage telles qu'on l'entendait hurler même à travers les murs. Ça durait des heures. Ses parents ne pouvaient rien en faire.

« Il ne devait pas avoir plus de quatorze ans quand je l'ai surpris à me lorgner par la fenêtre de la salle de bains. Je n'avais pas retiré mes vêtements, Dieu merci, mais il n'en savait rien, quand il a commencé à regarder, pas vrai ? C'est bien ce qu'il voulait. Arriver à me voir déshabillée !

– *La salle de bains ?* s'étonna Wexford. Comment a-t-il fait ? Il a grimpé sur un arbre ?

– Les salles de bains se trouvent au rez-de-chaussée, dans ces maisons. Ne me demandez pas pourquoi. On les a construites comme ça, en bas. Il lui a suffi de venir de chez lui en passant à travers la haie et de rester là, dehors. Peu de temps après, sa mère m'a raconté qu'une dame de Pomfret s'était plainte de lui pour la même chose. Elle l'avait traité de voyeur. La mère, bien sûr, a prétendu que c'était un vil mensonge et que cette femme en pinçait pour son pauvre Andy, mais moi, je savais à quoi m'en tenir.

– Que s'est-il passé dans la cuisine ?

– Quand il m'a touchée, vous voulez dire ? Eh bien, comme je ne veux pas entrer dans les détails, je ne vous en dirai pas plus. Après, quand il est parti, j'ai pensé : Il a fait ça uniquement parce que tu l'attirais follement. Il n'a pas pu se retenir. Mais le lendemain, il se contrôlait très bien quand il est revenu me demander de l'argent, pas vrai ? »

Queenie donna une petite tape sur le carreau et l'oiseau s'envola. La pluie s'abattit lourdement, tout à coup. L'eau fouettait les vitres. La chatte sauta à terre et se dirigea vers la porte d'un air digne. Au lieu de se lever pour la faire sortir, comme Wexford s'y attendait de la part d'une si fervente amie des bêtes, Brenda resta assise à la regarder. Il comprit vite pourquoi. Queenie se dressa sur ses pattes arrière, saisit la poignée avec sa patte avant droite et la tira vers le bas. La porte s'ouvrit et la chatte s'en alla, la queue à la verticale.

« Ne me dites pas qu'ils ne sont pas plus intelligents que les humains, commenta Brenda Harrison d'un ton attendri.

– J'aimerais que vous me parliez de cette tentative de viol, Mrs. Harrison. »

L'expression lui déplut. Son visage abîmé se colora d'une rougeur intense.

« Je ne sais vraiment pas pourquoi vous tenez tant à avoir tous ces détails. »

Après avoir ainsi laissé entendre que Wexford témoignait là d'un intérêt douteux, elle baissa les yeux et, tournant la tête, se mit à pétrir un coin de son tablier.

« Il m'a touchée comme je vous ai dit. Je lui ai demandé d'arrêter. Il m'a répondu : " Pourquoi ? Je ne vous plais pas ? " Je lui ai expliqué que ce n'était pas la question, que j'étais mariée. Alors il m'a attrapée par les épaules et m'a poussée contre l'évier, puis il a commencé à se frotter contre moi. Bon, vous m'avez demandé des détails. Ne croyez pas que ça m'amuse d'en parler.

« Je me suis débattue, mais il était beaucoup plus fort que moi, c'est évident. Je lui ai dit de me laisser tranquille parce que, sinon, j'irais immédiatement trouver son père pour tout lui raconter. Il m'a demandé si je portais quelque chose sous ma jupe, et il a essayé de me la retirer. Alors je me suis mise à lui donner des coups de pied. Il y avait un couteau posé sur l'égouttoir, juste un petit couteau dont je me sers pour les légumes, mais je m'en suis emparée et je l'ai averti que je le lui planterais dans le corps s'il ne me lâchait pas. Alors il m'a lâchée, en m'injuriant. Il m'a traitée de p.u.t.a.i.n. et m'a dit que c'était de ma faute, que je n'avais qu'à pas porter des jupes aussi serrées.

— Vous l'avez dit à son père ? Vous en avez parlé à quelqu'un ?

— J'ai pensé que si je me taisais, les choses se tasseraient. Ken est très jaloux. C'est normal, je pense. Je veux dire, je l'ai déjà vu me faire une scène rien que parce qu'un homme m'avait regardée dans le bus. De toute façon, Andy est revenu le lendemain. Il a frappé à la porte de devant. Comme j'attendais le réparateur pour mon sèche-linge, naturellement, j'ai ouvert. Il a forcé l'entrée, alors je lui ai dit : " Ça suffit. Cette fois, tu es allé trop loin, Andy Griffin, je vais tout raconter à ton père *et* à Mr. Copeland. "

« Il ne m'a pas touchée. Il a seulement ri en me disant que je devais lui remettre cinq livres, sinon il raconterait à Ken que je lui avais demandé de... enfin, de sortir avec moi. Il raconterait la même chose à ses parents, et les gens le croiraient, disait-il, parce que j'étais plus vieille que lui. " Beaucoup plus vieille ", a-t-il même déclaré, si vous voulez le savoir.

— Lui avez-vous donné de l'argent ?

— Moi ? Sûrement pas ! Vous me prenez pour une idiote ? Je ne suis pas née d'hier. » L'ironie de cette dernière remarque n'apparut nullement à Brenda Harrison, qui poursuivit d'un ton serein : « " Publie-le partout et va au diable ! " lui ai-je dit. J'ai lu ça dans un livre et je ne l'ai jamais oublié, je ne sais pas pourquoi. " Publie-le, allez, ne te gêne surtout pas ! " Il voulait cinq livres tout de suite et cinq autres par semaine jusqu'à nouvel ordre. C'est comme ça qu'il a dit : " Jusqu'à nouvel ordre. "

« Dès que Ken est rentré, je lui ai tout raconté. " Allez viens, ma fille, m'a-t-il répondu, on va aller régler ça chez les Griffin. Davina ne tolérera jamais une chose pareille. Je sais bien que c'est déplaisant pour toi, mais ce sera vite passé et tu te sentiras mieux, après, d'avoir agi comme il fallait. " Alors on est allés à côté et je leur ai tout dit. Bien tranquillement, sans m'énerver, je leur ai raconté ce que leur fils avait fait, et l'histoire de la salle de bains, aussi. Évidemment, Mrs. Griffin est devenue hystérique. Elle a crié que son Andy chéri ne se rendrait jamais coupable d'une chose pareille, lui si pur, si propre, qui ne savait même pas ce qu'était une jeune fille, etc. Ken les a avertis qu'il irait voir Mr. et Mrs. Copeland après. On ne les appelait jamais par leur prénom devant ces Griffin, bien sûr. Ça n'aurait pas été convenable. " Je vais aller les trouver ", a dit Ken, et je l'ai accompagné.

« En fin de compte, Davina a déclaré qu'Andy devait partir. Ses parents pouvaient rester, mais pas lui. La seule alternative – comme elle a dit –, c'était d'appeler la police, et elle préférait ne pas avoir à le faire. Mais pour Mrs. Griffin, pas question ! Impossible de se séparer de son cher Andy ! Alors ils ont décidé de partir tous ensemble, et que Mr. Griffin prendrait sa retraite anticipée. Je ne vois pas trop ce qu'elle entendait par " anticipée ", d'ailleurs. Il m'a tout l'air d'avoir soixante-dix ans !

« Naturellement, il a fallu les supporter à côté de chez nous encore pendant des semaines et des semaines. Des mois, même. Mais attention, Andy avait un travail, à l'époque, un vague emploi d'homme à tout faire pour un ami américain d'Harvey, que celui-ci avait eu la bonté d'âme de lui trouver, et donc, lui au moins, on ne le voyait pas trop. Comme j'ai dit à Ken, quoi qu'il arrive, je ne leur adresserai plus jamais la parole à aucun d'entre eux. Si par hasard je les rencontre dehors, je ferai comme si je ne les voyais pas. Et c'est ce que j'ai fait. Finalement, ils sont partis, comme ils devaient, et Johnny Gabbitas est arrivé. »

Wexford resta silencieux quelques instants, à regarder tomber les gouttes. Les crocus faisaient des traînées de taches violettes dans l'herbe verte, et le forsythia en fleur brillait d'un jaune soleil par cette morne journée de pluie.

« Quand avez-vous vu Mrs. Garland pour la dernière fois ? » demanda-t-il à Brenda Harrison.

Celle-ci parut surprise de le voir apparemment changer de sujet. Maintenant que les choses avaient été dites, comprit Wexford, elle n'aurait pas été fâchée de pouvoir parler de la jalousie de son mari et de ses irrésistibles attraits personnels.

« Ça fait des mois, des années ! répondit-elle d'un ton maussade. Je sais qu'elle venait ici presque tous les mardis soir, mais je ne la voyais jamais. J'étais toujours repartie chez moi.

— Mrs. Jones vous a donc précisé qu'elle venait ?

— Je ne sais pas si elle a jamais mentionné la chose, dit Brenda avec indifférence. Pourquoi l'aurait-elle fait ?

— Mais alors... ?

— Comment je le savais ? Ah ! je vois ce que vous voulez dire. Eh bien, elle appelait les voitures du frère de Ken, non ? » L'incompréhension manifeste de Wexford l'incita à fournir une explication. « Entre vous et moi, elle aimait bien prendre un petit verre, Joanne Garland. Et même deux ou trois, quelquefois. On peut la comprendre, pas vrai ? Après une journée dans cette boutique ! Ça me dépasse qu'elles aient jamais réussi à vendre quelque chose. Vraiment, je ne vois pas comment des endroits pareils peuvent tenir le coup ! Enfin, bref, de temps en temps, quand elle avait un verre de trop, c'est-à-dire quand elle pensait avoir dépassé la limite autorisée, au lieu de conduire elle appelait une des voitures du frère de Ken. Pour l'amener ici, déjà, et là où elle voudrait après. Elle roule sur l'or, évidemment, et n'hésite jamais à faire venir une voiture.

— Votre beau-frère dirige une compagnie de taxis ? »

Mrs. Harrison adopta une expression un peu acide de raffinement suprême.

« Je n'utiliserais pas cette formule. Il ne fait aucune publicité et possède une clientèle privée. Quelques particuliers, bien sélectionnés. » Elle parut alarmée, tout à coup. « Tout est parfaitement légal, inutile de prendre cet air-là. Je vais vous donner son nom. Nous n'avons rien à cacher. Je vous fournirai tous les détails que vous voulez. Aucun problème, je vous assure. »

Autrefois, quand il arrivait à Amyas Ireland de publier un livre qui, à son avis, pouvait intéresser son ami, il lui en envoyait un exemplaire. C'était toujours un plaisir pour Wexford, en rentrant le soir à la maison, que de trouver ce paquet qui lui était adressé personnellement, dans une enveloppe matelassée avec le nom et le logo de l'éditeur sur l'étiquette. Mais depuis leur rachat par Carlyon Brent, il n'avait rien reçu. Il fut donc surpris de voir qu'un colis plus gros que d'ordinaire l'attendait, portant cette fois l'emblème de St. Giles Press : un lion avec une fritillaire dans la gueule. À l'intérieur, glissée entre les livres, il y avait une lettre écrite sur le papier à en-tête habituel, contenant quelques explications d'Amyas.

Étant donné les circonstances particulières, celui-ci avait pensé que Wexford serait peut-être intéressé par trois livres de Davina Flory, qu'ils rééditaient actuellement dans une nouvelle collection : *La Cité sacrée, De l'autre côté du mur* et *Les Hôtes de Midian*. Si Reg désirait un exemplaire du premier volume – et, malheureusement, le dernier, maintenant – de l'autobiographie, il lui suffisait de le demander. Amyas s'excusait de ne pas s'être manifesté plus tôt. Reg devait être au courant du rachat de sa maison d'édition, mais il ignorait sans doute les bouleversements que cela entraînait et les craintes qu'éprouvait l'éditeur au sujet du sort réservé à son propre catalogue. Après une période d'angoisse, tout semblait aller bien, cependant. Carlyon Quick, comme ils s'appelleraient désormais, avait une liste de titres merveilleux en projet pour l'automne. Ils se réjouissaient tout particulièrement d'avoir réussi à obtenir les droits du nouveau roman d'Augustin Casey, *Le Coup de fouet*. Cela suffit presque à gâcher le plaisir de Wexford.

Il était en train de parcourir machinalement le premier livre de Davina Flory lorsque le téléphone sonna. C'était Sheila.

Elle appelait toujours le jeudi soir. En écoutant Dora lui parler, il se livra à son petit jeu habituel, qui consistait à deviner ce que disait sa fille à partir des réactions d'étonnement, de ravissement ou, tout simplement, d'intérêt venant de sa femme.

Les réponses de Dora n'entraient dans aucune de ces catégories, ce soir. Wexford entendit son exclamation déçue : « Ah, quel dommage ! », suivie d'une expression de regret plus marquée : « Tu crois que c'est une bonne idée ? Tu en es vraiment sûre ? » L'inspecteur sentit soudain son cœur peser plus lourd dans sa poitrine. Il éprouvait comme une tension à cet endroit. Il se leva à moitié, puis se rassit aussitôt, tendant l'oreille.

Dora prit le ton froid et distant que son mari détestait qu'elle adopte avec lui : « Tu veux sans doute parler à ton père ? »

Wexford saisit le combiné. Avant que sa fille ne parle, il se surprit à penser qu'elle avait la plus belle voix qu'il ait jamais entendue sortir de la bouche d'une femme.

« Maman s'est fâchée, lui dit la belle voix. Et je pense que tu vas l'être aussi. J'ai refusé le rôle. »

Quelle extraordinaire sensation de légèreté, tout à coup ! Quel merveilleux soulagement ! Ce n'était donc *que cela* ?

« Le rôle de *Mademoiselle Julie* ? J'espère que tu sais ce que tu fais ?

– Pas vraiment. Mais en tout cas, je pars pour le Nevada avec Gus. J'ai refusé pour pouvoir l'accompagner là-bas. »

14

À la gare de Kingsmarkham, un affichage électronique annonçait en lettres lumineuses la mise en service d'un système d'attente expérimental. Autrement dit, au lieu de patienter tranquillement à deux ou trois devant chaque guichet, il fallait faire la queue entre deux cordes. Aussi affreux qu'à

Euston ! Et dans le hall, en haut du quai de départ du train pour Manchester, un panneau signalait aux voyageurs : DÉBUT DE LA FILE D'ATTENTE.

Aucune information sur le train ni sur son horaire. Aucun accueil. On se contentait de prévoir qu'il y aurait la queue. C'était pire qu'en temps de guerre, période dont Wexford gardait – tout juste – le souvenir. À l'époque, même si l'on pouvait craindre des attentes, on ne les annonçait pas de manière aussi officielle !

Il aurait peut-être dû laisser Donaldson l'emmener là-bas en voiture, mais il redoutait ces éternels ralentissements sur les autoroutes. Les trains sont rapides, de nos jours. Pas d'embouteillages sur les rails et, pendant la semaine au moins, il n'y a pas sans cesse des travaux sur les voies, comme c'est le cas sur les routes. Les trains circulent toujours, sauf chute de neige ou tempête. Pendant le voyage jusqu'à la gare de Victoria, l'inspecteur principal lut le journal qu'il avait acheté à Kingsmarkham. Il pourrait toujours en trouver un autre après. N'importe quoi pour ne pas penser à Sheila et à ce qui s'était passé la nuit précédente. D'un autre côté, si le *Times* n'avait pas réussi à lui changer les idées, que pouvait-il espérer de l'*Independent* ?

La file d'attente se déployait avec une grande élégance dans le vaste hall. Aucune protestation. Les gens se contentaient de se placer sans rien dire en bout de queue. Celle-ci formait presque un cercle, maintenant, comme si tous les voyageurs allaient se donner la main et se mettre à chanter *Auld Lang Syne*. Puis le portillon s'ouvrit et tout le monde put entrer, sans vraiment se bousculer, mais en poussant un petit peu, chacun étant impatient d'arriver jusqu'aux wagons.

C'était un beau train moderne, plein d'allure et presque neuf. Wexford avait une réservation. Quand il eut trouvé sa place, il s'assit, regarda la première page de son journal et pensa à Sheila. Il tressaillit en entendant la voix de sa fille résonner dans sa tête.

« Tu t'es juré de le détester avant même de le rencontrer ! »

Quelles colères elle pouvait faire ! Comme la Mégère de Petruchio. Curieusement, elle n'avait pourtant pas eu de succès dans ce rôle.

« Ne sois pas ridicule, Sheila. Je n'ai jamais détesté quelqu'un avant de le rencontrer.

– Il y a toujours une première fois. Oh ! je sais bien pourquoi ! Tu es jaloux. Tu as motif de l'être et tu le sais. Comme tu savais qu'aucun des autres ne signifiait rien pour moi. Pas même Andrew. Je suis amoureuse pour la première fois, alors tu as senti le danger et tu as vu rouge. Tu as décidé de haïr tout homme que je pourrais aimer. Et pour quelle raison ? De peur que je ne l'aime plus que toi ! »

Il y avait souvent eu des affrontements entre eux avant cela. Ils étaient tous deux du genre à se disputer violemment, en perdant tout sang-froid, pour se réconcilier et oublier jusqu'au motif de la querelle quelques minutes plus tard. Mais cette fois, c'était autre chose.

« Il n'est pas question d'amour, là, avait-il dit. Mais de bon sens et d'un comportement un peu raisonnable. Tu renoncerais au meilleur rôle que tu aies peut-être jamais eu, tu partirais n'importe où, rien que pour être avec ce...

– Ne dis rien ! Pas d'insultes !

– Je ne risque pas de l'insulter. Comment insulter un minable pareil ? Un bouffon ivrogne et grossier tel que lui ? Les pires injures que je pourrais trouver seraient encore trop flatteuses.

– Dieu merci, j'ignore ce que j'ai hérité de toi, mais je me réjouis que ce ne soit pas ta mauvaise langue ! Écoute-moi, Père... »

Il eut un éclat de rire.

« Père ? Depuis quand m'appelles-tu comme cela ?

– Bon, je ne t'appellerai rien du tout. Mais écoute-moi, veux-tu ? J'aime cet homme de tout mon cœur et je ne le quitterai jamais !

– Tu n'es pas en scène à l'Olivier, en ce moment, répondit Wexford très méchamment. (Il entendit Sheila retenir sa respiration.) Et si tu continues de cette façon, franchement, cela m'étonnerait que tu remontes un jour sur les planches.

– Je me demande..., commença-t-elle d'un ton lointain. (Oh, elle avait hérité tant de choses de lui !) Je me demande si tu t'es jamais rendu compte à quel point il est rare qu'une fille soit aussi proche de ses parents que je le suis de toi et de Mère. Je vous téléphone deux fois par semaine. Je viens toujours vous voir. Tu ne t'es jamais interrogé là-dessus ?

– Non, parce que je sais bien pourquoi ! Nous avons toujours été doux, gentils, nous t'avons aimée, nous t'avons affreusement gâtée et nous nous sommes laissé marcher sur les pieds. Et maintenant que j'ai trouvé le courage de te dire tes quatre vérités en face, à toi et à cet affreux petit soi-dis... »

Il ne termina jamais sa phrase. Il n'arriva jamais à expliquer quel serait le résultat de son « courage », et avait même oublié, maintenant, de quoi il s'agissait. Avant qu'il ait pu prononcer une parole de plus, elle avait raccroché violemment.

Wexford savait qu'il n'aurait pas dû parler comme cela à sa fille. Sa mère, jadis, employait une expression de regret peut-être courante à son époque : « Mettons que je n'aie rien dit. » Ah, si seulement il était possible de retirer tout ce que l'on avait dit ! De prononcer les mots de sa mère et d'effacer ainsi injures et sarcasmes, de faire disparaître ces cinq minutes. Mais impossible. Personne ne le savait mieux que lui ; lorsqu'une parole est dite, elle est dite. On peut seulement espérer l'oublier un jour, comme tout ce qui nous arrive dans la vie...

Il avait son téléphone mobile dans la poche. Le wagon, comme il est fréquent de nos jours, était rempli de gens en train de téléphoner ; des hommes qui appelaient pour affaires, principalement. Ce qui représentait, il y a peu de temps encore, une innovation devenait banal, maintenant. Il pouvait l'appeler. Elle était peut-être chez elle. Et si Sheila lui raccrochait au nez en entendant sa voix ? Wexford se souciait peu, en général, de l'opinion des autres, mais ne supportait pas l'idée que ses compagnons de voyage pussent être témoins de l'effet que cela aurait sur lui.

Un chariot apparut, apportant du café et de ces sandwiches que l'on trouve partout et qu'il aimait particulièrement, dans leurs boîtes en plastique triangulaire. Il existe en ce monde deux sortes de gens – parmi ceux qui ne meurent pas de faim, du moins. Les gens qui mangent pour se réconforter quand ils sont inquiets, et les autres, chez qui l'anxiété tue l'appétit. Wexford appartenait, lui, à la première catégorie. Il avait pris son petit déjeuner et mangerait sans doute à midi, mais il acheta quand même un sandwich aux œufs et au bacon, et, tout en le savourant, se surprit à espérer que ce qui l'attendait à Royal Oak chasserait un peu Sheila de son esprit.

Arrivé à Crewe, il prit un taxi. Le chauffeur savait tout de la prison – l'endroit où elle se trouvait et le genre d'établissement que c'était. Wexford se demandait quels clients il emmenait là-bas, d'habitude. Des visiteurs, sans doute, des petites amies et des épouses. Il y avait eu, un ou deux ans plus tôt, un mouvement demandant l'autorisation des « visites conjugales en privé », mais le refus avait été immédiat. Le sexe figurait, de toute évidence, tout en haut de la liste des plaisirs à ne pas encourager.

La prison était située en pleine campagne dans ce que le chauffeur appelait la vallée de la Wheelock. Ce nom de Royal Oak, expliqua-t-il à Wexford d'un ton de guide expérimenté, venait d'un très vieil arbre, disparu depuis longtemps, dans lequel le roi Charles s'était caché de ses ennemis. Il ne précisa pas de quel roi Charles il s'agissait, et l'inspecteur se demanda combien d'arbres de même réputation peuplaient l'Angleterre. Autant, sans doute, que de lits où avait dormi la reine Elisabeth Ire ! Il y en avait sûrement un dans la forêt de Cheriton, lieu de pique-nique privilégié. Charles avait dû passer des années de sa vie à grimper dans les branches.

Un mur énorme, hideux s'étendait devant ses yeux. Certainement le plus haut, le plus long mur des Midlands ! Aucun arbre, par ici. La plaine où se dressait le groupe de bâtiments en brique cramoisie était en fait si aride que le nom en devenait absurde : *Royal Oak, prison de Sa Majesté*. Wexford était arrivé.

Le taxi pouvait-il revenir le chercher ? Le chauffeur lui remit une carte de la compagnie. Il n'aurait qu'à téléphoner. La voiture disparut plutôt vite, comme si, à moins de fuir rapidement, on risquait de rencontrer quelques problèmes, ensuite, pour quitter les lieux.

L'un des directeurs, un homme du nom de David Cairns,

offrit un café à l'inspecteur principal dans une pièce assez plaisante, avec de la moquette au sol et des posters encadrés sur les murs. Tout le reste ressemblait aux endroits du même genre, mais cela sentait meilleur. Pendant que Wexford vidait sa tasse, Cairns lui dit qu'il n'ignorait sûrement rien de Royal Oak, de sa survie en dépit du désintérêt de l'État à son égard et de l'opposition du ministère de l'Intérieur. L'inspecteur répondit qu'il pensait être au courant, mais le directeur commença quand même à lui parler de leur système. Visiblement fier de cet endroit, l'homme avait des yeux brillants d'idéaliste.

C'étaient paradoxalement les prisonniers les plus violents et les plus récalcitrants que l'on envoyait à Royal Oak. Naturellement, il fallait aussi qu'ils soient d'accord, mais ils étaient si nombreux à vouloir venir que la liste d'attente comptait en général plus d'une centaine de noms. Le personnel et les détenus s'appelaient par leurs prénoms, et les thérapies de groupe ainsi qu'un soutien psychologique mutuel étaient ici à l'ordre du jour. Les prisonniers se trouvaient tous mélangés, car cet établissement était le seul à ne pas imposer l'article 43 sur la ségrégation ni aucune hiérarchie mettant les meurtriers et les auteurs de crimes violents en haut de l'échelle, et les coupables de délits sexuels en bas.

Les détenus de Royal Oak étaient généralement transférés dans cet endroit sur recommandation d'un médecin-chef de prison, ce qui rappelait à Cairns que leur médecin-chef, Sam Rosenberg, souhaitait voir l'inspecteur principal avant que celui-ci ne rendît visite à Jem Hocking. On ne se servait que des prénoms, ici, comme il l'avait déjà dit. Pas de « monsieur » ni de « docteur » Untel.

Un membre du personnel conduisit Wexford à l'hôpital, situé dans une autre aile du bâtiment. Ils croisèrent des prisonniers qui circulaient librement – enfin, jusqu'à un certain point –, vêtus de survêtements ou bien de pantalons et sweat-shirts. L'inspecteur ne put s'empêcher de jeter un coup d'œil par une fenêtre intérieure d'où l'on voyait se dérouler une séance de thérapie de groupe. Les hommes assis là, en cercle, ouvraient leur cœur et mettaient leur âme à nu, lui expliqua le surveillant. Ils apprenaient à faire remonter à la surface le chaos qui régnait en eux. Wexford leur trouva un air de chien battu et de détresse semblable à celui de la plupart des personnes incarcérées.

Il flottait ici exactement la même odeur qu'à l'hôpital de Stowerton : un mélange de citron vert, de Lysol et de transpiration. Tous ces établissements sentaient cela, sauf les cliniques privées, qui, elles, sentaient l'argent. Le Dr Rosenberg occupait une pièce qui ressemblait à celle de l'infirmière en chef de Stowerton – il n'y manquait que la fumée de cigarettes – et donnait sur un paysage de plaine, vert et désert, avec une rangée de pylônes électriques.

Le déjeuner venait d'arriver, assez copieux pour deux. Une bonne couche de substance gluante et peu appétissante sur lit de riz bouilli – un curry de poulet, sans doute –, et des tartelettes « individuelles » aux fruits en dessert, avec un petit pot de crème allégée. Mais comme Wexford mangeait pour se réconforter, il accepta immédiatement l'invitation de Sam Rosenberg à partager son repas tout en discutant de Jem Hocking.

Le médecin, un petit homme trapu de quarante ans au visage rond, enfantin, avec une crinière de cheveux prématurément gris, avait une tenue qui ressemblait à celle des prisonniers : survêtement et chaussures de sport.

« Qu'en pensez-vous ? demanda-t-il avec un geste vers la porte et le plafond. De l'endroit, je veux dire. Pas tout à fait comme dans le " système ", hein ? »

L'inspecteur, comprenant que le mot désignait le reste des établissements pénitentiaires, approuva.

« Évidemment, ça n'a pas l'air de marcher, si on entend par là le fait de les empêcher de recommencer. D'un autre côté, c'est assez difficile à dire étant donné que la plupart n'ont guère l'occasion de refaire grand-chose. Ce sont des " perpète ". » Sam Rosenberg sauça les restes de son curry avec un morceau de pain. Il semblait apprécier le repas. « Jem Hocking a demandé lui-même à venir. Il a été condamné en septembre et envoyé à la prison de Scrubs – à moins que ce ne soit Wandsworth –, où il a commencé à tout casser. On l'a transféré à Royal Oak juste avant Noël et il s'est retrouvé, disons, comme un poisson dans l'eau avec ce que nous faisons ici. Cela consiste, en gros, à pouvoir sans arrêt " discuter des problèmes ", voyez-vous.

– Qu'est-ce qu'il a fait ?

– Pour quelle raison il a été condamné ? Il s'est introduit dans une maison où la propriétaire était censée garder toutes les recettes de sa boutique pendant le week-end, il a trouvé cinq cents livres à peu près dans un sac à main, et a pratiquement battu à mort la femme qui habitait là. Elle avait soixante-dix ans. Il s'est servi d'un marteau de plus de trois kilos.

– Pas de revolver ?

– Non, pas que je sache. Prenez donc un de ces petits gâteaux. Ils sont aux framboises et aux groseilles. Pas mauvais du tout. Ce n'est pas de la crème fraîche, parce que je suis un maniaque du cholestérol. Je veux dire, c'est quelque chose qui me fait très peur et je crois qu'il faut lutter contre. Jem est malade actuellement. Il pense qu'il va mourir, mais c'est faux. Pas cette fois-ci. »

Wexford haussa un sourcil.

« Sûrement pas un problème de cholestérol ?

– Euh... non. En fait, je n'ai pas vérifié son taux de cholestérol. (Rosenberg hésita.) En général les poulets... excusez-moi, je ne voulais pas être insultant... de nombreux policiers ont encore des préjugés contre les homosexuels. Enfin, on entend toujours les flics plaisanter sur les tantes, les pédés, et s'amuser à jouer les folles. Vous êtes comme ça, vous ? Non, je vois bien. Mais vous pensez peut-être encore que les homosexuels sont tous coiffeurs ou danseurs de ballet, et non pas de *vrais hommes*. Vous avez lu Genet ?

– Un peu. Il y a longtemps. »

Wexford tenta de se souvenir de quelques titres et l'un d'eux lui revint en mémoire : *Notre-Dame des Fleurs*.

« Je pensais plutôt à *Querelle de Brest*. Genet, plus que n'importe qui d'autre, a su faire comprendre que ces hommes-là pouvaient se montrer aussi durs, aussi impitoyables que des hétérosexuels. Davantage, même. Ils peuvent être assassins, voleurs, auteurs de crimes violents, tout autant que couturiers.

– Jem Hocking en fait partie, vous voulez dire ?

– Il n'est ni honteux ni libéré ; il ne connaît pas toutes ces nuances, mais une des raisons pour lesquelles il a voulu venir ici était de pouvoir parler ouvertement de son homosexualité à d'autres hommes. En parler jour après jour, sans aucune censure, et en groupe. Le monde dans lequel il vivait est peut-être le plus rempli de préjugés qui soit. Et puis il est tombé malade.

– Il a le sida, n'est-ce pas ? »

Sam Rosenberg le regarda attentivement.

« Vous voyez que vous associez cela à la communauté homosexuelle ! Je vais vous dire une chose : dans un an ou deux, ce sera tout aussi répandu chez les hétéros. Ce n'est pas une maladie d'homos. D'accord ?

– Mais Jem Hocking en est atteint ?

– Jem Hocking est séropositif. Il a eu une très mauvaise grippe. Nous avons eu une épidémie à Royal Oak, et il se trouve tout simplement qu'il l'a attrapée de façon plus grave que les autres. Assez pour venir passer huit jours à l'infirmerie. Avec un peu de chance, il sera de retour parmi ses camarades à la fin de la semaine. Mais il prétend souffrir d'une pneumonie liée au sida et croit que je renâcle à lui dire la vérité. Il est donc convaincu qu'il va mourir et veut vous voir.

– Pourquoi ?

– Ça, je n'en sais rien. Je ne le lui ai pas demandé, et si je le faisais, il ne me le dirait pas. C'est à vous qu'il veut parler. Café ? »

C'était un homme de l'âge du docteur, mais brun, au teint basané, avec une barbe d'une semaine sur les joues et le menton. Connaissant les tendances actuelles des hôpitaux, l'inspecteur s'attendait à le trouver assis sur une chaise en robe de chambre, mais Jem était au lit et paraissait bien plus malade que n'avait jamais semblé Daisy. Ses mains, qui reposaient sur la couverture rouge, étaient toutes bleu foncé de tatouages.

« Comment vous sentez-vous ? » demanda Wexford.

Hocking ne répondit pas immédiatement. Il mit un doigt dessiné de bleu sur sa bouche et se frotta les lèvres.

« Mal, dit-il enfin.

– Je peux savoir à quel moment vous étiez à Kingsmarkham ? C'est de cela dont vous voulez me parler ?

– En mai dernier. Ça vous rappelle quelque chose, hein ? Mais vous y aviez sûrement déjà pensé. »

L'inspecteur hocha la tête.

« J'avais une vague idée.

– Je suis en train de mourir. Vous le saviez ?

– Ce n'est pas l'avis du médecin. »

Une grimace de dérision déforma les traits de Jem Hocking, qui eut un ricanement.

« Ils ne disent pas la vérité. Même pas ici ! Personne ne dit jamais la vérité, là ou ailleurs. On ne peut pas. C'est impossible. Il faudrait trop rentrer dans les détails. Aller sonder son âme. On insulterait tout le monde et chaque mot montrerait quel salaud on est ! Ça ne vous est jamais venu à l'esprit ?

– Si », répondit Wexford.

Hocking s'attendait à tout sauf à une affirmation aussi nette.

« La plupart du temps, continua-t-il après une pause, tout ce qu'on dirait, c'est : " Je vous hais, je vous hais ", et ainsi de suite. La voilà, la vérité ! Et aussi : " Je veux mourir mais, putain, ce que j'ai peur ! " (Il respira.) Je sais que je suis en train de crever. Je vais avoir une nouvelle attaque comme j'ai déjà eu, mais légèrement pire. Et après, une troisième, qui m'emportera. Ça pourrait même aller plus vite. C'est allé salement plus vite pour Dane.

– Qui est Dane ?

– Je pensais vous le dire avant de mourir. Pourquoi pas ? Qu'est-ce que j'ai à perdre ? J'ai déjà tout perdu, sauf la vie, et la voilà qui fout le camp. »

Le visage de Hocking s'aiguisa et ses yeux semblèrent se rapprocher. Il parut tout à coup à Wexford l'un des pires individus auxquels il ait jamais eu affaire.

« Vous voulez que je vous dise ? C'est le dernier plaisir qui me reste, de parler de ma mort aux gens. Ils sont embarrassés, voyez-vous, ils ne savent pas quoi répondre et j'aime ça.

– Je ne suis pas embarrassé.

– Évidemment, qu'est-ce qu'on peut espérer d'un sale poulet ! »

Un homme en jean et courte blouse blanche entra dans la pièce. Un infirmier. Du temps de la jeunesse de l'inspecteur, on aurait bien souligné le fait : c'était un homme, « un infirmier », comme l'on précisait aussi : « une doctoresse ». Il n'y avait là rien de particulièrement sexiste, mais cela montrait quand même de façon très claire à quoi s'attendaient les gens de la part de chaque sexe.

L'infirmier avait entendu les derniers mots de Hocking.

« Inutile d'être grossier, Jem, lui dit-il. Couvrir les gens de boue n'arrangera pas les choses, et c'est l'heure des antibiotiques.

— Ça ne sert à rien, ces saloperies, répliqua l'autre. La pneumonie est un virus, non ? Vous êtes tous complètement tarés, ici. »

Wexford attendit patiemment que le malade, en dépit de ses faibles protestations, ait avalé ses comprimés. Il avait vraiment l'air très mal en point. On pouvait le croire, en effet, au seuil de la mort. Après le départ de l'infirmier, Hocking baissa la tête et contempla les dessins bleus sur ses mains.

« Vous m'avez demandé qui était Dane et je vais vous le dire. Dane Bishop était mon compagnon. Dane Gavin David Bishop, si vous voulez tout savoir. Il n'avait que vingt-quatre ans. »

Les mots « je l'aimais » restèrent en suspens. « Je l'aimais », Wexford le voyait écrit sur la figure de Hocking, mais il n'était pas sentimental, surtout avec un tueur. Un tueur du genre à frapper une vieille dame à coups de marteau ! Il aimait quelqu'un, et alors ? Cela rachetait-il un homme ? Cela prouvait-il qu'il y avait du bon en lui ?

« On a fait le coup de Kingsmarkham ensemble. Mais vous le saviez avant de venir. Sinon, vous ne seriez pas là.

— Plus ou moins, dit l'inspecteur.

— Dane voulait de l'argent pour acheter ce médicament. C'est américain, mais on peut en avoir ici. Un nom en initiales. Bref.

— AZT.

— Non, justement, gros malin de flic. Ça s'appelle du DDI. Di-déoxy-innosine. Pas remboursé par cette putain de Sécurité sociale, évidemment. »

Ah, ne te cherche pas d'excuses ! se dit Wexford. Ça ne marche pas. Il repensa à l'inspecteur adjoint Martin, sottement téméraire mais à l'esprit si vif, quelquefois. Un homme de cœur, sérieux et plein de bonnes intentions. Le sel de la terre...

« Ce garçon, Dane Bishop, il est mort, n'est-ce pas ? »

Jem Hocking se contenta de lui jeter un regard plein de haine et de souffrance. La haine venait du fait que cet individu n'arrivait pas à le mettre dans l'embarras, devina Wexford. Or c'était peut-être là le seul but de l'exercice, de cette « confession », dont il comptait se délecter.

« Mort du sida, je suppose, continua l'inspecteur. Et peu de temps après.

— Il est mort avant qu'on puisse se procurer le médicament. Ça l'a pris très vite, sur la fin. On a vu cette description que vous avez donnée, les boutons sur la figure, tout ça ! Ce n'était pas une saloperie d'acné, mais le sarcome de Kaposi.

— Il s'est servi d'un revolver, dit Wexford. D'où venait cette arme ? »

Hocking haussa les épaules avec indifférence.

« C'est à moi que vous demandez ça ? Vous savez très bien comme il est facile de se procurer un pétard quand on en a besoin. Dane ne me l'a jamais dit. Il l'avait, c'est tout. Un Magnum. » Le malade eut de nouveau ce regard de côté, si sournois. « Il l'a balancé, jeté par terre en sortant de la banque.

— Ah ! dit Wexford presque sans bruit, comme pour lui seul.

— Il avait peur qu'on le trouve avec ça sur lui. Il était malade à l'époque. Ça rend faible. Faible comme un vieillard. Vingt-quatre ans seulement, mais du sang de navet. C'est pour ça qu'il a tué ce taré. Trop dégonflé pour supporter le stress. J'ai pu réussir à ce qu'on prenne la fuite. Je n'étais même pas dans la banque quand il a tiré.

— Vous étiez inquiet. Vous saviez qu'il avait une arme.

— J'ai dit le contraire ?

— Vous avez acheté une voiture sous le nom de George Brown. »

Hocking hocha la tête.

« Oui. On a acheté beaucoup de choses en liquide. On se

disait qu'on pourrait revendre le véhicule, vu qu'on n'osait pas garder le moindre billet. Je les ai emballés avec du papier journal pour les fourrer dans une décharge et on a vendu la voiture. Pas mal joué, non ?

— Cela s'appelle blanchir de l'argent, répliqua froidement l'inspecteur. Enfin, quand c'est fait à une plus grande échelle.

— Il est mort avant d'avoir le médicament.

— Vous me l'avez déjà dit. »

Jem Hocking se redressa dans son lit.

« Mais quel salaud de pisse-froid vous faites ! Si j'avais dû me mettre à table n'importe où ailleurs que dans ce service, ils ne vous auraient pas laissé tout seul avec moi. »

Wexford se leva.

« Que pourriez-vous me faire, Jem ? Je fais le triple de vous, et je ne suis ni embarrassé ni impressionné.

— On ne peut rien contre moi. Je les emmerde tous ! s'écria Hocking. On ne peut rien contre un mourant.

— Je n'en suis pas si sûr. Aucune loi n'empêche d'inculper un mourant de meurtre et de vol.

— Vous n'oseriez pas !

— Mais si, et je vais le faire », répondit Wexford en partant.

Le train le ramena à Euston sous une pluie battante, et il plut pendant tout le voyage de Victoria jusqu'à Kingsmarkham. À peine rentré, il essaya de joindre Sheila et eut sa voix de lady Macbeth au téléphone. Celle qui disait : « Donnez-moi les poignards », en demandant de laisser un message.

15

C'était une tâche dont Barry Vine ou même Karen Malahyde auraient pu s'acquitter, mais Wexford s'en chargea lui-même. Son grade semblait effrayer Fred Harrison, un homme nerveux qui avait l'air d'une réplique de son frère, en plus âgé et en plus petit. L'inspecteur principal lui demanda quel jour il avait conduit Joanne Garland à *Tancred House* pour la dernière fois, et, après avoir consulté son registre, celui-ci mentionna une date qui remontait à quatre mardis plus tôt.

« Je ne l'aurais pas touchée avec des pincettes si j'avais su que ça allait me créer des ennuis », déclara-t-il.

Malgré lui, en dépit de sa tristesse, Wexford fut amusé.

« Cela m'étonnerait que ce soit vous qui ayez des ennuis, Mr. Harrison. Est-ce que vous avez vu, ou bien eu des nouvelles de Mrs. Garland le mardi 11 mars ?

– Rien du tout. Pas un couic depuis... je ne sais plus... oui, le 26 février, comme je vous ai dit.

– Et ce soir-là, que s'est-il passé ? Elle a téléphoné pour vous demander de la conduire à *Tancred House* – mais quand ? À huit heures ? Huit heures et quart ?

– Je ne l'aurais emmenée nulle part si j'avais su que ça allait me créer des ennuis, croyez-moi. Elle a appelé comme toujours, vers sept heures, en disant qu'elle devait être à *Tancred* à huit heures et demie. Je lui ai répondu, comme d'habitude, que j'irais la chercher un peu après huit heures, on aurait amplement le temps. Mais elle a dit non, elle ne voulait pas être en retard et je devais être là à moins dix. Du coup, je me suis retrouvé à *Tancred* à dix ou au quart, forcément, en prenant le chemin le plus court. Elle n'écoutait jamais et avait une peur bleue d'être en retard. C'était toujours la même chose ! Quelquefois je l'attendais, si elle me le demandait. Il y en avait pour une heure, alors j'en profitais pour passer voir mon frère. »

Cela n'intéressait pas Wexford, qui insista : « Vous êtes sûr qu'elle ne vous a pas téléphoné le 11 mars ?

– Croyez-moi, je déchargerais ma conscience si c'était le cas. Je ne veux surtout pas d'ennuis.

– Vous pensez qu'elle appelait de temps en temps une autre compagnie de taxis ?

– Mais pourquoi ? Elle n'avait rien à me reprocher. Combien de fois m'a-t-elle répété : " Je ne sais pas ce que je ferais sans vous, Fred, qui venez toujours à mon secours. " Et aussi que j'étais le seul dans le coin à qui elle faisait confiance pour la conduire. »

Comme il ne semblait plus rien y avoir à tirer du nerveux

Fred Harrison, l'inspecteur le quitta pour retourner à *Tancred*. Seul au volant, il prit la route de Pomfret Monachorum, empruntant cet itinéraire pour la seconde fois seulement. Après la pluie de la veille, le temps était clément, agréable, et les bois pleins de vie – de cette vie nouvelle et silencieuse qui commence à se manifester au début du printemps. La route serpentait jusqu'en haut de la petite colline boisée qui menait à *Tancred*. Il était encore trop tôt pour que les arbres montrent leurs feuilles, excepté les aubépines, déjà couvertes d'un brouillard de verdure. Les fleurs des pruniers sauvages jetaient comme un voile à pois blancs sur les branches.

Wexford conduisait lentement. À peine eut-il oublié Fred et ses angoisses que la pensée de Sheila revint l'obséder. Il en aurait presque gémi tout haut. Toutes les paroles de colère prononcées au cours de cet épouvantable échange étaient encore gravées dans sa mémoire et il les entendait sans relâche.

« ... Tu as décidé de haïr tout homme que je pourrais aimer. Et pour quelle raison ? De peur que je l'aime plus que toi ! »

En traversant le bois, où des couronnes d'aconits faisaient comme des taches de soleil sur le sol, il baissa la vitre pour sentir la douceur de l'air sur son visage, cette douceur d'équinoxe du premier ou du deuxième jour de printemps. La veille au soir, quand la pluie cinglait les vitres, il avait tenté d'appeler sa fille, et Dora aussi. Il voulait lui faire des excuses, demander pardon. Mais le téléphone sonnait, sonnait, et personne ne décrochait. Lorsqu'il essaya de nouveau, au désespoir, à neuf heures, puis encore à la demie, Wexford entendit la voix de Sheila sur le répondeur. Pas un de ses messages caractéristiques : « Si c'est pour me proposer le premier rôle féminin de la pièce écossaise ou m'emmener dîner au Caprice... » ou : « Mon chou (ce mot universel des actrices qui servait tout aussi bien à désigner son père, Casey, ou sa femme de ménage), Sheila a dû partir... », mais seulement : « Sheila Wexford. Je suis sortie. Laissez-moi un message et je vous rappellerai peut-être. » Il n'en avait pas laissé et il était enfin allé se coucher, la mort dans l'âme.

Je l'ai perdue, se disait-il. Et cela n'avait pas grand-chose à voir avec le fait qu'elle partait à dix mille kilomètres. Casey la lui aurait enlevée exactement pareil, même s'ils avaient tous deux décidé d'acheter une maison et de s'installer à Pomfret Monachorum. Il l'avait perdue. Rien ne serait plus jamais comme avant entre eux deux...

L'allée fit un dernier détour avant de continuer tout droit sur le terrain plat. De chaque côté s'étendaient des plantations de jeunes arbres d'une vingtaine d'années peut-être, dont les branches fines, tendues vers la lumière, étaient d'une vive couleur feuille-morte au milieu des bouquets verts de brume et blancs comme neige des aubépines et des prunelliers. Le sol à leurs pieds, jonché de feuilles sèches et brunes, était tout éclaboussé de soleil.

Wexford surprit un mouvement au loin. Quelqu'un venait vers lui, le long de l'allée, à bonne distance. Quelqu'un de jeune. Une jeune fille. Plus ils se rapprochaient l'un de l'autre, plus il la distinguait. C'était Daisy. Si invraisemblable que ce fût de la voir ici en ce moment, il s'agissait bien de Daisy, sans aucun doute.

Elle s'arrêta quand elle vit la voiture. Naturellement, de si loin, elle ne pouvait avoir aucune idée de l'identité du conducteur. Elle portait un jean, une grosse veste de chasse avec la manche gauche vide, et une écharpe rouge vif enroulée deux fois autour du cou. Il sut exactement à quel moment elle le reconnut en voyant ses yeux s'agrandir. Mais elle ne sourit pas.

Il s'arrêta et baissa la vitre.

« Je suis revenue, lui dit-elle sans attendre qu'il lui posât la question. Je savais qu'on essaierait de m'en empêcher, alors j'ai attendu que Nicholas soit parti travailler. J'ai dit à Joyce : " Je rentre chez moi. Merci de m'avoir reçue ", et voilà ! Elle a répondu que je ne pouvais pas faire cela, pas toute seule. Vous savez comment elle parle : " Je regrette, ma chère enfant, mais c'est impossible. Et vos bagages ? Qui va s'occuper de vous ? " Je lui ai dit que j'avais déjà appelé un taxi et que je n'avais besoin de personne. »

Wexford songea soudain qu'elle n'avait guère eu l'occasion de se débrouiller seule par le passé, en fait. Brenda Harrison prenait sûrement soin d'elle. Mais Daisy avait les mêmes illusions que tous les jeunes.

« Alors vous vous promenez dans votre domaine ?

– Je suis restée dehors assez longtemps. Je rentre. Je me fatigue vite. (Elle avait de nouveau son air lugubre et ses yeux tristes.) Vous m'emmenez ? »

Il se pencha pour ouvrir la portière du côté passager.

« J'ai dix-huit ans, maintenant, déclara-t-elle, mais sans enthousiasme. Je peux faire ce que je veux. Comment s'attache cette ceinture ? Avec mon bras en écharpe et ma grosse veste, je n'y arrive pas.

– Vous n'êtes pas obligée de la mettre si cela vous ennuie, étant donné que nous sommes sur une propriété privée.

– Ah bon ? Je ne savais pas. Mais vous avez mis la vôtre.

– La force de l'habitude. Daisy, avez-vous l'intention de rester ici toute seule ? D'*habiter* ici ?

– Je suis chez moi. (Le ton de sa voix, déjà aussi lugubre que possible, se fit amer.) Tout cela est à moi. Pourquoi n'habiterais-je pas un endroit qui m'appartient ? »

Il ne répondit pas. À quoi bon lui rappeler ce qu'elle savait déjà – qu'elle était une jeune femme sans défense –, et lui dire ce qu'elle n'avait peut-être pas encore compris : quelqu'un pouvait très bien avoir intérêt à terminer ce qui avait été commencé deux semaines plus tôt. Si Wexford prenait la chose au sérieux, il lui faudrait mettre un garde jour et nuit à *Tancred*, au lieu d'alarmer Daisy avec ses craintes.

L'inspecteur en revint donc au sujet dont ils avaient discuté la dernière fois qu'ils s'étaient vus chez les Virson.

« J'imagine que vous n'avez pas eu de nouvelles de votre père ?

– Mon *père* ?

– Mais oui, votre père, Daisy. Il doit être au courant de cette affaire. Personne, dans le pays, ne peut ignorer les comptes rendus qu'il y a eu à la télévision ou dans les journaux. Et, sauf erreur, on en reparlera aujourd'hui dans tous les quotidiens, avec l'enterrement. Il faut vous attendre qu'il prenne contact avec vous, je crois.

– Il l'aurait fait avant, non ?

– Il ne savait sans doute pas où vous étiez. Si ça se trouve, il a téléphoné tous les jours à *Tancred*. »

Wexford se demanda soudain si ce n'était pas lui qu'elle avait cherché en vain aux obsèques. Cette ombre de père qui devait bien exister, même si personne n'en parlait jamais. Il gara la voiture près du bassin. Daisy descendit et contempla l'eau. Plusieurs poissons étaient remontés à la surface, peut-être à cause du soleil ; des poissons blancs, ou plutôt sans couleur, à la tête écarlate. Elle redressa la tête pour regarder les statues – la jeune fille métamorphosée en arbre, aux membres enserrés dans un fourreau d'écorce, et l'homme qui s'élançait vers elle, le visage levé, plein de désir, et les bras tendus.

« Daphné et Apollon, dit Daisy. C'est une copie de Bernini. Du beau travail, paraît-il. Moi, je ne saurais dire, je n'aime pas vraiment ce genre de choses. (Elle fit la grimace.) Davina l'adorait. *Forcément*. J'imagine que le dieu était sur le point de violer Daphné, vous ne croyez pas ? Enfin, on peut toujours trouver de jolis mots plus romantiques, mais c'est bien ce qu'il allait faire. »

Wexford ne répondit rien, se demandant quel événement dans le passé de la jeune fille pouvait soudain lui inspirer une telle sauvagerie.

« Il n'allait pas lui *faire la cour*, je suppose. L'emmener dîner ou lui acheter une bague de fiançailles ! Ce que les gens peuvent être bêtes ! » Elle changea de sujet, se détournant du bassin avec un petit mouvement de tête. « Quand j'étais plus jeune, je posais des questions à Maman sur mon père. Vous connaissez les enfants, ils veulent tout savoir là-dessus. Elle avait cette manie, ma mère, quand il y avait quelque chose dont elle ne voulait pas parler, de m'envoyer voir Davina. C'était toujours : " Demande à ta grand-mère, elle t'expliquera. " Alors j'ai interrogé Davina et elle m'a répondu – vous n'allez pas le croire, mais c'est ce qu'elle m'a dit : " Ta mère était fana de foot, ma chérie, et elle allait le voir jouer. C'est comme ça qu'ils se sont rencontrés. " Et elle a ajouté : " Disons, sans insister davantage, qu'il était très populo. " Elle aimait ce genre d'expressions, " fana de foot ", " très populo ". Un argot branché, ou qu'elle croyait tel. " Oublie-le,

ma chérie, m'a-t-elle dit. Imagine que tu es née d'une parthénogenèse, comme les algues. " Ensuite, elle m'a expliqué ce
qu'était une parthénogenèse. Typique de sa part, de tout transformer en leçon ! Mais cela ne m'a guère fait éprouver
d'amour ni de respect pour mon père.

   – Vous savez où il habite ?

   – Quelque part au nord de Londres. Il s'est remarié. Entrez,
si vous voulez, et nous allons chercher son adresse. »

   Ni la porte d'entrée ni l'autre, à l'intérieur, n'étaient fermées à clé. Wexford suivit Daisy dans la maison. Quand le
battant se referma derrière eux, cela fit trembler et tinter les
chandeliers. Les lis, dans l'orangerie, répandaient un arôme
artificiel comme celui du rayon parfumerie d'un grand magasin. C'était ici, dans ce hall, que la jeune fille avait rampé
jusqu'au téléphone en laissant des traînées de sang sur le plancher brillant et dépassé le corps d'Harvey Copeland, étalé bras
et jambes en croix sur l'escalier. Il la vit jeter un regard vers
les marches où une grande partie du tapis avait été découpée,
laissant apparaître le bois nu au-dessous. Puis elle se dirigea
vers la porte du fond qui menait au bureau de Davina Flory.

   L'inspecteur n'était encore jamais entré dans cette pièce.
Tous les murs étaient tapissés de livres et l'unique fenêtre
donnait sur la terrasse, dont le « salon-serre » constituait une
des parois. Il s'attendait bien à quelque chose de ce genre-là,
mais fut surpris par le beau globe terrestre en verrerie vert
foncé sur la table, le jardin de bonsaïs dans un bac en terre
cuite sous la fenêtre, et par l'absence de traitement de texte,
machine à écrire ou tout autre engin électronique. Sur le
bureau, à côté d'un nécessaire à correspondance en cuir, se
trouvait un stylo à encre Montblanc en or et, dans un vase sans
doute en malachite, des stylos à bille, des crayons ainsi qu'un
coupe-papier avec un manche en os.

   « Elle écrivait tout à la main, confirma Daisy. Elle ne savait
pas taper et n'a jamais voulu apprendre. » La jeune fille fouillait dans le premier tiroir du bureau. « Voilà. C'est ça. Le carnet d'adresses des " non-amis ", comme elle disait. Elle y
mettait les gens qu'elle n'aimait pas ou qui... disons, ne lui
étaient d'aucune utilité. »

Il y avait un nombre tristement impressionnant de noms dans ce carnet. Wexford chercha à J. Après l'unique Jones figuraient les initiales G. G., suivies d'une adresse à Londres N5, mais sans numéro de téléphone.

« Je ne comprends pas très bien, Daisy. Pourquoi votre grand-mère aurait-elle eu l'adresse de votre père, et pas votre mère ? À moins qu'elle ne l'ait eue, elle aussi ? Et pourquoi G. G., au lieu de son prénom ? Après tout, il a été son gendre.

– Non, vous ne comprenez vraiment pas ! (Daisy esquissa un bref sourire.) Davina aimait avoir les gens à l'œil. Il fallait qu'elle sache où était mon père et ce qu'il faisait, même si elle ne devait jamais plus le revoir de sa vie. » À ces mots, elle se mordit la lèvre avant de poursuivre : « C'était une grande manipulatrice, vous savez. Qui organisait tout ! Elle aurait toujours su exactement où il était, autant de fois qu'il ait pu déménager. Vous pouvez être sûr qu'il s'agit de la bonne adresse. Je suppose qu'elle s'attendait à le voir réapparaître un beau jour pour... disons, lui demander de l'argent. Elle répétait souvent que la plupart des gens de son passé refaisaient surface à un moment ou à un autre. " Les vers sortent du bois ", comme elle disait. Quant à Maman, cela m'étonnerait qu'elle ait même tenu un carnet d'adresses.

– Daisy, j'essaie de trouver une façon polie et pleine de tact de vous poser la question mais je ne suis pas sûr d'y arriver... C'est au sujet de votre mère. (Il hésita.) Des amis de votre mère...

– Vous voulez savoir si elle avait des petits amis ? Des amants ? »

Une fois de plus, son intuition le stupéfia. Il hocha la tête.

« Même si elle ne vous semblait pas jeune, elle n'avait que quarante-cinq ans. D'ailleurs, je ne crois pas que l'âge ait tellement d'importance pour ces choses-là, quoi qu'en disent les gens. On a des amis du sexe opposé – sur le plan sentimental, je veux dire – à n'importe quel âge.

– Oui, comme Davina si Harvey avait passé l'arme à gauche ! » s'exclama soudain Daisy avec un grand sourire. Elle se rendit compte de l'horreur de la phrase qu'elle venait de prononcer et se couvrit la bouche de la main, le souffle coupé.

« Mon Dieu ! Oubliez cela. Je n'ai rien dit. Comment peut-on dire des choses pareilles ? »

Au lieu de répondre, ce qui eût été bien impossible (« Mettons que je n'aie rien dit ! »), il lui rappela doucement qu'elle était en train de parler de sa mère.

« Je ne l'ai jamais vue avec personne, soupira Daisy. Ni jamais entendue mentionner un nom masculin. Je crois que cela ne l'intéressait pas, tout simplement. Davina lui disait toujours de se trouver un homme, que ça la " sortirait d'elle-même ". Harvey aussi a essayé. Je me souviens, un jour il a ramené quelqu'un à la maison, un type qui faisait de la politique, et Davina a demandé si ça ne pourrait pas aller pour Maman. En fait, ils croyaient que je ne comprendrais pas ce qu'ils voulaient dire, mais j'ai compris.

« Quand nous sommes tous allés à Édimbourg l'an dernier – vous savez, pour le festival. Davina devait faire quelque chose à la Foire du livre –, ma mère a eu la grippe. Elle a passé les deux semaines au lit et Davina gémissait, disant que c'était tellement dommage ! Elle avait fait connaissance du fils d'une amie qui aurait été parfait pour ma mère – voilà exactement ce qu'elle a dit à Harvey.

« Mais Maman se trouvait très bien comme elle était. Sa vie lui plaisait. Elle aimait mener son petit train-train à la galerie, regarder la télé, ne pas avoir de responsabilités, travailler un peu à sa peinture, se faire ses propres vêtements et tout ça. Elle n'avait pas envie qu'on l'embête avec des hommes. »

Un air de profond désespoir assombrit tout à coup le visage de Daisy, pour se transformer aussitôt en chagrin enfantin, éperdu. Elle se pencha en avant sur la table, vers le globe de verre, appuya son poing sur le front et se passa les doigts dans les cheveux. Wexford s'attendait à un subit éclat de colère contre la vie et la façon dont les choses se passent, un cri de révolte devant ce qui était arrivé à sa mère, si simple, innocente et satisfaite, mais, au lieu de cela, la jeune fille releva la tête et dit d'un ton parfaitement calme : « Joanne est pareille, je crois. Elle dépense des milliers de livres en vêtements, soins du visage, coiffeur, massages et autres, mais pas pour un homme. Je ne sais pas, c'est pour elle-même, sans doute.

Davina parlait toujours de l'amour et des hommes. Elle appelait cela avoir une vie bien remplie et se croyait si *moderne* – c'était son mot ! Alors qu'en réalité les femmes ne se soucient plus de ces choses-là, n'est-ce pas ? Elles sont tout aussi contentes qu'on les voie avec des amies du même sexe. On n'a pas besoin d'avoir un homme pour être une vraie femme. C'est fini, ça ! »

On aurait dit que Daisy voulait justifier quelque chose de sa vie à elle et le faire apparaître sous un jour positif.

« Mrs. Virson prétend que votre grand-mère souhaitait que vous lui ressembliez, que vous fassiez les mêmes choses qu'elle, dit Wexford.

– Oui, mais sans les erreurs. Je vous l'ai expliqué, c'était une manipulatrice. On ne m'a pas demandé si je désirais aller à l'université, voyager, écrire des livres et... coucher avec quantité de gens différents. (Daisy détourna le regard.) Davina tenait simplement tout cela pour acquis. Ce qui est faux, en réalité. Je n'ai même pas envie d'aller à Oxford et... enfin, sans le bac, je ne pourrai pas, de toute façon. Je veux être *moi*, et non pas l'œuvre de quelqu'un d'autre. »

Le temps avait donc déjà commencé à agir, se dit l'inspecteur. Un travail était en train de se faire en elle. Mais ce que Daisy dit ensuite lui fit réviser son opinion.

« Si tant est que je veuille quoi que ce soit ! Que je me soucie le moins du monde de ce qui va m'arriver... »

Wexford ne fit aucun commentaire.

« Il y a peut-être quelque chose qui vous plairait. Aimeriez-vous venir voir la façon dont on a transformé votre refuge en poste de police ?

– Pas maintenant. Je voudrais rester seule. Rien que moi et Queenie. Elle était si contente de me voir qu'elle m'a sauté sur l'épaule depuis la balustrade, comme elle le faisait avant, en ronronnant comme un lion qui rugit. Je vais aller me promener dans toute la maison, simplement pour regarder. Pour refaire connaissance. Elle a changé à mes yeux, voyez-vous. C'est la même maison, mais très différente, en même temps. Je n'irai pas dans la salle à manger. J'ai déjà demandé à Ken de condamner la porte. Pour un moment. Il

va la condamner pour que je ne puisse pas l'ouvrir si jamais
je... si j'oublie. »

Il est rare de voir quelqu'un frémir. Wexford, en regardant
Daisy, perçut chez elle non pas ce spasme nerveux de tout le
corps, mais simplement les signes extérieurs du frisson qui
l'avait parcourue : le sang qui se retirait de son visage et la
chair de poule sur son cou. Il pensa un instant lui expliquer le
genre de protection qu'il prévoyait pour elle, mais se ravisa.
Ce serait décidément plus sage de la mettre devant le fait
accompli.

Daisy avait fermé les yeux et, quand elle les rouvrit, il vit
qu'elle avait fait un effort pour ne pas pleurer ; ses paupières
étaient gonflées. Après son départ, elle se laisserait aller à un
accès de chagrin, se dit-il, mais le téléphone sonna au moment
où il s'en allait.

La jeune fille hésita, souleva le combiné, et l'inspecteur
l'entendit répondre : « Oh ! Joyce. C'est gentil à vous d'appeler, mais je vais très bien. Pas de problème... »

Karen Malahyde passerait la nuit à *Tancred House* avec
Daisy, Anne Lennox la suivante, puis ce serait au tour de
Rosemary Mountjoy, et ainsi de suite. Wexford songea à faire
monter la garde depuis les écuries, aussi, avec deux hommes
de service se relayant vingt-quatre heures sur vingt-quatre,
mais faiblit à l'idée de la réaction qu'aurait le chef adjoint de
la police devant pareille mesure. Ils manquaient déjà de personnel, comme toujours. Daisy n'avait pas à se trouver là
toute seule ; elle avait des amis qui pouvaient l'héberger. Il
entendait Freeborn d'ici. Ils n'avaient pas à dépenser les fonds
publics pour protéger une jeune femme qui avait décidé, par
caprice, de retourner dans cette grande demeure solitaire.

Mais Karen, Anne et Rosemary ne furent que trop heu-
reuses de cette tâche. Aucune d'elles n'avait jamais dormi
sous un toit qui abritât autre chose qu'une maison mitoyenne
de trois pièces ou un étage d'immeuble. La décision de laisser
Karen en parler à Daisy vint spontanément à l'esprit de Wexford. Il la protégeait, mais se protégeait aussi. Chaque fois
qu'il le prouvait, il devait éviter de la voir. Le sens de ce signal

d'alarme, de ce cri d'alerte entendu à St. Peter lui parut clair, tout à coup.

Il en fut horrifié. Pendant dix bonnes minutes, assis à son bureau dans les écuries, l'inspecteur resta les yeux fixés sur ce cactus qui ressemblait à un chat persan – mais sans le voir, sans rien voir –, en se disant qu'il était amoureux d'elle ! Il avait l'impression que le Dr Crocker venait de lui révéler qu'il était atteint d'un mal incurable. C'était comme un terrible fléau. Il ressentait la même chose que Jem Hocking devant le sort qui l'attendait sans doute.

Il y avait déjà eu quelques exemples par le passé, bien sûr. Wexford était marié avec Dora depuis plus de trente ans. Bien sûr qu'il y avait eu d'autres cas. Cette jeune Hollandaise, la jolie Nancy Lake, et d'autres, sans rapport avec son travail. Mais il aimait Dora. Leur ménage était heureux. Et là, c'était si ridicule, lui et cette *enfant* ! Mais comme la journée s'éclairait quand il la voyait, avec son visage triste ! Quel bonheur il éprouvait quand elle lui parlait et qu'ils bavardaient ensemble ! Comme elle était belle, intelligente et bonne !

Il soumit tout cela à un test – le seul test valable – et essaya de s'imaginer en train de faire l'amour avec Daisy. Elle nue, et lui, plein de désir. La chose lui parut totalement grotesque. Non, il ne la *désirait* pas, ce n'était pas cela du tout. Il en frémissait d'un réel dégoût et n'aurait pas voulu la toucher du bout du doigt, même dans ses fantasmes les plus secrets. Il comprit alors ce qu'il ressentait vraiment. Et au lieu de gémir, comme il avait failli le faire dix minutes plus tôt, il laissa échapper un brusque éclat de rire – un gros rire sonore.

Barry Vine, resté jusque-là les yeux vissés sur le rapport qu'il lisait, se retourna et le dévisagea. Wexford s'arrêta net et prit un air sévère, croyant que Vine allait dire quelque chose – poser une question idiote, comme l'aurait fait ce pauvre Martin. Mais il sous-estimait sans cesse l'inspecteur. Celui-ci revint aussitôt à ses notes et Wexford put savourer sa découverte. Il ne s'agissait ni de désir sexuel ni de sentiments « amoureux », Dieu merci ! Wexford avait tout simplement, dans son esprit, remplacé sa Sheila disparue par Daisy. En perdant l'une de ses filles, il en avait retrouvé une autre. Quelle chose étrange que l'âme humaine !

Oui, en y réfléchissant bien, c'était exactement cela. Il considérait Daisy comme sa fille, lui qui avait tant besoin d'avoir des filles ! Et il se sentit soudain coupable de ne pas s'être plutôt tourné vers l'autre, Sylvia, son aînée. Pourquoi aller s'encanailler avec des déesses inconnues quand il en avait une à lui, à portée de main ? Parce que les sentiments, comme le désir, soufflent du côté où penche le navire, se dit-il. Sans égard pour les convenances ni la raison. Mais il résolut d'aller bientôt voir Sylvia, peut-être même de lui apporter un cadeau. Elle se préparait à emménager dans un vieux presbytère de campagne. Il irait lui demander des nouvelles du déménagement et lui proposer son aide. En attendant, sa décision de rencontrer Daisy moins souvent pouvait demeurer inchangée, de peur que cet amour – moins dangereux – ne devienne tout aussi prenant que l'autre – tellement plus terrible.

Il soupira et, cette fois, Barry Vine ne se retourna pas. On avait apporté ici, lors de l'installation, des annuaires de Londres, et Wexford alla consulter celui qui avait longtemps été de couleur rose. Le volume E-K, où dominait encore le rose sur l'illustration de couverture. Naturellement, il y avait des centaines de Jones, mais pas tellement de G. G. Jones. Daisy avait eu raison de dire que Davina aurait la bonne adresse de son père, car il la retrouva : *Jones, G. G., 11 Nineveh Road, N5*, avec un numéro de téléphone commençant par 832. D'après le code, 071, il s'agissait forcément d'une adresse dans Londres même. Mais Wexford ne prit pas le numéro et resta là un instant à se demander à quoi correspondaient ces initiales. Et aussi comment une rupture aussi absolue avait pu se produire entre Jones et sa fille.

Il pensait également à l'héritage et aux conséquences très diverses qu'il y aurait eu si Davina, par exemple, avait été la seule survivante. Ou bien Naomi. Celle-ci, comme son amie Joanne Garland, ne s'intéressait pas aux hommes ; elles préféraient toutes deux, apparemment, la compagnie l'une de l'autre. Ce fait était-il important ?

Le rapport ouvert devant lui donnait l'avis d'un expert en armes de faible calibre. L'esprit plus libre, l'inspecteur le relut attentivement. La première fois, se croyant aux prises avec la plus accablante obsession qui fût, il n'en avait pas bien saisi toute la portée. L'expert disait que même si la balle ayant servi pour le meurtre de Martin semblait différente de celles que l'on avait retrouvées à *Tancred* elle ne l'était pas nécessairement. On pouvait en effet, quand on savait s'y prendre, trafiquer le canon d'un revolver en *gravant*, à l'intérieur, des rayures qui, à leur tour, laisseraient des marques sur les balles tirées. C'était probablement ce qui s'était passé dans ce cas précis, d'après lui...

« Barry, Michelle Weaver disait bien la vérité. Bishop a jeté son arme, qui a glissé sur le sol de la banque. Si étrange que cela paraisse, il y avait bien deux revolvers en train de filer par terre après qu'on eut tiré sur Martin. »

L'inspecteur adjoint vint s'asseoir sur le bureau de Wexford.

« Hocking m'a dit que Bishop avait jeté le revolver. Un Colt Magnum 357 ou 38, pas moyen de savoir. Quelqu'un, dans la banque, l'a ramassé. L'une des personnes qui n'ont pas attendu notre arrivée. Un homme. Sharon Fraser a eu l'impression que seuls des hommes étaient partis.

– Quand on ramasse une arme, c'est forcément dans une intention criminelle, fit remarquer Vine.

– Oui. Mais peut-être vague. Une simple tendance à vouloir enfreindre la loi.

– En prévision du jour où cela pourrait se révéler utile, chef ?

– Quelque chose dans ce genre-là. Comme mon vieux père qui récupérait tous les clous qu'il voyait traîner dans le caniveau. À tout hasard. »

Son téléphone émit soudain des bips. Dora ou le poste de police. Tous ceux qui avaient à leur parler des meurtres de *Tancred* connaissaient certainement le numéro gratuit qui était apparu tous les jours sur leur écran de télévision. Il s'agissait en fait de Burden, qui n'était pas venu aux écuries ce jour-là.

« Reg, un appel vient de nous parvenir, annonça-t-il. Pas pour police secours. C'est un homme à l'accent américain qui téléphonait de la part de Bib Mew. Elle habite à côté de chez lui, n'a pas le téléphone et dit qu'elle a trouvé un corps dans les bois.

– Je vois qui c'est. Je lui ai parlé.

– Elle a trouvé un corps, dit Burden. Pendu à un arbre. »

16

Bib Mew les fit entrer sans rien dire, adressant à Wexford le même regard vide et désemparé qu'elle aurait eu devant un huissier venu faire l'inventaire de ses biens. C'était typique de son attitude, depuis le début, où dominaient la stupéfaction, le désespoir et l'incapacité à lutter contre ces eaux noires qui se refermaient au-dessus de sa tête.

Elle avait l'air bizarrement plus masculin que jamais, avec son pantalon de velours côtelé, sa chemise à carreaux et son pull-over à encolure en V. Pas de boucles d'oreilles, aujourd'hui. *Mon cœur pourrait déshonorer les vêtements d'homme que je porte pour verser des larmes de femme*, se récita Wexford. Mais Bib Mew ne pleurait pas, et n'était-ce pas illusoire, en réalité, de dire que seules les femmes pleuraient, et jamais les hommes ?

« Racontez-nous ce qui s'est passé, Mrs. Mew », dit Burden.

Elle les avait emmenés dans un petit salon qui sentait le renfermé et auquel ne manquait, pour l'authenticité romanesque, qu'une vieille femme avec un châle dans un fauteuil. Sans un mot, Bib Mew se laissa tomber sur le vieux canapé en crin, ne quittant pas des yeux le visage de l'inspecteur principal. J'aurais dû amener une collègue avec moi, se dit celui-ci, confronté soudain à quelque chose qu'il n'avait pas compris plus tôt : Bib Mew n'était pas seulement excentrique, lente et stupide – terme peut-être un peu dur –, mais retardée mentalement, en fait. C'était une handicapée mentale. Il sentit monter en lui une vague de pitié. Pour des gens comme cela, les chocs étaient encore pires que pour les autres, car ils touchaient, attentaient plus ou moins à leur innocence.

Burden répétait sa question.

« Mrs. Mew, intervint Wexford, je crois qu'une boisson chaude vous ferait du bien. Peut-on vous apporter quelque chose ? »

Ah, si seulement Karen ou Anne était là ! Mais sa proposition délia la langue de Bib.

« Il m'en a déjà donné. Celui d'à côté. »

Inutile d'espérer les réponses qu'attendait Burden. Cette femme serait incapable de leur fournir le moindre compte rendu factuel de ce qu'elle avait trouvé.

« Vous étiez dans les bois... », commença Wexford. Il regarda l'heure. « Vous alliez travailler ? »

Elle hocha la tête d'un air plus qu'effrayé – avec le même mouvement de terreur qu'un animal acculé. Burden quitta la pièce en silence, à la recherche de la cuisine, devina l'inspecteur principal. Et maintenant, en avant pour le plus dur, ce qui risquait de la faire hurler !

« Vous avez vu quelque chose, *quelqu'un* ? Pendu à un arbre ? »

Nouveau hochement de tête. Bib Mew s'était mise à se tordre les mains en une série de gestes rapides, comme si elle faisait une lessive sans eau. Il fut surpris quand elle parla.

« Quelqu'un de mort », dit-elle d'un ton très circonspect.

Mon Dieu ! se dit Wexford. Ou tout cela n'existe que dans sa pauvre tête, ce que je ne crois pas, ou alors il s'agit de Joanne Garland.

« Un homme ou une femme, Mrs. Mew ?

– Quelqu'un de mort... Pendu, ajouta-t-elle.

– Bien. Vous l'avez vu de la petite route ? »

Elle secoua énergiquement la tête. Burden entra à ce moment-là avec une grande tasse de thé ornée du portrait du duc et de la duchesse d'York, une cuiller plantée tout droit dedans ; il avait dû y mettre assez de sucre pour qu'elle tienne toute seule, se dit Wexford.

« J'ai téléphoné pour demander à Anne de venir. Avec Barry », précisa l'inspecteur.

Bib Mew tenait la tasse tout près de sa poitrine, les mains refermées dessus. Un souvenir incongru revint à l'esprit de Wexford. On lui avait raconté que les habitants du Cachemire transportaient des récipients remplis de charbons brûlants sous leurs vêtements pour se réchauffer. S'ils n'avaient pas été là, Bib aurait sûrement glissé la tasse sous son chandail. Elle semblait plus réconfortée par la chaleur du thé que par le fait de le boire.

« J'suis allée dans les arbres. J'avais besoin. »

Il fallut quelques instants à Wexford pour comprendre ce qu'elle entendait par là. Au tribunal, on disait encore « satisfaire un besoin naturel ». Burden parut déconcerté. Elle ne devait pas avoir été à plus de dix minutes de chez elle mais, bien sûr, on pouvait toujours être « très pressé », et elle était peut-être dérangée. Ou alors elle n'osait pas aller aux toilettes à *Tancred House*?

« Vous avez laissé votre vélo, dit-il doucement. Vous êtes entrée dans le bois et c'est là que vous l'avez vu? »

Elle se mit à trembler.

Mais il devait insister.

« Vous n'êtes pas allée à *Tancred*? Vous êtes revenue ici?

— Peur, peur, peur. J'avais peur. (Elle montra le mur du doigt.) J'y ai dit.

— Bien, dit Burden. Pourriez-vous... enfin, nous indiquer *à quel endroit* cela se passait? »

Elle ne cria pas. Le bruit qu'elle fit ressemblait plutôt à une sorte de bégaiement incohérent qui lui secoua tout le corps. Le thé dansa dans la tasse et déborda d'un côté. Wexford la lui retira doucement des mains et dit d'une voix aussi calme, aussi apaisante qu'il put : « Cela ne fait rien. Ne vous faites pas de souci. Vous en avez parlé à Mr. Hogarth? »

Elle le regarda sans comprendre. Elle commençait à claquer des dents, semblait-il. « L'homme qui habite à côté. »

Un hochement de tête, puis les mains de Bib revinrent serrer la tasse. Wexford entendit la voiture et fit signe à Burden de faire entrer Barry Vine et Anne Lennox – qui avaient mis exactement onze minutes à arriver.

Les laissant avec Bib, l'inspecteur principal se dirigea vers la maison voisine. La bicyclette de l'Américain était appuyée contre le mur. Comme il n'y avait ni sonnette ni marteau à la porte, Wexford fit claquer le volet de la boîte aux lettres. Le jeune homme, à l'intérieur, mit longtemps à venir, et, quand il arriva enfin, ne parut guère enchanté. Il n'appréciait visiblement pas du tout d'être mêlé à l'affaire.

« Ah ! salut, dit-il plutôt froidement. Nous nous sommes déjà vus, poursuivit-il, résigné. Entrez donc. »

Il avait une voix agréable – cultivée, jugea Wexford, même si elle ne pouvait rivaliser avec le cachet *Ivy League* impeccable de Mr. Littlebury. Le garçon l'introduisit dans un salon pas très net. Exactement ce que l'on pouvait attendre d'un jeune de son âge – vingt-trois ou vingt-quatre ans – vivant seul. Il y avait là beaucoup de livres, dans une bibliothèque faite avec des planches montées sur des piles de briques, un poste de télévision d'assez belle allure, un vieux divan vert avachi et une table à rallonges chargée d'objets divers : livres, papiers, machine à écrire, instruments métalliques non identifiables ressemblant à des pinces et des clés à écrous, assiettes, tasses, et un verre à moitié rempli d'un liquide rouge. Le seul autre endroit pour s'asseoir, un fauteuil à dossier inclinable, était encombré par des journaux que le jeune Américain envoya d'un geste sur le sol avant d'enlever le tee-shirt blanc sale et la paire de chaussettes crottées posés sur le dossier.

« Pourriez-vous me donner votre nom complet ?

– Oui, naturellement. (Mais il n'en fit rien.) Allez-vous me dire pourquoi ? Je n'ai rien à voir avec tout cela, vous savez.

– Simple routine, monsieur. Vous n'avez aucun souci à vous faire. Bien. J'aimerais que vous décliniez votre identité, maintenant.

– OK, si vous y tenez. Jonathan Steel Hogarth. (Il changea d'attitude, devenant soudain plus expansif.) On m'appelle Thanny. Enfin, c'est moi qui me suis trouvé ce nom, alors tout le monde m'appelle comme ça, maintenant. On ne peut pas toujours en rester à Jon, n'est-ce pas ? Je me suis dit que si une fille nommée Patricia pouvait se faire appeler Tricia, moi, j'avais bien droit à Thanny.

– Vous êtes citoyen américain ?

– Exact. Dois-je appeler mon consul ? »

Wexford sourit.

« Je ne pense pas que cela soit nécessaire. Êtes-vous ici depuis longtemps ?

– Je suis arrivé en Europe l'été dernier. Fin mai. Je fais ce qu'on appelle, je crois, le Grand Tour. Il y a peut-être un mois que j'habite cet endroit. Je suis étudiant. Enfin, je l'étais et j'espère que je vais le redevenir. À l'automne, à l'USM. C'est pour cela que j'ai cherché ce – comment dire ? Une cabane ? Non, un cottage. Après que je me fus installé, il y a eu ce massacre dans la propriété là-haut. Et voilà maintenant que la dame d'à côté trouve un pauvre type pendu à un arbre.

– Un type ? Il s'agit donc d'un homme ?

– C'est drôle, je n'en sais rien, en fait. Simple supposition de ma part. »

Il adressa à l'inspecteur un grand sourire navré. Il avait un visage délicat, sensible plus que beau, avec des traits aussi fins que ceux d'une fille, de grands yeux bleu sombre aux cils longs et épais, un nez court et droit, une peau comme des pétales de rose et, sur les joues et le menton, le poil rude d'un brun qui ne s'est pas rasé depuis deux jours. Le contraste avait quelque chose d'étrange, de frappant...

« Vous voulez que je vous dise ce qui s'est passé ? Une chance que j'aie été là, je crois. Je venais de rentrer de l'USM...

– Vous avez déjà mentionné ce nom, l'interrompit Wexford. De quoi s'agit-il ? »

Hogarth le regarda comme s'il était simple d'esprit et l'inspecteur principal comprit vite pourquoi.

« Eh bien, c'est là-bas que je vais aller suivre des cours ! À l'université du Sud, de Myringham. L'USM. Comment vous l'appelez, *vous* ? Je me suis inscrit au cours d'écriture créative qu'ils ont là-bas pour les étudiants déjà diplômés. J'avais pris histoire militaire en matière principale, à la fac, et littérature anglaise en matière secondaire seulement. Alors j'ai pensé qu'il me fallait une formation un peu plus poussée, si je voulais écrire des romans. J'ai donc fait une demande d'inscription et je suis allé l'apporter. (Il eut un grand sourire.) Ce n'est pas que je me méfie de la poste britannique. Je voulais en fait jeter un coup d'œil sur le campus. Enfin, comme je vous disais, après avoir donné mon dossier, je suis revenu ici – voyons... vers deux heures, deux heures dix, je pense. C'est à ce moment-là qu'on est venu tambouriner à ma porte. J'imagine que vous êtes au courant du reste.

– Pas vraiment, Mr. Hogarth. »

Thanny Hogarth haussa ses sourcils sombres et délicats. Il avait retrouvé une parfaite maîtrise de lui-même, étonnante pour quelqu'un d'aussi jeune.

« Elle ne peut pas vous le dire elle-même ?

– Non, répondit Wexford, pensif. Elle en est, semble-t-il, incapable. Que vous a-t-elle raconté exactement ? »

Il lui était venu à l'esprit, de façon assez plausible, que Bib avait rêvé, vu des fantômes ou quelque démon de son imagination. Cela lui était peut-être déjà arrivé auparavant. Il n'y avait pas de corps. Ou bien ce qui pendait de cet arbre était une feuille de plastique, un sac gonflé par le vent. On retrouvait parfois des lambeaux de Polythène grisâtre et rugueux flottant un peu partout dans la campagne anglaise, après la pluie et les bourrasques...

« Qu'a-t-elle dit, très précisément ?

– Ses mots exacts ? Difficile de s'en souvenir. Elle a parlé d'un corps. Pendu... Elle m'a dit où, et après, s'est plus ou moins mise à rire et à pleurer en même temps. » Le jeune Américain parut soudain frappé d'une idée plutôt agréable et pris d'une subite envie d'aider l'inspecteur. « Je pourrais vous montrer. Je crois que je saurais retrouver l'endroit dont elle m'a parlé. »

Le vent avait cessé et il régnait un grand calme, un grand silence dans les bois. On percevait bien un petit chant d'oiseau en sourdine, mais les oiseaux chanteurs vivent rarement dans les forêts et ce que l'on entendait le plus souvent, c'était un cri de geai et les coups de bec lointains d'un pivert. Ils descendirent de voiture à l'endroit où la petite route tournait vers le sud, dans une partie ancienne des bois de *Tancred*, qui comptait nombre de vieux arbres dressés au milieu de beaucoup d'autres couchés sur le sol.

Gabbitas, ou son prédécesseur, avait débité des bûches par ici, mais laissé par terre quelques troncs, maintenant recouverts de ronces, pour servir d'abri aux animaux sauvages. Il entrait tant de lumière dans cette partie de la forêt que de grandes surfaces, sur le sol étaient éclairées d'un tapis d'herbe printanière. Mais dans les profondeurs, là où les arbres se faisaient plus rapprochés, se trouvait une couche dense de terreau végétal avec, en surface, des feuilles de chêne brunes qui crissaient sous les pas.

C'est là qu'était venue Bib Mew, d'après Thanny Hogarth. Il leur montra où il pensait qu'elle avait dû laisser son vélo. Bib, si modeste, tellement inhibée, avait dû marcher longtemps parmi les arbres avant de trouver un endroit suffisamment discret à son goût. Si longtemps, en fait, que Wexford en revint à son idée de tout à l'heure : ils n'allaient rien trouver – ou seulement un débris de sac claquant au vent sous une branche.

Le silence qu'ils gardaient tous, ce mutisme lugubre, semblerait une folie, une réaction exagérée et dénuée de sens, une fois qu'ils auraient trouvé ce qui pendait, ce lambeau de plastique flottant, ce sac vide. Il en était là de ses réflexions et se disait déjà que c'était fini, que l'on avait découvert en quoi consistait le fantôme imaginé par Bib et balayé toute l'histoire d'une exclamation exaspérée, quand il le vit. Ils le virent tous.

Des houx, un mur entier de houx dissimulait une clairière. Et dans cette clairière, à l'une des branches basses d'un grand arbre – un frêne ou peut-être un tilleul – pendait quelque chose, une sorte de ballot attaché par le cou, mais ni un sac ni un lambeau de plastique. Cela avait un poids, un poids de chair et d'os, pour tirer aussi lourdement sur la corde. Cette chose avait été, naguère, un être humain.

Les policiers n'émirent pas un son, et Thanny Hogarth dit : « Ouh ! »

Il faisait soleil dans la clairière. Les rayons éclairaient le pendu d'une douce lumière dorée. Le corps ne se balançait pas comme un pendule, mais tournait sur lui-même d'un quart de cercle, peut-être, tel un morceau de métal au bout d'une ligne plombée. C'était un endroit superbe, un vallon boisé avec des branches couvertes de bourgeons et un sol tout étoilé de minuscules fleurs de printemps jaunes et blanches. Le pendu semblait indécent dans ce décor. Wexford eut à nouveau l'impression que le (ou les) responsable(s) de cet acte éprouvai(en)t du plaisir à détruire, une vraie volupté à déposséder les autres.

Après s'être arrêtés un instant pour contempler la scène, ils avancèrent vers la chose qui pendait. Les policiers s'approchèrent tout près, mais Thanny resta un peu en arrière. Le visage toujours impassible, il s'arrêta et baissa les yeux. Cela n'avait rien, en fait, de la découverte excitante qu'il imaginait tout à l'heure, au cottage, avec un enthousiasme désinvolte, se dit Wexford. Mais au moins, il n'allait pas vomir !

Ils étaient à un mètre, maintenant. Le corps portait un pantalon, un survêtement. Il était gras, avec le cou atrocement étiré par le nœud coulant, et Wexford vit qu'il s'était trompé. Ô combien !

« C'est Andy Griffin », dit Burden.

« Impossible. Ses parents ont reçu un coup de téléphone de lui mercredi. Il se trouvait quelque part dans le nord de l'Angleterre, et il a appelé ses parents mercredi soir. »

Cela n'impressionna nullement Sumner-Quist.

« Cet homme est mort depuis au moins mardi après-midi, et même avant, très probablement. »

Pour de plus amples informations, ils devraient attendre son rapport. Burden était indigné. On ne peut reprocher ouvertement à des parents en deuil d'avoir dit des mensonges sur leur fils mort ! Quelle que soit son envie de mettre les choses au point avec eux, l'inspecteur devrait résister à la tentation. Freeborn tenait beaucoup à ce que ses officiers de police conservent ce qu'il appelait des relations « civilisées et pleines de sensibilité » avec le public.

De toute façon, Burden pouvait assez bien deviner ce qui s'était passé. Terry et Margaret Griffin voulaient retarder le plus possible l'interrogatoire d'Andy. S'ils arrivaient à faire croire un certain temps à son absence – et s'agissait-il vraiment là d'une fable, après tout ? –, si, à son tour, ils parvenaient à le convaincre de disparaître à nouveau, au moment où il serait enfin obligé de refaire surface, l'enquête serait peut-être déjà terminée et l'affaire close.

« Où était-il donc, pendant ces trois jours, Reg ? Cette histoire d'" aller dans le Nord " n'est qu'un camouflage, non ? Où se trouvait-il entre dimanche matin et mardi après-midi ? Chez quelqu'un ?

– Il vaudrait mieux renvoyer Barry à son pub favori, le *Slug and Lettuce*, pour voir ce que les amis d'Andy ont à suggérer, réfléchit Wexford tout haut. C'est là une façon affreuse de tuer quelqu'un, mais y en a-t-il d'" agréables " ? Le meurtre est une chose affreuse. Et pour en parler sans trop d'émotion, disons que la pendaison présente de nombreux avantages pour un assassin. Pas de sang, déjà. Ensuite, cela ne coûte pas cher, c'est un moyen sûr et facile, à condition de pouvoir immobiliser sa victime.

– Comment a-t-on immobilisé Andy ?

– Nous le saurons en recevant les conclusions définitives de Sumner-Quist. Le meurtrier, quel qu'il soit, lui a peut-être fait avaler avant une boisson droguée, mais cela pose aussi des problèmes. Andy était-il le deuxième homme ? Celui que Daisy n'a pas vu ?

– Oui, je crois. Pas vous ? »

Wexford ne répondit pas.

« Hogarth a eu l'air nettement contrarié quand je suis venu taper à sa porte. C'était peut-être une réaction assez naturelle. L'envie de ne pas être mêlé à cette histoire. Il a commencé à se prendre au jeu quand il a décidé de faire le guide, cela dit. Sans doute aime-t-il tout simplement être le centre de l'attention générale. Il paraît dix-sept ans mais en a très probablement vingt-trois. Ils font quatre années d'université aux États-Unis. Il déclare être arrivé ici à la fin du mois de mai dernier. Juste après l'obtention de son diplôme, sûrement, ce qui a lieu en mai, là-bas. À vingt-deux ans, donc. Il fait un Grand Tour d'Europe, comme il dit. Son père a de l'argent, je suppose.

– A-t-on fait une enquête sur lui ?

– J'ai pensé que ce serait plus sage », répondit Wexford

d'un air plutôt sévère. Il parla à Burden du coup de téléphone privé qu'il avait donné à un vieil ami, le vice-président de l'université de Myringham, et des vérifications également privées auxquelles le Dr Perkins s'était livré sur l'ordinateur qui gérait le fichier d'inscriptions.

« Je me demande bien ce qu'Andy a pu faire...

– Moi aussi », répliqua Wexford.

Bien que trop occupé pour prendre le temps de la voir – raison de plus d'y aller –, il rendit visite à Sylvia et, en chemin, fit un geste sans précédent pour elle : il lui acheta des fleurs. Dans la boutique, il se prit à souhaiter pouvoir lui offrir l'une de ces somptueuses compositions que l'on avait envoyées à la mort de Davina. Un coussin ou un cœur piqué de fleurs, une corbeille de lis... Comme il n'y avait rien de ce genre, il dut se contenter de freesias jaune d'or et de narcisses des poètes dont l'odeur suffocante, plus forte que n'importe quel parfum en flacon, emplissait toute la voiture.

Sa fille fut étrangement touchée de ce geste. Il crut un instant qu'elle allait pleurer, mais elle sourit, et enfouit son visage dans les corolles jaunes et les pétales blancs.

« Qu'elles sont belles ! Merci, Papa. »

Était-elle au courant de la dispute ? Dora lui en avait-elle parlé ?

« Quel effet cela va te faire de quitter cette maison ? »

Il s'agissaait d'une belle demeure, située tout près de la prestigieuse rue de Ploughman's Lane. Wexford savait pourquoi Sylvia ne cessait de déménager, pour quelle raison Neil et elle aspiraient toujours à changer d'endroit, et cela n'ajoutait rien à son bonheur.

« Aucun regret ?

– Attends de voir le presbytère. »

Il se garda bien de lui dire qu'avec sa mère ils étaient passés plusieurs fois devant en voiture et avaient été atterrés de la taille du bâtiment ainsi que de son état de délabrement. Elle lui prépara du thé et il goûta son cake, bien qu'il n'en ait pas envie et que ce ne soit pas bon pour lui.

« Maman et toi ne devez surtout pas manquer notre pendaison de crémaillère.

– Bien sûr que non ! Pourquoi dis-tu cela ?

– Il me le demande ! Mais tout le monde sait bien que tu ne vas jamais à aucune soirée !

– Ce sera l'exception qui confirme la règle. »

Cela faisait trois jours que Wexford n'avait pas vu Daisy, son seul contact avec elle ayant consisté à s'assurer qu'elle était toujours sous bonne garde à *Tancred House*. Au téléphone, elle se montra indignée du procédé, mais pas vraiment en colère.

« Rosemary voulait répondre à ma place. Pas question ! Je lui ai dit que je n'avais pas peur des appels anonymes. De toute façon, il n'y en a eu aucun. Vraiment, je suis absolument contre la présence de Karen ou d'Anne ici. Je veux dire, elles sont très gentilles, mais pourquoi ne puis-je rester toute seule ?

– Vous le savez bien, Daisy.

– Je n'arrive pas à croire que l'un des deux va revenir terminer le travail !

– Moi non plus, mais j'aime mieux prendre mes précautions. »

Il avait tenté à plusieurs reprises de téléphoner à son père, mais sans obtenir aucune réponse de G. G. Jones à Niveneh Road, où cela, déjà – Highbury ? Holloway ? Ce soir-là, après avoir lu *Les Hôtes de Midian*, le roman de Davina Flory que Casey aimait bien, il entama son premier ouvrage sur l'Europe de l'Est, pour s'apercevoir qu'il n'aimait guère Davina. Elle était profondément snob, aussi bien sur le plan social qu'intellectuel, aimait mener les gens à la baguette et se croyait supérieure à presque tout le monde. Elle manquait de bonté pour sa fille et se montrait tyrannique avec ses domestiques. Tout en se proclamant de gauche, l'auteur ne parlait pas de la classe des « travailleurs », mais d'une classe « inférieure », et ses livres donnaient d'elle l'image de cet être toujours suspect : le riche socialiste.

Un mélange d'élitisme et de marxisme imprégnait ces pages qui manquaient singulièrement d'une humanité plus terre à terre et d'humour, sauf dans un domaine : Davina semblait faire partie de ces gens qui aiment à penser que tout le monde doit se lancer à corps perdu dans l'amour. Que la notion même de sexe est d'une lubricité délicieuse, à s'en lécher les babines, et constitue la seule source de plaisir – tout aussi ouverte aux vieux (beaux et intelligents) qu'aux jeunes. Indispensable en tout cas aux jeunes, qui doivent s'y livrer avec une extraordinaire fréquence, puisque c'est aussi nécessaire que de manger et aussi fortement nourrissant !

À la suite de sa demande de vérification du fichier d'inscriptions, Wexford fut invité avec Dora à prendre un verre chez les Perkins. Le vice-président de l'université de Myringham lui révéla, à sa grande surprise, avoir eu des liens d'amitiés étroits, autrefois, avec Harvey Copeland. Celui-ci avait été invité, des années plus tôt, comme professeur d'études commerciales dans une université américaine, à l'époque où lui-même, Stephen Perkins, y enseignait l'histoire tout en travaillant à sa thèse. D'après le Dr Perkins, Harvey était alors, dans les années soixante, un homme d'une beauté frappante – ce que l'on appelle la « sensation du campus ». Il y avait eu un petit scandale à propos d'une étudiante de troisième année, enceinte, et un autre, plus important, concernant sa liaison avec la femme du directeur de l'un des départements.

« Il n'était pas fréquent, en ce temps-là, que des étudiantes se retrouvent enceintes, surtout dans le Middle West. Copeland n'a pas été obligé de s'en aller, rien de ce genre. Il a fait ses deux ans jusqu'au bout, mais on a entendu de drôles de soupirs de soulagement quand il est parti.

– À part ça, quel genre d'homme était-ce ?

– Plaisant, ordinaire, plutôt terne. Mais absolument superbe à voir. On dit bien qu'un homme ne peut pas en juger un autre sur ce point, mais on remarquait forcément la beauté de ce pauvre Harvey. Je vais vous dire à qui il ressemblait. À Paul Newman. Mais il était un peu rasoir. Nous sommes allés dîner chez eux, un jour, n'est-ce pas, Rosie ? À *Tancred*, je veux dire. Harvey n'avait pas changé depuis vingt-cinq ans. Toujours aussi terriblement rasoir, et il ressemblait toujours à Paul Newman. Enfin, Paul Newman tel qu'il est *maintenant*.

– Il était magnifique, le pauvre, confirma Rosie Perkins.

– Et Davina ?

– Vous vous souvenez de ces graffiti de gamins, il y a quelques années : *Rambo fait la loi, Les Pistols font la loi*, etc. ? Eh bien, Davina, c'était ça. On aurait pu dire *Davina fait la loi*. Quand elle était là, elle présidait. Elle ne jouait pas au boute-en-train de la soirée, mais au grand patron, plutôt. De manière raisonnablement discrète, bien sûr.

– Pourquoi l'a-t-elle épousé ?

– Par amour. Pour le sexe.

– Elle parlait toujours de lui d'une façon très gênante. Oh ! je ne devrais pas le dire, n'est-ce pas, chéri ?

– Comment veux-tu que je le sache ? J'ignore de quoi tu parles !

– Eh bien, elle répétait sans cesse, avec une grande assurance, voyez-vous, quel merveilleux amant il était ! Elle prenait un air un peu polisson, en penchant la tête – c'était vraiment embarrassant –, quand on se trouvait seules avec elle, je veux dire, loin des hommes, et déclarait, de façon plutôt plaisante, qu'Harvey était vraiment un amant merveilleux. Ça ne me viendrait jamais à l'esprit de déclarer une chose pareille sur mon mari !

– Merci beaucoup, Rosie, répondit Perkins en riant. En fait, je l'ai entendue le dire, une fois.

– Mais elle avait bien soixante-cinq ans quand elle l'a épousé.

– L'âge, quelle importance quand on aime ? » répondit le vice-président avec hauteur. Wexford eut l'impression qu'il s'agissait d'une citation, sans trop savoir d'où elle venait. « Mais attention, c'est le seul compliment qu'elle lui faisait ! Disons que l'intellect d'Harvey ne se situait pas très haut dans l'estime de Davina. Elle aimait, de toute façon, s'entourer de nullités. C'est souvent le cas, avec des gens comme elle. Ils se les attachent, comme pour Harvey, ou bien ils les créent, comme pour cette fille qu'elle a eue, et ensuite passent le reste de leur vie à les harceler parce qu'ils les trouvent dénués d'esprit et pas assez pétillants.

– Davina faisait cela ?

– Je ne sais pas. Je crois que oui. Enfin, elle est morte, la pauvre, et de façon horrible. »

Quatre personnes à table. Deux nullités, comme disait Perkins, et deux esprits pétillants. Les tueurs entrent dans la maison et c'est fini. La colère et la finesse, la lourdeur et l'amour, le passé et l'espoir. Wexford y pensait souvent. Il évoquait plus fréquemment cette mise en scène qu'il ne l'avait jamais fait dans d'autres affaires de meurtre. La nappe rouge et blanc – couleurs des poissons du bassin – était une image qui hantait son esprit à un point que personne n'aurait pu supposer chez un policier aussi chevronné. En lisant les récits que faisait Davina de ses voyages en Saxe et en Thuringe, il songeait à cette nappe teintée de son sang.

« C'est là une façon affreuse de tuer quelqu'un, avait-il dit à Burden à propos de la pendaison d'Andy. Le meurtre est une chose affreuse. »

Mais était-il intelligent, celui-ci ? Ou tout simplement mystérieux parce qu'il découlait d'un enchaînement d'événements imprévisibles ? Fallait-il vraiment croire que le tueur ait été assez avisé pour graver des rayures dans le canon d'un 38 ou d'un 357 ? L'un des copains d'Andy Griffin aurait-il été assez malin pour cela ?

Rosemary Mountjoy passa la nuit de lundi à *Tancred House* auprès de Daisy, Karen Malahyde y resta le mardi, et Anne Lennox le mercredi. Le Dr Sumner-Quist fournit à Wexford un rapport complet de l'autopsie le jeudi, et un quotidien populaire national fit paraître un article en première page demandant pourquoi la police n'avait pas du tout avancé dans sa recherche des coupables du massacre de *Tancred House*. Le chef adjoint de la police fit venir Wexford chez lui. Il voulait savoir comment l'inspecteur avait pu laisser mourir Andy. C'était le sens de ses propos, en tout cas, même s'il formula les choses différemment.

L'enquête sur Andy Griffin fut ouverte puis ajournée. L'inspecteur principal étudia l'analyse détaillée du laboratoire médico-légal concernant l'état des vêtements de la victime. On avait retrouvé des particules de sable, de terreau, de craie, et des fibres de feuilles en décomposition dans les coutures de sa tenue de sport et les poches de sa veste. Une quantité infime de fibres de jute semblable à celui que l'on utilise pour fabriquer de la corde adhérait au col du sweat-shirt.

Sumner-Quist n'avait décelé aucune trace de sédatif, ni de narcotique, dans l'estomac et dans les intestins. L'homme avait reçu, avant de mourir, un coup sur le côté de la tête, porté, d'après le médecin légiste, avec un instrument lourd, probablement en métal et enveloppé dans un linge. Pas un coup très fort, mais suffisant pour assommer Griffin et le laisser quelques minutes inconscient. C'était assez...

Il y avait de quoi frémir, se dit Wexford. Cela évoquait vraiment une vision horrible ! Comme si la scène n'appartenait pas au monde moderne tel qu'il le connaissait, mais à une époque obscure et très reculée – un monde bestial et d'une rusticité absolue. L'inspecteur imaginait l'homme sans méfiance, ce gros bonhomme idiot et stupidement sûr de lui qui croyait peut-être tenir un complice en son pouvoir, et l'autre en train de ramper derrière, l'arme à la main – une arme bien capitonnée à l'avance. Et puis le coup sur la tête, rapide, expert. Ensuite, pas de temps à perdre ! Le nœud coulant déjà prêt, la corde jetée par-dessus la grosse branche d'un frêne...

D'où venait la corde ? Fini, le temps des petits quincailliers établis à leur compte qui se transmettaient la boutique de génération en génération ! On achetait cela au rayon bricolage des grands bazars, maintenant, ou au rayon quincaillerie d'un centre commercial – ce qui rendait les choses plus difficiles. Un vendeur, en effet, se souvient bien mieux d'avoir servi un client particulier voulant telle ou telle chose qu'un caissier ou une caissière qui, eux, font attention au prix et non à la nature d'un article sorti du chariot ; ils peuvent même le faire passer devant l'œil de contrôle électronique sans y jeter un regard, et ne jamais voir le client.

Wexford réussit à aller se coucher de bonne heure. Dora, enrhumée, dormait dans la chambre d'amis. Cela n'avait rien à voir – ou pas grand-chose – avec les mots vifs qu'ils avaient échangés un peu plus tôt au sujet de Sheila. Dora avait eu plusieurs fois sa fille au téléphone, mais toujours dans la journée, quand l'inspecteur était à son travail. Sheila éprouvait beaucoup d'amertume, lui apprit Dora, mais elle voulait bien « discuter du problème » avec son père. La terminologie fit s'esclaffer Wexford. Ce type de jargon passait encore à Royal Oak, mais c'était autre chose de l'entendre de la bouche de sa propre fille !

Dora trouvait que Sheila aurait dû venir pour un week-end. Avec Casey, bien sûr. Ils formaient un couple, maintenant. Un de ces couples non mariés qui font tout ensemble et mettent leurs noms côte à côte sur les cartes de vœux. Il était naturel que Casey l'accompagne, comme Neil l'aurait fait avec Sylvia. « Il faudrait me passer sur le corps ! » répondit Wexford.

Sa femme avait alors reniflé et transféré son rhume dans la chambre d'amis, emportant tout un paquet de brochures envoyées par Sheila – et adressées exprès à sa mère –, sur la petite ville de Heights, dans le Nevada, où se trouvait le campus universitaire. Notamment un prospectus sur l'université, avec le détail des matières étudiées là-bas et des photos de ses diverses installations. Dans le guide de la ville, il y avait de grandes vues panoramiques du paysage des environs, ainsi que des pages et des pages de publicité sur les commerces locaux, destinées, sans aucun doute, à compenser le coût de cette luxueuse publication. Wexford parcourut ces documents d'un œil chagrin avant de les rendre à Dora, sans commentaire.

Il se mit au lit avec une nouvelle pile de livres qu'il avait reçus d'Amyas Ireland, et lut tout le texte figurant sur la jaquette du premier – ce qu'on appelait « quatrième de couverture », lui avait dit l'éditeur. Il avança ensuite assez loin dans l'introduction pour se rendre compte que *Beau comme un arbre* allait raconter les efforts conjugués de Davina Flory et de son premier mari pour replanter les anciens bois de *Tancred*, avant que le sommeil ne lui fasse fermer les yeux. Il fut réveillé aussitôt par un violent sursaut et éteignit la lumière.

Le téléphone sonna. Il tendit la main et fit tomber le livre sur les arbres par terre.

« Chef, ici Karen Malahyde, à *Tancred*. Je les ai appelés. (C'était l'expression dont ils se servaient tous pour signaler qu'ils avaient demandé l'aide du poste de police central.) Ils arrivent. Mais j'ai pensé que vous aimeriez être au courant. Il y a quelqu'un dehors. Un homme, je crois. Nous l'avons entendu toutes les deux et puis... enfin, Daisy l'a *vu*.

– J'arrive moi aussi », répondit Wexford.

17

C'était une de ces nuits rares où la lune brille d'un tel éclat que l'on y voit presque assez pour lire. Dans les bois, elle était éclipsée par la lumière des phares de la voiture de Wexford, mais quand il sortit en terrain découvert pour arriver dans la cour, tout lui apparut, dans ce rayonnement immobile et froid, aussi net qu'en plein jour. Pas un souffle de vent n'agitait les arbres. À l'ouest et à l'arrière de la grosse masse que formait la maison, les cimes des pins, des sapins et des cèdres dans la pinède, noires silhouettes en dents de scie, en forme de flèches, de pyramides effilées, ou feuillages légers et aériens, se découpaient sur fond de ciel gris perle lumineux. Une seule étoile scintillait, d'une lueur un peu verte et très vive, et la sphère blanche de la lune, pareille à de l'albâtre, semblait éclairée de l'intérieur par une petite flamme, comme le croyaient les Anciens.

Les lampes à arc, sous l'abri du mur, sans doute commandées par une minuterie, étaient éteintes. Il était une heure moins vingt. Sur la partie dallée se trouvaient deux voitures de police, dont la Vauxhall de Barry Vine, à côté de laquelle vint se garer Wexford. Le globe pâle de la lune se reflétait dans l'eau noire du bassin. La porte d'entrée était ouverte et celle en verre fermée, mais pas à clé. Karen le fit entrer et lui dit, avant même qu'il ait pu prononcer une parole, que quatre agents en uniforme fouillaient les bois aux abords de la maison. Vine était en haut.

L'inspecteur principal, après un signe de tête, la quitta pour rejoindre le salon où Daisy marchait de long en large, serrant et desserrant les poings. Il crut un instant qu'elle allait se jeter dans ses bras, mais la jeune fille se contenta de s'approcher à un mètre de lui, ramenant ses mains fermées vers sa figure, devant sa bouche, comme si elle voulait se mordre les doigts, les yeux agrandis de terreur. Il comprit immédiatement qu'elle avait éprouvé une peur presque insoutenable et frôlait l'hystérie.

« Daisy, dit-il avec douceur, pourquoi ne pas vous asseoir ? Venez donc par ici. Il ne peut rien vous arriver. Vous êtes en parfaite sécurité. »

Elle secoua la tête. Karen alla vers elle et essaya de la toucher. Comme la jeune fille la repoussait, elle la prit par le bras et la conduisit jusqu'à une chaise, mais, au lieu de s'asseoir, Daisy se retourna. Sa blessure devait être presque guérie, maintenant. On ne voyait plus qu'un léger bandage sur son épaule, à travers le pull-over.

« Serrez-moi contre vous, s'il vous plaît. Un petit moment. »

Karen la prit dans ses bras et la tint serrée très fort. Elle faisait partie de ces rares personnes, nota Wexford, qui ne se croient pas obligées, en étreignant quelqu'un, de lui tapoter les omoplates. Elle tenait Daisy comme une mère à qui l'on vient de ramener un enfant sain et sauf après un danger. Puis elle la lâcha doucement, l'amena vers une chaise et l'assit littéralement dessus.

« Elle est comme ça depuis qu'elle l'a vu, pas vrai, Daisy ? (Karen continua sur un ton d'infirmière :) Je vous en ai fait, des câlins, mais ça n'a pas l'air de vous aider beaucoup ! Vous avez envie d'une autre tasse de thé ?

– Je ne voulais déjà pas de la première ! » Wexford n'avait jamais entendu Daisy parler comme cela, d'une voix qu'elle ne maîtrisait plus – comme si elle allait hurler. « Pourquoi toujours du thé ? Je veux quelque chose qui m'assomme. Qui me fasse dormir pour toujours !

– Faites-en pour tout le monde, Karen, soyez gentille. » L'inspecteur n'aimait pas demander cela à ses collègues femmes, cela rappelait trop une époque révolue, mais il aurait adressé la même requête, se dit-il, à Archbold ou à Davidson.

« Pour vous et moi, l'inspecteur adjoint Vine et tous ceux qui sont là. Pourriez-vous également apporter un petit cognac à Daisy ? Je crois que vous en trouverez dans le placard du... jardin d'hiver. » Pour rien au monde, il n'aurait dit le « salon-serre ».

Daisy jetait des coups d'œil éperdus dans tous les sens, vers les fenêtres, vers la porte, et quand celle-ci s'ouvrit lentement, silencieusement, elle retint son souffle en tremblant, la gorge agitée de spasmes. Mais ce n'était que le chat, la grande chatte digne, qui entra d'un pas majestueux. Jetant à Wexford un de ces regards de mépris comme seuls savent en avoir les animaux familiers trop gâtés, elle alla vers Daisy et sauta d'un bond léger sur ses genoux.

« Oh, Queenie, Queenie ! s'écria la jeune fille en se penchant vers elle pour enfouir son visage dans l'épaisse fourrure couleur d'ardoise.

– Racontez-moi ce qui s'est passé, Daisy. »

Elle poursuivit son murmure fiévreux en cajolant toujours le chat. On entendait les vibrations puissantes du ronronnement de Queenie.

« Allons, dit Wexford d'un ton plus rude. Reprenez-vous. »

Il parlait comme cela à Sheila quand elle mettait sa patience à l'épreuve. Enfin, autrefois...

Daisy releva la tête et avala sa salive. Il vit le mouvement délicat de son thorax entre les deux pans de sa chevelure sombre et brillante.

« Il faut que vous me disiez ce qui s'est passé.

– C'était si horrible. (Elle avait toujours sa voix affolée, rauque, trop aiguë et cassée.) Absolument affreux. »

Karen arriva avec le cognac dans un verre à vin qu'elle tint près des lèvres de Daisy, comme un médicament. La jeune fille en avala une gorgée et s'étrangla.

« Laissez-la boire toute seule, dit Wexford. Elle n'est pas malade. Il ne s'agit ni d'un enfant ni d'un vieillard, bon Dieu ! Elle a eu peur, c'est tout. »

Daisy en fut secouée. Ses yeux lancèrent des éclairs. Elle prit le verre à Karen au moment où Barry Vine entrait dans la pièce avec quatre tasses de thé sur un plateau, et avala le cognac d'un trait, dans un geste de défi et de fierté qui la fit suffoquer violemment. Karen lui donna des claques dans le dos et les larmes montèrent aux yeux de Daisy, ruisselèrent sur ses joues.

« Bonjour, chef, dit Barry, après avoir regardé la scène quelques secondes d'un air impénétrable.

– Oui, je suppose qu'on est déjà le matin, Barry. Sûrement... Et maintenant, Daisy, séchez vos larmes. Vous vous sentez mieux. Tout va bien. »

La jeune fille s'essuya les yeux avec un mouchoir en papier que lui donna Karen et fixa l'inspecteur principal d'un air rebelle, mais elle avait retrouvé sa voix normale.

« Je n'avais jamais bu de cognac. »

Cela rappelait quelque chose à Wexford. Il avait entendu Sheila, bien des années plus tôt, prononcer les mêmes mots, et le jeune imbécile qui était avec elle répondre : « Une autre virginité qui s'enfuit, hélas ! » Il soupira.

« Bon, où étiez-vous, toutes les deux, Karen et vous ? Au lit ?

– Il était à peine plus de vingt-trois heures trente, chef ! »

Il avait oublié que, pour ces jeunes, vingt-trois heures trente n'étaient que le milieu de la soirée.

« J'ai posé la question à Daisy, répliqua-t-il sèchement.

– J'étais ici. Je regardais la télé. Je ne sais pas où se trouvait Karen. Dans la cuisine ou ailleurs, en train de préparer quelque chose à boire. Nous devions aller nous coucher après la fin de l'émission. J'ai entendu quelqu'un dehors, mais j'ai cru qu'il s'agissait de Karen...

– Comment cela, vous avez entendu quelqu'un ?

– Des bruits de pas, devant, dans la cour. Les lumières extérieures venaient de s'éteindre. Elles sont réglées sur onze heures et demie. Les pas se sont rapprochés de la maison jusqu'à ces fenêtres. Je me suis levée pour aller voir. La lune brillait très fort, on n'avait pas besoin des lampes. Et je l'ai vu. Là, dehors, au clair de lune, aussi près de moi que vous maintenant. (Elle s'interrompit, le souffle précipité.) Alors je me suis mise à crier. J'ai crié, crié, jusqu'à ce que Karen arrive.

– J'avais entendu moi aussi, chef. Avant Daisy, je crois.

Des pas devant la porte de la cuisine, qui contournaient la maison par-derrière, le long de la terrasse. J'ai traversé la maison en courant jusqu'au... jusqu'à la serre, et j'ai de nouveau entendu l'homme, mais sans le voir. C'est à ce moment-là que je les ai appelés, au poste. Avant que Daisy ne se mette à crier. Je suis venue ici et je l'ai trouvée à la fenêtre, qui hurlait et tapait contre la vitre. Alors je... je vous ai téléphoné. »

Wexford se tourna vers la jeune fille. Elle s'était calmée, apparemment assommée par le cognac, comme elle le souhaitait.

« Qu'avez-vous vu exactement, Daisy ?

— Il avait quelque chose sur la tête. Une sorte de cagoule en laine avec des trous pour les yeux. Il ressemblait à ces photos de terroristes que l'on voit. Je ne sais pas trop ce qu'il portait. Peut-être un survêtement. Noir ou bleu foncé.

— S'agissait-il de l'homme armé qui a tué votre famille et essayé de vous tuer, ici même, le 11 mars ? »

Tout en prononçant ces mots, l'inspecteur se rendit compte de la question terrible qu'il était obligé de poser à une jeune fille de dix-huit ans, douce et effrayée, qui avait mené jusque-là une existence si protégée. Elle ne pouvait pas lui répondre, bien sûr ! L'homme était masqué. Daisy lui jeta un regard de désespoir.

« Je ne sais pas. Je ne peux pas vous dire si c'était lui. C'est bien possible, mais je serais incapable de vous donner des détails. Il était peut-être jeune, ou moins jeune. En tout cas, pas *vieux*. Il avait l'air grand et fort. On aurait dit que... il semblait connaître l'endroit, mais pourquoi ai-je eu cette impression, je l'ignore. C'est seulement qu'il paraissait savoir ce qu'il faisait, où il allait. Oh, que vais-je devenir ? Que va-t-il m'arriver ? »

L'irruption des Harrison dans la pièce évita à Wexford de chercher une réponse. Si Ken Harrison était complètement habillé, Brenda portait, elle, une robe de chambre en velours rouge, avec du duvet de cygne plus ou moins blanc à l'encolure, et ouvert à partir de la taille sur un pantalon de pyjama bleu à pois. Fidèle à la tradition, la gouvernante tenait un tisonnier à la main.

« Que se passe-t-il ? demanda Harrison. Il y a des hommes partout. Cet endroit grouille de policiers. " Tu sais ce que ça doit être ? j'ai dit à Brenda. Les tueurs, qui sont revenus terminer Daisy. "

– Alors on a enfilé quelque chose et on est venus directement. Pas question d'aller à pied ! J'ai dit à Ken de sortir la voiture. On n'est pas en sécurité, ici. Même à l'intérieur d'une voiture.

– On aurait dû être dans la maison, vous savez. C'est ce que j'ai dit dès le début, quand j'ai appris qu'une femme agent allait venir s'installer. Pourquoi pas nous, tout simplement ! À quoi sert un brin de fille comme ça, une femme policier, soi-disant ? On aurait dû faire appel à Johnny et à moi. Dieu sait qu'il y a suffisamment de chambres, ici ! Mais non, personne n'y a pensé, alors je n'ai rien dit. Si on avait été là et que tout le monde soit au courant, vous croyez qu'une chose pareille serait arrivée ? Que le tueur aurait eu le culot de revenir ici dans l'idée de la terminer ? Pas une... »

Daisy le coupa net. Wexford fut stupéfait de sa réaction. Elle bondit et leur dit d'une voix froide et claire : « Vous êtes renvoyés ! Je suppose que je dois vous donner un préavis, je ne sais pas de quelle durée, mais un mois si c'est possible. Je ne veux plus vous voir ici et le plus tôt sera le mieux. S'il ne tenait qu'à moi, vous seriez à la porte dès demain. »

Elle était bien la petite-fille de sa grand-mère. Debout, la tête rejetée en arrière, elle leur faisait face, pleine de mépris. Puis très vite, sa voix se brisa, se brouilla. Le cognac faisait encore son effet, mais d'une manière différente, cette fois.

« Vous n'avez donc pas de sentiments ? Aucun égard pour moi ? Parler ainsi de me terminer... Je vous hais ! Je vous hais tous les deux ! Je ne veux pas de vous dans ma maison ni sur mes terres. Je vais vous reprendre votre cottage... »

Ses cris se transformèrent en gémissements, en sanglots hystériques. Les Harrison restaient là, ahuris, Brenda littéralement bouche bée. Karen alla vers Daisy et, un instant, Wexford crut qu'elle allait lui administrer l'une de ces gifles qui passent pour le meilleur remède à l'hystérie. Mais au lieu de cela, elle prit la jeune fille dans ses bras et, d'une main, appuya la tête brune contre son épaule.

« Venez, Daisy, je vais vous mettre au lit. Vous serez tout à fait en sécurité, maintenant. Tout à fait. »

Vraiment ? Wexford aurait aimé pouvoir en être aussi sûr. Son regard croisa celui de Vine qui, toujours aussi calme, eut un mouvement de paupières presque imperceptible – sa façon à lui de lever les yeux au ciel.

« Elle est à bout, s'écria Ken Harrison nerveusement. Elle est dans tous ses états, mais elle ne voulait pas dire ça, hein ? Elle ne le pense pas !

– Bien sûr que non, Ken. On est tous une grande famille, ici. Nous faisons partie de la famille. Évidemment, elle n'a pas voulu dire ça, hein ?

– Je crois que vous feriez mieux de partir, Mrs. Harrison, intervint Wexford. Tous les deux. » Il savait que les choses paraîtraient différentes le lendemain matin, mais décida de ne rien dire. « Rentrez chez vous et dormez un peu.

– Où est Johnny ? demanda Brenda. Voilà ce que j'aimerais savoir ! Si nous, on a entendu ces hommes qui faisaient assez de bruit pour réveiller un mort, pourquoi Johnny n'a pas réagi ? Pourquoi se cache-t-il ? Hein ? (Elle poursuivit, venimeuse :) Il ne se fatigue même pas à venir voir ce qui se passe. Si vous voulez mon avis, c'est plutôt lui, ce sale flemmard, qu'on devrait menacer de mettre à la porte ! Qu'est-ce qu'il a donc à se cacher comme ça ?

– Il dort, il n'a rien entendu, dit Wexford, qui ne put s'empêcher d'ajouter : Il est jeune. »

Karen Malahyde, à vingt-trois ans, loin de correspondre à l'image que se faisait Ken Harrison d'une « femme agent » – terme désobligeant tombé en désuétude de nos jours –, était ceinture noire et professeur de judo. Wexford savait que si elle s'était trouvée en face de l'intrus, à *Tancred*, la veille au soir, devant un homme non armé ou un peu lent à dégainer, elle aurait été capable de le mettre très rapidement hors d'état de nuire. Elle se promenait partout la nuit sans crainte, lui avait-elle raconté après avoir fait ses preuves, un jour, en envoyant un agresseur atterrir de l'autre côté de la rue.

Mais Karen toute seule était-elle un garde du corps assez

efficace pour Daisy ? Et Anne ? Ou Rosemary ? Non, il fallait arriver à convaincre la jeune fille de quitter la maison. Pas exactement de disparaître, mais, sans aucun doute, de s'éloigner et de se réfugier chez des amis. L'inspecteur devait pourtant s'avouer, comme il le dit ensuite à Burden, qu'il ne s'attendait pas à ce qui s'était passé. Il avait fourni un « ange gardien » à Daisy, mais uniquement par précaution. Que l'un de ces hommes – le tueur, forcément, si l'autre, invisible, était bien Andy Griffin – pût revenir, en fait, « s'attaquer à elle » appartenait au domaine de l'imaginaire. C'était de la fiction, des idées folles. *Ça ne pouvait pas arriver !*

« La preuve que si, répliqua Burden. Elle n'est pas en sécurité dans cette maison et devrait s'en aller. Je ne vois pas quelle différence cela ferait, vraiment, si on y mettait les Harrison et Gabbitas. Ils étaient quatre, la première fois, n'oubliez pas. Ça ne l'a pas dissuadé. »

La nappe blanche, avec les verres et l'argenterie dessus. Le repas sur la table chauffante. Les rideaux douillettement tirés, cachant la nuit de mars. Le premier plat terminé – la soupe –, Naomi Jones en train de servir le poisson – la sole *bonne femme* * – et, quand tout le monde est servi et commence à manger, les bruits à l'étage. Ces bruits que Davina attribue à Queenie, la chatte, en train de se déchaîner.

Mais Harvey Copeland va voir ce qui se passe. Le bel Harvey qui ressemble à Paul Newman, l'ex-« sensation du campus » que sa femme âgée a épousé par amour et pour le sexe. Dehors, le silence. Aucune voiture. Aucun bruit de pas. Rien qu'un peu de désordre au-dessus de leurs têtes.

Harvey monte au premier, puis redescend. Ou alors il n'a jamais atteint le palier et s'est retourné au pied de l'escalier quand l'homme armé a surgi du couloir...

Combien de temps tout cela a-t-il pris ? Trente secondes ? Deux minutes ? Et pendant ces deux minutes, que se passait-il dans la salle à manger ? Mangeaient-elles tranquillement leur poisson pendant son absence ? Ou l'attendaient-elles, tout simplement, en parlant du chat, de la façon dont cette chatte montait tous les soirs le petit escalier en courant pour redescendre par celui de devant ? Ensuite, le coup de feu. Naomi se

lève. Daisy aussi. Elle fait un mouvement vers la porte. Mais
Davina reste là où elle est. Assise à table. Pourquoi ? Pourquoi
rester assise ? La peur ? Est-ce la peur seulement qui l'immo-
bilise sur place ?

La porte s'ouvre d'un coup. Le tueur entre dans la pièce et
tire. La nappe n'est plus blanche mais écarlate, teintée par une
tache dense qui va bientôt s'étaler sur presque toute la surface...

« Je vais lui parler, déclara Wexford. Naturellement, je ne
peux pas la forcer à partir si elle refuse. Venez avec moi, voulez-vous ? Nous allons essayer tous les deux.

– Elle est peut-être très impatiente de s'en aller, maintenant. Le matin, on voit les choses autrement. »

Oui, mais pas de la façon qu'il faudrait, songea Wexford.
La lumière du jour apaise les frayeurs, et non l'inverse. Le
soleil du matin estompe les terreurs de la nuit et les fait
paraître exagérées. La lumière a un côté pragmatique, tandis
que les ténèbres, elles, ont quelque chose de mystérieux.

Ils sortirent, traversèrent la cour et se dirigèrent lentement
vers l'aile ouest, sur le côté de la maison. L'inspecteur principal n'avait pas, dans son esprit, utilisé ces mots comme une
métaphore. Le soleil brillait en effet maintenant d'une lumière
forte et crue, alors que la lune répandait, cette nuit, une bien
pâle clarté. Le ciel était d'un bleu profond et sans nuages. On
aurait pu se croire en juin. L'air semblait aussi doux que si le
froid avait disparu à coup sûr pour plusieurs mois.

« Il est donc arrivé par-derrière, dit Burden. Que voulait-il ?
Trouver un moyen d'entrer ? Une fenêtre ouverte au rez-de-
chaussée ? Ce n'était pas une nuit froide.

– Il n'y avait aucune fenêtre ouverte en bas. Toutes les
portes étaient fermées à clé, à la différence de l'autre fois.

– C'est un peu bizarre, de venir piétiner autour de la maison en faisant assez de bruit pour se faire remarquer des deux
personnes présentes à l'intérieur, non ? Même les fenêtres fermées, elles l'ont entendu ! Il enfile une cagoule, mais ne se
gêne pas pour faire tout un raffut pendant qu'il cherche à
entrer.

– Je me demande si, en fait, cela ne lui était pas complètement égal qu'on l'entende ou qu'on le voie, répondit Wexford, pensif. Quelle importance, s'il croyait Daisy toute seule et voulait la tuer ?

– Dans ce cas, pourquoi un masque ?

– Exact. »

Il y avait une voiture inconnue garée à quelques mètres de la porte d'entrée, qui s'ouvrit lorsqu'ils s'approchèrent, laissant apparaître Joyce Virson, suivie de Daisy. Mrs. Virson portait un manteau de fourrure visiblement fait de plusieurs peaux de renards différents – ce genre de vêtements passés de mode dont personne ne veut plus, qu'hésitent à prendre les œuvres de bienfaisance et qui ne partent jamais dans les ventes de charité paroissiales. Quant à Daisy, c'était la première fois que Wexford la voyait habillée en punk comme cela. On sentait une sorte de défi dans sa tenue : collants noirs, bottines lacées, sweat-shirt noir imprimé de lettres blanches et blouson de motard en cuir noir râpé. Son visage n'était qu'un masque de désespoir, mais ses cheveux alourdis de gel se dressaient tout droit sur sa tête comme une forêt de troncs d'arbres calcinés. Elle semblait vouloir affirmer quelque chose – peut-être seulement se montrer telle qu'elle était, *contra mundum.*

Daisy regarda Wexford, puis Burden, en silence, et il fallut un petit moment à Joyce Virson pour se souvenir de l'identité des deux visiteurs. Celle-ci changea de visage tout à coup et, souriant de toutes ses dents, s'avança vers l'inspecteur principal, les deux mains tendues.

« Oh ! Mr. Wexford, comment allez-vous ? Je suis si contente de vous voir ! Vous êtes exactement l'homme qu'il faut pour convaincre cette enfant de revenir avec moi. Je veux dire, elle ne peut quand même pas rester seule ici, n'est-ce pas ? J'ai été si horrifiée en apprenant ce qui s'était passé la nuit dernière que je suis venue aussitôt. Elle n'aurait jamais dû avoir le droit de partir de chez nous. »

L'inspecteur se demanda comment elle en avait entendu parler. Sûrement pas par Daisy.

« Je regrette, mais je ne comprends pas pourquoi on permet tant de choses, de nos jours. Quand j'avais dix-huit ans, on ne

m'aurait jamais autorisée à séjourner où que ce soit toute
seule. Ne parlons pas d'une grande maison isolée comme
celle-ci ! Ne me dites pas c'est le progrès. Je regrette, mais en
ce qui me concerne, j'estime que tout allait bien mieux autrefois. »

Le visage fermé, Daisy la fixa pendant la moitié de son discours, avant de se détourner pour regarder le chat. Queenie,
qui n'avait peut-être pas souvent le droit de s'éloigner du
devant de la maison, était assise sur le rebord en pierre du bassin, et contemplait d'un œil attentif les poissons blanc et rouge
qui nageaient en cercles concentriques.

« Allez, dites-lui quelque chose, Mr. Wexford. Persua-
dez-la. Usez de votre autorité. Ne me faites pas croire qu'il
n'existe aucun moyen de faire pression sur une *enfant*. »
Mrs. Virson oubliait un peu vite que toute persuasion nécessite
quelque gentillesse et peut-être même un peu de flatterie pour
avoir une chance d'aboutir. Le ton de sa voix monta :

« C'est stupide et même carrément imprudent. À quel jeu
croit-elle donc jouer ? »

Le chat trempa une patte dans le bassin, découvrit un élément auquel il ne s'attendait pas et secoua les gouttes d'eau de
ses poils. Daisy se pencha et le prit dans ses bras.

« Au revoir, Joyce, dit-elle avant d'ajouter, avec une trace
d'ironie qui n'échappa nullement à Wexford : Je vous remer-
cie vraiment d'être venue. »

Elle rentra d'un pas décidé dans la maison avec son gros
paquet de fourrure, mais laissa la porte ouverte.

Burden la suivit à l'intérieur. Ne sachant que dire, Wexford
marmonna quelques mots signifiant qu'il avait la situation
bien en main et que la police veillait à tout. Joyce Virson, évidemment, le foudroya du regard.

« Je regrette, mais c'est vraiment insuffisant. Je vais en parler à mon fils. Nous verrons ce qu'il en pense. »

Venant d'elle, cela ressemblait à une menace. Il la regarda
manœuvrer longuement sa petite voiture pour faire demi-tour
sans érafler – mais de justesse – son aile au pilier en partant.
Daisy était dans le hall avec Burden, assise sur une chaise à
dossier haut capitonnée de velours, Queenie sur les genoux.

« Pourquoi ai-je donc si peur qu'il me tue ? disait-elle. Je ne le comprends pas moi-même. Après tout, je veux mourir ! Je n'ai aucune raison de vivre. Pourquoi ai-je tant crié et fait toutes ces histoires la nuit dernière ? J'aurais dû sortir de la maison et aller le trouver en lui disant : " Tuez-moi, allez, tuez-moi. Terminez-moi ", comme dit cet horrible Ken. »

L'inspecteur principal haussa les épaules.

« Je vous en prie, ne vous gênez pas pour moi, dit-il d'un ton bref. Si on vous supprime, je serai obligé de démissionner, c'est tout. »

Elle ne sourit pas mais lui demanda, avec une petite grimace : « À propos de démission, vous êtes au courant ? C'est Brenda qui l'a appelée. Joyce, je veux dire. Elle lui a téléphoné dès ce matin pour lui dire que je les avais mis à la porte et demander qu'on m'*oblige* à les garder. Vous vous rendez compte ? À croire que je suis une enfant ou une malade mentale. C'est comme ça que Joyce a su pour la nuit dernière. Moi, je ne lui aurais jamais rien dit, à cette vieille peau qui se mêle de tout !

– Vous devez bien avoir d'autres amis, Daisy. N'y a-t-il personne chez qui vous pourriez aller un petit moment ? Une quinzaine de jours ?

– Vous l'aurez attrapé en quinze jours ?

– C'est plus que probable, déclara Burden d'un ton catégorique.

– De toute façon, cela ne change rien. Je reste ici. Karen ou Anne peuvent venir si elles veulent. Enfin, si c'est *vous* qui le voulez, je suppose. Mais c'est inutile. Du temps perdu. Je n'aurai plus peur désormais. *Je veux qu'il me tue.* Mourir, c'est la meilleure façon de m'en sortir. »

Elle pencha la tête en avant et enfouit son visage dans la fourrure du chat.

Il se révéla impossible de reconstituer les déplacements d'Andy Griffin après qu'il eut quitté la maison de ses parents. Ses camarades de pub habituels du *Slug and Lettuce* ignoraient quelle autre adresse il pouvait avoir, même si Tony Smith évoqua une petite amie « dans le Nord » – expression vide de sens qui revenait sans cesse dans toute conversation à propos d'Andy. Voilà maintenant qu'il avait une petite amie dans « le Nord », cette région vague, ce pays imaginaire et jamais vu !

« Kylie, elle s'appelait, affirma Tony.

– Je parie que c'est une invention, dit Leslie Sedlar avec un sourire rusé. Il a vu ça à la télé. »

Avant de perdre son emploi, à peine plus d'un an auparavant, Andy était routier pour le compte d'une société de brasseurs. Son itinéraire habituel l'emmenait de Myringham vers différents points de vente à Londres, ainsi qu'à Carlisle et à Whitehaven.

Les brasseurs n'avaient pas grand-chose de positif à dire sur lui, ayant été confrontés, ces deux ou trois dernières années, à un véritable problème de harcèlement sexuel. Andy passait peu de temps au bureau mais, lors des rares fois où il était venu, il avait fait des remarques offensantes à une responsable de marketing et, un jour, attrapé une secrétaire par-derrière en l'immobilisant d'une clé de bras autour du cou. La position hiérarchique ne lui importait guère ; il suffisait, apparemment, que sa proie appartienne au genre féminin.

La petite amie semblait être un mythe. Aucune preuve de son existence que, de toute façon, les Griffin niaient. Terry Griffin accepta avec réticence que l'on fouillât la chambre d'Andy à Myringham. Sa femme et lui, assommés par la mort de leur fils, semblaient avoir vieilli de dix ans et cherchaient un réconfort dans la télévision comme d'autres, dans la même situation, se tournent vers l'alcool ou les tranquillisants. La couleur, le mouvement, les visages et l'action violente déferlaient sur l'écran, agissant comme un remède qui les soulageait par sa seule *présence*, sans qu'il fût nécessaire de l'absorber ou même de l'assimiler.

Margaret Griffin n'avait plus maintenant qu'un seul but : blanchir la réputation de son fils. C'était la dernière chose, en réalité, qu'elle pouvait faire pour lui, et, sans quitter des yeux le flot d'images, elle affirma ne jamais avoir entendu parler d'une quelconque petite amie. Il n'y avait jamais eu de fille dans la vie d'Andy, répéta-t-elle en prenant la main de son

mari et en la serrant très fort. Elle arrivait, par sa façon de reje-
ter cette idée de Burden, à donner l'impression qu'avoir une
petite amie était une sorte de maladie vénérienne, un mal honteux aux yeux d'une mère, potentiellement dangereux, et qui
s'attrapait de manière irresponsable.

« Vous l'avez donc vu dimanche pour la dernière fois,
Mr. Griffin ?

– Oui, tôt le matin. Andy se levait toujours au chant du
coq. À huit heures à peu près. Il m'a préparé une tasse de
thé. »

On parlait d'un voyou, d'un danger sexuel, paresseux et
stupide, mais, même après sa mort, son père continuerait à
assurer cette superbe et pathétique prestation de « relations
publiques ». Et sa mère vanterait encore, *post mortem*, la
pureté de sa conduite. Son père ferait l'éloge de ses habitudes
régulières, de sa délicatesse et de son altruisme.

« Il a dit qu'il partait pour le Nord », déclara Terry Griffin.

Burden réprima un soupir.

« Avec sa moto, précisa la mère du défunt. J'ai toujours
détesté cet engin et j'avais bien raison. Regardez ce qui est
arrivé. »

Par un curieux processus émotionnel, elle commençait à
métamorphoser le meurtre de son fils en accident de la route.

« Il a dit qu'il nous passerait un coup de fil. Il le disait toujours, on n'avait pas à le lui demander.

– Jamais besoin de lui demander, répéta sa femme avec
lassitude.

– Mais en réalité, il n'a pas téléphoné, n'est-ce pas ?
s'enquit Burden doucement.

– Non, il ne le faisait jamais. Et ça m'inquiétait, le sachant
sur cette moto. »

Margaret Griffin s'accrocha à la main de son mari et la
ramena dans son giron. Burden prit le couloir jusqu'à la
chambre que fouillaient Davidson et Rosemary Mountjoy. La
pile de revues pornographiques qu'avait révélée l'exploration
de l'armoire à vêtements ne le surprit pas. Andy connaissait
assez la discrétion de sa mère en ce qui le concernait pour
savoir qu'elle et son aspirateur resteraient honorablement à
l'écart de l'intérieur de ce placard.

Le jeune Griffin n'avait rien d'un épistolier et nulle attirance pour l'écrit. Ces magazines comptaient uniquement sur l'effet des photos et de quelques légendes émoustillantes et crues des plus sommaires pour captiver le lecteur. La petite amie, si elle existait, ne lui avait jamais écrit, et si elle lui avait donné sa photo, il ne l'avait pas gardée.

La seule découverte d'un réel intérêt qu'ils firent se trouvait au fond d'un sac en papier dans le dernier tiroir de la commode. Quatre-vingt-seize dollars en billets américains de diverses valeurs : dix, cinq et un dollars.

Les Griffin affirmèrent qu'ils ignoraient tout de cet argent. Margaret Griffin regarda les billets comme s'il s'agissait d'un phénomène ; une monnaie de quelque culture éloignée, peut-être, ou une trouvaille provenant de fouilles archéologiques. Elle le retourna dans tous les sens en les examinant de près, son chagrin un instant oublié.

C'est Terry qui posa la question qu'elle n'osait sans doute pas formuler de peur de paraître idiote : « C'est de l'argent ? On peut s'en servir pour acheter des choses ?

– Oui, aux États-Unis, répondit Burden avant de corriger : Enfin, dans presque tous les pays, je pense. Ici, en Angleterre, et en Europe, les boutiques acceptent les dollars. De toute façon, vous pouvez les porter à la banque et les faire changer en sterling. En livres anglaises, termina-t-il plus simplement.

– Pourquoi Andy ne les a pas dépensés, alors ? »

Burden hésitait beaucoup à leur poser des questions sur la corde, mais il le fallait. En définitive, à son grand soulagement, aucun des deux ne sembla faire le rapport avec la chose affreuse qui était arrivée. Ils connaissaient la façon dont leur fils avait trouvé la mort, mais le mot « corde » n'évoqua pas aussitôt pour eux la notion de pendaison. Non, ils ne possédaient pas de corde et ils étaient sûrs qu'Andy n'en avait pas eu non plus. Terry Griffin en revint à l'argent, à tout ce butin en dollars. Une fois l'idée bien ancrée dans sa tête, elle paraissait dominer tout le reste.

« Ces billets, que vous avez dit qu'on pouvait changer en livres, appartenaient à Andy ?

– Ils se trouvaient dans sa chambre.

– Ils seront à nous, alors ? Ça nous ferait une sorte de dédommagement.

– Oh ! Terry » s'écria sa femme.

Mais il ne l'écoutait pas.

« Il y en a pour combien, à votre avis ?

– Quarante à cinquante livres. »

Terry réfléchit.

« Quand est-ce qu'on pourra les avoir ? » demanda-t-il.

18

Il répondit lui-même au téléphone.

« Gunner Jones. »

C'est du moins ce que Burden crut entendre. Mais l'homme avait peut-être dit « Gunnar Jones ». Gunnar était un nom suédois qu'aurait pu porter un Anglais ayant une mère originaire de Suède. Burden se souvenait d'un garçon, à l'école, qui s'appelait Lars et semblait aussi anglais que lui. Alors pourquoi pas Gunnar ? Ou bien il avait dit « Gunner » – un surnom qu'on lui aurait donné parce qu'il avait servi dans l'artillerie royale.

« J'aimerais passer vous voir, Mr. Jones. Est-ce qu'un peu plus tard dans la journée vous conviendrait ? À six heures, par exemple ?

– Vous pouvez venir quand vous voulez. Je serai là. »

Il ne demanda pas pourquoi et ne mentionna ni *Tancred* ni sa fille, ce qui était légèrement déconcertant. Burden n'avait aucune envie de faire le voyage pour rien.

« Vous êtes bien le père de miss Davina Jones ?

– C'est ce que m'a dit sa mère. Nous sommes obligés de croire les dames pour ces choses-là, pas vrai ? »

Burden, ne voulant pas se faire complice de ce genre de réflexion, répondit qu'il viendrait voir G.G. Jones à six heures.

« Gunner »... Sur une impulsion, l'inspecteur alla chercher

le sens de ce mot dans le dictionnaire dont Wexford ne se séparait jamais longtemps, et il découvrit que cela voulait non seulement dire « homme armé » ou « artilleur », mais aussi « armurier ». *Armurier ?*

Wexford, lui, téléphonait à Édimbourg.

Mascamphire étant un nom vraiment bizarre – écossais, de toute évidence –, il espérait bien que le seul à figurer dans l'annuaire de la ville serait celui de l'amie de Davina Flory, et il ne se trompait pas.

« La police de Kingsmarkham ? Que puis-je donc pour vous ?

– Mrs. Macsamphire, je crois savoir que miss Flory et Mr. Copeland, ainsi que Mrs. Jones et Daisy, ont séjourné chez vous en août dernier quand ils sont venus à Édimbourg pour le festival ?

– Mais non ! Qu'est-ce qui a bien pu vous donner une idée pareille ? Davina n'aimait pas du tout être reçue chez des particuliers. Ils étaient descendus à l'hôtel. Puis Naomi est tombée malade, elle a eu une très forte grippe et j'ai alors suggéré qu'elle vienne s'installer ici. C'est tellement horrible d'être malade à l'hôtel, vous ne trouvez pas ? Même dans un établissement aussi somptueux que le *Caledonian*. Mais Naomi a refusé, de peur d'être contagieuse pour moi, je suppose. Davina et Harvey passaient souvent, bien sûr, et nous sommes allés à de nombreux spectacles ensemble. Je ne pense pas avoir vu la pauvre Naomi une seule fois.

– Miss Flory participait à la Foire du livre, je crois ?

– C'est exact. Elle a donné une conférence sur les difficultés que l'on rencontre en écrivant son autobiographie et a également participé à une causerie d'écrivains. Le sujet portait sur les avantages qu'il y a à être un auteur polyvalent, c'est-à-dire qui écrit aussi bien de la fiction, des récits de voyage que des essais, etc. J'ai assisté aux deux. C'était vraiment intéressant... »

Wexford réussit à couper court.

« Daisy était avec vous, elle aussi ? »

La vieille dame eut un rire mélodieux et plutôt juvénile.

« Oh, je ne pense pas que Daisy s'intéressait beaucoup à

tout cela ! En fait, elle avait promis à sa grand-mère de venir à la conférence, mais je ne crois pas l'y avoir vue. Elle est si charmante et si simple, toutefois, qu'on lui pardonne tout. »

C'était bien ce que Wexford voulait entendre de sa bouche, s'obligea-t-il à reconnaître.

« Évidemment, elle avait son jeune ami avec elle, là-bas. Je ne l'ai vu qu'une fois, le dernier jour, un samedi, et je les ai salués de la main dans la rue.

— Nicholas Virson, précisa l'inspecteur.

— C'est cela. Davina a effectivement mentionné ce nom.

— Il assistait aux obsèques.

— Ah bon ? J'étais si bouleversée que je ne m'en souviens pas. Est-ce tout ce que vous aviez à me demander ?

— Non, je ne vous ai encore rien dit, Mrs. Macsamphire. J'aurais aimé que vous me rendiez un service, en réalité... » Vraiment ? N'était-ce pas plutôt un grand sacrifice qu'il allait s'imposer en lui faisant une telle suggestion ? « Il faudrait que Daisy parte d'ici pour diverses raisons qu'il est inutile d'énumérer, et je voulais savoir si vous accepteriez de l'inviter à venir vous rendre visite. Rien qu'une semaine... – il hésita – ou deux. Pourriez-vous faire cela ?

— Mais elle va refuser !

— Pourquoi donc ? Je suis sûr qu'elle vous aime bien et serait heureuse d'être avec quelqu'un à qui elle pourrait parler de sa grand-mère. Édimbourg est une belle ville fort intéressante. Quel temps fait-il, là-bas ? »

De nouveau ce joli rire plein de gaieté. « Il pleut à verse, je dois dire. Mais bien sûr que je vais inviter Daisy. J'adorerais l'avoir ici. Je n'avais tout bonnement pas pensé à le lui proposer moi-même. »

Il semblait parfois y avoir plus d'inconvénients que d'avantages à disposer d'un bureau d'enquête sur place, mais l'un des points en faveur du système était que l'on pouvait surveiller de ses propres yeux qui venait à *Tancred*. Ce n'était pas une voiture des Virson, ce matin, garée entre le bassin et la porte d'entrée, ni une voiture du domaine, mais une petite Fiat que Wexford ne reconnut pas immédiatement. Il l'avait déjà vue, mais à qui appartenait-elle ?

Il n'eut pas la chance, cette fois, de voir la porte s'ouvrir juste au bon moment pour laisser sortir le visiteur. Rien, évidemment, ne l'empêchait de tirer la poignée de sonnette en forme de sucre d'orge pour qu'on le fasse entrer, et assister au tête-à-tête, quel qu'il soit, mais il répugnait à cette idée, ne voulant ni empiéter sur la vie de Daisy ni la priver de toute intimité et de son droit à rester seule et libre.

La persane Queenie, assise sur le rebord de pierre du bassin, regardait la surface de l'eau, lisse comme un miroir. Elle examina soudain les coussinets gris et rebondis de l'une de ses pattes levées, comme pour savoir si cela pouvait constituer un bon instrument de pêche, puis, les ramenant toutes les deux sous elle, se mit en position de sphinx et recommença à contempler l'eau et les poissons qui nageaient en rond.

Wexford revint vers les écuries et contourna la maison avant de gravir les marches de la terrasse. Il avait vaguement l'impression de pénétrer indûment dans une propriété privée, mais Daisy était au courant de leur présence. Elle la souhaitait, même. Tout le temps qu'il resterait ici, la jeune fille serait protégée, en sécurité. L'inspecteur leva les yeux vers la façade arrière et s'aperçut, pour la première fois, que l'on n'avait pas tout rénové en style George-V. On voyait encore, à cet endroit, une architecture du XVIIe siècle presque intacte, avec un colombage à moitié apparent et, tout en haut, des fenêtres à meneaux.

Était-ce Davina qui avait fait construire la serre ? Avant qu'une autorisation du Comité des monuments historiques ne devînt obligatoire ? L'inspecteur n'approuvait guère cette initiative, sans qu'il fût toutefois assez connaisseur en la matière pour se faire une opinion bien arrêtée. À l'intérieur, il vit Daisy se lever, et, comme elle lui tournait le dos, il quitta rapidement la terrasse avant qu'elle ne se rende compte de sa présence. L'autre personne avec qui elle se trouvait restait invisible.

C'est le hasard qui permit à Wexford, une heure plus tard, de la rencontrer. Il allait lui-même partir, mais demanda à Donaldson d'attendre quand il vit quelqu'un monter dans la Fiat.

« Mr. Sebright. »

Jason lui adressa un large sourire.

« Vous avez lu mon article sur les personnalités du cortège ? Le secrétaire de rédaction l'a coupé en rondelles et a changé le titre. C'est devenu : *Un adieu à la grandeur*. Ce que je n'aime pas, dans les journaux locaux, c'est de toujours devoir être gentil avec tout le monde, comme cela. Impossible de se montrer acerbe. Le *Courier*, par exemple, a bien une colonne de potins, mais il n'y a jamais une seule ligne un peu sarcastique dedans ! Ce qui intéresse les gens, pourtant, c'est d'avoir une idée de qui baise la femme du maire et de la façon dont le chef de la police a magouillé pour aller passer ses vacances dans l'île de la Trinité, non ? Mais ça, c'est tabou !

— Rassurez-vous, répliqua Wexford. Je ne pense pas que vous y resterez très longtemps.

— Cette réflexion me paraît un peu à double tranchant... Je viens d'avoir une interview fantastique de Daisy. *L'Intrus masqué*.

— Elle vous en a parlé ?

— Elle m'a tout dit. Un interrogatoire en règle. (Il jeta un regard oblique à Wexford, un petit sourire aux lèvres.) Je ne peux pas m'empêcher de penser que n'importe qui aurait pu s'amuser à cela – venir ici masqué pour faire peur aux dames –, non ?

— Ça vous plaît, hein ?

— Seulement pour un article, répondit Jason. Bon, je rentre chez moi.

— Où habitez-vous ?

— À Cheriton. Je vais vous raconter une histoire que j'ai lue l'autre jour et que je trouve merveilleuse. C'est lord Halifax qui dit à John Wilkes : " Par ma foi, monsieur, je ne sais si vous finirez à la potence ou périrez d'abord de la vérole. " Et Wilkes lui répond, vif comme l'éclair : " Cela dépend, *mylord*, si j'embrasse d'abord vos principes ou votre maîtresse. "

— Oui, je la connais. Est-ce qu'elle s'applique à la situation ?

— Disons qu'elle me fait un peu penser à moi-même »,

répliqua Jason Sebright. Après un signe à Wexford, il monta
en voiture et partit par la petite route, en roulant un peu trop
vite.

Gunther, ou Gunnar, apparaît dans la *Chanson des Nibelungen* – Gunnar étant la forme nordique du nom et Gunther la
forme allemande ou bourguignonne. Gunther décide de traverser à cheval les flammes entourant le château de Brunhild
pour obtenir sa main. Il échoue et Siegfried essaie à sa place,
après avoir pris l'apparence de Gunther. Il passe trois nuits
avec Brunhild, couché dans son lit mais séparé d'elle par une
épée. Wagner a composé des opéras là-dessus.

C'est l'épouse de Burden qui lui fit ce résumé avant qu'il ne
parte à Londres. L'inspecteur se disait quelquefois que sa
femme savait tout – enfin, toutes les choses de ce genre. Loin
de le contrarier, ce talent lui inspirait une admiration sans
bornes et se révélait fort utile. Elle était meilleure que le dictionnaire de Wexford et, lui dit-il, beaucoup plus belle à voir.

« Comment ont-ils fait, à ton avis ? Avec l'épée, je veux
dire. Cela ne devait pas les gêner beaucoup si elle était posée à
plat. Il suffisait de tirer le drap dessus et on ne devait presque
pas la sentir.

— Je pense qu'ils ont dû la placer le tranchant vers le haut,
répondit Jenny gravement. Avec la poignée sur la tête de lit, tu
imagines un peu ! Mais je suppose qu'on l'a seulement écrit,
et pas vraiment fait. »

Barry Vine conduisait. Il faisait partie des gens qui adorent
cela, ne laissent jamais le volant à leur femme et semblent y
trouver autant de plaisir même après d'interminables trajets.
L'inspecteur adjoint avait raconté à Burden qu'il était revenu
un jour de l'ouest de l'Irlande tout seul et d'une traite, sans
aucune autre pause que le court passage en ferry jusqu'à
Fishguard. Il n'avait cette fois que quatre-vingts kilomètres à
faire.

« Vous connaissez l'expression "embrasser la fille de
l'artilleur", inspecteur ?

— Non, pas du tout. »

Burden commençait à se sentir vraiment ignare. Vine

allait-il lui narrer d'autres aventures de tous ces héros wagné-
riens qui semblaient circuler sans entraves des épopées nor-
diques aux opéras allemands ?

« Ça a un tout autre sens, en réalité, mais j'ai oublié lequel.

– C'est tiré d'un opéra ?

– Pas que je sache. »

La maison du père de Daisy, située près du terrain de foot
de l'Arsenal, était une petite construction victorienne en
brique grise, dans une rue où s'alignait une rangée de maisons
mitoyennes. Les places de parking n'étant pas réglementées,
Vine put laisser la voiture devant le trottoir de Nineveh Road.

« Demain, à cette heure-ci, il fera jour, annonça Barry en
cherchant le loquet du portail. On avance les pendules ce soir.

– Ah bon ? Je ne me souviens jamais si c'est une heure en
plus ou en moins.

– Facile. Au printemps, on avance. En automne, on
retarde. »

Un peu lassé de s'entendre une fois de plus faire la leçon,
Burden allait protester que l'on aurait pu tout aussi bien imaginer le contraire quand ils furent soudain inondés d'un flot de
lumière crue venant de la porte d'entrée, qui les fit cligner des
yeux.

Un homme sortit sur le seuil et leur tendit la main à chacun
comme s'ils étaient des invités ou même de vieux amis.

« Alors, vous avez trouvé le chemin ? »

Ce genre de questions évidentes contient déjà la réponse,
mais ça n'arrête pas les gens.

« Vous vous êtes garés quelque part, j'imagine ? » continua
G.G. Jones dans la même veine.

L'homme avait un ton jovial et il était – ou paraissait – plus
jeune que ne s'y attendait Burden. Dans la maison, sous un
éclairage direct, il ne faisait guère plus de quarante ans. L'inspecteur pensait également lui trouver quelque ressemblance
avec Daisy, mais n'en vit aucune, du moins après ce premier
examen un peu hâtif. Jones était blond, rougeaud, avec un air
juvénile qui venait en partie de son visage rond de bébé, au
nez retroussé et aux pommettes larges. Daisy ne tenait pas
plus de lui que de Naomi. Elle était bien la petite-fille de sa
grand-mère.

Il était trop gros aussi, beaucoup trop pour son gabarit. Le début d'une énorme « brioche » enflait son pull-over comme une barrique. Il semblait parfaitement à l'aise, n'ayant rien à cacher, et leur impression d'être reçus en invités – des invités d'honneur, même – s'accentua encore quand Jones sortit une bouteille de whisky, trois canettes de bière et trois verres.

Les deux policiers refusèrent. Le salon où on les avait fait entrer était assez confortable, mais il y manquait ce que Burden aurait appelé « une note féminine », sans ignorer qu'il s'agissait là – bizarrement, car il trouvait cela plutôt flatteur pour les femmes – d'une notion sexiste qui lui aurait attiré une réprimande de son épouse. Il y adhérait en secret, pourtant, car c'était une évidence à ses yeux. Cet endroit, par exemple, était confortable et correctement meublé, avec des tableaux et un calendrier accrochés aux murs, une pendule sur la cheminée victorienne et même un caoutchouc qui tentait désespérément de survivre dans un coin sombre, mais il n'y avait là aucun objet qui témoignât d'une véritable attention prêtée au décor, d'un goût ou d'un intérêt quelconques pour l'atmosphère d'une pièce. Ni symétrie ni plan d'ensemble. Cela ne constituait pas réellement un « intérieur ». On voyait bien qu'aucune femme ne vivait dans cette maison.

Burden se rendit compte qu'il était resté silencieux trop longtemps. Jones, en attendant, après être allé chercher le Coca sans sucre qu'il avait réussi à faire accepter à Barry, venait de se servir une bière. L'inspecteur s'éclaircit la gorge.

« Pourrions-nous avoir votre nom, Mr. Jones ? À quoi correspondent les deux initiales ?

– Mon prénom est George, mais on m'appelle toujours Gunner.

– *E.r.* ou *a.r.* ?

– Pardon ?

– Gunn*er* ou Gunn*ar* ?

– Gunner. L'artilleur. Je jouais pour l'Arsenal. Vous ne le saviez pas ? »

Non, ils l'ignoraient. Barry eut un frémissement des lèvres, puis avala une gorgée de son Coca *light*. Jones avait donc joué, autrefois, peut-être vingt ans plus tôt, pour l'Arsenal, dans l'équipe des Gunners, et Naomi, la « fana de foot », l'idolâtrait depuis la tribune...

« Mon nom complet est George Godwin Jones, récita celui-ci d'un air satisfait. Je me suis remarié, après Naomi, annonça-t-il de façon inattendue. Mais ça n'a pas été, là non plus, un franc succès. Elle a fait ses valises il y a cinq ans et je ne compte pas sauter le pas une troisième fois, vu qu'on peut très bien, comme dit la chanson, tout avoir sans se faire avoir !

– Quel métier exercez-vous, Mr. Jones ? demanda Barry.

– Je vends des équipements de sport. J'ai une boutique dans Holloway Road, et ne me parlez pas de la crise ! En ce qui me concerne, les affaires marchent plus fort que jamais. » Son large sourire suffisant s'effaça d'un seul coup, comme s'il avait appuyé sur un bouton. « Vraiment terrible, cette affaire de *Tancred* ! déclara-t-il d'une voix qui avait baissé d'une octave. C'est à propos de ça que vous êtes venus, non ? Ou, disons, vous ne seriez pas là si ce n'était pas arrivé ?

– Vous n'avez pas gardé beaucoup de contacts avec votre fille, je crois ?

– Mais je n'en ai jamais eu, mon ami. Aucun écho en plus de dix-sept ans. Quel âge a-t-elle, maintenant ? Dix-huit ans ? La dernière fois que je l'ai vue, elle avait six mois. Et la réponse à la question suivante, c'est : Non, pas tellement. Je m'en moque. Ça ne me fait ni chaud ni froid. Peut-être qu'un homme peut se mettre à aimer ses enfants quand ils sont grands, ce serait assez normal, mais les bébés ? Aucun intérêt, pas vrai ? Je me suis lavé les mains de toute cette histoire, et je n'en ai jamais eu le moindre regret. »

C'était ahurissant de voir avec quelle rapidité sa bonhomie pouvait se transformer en agressivité. Le ton de sa voix montait et baissait chaque fois que l'on changeait de sujet, allant en crescendo quand il évoquait des choses personnelles, pour redevenir un ronronnement feutré dès qu'il débitait des banalités d'usage.

« Vous n'avez pas songé à communiquer avec votre fille quand vous avez appris qu'elle était blessée ? demanda Barry Vine.

– Non, mon vieux. » Gunner Jones, après une brève hésitation, ouvrit une seconde canette. « Je n'y ai pas songé et je n'ai rien fait. Je n'ai pas communiqué avec elle, je veux dire. Et si vous voulez le savoir, je n'étais pas là quand ça s'est passé. Je suis allé à la pêche. Un passe-temps qui n'a rien d'exceptionnel chez moi. Je dirais même que c'est mon hobby, pour ceux que ça intéresse. Dans le Sud-Ouest, cette fois-ci. Je logeais dans un cottage sur la rivière Dart, un joli petit coin où je vais souvent passer quelques jours à cette époque de l'année. » Il parlait d'un ton belliqueux et plein d'assurance. Mais une telle pugnacité ne cache-t-elle pas toujours, en fait, un certain manque d'assurance ? « Quand je suis là-bas, c'est pour oublier tout le reste. Alors la dernière chose que je fais, vraiment, c'est de regarder les nouvelles à la télé. J'en ai seulement entendu parler à mon retour, le 15. (Sa voix s'altéra légèrement.) Attention, je n'ai pas dit que ça m'aurait laissé totalement indifférent si la petite avait fini comme tous les autres. Mais on ressentirait ça pour n'importe quel gosse. Pas forcément le sien.

« Je peux très bien ajouter une chose. Vous penserez peut-être que c'est compromettant pour moi, mais je vous le dis quand même. Naomi, ce n'était rien. Rien du tout ! Croyez-moi, elle n'avait rien pour elle. D'accord, une jolie figure et ce qu'on pourrait appeler une nature affectueuse. Très douée pour vous tenir la main et vous faire des câlins. Mais ça s'arrêtait net au seuil de la chambre à coucher. Et comme cervelle d'oiseau, eh bien moi, je n'ai aucune instruction et je ne crois pas avoir lu plus de, mettons, six bouquins dans ma vie, mais j'étais un sacré génie à côté de cette fille ! La personnalité de l'année...

— Mr. Jones...

— Oui, mon vieux, vous pourrez parler dans deux minutes. Ne me coupez pas la parole, je suis chez moi, ici, et je n'ai pas terminé. Naomi n'était rien et je n'ai jamais eu le plaisir de faire la connaissance de Mr. Copeland le député, mais croyez-moi, et c'est là que je voulais en venir, pour qu'un type, *n'importe quel type*, puisse se mettre avec Davina Flory, il faut vraiment que ce soit un soldat, un vaillant soldat, messieurs. Brave comme un lion, fort comme un cheval et avec la peau aussi épaisse qu'un foutu hippopotame ! Parce que cette dame, c'était une garce de première catégorie. Et *jamais fatiguée*. Impossible de la fatiguer ! Il ne lui fallait que quatre heures de sommeil par nuit, et après ça, elle était impatiente d'y aller – de repartir à l'attaque, je dirais.

« J'ai été obligé de vivre un moment là-bas. Enfin, ils appelaient ça " un petit séjour en attendant de trouver un endroit à nous ", mais il était clair que Davina n'allait jamais nous lâcher, surtout après l'arrivée du bébé. Vous savez ce que c'est, un Goth ? » aboya-t-il à la figure de Burden.

Quelque chose comme Gunnar et ces Nibelungen, se dit l'inspecteur.

« Expliquez-moi.

– J'ai cherché dans le dictionnaire. (Gunner Jones avait, de toute évidence, appris la définition par cœur.) *Quelqu'un qui se comporte en barbare ; une personne grossière, sans raffinement, ou ignorante.* C'est comme ça qu'elle m'appelait : " le Goth ", ou simplement " Goth ", comme un prénom. Il y avait mes initiales, vous comprenez ? G.G. Elle n'était pas commune, oh, mon Dieu non ! Sans ça, elle m'aurait appelé " l'Étalon ". " Qu'est-ce que Goth va donc saccager et piller aujourd'hui ? " disait-elle. Ou bien : " Est-ce que vous avez encore tambouriné aux portes de la cité, Goth ? "

« Elle a entrepris de briser mon ménage et m'a bel et bien dit, un jour, comment elle me voyait. J'étais quelqu'un qui avait fait un enfant à Naomi et, la chose réglée, n'avait plus la moindre utilité. Un animal bon pour la saillie, voilà ce que j'étais. Le champion des Goths. J'ai eu le toupet de me plaindre, une fois. De dire que j'en avais marre de vivre là-bas et qu'on voulait avoir un endroit à nous. Elle m'a simplement répondu : " Pourquoi ne pas aller chercher quelque chose ailleurs, Goth ? Vous reviendrez dans vingt ans nous raconter comment vous vous êtes débrouillé. "

« Alors je suis parti, mais je ne suis jamais revenu. Je lisais la publicité pour ses livres dans les journaux. Toutes ces choses qu'on disait : *Plein de sagesse et d'esprit. La compassion mêlée à l'intelligence et à la diplomatie. Une humanité et une empathie profonde à l'égard des humbles et des oppri-*

més... Bon Dieu, ce que ça me faisait rire ! J'avais envie d'écrire au journal pour leur dire : Vous ne la connaissez pas, vous avez tout compris de travers.

« Enfin... J'ai déballé tout ce que j'avais sur le cœur et vous aurez peut-être une idée, maintenant, des raisons pour lesquelles, même traîné par quatre chevaux, je n'aurais jamais repris contact avec la fille ou la petite-fille de Davina Flory. »

Burden en avait presque le souffle coupé. On aurait dit qu'un raz de marée de haine, d'amertume et de ressentiment venait de déferler dans la petite pièce, les laissant, Barry Vine et lui, se relever lentement après un assaut qui les avait plaqués au sol. Gunner Jones, l'air délivré et content de lui, semblait pour sa part sortir d'une catharsis.

« Un autre Coca sans sucre ? »

Vine secoua la tête.

« Et maintenant, un petit remontant. » Jones se versa deux grands doigts de whisky dans le troisième verre, puis il écrivit quelque chose au dos d'une enveloppe qu'il prit derrière la pendule posée sur la cheminée. « Tenez. L'adresse de l'endroit où j'étais, sur la Dart, et le nom des gens du pub d'à côté, le *Rainbow Trout*. (Il était soudain d'extrêmement bonne humeur.) Ils me fourniront un alibi. Vérifiez ce que vous voulez, ne vous gênez pas.

« Je peux aussi vous avouer librement quelque chose, messieurs. J'aurais tué Davina Flory avec grand plaisir si j'avais pensé pouvoir m'en tirer sans problèmes. Mais c'est là que ça bloque, hein ? Comment s'en tirer ? Et je vous parle d'il y a dix-huit ans. Le temps guérit tout, à ce qu'on dit, et je ne suis plus la tête brûlée, le jeune Goth que j'étais à l'époque où j'ai pensé une ou deux fois tordre le cou à Davina, et tant pis pour les quinze ans de prison ! »

Ah ! bon, je n'aurais pas cru, songea Burden, mais il ne dit rien. Il se demandait si Gunner Jones était aussi bête que l'imaginait Davina Flory, ou s'il était très, très intelligent. S'il jouait la comédie ou si tout cela était sincère. Difficile à dire. Qu'aurait pensé Daisy de cet homme si elle l'avait rencontré ?

« En fait, on m'appelle peut-être Gunner, mais je ne sais pas manier une arme. Je n'ai même jamais tiré avec une carabine à air comprimé. Je me demande si je pourrais encore retrouver mon chemin jusqu'à cette maison, *Tancred House*. Je l'ignore. Honnêtement, je n'en sais rien. Je suppose que des arbres ont dû pousser, et d'autres tomber. Il y avait des gens qui vivaient dans un cottage là-bas. Des " aides ", comme les appelait Davina, dans l'idée, probablement, que c'était un rien plus démocratique que le terme " domestiques ". Ils s'appelaient Triffid, Griffith, quelque chose comme ça. Avec un gamin. Un peu retardé, pauvre petit bonhomme. Que sont-ils devenus ? La maison ira à ma fille, j'imagine. Sacrée veinarde, hein ? Ça m'étonnerait qu'elle ait pleuré toutes les larmes de son corps, quoi qu'elle en dise. Elle me ressemble ?

– Pas du tout, répondit Burden, bien qu'il ait fini par retrouver Daisy dans une certaine façon qu'avait Gunner de tourner la tête, de relever un coin de la lèvre, et dans la ligne oblique des yeux.

– Tant mieux pour elle, pas vrai, mon ami ? Oh ! je sais bien ce qui se passe derrière ce regard neutre que vous avez, figurez-vous. Bon, si c'est terminé, vu qu'on est samedi soir, je vais vous faire de tendres adieux et m'en aller retrouver mon abreuvoir habituel. »

Il ouvrit la porte d'entrée et leur montra la sortie.

« Si vous avez dans l'idée de vous planquer un moment par ici pour me tenir à l'œil, je laisse mon véhicule là où il est garé, juste en face, et je " prendrai le train onze ", comme disent les vieux. (Il les confondait avec la police de la route !) Je détesterais vous donner le plaisir de m'arrêter avec un verre de trop dans le nez, comme c'est sûrement déjà le cas. »

« Voulez-vous que je prenne le volant ? demanda Burden quand ils furent dans la voiture, en sachant que sa proposition serait refusée.

– Non merci, inspecteur. J'aime bien conduire. »

Vine mit le contact.

« Y a-t-il une lampe de poche pour lire la carte, Barry ?

– Sous le tableau de bord. Attachée à un flexible qui se tire. »

Impossible de faire demi-tour. Barry descendit la rue sur une centaine de mètres, manœuvra au premier croisement avec une route latérale, et rebroussa chemin. L'endroit lui était trop inconnu, trop mystérieux, pour qu'il tentât l'expérience de retrouver le carrefour à la sortie du pâté de maisons.

Gunner Jones traversa devant eux sur un passage clouté. Il n'y avait aucun autre passant, et aucune autre voiture que la leur. Jones leva une main d'un geste impérieux pour les faire arrêter, mais ne les regarda pas et ne donna pas signe qu'il ait reconnu le conducteur ni le passager.

« Drôle de type, dit l'inspecteur adjoint.

– Il y a là quelque chose de très bizarre, Barry. » Burden dirigeait la lumière de la lampe de poche sur l'enveloppe que leur avait donnée Gunner Jones, et sur laquelle figurait l'adresse. Mais c'était le recto qu'il regardait, la face déjà utilisée et timbrée. « J'ai remarqué cette enveloppe quand il l'a prise sur la cheminée. Adressée ici, dans Nineveh Road, à Mr. G. G. Jones. Rien d'étrange à cela. Mais l'écriture est tout à fait caractéristique. La dernière fois que je l'ai vue, c'était sur un agenda de bureau. Je la reconnaîtrais entre mille. C'est l'écriture de Joanne Garland. »

19

Il faisait encore grand jour à six heures, maintenant. Rien ne pouvait donner une telle impression de printemps que ces couchers de soleil tardifs et cet allongement des soirées. Ce qui semblait, en revanche, moins plaisant aux yeux du chef adjoint de la police, sir James Freeborn, c'était le temps que l'équipe de Wexford avait passé à *Tancred* sans résultat. Tous ces frais qui s'accumulaient ! Quelle dépense ! La garde de miss Davina Jones vingt-quatre heures sur vingt-quatre ? Combien cela allait-il leur coûter ? Elle n'aurait pas dû être là-bas. Jamais entendu parler d'une chose pareille – une fille de dix-huit ans qui insiste impérieusement pour rester seule dans une véritable caserne !

Wexford sortit des écuries un peu avant six heures. Le

soleil brillait toujours et l'air du soir ne s'était pas encore rafraîchi. Il entendit du bruit, loin devant lui. Comme une grosse pluie. Mais il ne pouvait pas pleuvoir, avec un ciel aussi dégagé de nuages. Une fois arrivé devant la maison, l'inspecteur vit que c'était la fontaine qui coulait.

Il n'avait pas remarqué, jusqu'à présent, qu'il s'agissait d'une fontaine. Jaillissant d'un tuyau situé quelque part entre les jambes d'Apollon et le tronc d'arbre, l'eau retombait en cascade à travers les rayons de lumière obliques dans un bel arc-en-ciel, et les poissons faisaient des cabrioles dans les petites vagues. Cela transformait tout ! Ce n'était plus la même maison austère, avec sa cour nue et son bassin stagnant. Le silence, parfois oppressant, avait laissé place aux sons mélodieux et délicats des éclaboussures d'eau.

L'inspecteur principal tira la poignée de la sonnette. À qui appartenait cette voiture dans l'allée, derrière lui ? Une voiture de sport à l'air peu confortable. Une vieille MG... Daisy vint lui ouvrir. Son apparence avait subi une nouvelle transformation. Redevenue féminine, la jeune fille était toujours en noir, bien sûr, mais un noir moulant et flatteur. Elle portait une jupe au lieu d'un pantalon, des chaussures et non plus des bottes, et ses cheveux, retombant librement dans le dos, étaient relevés de chaque côté dans le style édouardien.

Quelque chose d'autre avait changé en elle, qu'il fut d'abord incapable de définir, mais qui imprégnait toute sa personne – sa démarche, son maintien, sa façon de relever la tête, et ses yeux. Elle rayonnait, littéralement. *Ô pâles beautés de la nuit,/ Qui ne comblent qu'à demi le regard.../ Que reste-t-il de vous quand la lune enfin se lève ?*

« Vous avez répondu à mon coup de sonnette, lui dit-il d'un ton lourd de reproches. Sans savoir qui c'était. A moins que vous ne m'ayez vu de la fenêtre ?

– Non, nous sommes dans le salon-serre. J'ai mis la fontaine en marche.

– En effet.

– Ravissant, vous ne trouvez pas ? Regardez ces arcs-en-ciel ! Avec l'eau qui ruisselle, on ne voit plus le méchant air lubrique de la figure d'Apollon. On peut croire qu'il aime

Daphné, on comprend qu'il veut simplement l'embrasser...
Oh! s'il vous plaît, ne faites pas cette tête-là. Je savais que
tout irait bien, je l'ai senti. J'étais sûre qu'il s'agissait d'une
visite agréable. »

Avec moins de foi qu'elle en son intuition, il la suivit dans
le hall en se demandant qui pouvait être l'autre personne
évoquée par ce « nous ». L'entrée de la salle à manger était
toujours condamnée, la porte scellée tout le long de l'encadrement. Daisy le précédait d'un pas élastique – c'était une autre
fille, complètement changée!

« Vous vous souvenez de Nicholas, dit-elle en s'arrêtant au
seuil du jardin d'hiver. Voici l'inspecteur principal Wexford,
que tu as déjà rencontré à l'hôpital », annonça-t-elle à son premier visiteur.

Nicholas Virson, assis dans un profond fauteuil de rotin, ne
se leva pas. Pourquoi l'aurait-il fait? Il ne tendit pas la main et
se contenta d'un signe de tête. « Ah! bonsoir », dit-il comme
un homme du double de son âge.

Wexford regarda tout autour de lui, contemplant la beauté
de cet endroit – les plantes vertes, un pot d'azalée précoce déjà
fleurie, les citronniers dans leurs bacs de porcelaine bleu et
blanc, un cyclamen rose, couvert de fleurs, dans une coupe sur
la table de verre – et celle de Daisy, déjà retournée à la place
qu'elle devait avoir quittée à l'instant, tout près de Virson.
Leurs deux verres, gin, vodka ou simple eau de source, se
trouvaient à cinq centimètres l'un de l'autre, pas plus, à côté
du cyclamen. Wexford comprit brusquement la cause du
changement survenu en elle, qui avait ramené le rose à ses
joues et effacé la souffrance dans ses yeux pleins d'angoisse.
Sans les circonstances présentes, tout ce qui s'était passé, tout
ce qu'elle avait enduré, il aurait pu dire qu'elle était heureuse.

« Puis-je vous offrir quelque chose? proposa-t-elle.

– Pas d'alcool. Mais si c'est de l'eau minérale, j'en accep-
terais bien un verre.

– Laisse, je m'en charge », dit Virson, comme si l'inspecteur exigeait là une tâche gigantesque : aller tirer de l'eau du
puits, par exemple, ou la ramener de la cave par une dangereuse échelle. Il fallait éviter à Daisy cet effort que Wexford

n'avait pas le droit de lui demander, et le jeune homme eut un regard réprobateur en lui tendant un verre à demi rempli.

« Merci. Daisy, je suis venu vous demander de reconsidérer votre décision de rester ici.

– C'est amusant. Nicholas aussi. Je veux dire, il est venu me demander la même chose. (Elle adressa au jeune homme un sourire extraordinairement lumineux et prit sa main dans les siennes.) Il est si bon pour moi. Vous l'êtes tous, d'ailleurs. Tout le monde est si gentil ! Mais lui ferait n'importe quoi pour moi, pas vrai, Nicholas ? »

Quelle drôle de chose à dire ! Parlait-elle sérieusement ? L'ironie n'existait sûrement que dans l'imagination de Wexford...

Virson parut un peu décontenancé – réaction assez naturelle – et un sourire incertain flotta sur ses lèvres. « Tout ce qui est en mon pouvoir, ma chérie », répondit-il. Malgré la réticence dont il avait témoigné jusqu'ici à l'égard de l'inspecteur, oubliant soudain ses préjugés et peut-être son snobisme, il s'écria de façon presque impulsive : « Je veux que Daisy revienne à Myfleet avec moi. Elle n'aurait jamais dû s'en aller. Mais c'est une vraie tête de mule ! Ne pouvez-vous lui faire comprendre qu'elle est en danger, ici ? Je m'inquiète pour elle jour et nuit, je n'ai pas peur de le dire. Je n'en dors plus. Je serais bien resté dormir à *Tancred*, mais je suppose que cela ne se fait pas. »

Daisy éclata de rire. C'était sûrement la première fois que Wexford l'entendait rire. Et aussi qu'il entendait un homme faire une remarque pareille, même en remontant à l'époque ancienne de sa jeunesse, du temps où les gens trouvaient encore inconvenant que deux personnes non mariées et de sexe opposé dorment sous le même toit.

« Non, cela ne t'irait pas du tout, Nicholas, dit-elle. De plus, toutes tes affaires sont chez toi et il faut une éternité pour aller d'ici à la gare. On ne peut pas le savoir tant qu'on ne l'a pas fait. » Elle parlait d'un ton affectueux en lui tenant toujours la main, et son visage s'illumina un instant de bonheur, quand elle le regarda. « D'ailleurs, tu n'es pas policier, ajouta-t-elle, taquine. Tu crois que tu saurais me défendre ?

– Je suis très bon tireur, déclara Virson, tel un vieux colonel.

– Je pense qu'il y a eu suffisamment de coups de feu comme cela, Mr. Virson », répliqua sèchement Wexford.

Daisy frissonna. Son visage s'assombrit, comme si un nuage passait devant le soleil.

« Une vieille amie de ma grand-mère m'a téléphoné ce week-end pour m'inviter chez elle, à Édimbourg. Ishbel Macsamphire. Tu te souviens, Nicholas ? Je te l'ai montrée. Elle me proposait de faire venir aussi sa petite-fille, comme si cela pouvait représenter un intérêt pour moi ! J'en ai frémi, et, bien sûr, j'ai refusé. J'irai peut-être plus tard dans l'année, mais pas en ce moment.

– J'en suis désolé, dit Wexford. Tout à fait désolé.

– Elle n'est pas la seule. Preston Littlebury également m'a invitée chez lui, à Forby. " Restez tout le temps que vous voudrez, ma chère enfant. Ne vous gênez pas. " Je ne crois pas qu'il sache que l'expression " ne vous gênez pas " a un sens ironique. Et deux camarades d'école m'ont proposé l'hospitalité. J'ai vraiment beaucoup de succès. Je suis une sorte de célébrité, apparemment.

– Vous avez dit non à tout le monde ?

– Mr. Wexford, j'ai l'intention de rester ici, chez moi. Je sais qu'il ne m'arrivera rien. Vous ne comprenez donc pas que si je m'enfuis maintenant je ne pourrai peut-être jamais revenir ?

– Nous attraperons ces deux hommes, déclara l'inspecteur d'un ton catégorique. Ce n'est qu'une question de temps.

– Un temps infini, commenta Virson en buvant lentement son verre d'eau – ou d'autre chose. Cela va faire un mois.

– Tout juste trois semaines, Mr. Virson. Il m'est venu une autre idée, Daisy. À la rentrée, je ne sais pas quand débute votre trimestre à Crelands – dans quinze jours ou plus –, ne pourriez-vous pas y rester en pension jusqu'à la fin de l'année scolaire ? »

Elle lui répondit comme s'il venait de faire là une suggestion extrêmement incongrue. Presque impensable. Le fossé qu'il avait toujours senti entre elle et Virson au niveau du tempérament et des goûts semblait avoir soudain disparu. Ils étaient devenus un couple parfaitement assorti – deux jeunes partageant les mêmes valeurs et élevés dans une même culture.

« Oh ! mais je ne vais pas retourner à l'école ! Pour quoi faire ? Après tout ce qui s'est passé ? Je ne pense pas qu'avoir le bac me soit bien nécessaire dans la vie qui m'attend.

– Je croyais que votre inscription à Oxford exigeait de bons résultats à l'examen ? »

Virson regarda Wexford comme s'il était impertinent de sa part de penser une chose pareille.

« On n'est pas obligé d'aller à l'université, même si on y est inscrit, répondit Daisy avant de poursuivre, d'une voix bizarre : Je ne faisais un essai que pour plaire à Davina. Et maintenant... ce n'est plus la peine.

– Daisy abandonne ses études. Fini, tout cela. »

Wexford fut certain, tout à coup, qu'on allait lui faire une révélation, lui annoncer une nouvelle. *Daisy vient d'accepter d'être ma femme* – ou quelque chose de plus vieux jeu, de plus pompeux. Une nouvelle complètement inattendue, en tout cas. Mais rien ne vint. Virson buvait toujours son eau, à petites gorgées.

« Je crois que je vais rester encore un peu, ma chérie, si tu n'y vois pas d'inconvénients, dit-il. Y a-t-il de quoi dîner ici, ou veux-tu que nous sortions ?

– Oh, la maison est pleine à craquer de nourriture ! s'écria la jeune fille d'un ton léger. Comme d'habitude. Brenda a passé la matinée à faire la cuisine, elle ne sait plus que faire de son temps, maintenant... qu'il n'y a plus que moi. »

« Vous allez mieux, se contenta de lui dire Wexford quand elle l'accompagna à la porte.

– Oui, j'ai surmonté le choc », répondit-elle. Mais à la voir, cela semblait aller plus loin. On aurait dit qu'elle essayait, de temps en temps, de retrouver son chagrin d'avant. Pour la forme. Par respect. Mais la douleur ne lui venait plus de façon naturelle. En fait, elle était heureuse. Elle continua pourtant, comme prise de remords : « D'une certaine manière, je ne m'en remettrai pas. Je ne pourrai jamais oublier.

– Pas tout de suite, bien sûr.

– Ce serait pis, si j'étais ailleurs.

– J'aimerais que vous réfléchissiez de nouveau à ces deux choses : partir d'ici et entrer à l'université. Évidemment, la seconde ne me regarde pas... »

Daisy fit alors quelque chose de stupéfiant. Ils étaient sur le seuil, la porte ouverte, et Wexford allait partir, lorsqu'elle lui jeta les bras autour du cou et l'embrassa. Elle lui planta un baiser chaleureux sur chaque joue, et il sentit contre lui ce corps qui vibrait de joie, de bonheur.

Il se dégagea fermement.

« Pour me faire plaisir, plaida-t-il comme il le faisait quelquefois, il y a longtemps – en général sans résultat –, avec ses filles. Faites-le pour moi. »

L'eau tombait toujours en cascade régulière dans le bassin, et les poissons sautaient dans les petites vagues.

« Cela signifierait, dit Burden, que la voiture dont ils se sont servis est partie – et peut-être arrivée – à travers bois ? Il s'agissait d'une Jeep, une Land Rover ou un autre véhicule tout terrain, et le conducteur connaissait l'endroit comme sa poche.

– C'était le cas d'Andy Griffin, bien sûr, répondit Wexford. Comme de son père – peut-être celui qui les connaît le mieux, avec Gabbitas et, dans une moindre mesure, Ken Harrison. Les lieux étaient également très familiers aux trois victimes, sans aucun doute, ainsi qu'à Joanne Garland et aux gens de sa famille, pour ce qu'on en sait.

– À l'en croire, Gunner Jones se demande s'il pourrait encore retrouver son chemin dans les bois. Il ne m'aurait jamais dit cela s'il n'était pas à peu près sûr d'y arriver, en fait, vous ne croyez pas ? Je ne lui avais pas posé la question. Il m'a donné là une information parfaitement gratuite. Nous cherchons donc quelqu'un qui ait traversé les bois *en voiture* et non en courant. Sinon, en suivant son flair ou une boussole, on arrive tôt ou tard à une route. Un type prêt à conduire un 4×4 encombrant dans le noir, au milieu des arbres, sans autre lumière que ses feux de position, et encore !

– L'autre marchait devant avec une lanterne, répondit sèchement Wexford. Comme aux tout débuts de l'automobile.

– Oui, peut-être. Je n'imagine guère la scène, Reg, mais y a-t-il une autre hypothèse possible ? Ils auraient forcément croisé Bib Mew ou rencontré Gabbitas s'ils avaient emprunté la route de Pomfret Monachorum. Sauf si Gabbitas est l'un des deux. Si c'est lui l'autre homme.

– Et s'il s'agissait d'une moto ? Qu'en pensez-vous ? Supposons qu'ils aient traversé le bois, de nuit, avec la moto d'Andy Griffin ?

– Daisy aurait probablement su faire la différence entre le bruit d'une moto qui démarre et celui d'une voiture, non ? Je ne vois pas très bien Gabbitas montant derrière Andy, mais il n'a pas, je vous le rappelle, d'alibi pour l'après-midi et le début de la soirée du 11 mars.

– Vous savez, Mike, il se passe quelque chose d'assez étrange avec les alibis depuis quelques années. Il devient de plus en plus difficile d'en établir rapidement de solides, ce qui joue contre les criminels, bien sûr, mais aussi en leur faveur. Il y a là un rapport avec le fait que les gens mènent une vie de plus en plus isolée. La population s'accroît, mais chacun est plus solitaire qu'avant. »

Le regard de Burden était devenu vitreux, comme cela lui arrivait souvent quand Wexford commençait à faire ce qu'il appelait de la « philosophie ». Celui-ci, désormais extrêmement sensible à ce changement d'expression et n'ayant plus rien d'important à dire sur l'affaire, cessa donc aussitôt ses remarques et lui souhaita bonne nuit. Mais ses idées sur les alibis continuèrent à lui trotter dans la tête pendant le trajet de retour en voiture. Les suspects pouvaient de moins en moins compter sur des témoignages venant corroborer leurs affirmations, se disait-il.

En ces temps de crise et de taux de chômage élevé, les hommes allaient moins au pub qu'autrefois et les salles de cinéma restaient vides, ayant perdu leur public au profit du petit écran. Celle de Kingsmarkham avait fermé cinq ans plus tôt pour se transformer en magasin spécialisé dans le bricolage. Davantage de gens vivaient seuls, et peu d'enfants, une fois adultes, continuaient à habiter chez leurs parents. Le soir et la nuit, les rues de Kingsmarkham, de Stowerton, de Pomfret étaient désertes. Aucune voiture sur les parkings. Aucun passant. Rien que des camions de marchandises qui traversaient la ville, conduits par des chauffeurs solitaires. Et, chez eux, dans leurs studios ou leurs appartements minuscules, des hommes, des femmes regardaient la télévision, seuls devant leur poste.

Tout cela expliquait, dans une certaine mesure, la difficulté qu'ils avaient à reconstituer de façon certaine les mouvements de presque toutes les personnes concernées par l'affaire, en ce fameux jour de mars. Qui viendrait donc étayer les allégations de John Gabbitas, de Gunner Jones et même de Bib Mew ? Qui pourrait certifier à quel endroit se trouvaient Ken Harrison, John Chowney ou Terry Griffin, sinon leurs femmes pour deux de ces trois-là – ce qui rendait leurs témoignages sans valeur ? Ils étaient chez eux, ou sur le chemin du retour, l'un tout seul et les autres en compagnie de leur épouse.

Dire que Gunner Jones avait disparu aurait été exagéré. Une visite à son magasin d'équipements de sport leur apprit qu'il était parti quelques jours en vacances, sans dire à quel endroit. Il s'en allait souvent ainsi, mais Wexford ne pouvait s'empêcher – à tort ou à raison – d'y voir une curieuse coïncidence. Joanne Garland tenait une boutique et elle était partie. Gunner Jones, qui la connaissait, correspondait avec elle et tenait également une boutique, « partait souvent ». L'inspecteur principal avait été frappé par autre chose aussi – mais il pouvait se tromper complètement, il était prêt à le reconnaître : Gunner Jones vendait du matériel sportif, et Joanne Garland avait transformé une pièce de sa maison en salle de gymnastique complètement équipée.

Étaient-ils ensemble ? Et dans ce cas, pourquoi ?

Les propriétaires du *Rainbow Trout*, à Pluxam, sur la rivière Dart, ne montrèrent aucune réticence à révéler à l'inspecteur adjoint Vine tout ce qu'ils savaient de G.G. Jones. C'était un habitué, quand il séjournait dans le coin. Le pub disposait de quelques chambres pour les visiteurs, et, une seule fois, il en avait pris une. Par la suite, il avait toujours loué le cottage d'à côté – expression un peu inexacte aux yeux de Vine, la maison se trouvant à une bonne cinquantaine de mètres de là, sur le chemin qui menait à la rivière.

Le 11 mars ? Le patron du *Rainbow* semblait parfaitement au courant et n'eut besoin d'aucune explication. Ses yeux brillaient d'excitation. Oui, certainement, Mr. Jones était bien ici du 10 au 15. Comme il ne réglait jamais ses consommations avant le moment de son départ, il existait donc une trace de sa note pour le séjour en question – laquelle parut à Vine d'un montant incroyablement élevé pour une seule personne. En ce qui concernait le 11, le patron ne savait pas trop. Aucune addition ne prouvait que Mr. Jones était bien venu ce soir-là, car on ne marquait jamais de dates sur l'« ardoise ».

Gunner n'était pas revenu depuis et on ne l'attendait pas. Le cottage était vide en ce moment. Vine apprit qu'il n'y avait pas d'autres locations au nom de Gunner Jones prévues pour cette année. Celui-ci avait occupé la maison à quatre reprises, et toujours seul. C'est-à-dire qu'il ne s'y était jamais installé avec quelqu'un, même si le patron l'avait vu un jour prendre un verre au *Rainbow* avec une femme. Une femme, c'est tout. Non, il ne saurait pas la décrire. Il pouvait juste dire qu'elle ne lui avait pas paru trop jeune pour Gunner – ni d'ailleurs trop vieille. Le plus probable, c'est que Gunner Jones allait maintenant pêcher dans un autre endroit du pays.

Mais qu'y avait-il donc dans cette enveloppe prise sur le manteau de la cheminée de Nineveh Road ? Une lettre d'amour ? Ou l'esquisse d'un plan quelconque ? Pourquoi Gunner avait-il gardé l'enveloppe et, de toute évidence, jeté la lettre ? Pour quelle raison, surtout, avait-il écrit ces adresses dessus avant de la remettre avec tant d'insouciance à Burden ?

Après le dîner, Wexford parla du week-end avec Dora. Elle pouvait partir si elle voulait, lui-même ne voyait aucune possibilité de se libérer. Elle lisait quelque chose dans un magazine et, quand il lui demanda ce qui la passionnait tant, elle lui répondit qu'il s'agissait d'un article sur Augustin Casey.

« Pfuitt ! fit Wexford, comme dans un roman victorien.

– Si tu as fini *Les Hôtes de Midian*, Reg, j'aimerais le lire. »

Il lui tendit le roman, ouvrit *Beau comme un arbre*, dans lequel il n'avait pas encore beaucoup avancé, et, sans relever les yeux, la tête penchée, demanda : « Tu lui as parlé ?

– Oh, je t'en prie, Reg ! S'il s'agit de Sheila, pourquoi ne pas la nommer ? Je lui ai parlé comme d'habitude, sauf que tu n'étais pas là pour m'arracher le combiné.

– Quand part-elle pour le Nevada ?

– Dans trois semaines à peu près. »

Preston Littlebury possédait une petite résidence de style George V dans le centre de Forby, classé cinquième plus joli village d'Angleterre – raison pour laquelle il y avait acheté sa maison de campagne, expliqua-t-il. Si le prétendu plus joli village de toute l'Angleterre avait été aussi près de Londres, c'est là qu'il aurait choisi de vivre, mais celui-ci se trouvait en fait dans le Wiltshire.

Il ne s'agissait pas strictement d'une maison réservée au week-end, évidemment, sinon il n'aurait pas été là un jeudi. Littlebury souriait, tout en alignant ces remarques pédantes, les deux mains jointes sous le menton avec les poignets écartés et les bouts de doigts qui se touchaient. C'était un petit sourire pincé, qui frémissait d'un brin de condescendance.

Il vivait seul, apparemment. Les pièces rappelaient à Barry ces coins aménagés et séparés par des cloisons, dans les grandes boutiques d'antiquaires. Tout faisait ancien, bien conservé et bien entretenu, à commencer par Mr. Littlebury lui-même, avec ses cheveux argentés, son costume gris argent, sa chemise rose faite sur mesure, et son nœud papillon à pois roses et argent. Plus vieux qu'il n'y paraissait à première vue – ce qui est également vrai de certaines antiquités –, il devait bien avoir plus de soixante-dix ans, se dit Barry. Quand il parlait, on aurait dit feu Henry Fonda dans un rôle de professeur.

Cet homme usait de tant de circonlocutions dans sa façon de s'exprimer qu'après l'avoir entendu décrire sa profession, Vine n'en savait guère plus qu'au début. Preston Littlebury était américain, né à Philadelphie, et vivait à Cincinnati, dans l'Ohio, à l'époque où Harvey Copeland enseignait dans une université de la région. C'est comme cela qu'ils s'étaient rencontrés. Il connaissait également le vice-président de l'Université du Sud de l'Angleterre, ayant été plus ou moins universitaire lui-même. Il avait travaillé au Victoria and Albert Museum et, expert réputé en objets d'art, avait tenu autrefois une rubrique consacrée aux antiquités dans un journal national. Apparemment, il faisait maintenant commerce d'argenterie et de porcelaines anciennes.

C'est du moins ce que Vine réussit à extraire des obscurités et des digressions du discours de Littlebury qui, pendant tout le temps qu'il parlait, ne cessait de hocher la tête comme un mandarin chinois.

« Je voyage pas mal, beaucoup d'aller et retour, voyez-vous. Je passe un temps considérable en Europe de l'Est, un marché fécond depuis la fin de la guerre froide. Laissez-moi vous raconter quelque chose d'assez amusant qui m'est arrivé en passant la frontière entre la Bulgarie et la Yougoslavie... »

Encore une anecdote sur le thème rebattu de l'inefficacité de l'Administration, sans doute ! Vine, qui en avait déjà subi trois, se hâta de couper court.

« Au sujet d'Andy Griffin, monsieur. Il a bien travaillé pour vous à une certaine époque ? Nous tenons beaucoup à savoir où il se trouvait pendant les jours précédant sa mort. »

Comme la plupart des conteurs, Littlebury n'aimait pas être interrompu.

« Oui, enfin, j'allais y venir. Cela fait presque un an que je n'ai pas vu cet homme, vous en êtes bien conscient ? »

Vine hocha la tête. Il l'ignorait, en fait, mais s'il avait paru hésiter, il aurait risqué de se voir infliger de nouvelles aventures de Preston Littlebury dans les Balkans cette année-là.

« Vous avez donc été son employeur ?

– Oui, d'une certaine façon, répondit Littlebury d'un ton très circonspect en pesant chaque mot. Cela dépend de ce que l'on entend par " employeur ". Si vous voulez dire qu'il faisait partie de ce que l'on appelle, je crois, dans le langage de tous les jours mon " personnel ", alors je dois vous répondre par un non catégorique. Il n'était, par exemple, nullement question pour moi de régler la moindre cotisation de Sécurité sociale, ni d'acquitter aucune taxe patronale pour son compte. Mais si vous faites, en réalité, référence à un " travail occasionnel ", à un emploi d'"homme à tout faire ", alors je répondrai oui. Pendant une courte période, Andrew Griffin a reçu de ma part ce que j'appellerais une simple rémunération. »

Littlebury joignit le bout de ses doigts et adressa, par-dessus, un sourire pétillant de malice à Vine.

« Il se chargeait de tâches élémentaires telles que laver ma voiture ou balayer la cour. Il allait promener mon petit chien, parti depuis, hélas ! chasser les lapins au paradis. Un jour, je me souviens, il m'a changé une roue quand j'ai eu un pneu à plat – une crevaison, devrais-je dire, inspecteur.

– L'avez-vous quelquefois payé en dollars ? »

Si l'on avait dit à Vine que cet être éminemment raffiné et pédant – ou, plutôt, civilisé, comme celui-ci aurait sûrement préféré se définir – allait employer l'expression favorite des vieux récidivistes rompus aux interrogatoires de police, il ne l'aurait pas cru. C'est pourtant ce que fit Preston Littlebury.

« Ça se pourrait bien », répondit-il de la façon la plus hypocrite que l'inspecteur ait jamais entendue. Le vieil homme allait maintenant, se dit-il, utiliser d'autres expressions révélatrices telles que « pour être tout à fait franc avec vous », ou bien « pour vous dire toute la vérité ». Littlebury n'aurait sûrement pas l'occasion de se servir du plus gros mensonge de tous les accusés : « Je jure sur la tête de ma femme et de mes enfants que je suis innocent. » Il semblait d'ailleurs n'avoir ni femme ni enfants, et son chien était mort.

« L'avez-vous fait, oui ou non, monsieur ? Est-ce que vous vous en souvenez ?

– C'était il y a longtemps. »

Qu'avait-il à craindre ? Pas grand-chose, se dit l'inspecteur. Seulement que les Impôts viennent lui demander des comptes sur ses transactions de la main à la main. Littlebury traitait très probablement ses affaires en dollars, les pays d'Europe de l'Est les préférant à la livre anglaise et, de loin, à leur propre monnaie.

« Nous avons trouvé un certain nombre de dollars... – Vine corrigea – de billets de banque américains dans les affaires de Griffin.

– C'est une monnaie internationale, inspecteur.

– Oui. Il se peut donc que vous l'ayez payé en dollars à l'occasion, monsieur, mais vous n'en avez aucun souvenir ?

– Je l'ai peut-être fait. Une ou deux fois. »

Plus tenté le moins du monde d'illustrer chacune de ses répliques par une anecdote amusante, Littlebury paraissait soudain mal à l'aise. Les mots lui manquaient. Il n'avait plus son air pétillant de malice, et ses doigts s'agitaient nerveusement sur ses genoux.

Vine eut une inspiration subite et demanda à toute vitesse : « Avez-vous un compte bancaire à Kingsmarkham, monsieur ?

– Non, je n'en ai pas », répliqua l'Américain d'un ton cassant. Il habitait Londres, se rappela l'inspecteur. Ce n'était qu'une maison de campagne, ici. Une retraite occasionnelle. Mais il devait y rester quelquefois après le lundi et avoir besoin de liquidités...

« Avez-vous d'autres questions à me poser ? J'avais cru comprendre que cette enquête concernait Andy Griffin et non pas l'organisation de mes finances personnelles.

– Elle concerne les derniers jours de sa vie, Mr. Littlebury. Honnêtement, nous ignorons où il était – Vine lui indiqua les dates en question – du dimanche matin au mardi après-midi.

– Il ne les a pas passés avec moi. Je me trouvais à Leipzig. »

La police de Manchester et de sa banlieue confirma la mort de Dane Bishop. Le certificat de décès indiquait comme cause principale un arrêt du cœur, et une pneumonie comme cause secondaire. Âgé de vingt-quatre ans, le garçon était domicilié à Oldham, et si Wexford n'avait jamais entendu parler de lui auparavant, c'est qu'il n'avait pas de casier judiciaire, n'ayant commis qu'un seul délit, quelque trois mois après la mort de Caleb Martin : le cambriolage d'un magasin à Manchester.

« Je vais faire inculper ce Jem Hocking de meurtre, déclara Wexford.

– Mais il est déjà en prison, fit remarquer Burden.
– Pas la prison telle que je l'entends. Pas la vraie.
– Cela ne vous ressemble pas », répondit l'inspecteur.

20

« Si miss Jones était morte, je parle de miss Davina Jones, expliqua Wilson Barrowby, le notaire, il ne fait aucun doute que c'est son père, Mr. George Godwin Jones, qui aurait hérité de ses biens. Il aurait été, en fait, légataire universel.

« Il n'y a pas d'autres héritiers. Miss Flory était la benjamine de la famille. (Il eut un sourire chagriné.) Oui, " la plus jeune des neuf fauvettes ", comme nous le savons. Elle avait cinq ans de moins que l'avant-dernier enfant, et vingt de moins que sa sœur aînée.

« Aucun cousin germain. Le professeur Flory et son épouse étaient tous deux enfants uniques. C'est une famille peu prolifique. Le professeur pouvait espérer avoir dix-huit ou vingt petits-enfants, mais, en réalité, il n'en a eu que six, dont Naomi Jones. Un seul des frères et sœurs de miss Flory a eu plus d'un enfant, mais l'aîné des deux est mort en bas âge. Des quatre nièces et neveux survivants de miss Flory il y a dix ans, trois étaient à peine plus jeunes qu'elle, et la quatrième de deux ans seulement. Cette nièce, Mrs. Louise Merritt, est morte dans le midi de la France en février.

– Et leurs enfants ? demanda Wexford. Les petites-nièces, les petits-neveux ?

– Ceux-ci n'héritent pas en cas de mort intestat ni, lorsqu'il existe un testament, comme c'est le cas ici, s'ils n'y sont pas expressément mentionnés. Il n'y en a que quatre. Les deux enfants de Mrs. Merritt, qui vivent en France, plus le fils et la fille d'un neveu et d'une nièce plus âgés. Mais comme je vous l'ai dit, ils ne peuvent prétendre à rien. En effet, selon les termes du testament dont vous avez pris, je pense, déjà connaissance, tout a été laissé à miss Davina Jones à seule condition que Mr. Copeland ait l'usufruit de *Tancred House* et l'autorisation d'y résider jusqu'à sa mort, ainsi que Mrs. Naomi Jones. Vous savez sans doute aussi qu'outre la maison, le domaine, le mobilier d'une grande valeur et les bijoux, hélas disparus, s'est constituée une fortune d'un peu moins de un million de livres. Pas une somme énorme de nos jours, je le crains, mais il y a aussi les droits d'auteur de miss Flory, qui s'élèvent à quelque quinze mille livres par an. »

Un patrimoine assez important, aux yeux de Wexford, pour justifier l'épithète de « riche » dont il s'était servi avec Joyce Virson à propos de Daisy. Il rendait visite, un peu tard, aux hommes de loi de Davina Flory, parce qu'il venait enfin de réaliser pleinement que les meurtres de *Tancred* étaient en quelque sorte un « crime de famille ». Il avait fini par se rendre compte, peu à peu, que le cambriolage – en tout cas le vol de bijoux – n'avait pas grand rapport avec le massacre, dont le mobile était plus étroitement lié aux victimes et se trouvait caché quelque part dans ce réseau de liens familiaux. Mais où ? Un parent inconnu aurait-il d'une façon ou d'une autre échappé au filet de Barrowby ?

« Si quelqu'un du même sang que Davina Flory, comme une petite-nièce ou un petit-neveu, ne peut hériter, je ne vois pas trop pourquoi George Jones le pourrait, répondit l'inspecteur. Au dire de tous, miss Flory haïssait cet homme comme lui-même la haïssait, et il n'est pas mentionné dans le testament.

– Disons que cela n'a rien à voir avec miss Flory, expliqua Barrowby. Il s'agit avant tout de miss Jones. Vous n'ignorez pas, j'en suis sûr, comment l'on établit, de façon arbitraire, l'ordre dans lequel sont mortes plusieurs personnes de la même famille tuées ensemble. On suppose que c'est la plus jeune qui a survécu le plus longtemps.

– Je sais, oui.

– Dans le cas présent, par conséquent, et bien que cela ne se soit pas passé ainsi, nous aurions estimé que Davina Flory était morte d'abord, suivie de son mari, puis de Mrs. Jones. En fait, le témoignage de miss Jones nous a appris que c'était

faux. Nous savons que Mr. Copeland est mort avant les autres.
Mais imaginons que le meurtrier ait réussi son coup et que
miss Jones soit décédée. Sans information de la part d'un survivant, il aurait bien fallu émettre ce genre de supposition. En
l'absence de toute indication médicale précise concernant
l'heure de la mort, visiblement impossible dans le cas qui
nous occupe, nous aurions donc supposé que Davina Flory
était décédée la première, sa petite-fille héritant alors automatiquement, à la seule condition de laisser l'usufruit de la
maison à Mr. Copeland et à Mrs. Jones.

« Ensuite, par ordre d'âge, nous aurions présumé la mort de
Mr. Copeland, suivie de celle de Mrs. Jones, lesquels renon-
çaient ainsi, par leur disparition, à ce droit. Les biens appar-
tiennent alors, en cet instant crucial qui ne dure peut-être que
quelques secondes, entièrement à miss Davina Jones. Quand
– et si – elle meurt intestat, tout va donc à ses héritiers natu-
rels, indépendamment de tout lien de sang avec Davina Flory
ou une autre personne. Or *le seul héritier naturel* de Davina
Jones, après la mort de sa mère, est son père, George Godwin
Jones.

« Si elle était morte, comme cela aurait très bien pu arriver,
toute la succession serait allée à Mr. Jones. Il n'y aurait là
nulle matière à discussion. Qui pourrait contester le fait ?

– Il n'a jamais revu sa fille depuis qu'elle est bébé, dit
Wexford. Il ne lui a pas adressé un regard, ni une parole, en
plus de dix-sept ans !

– Aucune importance. C'est son père. Ou, du moins, il l'est
très probablement dans la réalité, et à coup sûr aux yeux de la
loi. Il était marié à sa mère à l'époque de la naissance de
l'enfant, et personne n'a jamais mis sa paternité en doute. Il
est donc son héritier naturel, au même titre qu'elle-même, s'il
venait à mourir sans avoir pris aucune disposition testa-
mentaire, serait la sienne. »

On allait annoncer les fiançailles d'un jour à l'autre,
commençait à se dire Wexford. *Nicholas, fils unique de Mrs.
Joyce Virson et de feu X Virson, et Davina, fille unique de
George Godwin Jones et de feu Mrs. Naomi Jones...* La voi-

ture du jeune homme était arrivée devant *Tancred House*
encore plus tôt, le lendemain. Un peu avant trois heures. Il
devait peut-être prendre sur son temps de travail, en bel
opportuniste, et sur ses congés annuels. Mais ce n'était même
plus une question de chance ou d'opportunisme, se dit l'inspecteur. Daisy lui était déjà tout acquise, elle allait devenir
Mrs. Virson.

L'inspecteur s'aperçut que cette idée lui déplaisait fort.
Non seulement Nicholas était un âne prétentieux, absurde-
ment gonflé de son importance et de son statut social, mais
Daisy était trop jeune. Elle n'avait que dix-huit ans. Sa propre
fille, Sylvia, s'était mariée à cet âge-là, plus ou moins contre
les désirs de ses parents, à l'époque. Elle avait passé outre, le
mariage s'était fait. Mais elle et Neil ne restaient ensemble
que pour les enfants, soupçonnait parfois Wexford. C'était un
mariage difficile, plein de tensions et d'incompatibilités. De
toute évidence, Daisy, dans son chagrin, s'était tournée vers
Nicholas Virson pour qu'il la console. Et il avait su le faire !
Elle avait remarquablement changé et semblait presque aussi
heureuse que l'on pouvait l'être dans sa situation. Une seule
explication à ce bonheur : Virson lui avait déclaré son amour
et elle avait accepté de l'épouser.

C'était l'un des rares jeunes qu'elle avait l'air de connaître,
à l'exception de ces camarades de classe qui l'avaient invitée
à venir chez elles, mais brillaient toutefois par leur absence à
Tancred House. On pouvait peut-être aussi compter Jason
Sebright... La famille de Daisy approuvait le choix de Nicholas Virson, puisqu'il avait eu le droit de les accompagner à
Édimbourg l'année dernière en tant que petit ami officiel de la
jeune fille. Il est vrai que Davina Flory aurait sans doute vu
d'un meilleur œil qu'ils se proposent de vivre ensemble plutôt
que de se marier, mais cela supposait déjà un accord de sa
part. Virson était beau garçon, il avait l'âge voulu et un métier
correct. Il ferait un bon époux, terne et fidèle, très certainement. Mais un mari pour une Daisy de dix-huit ans ?

Quel terrible gâchis ! se disait l'inspecteur. Le plan de vie
que Davina Flory avait tracé pour la jeune fille, certes conçu
de façon un peu impérieuse, lui aurait certainement très bien

convenu, avec toutes ses possibilités d'aventures, d'études, de rencontres et de voyages. Alors que maintenant elle allait se marier, faire vivre son époux à *Tancred* et, Wexford n'en doutait guère, divorcer au bout de quelques années, quand il commencerait à être un peu tard pour se cultiver et partir à la découverte de soi-même !

L'inspecteur réfléchissait à tout cela pendant le trajet en voiture du cabinet de notaires jusqu'à la maison de retraite de Caenbrook. Il n'avait pas encore rencontré Mrs. Chowney, bien qu'il eût passé une demi-heure assez stérile avec sa fille Shirley. Mrs. Shirley Rodgers, mère de quatre adolescents, se servait d'eux comme excuse pour aller très rarement rendre visite à sa mère. Elle ne voyait pas non plus beaucoup sa sœur Joanne, et connaissait très peu de chose de sa vie. « À son âge ? » s'écria-t-elle aussitôt quand Wexford voulut savoir si celle-ci avait des amis masculins. Mais l'inspecteur n'arrivait pas à oublier la garde-robe pleine de vêtements, l'arsenal de produits de beauté et la salle de remise en forme si bien équipée.

Mrs. Chowney se trouvait dans sa chambre, mais n'était pas seule. Un membre du personnel, réceptionniste ou infirmière, accompagna l'inspecteur et frappa à la porte – qui s'entrebâilla légèrement. Une femme qui aurait pu être la jumelle de Shirley Rodgers le fit entrer. On l'attendait. La vieille dame, dans sa robe de lainage rouge vif, avec un collant rouge à côtes recouvrant ses jambes arquées et des chaussons de nuit roses aux pieds, était tout sourire.

« C'est vous, le chef ? demanda-t-elle.

– Oui, Mrs. Chowney, répondit Wexford, pensant qu'il pouvait raisonnablement se définir ainsi.

– Ils ont envoyé leur chef, cette fois, dit la vieille dame à celle qu'elle lui présenta alors comme sa fille Pamela – la " bonne " fille, celle qui venait souvent la voir, même si sa mère ne le précisa pas en ces termes. Pam. Mrs. Pamela Burns.

– Je suis content que vous soyez là, Mrs. Burns, répondit l'inspecteur avec diplomatie. Je crois que vous pourrez peut-être nous aider, vous aussi. Cela fait maintenant plus de trois semaines que Mrs. Garland est partie. Avez-vous eu des nouvelles, l'une ou l'autre ?

– Elle n'est pas partie. Je le leur ai dit, à vos collègues. On ne vous l'a pas transmis ? Elle ne serait pas partie sans m'en toucher un mot. Ça ne lui est jamais arrivé. »

Wexford n'osait pas révéler à la vieille femme qu'ils nourrissaient maintenant de sérieuses inquiétudes au sujet de la vie de Mrs. Garland et ne se demandaient plus seulement où elle était. Il s'attendait à tout instant qu'un nouveau coup de téléphone lui annonçât quelque horrible découverte. En même temps, il se demandait si Mrs. Chowney se laisserait abattre si facilement. Elle avait dû avoir une drôle de vie, avec onze enfants et tous les soucis, toutes les tensions et les tragédies, même, que cela supposait ! De fâcheux mariages, des divorces encore plus regrettables, des séparations, des morts... Il hésitait pourtant.

« Vous ne croyez pas qu'elle aurait déjà dû venir vous voir, Mrs. Chowney ?

– Entre ce que je crois qu'ils devraient faire et ce qu'ils font, il y a un monde ! répliqua-t-elle d'un ton vif. Il lui est bien arrivé, à Joanne, de disparaître trois semaines sans montrer le bout du nez par ici. Pam est la seule sur qui je puisse compter. La seule de toute la tribu qui ne pense pas qu'à elle, elle, elle et rien d'autre, du matin au soir ! »

Pamela Burns prit un air légèrement suffisant et esquissa un petit sourire modeste.

« C'est au sujet de cette Naomi, pas vrai ? demanda finement Mrs. Chowney. Il y a un rapport avec ce qui s'est passé là-bas ! Joanne s'inquiétait pour Naomi et m'en parlait, quand elle ne parlait pas de ses propres histoires.

– Pourquoi s'inquiétait-elle, Mrs. Chowney ?

– Parce que cette fille ne vivait pas, soi-disant. Elle aurait dû se trouver un homme, son existence était trop vide. Et moi, je pensais : comment ça, vide ? Elle habite cette maison, n'a aucun problème d'argent, s'amuse à vendre des petits animaux en porcelaine et n'a jamais eu à se battre. Ce n'est pas une existence vide, mais trop protégée, oui ! Enfin... elle n'est plus. À quoi bon en reparler ?

– Votre fille, elle, avait un homme dans sa vie, n'est-ce pas ?

– Joanne ? » demanda Mrs. Chowney. Wexford se souvint, trop tard, qu'elle avait tellement d'enfants qu'il fallait préciser. « Ma fille Joanne en a eu deux, vous savez. Deux maris. » Elle disait cela comme s'il existait une sorte de rationnement dans ce domaine, et que sa fille eût déjà gaspillé la plus grosse part de ce qui lui était alloué. « Elle a peut-être quelqu'un, mais ne me le dirait pas, sauf s'il était plein aux as. Elle me montrerait plutôt des choses qu'il lui aurait offertes, mais je n'ai rien vu de tel. Et toi, Pam ?

– Je ne sais pas, Maman. Elle ne m'en a jamais parlé et je ne le lui aurais pas demandé. »

Wexford en vint à la question qui était le but de sa visite. Il en tremblait d'avance. Tant de choses dépendaient du genre de réponse – coupable, défensive ou indignée – qu'il allait recevoir !

« Est-ce qu'elle connaissait l'ex-mari de Naomi, Mr. George Godwin Jones ? »

Elles le regardèrent l'une et l'autre comme si une ignorance aussi abyssale ne pouvait qu'inspirer la pitié. Pamela Burns se pencha même un peu vers lui, comme pour l'encourager à répéter ce qu'il avait dit. Elle ne pouvait pas avoir bien entendu. Impossible !

« Gunner ? dit enfin Mrs. Chowney.

– Enfin, oui, Mr. Gunner Jones. Elle le connaissait ?

– Mais bien sûr, voyons ! s'exclama Pamela Burns. (Elle croisa ses deux index repliés.) Ils étaient comme ça, tous les quatre ! Tout le temps collés ensemble, elle, Brian, Naomi et Gunner. Pas vrai ? Ils ne faisaient jamais rien les uns sans les autres.

– Joanne venait de se remarier, précisa Mrs. Chowney. Oh ! ça va bien faire vingt ans, maintenant. »

Elles n'en revenaient pas, que tout cela ne fût pas universellement connu. Comme s'il leur fallait rappeler des faits évidents à l'inspecteur, d'un ton indigné, et non pas les lui révéler !

« C'est par Brian, qui était un des copains de Gunner, que

Joanne a rencontré Naomi. Je me souviens l'avoir entendue dire que c'était une drôle de coïncidence, que Gunner ait pu épouser une fille d'ici. Et moi j'ai pensé : non seulement une fille d'ici, allons donc, mais quelqu'un de ce milieu, oui ! Enfin, Joanne elle-même avait déjà un pied dans le grand monde. Brian répétait toujours qu'il n'était qu'un pauvre milliardaire, mais il disait ça pour faire le malin.

— Ils étaient tellement liés, intervint Mrs. Chowney, qu'un jour j'ai dit à Pam : " Je me demande bien pourquoi Gunner et Naomi ne les emmènent pas en voyage de noces avec eux. "

— Ces liens ont-ils résisté aux deux divorces ?

— Pardon ?

— Je veux dire : est-ce qu'ils continuaient à se voir, tous les quatre, après la fin de leur mariage ? Mrs. Garland et Mrs. Jones, elles, sont restées amies, je le sais bien.

— Mais voyons, Brian est parti pour l'Australie ! s'exclama Mrs. Chowney du ton qu'elle aurait pris pour rappeler à Wexford que le soleil s'était levé à l'est ce matin. Même s'ils avaient voulu le fréquenter, ils n'auraient pas pu. De toute manière, ça faisait longtemps que Gunner et Naomi étaient séparés. Leur mariage était condamné dès le début.

— Joanne avait pris le parti de Naomi, expliqua Pamela Burns avec empressement. C'est bien normal, vous ne trouvez pas ? Une amie aussi proche ! Elle a donc soutenu Naomi. À l'époque, elle était encore avec Brian, et même lui s'est retourné contre Gunner. (Elle ajouta d'un ton sentencieux :) On ne rompt pas un mariage uniquement parce qu'on ne s'entend pas avec sa belle-mère. Surtout quand on a un bébé ! La petite n'avait que six mois. »

Le camion du traiteur vint se ranger, comme tous les jours, dans la cour, entre *Tancred House* et les écuries, apportant avec lui un arôme de curry et d'épices mexicaines.

« Freeborn aurait là aussi son mot à dire, s'il était au courant, dit Wexford à Burden.

— Il faut bien qu'on déjeune !

— Oui, mais c'est autre chose que la cantine du poste ou les petits endroits pas chers où nous allons d'habitude. »

Wexford mangeait un pilaf au poulet et Burden une quiche individuelle au jambon et aux champignons.

« Ça fait drôle de penser que cette fille, là-bas, à quelques mètres de nous, se fait servir par une domestique des plats spécialement préparés pour elle, comme si c'était une chose toute naturelle.

– C'est un mode de vie, Mike, auquel il se trouve que nous ne sommes pas habitués. Je doute que cela contribue d'une façon ou d'une autre au bonheur. Pour quand attendent-ils le retour de Gunner Jones, à sa boutique ?

– Pas avant lundi. Mais il peut être rentré chez lui plus tôt. À moins qu'il n'ait décampé, quitté le pays. De sa part, cela ne m'étonnerait guère.

– Pour aller la rejoindre, vous croyez ?

– Je l'ignore. Je pensais vraiment qu'elle était morte, et maintenant je n'en suis plus aussi sûr. J'aimerais pouvoir imaginer un nouveau scénario, comme vous dites, sur ces deux-là. Mais chaque fois que j'essaie, cela ne marche pas. C'est Gunner Jones qui avait le mobile le plus fort, dans ces assassinats, à condition que Daisy meure. Et celui qui a tiré sur elle croyait certainement qu'elle ne survivrait pas. Dans ce cas, Gunner aurait hérité de tout. Mais que vient faire Garland là-dedans ? Était-elle sa petite amie, qui devait partager le butin ? Ou bien une visiteuse innocente l'ayant interrompu, lui – et qui d'autre ? Nous n'avons pu établir absolument aucun lien entre Andy Griffin et Jones, à part le fait que celui-ci se rappelle l'avoir vu deux ou trois fois gamin. Et puis il y a cette voiture dans laquelle ils sont arrivés. Il ne s'agit pas de celle de Joanne Garland, que les gars du labo ont passée au peigne fin. Ce n'était pas la BMW. On n'a retrouvé aucune trace qui permette de penser qu'une autre personne serait montée dedans depuis des mois.

– Et que vient faire Andy dans tout ça ? »

Bib Mew était revenue travailler à *Tancred House* où Wexford et Vine firent chacun une autre tentative pour l'interroger. Mais toute mention du corps pendu à l'arbre, même soigneusement formulée avec des mots apaisants, la plongeait dans de nouveaux accès de tremblements et provoqua une fois chez elle une sorte de crise qui se manifesta par une succession de petits cris aigus.

« Elle ne veut plus passer par là et fait le grand tour, leur apprit Brenda avec une délectation morbide. Elle descend jusqu'à Pomfret, et suit la grande route qui va vers Cheriton, après. Ça lui prend des heures et, quand il pleut, ce n'est pas drôle. Daisy – elle renifla bruyamment – a demandé à Ken d'aller la chercher en voiture, en disant que c'était le moins qu'on puisse faire. Qu'elle y aille elle-même, si elle y tient tant ! On a reçu notre préavis, non ? Je ne vois pas pourquoi on se donnerait tout ce mal. J'espère que vous faites toujours votre pain vous-même, Brenda ? qu'elle me dit. J'ai quelqu'un à dîner ce soir. Alors qu'elle nous jette à la rue ! Davina se retournerait dans sa tombe si elle savait ça. »

Quand Wexford essaya de la revoir, Bib alla se cacher dans la pièce derrière la cuisine, là où se trouvait le congélateur, et s'y enferma.

« Je me demande bien ce que vous lui avez fait pour l'effrayer comme ça, commenta Brenda. Elle est un peu simple, vous savez. On ne vous l'a pas dit ? (Elle se tapota la tête avec deux doigts et articula sans bruit :) Traumatisme du cerveau à la naissance. »

Il y avait pourtant beaucoup de choses que l'inspecteur principal aurait aimé savoir ! Si Bib avait vu quelqu'un près de l'arbre du pendu, par exemple, ou qui que ce soit d'autre dans les bois cet après-midi-là. Thanny Hogarth était leur seul lien avec cette histoire, et ils devraient donc se servir de lui comme interprète.

« Je lui ai demandé de venir ici cet après-midi faire une déposition sur ce qui s'est passé quand Bib est venue à sa porte lui raconter qu'elle avait trouvé le corps d'Andy Griffin, annonça Wexford en terminant son pilaf. Mais je ne pense pas qu'il faille nous attendre à des révélations fracassantes. »

Il le vit arriver à bicyclette de sa fenêtre. Le jeune homme traversa la cour en direction des écuries. Il pédalait sans tenir le guidon, les bras croisés, le Walkman vissé à ses oreilles, avec une expression de béatitude sur le visage.

Il entra d'un pas nonchalant, ses écouteurs autour du cou, et

Karen Malahyde l'intercepta pour l'amener à Wexford. Aujourd'hui, Thanny avait attaché ses cheveux en arrière avec un lacet de chaussure, apparemment, ce qui lui donnait un genre que Wexford détestait chez un homme, tout en reconnaissant qu'il s'agissait d'un préjugé. Le jeune Américain n'était pas rasé et portait exactement la même barbe de deux ou trois jours que la première fois où ils s'étaient rencontrés. La gardait-il toujours comme cela ? L'inspecteur ne put s'empêcher de se demander comment il faisait. La taillait-il aux ciseaux à cette longueur-là ? Avec ses bottes de cow-boy marron surpiquées et cloutées, son écharpe rouge nouée autour du cou, il avait l'air d'un superbe jeune pirate.

« Avant toute chose, Mr. Hogarth, commença Wexford, j'aimerais que vous satisfassiez ma curiosité sur un point. Si votre cours d'écriture créative ne commence qu'à l'automne, pourquoi être arrivé six mois avant ?

– Pour l'université d'été. Je suis une formation préliminaire destinée aux étudiants de maîtrise.

– Je vois. »

Il vérifierait auprès du Dr Perkins, mais ne découvrirait rien de suspect, il en était sûr. Karen prit la déposition de Thanny Hogarth en sténo sur son bloc, et elle fut également enregistrée.

« Je vous le donne pour ce que ça vaut, hein ? » commença le jeune homme avec entrain. Wexford était assez de son avis. Quelle valeur attacher à ce bref compte rendu des quelques mots terrifiés lâchés par Bib Mew ?

« Elle a dit : " Un mort. Pendu. Pendu à un arbre. " Je ne l'ai pas vraiment crue et j'ai répondu : " Allons, allons ", ou quelque chose comme ça. Peut-être : " Minute, minute ", avant de lui demander de répéter. Je venais de faire du café et je lui en ai donné, mais elle ne l'a pas aimé, je crois. Il était trop fort. Elle a tout renversé sur ses vêtements, tellement elle tremblait.

« J'ai proposé : " Allons-y ensemble et montrez-moi ", mais ce n'était pas une bonne idée, elle a recommencé à paniquer. Alors je lui ai dit : " Bon, d'accord. Mais il faut que vous appeliez la police, entendu ? " Elle m'a expliqué qu'elle n'avait pas le téléphone. Incroyable, non ? Je lui ai alors offert de se servir du mien, mais elle n'a pas voulu. Quand j'ai vu qu'elle n'allait pas le faire, j'ai dit : " OK, je m'en charge ", et je vous ai appelés, quoi.

– Elle n'a mentionné personne qu'elle aurait vu dans les bois ? À ce moment-là ou à une autre occasion, près de l'endroit où se trouvait le corps ?

– Non. Elle n'a pas beaucoup parlé, vous comprenez. *Vraiment parlé*, je veux dire. Elle émettait toutes sortes de petits cris, mais pas de paroles articulées. »

En plus des autres moyens utilisés pour garder trace de cette déposition, Wexford prenait quelques notes, lorsque son stylo à bille cessa soudain d'écrire ; la pointe laissait des sillons sur le papier, sans déposer d'encre. Il releva les yeux, tendit la main vers le pot contenant les stylos à côté du cactus laineux, et aperçut Daisy. Elle était venue jusqu'aux écuries et se tenait sur le seuil, à l'intérieur de la pièce, regardant tout autour d'elle d'un air plutôt nostalgique.

Elle le vit avec une fraction de seconde de retard et vint aussitôt vers lui, un sourire aux lèvres, les deux mains tendues, comme s'il s'agissait d'une visite amicale prévue depuis longtemps. Elle se trouvait, en réalité, dans un poste de police, tous ces gens étaient des policiers en train d'enquêter sur une affaire de meurtre, mais cela ne l'avait pas dissuadée le moins du monde. Elle n'en tirait aucune conclusion et les raisons qui auraient fait hésiter des personnes mieux informées lui échappaient complètement.

« Vous m'avez proposé de venir, l'autre jour, et j'ai refusé. J'étais fatiguée, je voulais être seule ou je ne sais quoi. Mais c'était vraiment grossier, je m'en suis rendu compte après. Alors aujourd'hui, je me suis dit : tiens, je vais aller voir. Et me voilà ! »

Karen semblait scandalisée et Barry Vine ne l'était guère moins. Le fait que ces écuries transformées en bureau soient aussi accessibles présentait quelques inconvénients.

« Je me ferai un plaisir de vous accompagner pour une visite guidée dans dix minutes, répondit Wexford. En attendant, l'inspecteur adjoint Vine va vous montrer comment marche notre ordinateur. »

La jeune fille regarda Thanny Hogarth. Un simple coup d'œil avant de se détourner, mais interrogateur et plein de curiosité.

« Venez par ici, je vous prie, lui dit Barry Vine. Vous allez voir comment le terminal est relié par téléphone au poste central. »

Wexford eut l'impression que Daisy n'avait pas tellement envie de le suivre, mais comprenait qu'elle n'avait guère le choix.

« Qui est-ce ? demanda Thanny.

— Davina — enfin, Daisy Jones. Elle habite dans la maison.

— C'est la fille sur laquelle on a tiré, vous voulez dire ?

— Oui. J'aimerais que vous relisiez votre déposition, s'il vous plaît, et que vous la signiez, si tout vous semble correct. »

Au milieu de sa lecture, Thanny leva les yeux de la feuille de papier pour regarder de nouveau Daisy, à qui Vine expliquait comment formater des disquettes. Un vers traversa l'esprit de Wexford : *Quelle est cette dame qui enrichit ainsi la main de ce chevalier ?* Roméo et Juliette... Oui, pourquoi pas ?

« Merci beaucoup. Je ne vous retiendrai pas plus longtemps. »

Mais Thanny ne semblait pas pressé de s'en aller. Il demanda si l'on pouvait lui faire une démonstration de l'ordinateur, à lui aussi. Cela l'intéressait parce qu'il envisageait de se séparer de sa machine à écrire. Wexford, qui ne serait pas parvenu au poste qu'il occupait s'il n'avait su se tirer de ce genre de situation, répondit que non, désolé, ils étaient bien trop occupés.

Haussant les épaules, Thanny se dirigea tranquillement vers la porte, devant laquelle il s'attarda un instant, comme plongé dans une profonde réflexion. Il aurait pu rester là jusqu'au départ de la jeune fille si Pemberton ne lui avait pas ouvert et montré fermement la sortie.

« Qui est-ce ? demanda Daisy.

— Un certain Jonathan Hogarth, étudiant américain.

— Quel joli nom ! J'aime bien quand il y a des *th*. » Un instant, elle eut exactement, de façon déconcertante, le même ton que sa grand-mère – du moins tel que l'imaginait Wexford. « Où habite-t-il ?

– Dans un cottage de Pomfret Monachorum. Il est venu ici faire une maîtrise d'écriture créative à l'Université du Sud. »

Wexford vit que Daisy semblait mélancolique. Si ce genre-là vous plaît, avait-il envie de lui dire, allez donc à l'université et vous en rencontrerez des quantités comme lui. Mais il ne dit rien. Tout paternel qu'il se sentît, le vrai père de la jeune fille, c'était Gunner Jones, et celui-ci se moquait bien qu'elle aille étudier à Oxford ou fasse le trottoir.

« Je suppose que je n'utiliserai jamais plus cet endroit, continua-t-elle. Ou, du moins, pas comme une retraite personnelle. Ce serait inutile et cela ferait bizarre, maintenant que j'ai la maison tout entière. Mais j'en garderai toujours un bon souvenir. » Elle parlait comme quelqu'un de soixante-dix ans – sa grand-mère de nouveau – se penchant sur sa lointaine jeunesse. « C'était vraiment agréable de se retrouver ici en rentrant de l'école. Je pouvais aussi y amener mes amis, vous savez. Personne ne venait nous déranger. Pourtant, je suis sûre que je n'ai pas su l'apprécier, à l'époque, autant que j'aurais dû. (Elle regarda par la fenêtre.) Ce garçon est venu à bicyclette ? J'en ai vu une appuyée contre le mur.

– Oui. Ce n'est pas tellement loin.

– Si on connaît le chemin à travers bois, mais je ne pense pas que ce soit le cas. Surtout à vélo. »

Après son départ, Wexford se permit de rêver un peu. Imaginons qu'ils se soient vraiment plu, ces deux-là. Thanny pourrait lui téléphoner, ils se reverraient et... qui sait ? Pas question de mariage. Rien de sérieux. Ce n'est pas ce qu'il souhaitait pour Daisy à son âge. Mais voir Nicholas Virson se casser le nez et Daisy passer de son refus d'Oxford à un réel enthousiasme, quel plaisir ce serait !

Gunner Jones rentra chez lui un peu plus tôt que prévu. Il était parti pour York chez des amis dont Burden, au téléphone, lui demanda le nom et l'adresse, mais Jones ne voulut donner aucun détail. En attendant, l'inspecteur avait appris de la police de Londres que, loin d'être incapable de manier une arme, il était en fait membre d'un club de tir au nord de la capitale, le North London Gun Club, et qu'on lui avait délivré deux permis pour des armes à feu – un fusil et un revolver – qui faisaient l'objet de contrôles de police réguliers.

Le revolver était un Smith & Wesson modèle 31, et non un Colt, mais tout cela amena quand même Burden à demander fermement à Jones de venir se présenter au poste de police de Kingsmarkham. L'autre commença là aussi par refuser, avant de sentir, au ton de l'inspecteur, qu'il n'avait en fait guère le choix.

Au poste central, et non à *Tancred House*. Wexford lui parlerait dans l'austérité d'une salle d'interrogatoire, mais pas ici, à un jet de pierre de sa fille ! L'inspecteur principal rentra chez lui par la route de Pomfret Monachorum, sans savoir du tout ce qui le poussait à prendre ce chemin, beaucoup plus long, et qui faisait un grand détour. Peut-être la beauté du coucher de soleil ou, raison plus pratique, le désir d'éviter, en conduisant vers l'est, d'aller tout droit vers cette boule rouge en flammes dont les rayons éblouissants, pénétrant dans la forêt, l'aveuglaient de leur lumière. À moins que ce ne fût tout simplement pour voir si le printemps avait commencé à voiler les jeunes arbres de verdure.

Au bout de huit cents mètres, il les aperçut. Il ne vit pas la Land Rover. Elle était cachée dans le bois ou restée au garage, aujourd'hui, et John Gabbitas ne portait pas ses vêtements de protection. Il n'avait ni tronçonneuse ni aucun autre outil. L'homme était en jean et grosse veste de chasse, et Daisy en jean également, avec un gros pull-over. On ne les voyait au loin, en lisière d'une plantation récente de jeunes arbres, que parce qu'il y avait là, par hasard, une trouée dans la forêt, une sorte de voie dégagée. Ils parlaient ensemble, tout près l'un de l'autre, et n'entendirent pas la voiture.

Nimbés d'or rouge dans le soleil, ils ressemblaient à des personnages ajoutés d'un coup de pinceau dans un paysage, leurs ombres noires s'allongeant sur l'herbe rougie. Wexford vit Daisy poser la main sur le bras de Gabbitas – geste aussitôt copié par son ombre – et poursuivit son chemin.

21

Un forestier utilise de la corde. Burden se souvenait d'une opération de « chirurgie » sur un arbre dont il avait été témoin dans le jardin d'un voisin. Cela se passait à l'époque de son premier mariage, quand ses enfants étaient petits. Ils avaient tous regardé, depuis une fenêtre à l'étage, l'arboriculteur s'encorder à l'une des grosses branches du saule avant de commencer à en scier une autre, qui était morte.

L'inspecteur ne savait pas si John Gabbitas travaillait ou non le samedi, mais il fit en sorte d'arriver tôt au cottage, à tout hasard. Il n'était que huit heures et demie, passées d'une ou deux minutes. Plusieurs coups de sonnette ne réussirent pas à réveiller Gabbitas. Il dormait encore, ou était déjà sorti.

Burden contourna la maison et alla regarder les diverses installations qui se trouvaient derrière : un bûcher, une remise pour ranger les machines et un abri destiné à protéger le bois de l'eau pendant qu'il séchait. Tout cela avait été fouillé au début de l'enquête. Mais que cherchait-on, à ce moment-là ?

Gabbitas apparut au moment où l'inspecteur revenait vers le devant de la maison. Il n'avait pas l'air d'arriver de l'allée traversant la pinède, mais plutôt de sortir directement des bois, de cette zone plantée d'arbres qui s'étendait au sud des jardins. Au lieu de ses bottes de travail, il portait des chaussures de sport et, à la place de ses vêtements de protection ou même de sa grosse veste, un jean et un pull sous lequel il semblait ne pas avoir mis de chemise.

« Puis-je savoir d'où vous venez, Mr. Gabbitas ? »

Celui-ci parut offensé.

« Je me promenais, répondit-il sèchement, d'un ton brusque.

— Belle matinée pour la promenade, commenta paisiblement Burden. Je voulais vous poser une question. Est-ce que vous utilisez de la corde, dans votre métier ?

– Quelquefois. » Gabbitas, l'air soupçonneux, parut sur le point de demander pourquoi mais se ravisa – ou bien se souvint de la façon dont Andy Griffin était mort. « Je ne m'en suis pas servi ces derniers temps, mais j'en ai toujours une sous la main. » Comme le pensait l'inspecteur, le forestier avait en effet l'habitude de s'encorder à l'arbre si le travail à faire se situait au-delà d'une certaine hauteur ou présentait un danger quelconque. « Elle est dans la remise, précisa-t-il. Je sais exactement où. Je la retrouverais même dans le noir. »

Eh non ! Ni dans le noir ni en plein jour. La corde avait disparu.

Wexford, qui s'était déjà demandé d'où Daisy tenait certains détails physiques qu'elle n'avait pas directement hérités de Davina Flory, les retrouvait maintenant de façon troublante chez l'homme assis en face de lui. Enfin, cela n'avait rien de si troublant, peut-être ! Gunner Jones était son père, et la ressemblance était frappante pour tous ceux qui ne se limitent pas à des comparaisons de taille et de couleur d'yeux ou de cheveux. Jones et sa fille avaient ce même regard de côté, avec le coin de l'œil et de la bouche un peu relevé, la lèvre supérieure assez courte, la même courbe des narines, et les mêmes sourcils rectilignes qui ne s'incurvaient qu'au niveau des tempes.

La corpulence de Jones dissimulait tout autre trait qu'ils auraient pu avoir en commun, lui et sa fille. L'homme était grand, gros et lourd, avec un air agressif. Quand on l'amena dans la salle d'interrogatoire où l'attendait Wexford, il se comporta comme s'il était en visite ou même chargé d'aller enquêter au front. En voyant la fenêtre – qui donnait sur une cour à l'arrière servant à entreposer les poubelles –, il fit remarquer d'un ton jovial que, décidément, le coin avait changé de façon incroyable depuis son départ.

Il y avait une assurance insolente dans sa façon de parler, se dit Wexford. Ignorant la main qu'on lui tendait avec une fausse cordialité, l'inspecteur principal fit semblant d'étudier un dossier posé devant lui sur la table.

« Asseyez-vous, je vous prie, Mr. Jones. »

La salle d'interrogatoire était un cran au-dessus de celles

que l'on voit d'habitude. Les murs n'étaient pas en béton brut blanchi à la chaux ; la fenêtre avait un store et non une grille en fer ; le sol n'était pas en ciment, mais carrelé ; et les chaises des deux hommes avaient un siège et un dossier rembourrés. Mais l'on n'avait rien fait pour qu'elle ressemblât à un « bureau », et un officier de police en uniforme se tenait assis près de la porte. Il s'agissait de l'agent Waterman, qui essayait de prendre un air insouciant et de donner l'impression que se trouver là, dans un coin de cette pièce lugubre du poste de police, était son occupation favorite le samedi matin.

Wexford ajouta une note sur les papiers qu'il consultait, la relut, releva les yeux et attaqua son interrogatoire par des questions sur Joanne Garland. Il lui sembla que Jones était surpris, même déconcerté, comme s'il ne s'attendait pas à cela.

« Oui, on était amis, autrefois, répondit-il. Elle avait épousé mon copain Brian. On sortait ensemble de temps en temps. À deux couples, je veux dire. Moi avec Naomi, et elle avec Brian. En fait, quand je vivais ici, je travaillais pour lui. J'étais représentant de commerce dans sa société. Je me suis claqué la jambe, comme vous le savez peut-être, et le monde du sport m'a été fermé à l'âge encore tendre de vingt-trois ans. Sale coup, non ? »

Wexford, considérant la question comme purement rhétorique, lui demanda : « Quand avez-vous vu Mrs. Garland pour la dernière fois ? »

Jones eut un rire bruyant.

« La dernière fois ? Je ne l'ai pas vue depuis, je ne sais pas, dix-sept ou dix-huit ans ! Quand ma femme et moi avons rompu, elle a pris le parti de Naomi, ce qu'on pourrait sans doute appeler de la loyauté. Puis Brian a fait pareil, et fini, plus de boulot ! Je ne sais pas comment vous appelez ça, mon ami, mais là, je considère que c'était de la trahison. Ils n'avaient pas de mots assez durs pour parler de moi, tous les deux. Pourtant, qu'est-ce que j'avais fait ? Pas grand-chose, je vous assure. Je la battais ? J'allais avec d'autres femmes ? Je buvais ? Mais non, rien de tout ça ! Simplement, cette sacrée vieille garce avait fini par me rendre cinglé au point que je ne pouvais pas tenir un jour de plus.

– Vous n'avez pas revu Mrs. Garland depuis cette époque ?

– Puisque je vous le dis ! Je ne l'ai pas revue et je ne lui ai pas parlé. Pourquoi je l'aurais fait, d'ailleurs ? Qui c'était, pour moi, Joanne ? Jamais eu envie d'elle, pour commencer. Comme vous pouvez le deviner, les bonnes femmes autoritaires qui se mêlent de tout ne m'excitent pas tellement. En plus, elle avait bien dix ans de plus que moi. Je n'ai pas revu Joanne et je ne suis jamais revenu ici depuis le jour où j'en suis parti.

– En tout cas, vous avez été en contact, déclara Wexford. Vous avez récemment reçu une lettre de Mrs. Garland.

– C'est elle qui vous l'a dit ? »

Il aurait mieux fait de ne pas poser la question. Wexford ne le trouvait pas très bon comédien, avec ses airs fanfarons et cette façon de toujours se rebiffer immédiatement. Mais peut-être ne jouait-il pas, en fait.

« Joanne Garland a disparu, Mr. Jones. Personne ne sait où elle est. »

Il eut une expression d'incrédulité poussée à l'extrême, comme un personnage de bande dessinée d'horreur face à un désastre.

« Oh, ce n'est pas *vrai* !

– Elle a disparu depuis le soir du massacre de *Tancred House*. »

Gunner Jones fit la moue et haussa lourdement les épaules. Il n'avait plus l'air surpris, mais coupable. Wexford savait toutefois que cela ne voulait rien dire. C'était l'air normal de quelqu'un qui n'a pas l'habitude d'être franc et honnête. Jones fixa Wexford, mais cilla très vite et dut baisser les yeux.

« J'étais dans le Devon, déclara-t-il. On ne vous l'a peut-être pas dit. Je suis allé pêcher dans un endroit du nom de Pluxam, sur la Dart.

– Nous n'avons trouvé personne pour confirmer le fait que vous étiez là-bas du 11 au 12 mars, comme vous le dites. J'aimerais que vous nous donniez le nom de quelqu'un qui pourrait nous le certifier. Vous prétendez, de plus, n'avoir jamais eu un revolver entre les mains. Pourtant, vous êtes membre du North London Gun Club et détenez deux permis pour armes à feu.

– C'était une plaisanterie, dit Gunner Jones. Enfin, quand même, je suis sûr que vous me comprenez ! S'appeler Gunner et n'avoir jamais tenu un revolver, c'est rigolo, non ?

– Je crois que nous n'avons pas le même sens de l'humour, Mr. Jones. Parlez-moi de cette lettre que vous avez reçue.

– Laquelle des deux ? demanda-t-il, avant de continuer, comme s'il n'avait pas posé la question : Aucune importance, car elles disaient la même chose. Joanne m'a écrit il y a trois ans – quand j'ai divorcé de ma seconde femme – pour m'inciter à me remettre avec Naomi. Je ne sais pas comment elle avait appris mon divorce, quelqu'un lui en aura parlé, nous avons encore quelques amis communs. Elle m'expliquait que maintenant que j'étais " libre ", pour reprendre son mot, rien ne nous empêchait, Naomi et moi, de " reconstruire notre mariage ". Je vais vous dire une chose. Je crois que, de nos jours, quand les gens écrivent, c'est qu'ils ont peur de s'exprimer par téléphone. Elle savait comment j'aurais réagi si elle m'avait appelé.

– Vous lui avez répondu ?

– Sûrement pas, mon vieux. J'ai mis sa lettre à la poubelle. » Son visage prit soudain une expression incroyablement sournoise. Une vraie mimique de comédie, sûrement inconsciente, d'ailleurs. Il n'avait aucune idée de l'air faux qu'il avait lorsqu'il mentait. « J'en ai reçu une autre dans ce genre-là il y a un mois environ. Peut-être plus. Elle a suivi le chemin de la première. »

Wexford commença à l'interroger sur ses vacances de pêche et ses prouesses de tireur. Il s'y prit de la même façon que lorsqu'il avait amené le sujet de la lettre et, au début, récolta les mêmes réponses évasives. Jones refusa longtemps de lui dire où il était, à York, avant de céder enfin et d'admettre, d'un ton maussade, qu'il avait une amie là-bas – dont il donna le nom et l'adresse.

« En tout cas, je ne suis pas près de sauter le pas avec elle.

– Cela fait donc maintenant bientôt dix-huit ans que vous n'êtes pas revenu à Kingsmarkham ?

– Exact.

– Même pas le lundi 13 mai de l'année dernière, par exemple ?

– Ni ce jour-là, par exemple, ni aucun autre. »

Au milieu de l'après-midi, deux heures après qu'on leur eut monté de la cantine des sandwiches pour le déjeuner, Wexford demanda à Jones de faire une déposition, avant de conclure intérieurement, avec réticence, qu'il devait le laisser partir. Il n'avait aucune preuve tangible permettant de le retenir davantage, et Jones parlait déjà « de faire venir un avocat », indiquant par là, se dit l'inspecteur principal, qu'il en avait plus appris sur le crime par les téléfilms américains que par expérience personnelle. Mais il jouait peut-être la comédie, encore une fois.

« Tant que j'y suis, je pourrais peut-être appeler un taxi et aller voir ma fille. Qu'est-ce que vous en dites ? »

Wexford répondit d'un ton neutre que cela ne regardait que lui, naturellement. L'idée ne plaisait guère à l'inspecteur, mais il ne doutait pas que Daisy fût en parfaite sécurité. L'endroit grouillait de policiers, les écuries étant encore occupées par tous ses hommes. Il appela Vine avant d'aller là-bas, toutefois, pour l'avertir.

En définitive, Gunner Jones, qui était arrivé en train, retourna aussitôt à Londres par le même moyen, acceptant sans aucune résistance la proposition que lui firent les policiers de le conduire à la gare de Kingsmarkham. Wexford ne parvenait pas à se faire une idée de cet homme. Était-il vraiment très intelligent ou fondamentalement stupide ? Il en conclut que Jones faisait partie de ces gens pour qui il est aussi légitime de mentir que de dire la vérité. Entre les deux, ils choisissent ce qui leur facilite la vie.

Il commençait à se faire tard et on était samedi, mais l'inspecteur se fit tout de même reconduire à *Tancred*. Une autre composition florale était accrochée au montant de droite du portail principal. Qui pouvait bien offrir toutes ces fleurs ? se demanda-t-il. C'était un cœur composé de boutons de roses rouge sombre, cette fois. Une série de personnes, ou toujours la même ? Il descendit de voiture pour aller voir, pendant que Donaldson ouvrait la barrière. Mais sur la carte ne figurait que ce message : « Bonne nuit, douce dame », sans nom ni signature.

À mi-chemin de la route qui coupait le bois, un renard traversa devant eux, mais assez loin pour que Donaldson n'ait pas à freiner. L'animal disparut dans les épais fourrés, presque verts maintenant. Sur les talus, de chaque côté, dans l'herbe et la végétation nouvelle d'avril, les primevères commençaient à éclore. Par la vitre ouverte de la voiture, Wexford sentait une odeur de printemps dans l'air doux et frais. Il pensait à Daisy, après la peur qu'il avait éprouvée à l'idée que son père pût lui rendre une visite surprise. Mais il y pensait, à vrai dire – analysa-t-il soigneusement –, sans anxiété excessive, sans frayeur passionnée ni amour absolu.

Il en fut un peu secoué. Aucun désir profond en lui de voir Daisy. Nul besoin d'être à ses côtés, de lui faire jouer le rôle de sa fille pour se sentir son père et qu'elle le reconnaisse comme tel. L'inspecteur y voyait plus clair, maintenant. Peut-être parce qu'il n'avait éprouvé ni horreur ni colère quand Gunner Jones avait annoncé son intention de venir ici. Il avait été ennuyé, seulement, et aussitôt sur ses gardes car il avait de l'affection pour Daisy, mais ne l'aimait pas d'amour.

Cette expérience lui avait appris quelque chose. Wexford venait en effet de découvrir la différence, l'énorme distinction qui existait entre l'affection et l'amour. Daisy s'était trouvée là quand Sheila, pour la première fois de sa vie, lui avait fait défaut. Mais n'importe quelle jolie jeune femme chaleureuse et lui témoignant quelque amitié aurait pu tenir le même rôle.

Il avait déjà eu sa part d'amour – pour sa femme, ses enfants et ses petits-enfants, c'est tout – et n'en aurait pas davantage. Il ne voulait rien de plus. Ce qu'il ressentait à l'égard de Daisy, c'était une tendre estime et l'espoir que tout irait bien pour elle.

Wexford était en train de se formuler cette dernière réflexion lorsqu'il aperçut, par la fenêtre de la voiture, une silhouette qui courait au loin parmi les arbres. La journée était claire et de grands rayons de lumière tombaient partout dans la forêt en lignes obliques et voilées de brume, même dans les endroits les plus opaques. La vision s'en trouvait plus gênée que facilitée, et l'inspecteur ne put distinguer de qui il s'agissait. Apparemment joyeuse et pleine d'abandon, la personne courait dans des espaces bien dégagés à la vue, avant de plonger dans ces pans de lumière dense pour en émerger à nouveau un instant. Impossible de dire si la fuyante silhouette était celle d'un homme ou d'une femme, jeune ou d'âge moyen – l'inspecteur savait seulement avec certitude que ce n'était pas quelqu'un de vieux. Elle disparut plus ou moins en direction de l'arbre du pendu.

Quand le téléphone sonna, Gerry Hinde était en train de demander à Burden s'il avait vu les fleurs au portail. On n'en trouvait jamais de pareilles chez les fleuristes. Quand il voulait en offrir à sa femme, par exemple, elles étaient toujours en paquet, pas très jolies à voir, et il fallait les arranger dans un vase. Son épouse n'aimait pas beaucoup que les gens lui en apportent, disait-elle, parce qu'il fallait toujours, même si l'on était occupé à autre chose, commencer par les mettre dans l'eau – ce qui pouvait quelquefois attendre une éternité, si elle préparait le dîner ou couchait un des enfants justement à ce moment-là.

« Ce serait utile à savoir, à quel endroit cet inconnu achète ces fleurs. Présentées de cette façon, je veux dire. »

Burden se garda bien de dire qu'à son avis elles étaient sûrement au-dessus des moyens de son collègue et décrocha l'appareil.

Il était encore très marqué par la morale puritaine : on ne devait pas prendre sa voiture si on pouvait faire le trajet à pied, et notamment, téléphoner à ses voisins constituait presque un péché. Lorsque Gabbitas expliqua qu'il se trouvait chez lui, dans son cottage, Burden faillit donc demander d'un ton coupant pourquoi il ne se déplaçait pas, s'il avait quelque chose à dire. Mais il fut arrêté par une note de gravité dans la voix du forestier. Celui-ci semblait avoir reçu un choc.

« Pourriez-vous venir, s'il vous plaît ? Et amener un autre policier avec vous ? »

Burden aurait pu lui répondre qu'il paraissait bien loin de désirer sa présence, ce matin, mais s'en abstint.

« Donnez-moi une idée de ce qui vous arrive, voulez-vous ?
– J'aimerais mieux attendre que vous soyez là. Cela n'a

rien à voir avec la corde. (Sa voix trembla un peu, et il continua, mal à l'aise :) Je n'ai pas trouvé de corps. Rien de pareil... »

Nom d'un chien ! se dit Burden en raccrochant.

Il sortit dans la cour et passa devant la maison. La voiture de Nicholas Virson était garée sur les dalles et le soleil brillait fort, encore, même s'il était maintenant très bas dans le ciel. Les rayons obliques transformaient la voiture qui approchait sur la grande allée, à la sortie du bois, en globe éblouissant d'un blanc incandescent, que l'inspecteur ne pouvait pas regarder en face. Elle s'arrêta non loin de lui pour en laisser descendre Wexford, avant même qu'il ait pu voir qui c'était.

« Je vais venir avec vous.

– Il m'a dit d'amener quelqu'un. Il a un certain toupet, je trouve. »

Ils prirent la petite route qui traversait la pinède. De chaque côté, le soleil paisible du début de soirée éclairait les teintes changeantes des conifères – flèches lisses, cônes dentelés, sapins de Noël des épicéas, cèdres aux larges branches étalées –, verts, bleus, argent, or et presque noirs. La lumière tombait en colonnes droites ou se découpait en bandes entre ces formes symétriques, et l'on respirait un arôme puissant, mêlé d'une odeur de goudron.

Le sol était sec et plutôt glissant sous les pieds, car les aiguilles brunes recouvraient aussi bien la surface de la route que les irrégularités de la terre dans le bois. Le ciel faisait une vaste coupole d'un blanc-bleu aveuglant au-dessus de leur tête. Quelle chance avaient ces Harrison et John Gabbitas de vivre ici ! se dit Wexford. Et comme ils devaient redouter de tout perdre ! L'inspecteur se souvint, avec une sensation de malaise, de son trajet de retour la veille au soir. Du forestier et de Daisy côte à côte dans cette allée éclairée par le soleil couchant. Une fille pouvait très bien poser la main sur le bras d'un homme et lever les yeux vers lui de cet air confiant sans que cela ne signifie rien. Ils étaient très loin de la voiture, et Daisy était quelqu'un qui « touchait » beaucoup. Elle avait tendance à toucher les gens à qui elle parlait, à leur poser un doigt sur le poignet ou à leur effleurer légèrement le bras d'un geste qui ressemblait à une caresse...

John Gabbitas les attendait dans le jardin devant sa maison, pianotant de la main droite avec une impatience frénétique, comme s'il trouvait intolérablement long le temps qu'ils avaient mis à arriver.

Une fois de plus, Wexford fut frappé par le côté spectaculaire de sa beauté physique. S'il avait été une femme, on aurait pu parler de gâchis, de la voir enterrée dans un lieu pareil. Mais ce genre de commentaire ne s'appliquait pas aux hommes, en fait. Cela rappela soudain à l'inspecteur principal les remarques du Dr Perkins sur Harvey Copeland. Gabbitas les fit entrer dans la petite maison et les amena jusqu'au salon, où, du même doigt nerveux qui, tout à l'heure, battait la mesure, il leur désigna un objet posé sur un tabouret recouvert de raphia tissé, au milieu de la pièce.

« Qu'est-ce que c'est, Mr. Gabbitas ? interrogea Burden. Que se passe-t-il ?

– Je l'ai trouvé. Voilà ce que j'ai trouvé.

– Où donc ? Là où il est maintenant ?

– Dans un tiroir. Dans la commode. »

C'était un gros revolver gris plomb, avec le canon d'un métal légèrement plus pâle et plus brun. Ils le regardèrent un moment en silence.

« C'est vous qui l'avez mis là ? » demanda Wexford.

Gabbitas hocha la tête.

« Vous savez, bien sûr, que vous n'auriez pas dû y toucher ?

– OK. Maintenant, je le saurai. J'ai eu un choc en ouvrant ce tiroir. Je range du papier et des enveloppes là-dedans. C'est la première chose que j'ai vue, posée sur un paquet de feuilles pour imprimante. D'accord, je n'aurais pas dû y toucher, mais j'ai réagi de façon instinctive.

– Est-ce que nous pouvons nous asseoir, Mr. Gabbitas ? »

Le forestier leva les yeux et hocha la tête, l'air furieux, comme stupéfait de la banalité d'une telle demande à un moment pareil.

« C'est bien l'arme avec laquelle ils ont tous été tués, non ?

– Peut-être que oui, peut-être que non, répondit Burden. C'est ce qu'il nous faudra établir.

– Je vous ai téléphoné dès que je l'ai trouvée.

– Dès que vous l'avez retirée de l'endroit où vous l'avez trouvée, plutôt. Il devait être dix-sept heures cinquante. Quand avez-vous regardé dans le tiroir avant cela ?

– Hier, répondit Gabbitas après une légère hésitation. Hier soir. Vers neuf heures. J'allais écrire une lettre. À mes parents, dans le Norfolk.

– Et le revolver ne s'y trouvait donc pas à ce moment-là ?

– Bien sûr que non ! s'écria le forestier d'une voix maintenant chargée d'exaspération. Je vous aurais appelés ! Il n'y avait rien d'autre dans le tiroir que ce que j'y mets d'habitude. Du papier, un bloc de correspondance, des enveloppes, des cartes. Ce genre de choses. En tout cas, pas de revolver. Vous ne comprenez donc rien ? Je ne l'ai jamais vu avant ce soir.

– Très bien, Mr. Gabbitas. À votre place, j'essaierais de rester calme. Avez-vous écrit à vos parents, finalement ?

– J'ai posté la lettre à Pomfret cet après-midi, répliqua Gabbitas, impatienté. Où j'ai passé la journée à abattre un arbre mort, un sycomore, en plein centre-ville. J'avais deux jeunes du service municipal pour m'aider. Nous avons terminé à quatre heures et demie. J'étais de retour ici à cinq heures.

– Et cinquante minutes plus tard, vous avez ouvert le tiroir parce que vous vouliez écrire une autre lettre ? Vous êtes un correspondant plein d'ardeur, semble-t-il. »

Gabbitas s'en prit à Burden avec une rage à peine contenue.

« Écoutez, je n'étais pas obligé de vous en parler ! J'aurais pu jeter ce revolver aux ordures, et personne ne l'aurait jamais su. Je n'y suis pour rien. Je l'ai trouvé, tout simplement, à l'endroit où *quelqu'un d'autre a dû aller le mettre*. Quand j'ai ouvert ce tiroir, si vous voulez le savoir, je cherchais un bout de papier sur lequel écrire une facture pour le travail que j'avais effectué aujourd'hui. Adressée au service de l'environnement du conseil municipal. C'est ce que je fais toujours. Il le faut bien. Je ne peux pas laisser cela traîner des semaines et des semaines. Je dois gagner ma vie.

– Parfait, Mr. Gabbitas, dit Wexford. Mais il est regrettable que vous ayez manipulé cette arme. Vous étiez mains nues, je suppose ? Bien sûr. Je vais appeler l'officier de police

Archbold pour qu'il vienne s'en occuper. Il est préférable de laisser cela à une personne autorisée. »

Gabbitas se tenait penché en avant, les coudes sur les bras de son fauteuil, l'air grincheux et agressif, comme quelqu'un qui n'a pas reçu des autorités les remerciements qu'il espérait pour ses services. On pouvait envisager deux possibilités, se dit Wexford. L'une, que le forestier était coupable – uniquement d'avoir possédé l'arme, peut-être, mais au moins cela, et qu'il avait peur de la garder. L'autre, qu'il ne se rendait absolument pas compte de la gravité de cette affaire et de ce que cela signifierait si l'on découvrait que le revolver posé sur le tabouret était bien l'arme du crime.

« Vous avez été absent toute la journée ? lui demanda-t-il après avoir téléphoné.

– Oui, je vous l'ai dit. Et je peux vous donner les noms de douzaines de témoins qui vous le confirmeront.

– Dommage que vous ne puissiez pas nous en indiquer un seul pour prouver à quel endroit vous vous trouviez le 11 mars, soupira l'inspecteur principal. Bon. J'imagine qu'il n'y a aucun signe d'effraction ? Qui d'autre possédait une clé de la maison ?

– Personne, que je sache. » Gabbitas hésita, puis corrigea aussitôt ce qu'il venait de dire. « Enfin, on n'a pas changé la serrure quand je suis venu m'installer. Les Griffin ont peut-être gardé une clé. La maison n'est pas à moi. Elle ne m'appartient pas. Je pense que miss Flory ou Mr. Copeland en avaient une. » De plus en plus de noms semblaient lui venir à l'esprit. « Les Harrison aussi, entre le moment où les Griffin sont partis et celui où je suis arrivé. Je ne sais pas ce qu'elle est devenue. Je ne sors jamais sans fermer la porte à clé. Je fais très attention.

– Autant ne pas vous donner cette peine, Mr. Gabbitas, répliqua sèchement Burden. Apparemment, cela ne sert pas à grand-chose. »

Tu as perdu une corde et trouvé un revolver, songea Wexford quand il se retrouva seul avec le forestier.

« J'imagine que c'est à peu près pareil pour la remise, dit-il tout haut. Beaucoup de gens ont la clé ?

– La porte n'a pas de serrure.

– Donc, c'est réglé. Vous êtes arrivé ici en mai dernier, Mr. Gabbitas ?

– Début mai, oui.

– Vous avez un compte courant, je suppose ? »

Gabbitas lui indiqua le nom de sa banque sans aucune hésitation.

« Dès que vous êtes venu à Kingsmarkham, vous avez immédiatement changé d'agence, alors ? Bien. Était-ce avant ou après le meurtre de l'officier de police ? Vous en souvenez-vous ? Avant ou après que l'inspecteur adjoint Martin ne se fasse tuer dans cette même agence ?

– Avant. »

Wexford eut l'impression que l'homme était mal à l'aise, mais il avait l'habitude que son imagination lui joue ce genre de tour.

« Le revolver que vous venez de trouver est, presque à coup sûr, l'arme de ce crime. » Il surveillait le visage de Gabbitas mais ne put y lire qu'une sorte d'attention neutre portée à ses paroles. « Parmi les clients qui se trouvaient dans la banque ce matin-là, le 13 mai, tous ne sont pas venus faire une déposition à la police. Certains sont partis avant qu'elle n'arrive, et l'un d'eux a emporté ce revolver avec lui.

– Je ne suis au courant de rien. Je n'étais pas dans la banque ce jour-là.

– Mais vous habitiez déjà à *Tancred* ?

– Je suis arrivé le 4 mai », précisa l'autre avec mauvaise humeur.

Wexford, après une pause, reprit sur le ton de la conversation : « Vous aimez bien miss Davina Jones, Mr. Gabbitas ? Daisy Jones. »

Le changement de sujet prit le forestier au dépourvu.

« Mais quel rapport ? s'exclama-t-il, furieux.

– Vous êtes jeune et apparemment libre. Elle est jeune aussi, et jolie. Elle a beaucoup de charme et se trouve maintenant, après ce qui s'est passé, à la tête d'une fortune considérable.

– Je travaille pour elle, c'est tout. D'accord, elle est séduisante. Ce serait l'avis de n'importe quel homme. Mais en ce qui me concerne, c'est quelqu'un pour qui je travaille. Point final. Et peut-être plus pour longtemps, d'ailleurs.

– Vous allez quitter cet emploi ?

– Comment cela, quitter ? Je ne suis pas employé, ici, vous l'oubliez. Je vous ai expliqué que je travaille en indépendant. Que voulez-vous savoir encore ? Je vais vous dire une bonne chose ! La prochaine fois que je trouverai un revolver, je n'irai pas le raconter à la police. Je le jetterai à la rivière.

– À votre place, je ne m'y risquerais pas, Mr. Gabbitas », répondit calmement Wexford.

Dans les pages littéraires du *Sunday Times* figurait un article d'un critique réputé qui parlait des sources qu'il avait réunies pour une biographie de Davina Flory – dont la majeure partie se composait de correspondance. Wexford y jeta un coup d'œil, puis se mit à lire avec un intérêt grandissant.

Nombre de ces lettres se trouvaient auparavant entre les mains de sa nièce de Menton, maintenant décédée. Elles avaient été écrites par Davina à sa sœur, mère de la nièce en question, et révélaient que le premier mariage de Davina avec Desmond Cathcart Flory n'avait jamais été consommé. L'article citait de longs passages témoignant de la tristesse et de l'amère déception de la jeune épouse, le tout dans le style inimitable de Davina, où alternaient simplicité et sens du baroque. Basant sa thèse sur les preuves apportées par des lettres plus tardives, l'auteur se livrait à diverses spéculations pour savoir qui pouvait bien être le père de Naomi Flory.

Voilà qui répondait à une question que s'était posée Wexford. En effet, bien que Davina et Desmond se soient mariés en 1935, l'enfant unique de Davina n'était venu au monde que dix ans plus tard. L'horrible scène à l'hôtel *Cheriton Forest*, quand Casey avait affirmé à voix haute que Davina Flory était encore vierge huit ans après ses noces, lui revint douloureusement en mémoire. Il termina l'article avec un soupir et, continuant sa lecture, tomba sur une double page consacrée au banquet littéraire que le journal avait organisé à

Grosvenor House le lundi précédent. Wexford ne la regarda que parce qu'il espérait voir une photo d'Amyas Ireland qui, invité l'an passé, y assistait peut-être encore cette année.

Le premier visage qui lui sauta aux yeux, au milieu de toute une série de photos, fut celui d'Augustin Casey, assis à table avec quatre autres personnes – c'est bien ce qu'il semblait, du moins. Wexford, se demandant s'il avait, là aussi, craché dans son verre, lut la légende : *De gauche à droite : Dan Kavanagh, Penelope Casey, Augustin Casey, Frances Hegarty, Jane Somers.*

Ils souriaient tous aimablement, excepté Casey, qui ricanait d'un air suffisant et sardonique. Les femmes étaient en robe du soir.

Wexford regarda la photo, relut la légende, parcourut les autres illustrations de ces deux pages et revint à la première. Il sentit la présence silencieuse de Dora derrière son épaule gauche. Elle attendait qu'il pose la question, mais il hésitait, ne sachant comment la formuler, et choisit ses mots avec soin.

« Qui est cette femme, avec la robe qui brille ?

– Penelope Casey.

– Oui, je sais. Je le vois bien. Mais qui est-elle, pour lui ?

– Sa femme, Reg. Il semble qu'il soit retourné auprès d'elle, ou l'inverse.

– Tu étais au courant ?

– Non, mon chéri. Jusqu'à avant-hier, j'ignorais qu'il était marié. Sheila n'ayant pas téléphoné de la semaine, je l'ai appelée. Elle paraissait très bouleversée, mais tout ce qu'elle m'a dit, c'est que la femme de Gus était revenue dans leur appartement et qu'il était parti là-bas pour " discuter du problème ". »

Encore cette expression ! Wexford se mit une main devant les yeux, peut-être pour ne plus voir la photo.

« Comme elle doit être malheureuse, dit-il. Oh ! la pauvre petite... »

22

« Impossible d'affirmer qu'il s'agit de l'arme dont on s'est servi dans le meurtre de la banque le 13 mai, déclara à Wexford l'expert assermenté. Mais c'est bien celle qui a été utilisée à *Tancred House* le 11 mars.

— Vous ne pouvez pas me dire si c'est le même revolver ?

— Il s'agit probablement du même. Le fait qui étaie cette théorie, c'est que le barillet – celui d'un " six coups " classique – peut contenir six balles. L'une d'elles a donc dû être tirée lors du meurtre de la banque, et les cinq autres – celles qui restaient – très vraisemblablement à *Tancred House*. Toutefois, dans une société où l'on se sert très souvent de ce type d'armes pour tuer, on peut difficilement se permettre de conclure trop vite. Mais je crois l'hypothèse plausible, ici.

— Vous ne pouvez cependant pas en être sûr ?

— Non, je vous l'ai dit.

— Pourquoi donc ?

— Le canon a été changé, répondit laconiquement l'expert. Ce n'est pas une opération si complexe, vous savez. Les revolvers de la série Dan Wesson, par exemple, avec leurs différentes longueurs de canons, peuvent tous être modifiés à domicile par un simple amateur. Ce serait plus difficile pour le Colt Magnum. Avant de se lancer là-dedans, il faudrait disposer des outils nécessaires. Ce qui a dû être le cas, d'ailleurs, car il est certain que ce revolver n'avait pas ce canon-là au départ.

— Un armurier aurait-il ces outils ?

— Cela dépend des armuriers, je dirais. La plupart sont spécialistes en fusils.

— Le remplacement du canon expliquerait donc les marques différentes que l'on a relevées sur les balles tirées à *Tancred* et sur celle qui a tué Martin ?

— Exact. C'est pourquoi je dois me contenter de dire que

telle ou telle chose est probable, sans rien pouvoir affirmer
d'absolu. Mais nous sommes quand même à Kingsmarkham
et non dans le Bronx. Il ne doit pas y avoir un nombre illimité
de réserves secrètes d'armes à feu dans la région. C'est surtout
le nombre de balles qui me paraît une indication : une pour
votre malheureux collègue, et les cinq autres pour *Tancred*. Et
aussi le calibre, naturellement. Plus cette intention de brouiller
les pistes. Qu'en pensez-vous ? Le meurtrier n'a pas changé
le canon pour s'amuser. Ce n'était pas un simple divertis-
sement. »

Wexford était furieux. Le soulagement qu'il aurait pu ressentir à l'idée que Sheila était maintenant séparée de cet
homme et ne partait plus pour le Nevada était noyé par la
colère. Pour Casey, elle avait refusé *Mademoiselle Julie*,
changé de vie et même, lui semblait-il, de personnalité, et
voilà que Casey retournait auprès de sa femme !

Wexford n'avait pas encore parlé à sa fille. Quand il
composa son numéro, il n'eut que le répondeur. Fini le ton
joyeux, maintenant. Elle donnait son nom brièvement et
disait de laisser un message – ce qu'il fit, pour lui demander
de rappeler. Comme elle ne téléphonait toujours pas, il en mit
un autre où il lui exprimait tous ses regrets – pour elle, pour ce
qui était arrivé et pour toutes les choses qu'ils avaient dites.

Il passa à la banque en allant travailler. À l'agence où
Martin avait été tué. Ce n'était pas la sienne, mais la plus
proche de l'itinéraire emprunté par Donaldson, et elle disposait d'un petit parking privé à l'arrière. L'inspecteur principal
avait sa carte de crédit Transcend, qui lui permettait de retirer
de l'argent dans toutes les agences de toutes les banques du
Royaume-Uni. Le nom, l'usage abusif de ce mot le faisaient
grincer des dents, mais la carte était bien utile.

Sharon Fraser travaillait toujours là. Ram Gopal, lui, avait
obtenu son transfert. La deuxième personne à la caisse, ce
matin, était une très jeune et jolie Eurasienne. Malgré les réso-
lutions qu'il avait prises, Wexford ne pouvait s'empêcher de
tourner sans cesse les yeux vers l'endroit où son collègue avait
trouvé la mort. Il aurait dû y avoir une marque quelconque, un

souvenir durable de ce qui s'était passé. L'inspecteur s'attendait vaguement à voir encore quelques traces du sang de Martin, tout en se reprochant d'avoir des idées aussi absurdes.

Il y avait une queue de quatre personnes devant lui. Wexford repensa à Dane Bishop, malade et effrayé – peut-être même n'était-il pas sain d'esprit à ce moment-là. Il avait tiré sur Martin d'ici à peu près, avant de jeter le revolver et de s'enfuir en courant. La terreur des gens, les cris, et ces hommes qui, au lieu de rester, s'étaient discrètement glissés dehors... L'un d'eux, qui se tenait peut-être au même endroit que lui maintenant, avait eu, d'après Sharon Fraser, une poignée de billets de banque verts à la main.

Wexford, jetant un coup d'œil derrière lui pour voir jusqu'où allait la queue, aperçut Jason Sebright. Le journaliste essayait de rédiger un chèque debout, au lieu de se servir de l'une des tables de la banque avec un stylo à bille attaché dessus. La femme qui se trouvait devant lui se retourna et l'inspecteur entendit Sebright lui demander : « Ça ne vous dérange pas si j'appuie mon carnet de chèques sur votre dos, madame ? » – ce qui déclencha quelques gloussements gênés.

Le signal lumineux s'alluma au-dessus de Sharon Fraser, et Wexford s'avança vers elle avec sa carte Transcend. Il reconnut le regard qu'elle lui jeta. Un regard d'appréhension, presque hostile, comme s'il était la dernière personne qu'elle eût envie de servir parce que, avec sa profession, ses questions indiscrètes, il menaçait sa vie privée, sa paix d'esprit et, peut-être même, sa vie.

À la mort de Martin, des gens étaient venus à la banque déposer des fleurs à l'endroit où il était tombé, de façon aussi anonyme que l'inconnu qui venait accrocher ces bouquets au portail de *Tancred*. Les derniers que l'on avait apportés étaient morts, noircis par les gelées nocturnes qui les transformaient en nids d'oiseaux désordonnés. Wexford avait demandé à Pemberton de les enlever et de les jeter sur le tas d'ordures de Ken Harrison. D'autres viendraient sûrement les remplacer. Peut-être parce qu'il s'interrogeait exagérément, en ce moment, sur les notions de sentiments et de souffrance et sur les périls de l'amour, l'inspecteur commençait à se demander qui pouvait bien offrir ces fleurs. Un fan ? Un admirateur silencieux – et riche ? Ou quelque chose de plus ? La vue de ces roses fanées lui rappelait les premières lettres de Davina et toutes ces années sans amour avant que Desmond Flory ne parte à la guerre.

En s'approchant de la maison, il vit un ouvrier devant la fenêtre de l'aile ouest, en train de remplacer le panneau en verre de deux cents grammes. C'était une journée paisible et terne. Le genre de temps que les gens de la météo appellent « calme », de nos jours. La brume en suspension dans l'air n'apparaissait que dans le lointain, estompant l'horizon et teintant les bois de bleu de fumée.

Wexford regarda par la fenêtre de la salle à manger. La porte du hall était béante. On avait enlevé les scellés et rouvert la pièce. Sur le plafond et les murs, les éclaboussures de sang étaient encore visibles, mais le tapis avait disparu.

« On va s'y mettre dès demain, patron », dit l'ouvrier.

Daisy commençait donc à faire son deuil, à surmonter l'horreur de cet endroit. La reconstruction était en route. Traversant la partie dallée, l'inspecteur dépassa le devant de la maison en direction de l'aile est et des écuries qui se trouvaient derrière, et vit quelque chose qu'il n'avait pas remarqué en arrivant : la bicyclette de Thanny Hogarth, appuyée contre le mur, à gauche de la porte d'entrée. Un rapide, celui-là ! se dit Wexford, et il se sentit mieux. Plus joyeux. Il avait même envie d'imaginer ce qui allait se passer quand Nicholas Virson arriverait – à moins que Daisy ne soit assez bonne organisatrice de ce genre de choses pour que cela ne se produise pas.

« Je crois qu'Andy a passé les deux nuits ici, lui annonça Burden quand il entra dans les écuries.

– Quoi ?

– Dans une des dépendances. Nous les avons fouillées, bien sûr, quand on a examiné toute la maison, juste après le massacre, mais on ne s'en est plus jamais approché ensuite.

– De laquelle parlez-vous, Mike ? »

Il suivit Burden le long du sentier sablonneux, de l'autre côté de la haute haie. Une courte rangée de cottages mitoyens, pas vraiment en ruine mais pas non plus en très bon état, s'alignait parallèlement à cette haie, bordée d'une petite route – simple piste recouverte de sable. On pouvait tenir ses quartiers ici pendant un mois, comme ils l'avaient fait, sans jamais découvrir leur présence.

« Karen est venue jusqu'ici hier soir, en faisant sa ronde, expliqua Burden. Daisy disait avoir entendu quelque chose. Il n'y avait personne, en fait. Mais Karen, en passant, a regardé par cette fenêtre.

– Elle a éclairé avec sa torche, c'est ça ?

– Je suppose, oui. Il n'y a pas l'électricité dans ces cottages, ni l'eau courante. Aucun confort. D'après Brenda, ils n'y ont mis personne depuis cinquante ans. Enfin, depuis la guerre. Karen a vu quelque chose qui l'a fait revenir ce matin.

– Vu quelque chose... Qu'est-ce que vous voulez dire ? Vous n'êtes pas au tribunal, Mike. Ce n'est que moi, je vous le rappelle.

– Oui, je sais, répondit l'inspecteur avec un geste impatient. De vieux vêtements, une couverture, des restes de nourriture. Entrons. Tout est resté là. »

La porte du cottage n'était pas verrouillée. Ils furent accueillis par des odeurs variées dont la plus puissante était une puanteur ammoniacale de vieille urine. Sur le sol de brique se trouvait un lit de fortune fait d'une pile de coussins sales, de deux vieux manteaux et de quelques haillons non identifiables, avec une bonne couverture épaisse et assez propre. Il y avait deux boîtes de Coca-Cola vides devant la grille de la cheminée et un panier métallique rempli de cendres grises sur lesquelles on avait jeté, sans doute après qu'elles eurent refroidi, une boule de papier froissé ayant enveloppé du poisson et des frites dont l'odeur était légèrement plus désagréable encore que celle de l'urine.

« Vous croyez qu'Andy a dormi ici ?

– On va essayer de trouver des empreintes sur les boîtes de Coca, dit Burden. Oui, il aurait pu. Il devait connaître ces maisons. Et s'il y était bien les deux nuits du 17 et du 18 mars, cela élimine toute autre hypothèse.

– En effet. Comment est-il arrivé ? »

Burden lui fit signe de le suivre à travers la pièce nauséabonde. Il dut baisser la tête tellement le linteau était bas. Après une sombre arrière-cuisine et la porte de derrière, verrouillée en haut et en bas mais pas fermée à clé, se trouvaient un petit jardin en friche entouré de grillages et un espace exigu fermé par des murs – une cave à charbon, peut-être, ou une porcherie. À l'intérieur, à moitié recouverte par une bâche imperméable, il y avait une moto.

« Personne ne l'aurait entendu, dit Wexford. Les Harrison et Gabbitas sont trop loin et Daisy n'était pas rentrée. Elle n'est revenue ici que plusieurs jours après. Il avait l'endroit tout à lui. Mais pourquoi, Mike ? Que voulait-il donc faire ici tout seul ? »

Ils descendirent, sans se presser, le sentier en bordure du bois. On entendit au loin, au sud de la petite route, la plainte stridente de la tronçonneuse de Gabbitas. Les pensées de Wexford revinrent au revolver. À cette manipulation extraordinaire qu'on lui avait fait subir ! Le forestier aurait-il eu les moyens et la technique nécessaires pour changer un canon de revolver ? Disposait-il des outils qu'il fallait ? Sinon, qui d'autre ?

« Pourquoi Andy aurait-il eu envie de dormir ici, Mike ? demanda-t-il.

– Je ne sais pas. Je commence à me demander si cet endroit n'exerçait pas sur lui une fascination particulière.

– Ce n'était pas notre deuxième homme, n'est-ce pas ? Celui que Daisy a entendu sans le voir. Qu'en pensez-vous ?

– Je l'imagine mal dans ce rôle. C'était trop gros pour lui, et pas dans ses cordes. Il faisait plutôt dans le chantage. Le chantage à la petite semaine.

– C'est pour cela qu'on l'a tué, confirma Wexford. Je crois qu'il a commencé à une toute petite échelle, et toujours pour de l'argent liquide. Nous le savons par son livret de Caisse d'épargne. Il se peut qu'il ait opéré assez souvent à partir d'ici, quand ses parents habitaient encore le domaine. Cela m'étonnerait que Brenda Harrison ait été sa première victime. Il a sans doute réussi avec d'autres. Tout ce qu'il avait à faire, c'était de choisir une femme plus vieille que lui et de la menacer d'aller raconter à son mari, à ses amis ou à des parents, qu'elle lui avait fait des avances. De temps en temps, cela devait marcher. D'autres fois non.

– Vous pensez qu'il aurait tenté quelque chose avec les femmes de *Tancred House*? Davina elle-même, par exemple, ou, disons, Naomi? J'entends encore ce ton venimeux qu'il a eu pour me parler d'elles. Et le langage choisi dont il s'est servi!

– Aurait-il osé? Peut-être. C'est quelque chose qu'on ne saura probablement jamais. Qui faisait-il chanter quand il est parti de chez ses parents ce dimanche-là pour venir camper dans cette maison? Le tueur ou l'homme que Daisy n'a pas vu?

– Possible.

– Mais pourquoi fallait-il qu'il soit ici pour le faire?

– Là, c'est plutôt votre théorie que la mienne, Reg. Mais, comme je vous l'ai dit, je crois que cet endroit le fascinait. C'était son chez-lui. Il éprouvait peut-être une amère rancune de s'en être fait renvoyer, l'année dernière. Si ça se trouve, nous découvrirons qu'il passait bien plus de temps ici et dans les bois à espionner le domaine qu'on ne l'aurait cru. Toutes les fois où il s'en allait sans que personne ne sache où, je suis persuadé qu'il venait à *Tancred*. Qui connaissait la maison et les bois aussi bien que lui? Qui aurait été capable de les traverser en voiture sans risquer de s'enliser ou de heurter un arbre? Encore lui!

– Mais, comme nous disions tout à l'heure, on le voit mal dans le rôle du deuxième homme.

– D'accord. Oublions le fait qu'il savait traverser la forêt. Ne pensons plus à une complicité de meurtre. Supposons seulement qu'il ait campé ici le 11 mars. Il comptait y rester deux ou trois jours, mettons, dans un but qui reste à élucider. Il part de chez ses parents à moto, à six heures, et apporte ses affaires au cottage. Il s'y trouve encore – peut-être pas dedans, mais à l'extérieur, en train de rôder ou je ne sais quoi – quand les deux hommes arrivent, à huit heures. Andy voit les malfaiteurs et en reconnaît un. Qu'en dites-vous?

– Pas mal, répondit Wexford. Qui pouvait-il identifier? Gabbitas, oui, sûrement. Même sous un masque de forestier. Est-ce qu'il se serait souvenu de Gunner Jones? »

La bicyclette était toujours là. Et l'ouvrier aussi, occupé à mettre la dernière main à la réparation de la fenêtre. Une bruine fine et persistante se mit à tomber. La première pluie depuis longtemps. L'eau ruisselait sur les fenêtres des écuries et en obscurcissait l'intérieur. Gerry Hinde, une lampe coudée allumée au-dessus de son ordinateur, établissait un nouveau fichier qui rassemblerait toutes les données concernant l'affaire et les suspects interrogés, avec leurs alibis et le nom des témoins qui confirmaient leurs dires.

Wexford commençait à se demander s'il était vraiment utile de rester si près des lieux du crime. Cela ferait demain quatre semaines que s'était produite « la tuerie de *Tancred* », comme disaient les journaux, et le chef adjoint de la police lui avait donné rendez-vous pour un entretien. Wexford devait aller le voir chez lui, comme dans une invitation amicale. Ils prendraient un verre de sherry ensemble, à un moment donné, mais le but de l'affaire, il le savait bien, c'était de se plaindre du manque de résultats de l'enquête et des frais de toute l'opération. On lui suggérerait – ou, plutôt, on lui ordonnerait – de revenir s'installer au poste de police de Kingsmarkham. On lui demanderait à nouveau comment il pouvait continuer à justifier la surveillance de nuit de Daisy. Mais comment pourrait-il se justifier à ses propres yeux s'il la supprimait ?

L'inspecteur téléphona à sa femme pour demander si Sheila avait donné signe de vie. Dora, inquiète, lui répondit par la négative, et il sortit sous la pluie. L'endroit semblait lugubre, par mauvais temps. C'était curieux de voir à quel point la pluie et le ciel gris changeaient l'allure de *Tancred House*. On aurait dit tout à coup une bâtisse austère, et même sévère, comme on en voit sur ces gravures victoriennes plutôt sinistres, avec des fenêtres comme des yeux morts et les murs décolorés par les traînées d'eau.

Les bois avaient perdu leur teinte bleue pour devenir d'un gris de galets sous un ciel couleur d'écume. Bib Mew sortit de derrière la maison en poussant son vélo. Elle s'habillait en homme, avait une démarche d'homme et, d'ici – ou même de plus près –, on aurait pu sans hésitation l'imaginer de sexe masculin. En croisant l'inspecteur, elle fit semblant de ne pas le voir, tournant la tête d'un air gauche pour regarder le ciel et examiner avec attention ce curieux phénomène que constituait la pluie...

Il se souvint de son handicap. Elle vivait seule, pourtant. À quoi devait ressembler sa vie ? Et avant cela ? Elle avait été mariée, autrefois. Grotesque, se dit-il. Bib Mew monta sur sa bicyclette en jetant la jambe par-dessus, comme un homme, appuya fort sur les pédales et s'éloigna à toute vitesse le long de la grande allée. Visiblement, elle évitait toujours la petite route et la proximité de l'arbre du pendu. Cette pensée fit frissonner Wexford intérieurement.

Les ouvriers arrivèrent le lendemain matin pour la réfection de la pièce. Leur camionnette était déjà garée sur les dalles près de la fontaine à l'arrivée de Wexford. Ils se paraient du nom de « Créateurs d'intérieurs » et venaient de Brighton. L'inspecteur parcourut soigneusement les notes qui remplissaient maintenant un gros dossier. Gerry Hinde les avait toutes sur une disquette bien plus petite qu'un vieux 45-tours, mais inutilisable pour Wexford. Celui-ci voyait toute l'affaire lui filer entre les doigts, tellement les jours avaient passé.

Il restait certains faits inexplicables. Où se trouvait Joanne Garland ? Était-elle morte ou vivante ? Quel rapport existait-il entre elle et les meurtres ? Comment les tueurs s'étaient-ils enfuis de *Tancred* ? Qui avait mis le revolver chez Gabbitas ? À moins qu'il ne s'agisse d'un stratagème du forestier lui-même ?

L'inspecteur relut la déposition de Daisy, puis en réécouta l'enregistrement. Il savait qu'il aurait de nouveau à lui parler, car c'est dans son récit que certains détails paraissaient le plus incompréhensibles. Elle devrait essayer de lui expliquer, par exemple, comment Harvey Copeland avait pu monter cet escalier et s'être pourtant fait tuer comme s'il se trouvait encore au bas des marches, face à la porte d'entrée. Et pourquoi tant de temps – en tout cas tant de secondes – entre le moment où il avait quitté la salle à manger et celui où on avait tiré sur lui ?

Pourrait-elle également justifier un point qui ferait ricaner

Freeborn de mépris, Wexford le savait bien, si on le soulevait devant lui ? Puisque la chatte avait l'habitude, et même, semblait-il, ne manquait jamais de galoper à l'étage supérieur à six heures du soir – *toujours* à six heures –, pourquoi Davina avait-elle pensé que c'était Queenie, en entendant du bruit à huit heures ? Et comment le tueur avait-il pu être effrayé par des bruits, à l'étage, aussi peu menaçants que ceux d'un chat ?

L'inspecteur avait encore une autre question à poser à la jeune fille, bien qu'il fût à peu près certain que le temps aurait effacé ses souvenirs, malgré son excellente mémoire, comme cela avait commencé à se produire lorsqu'elle se trouvait en état de choc, juste après les événements.

Wexford crut reconnaître la voiture garée sur les dalles – aussi loin que possible du véhicule des « Créateurs d'intérieurs de Brighton » sans pour autant mordre sur la pelouse – comme étant celle de Joyce Virson. Il ne se trompait sûrement pas en pensant que Daisy accueillerait son arrivée comme une heureuse délivrance, et peut-être comme une excuse pour se débarrasser de sa visiteuse. Il sonna. Brenda lui ouvrit.

On avait tendu une toile sur la porte de la salle à manger, et de derrière montaient des sons étouffés. Ni claquements ni raclements, mais des bruits doux et liquides de lessivage et de chiffons mouillés. Le tout accompagné par l'inévitable et inepte filet de musique pop, accessoire obligé des ouvriers – mais avec le son mis assez bas. On ne l'entendait ni dans le petit salon ni dans le salon-serre, où se trouvaient non pas deux, mais trois personnes : Daisy, Joyce Virson et son fils.

Nicholas Virson se libérait décidément de son travail quand il voulait ! se dit Wexford en les saluant d'un ton bref. Quelle que soit son activité, les affaires étaient-elles si mauvaises en cette période de crise qu'il importât aussi peu que cet homme aille ou non au bureau ?

Ils sortaient d'une discussion échauffée, devina l'inspecteur quand Brenda l'introduisit dans la pièce. Daisy avait l'air résolu et les joues un peu rouges, Mrs. Virson paraissait plus contrariée que jamais, et Nicholas semblait déconcerté, comme s'il venait de se heurter à une fin de non-recevoir.

Étaient-ils venus déjeuner ? Wexford s'apercevait seulement maintenant qu'il était midi passé.

Daisy se leva quand il entra, serrant contre elle le chat qu'elle tenait sur ses genoux un peu plus tôt, et dont la fourrure avait presque la même nuance que le denim bleu de ses vêtements – un jean moulant et un blouson d'aviateur abondamment clouté d'or et d'argent entre les fils de couleur des broderies. Elle portait au-dessous un tee-shirt à carreaux bleus et noirs, et la ceinture passée dans les anneaux de son pantalon était une tresse de métal doré et argenté ornée de cabochons en verre transparent ou nacré. On ne pouvait s'empêcher de voir là comme une affirmation d'elle-même. Il fallait montrer à ces gens la fille qu'elle voulait être, la vraie Daisy, un esprit libre, voire scandaleux, qui s'habillait à son idée et faisait ce qui lui plaisait !

Il y avait un tel contraste entre ces vêtements et ceux de Joyce Virson, même compte tenu de la grande différence d'âge entre elles, que c'en était risible. Celle-ci arborait un uniforme de belle-mère : robe de lainage bordeaux avec veste assortie ; autour du cou, une boule d'argent taillée à six facettes, retenue par une fine lanière, comme c'était la mode dans les années soixante ; pas d'autre bijou que le gros diamant de sa bague de fiançailles et une alliance au doigt. Daisy, elle, avait une bague énorme à la main gauche – une tortue d'argent de cinq centimètres de long à la carapace piquetée de pierres de couleur, qui semblait lui grimper sur la main, de la première phalange à la dernière.

Wexford, qui n'aimait pas demander s'il était « importun », préféra s'excuser de les déranger. Il n'avait nullement l'intention de s'en aller pour revenir plus tard, et montra bien qu'il était sûr que Daisy n'y comptait pas non plus. Mrs. Virson répondit à la place de la jeune fille.

« Puisque vous êtes là, Mr. Wexford, vous allez peut-être pouvoir nous soutenir. Je sais ce que vous pensez du fait que Daisy soit seule ici. Enfin, elle n'est pas seule. Vous avez mis des jeunes filles pour la protéger. Mais en cas de nécessité, je regrette, je ne vois vraiment pas ce qu'elles pourraient faire. Et franchement, en tant que contribuable, je n'apprécie guère que l'on utilise l'argent de nos taxes à ce genre de choses.

– On ne paie plus de taxes, Mère, mais des impôts, déclara Nicholas de façon inattendue.

– C'est pareil. Tout prend le même chemin. Nous sommes venus ici ce matin demander à Daisy de revenir s'installer à la maison. Oh ! ce n'est pas la première fois, vous le savez aussi bien que nous, mais cela valait la peine d'essayer encore, avons-nous pensé. Surtout après le changement qui s'est produit... enfin, entre Nicholas et elle. »

Wexford vit le jeune homme rougir terriblement – non de plaisir ou de satisfaction, mais de gêne intense, à en juger par la subite crispation de son visage. L'inspecteur fut presque certain que rien n'avait changé, en fait, sauf dans l'esprit de Joyce Virson.

« Il est absurde qu'elle reste là, c'est évident, continua Mrs. Virson avant de laisser échapper le reste, trop vite : Comme si elle était *adulte* ! Capable de prendre des décisions elle-même !

– Eh bien oui, répondit calmement Daisy. Je suis adulte et je *prends* des décisions. »

Elle ne semblait nullement troublée par la conversation, mais avait l'air de s'ennuyer légèrement.

Nicholas fit un nouvel effort. Ses joues étaient encore un peu roses et Wexford se souvint tout à coup de la description de l'homme masqué que Daisy lui avait donnée : des cheveux blonds, une fossette au menton, de grandes oreilles. Presque comme si elle avait songé à ce garçon en le décrivant ainsi ! Mais pourquoi aurait-elle fait une chose pareille, même inconsciemment ?

« Nous nous disions que Daisy pourrait venir dîner chez nous, expliqua le jeune homme. Et... enfin, rester dormir pour voir un peu, le lendemain, ce qu'elle en pense. Nous comptions lui réserver son propre salon comme une sorte de suite, vous comprenez. Elle n'aurait pas à vivre vraiment avec nous, voyez-vous. Elle serait tout à fait sa propre maîtresse, si c'est ce qu'elle souhaite. »

Daisy éclata de rire. À cause du projet en général ou de l'expression stupidement moderne qu'avait utilisée Nicholas, Wexford n'aurait su le dire. Il avait cru voir le regard de la jeune fille se voiler, et le malaise, l'anxiété demeurèrent, mais son rire était plein de gaieté.

« Je vous ai déjà dit que je sortais dîner ce soir. Je pense rentrer très tard, et on me raccompagnera certainement chez moi après.

– Oh ! Daisy... » La détresse du jeune homme transparaissait malgré lui sous ses manières pompeuses. « Daisy, tu pourrais au moins me dire avec qui tu vas dîner. Est-ce quelqu'un que nous connaissons ? S'il s'agit d'une amie, pourquoi ne pas l'amener à la maison ?

– Davina répétait souvent que lorsqu'une femme prononce le mot ami, parle de « quelqu'un » de sa famille, même, ou d'une personne avec qui elle travaille ou qu'elle connaît, on croit toujours qu'il s'agit d'une autre femme. Toujours ! D'après elle, c'est parce que les gens, dans le fond, n'ont pas vraiment envie qu'une femme ait des relations avec le sexe opposé.

– Je ne comprends absolument pas de quoi tu parles », répondit Nicholas, et Wexford vit bien que c'était vrai. Il n'avait rien compris.

« Enfin, je regrette, mais tout cela me dépasse complètement, intervint Joyce Virson. J'aurais cru qu'une jeune fille ayant donné sa promesse à un jeune homme voudrait passer du temps avec lui ! (Elle commençait à perdre son calme et, du même coup, tout contrôle d'elle-même – équilibre toujours fragile à maintenir.) En fait, quand la liberté et la fortune viennent trop vite aux gens, ça leur monte à la tête. Ils sont fous de pouvoir, vous comprenez ! Le plus grand plaisir qu'ont certaines femmes dans la vie, c'est d'exercer leur emprise sur de pauvres hommes dont le seul crime est d'être tombés amoureux d'elles. Je regrette, mais j'ai horreur de ce genre de choses. (Elle était de plus en plus furieuse et sa voix frôlait maintenant l'hystérie.) Si c'est ça, le MLF ou je ne sais quel mouvement de femmes, cette épouvantable idiotie, vous pouvez vous le garder et je vous souhaite bien du plaisir ! Mais ce n'est pas comme cela que l'on trouve un bon mari, je peux vous le dire.

– Mère ! » intervint Nicholas, dans un sursaut d'énergie.

Puis il s'adressa à Daisy : « Nous allions déjeuner avec... – il nomma des amis qui habitaient près de là – et nous espérions que tu nous accompagnerais. Nous devons partir assez vite.

– Mais je ne peux pas, tu vois bien ! Mr. Wexford est venu me parler. C'est important. Je dois aider la police. Tu n'as pas oublié ce qui s'est passé il y a quatre semaines, si ? Tu l'as oublié ?

– Bien sûr que non ! Comment le pourrais-je ? Mère ne pensait pas tout ce qu'elle a dit, Daisy. » Joyce Virson avait détourné la tête et tenait un mouchoir devant la figure tout en faisant mine de contempler avec une grande attention les tulipes fraîchement écloses dans les jardinières de la terrasse. « Elle voulait à tout prix que tu reviennes et, disons... moi aussi. Nous croyions vraiment pouvoir te convaincre. Est-ce que tu nous permets de revenir tout à l'heure, après le déjeuner, pour essayer de t'expliquer exactement ce que nous avons en tête ?

– Naturellement. Quand on est amis, on peut se rendre visite quand on veut, non ? Et tu es mon ami, Nicholas, tu le sais, n'est-ce pas ?

– Merci, Daisy.

– J'espère que tu le resteras toujours. »

Wexford et Joyce Virson auraient aussi bien pu ne pas être là. Les deux jeunes gens étaient, en ce moment, seuls l'un en face de l'autre, et coupés de tout le reste par la relation qui les unissait – ou les avait unis –, avec leurs émotions secrètes, leurs souvenirs partagés... Nicholas se leva et Daisy l'embrassa sur la joue, puis elle fit une chose étrange. Allant droit à la porte du salon-serre, elle l'ouvrit d'un coup et l'on vit Bib, de l'autre côté, faire un pas en arrière en serrant son chiffon à poussière.

Daisy ne dit rien. Elle referma et se tourna vers Wexford.

« Bib écoute toujours aux portes. C'est une passion, chez elle. Une sorte de manie. Je sais toujours quand elle est là, parce que je l'entends respirer de plus en plus vite. Bizarre, non ? Quel plaisir peut-elle en tirer ? »

Elle en revint à Bib et à ses indiscrétions dès que les Virson furent partis.

« Je ne peux pas la mettre dehors. Comment ferais-je sans personne ? » On aurait dit quelqu'un du double de son âge, tout à coup. Une maîtresse de maison confrontée à des conflits domestiques. « Brenda m'a annoncé qu'ils s'en allaient. Je lui ai dit que je l'avais renvoyée uniquement dans un accès de colère, que c'étaient des paroles en l'air, mais ils partent quand même. Son frère dirige cette compagnie de voitures de louage, vous savez ? Ken s'associe avec lui. Ils vont agrandir l'affaire et s'installer dans l'autre appartement qui se trouve au-dessus du bureau de Fred. Quant à John Gabbitas, il essaie d'acheter une maison à Sewingbury depuis août dernier et vient d'apprendre que son plan d'épargne logement était arrivé à terme. Il s'occupera toujours des bois, je suppose, mais n'habitera plus ici. (Elle eut un petit rire sec.) Je vais me retrouver toute seule avec Bib. Vous croyez qu'elle va me tuer ?

— Vous n'avez aucune raison sérieuse de penser... ? commença l'inspecteur d'un ton sérieux.

— Bien sûr que non ! Elle a l'air d'un type, ne parle jamais, écoute aux portes, et elle est faible d'esprit, c'est tout. Mais comme assassin, on peut dire qu'elle sait faire place nette, au moins. Oh ! je regrette, ce n'est pas drôle. Mon Dieu, voilà que je parle comme cette épouvantable Joyce ! Vous ne pensez pas que je devrais aller là-bas, si ? Elle me persécute.

— Parce que vous suivriez mon conseil ? » lui demanda-t-il. Mais elle secoua la tête. « Je ne vais donc pas perdre ma salive. Il y a une ou deux choses dont j'aimerais vous parler, comme vous l'avez déjà deviné.

— Bien sûr. D'abord, il faut que je vous dise quelque chose. J'allais le faire plus tôt, mais ils n'en finissaient pas. (Elle eut un sourire un peu chagriné.) Joanne Garland a téléphoné.

— *Quoi ?*

— Ne prenez pas cet air stupéfait ! Elle n'était pas au courant. Elle ne savait rien de ce qui s'est passé. Joanne est rentrée hier soir. Ce matin, elle est allée à la galerie, elle a vu que tout était fermé et m'a appelée. »

Wexford se rendit compte que Daisy n'avait peut-être pas compris ce qu'ils craignaient pour Joanne Garland. Elle se disait sans doute qu'elle était partie quelque part, et c'est tout. Pourquoi aurait-elle imaginé autre chose ?

« Elle s'attendait à parler à Maman. Affreux, non ? Il a fallu que je lui explique. Le pire a été d'avoir à lui raconter ce qui s'était passé... Elle ne m'a pas crue. En tout cas, au début. Elle pensait qu'il s'agissait d'une horrible farce. C'était il y a seulement... eh bien, une demi-heure. Juste avant l'arrivée des Virson. »

23

Mrs. Garland était en larmes.

Comme elle pleurait au téléphone et s'exprimait de façon incohérente et entrecoupée de hoquets, Wexford finit par céder. Il accepta d'aller la voir, au lieu de lui demander de se présenter au poste de police. Chez elle, dans sa maison de Broom Vale, assis dans un fauteuil et Barry Vine dans un autre, il attendit que Joanne Garland, terrassée par la première question qu'il lui avait posée, ait fini de sangloter sur le bras du canapé.

La première chose qu'avait remarquée l'inspecteur principal quand elle leur avait ouvert la porte, c'était son visage tuméfié. Il s'agissait de marques anciennes en voie de guérison, mais on distinguait encore des traces verdâtres et jaunâtres autour de la bouche et du nez, et des ecchymoses plus sombres, couleur prune, près des yeux et en haut du front. Les larmes n'arrivaient pas à les dissimuler et n'expliquaient pas non plus tous ces bleus.

D'où venait-elle ? lui demanda Wexford avant de s'asseoir. La question déclencha de nouveaux pleurs.

« D'Amérique, de Californie, dit-elle avant de se jeter sur le canapé dans des flots de larmes.

– Mrs. Garland, dit l'inspecteur au bout d'un moment. Essayez de vous reprendre. Je vais aller vous chercher un verre d'eau. »

Elle se redressa soudain, son visage meurtri tout ruisselant.

« Ce n'est pas de l'eau que je veux, dit-elle à Vine. Si vous pouviez m'apporter un whisky... Dans ce placard. Il y a des verres. Servez-vous aussi, tous les deux. » Un gros sanglot coupa net la fin du mot. Elle prit une poignée de mouchoirs en papier de toutes les couleurs dans un grand sac à main de cuir rouge posé sur le sol, et se frotta la figure. « Je suis désolée. Ça va passer, je vous le promets, quand j'aurai pris un verre. Mon Dieu, quel choc ! »

Barry lui montra la bouteille d'eau de Seltz qu'il avait trouvée, mais elle secoua énergiquement la tête et avala une bonne gorgée de son whisky sec. Elle semblait avoir oublié l'offre qu'elle leur avait faite et qu'ils auraient, de toute façon, refusée. Boire lui faisait visiblement du bien, mais cela n'avait pas le même effet que sur quelqu'un de généralement sobre. Ce n'est pas tant qu'il lui fallait un verre – un verre d'alcool. En fait, Joanne Garland avait soif. D'une soif particulière qu'elle semblait étancher de cette manière, qui faisait descendre une sensation de bien-être dans tout son corps.

Elle sortit d'autres mouchoirs et s'essuya de nouveau le visage, avec soin, cette fois. Elle paraissait exceptionnellement jeune pour ses cinquante-quatre ans, se dit Wexford. Ou, du moins, elle avait le visage remarquablement lisse. On aurait dit une femme de trente-cinq ans, fatiguée et un peu meurtrie. Mais ses mains, couvertes d'un réseau de tendons saillants et de veines sinueuses, trahissaient son âge. Mrs. Garland portait un ensemble de lainage caca d'oie et quantité de bijoux fantaisie. Elle avait des cheveux d'un or pâle et brillant, une silhouette bien galbée à défaut d'être mince, et des jambes superbes. Aux yeux de n'importe qui, c'était une femme séduisante.

Respirant profondément, maintenant, tout en savourant son whisky, elle prit un poudrier compact et un rouge à lèvres dans son sac pour se refaire une beauté. Wexford vit son regard s'arrêter sur l'ecchymose la plus marquée, au-dessous de l'œil gauche, qu'elle toucha du bout du doigt avant d'essayer de la dissimuler sous une couche de poudre.

« Nous avons beaucoup de choses à vous demander, Mrs. Garland.

– Oui, j'imagine. (Elle hésita.) Je n'étais pas au courant, vous savez. Je n'avais aucune idée. Ils ne mentionnent pas les nouvelles de l'étranger – enfin, pour eux, c'est l'étranger – dans les journaux américains. Sauf en cas de guerre ou ce genre de choses. Il n'y a rien eu sur cette affaire. Je ne l'ai apprise qu'en téléphonant à la petite. La fille de Naomi. (Ses lèvres tremblèrent en prononçant le prénom, et elle avala sa salive.) Pauvre gamine. C'est pour *elle*, plutôt, que je devrais être triste. J'aurais dû lui dire à quel point je compatissais, mais ça m'a tellement terrassée ! J'en suis restée clouée. Je pouvais à peine parler.

– Vous n'avez averti personne de votre départ, dit Barry Vine. Vous n'en avez soufflé mot ni à votre mère ni à vos sœurs.

– Naomi savait, elle.

– Peut-être. » Wexford ne précisa pas sa pensée – à savoir qu'ils ne connaîtraient jamais la vérité là-dessus, puisque Naomi était morte –, car il redoutait un nouveau flot de larmes. « Pourriez-vous nous dire où vous êtes allée, et pour quelle raison ? »

Elle répondit, comme une enfant : « Je suis vraiment obligée ?

– Oui, je le crains. Il faudra finir par nous le dire. Réfléchissez bien à votre réponse, si vous voulez, mais je dois vous avertir, Mrs. Garland, que vous nous avez causé des ennuis considérables en disparaissant ainsi dans la nature.

– Est-ce que je pourrais avoir un autre scotch, s'il vous plaît ? (Elle tendit son verre vide à Vine.) Oui, d'accord, j'aime bien prendre un verre de temps en temps, mais inutile de me regarder comme ça. Je ne suis pas alcoolique. Je bois surtout dans les moments de stress. C'est mal ?

– Mon métier n'est pas de répondre à vos questions, Mrs. Garland, répliqua Wexford. Je suis venu ici pour que vous répondiez aux miennes. Je vous ai fait la courtoisie de me déplacer et je veux que vous restiez en état de me donner des explications. Est-ce bien clair ? » Il fit un petit signe négatif de la tête à Vine qui, debout, le verre à la main, avait une expression à la fois polie et excédée. Joanne Garland parut secouée et prit un air agressif. « Parfait, dit Wexford. Il s'agit de quelque chose de très grave. J'aimerais que vous me disiez à quel moment vous êtes rentrée chez vous et ce que vous avez fait.

— Hier soir, répondit-elle d'un ton boudeur. Enfin, l'avion de Los Angeles devait arriver à Gatwick à deux heures et demie, mais il avait du retard. On est sortis de la douane à quatre heures. Je comptais prendre le train, mais j'étais trop fatiguée. Complètement claquée ! Alors j'ai fait toute la route en taxi. Il était cinq heures, à peu près. (Elle lui jeta un regard dur.) J'ai pris un verre – enfin, deux ou trois. J'en avais besoin, je peux vous dire. Je suis allée me coucher, et j'ai fait le tour du cadran.

— Et ce matin, vous vous êtes rendue à la boutique, que vous avez trouvée fermée, depuis longtemps, selon toute apparence.

— Exactement. J'étais furieuse contre Naomi – que Dieu me pardonne ! Oh ! je sais que j'aurais pu demander à quelqu'un. Téléphoner à une de mes sœurs. Cela ne m'est pas venu à l'esprit. Je me suis dit, simplement, que Naomi avait une fois de plus tout fait rater ! Enfin, paix à ses cendres, je le répète. Je n'avais pas les clés, pensant que la boutique serait ouverte. Alors je me suis retapé le chemin dans l'autre sens et j'ai téléphoné à Daisy de chez moi. Enfin, c'est Naomi que j'appelais pour lui passer un bon savon, et Daisy m'a tout raconté. Pauvre petite, ça a dû être l'enfer, pour elle, de me parler de tout cela ! Un peu comme si elle revivait les choses une seconde fois.

— Le jour où vous êtes partie, le 11 mars, vous avez rendu visite à votre mère à la maison de retraite de Caenbrook entre cinq heures et cinq heures et demie. Pouvez-vous nous dire ce que vous avez fait ensuite ? »

Joanne Garland soupira, jeta un coup d'œil au verre vide que Vine avait reposé sur la table et se passa la langue sur ses lèvres maquillées de frais.

« J'ai fini mes valises. Je devais prendre l'avion le lendemain. Le 12. Le vol n'était qu'à onze heures du matin et il fallait enregistrer les bagages à neuf heures trente, mais je me suis dit : allez, je pars ce soir. Supposons que les trains aient du retard demain matin ? C'est juste une décision qui m'est venue comme ça, en faisant mes valises. J'ai aussitôt téléphoné à un hôtel de Gatwick pour voir s'ils avaient de la place, et voilà ! J'avais promis à Naomi d'aller la voir, mais, en fait, toutes les dispositions nécessaires avaient été prises pendant la journée. On ne devait pas s'occuper des livres de comptes et Naomi se serait chargée de mettre à jour la TVA. Mais je lui avais offert de passer, juste pour lui faire plaisir, vous comprenez... (La voix de Joanne Garland se brisa.) Oui, c'est ça, je m'étais dit : je reste une demi-heure à *Tancred* avec elle. Après, je rentre chez moi et je vais à la gare. C'est à cinq minutes à pied, d'ici. »

Wexford, parfaitement au courant de ce détail, ne fit aucun commentaire. Mais Vine insista : « Je ne vois pas pourquoi il fallait que vous partiez ce soir-là. Votre avion ne décollait qu'à onze heures, l'enregistrement des bagages était à neuf heures trente, et il y a trente minutes de train, à peine. »

Elle lui jeta un regard de côté, l'air affligé. De toute évidence, Joanne Garland n'éprouvait aucune sympathie pour le subordonné de Wexford.

« Je ne voulais pas courir le risque de voir qui que ce soit le matin, si vous tenez à le savoir. » Vine ne paraissait guère plus avancé. « Bon, vous n'avez pas envie de vous fatiguer à comprendre, visiblement. Je ne voulais pas qu'on me voie avec des valises, qu'on me pose des questions ou que mes sœurs me téléphonent juste à ce moment-là. C'est clair ?

– Nous allons arrêter de jouer aux devinettes, maintenant, Mrs. Garland, intervint Wexford. À quelle heure êtes-vous allée à *Tancred* ?

– À huit heures moins dix, répondit-elle aussitôt. Je sais toujours à quelle heure je fais les choses. J'ai une notion du temps très exacte, et je ne suis jamais en retard. Naomi essayait toujours de me faire venir un peu après, mais seulement parce que sa mère lui créait des histoires. Elle me laissait des messages sur mon répondeur, j'avais l'habitude. Je n'écoutais jamais la bande le mardi. Enfin, pourquoi ne m'aurait-on pas accordé autant de considération qu'à lady

Davina ? Oh ! mon Dieu, elle est morte, je ne devrais pas dire
ça. Donc, je vous le répète, je suis partie à moins dix et arrivée
là-bas à dix. À onze, en fait. J'ai regardé ma montre en tirant
la cloche.

— Vous avez sonné ?

— Plusieurs fois. Je savais qu'ils m'entendaient. Qu'ils
étaient là. Mon Dieu, je veux dire, je le croyais. (Le sang se
retira de son visage, le laissant d'un blanc de craie.) Ils étaient
morts, n'est-ce pas ? Cela venait d'arriver. Mon Dieu ! »
Wexford la regarda fermer brièvement les yeux et avaler sa
salive. Il lui laissa un peu de temps, puis elle reprit, d'une voix
changée, un peu pâteuse : « Les lumières étaient allumées
dans la salle à manger. Oh ! mon Dieu, je suis désolée, mais
j'ai pensé que Naomi avait dit à Davina que nous avions déjà
tout réglé et que sa mère avait répondu : dans ce cas, il est
temps que cette femme apprenne à ne plus venir me déranger
pendant mon dîner. C'était son genre. Elle aurait pu dire ça. »
À nouveau, le souvenir précis de ce qui était arrivé à Davina
Flory lui revint. Joanne Garland mit une main devant sa
bouche.

Pour éviter de nouveaux appels à la miséricorde divine,
Wexford demanda très vite : « Vous avez sonné de nouveau ?

— Trois ou quatre fois en tout. Je suis allée vers la fenêtre,
mais on ne voyait pas l'intérieur, avec les rideaux tirés. Écoutez, je n'étais pas très contente, même si cela semble terrible à
dire, maintenant. J'ai pensé : très bien, je m'en vais. Et je suis
partie. Je suis rentrée chez moi.

— Vraiment ? Vous aviez conduit jusque-là, et quand ils
n'ont pas répondu à la sonnette, vous êtes repartie ? »

Barry Vine récolta un regard mauvais.

« Que vouliez-vous que je fasse ? Que j'enfonce la porte ?

— Mrs. Garland, réfléchissez bien, je vous prie. Avez-vous
doublé ou croisé un véhicule en allant à *Tancred* ?

— Non, absolument pas.

— Par où êtes-vous arrivée ?

— Par où ? Mais par le grand portail, évidemment. C'est le
chemin que je prends toujours. Enfin, je sais bien qu'il y en a
un autre, mais je ne l'ai jamais emprunté. Il s'agit d'une route
très étroite.

– Et vous n'avez vu aucun autre véhicule ?

– Non, je vous l'ai dit. Je n'en voyais presque jamais, d'ailleurs. J'ai peut-être croisé une fois John – comment déjà ? Gabbitas. Mais c'était il y a plusieurs mois. Je n'ai vu absolument personne le 11 mars.

– Et au retour ? »

Elle secoua la tête.

« Je n'ai croisé ou dépassé aucun véhicule, ni dans un sens ni dans l'autre.

– Pendant que vous étiez à *Tancred*, y avait-il une voiture, une camionnette ou n'importe quoi d'autre garé devant la maison ?

– Bien sûr que non ! Ils rangent toujours leurs voitures. Oh, je vois ! Mon Dieu...

– Vous n'avez pas contourné la maison ?

– Continué après la salle à manger, vous voulez dire ? Non, non.

– Vous n'avez rien entendu ?

– Entendu quoi ? Qu'est-ce que j'aurais pu... ? Ah ! oui. Des coups de feu. Mon Dieu ! Non.

– Quand vous êtes partie, il devait être – quelle heure ? Le quart ?

– Je vous ai dit que je le savais toujours exactement, rappela-t-elle d'une voix basse et éteinte. Il était huit heures seize.

– Vous pouvez prendre un autre verre maintenant, si vous en avez besoin, Mrs. Garland. »

Si elle attendait que Barry fasse le service, elle fut déçue. Avec un soupir forcé, elle se leva et alla au placard contenant les bouteilles.

« Vous êtes sûr que vous n'en voulez pas ? »

Il était clair que la proposition ne s'adressait qu'à Wexford. Celui-ci refusa d'un signe de tête.

« Comment se fait-il que vous ayez ces bleus sur le visage ? » demanda-t-il.

Le verre bien calé sur les cuisses, Joanne Garland se tenait très droite sur le canapé, genoux serrés. Wexford tenta de

déchiffrer son visage. Était-ce une feinte timidité qu'il voyait
là ? Ou de l'embarras ? En tout cas, pas le souvenir d'une violence quelconque.

« Ils sont presque partis, répondit-elle enfin. On les voit à
peine, maintenant. Je ne voulais pas rentrer chez moi avant
d'être sûre qu'ils aient disparu.

— Moi, je les vois, déclara Wexford sans ménagements. Je
me trompe certainement, mais on dirait que quelqu'un vous a
frappée plutôt brutalement au visage il y a environ trois
semaines.

— La date correspond, dit-elle.

— Vous allez nous dire de quoi il s'agit, Mrs. Garland. Il y a
beaucoup d'autres choses encore que vous devez nous
apprendre, mais commençons par ce qui est arrivé à votre
figure. »

Elle se mit à parler d'une voix précipitée.

« J'ai subi une opération de chirurgie esthétique. En Californie. J'étais chez une amie. Là-bas, cela se pratique couramment. Tout le monde le fait – enfin, presque. Mon amie s'est
fait opérer. Elle m'a dit de venir chez elle et d'entrer dans
cette clinique... »

Wexford l'interrompit par le seul terme qui lui était familier : « Vous avez fait un lifting, vous voulez dire ?

— C'est ça, répondit-elle d'un ton maussade. On m'a aussi
repris le pli des paupières et fait un peeling de la lèvre supérieure. Le grand jeu, quoi. Écoutez, je n'aurais pas pu faire ça
ici. Tout le monde aurait été au courant. J'avais envie de partir, d'aller quelque part au soleil et je ne... eh bien, si vous
voulez le savoir, je n'aimais plus mon visage. Avant, ce que je
voyais dans la glace me plaisait mais un beau jour, terminé !
Vous comprenez ? »

Tout devenait très clair, subitement. Wexford se demanda
si, le temps venu, Sheila aurait envie de l'imiter. Il craignait
bien que ce ne fût le cas. Pouvait-on, toutefois, se moquer de
Joanne Garland, lui marquer sa désapprobation ou ricaner ?
Elle avait les moyens de s'offrir cela et, de toute évidence,
l'objectif était atteint. Il voyait bien pourquoi, plutôt que
d'informer de l'opération sa famille agressive et trop bavarde,

et la laisser deviner à ses voisins, elle préférait les mettre tous devant le *fait accompli* *. Ils attribueraient sans doute ainsi le changement à sa bonne santé ou à une rare clémence des années. Mais elle pouvait le dire à quelqu'un d'aussi rêveur et toujours dans la lune que Naomi. Il fallait bien que celle-ci fût dans la confidence pour arriver à défendre la place et faire marcher la boutique. Naomi, c'était parfait ! Elle connaissait à fond le métier et n'avait sans doute pas, devant un lifting, plus de réaction qu'une autre femme à propos d'une teinture de cheveux ou d'un ourlet raccourci.

« Je ne pense pas que vous ayez parlé à ma mère, dit Joanne Garland. Pour quelle raison, d'ailleurs ? Mais sinon, vous comprendriez pourquoi je ne souhaite pas qu'elle s'empare d'une chose comme ça. »

Wexford resta muet.

« Allez-vous me laisser tranquille, maintenant ? »

Il hocha la tête.

« Oui, pour l'instant. L'inspecteur adjoint Vine et moi-même allons partir déjeuner. Vous aurez sûrement envie de vous reposer, Mrs. Garland. J'aimerais vous voir plus tard. Nous avons installé un bureau d'enquête à *Tancred House*. Je vous attends là-bas – disons à quatre heures trente ?

– *Aujourd'hui ?*

– Aujourd'hui à quatre heures trente, s'il vous plaît. Et à votre place, j'appellerais Fred Harrison. Vous ne tenez pas, je pense, à conduire avec quelques verres de trop. »

Encore des fleurs au montant du portail ! Des tulipes cramoisies, cette fois. Une quarantaine environ, estima Wexford. Les tiges cachées par les têtes de celles de dessous, et formant une grosse masse en losange sur un lit de branches vertes. Barry Vine lui lut ce qui était écrit sur la carte.

« " On a vu, là-dessus, couler le sang même des pierres les plus dures. "

– De plus en plus curieux, dit Wexford. Barry, quand j'en aurai terminé avec Mrs. Garland, je veux que nous fassions une petite expérience, vous et moi. »

Pendant le trajet dans les bois, il téléphona chez lui et avertit Dora qu'il risquait d'être en retard.

« Oh ! non, Reg, pas ce soir. Il ne faut pas. C'est la pendaison de crémaillère de Sylvia. »

L'avait-il oublié ? Eh oui ! À quelle heure devaient-ils y aller ? Huit heures trente au plus tard.

« Si je ne peux pas faire mieux, je serai à la maison à huit heures.

— Je vais sortir lui acheter quelque chose. Du champagne, à moins que tu n'aies une idée plus originale ?

— Oui, quarante tulipes rouges sur un lit de branches. Mais je suis sûr qu'elle aimera mieux du champagne. Sheila n'a pas appelé, j'imagine ?

— Je te l'aurais dit. »

Les bois éclataient de verdure avec le renouveau du printemps. Dans les longues allées vertes, entre les arbres, l'herbe était tout étoilée de fleurs jaunes et blanches, et l'ail sauvage, aux feuilles raides couleur de jade et aux fleurs en forme de lis, répandait une vague odeur d'oignon. Un geai rose tacheté de bleu volait bas sous les branches de chêne en poussant des cris stridents, et la pluie qui tombait emplissait les bois d'un doux bruissement pareil à un murmure.

Ils arrivèrent dans la partie découverte du domaine, puis franchirent le passage aménagé dans le mur bas. La force de la pluie s'accrut d'un seul coup. De violentes trombes d'eau s'abattirent à grand fracas sur les dalles, ruisselant sur le pare-brise et des deux côtés de la voiture. À travers la grisaille qui tremblait derrière les vitres, Wexford vit de nouveau la voiture de Joyce Virson devant la porte d'entrée. Il eut le pressentiment subit qu'il allait se passer quelque chose de très grave, mais le chassa. C'était absurde. Cela ne voulait rien dire, ce genre d'impression !

Il entra dans les écuries en pensant à cette personne qui envoyait des fleurs, à John Gabbitas qui n'avait jamais parlé de ses projets d'acheter une maison, à la défection des Harrison et à la femme étrange et simple d'esprit qui écoutait aux portes. L'une de ces anomalies avait-elle quelque importance dans l'affaire ?

Quand Joanne Garland arriva, il l'emmena dans le coin où l'on avait rangé les deux fauteuils de Daisy. Depuis leur dernière entrevue, elle s'était maquillée avec un fond de teint couvrant et de la poudre. Savoir qu'il était au courant de la raison de son voyage la mettait mal à l'aise. Une fois assise, le regardant avec anxiété, elle tint une main devant sa joue de façon à cacher la marque violette la plus prononcée.

« George Jones, lui dit-il. Gunner Jones. Vous le connaissez ? »

Il devait être devenu un peu naïf. À quoi s'attendait-il ? Qu'elle devienne toute rouge ? Qu'elle ait une nouvelle crise de larmes ? Elle le regarda comme il l'aurait fait lui-même si elle lui avait demandé : avez-vous entendu parler du Dr Perkins ?

« Je ne l'ai pas vu depuis des années, répondit-elle. Je le connaissais bien autrefois. Nous étions tous copains, lui, Naomi, Brian – mon second mari – et moi. Mais, comme je vous dis, je ne l'ai pas vu depuis sa rupture avec Naomi. Je lui ai écrit deux fois. C'est là où vous voulez en venir ?

– Vous lui suggériez, dans vos lettres, de reprendre la vie commune avec Naomi Jones ?

– C'est ce qu'il vous a dit ?

– Ce n'est pas vrai ? »

Elle réfléchit un instant, se grattant le haut du front d'un ongle écarlate. La cicatrice invisible lui donnait peut-être des démangeaisons.

« Oui et non. La première fois que j'ai écrit, c'était bien pour ça. Naomi semblait un peu... disons, mélancolique. Vaguement cafardeuse. Elle m'avait confié une ou deux fois qu'elle aurait peut-être dû faire plus d'efforts avec Gunner. Tout valait mieux que la solitude. Alors j'ai écrit, et il n'a jamais répondu. Charmant, me suis-je dit. Mais je savais déjà que ce n'était pas une si bonne idée que ça. Je m'étais un peu trop précipitée. Pauvre Naomi, elle n'était pas faite pour le mariage. Ni pour aucune relation, d'ailleurs ! Je ne veux pas dire qu'elle aimait les femmes. Elle se trouvait plus à son aise toute seule, à bricoler ses petites affaires, ses tubes de peinture et tout le reste.

– Pourtant, vous avez écrit de nouveau à la fin de l'été dernier.

– Oui, mais pas au même sujet.

– À quel propos, alors, Mrs. Garland ? »

Combien de fois avait-il déjà entendu les mots qu'elle allait prononcer ? Il connaissait d'avance la formule exacte qu'elle emploierait pour se dérober.

« Cela n'a rien à voir avec cette histoire. »

À quoi il répondit, comme toujours : « J'en serai seul juge. »

Elle se mit soudain en colère.

« Je ne veux pas le dire. C'est embarrassant. Vous ne comprenez donc pas ? Ils sont morts, ça n'a plus d'importance. De toute façon, il n'y a pas eu – comment vous dites ? – d'outrage. De violences. Mais c'est risible ! Ces deux vieillards ! Mon Dieu, que c'est donc stupide... Je suis fatiguée, et cela n'a aucun rapport.

– J'aimerais que vous me disiez ce qu'il y avait dans la lettre, Mrs. Garland.

– Je veux voir Daisy. Je dois aller là-bas lui présenter mes condoléances. Enfin, quand même, j'étais la meilleure amie de sa mère !

– Et elle n'était pas la vôtre ?

– Cessez de déformer mes paroles sans arrêt. Vous comprenez bien ce que je veux dire. »

Oui, il comprenait.

« J'ai tout mon temps, Mrs. Garland. »

C'était faux. Il devait aller à cette soirée chez Sylvia. Le ciel pouvait tomber, mais il fallait qu'il y aille.

« Nous resterons ici, dans ces deux fauteuils très confortables, jusqu'à ce que vous vous décidiez à parler. »

De toute façon, indépendamment de l'importance que cela pouvait avoir dans l'enquête, il mourait d'envie de savoir, maintenant. Elle n'avait pas seulement éveillé sa curiosité avec tous ses faux-fuyants, mais l'avait vraiment mis sur des charbons ardents.

« J'imagine que ce n'est pas personnel, dit-il. Cela ne vous concerne pas. Il n'y a aucune raison d'être embarrassée.

– D'accord, je vais tout vous dire. Mais vous allez comprendre pourquoi je préférais me taire. Gunner n'a jamais répondu à cette lettre non plus, d'ailleurs. Vraiment un bon père ! Enfin, j'aurais dû m'en douter, vu qu'il n'a jamais manifesté le moindre intérêt pour cette pauvre gamine depuis qu'il a fichu le camp.

– Cela concerne Daisy ? demanda Wexford, saisi d'une inspiration.

– Oui. Oui, c'est ça. »

« C'est Naomi qui me l'a dit, commença Joanne Garland. En réalité, il faudrait que vous l'ayez connue pour pouvoir comprendre comment elle était. Naïve n'est pas exactement le mot, même s'il y avait aussi beaucoup de cela. Disons qu'elle ne ressemblait à personne. C'était quelqu'un de rêveur, qui n'avait pas la moindre conscience des choses. Je ne m'exprime pas de façon très claire, je crois. Elle n'agissait pas comme les autres, et donc je pense qu'elle ignorait tout des gens et de leur comportement. Elle ne savait pas quand ils faisaient quelque chose de... enfin, de mal ou d'inconvenant, ou même de carrément dégoûtant. Et elle ne voyait pas non plus ce qu'ils pouvaient... disons, réussir de brillant, d'intelligent ou d'original. Est-ce que vous avez une idée de ce que je veux dire ?

– Il me semble, oui.

– Elle a commencé à me parler de cette histoire un jour, à la boutique. Enfin, tout à fait comme si Daisy avait eu un nouveau petit ami ou décidé de faire un voyage à l'étranger avec son école. Voilà comment elle me l'a dit – j'essaie de retrouver ses mots exacts. Oui, elle a dit : " Davina trouve que ce serait bien si Harvey couchait avec Daisy. Pour la faire débuter, en quelque sorte. L'initier. Oui, c'est bien ce mot-là. Parce que Harvey est un amant fantastique. Et elle ne veut pas que Daisy ait les mêmes problèmes qu'elle a eus. " Vous voyez ce que j'entendais par " embarrassant. " »

Wexford n'était pas choqué, mais reconnaissait que c'était choquant.

« Qu'avez-vous répondu ?

– Attendez. Je n'ai pas fini. Naomi m'a expliqué qu'en fait, Davina était trop vieille maintenant pour... bon, je n'ai pas besoin de préciser, n'est-ce pas ? Sur le plan physique, quoi, vous me comprenez. Et elle était inquiète parce que Harvey – d'après Davina – était encore un homme jeune et vigoureux. Beurk, beurk, beurk, me suis-je dit. Mais apparemment, Davina pensait que ce serait super pour tous les deux. Et ils l'ont carrément proposé à la petite. Enfin, elle lui en a parlé et, le même jour, cet horrible vieil Harvey a plus ou moins tenté sa chance.

– Qu'a fait Daisy ?

– Elle l'a envoyé paître, je suppose. C'est ce que m'a dit sa mère. Naomi n'était pas indignée, rien ! Elle trouvait seulement que Davina était une obsédée, qu'elle l'avait toujours été et aurait dû comprendre que tout le monde n'était pas comme elle. Mais Naomi n'a pas eu la réaction que j'aurais eue, moi, s'il s'agissait de ma propre fille – si j'en avais une ! Elle en parlait comme si on n'avait pas été d'accord sur, mettons, le fait de vendre des vêtements à la galerie ou pas. Elle prétendait que c'était à Daisy de décider. Je me suis mise en colère. Je lui ai expliqué que la petite était en danger moralement, et tout ça. Mais rien à faire. Alors je suis allée voir Daisy. Je l'ai attendue à la sortie de l'école, j'ai prétendu que ma voiture était tombée en panne et lui ai demandé si elle pouvait me ramener chez moi.

– Vous en avez parlé avec elle ?

– Elle a ri. Mais on voyait bien qu'elle était... disons, écœurée. Elle n'avait jamais tellement aimé Harvey et j'ai eu l'impression qu'elle avait perdu ses illusions sur sa grand-mère. Elle n'arrêtait pas de répéter qu'elle n'aurait jamais cru cela de Davina. Elle n'était pas du tout gênée que je sois au courant. Elle a été charmante. C'est vraiment une fille charmante et, en quelque sorte, ça rendait les choses encore pires.

« Ils allaient tous partir en vacances, ce qui m'inquiétait beaucoup, mais je ne voyais pas ce que je pouvais tenter d'autre. J'imaginais sans arrêt le vieil Harvey en train de... enfin, la violer. C'était idiot, je le sais bien, parce qu'il n'aurait pas pu y arriver, je suppose. Et, malgré tout, ce n'était pas leur genre. »

Wexford se demanda ce qu'elle voulait dire par là, mais ne

voulut pas l'interrompre. Joanne Garland avait oublié sa gêne et ses réticences du début et parlait maintenant avec enthousiasme.

« La date de leur retour approchait, quand j'ai rencontré par hasard ce jeune type, Nicholas – Virson, c'est ça ? Je savais que c'était plus ou moins le petit ami de Daisy. Ou ce qui s'en rapprochait le plus. Et j'ai pensé lui en parler. Je l'avais sur le bout de la langue, mais ce garçon est tellement suffisant que je l'ai imaginé tout de suite en train de devenir cramoisi et d'essayer de s'en tirer avec des airs fanfarons. Alors je n'ai rien dit. J'ai écrit à Gunner.

« C'est son père, après tout ? Je croyais que même un salaud comme Gunner allait protester contre une chose pareille. Mais je me trompais, hein ? Il s'en moquait totalement. Je n'avais plus qu'à faire confiance à Daisy – enfin, à son bon sens. Ce n'était pas une enfant. Pas tout à fait. Elle avait dix-sept ans. Mais Gunner ! Quel beau salaud de père, celui-là ! »

Sept armuriers, dans les « Pages jaunes », pour Kingsmarkham. Cinq pour Stowerton. Trois rien qu'à Pomfret. Et encore une douzaine dans la campagne des environs.

« C'est même étonnant qu'il reste quelques animaux sauvages en liberté, dit Karen Malahyde. Que cherchons-nous exactement ?

– Quelqu'un chez qui Ken Harrison aurait travaillé à temps partiel, qui lui aurait appris à changer un canon de revolver et lui aurait prêté les outils.

– Vous plaisantez, chef ?

– Malheureusement oui », répondit Burden.

24

En partant, Wexford croisa Fred Harrison et son taxi dans la grande allée qui menait à l'entrée principale. Celui-ci venait chercher Joanne Garland après sa visite de condoléances à Daisy, se dit l'inspecteur en lui rendant son salut. De condoléances ? Oui. Pourquoi pas ? C'était incroyable de voir à quels outrages l'amour pouvait résister ! Il suffisait de regarder les femmes battues, les enfants maltraités. La jeune fille avait sans doute gardé une vieille admiration, pleine d'un respect tempéré par une véritable affection, pour sa grand-mère. Quant à Harvey, elle n'avait visiblement jamais eu aucun sentiment pour lui. Et en ce qui concernait sa mère, les originaux toujours dans la lune comme Naomi Jones étaient souvent des gens adorables.

L'inspecteur connaissait, lui, des choses que Joanne Garland ignorait sans doute. Il se souvenait des révélations contenues dans les lettres citées par la critique du *Sunday Times*. Ce premier mariage non consommé avec Desmond Flory. Ces années passées à vivre « comme frère et sœur », pour reprendre l'euphémisme de l'époque, et l'impossibilité, en ce temps-là et dans ce milieu, de demander une aide quelconque. Les plus belles années de la sexualité, de l'avis de tous – de vingt-trois à trente-trois ans –, gâchées, perdues, peut-être jamais vraiment compensées de façon adéquate par la suite. Puis, à la fin de la guerre, les derniers jours pendant lesquels Desmond devait se faire tuer, il y avait eu la rencontre d'un amant, de l'homme qui allait devenir le père de Naomi.

Toute l'énergie inutilisée ces années-là, Davina l'avait mise dans la création de la forêt. Les bois existeraient-ils actuellement si Flory n'avait pas été impuissant avec sa femme ? C'était là une question intéressante... Wexford se demandait si le côté obsédé sexuel de Davina Flory ne venait pas, en fait, de ces dix ans de frustration. Cela avait peut-être creusé un vide dans son passé, qu'elle savait impossible à combler quoi qu'il arrive. Un gouffre qui ne s'était jamais refermé.

C'est un peu ce qu'elle avait voulu éviter à Daisy. On pouvait avoir cette vision charitable des choses. Mais l'inspecteur était tellement conscient des conséquences désastreuses qu'aurait eues une liaison entre Daisy et le mari de sa grand-mère que la vérité s'imposait à lui : il s'agissait en réalité d'un beau prétexte. Davina aurait dû comprendre, songeait Wexford. Le simple bon goût et un sens normal de la décence auraient dû l'empêcher de faire cela – sans parler de ce comportement « civilisé » dont elle se réclamait tant !

Qui était son amant ? Cet homme qui, tel le prince du conte de fées, était venu à cheval libérer la Belle au bois dormant ? Un autre écrivain, se dit-il. Ou un universitaire. Il n'était pas difficile d'imaginer Davina dans le rôle de lady Chatterley, et le père de Naomi en serviteur du domaine.

La pluie avait cessé. Il faisait humide et brumeux dans les bois, mais, quand Wexford eut quitté la route forestière pour prendre la direction de Kingsmarkham, un soleil tardif apparut. La soirée était chaude et belle, avec tous les nuages repoussés en une grosse masse houleuse vers l'horizon. La voiture roula dans une flaque et souleva une gerbe d'eau en remontant l'allée du garage. Wexford trouva Dora au téléphone et eut une lueur d'espoir qu'elle éteignit aussitôt en lui faisant un signe de tête négatif. Ce n'était que le père de Neil, qui demandait si elle voulait que l'on vienne la chercher.

« Et moi ? On ne vient pas me chercher ?

– Il pensait que tu n'y allais pas. Les gens savent qu'en général tu ne vas pas aux soirées, mon chéri.

– Mais c'est évident, que je vais à la pendaison de crémaillère de ma propre fille ! »

Ce n'était pas raisonnable de se mettre en colère pour cela. L'inspecteur était assez fin psychologue pour savoir que s'il se sentait déconcerté, c'était par culpabilité. Il se croyait tout permis avec Sylvia, il l'aimait sans trop réfléchir, la faisait toujours passer en second après sa sœur et devait faire un effort pour ne pas risquer d'oublier son existence. Il monta se changer à l'étage. Après avoir songé à mettre une veste de sport et un pantalon en velours côtelé, il y renonça en faveur de son plus beau costume – le seul vraiment correct qu'il possédât.

Pourquoi tant se tourmenter pour cette idiote ? Cette poseuse de Sheila, si ridiculement affectée ! Ces adjectifs terribles dont il la qualifiait, même en pensée, le firent presque gémir tout haut. Seul dans l'entrée, il décrocha le téléphone et composa son numéro. À tout hasard. Quand il entendit qu'après plus de trois sonneries, le message ne se déclenchait pas, l'espoir lui revint. Mais personne ne répondit. Il laissa sonner vingt fois, puis raccrocha.

« Tu es très élégant, lui dit Dora, avant d'ajouter : Elle ne fera pas de sottise, tu sais.

– Je n'y avais même pas pensé », répondit-il. Ce qui était faux.

La maison qu'avaient achetée Sylvia et son mari se trouvait après Myfleet, à une vingtaine de kilomètres. C'était un ancien presbytère du temps où l'Église d'Angleterre n'hésitait nullement à installer dans une demeure de dix chambres, humide et sans chauffage, le titulaire d'un bénéfice de cinq cents livres par an. Elle avait séduit Sylvia et Neil, qui partageaient le mépris de cette fin du xxᵉ siècle pour tout ce qui pouvait ressembler à la vie de banlieue. Ils avaient eu du mal à attendre d'avoir les moyens de quitter leur pavillon mitoyen de cinq pièces. Ce désir d'une « vraie maison » constituait l'un des rares sujets sur lesquels ils s'entendaient, comme Wexford et Dora s'en étaient rendu compte lors d'une récente discussion. En tout cas, aucun couple mal assorti ne consacrait autant d'énergie à rester uni que celui-là ! Ils accumulaient les possessions communes et s'arrangeaient ainsi pour dépendre de plus en plus de l'aide et du soutien l'un de l'autre.

Maintenant qu'elle avait obtenu son diplôme du Centre national d'enseignement par correspondance, Sylvia occupait un assez bon poste à la délégation de l'Éducation régionale du comté. Mais elle semblait se plaire à mettre sur sa route des problèmes qui l'obligeaient à s'appuyer sur la présence et les promesses de Neil. Comme lui, de son côté, faisait de plus en plus de voyages d'agrément et de déplacements à l'étranger, qui le contraignaient à dépendre de la présence et des promesses de sa femme. Avec l'achat de cette maison située à une quinzaine de kilomètres de plus de son travail à elle et dans la direction opposée à l'école où allaient ses petits-fils, Wexford trouvait toutefois qu'ils allaient trop loin. Il en fit la remarque à Dora tout en conduisant prudemment dans les rues sinueuses de Myfleet.

« La vie est déjà assez dure sans qu'on la transforme en course d'obstacles.

– C'est vrai. As-tu pensé que Sheila serait peut-être là, ce soir ? Elle est invitée.

– Elle ne viendra pas. »

Effectivement, Sylvia l'avertit de son absence – oui, elle le savait déjà depuis une semaine – avant même qu'il ne posât la question. Ce qu'il n'eût pas fait, de toute façon, sachant trop bien, par les scènes et les manifestations de rancune amère du passé, quelles pouvaient en être les conséquences.

« Tu es très élégant, papa. »

En l'embrassant, Wexford lui dit que la maison était charmante, même si celle-ci lui paraissait encore plus grande et plus austère que dans ses souvenirs, lorsqu'il l'avait vue la première fois. On ne pouvait nier, cependant, que ce fût l'endroit rêvé pour donner une soirée. Il entra au salon, déjà plein de monde. Tout avait besoin d'être redécoré, et le chauffage central faisait cruellement défaut. Mais le grand feu de bûches avait belle allure dans la cheminée victorienne de style faussement seigneurial, et ils auraient la chaleur de cinquante corps pour se réchauffer. L'inspecteur alla saluer son gendre et accepta un verre de Highland Spring joliment servi, avec de la glace, des rondelles de citron vert et quelques feuilles de menthe.

Aucun des invités n'ignorait son identité. Ce n'était pas tant une sensation de malaise que de la prudence qu'il décelait en circulant parmi eux. Les gens commençaient aussitôt à s'observer, à se livrer automatiquement à quelques vérifications – plus que jamais, maintenant qu'il y avait cette campagne contre l'alcool au volant. Wexford en vit certains jeter un coup d'œil à leur verre contenant, de toute évidence, un doigt de whisky, et se demander si cela pouvait passer pour du jus de pomme ; ou prêts à se retrancher derrière la vieille excuse : c'est ma femme qui conduit.

Il aperçut soudain Burden. Mêlé à un groupe qui rassemblait Jenny et quelques collègues enseignants de Sylvia, l'inspecteur, silencieux, tenait un grand verre à la main, vraiment rempli de jus de pomme, celui-là. À moins que Mike ne soit devenu fou et qu'il ne s'agisse de vingt-cinq centilitres de scotch ! Wexford se dirigea vers lui. Il avait trouvé un interlocuteur agréable pour une bonne partie de la soirée.

« Vous êtes très élégant.

– Et vous êtes la troisième personne à juger bon de commenter mon apparence, pratiquement dans les mêmes termes ! Suis-je donc vêtu comme un clochard, d'habitude ? En top model de la Croix-Rouge ? »

Burden ne répondit pas mais adressa à Wexford l'un de ses petits demi-sourires pincés accompagné d'un haussement de sourcils. Lui-même, vêtu d'un pull-over en cachemire anthracite par-dessus un col roulé blanc, avec un blouson d'aviateur en soie lavée anthracite et un jean griffé, n'avait peut-être pas tout à fait atteint l'effet désiré. Du moins aux yeux de son supérieur.

« Puisque nous en sommes aux réflexions personnelles, déclara l'inspecteur principal, je trouve que cet accoutrement vous fait ressembler à un curé branché. Le légitime occupant de ces lieux, d'ailleurs. C'est le côté faux col qui fait ça.

– Quelle sottise ! répliqua Burden, froissé. Vous faites toujours ce genre de réflexion sous prétexte que je ne porte pas systématiquement l'étiquette " flic" collée sur moi. Prenez votre verre et venez par ici. Cette maison est un vrai dédale, dites donc. »

Ils se retrouvèrent dans ce qui devait être un ancien petit salon, une pièce réservée à la couture, un bureau ou simplement un « coin tranquille ». Dans un angle se trouvait un poêle à mazout qui répandait plus d'odeur que de chaleur.

« Regardez ce que j'ai dans mon verre, dit Wexford. On dirait des billes. Comment pourrait-on appeler ça ? Pas des cubes de glace, puisque c'est rond. Des sphères de glace, peut-être ?

– Personne ne comprendrait. Disons des " cubes de glace ronds ", plutôt.

– D'accord, mais c'est une contradiction dans les termes. On devrait... »

Burden l'interrompit d'un ton ferme.

« Le patron a téléphoné pendant que vous étiez avec la fameuse Joanne. Je l'ai eu au bout du fil. Il dit que c'est grotesque de parler encore de " bureau du meurtre " sur les lieux du crime quatre semaines après, et nous ordonne de quitter *Tancred* dès la fin de la semaine.

– Je sais. J'ai rendez-vous avec lui. Qui appelle l'endroit comme cela, d'ailleurs ?

– Karen et Gerry, quand ils répondent au téléphone. Pis, j'ai même entendu Gerry annoncer : " Ici, le bureau du massacre. "

– Ce n'est pas grave. Nous ne sommes plus obligés d'y rester. Je sens que je maîtrise cette affaire, Mike, mais je ne peux pas en dire plus. Il faut qu'une ou deux choses se mettent en place et qu'il me vienne une petite étincelle... »

Burden le regarda d'un air soupçonneux.

« Eh bien, moi, il me faudrait beaucoup plus que cela, je vous assure. Vous vous rendez compte que nous n'avons même pas franchi le premier obstacle ? À savoir comment les criminels ont pu s'enfuir de *Tancred* sans qu'on les voie !

– Oui. Daisy a appelé police secours à huit heures vingt-deux. C'est-à-dire, d'après elle, entre cinq et dix minutes après leur départ. Mais elle n'en sait rien, et son calcul est vraiment très approximatif. S'il y a bien eu dix minutes – la durée maximum, à mon avis –, ils se seraient donc enfuis à huit heures douze, soit quatre minutes avant que Joanne Garland ne s'en aille. Je crois cette femme, Mike. Je pense qu'elle est fiable, pour l'heure, comme le sont tous ces maniaques de la ponctualité. Si elle dit qu'elle est partie à seize, c'est la vérité.

« Mais s'ils s'étaient enfuis à huit heures douze, elle les aurait forcément vus. À ce moment-là, elle longeait la façade avant de la maison pour essayer d'aller voir par la fenêtre de la salle à manger. Ils sont donc partis plus tard, et Daisy a mis plutôt cinq minutes que dix à atteindre le téléphone. Mettons qu'ils soient partis à huit heures dix-sept ou dix-huit. Dans ce cas, ils étaient derrière Joanne Garland et, comme ils conduisaient sûrement plus vite qu'elle...

– À moins qu'ils n'aient pris la petite route.

– Gabbitas les aurait vus. S'il est coupable de quelque chose dans cette affaire, Mike, ce serait dans son intérêt de déclarer qu'il les a vus. Or il dit que non. S'il est innocent et affirme n'avoir rien vu, c'est donc que les autres n'y étaient pas. Revenons-en à Joanne Garland.

« En arrivant au portail principal, elle a dû descendre de voiture pour l'ouvrir, puis remonter dedans et passer l'entrée, avant de s'arrêter de nouveau pour aller refermer. Peut-on raisonnablement concevoir, si les tueurs la suivaient de près, qu'ils ne l'auraient pas rattrapée ?

– On pourrait faire un essai, proposa Burden.

– C'est déjà fait. J'ai essayé cet après-midi. Sauf que nous avons laissé trois minutes au lieu de deux entre le départ de la voiture A et celui de la voiture B. Je conduisais la première à une vitesse allant de cinquante à soixante-cinq kilomètres à l'heure. Barry me suivait en roulant aussi vite qu'il pensait pouvoir le faire sans danger. De soixante-cinq à quatre-vingts kilomètres à l'heure, et même parfois plus. Il m'a rattrapé au moment où je m'arrêtais une seconde fois pour refermer la barrière.

– Est-ce qu'ils auraient pu être *déjà* repartis quand Joanne Garland est arrivé ?

– Difficile. Elle était là-bas à huit heures onze. Bon, Daisy déclare qu'ils n'ont entendu les hommes dans la maison qu'à huit heures passées d'une ou deux minutes. S'ils sont partis à dix, cela leur en laisse neuf, maximum, pour monter à l'étage, tout mettre sens dessus dessous puis redescendre, tuer trois personnes et en blesser une quatrième avant de prendre la fuite. C'est possible, mais un peu juste. Et s'ils se sont enfuis par la grande allée à travers bois, ils auraient dû croiser Joanne qui arrivait. D'un autre côté, s'ils avaient pris la petite route à, mettons, huit heures sept, ils auraient dépassé Bib Mew à vélo, puisqu'elle a quitté *Tancred* à huit heures moins dix.

– À vous entendre, tout paraît impossible, répondit Burden, pensif.

– Mais c'est impossible ! Sauf si Bib, Gabbitas, Joanne Garland et les tueurs font partie d'une conspiration – ce qui, de toute évidence, n'est pas le cas –, les coupables ne peuvent absolument pas avoir quitté la maison entre cinq et vingt. Et pourtant, c'est ce qu'ils ont dû faire, nous le savons. Depuis le début, Mike, nous avons admis une hypothèse qui repose sur une évidence très fragile : à savoir qu'ils sont venus et repartis *en voiture*. Ou par tout autre moyen de transport motorisé.

Nous avons toujours supposé la présence d'un véhicule dans cette histoire. Mais imaginons qu'il n'y en ait pas eu ? »

Burden le regardait avec de grands yeux lorsque la porte s'ouvrit et qu'une foule de gens entra, chacun avec une assiette pleine à la main et à la recherche d'un endroit où s'asseoir.

« C'est le dîner, annonça Wexford au lieu de répondre à la question qu'il venait de poser. Si on allait se chercher quelque chose à manger ?

— On ne devrait pas rester ici, de toute façon. Ce n'est pas correct vis-à-vis de Sylvia.

— Vous voulez dire qu'un invité, dans une soirée, se doit de circuler partout pour gagner son eau gazeuse et ses tacos ?

— C'est un peu cela, oui », confirma Burden avec un grand sourire. Il regarda sa montre. « Il est plus de dix heures, vous savez, et notre baby-sitter ne peut rester que jusqu'à onze.

— Nous avons juste le temps d'un sandwich », répondit Wexford, à peu près certain qu'il n'y aurait pas ici de ceux qu'il aimait tant.

Tout en consommant du saumon mayonnaise, il bavarda avec deux collègues de Sylvia, puis deux de ses anciennes camarades de classe. Burden n'avait pas tort quand il disait qu'un invité avait son rôle à jouer. Dora, elle, était plongée dans une discussion amicale avec le père de Neil. Mais Wexford ne quitta pas Burden du coin de l'œil de tout ce temps et se rapprocha de lui dès que les amies de sa fille retournèrent chercher de la salade au poulet.

Burden reprit la conversation à l'endroit exact où ils l'avaient interrompue.

« Ils disposaient sûrement d'un véhicule quelconque.

— Écoutez, vous savez ce que disait Sherlock Holmes. Quand toutes les autres solutions sont impossibles, la seule qui reste, si improbable soit-elle, est forcément la bonne.

— Et comment sont-ils arrivés là-bas sans moyen de transport ! La maison est à des kilomètres de tout.

— À travers bois. À pied. C'est l'unique possibilité, Mike. Réfléchissez. Les routes sont pratiquement bouchées par la circulation. Joanne Garland entre et ressort par la grande allée.

Sur la petite route, il y a d'abord Bib, ensuite Gabbitas. Mais tout cela ne les gêne pas. Ils prennent la fuite en toute sécurité – à pied. Pourquoi pas ? Qu'ont-ils donc à porter ? Un revolver et quelques bijoux.

– Daisy a entendu démarrer une voiture.

– Bien sûr. C'était la voiture de Joanne Garland. Plus tard qu'elle ne le dit, mais on peut difficilement lui demander d'être précise sur l'heure. Elle l'a entendue démarrer après le départ des deux tueurs, pendant qu'elle se traînait vers le téléphone.

– Je crois que vous avez raison. Et ces deux-là auraient pu s'enfuir sans que personne ne les voie ?

– Je n'ai pas dit cela. Quelqu'un les a vus. Andy Griffin, qui était sur place ce soir-là, prêt à passer la nuit dans sa cachette. Il les a vus d'assez près, j'imagine, pour les reconnaître. Et le résultat de sa tentative de chantage sur l'un des deux ou sur les deux, c'est qu'il s'est retrouvé pendu. »

Après le départ de Mike et de Jenny, Wexford songea à s'en aller, lui aussi. Les Burden s'étaient attardés et la baby-sitter serait obligée de rester quinze minutes de plus. Il était presque onze heures.

Dora s'était jointe à un groupe d'autres femmes à qui Sylvia montrait la maison. Elles ne devaient pas faire de bruit pour éviter de réveiller les deux petits garçons. Wexford ne voulait pas demander à Sylvia si elle avait eu des nouvelles de sa sœur, de peur que cela ne provoquât une scène de jalousie et de rancœur. Si elle était vraiment heureuse de sa maison et de son style de vie actuel, elle pourrait lui répondre comme une personne raisonnable. Mais si ce n'était pas le cas – et il n'aurait su dire quel était son état d'esprit ce soir –, elle se retournerait contre lui, avec ces vieilles accusations de favoritisme à l'égard de son aînée. L'inspecteur réussit à se frayer un chemin jusqu'à Neil et lui posa la question.

Bien sûr, celui-ci ignorait tout à fait si sa femme avait parlé ou non récemment à Sheila. Il était vaguement au courant de cette liaison avec un romancier dont il n'avait jamais entendu parler avant, mais ne savait pas que c'était terminé et, sans le vouloir, fit que Wexford se sentit un peu bête. Son gendre l'assura que tout allait s'arranger, avant de s'excuser pour aller chercher un plateau chargé de cafés.

Dora, en revenant, lui dit que s'il voulait boire quelque chose maintenant, elle prendrait le volant au retour. « Non merci, lui répondit Wexford qui s'était aperçu qu'après un ou deux verres de ces eaux minérales, on n'avait plus très envie d'alcool. On y va, alors ? »

Ils avaient appris tous deux à faire preuve de beaucoup de tact avec cette enfant difficile. Ils se seraient mis en quatre pour ne pas l'offenser. Mais il y avait déjà des gens qui partaient. Seul un petit carré de noctambules irréductibles allait rester après minuit. Ils attendirent patiemment qu'on apporte les manteaux des autres invités et que se terminent ces plaisanteries de dernière minute que l'on échange toujours sur le pas de la porte pour retarder l'instant de se séparer.

Wexford put enfin embrasser sa fille et lui dire bonne nuit, merci, c'était une bonne soirée. Elle l'embrassa à son tour en le serrant gentiment dans ses bras, avec chaleur et sans ressentiment. Il trouva que Dora allait un peu loin en parlant de « maison du bonheur » – quelle expression ! Enfin, du moment que cela faisait plaisir à Sylvia...

Il y avait plusieurs chemins pour rentrer. On pouvait soit traverser Myfleet, soit l'éviter en passant légèrement au nord ou bien faire un long détour, au sud, par Pomfret Monachorum. Wexford prit la bretelle qui contournait la ville. Le mot évoquait une sorte d'autoroute bien éclairée mais, en réalité, il s'agissait d'un itinéraire compliqué qu'il fallait bien connaître pour ne pas se perdre.

La nuit sans lune, avec les étoiles cachées derrière d'épais nuages, était très noire. Les habitants de ces villages avaient mené une campagne contre l'éclairage des rues et, à cette heure-ci, tout semblait inhabité, chaque maison était plongée dans l'obscurité à l'exception, çà et là, de la lueur d'une fenêtre au rideau tiré derrière lequel veillait encore quelque couche-tard.

Dora entendit le hurlement des sirènes une fraction de seconde avant son mari. « Vous êtes obligés d'y aller, dans votre brigade ? demanda-t-elle. À plus de minuit ? »

Ils roulaient sur l'une des longues lignes droites bordées d'arbres que traçait la route entre deux habitations, avec des talus dressés de chaque côté comme des murs de défense. Les phares projetaient une lumière verdâtre dans ce tunnel sombre.

« Ce n'est pas nous, répondit-il. Mais les pompiers.

– Comment le sais-tu ?

– Leur sirène n'est pas la même. »

Le son s'amplifia et, un instant, Wexford crut qu'ils allaient arriver droit sur eux. Il avait déjà commencé à freiner, à se coller le plus près possible du bord de la chaussée, quand le hurlement décrut à nouveau. La voiture de pompiers – la pompe à incendie, comme ils l'appelaient – avait pris un autre chemin.

L'inspecteur accéléra, sortit de l'espèce de chenal que formaient les deux côtés de la route relevés comme des remparts, les buissons touffus et les arbres en surplomb, et ils émergèrent enfin de ce puits de ténèbres. Les talus disparurent, la voie s'élargit et une plaine – une étendue de collines dénudées – s'ouvrit devant eux. Le ciel rougeoyait au loin, l'horizon teinté d'un rouge fumeux qui imbibait les masses de nuages comme au-dessus d'une grande ville. Mais il n'y avait aucune ville à cet endroit.

Un nouveau hurlement de sirène se fit entendre.

« Ce n'est pas à Myfleet, dit Dora. C'est par ici. Une maison qui brûle, tu crois ?

– Nous le saurons bientôt. »

Wexford comprit avant même d'arriver là-bas. C'était la seule maison au toit de chaume du voisinage. Le rougeoiement s'intensifiait, la teinte rouille ternie de fumée devenant de plus en plus vive jusqu'à embraser le ciel comme un feu au charbon – de la même couleur étincelante que l'on voit entre des charbons ardents. Ils percevaient maintenant le craquement, le rugissement rythmé des flammes qui montaient.

Un cordon de sécurité barrait déjà la route. Les deux pompes à incendie étaient garées de l'autre côté de la barrière et les pompiers arrosaient le feu avec ce qui ressemblait à de l'eau mais n'en était sûrement pas. La maison qui brûlait faisait le même bruit que les vagues s'écrasant sur une plage de galets pendant une tempête ou le violent reflux de la marée. C'était assourdissant. Impossible de parler, tout commentaire sur le brasier aussitôt réduit au silence par ce courant de flammes impatientes.

Wexford descendit de voiture et s'approcha de la barrière. L'un des pompiers, qui commençait à lui dire de repartir par la route de Myfleet, le reconnut, mais l'inspecteur secoua la tête ; il n'allait pas crier pour essayer de dominer le tumulte. La chaleur de l'incendie arrivait jusqu'à lui, réchauffant l'air froid et humide comme un immense feu de cheminée dans l'antre d'un géant.

Assez près des flammes pour avoir l'impression qu'elles lui brûlaient le visage, Wexford contemplait le spectacle. Malgré la pluie récente, trop peu abondante, le chaume avait pris comme du papier et du petit bois. Il n'en restait que des vestiges, laissant apparaître les poutres noircies de la charpente au milieu du brasier furieux qui grondait. La maison brûlait comme une torche, mais d'un feu plus vivant, avec quelque chose d'animal dans sa voracité, sa détermination, sa passion de détruire. Les étincelles sautaient, dansaient et montaient en tourbillons vers le ciel. Une énorme braise vive – un gros morceau de chaume en feu – s'envola soudain du toit et se dirigea sur eux en tournoyant, comme une fusée. Wexford se baissa, puis recula.

Quand elle retomba, fumante, à leurs pieds, il demanda au pompier : « Y avait-il quelqu'un à l'intérieur ? »

L'arrivée d'une ambulance empêcha l'homme de répondre. Wexford vit Dora faire marche arrière pour dégager le passage. Le pompier déplaça la barrière et laissa entrer l'ambulance.

« On a essayé, mais on n'a rien pu faire », dit-il.

Une autre voiture apparut. La MG de Nicholas Virson. Elle ralentit puis s'arrêta, mais pas comme si quelqu'un était aux commandes et que le conducteur ait freiné, mis au point mort puis serré le frein à main : elle finit par s'immobiliser après plusieurs secousses et cala avec un bond en avant. Virson en descendit, regarda un instant l'incendie et se cacha le visage dans les mains.

Wexford rejoignit Dora.

« Tu peux rentrer si tu veux. Quelqu'un me ramènera.

— Reg, que s'est-il passé ?

— Je ne sais pas. Je ne peux pas croire que ce soit un accident.

— Je t'attends. »

Les ambulanciers sortaient quelqu'un de la maison sur une civière. L'inspecteur s'attendait à voir une femme, mais il s'agissait d'un homme — le pompier qui avait fait la tentative de sauvetage désespérée. Nicholas Virson, bouleversé, se retourna vers Wexford, le visage ruisselant de larmes.

25

Une partie très ancienne de la maison avait été, dans un lointain passé, solidement construite sur une charpente de bois dont les deux piliers principaux restèrent debout. Taillés dans le chêne, pratiquement indestructibles, ils se dressaient au milieu des cendres tels des troncs calcinés. Il n'y avait pas eu de fondations et ces deux grands poteaux étaient profondément plantés dans le sol comme des arbres.

Le site noirci évoquait davantage les traces d'un incendie de forêt que celui d'une maison. Wexford, en contemplant les ruines depuis sa voiture, se souvint qu'il avait trouvé la maison des Virson jolie, la première fois qu'il l'avait vue. Comme une image sur un couvercle de boîte de chocolats, avec ses roses autour de la porte et un jardin qui aurait pu illustrer un calendrier. L'homme qui avait fait cela prenait plaisir à détruire la beauté. Il aimait dégrader pour dégrader. L'inspecteur était tout à fait convaincu, maintenant, qu'il s'agissait d'un acte criminel.

Le désir de tuer pouvait être le motif premier, mais cette joie du vandalisme existait aussi. C'était la cerise sur le gâteau. La petite récompense.

Le garage de *The Thatched House* contenait vingt bidons de dix litres d'essence et une dizaine de bidons de cinq litres remplis de pétrole lampant, rangés le long du mur de chaque côté – la plupart contre le mur mitoyen de la maison. Et le toit de chaume recouvrait aussi bien le garage que la partie habitation.

Nicholas Virson avait une explication. C'étaient les problèmes du Moyen-Orient qui avaient incité sa mère à constituer ainsi des réserves. Quel événement en particulier, il ne s'en souvenait pas, mais l'essence se trouvait là depuis des années, pour les « mauvais jours ».

Il n'avait donc pas fait assez mauvais, se dit Wexford. Trop de soleil, sans doute ! La bruine de ces derniers temps succédait en effet à une longue et sévère période de sécheresse. Les enquêteurs n'avaient pas trouvé beaucoup d'indices dans le garage, car il ne restait presque rien. Quelque chose avait mis le feu à ces bidons – un simple détonateur. La découverte d'un bout de chandelle ordinaire ayant roulé, presque par miracle, sous les portes jusque dehors les amena à penser qu'il s'agissait là d'une pièce à conviction essentielle. Les théories ne marchaient pas toujours dans une enquête, mais cette fois, tout se tenait : on trempe un morceau de ficelle dans du pétrole et non pas de l'essence, et on plonge l'autre extrémité dans un bidon de pétrole entouré lui-même de bidons pleins d'essence ; on attache la première extrémité à mi-hauteur d'une chandelle que l'on allume, et deux, trois ou quatre heures plus tard...

Le pompier avait été gravement brûlé mais il s'en tirerait. Joyce Virson, elle, était morte. Wexford déclara à la presse qu'ils traitaient l'affaire comme un meurtre. Incendie criminel et meurtre.

« Qui était au courant de l'existence de ces bidons d'essence, Mr. Virson ?

– Notre femme de ménage. Le type qui s'occupe du jardin. Je suppose que ma mère en a parlé à des gens, à des amis. Moi aussi, peut-être. Je me souviens notamment d'un jour où un très bon ami à moi est arrivé ici presque à sec. J'ai rempli son réservoir suffisamment pour qu'il puisse rentrer chez lui. Et puis il y a les ouvriers qui sont venus réparer le toit de chaume. Ils allaient dans le garage. C'est là qu'ils mangeaient leurs sandwiches à midi... »

Et fumaient une petite cigarette, se dit Wexford.

« Vous feriez mieux de nous donner quelques noms. »

Pendant qu'Anne Lennox les relevait, Wexford repensa à l'entretien qu'il venait d'avoir avec James Freeborn, le chef adjoint de la police. À combien de meurtres devaient-ils encore s'attendre avant que l'on n'arrête un coupable ? Il y avait déjà eu cinq morts. Ce n'était plus un massacre, mais une hécatombe ! L'inspecteur principal se garda bien de corriger son supérieur et de faire une réflexion sarcastique – comme d'espérer, par exemple, qu'il n'y en aurait pas quatre-vingt-quinze de plus. Il demanda en revanche que le bureau d'enquête à *Tancred* soit maintenu jusqu'à la fin de la semaine seulement, et on le lui accorda avec réticence. Mais plus de surveillance de la jeune fille ! Wexford dut lui certifier qu'il n'y en avait pas eu cette semaine. « Une affaire comme celle-là pourrait durer des années. – J'espère que non, monsieur. »

Nicholas Virson voulait savoir s'ils en avaient fini avec lui, et s'il pouvait partir.

« Pas encore, Mr. Virson. Je vous ai demandé hier, avant que nous ayons une idée bien claire des causes de l'incendie, où vous vous trouviez mardi soir. Vous étiez très bouleversé et je n'ai pas insisté. Je vous repose la question. Où étiez-vous ? »

Virson hésita, puis finit par donner cette réponse qui n'est jamais la vérité mais dont on se sert pourtant souvent dans ce genre de circonstance : « Pour être honnête avec vous, je suis juste allé me promener en voiture. »

Deux formules toutes faites à la suite ! Les gens vont-ils jamais vraiment « juste se promener en voiture » ? Tout seuls, la nuit, début avril ? Dans la campagne où ils habitent et où il n'y a rien de nouveau à voir, aucun beau panorama à découvrir pour revenir ensuite le contempler à la lumière du jour ? En vacances, peut-être, mais dans sa propre région ?

« Où cela ? » demanda l'inspecteur patiemment.

Virson n'était pas très doué pour mentir.

« Je ne sais pas. J'ai suivi des routes au hasard. C'était une belle nuit, précisa-t-il d'un ton plein d'espoir.

– Bien, Mr. Virson. À quelle heure avez-vous quitté votre mère avant de partir ?

– Ça, je peux vous le dire ! À neuf heures trente pile. C'est la vérité, ajouta-t-il.

– Où se trouvait votre voiture ?

– Dehors, sur l'allée de gravier. Et celle de ma... mère, à côté. Nous ne les mettions jamais dans le garage. »

Non, bien sûr, elles n'y rentraient pas ! Il n'y avait plus de place, avec tous ces bidons d'essence qui n'attendaient qu'une flamme courant le long d'un morceau de ficelle pour exploser.

« Et où êtes-vous allé ?

– Je vous l'ai dit, je n'en sais rien, je me suis juste promené. Vous savez à quel moment je suis rentré... »

Trois heures après. Cela semblait bien calculé. « Vous vous êtes promené en voiture dans la campagne pendant trois heures ? Mais vous auriez eu le temps de faire l'aller et retour à Heathrow ! »

L'autre esquissa un sourire triste.

« Je ne suis pas allé à Heathrow.

– Non, je ne pense pas. »

Si Virson refusait de parler, il allait falloir jouer aux devinettes. Wexford regarda la feuille de papier sur laquelle Anne avait écrit les noms et adresses des gens au courant de la réserve secrète d'essence : les amis proches de Joyce Virson, l'ami de Nicholas tombé en panne sèche, le jardinier, la femme de ménage...

« Je crois que vous avez fait une erreur, Mr. Virson. Mrs. Mew travaille à *Tancred*.

– Ah ! oui, mais elle travaille aussi pour nous... euh, pour moi. Deux matinées par semaine. » Il paraissait soulagé que l'on ait changé de sujet. « C'est comme cela qu'elle a fini par aller donner un coup de main à *Tancred*. Sur recommandation de ma mère.

– Je vois.

– Je juge sur ma vie et sur tout ce que j'ai de plus sacré que je n'ai rien à voir dans tout cela ! s'écria le jeune homme avec véhémence.

– J'ignore ce que vous tenez pour sacré, Mr. Virson, répondit doucement Wexford, mais je ne pense pas que cela ait grand rapport avec cette affaire. » Il avait déjà souvent entendu ces mots-là de la bouche de gens respectables comme de scélérats, qui juraient sur la tête de leurs enfants et sur leurs espoirs d'un paradis dans une vie future. « Vous me ferez savoir où on peut vous joindre, entendu ? »

Burden s'approcha de lui après le départ de Nicholas Virson.

« Je suis rentré chez moi par le même chemin, vous savez, Reg. La maison était totalement plongée dans l'obscurité à onze heures quinze.

– Pas même une lueur de chandelle visible à travers les fentes de la porte du garage ?

– Le but n'était pas de tuer Mrs. Virson, n'est-ce pas ? Je veux dire, le meurtrier est vraiment sans pitié et se moquait bien qu'elle meure ou pas, mais ce n'était pas elle la personne visée, la vraie cible.

– Non, je ne crois pas.

– Je vais chercher mon déjeuner. Vous voulez quelque chose ? Aujourd'hui, cuisine thaïe ou bien tourte au bœuf et aux rognons.

– Vous parlez comme une publicité bas de gamme à la télé. »

Wexford sortit avec lui et ils rejoignirent la petite queue devant le camion du traiteur. D'ici, seuls l'extrémité de la maison, le haut mur et quelques fenêtres de l'aile est étaient visibles. Derrière l'une d'elles, on apercevait vaguement la silhouette de Brenda Harrison qui frottait la vitre avec un chiffon. L'inspecteur principal tendit son assiette et on lui servit une part de tourte avec la purée et des légumes sautés. Quand il releva les yeux, Daisy avait remplacé Brenda.

Elle ne nettoyait par les carreaux, bien sûr, mais se tenait là, bras ballants, les yeux perdus dans le lointain, regardant les bois, la forêt, la ligne bleue de l'horizon d'un air qui parut à l'inspecteur, pour autant qu'il put en juger, d'une tristesse ineffable. Elle ressemblait à une statue de la solitude, debout à cet endroit, et il ne fut pas surpris de la voir se cacher le visage dans les mains avant de se détourner.

Burden, qui levait la tête, l'avait vue, lui aussi. Sans rien dire sur le moment, il prit son assiette remplie d'un mets parfumé aux couleurs plutôt vives, et une boîte de Coca avec un verre retourné par-dessus.

« C'est à elle qu'il en avait, n'est-ce pas ? dit-il d'un ton laconique, une fois revenu aux écuries.

— Daisy ?

— Oui, depuis le début. Quand il a monté ce coup de l'incendie, c'est à Daisy qu'il en voulait. Pas à Joyce Virson. Il croyait que la jeune fille serait dans la maison. Vous m'avez dit que les Virson étaient venus ici la persuader d'aller chez eux mardi soir pour dîner et passer la nuit.

— D'accord, mais elle a refusé. Catégoriquement.

— Je sais bien. Nous le savons, nous, qu'elle n'y est pas allée. Mais pas l'assassin. Non seulement il était au courant de cette visite des Virson, mais il n'ignorait pas non plus qu'*ils étaient retournés la voir l'après-midi pour essayer à nouveau de la convaincre.* Il a dû arriver quelque chose qui lui aura fait croire que Daisy passerait la nuit à *The Thatched House.*

— Ce n'est pas Virson, donc. Car lui savait qu'elle n'y serait pas. Vous répétez toujours " il ", Mike. S'agit-il forcément d'un homme ?

— Cela paraît évident, mais on peut toujours se tromper.

— Et on ne devrait peut-être jamais se fier à ce qui paraît évident.

— Bib Mew travaillait aussi pour les Virson. Elle connaissait l'existence des bidons d'essence dans le garage.

— Elle écoute aux portes, rappela Wexford. Et ne comprend peut-être pas très bien ce qui se dit de l'autre côté. Elle était ici le soir du 11 mars. Une bonne partie de ce que nous savons des – manœuvres, dirons-nous ? de cette nuit-là se base sur son témoignage. Bib n'est pas très maligne, mais quand même assez dégourdie pour vivre seule et avoir deux emplois.

— Elle ressemble à un homme. Sharon Fraser a déclaré que tous les gens qui avaient quitté la banque étaient des hommes,

mais, en ce qui concerne Bib New, aurait-elle vu la différence ?

– Un des clients, dans la queue, tenait une poignée de billets verts. Depuis la disparition de ceux d'une livre, il n'en
existe plus de cette couleur en Angleterre. Quel autre pays en
possède ? Des billets tout verts ?

– Les États-Unis, répondit Burden.

– Oui. C'étaient des dollars. Martin a été tué le 13 mai.
Thanny Hogarth est américain et pouvait très bien avoir des
dollars en sa possession quand il est arrivé ici, mais il n'est
venu qu'en juin. Et Preston Littlebury ? Vine nous a appris
qu'il utilisait des dollars dans la plupart de ses transactions.

– Vous avez lu le rapport de Barry ? Littlebury fait
commerce d'antiquités, c'est exact, et les importe d'Europe de
l'Est. Mais il tire sa principale source de revenus, à l'heure
actuelle, de la vente d'uniformes militaires d'Allemagne de
l'Est. Il était un peu gêné de l'admettre, mais Barry a fini par
le lui faire dire. Apparemment, il y a une demande fantastique
d'objets souvenirs de cette sorte dans notre pays. Casques,
ceinturons, tenues de camouflage.

– Pas de revolvers ?

– Non, pas que l'on sache. Barry a noté aussi que Littlebury ne possédait aucun compte ici. Il n'est pas client de cette
banque.

– Moi non plus, répliqua Wexford. Mais avec ma fameuse
carte Transcend, je peux aller dans toutes les agences de
toutes les banques que je veux. De plus, l'homme qui attendait
avec ses billets était seulement venu les changer en livres,
non ?

– Je n'ai jamais rencontré ce Littlebury mais, d'après ce
que j'ai appris sur lui, je ne pense pas que ce soit le genre à
ramasser un revolver par terre pour s'en aller avec. Je vais
vous dire, Reg, c'était Andy Griffin qui faisait la queue. Avec
les dollars que Littlebury lui avait donnés en salaire.

– Pourquoi ne les a-t-il pas changés, alors ? Pourquoi les
avons-nous trouvés dans la maison de ses parents ?

– Parce qu'il n'est jamais arrivé à la caisse. Hocking et
Bishop sont entrés. Martin a été tué. Andy a ramassé le revol-

ver et il est parti. Il l'a pris pour le revendre et c'est ce qu'il a fait. C'était même l'objet du chantage. Il menaçait son acheteur, qui se trouvait en possession de l'arme du crime.

« Il n'a jamais changé ces billets. Il les a emportés chez lui pour les cacher dans ce tiroir. Parce qu'il avait... disons, une sorte de crainte superstitieuse qu'on le voie avec cet argent, après ce qui s'était passé. Il allait peut-être les changer un jour, mais pas tout de suite. Plus tard. Il tirerait bien plus du revolver que ces quatre-vingt-seize dollars, de toute façon.

– Je crois bien que vous avez raison », dit lentement Wexford.

Cela aurait été un geste aimable d'hospitalité que d'accueillir Nicholas Virson chez elle. Daisy le lui avait sûrement proposé et il avait décliné l'invitation. Pour les mêmes raisons que la fois précédente ?

Pourtant, les choses étaient sûrement différentes, maintenant. Virson n'avait plus nulle part où aller. Mais, dans le ciel de Daisy, son étoile pâlissait, même si naguère elle brillait d'un éclat si vif, donnant à la jeune fille ce regard émerveillé et plein d'adoration. Thanny Hogarth l'avait remplacé. Qui es-tu, toi, quand la lune se lève ?

C'était là un comportement normal chez quelqu'un de son âge – une fille de dix-huit ans... Seulement, dans cette tragédie, Nicholas Virson avait perdu sa mère et sa maison avait brûlé. Daisy devait lui avoir offert l'hospitalité, et il la refusait à cause de l'existence de Thanny Hogarth, tout simplement !

En attendant de s'installer de façon plus durable, il avait pris une chambre à l'*Olive and Dove*, et Wexford le trouva au bar. Où s'était-il procuré ce costume sombre qu'il portait ? se demanda l'inspecteur, perplexe. Virson avait l'air morose, solitaire, et paraissait bien plus vieux que lorsqu'ils s'étaient rencontrés la première fois à l'hôpital. C'était un homme malheureux, qui avait tout perdu. Quand Wexford s'approcha, il était en train d'allumer une cigarette, et c'est à cela qu'il fit allusion.

« J'avais arrêté il y a huit mois. En vacances à Corfou avec ma mère. Cela semblait un bon moment. Pas de stress, etc.

C'est drôle, quand je disais que rien ne me ferait jamais reprendre, je ne pouvais pas prévoir une chose pareille. J'en ai déjà fumé vingt, aujourd'hui.

— Je voudrais vous reparler de mardi soir, Mr. Virson.

— Mon Dieu ! Encore ?

— Je ne vous poserai pas de question. C'est moi qui vais vous donner des faits, que vous n'aurez qu'à confirmer ou à nier. Mais je ne crois pas que vous allez nier. Vous étiez à *Tancred House*. »

Les tristes yeux bleus cillèrent. Virson tira longuement sur sa cigarette comme un fumeur qui s'est roulé quelque chose de plus fort que du tabac. Après une hésitation, il eut la réplique classique de ceux qu'il aurait rangés, lui, dans la catégorie des criminels.

« Qu'est-ce que ça prouve ? »

Au moins, il n'avait pas dit : « Ça se pourrait bien ! »

« Loin d'être " juste allé vous promener en voiture ", vous vous êtes rendu directement là-bas. La maison était vide. Daisy était sortie et il n'y avait aucun policier. Mais vous le saviez. Vous comptiez là-dessus. J'ignore où vous avez garé votre voiture. Il y a beaucoup d'endroits où on pouvait la cacher à ceux qui remontaient l'allée principale ou arrivaient par la petite route.

« Vous avez attendu. Il devait faire froid, ça devait être ennuyeux, mais vous avez attendu. Je ne sais pas quand ils sont rentrés, Daisy et le jeune Hogarth. Ni comment. Dans sa camionnette à lui ou dans sa voiture à elle – une de ses voitures. Mais ils ont fini par arriver et vous les avez vus.

— Juste avant minuit, murmura Virson dans son verre.

— Ah !

— Elle est rentrée juste avant minuit. (Il parlait entre ses dents, d'un ton morne, tout à coup.) C'est un jeune à cheveux longs qui conduisait. (Virson releva la tête.) Il conduisait la voiture de Davina.

— Elle appartient à Daisy, maintenant, répondit Wexford.

— Ce n'est pas juste ! »

Virson frappa la table du poing et le barman se retourna.

« Quoi ? De conduire cette voiture ? Sa grand-mère est morte.

– Pas ça ! Ce que je veux dire, c'est que Daisy est à moi ! Nous étions pratiquement fiancés. Elle m'avait promis qu'elle m'épouserait " un jour ". Elle l'a dit quand elle est sortie de l'hôpital pour venir chez nous.

– Ce sont des choses qui arrivent, Mr. Virson. Elle est très jeune.

– Ils sont entrés ensemble dans la maison. Ce sale type avait un bras passé autour de sa taille. Un type avec des cheveux aux épaules et une barbe de deux jours ! Je savais qu'il ne ressortirait pas de la nuit. J'ignore comment, mais je le savais. Ce n'était plus la peine d'attendre.

– Il valait peut-être mieux pour lui qu'il ne ressorte pas. » Virson lui jeta un regard de défi.

« Peut-être, en effet. »

Wexford croyait une bonne partie de son histoire. Il aurait même pu facilement tout croire, se dit-il. Mais rien prouver. Il touchait presque au but, de toute façon, et savait pratiquement ce qui s'était passé le 11 mars. L'inspecteur connaissait le mobile et le nom de l'un des deux coupables. Dès qu'il serait rentré chez lui, il téléphonerait à Ishbel Macsamphire.

Le courrier était arrivé en retard, après que l'inspecteur principal fut parti au travail. Parmi les lettres qui lui étaient adressées se trouvait un paquet d'Amyas Ireland, qui contenait les épreuves du *Coup de fouet*, le dernier roman d'Augustin Casey. Cet exemplaire, écrivait Amyas, faisait partie des cinq cents tirés par Carlyon Quick – celui de Wexford portait le numéro 350 –, et il ferait bien de le conserver précieusement car cela pourrait prendre de la valeur plus tard. Surtout s'il arrivait à le faire signer par Casey. Amyas ne se trompait pas en pensant que celui-ci était bien un ami de sa fille, n'est-ce pas ?

L'inspecteur réprima une envie instinctive de jeter violemment le livre dans le feu de bûches que Dora avait allumé. Mais quel différend l'opposait donc à Augustin Casey ? Aucun ! Une fois que Sheila aurait surmonté le pire, cet homme, finalement, leur aurait fait une faveur à tous.

Wexford essaya le numéro à Édimbourg, mais personne ne

répondit. Mrs. Macsamphire était sortie et pouvait ne pas rentrer avant dix heures, mettons, ou dix heures trente. On pouvait être à peu près sûr de cela, en général, quand quelqu'un était absent à huit heures. Il allait tuer le temps avec le livre de Casey. Même si Mrs. Macsamphire répondait oui à toutes ses questions, il s'agissait d'un indice si mince, si fragile à lui tout seul...

Wexford lut *Le Coup de fouet*, ou du moins essaya. Mais après quelques instants, il se rendit compte qu'il n'avait rien compris. Non qu'il eût l'esprit ailleurs, mais le livre lui paraissait tout bonnement incompréhensible. Une grande partie était en vers, et le reste semblait être une conversation entre deux personnes jamais nommées – des hommes, sans doute, mais rien de certain – qui s'inquiétaient énormément de la disparition d'un tatou. Il jeta un coup d'œil à la fin, qui ne le renseigna pas davantage, et, en feuilletant le roman, constata que cette alternance de vers et de dialogue sur le tatou continuait tout du long, à l'exception d'une page couverte d'équations algébriques et d'une autre qui comportait un seul mot, « merde », répété cinquante-sept fois.

Au bout d'une heure, Wexford renonça et monta au premier chercher l'ouvrage de Davina Flory sur les arbres, qui se trouvait sur sa table de nuit. Il avait marqué l'endroit où il en était avec le guide de la ville de Heights, dans le Nevada, que Sheila lui avait donné. Là où Casey allait sûrement – s'il n'y était pas déjà, en fait – s'installer comme écrivain invité par l'université.

En tout cas, elle ne parlait plus avec lui ! L'amour était une drôle de chose. Aimant sa fille, Wexford aurait dû lui souhaiter ce qu'elle souhaitait elle-même – être avec Casey et le suivre au bout du monde. Mais non ! Il débordait de joie à l'idée que ce qu'elle désirait lui était refusé. Il soupira un peu et tourna les pages, regardant les photos en couleurs de forêts et de montagnes. Un lac, une chute d'eau, le centre-ville avec un capitole à dôme doré.

Les publicités étaient plus distrayantes. Une certaine maison vendait des bottes de cow-boy par correspondance, « de toutes les couleurs radieuses de l'arc-en-ciel du monde et de l'espace ». Coram Clark était une société d'armuriers ayant des magasins à Reno, Carson City et Heights, qui proposait une telle variété d'armes que Wexford ouvrit de grands yeux. Carabines, fusils de chasse, revolvers, carabines à air comprimé, munitions, chargeurs, viseurs, poudre noire, disait l'encart publicitaire. Toute la gamme des Browning, Winchester, Luger, Beretta, Remington et Speer, avec les prix les plus élevés pour les armes d'occasion. Achat, vente, commerce d'armes... Dans certains États américains, pas besoin de permis. On pouvait avoir une arme dans sa voiture, à condition qu'elle soit posée de façon visible sur le siège. Burden lui avait parlé, se souvint-il, d'étudiants que l'on avait autorisés à s'armer sans restriction pour se défendre d'un tueur en série qui, disait-on, sévissait sur un campus quelconque...

Il y avait aussi une publicité pour les meilleurs pop-corn de l'Ouest, et une autre pour des plaques d'immatriculation personnalisées, dans des teintes irisées. Wexford glissa le guide sous *Beau comme un arbre*, et lut pendant trente minutes. Il était presque dix heures quand il essaya à nouveau de joindre Ishbel Macsamphire.

Naturellement, il ne pourrait plus l'appeler après cette heure-là. C'était une règle qu'il s'efforçait de respecter : on ne téléphone à personne passé vingt-deux heures. À moins deux, quelqu'un sonna à la porte. La règle consistant à ne pas déranger les gens le soir s'appliquait tout autant aux visites, de l'avis de Wexford. Enfin, il n'était pas tout à fait dix heures encore.

Dora alla ouvrir avant qu'il ne puisse l'en empêcher. L'inspecteur ne trouvait jamais très avisé qu'une femme aille répondre seule le soir à un coup de sonnette. Ce n'était pas une attitude sexiste, mais prudente, tant qu'elles ne prendraient pas toutes la peine, comme Karen, d'apprendre les arts martiaux. Il se leva, marcha jusqu'à la porte du salon et entendit une voix de femme, très basse. Quelqu'un qui faisait une collecte. Parfait.

Il se rassit, ouvrit *Beau comme un arbre* à l'endroit marqué par le guide, et ses yeux tombèrent de nouveau sur la publicité des armuriers Coram Clark... Voilà un nom qu'il avait entendu récemment dans un contexte tout différent. Clark était assez courant. Mais Coram ? De qui s'agissait-il ? Il se rappelait qu'en latin – autrefois une matière obligatoire à l'école – *coram* voulait dire « à cause de ». Non, « en présence de ». Ils avaient appris un petit texte mnémotechnique sur les prépositions avec lesquelles il fallait mettre l'ablatif :

> *a, ab, absque, coram, de,*
> *Palam, clam, cum, ex et e,*
> *Sine, tenus, pro et prae,*
> *Ajoutez super, subter, sub et in,*
> *Quand on parle d'état et non de mouvement.*

Incroyable de se souvenir de cela après tant d'années... Dora entra, suivie d'une femme. C'était Sheila.

Elle le regarda, il la regarda, et dit : « C'est merveilleux, de te revoir. »

Sheila alla vers son père et lui mit les bras autour du cou.

« Je viens de chez Sylvia. Je m'étais trompée de jour pour la crémaillère et je suis arrivée hier. Quelle maison fantastique, mon petit papa ! Mais qu'est-ce qui leur a pris, d'abandonner enfin la vie de banlieue ? J'adore cet endroit, mais j'ai eu envie de m'en arracher pour venir faire un saut ici. »

À dix heures du soir. C'était tout elle !

« Tu vas bien ? demanda-t-il.

– Euh, non. Je ne vais pas bien. Je suis très malheureuse. Mais ça passera. »

Wexford aperçut le livre de Casey, posé sur un coussin du canapé. Le nom de l'auteur ne figurait pas en lettres de deux à trois centimètres de haut comme sur une édition définitive, mais il était quand même assez visible. « *Le Coup de fouet* », *d'Augustin Casey. Épreuves non corrigées. Prix approximatif pour le Royaume-Uni : £ 14.95.*

« J'ai dit des tas de choses affreuses. Tu veux qu'on en discute ? »

Son père eut un frémissement involontaire qui la fit rire.

« Je regrette toutes mes paroles, Pop.

– J'ai fait bien pire, et je le regrette aussi.

– Tu as le livre de Gus. (Sheila eut de nouveau ce regard qui rappelait à Wexford l'adoration qu'il avait tant détesté y voir – cette dévotion subjuguée d'esclave.) Tu l'as aimé ? »

Quelle importance, maintenant ? Cet homme était parti. Il pouvait mentir pour faire plaisir à sa fille.

« Oui, c'est très bon. Vraiment.

– Moi, je n'ai pas compris un seul mot », dit Sheila.

Dora éclata de rire.

« Grands dieux ! Allons tous prendre un verre.

– Si elle boit, il faudra qu'elle passe la nuit ici », répondit Wexford, en bon policier.

Sheila resta pour le petit déjeuner, puis retourna au vieux presbytère. L'inspecteur principal avait depuis longtemps laissé passer l'heure à laquelle il partait d'habitude au travail, mais il souhaitait parler à Mrs. Macsamphire avant de s'en aller. Pour quelque raison obscure, il voulait l'appeler de chez lui et non pas des écuries ou avec son téléphone, à l'arrière d'une voiture.

Si vingt-deux heures semblait la limite à ne pas dépasser le soir, le matin, on ne pouvait guère appeler avant neuf. Wexford attendit le départ de Sheila, composa le numéro et eut une jeune femme au bout du fil qui lui dit, avec un très lourd accent écossais, qu'Ishbel Macsamphire était dans le jardin. Pouvait-elle rappeler ? Mais Wexford n'y tenait pas. Elle faisait peut-être partie de ces gens qui comptent chaque sou d'un appel à l'étranger – ou sont *obligés* de le faire.

« Pourriez-vous lui demander si elle aurait le temps de me parler maintenant ? »

Pendant qu'il attendait, il se produisit quelque chose d'étrange. Il se rappela très clairement qui portait le même nom que cet armurier du Nevada – quelle était la personne qui s'appelait Coram de son second prénom.

26

Il fallut une journée, car Wexford ne put s'y mettre avant la fin de l'après-midi ; toute la journée et la moitié de la nuit, parce qu'il n'était que quatre heures de l'après-midi à l'ouest des États-Unis, quand il était minuit à Kingsmarkham.

Le lendemain, après avoir réussi à dormir quatre heures et donné assez de coups de téléphone de l'autre côté de l'Atlantique pour que Freeborn en soit frappé d'apoplexie, l'inspecteur principal prit la B2428 en direction de l'entrée principale de *Tancred*. La nuit, très froide, avait déposé une couche d'argent aux arêtes tranchantes sur le mur et sur les poteaux de bois, et ourlé de cristaux de givre scintillants les contours des feuilles nouvelles et des rameaux encore dénudés. Mais la gelée blanche avait fondu à la chaleur du soleil de printemps qui brillait très haut, éblouissant, dans un ciel bleu vif. Un peu comme au Nevada.

Les feuillages devenaient chaque jour plus épais. Les arbres, d'abord colorés d'un halo vert, puis d'un léger brouillard bientôt changé en voile, se paraient maintenant d'un manteau de verdure d'une teinte profonde et luisante. Toutes les traces de l'hiver étaient en train de disparaître, saletés et dégâts enfouis sous les nouvelles pousses qui recouvraient ordures et détritus, comme si l'on remplissait progressivement les blancs d'un sombre et sinistre tableau, d'une lithographie toute grise, avec un pinceau chargé d'un doux coloris printanier. La forêt, à droite de Wexford, comme les bois, à sa gauche, n'étaient plus des masses obscures mais un ensemble bigarré de verts chatoyants agités par le vent qui soulevait les branches et les faisait balancer, laissant jaillir partout des gerbes de lumière.

Il y avait une voiture garée là-bas près du portail. Une camionnette, plutôt. Wexford distinguait tout juste une silhouette d'homme qui semblait attacher quelque chose à l'un des montants. Ils s'approchèrent lentement. Donaldson arrêta la voiture et descendit ouvrir la barrière, faisant une pause pour examiner l'harmonie de bleus, de verts et de violets qui composait cette dernière offrande de fleurs.

L'homme était remonté dans son véhicule. Wexford alla le rejoindre, obligé de passer par-derrière pour pouvoir parler à la personne assise au volant – ce qui lui permit de découvrir un bouquet de fleurs peint sur le flanc de la carrosserie.

Le conducteur était jeune. Pas plus de trente ans.

« Vous désirez quelque chose ? demanda-t-il en baissant la vitre.

– Inspecteur principal Wexford. J'aimerais savoir si toutes les fleurs du portail viennent de vous ?

– Oui, je crois bien. D'autres personnes en ont peut-être apporté, mais je ne les ai pas vues.

– Vous êtes un admirateur des livres de Davina Flory ?

– C'est ma femme. Moi, je n'ai pas le temps de lire. »

Combien de fois avait-il entendu ces deux phrases ! se dit Wexford. Surtout à la campagne. Car certains hommes trouvaient macho de faire de telles dénégations. Toujours la faute de l'épouse ! La lecture – les romans, notamment –, c'est bon pour les femmes !

« C'étaient donc des hommages qui venaient d'elle ?

– Hein ? Vous plaisantez ! Il s'agit de ma campagne de publicité, vous voulez dire. Elle a juste écrit les petits textes sur les cartes. Ça me paraissait un bon endroit. Les gens n'arrêtent pas d'entrer et de sortir. On leur aiguise l'appétit et, quand ils sont vraiment intrigués, suffit de leur dire où ils peuvent se commander la même chose, non ? Maintenant, si vous voulez bien m'excuser, j'ai rendez-vous au crématorium. »

Wexford lut l'étiquette sur cet éventail d'iris, d'asters, de violettes et de myosotis arrangés en queue de paon. Aucune citation de poète, cette fois, ni de vers shakespearien bien choisi, mais : *Anther Florets, premier étage, Kingsbrook Centre, Kingsmarkham,* suivi d'un numéro de téléphone.

« Un peu hasardeux, comme idée, non ? commenta Burden quand Wexford lui en parla. Et plutôt coûteux, aussi. Ça peut marcher, vous croyez ?

– Mais ça marche déjà, Mike ! J'ai vu Donaldson noter furtivement l'adresse et vous n'avez sûrement pas oublié le
nombre de gens qui ont dit qu'ils aimeraient acheter des fleurs
comme cela. Hinde, entre autres. Et vous-même. Vous en
vouliez pour votre anniversaire de mariage ou je ne sais quoi.
Autant pour mes spéculations sentimentales !

– Quelles spéculations sentimentales ?

– J'avais fini par m'imaginer qu'il s'agissait de quelque
vieil amant issu de l'obscur passé de Davina Flory. Voire du
papa de Naomi, même. (Il s'adressa à Karen, qui passait avec
un bloc-notes à la main.) On peut faire ranger tout cela,
aujourd'hui. Que ce soit prêt à enlever. Et rendre à Mr. Graham Pagett tous ses instruments technologiques avec les
compliments reconnaissants de la brigade criminelle de Kingsmarkham. Oh, et une lettre polie le remerciant d'avoir contribué personnellement à la lutte contre le crime !

– Vous avez la réponse », dit Burden.

Ce n'était pas une question, mais une affirmation.

« Oui. Enfin. »

L'inspecteur le regarda attentivement.

« Vous allez me le dire ?

– C'est une belle matinée. J'aimerais que nous sortions un
peu. Trouvons un endroit au soleil. Barry peut conduire, et
nous irons en voiture à travers bois, je ne sais où, mais loin de
l'arbre du pendu, qui me donne la chair de poule. »

Son téléphone se mit à émettre des bips.

Le peu de pluie qui était tombée n'avait en rien amolli le
sol. Une piste creusée par les roues de la Land Rover de Gabbitas révélait encore des traces de pneus qui devaient avoir été
faites en entrant dans les bois, à l'automne dernier. Vine se
faufila dans ce chemin avec la voiture, en prenant garde à ne
pas abîmer les bas-côtés. Ils étaient dans la partie nord-est de
la forêt de *Tancred*, sur un sentier qui partait de la petite route
en direction du nord, non loin de l'endroit où Wexford avait
vu Gabbitas et Daisy debout l'un près de l'autre dans la
lumière du soir, la main de la jeune fille posée sur le bras du
forestier.

Alors qu'ils suivaient les méandres du chemin au milieu d'un groupe serré de charmes, une grande et longue allée verte apparut tout à coup devant eux. Cette route d'herbe, aménagée entre la zone centrale des bois et la partie est, offrait une perspective lointaine et faisait comme un canyon de verdure, un tunnel sans voûte terminé par un U d'un bleu étincelant de lumière. À l'extrémité et sur toute la longueur, entre les parois que formaient les troncs d'arbres, le soleil s'étalait sur le gazon lisse, les ombres complètement effacées par les rayons droits de midi.

Wexford se souvint de ces silhouettes au milieu du paysage, du parfum de romantisme qui se dégageait de toute la scène ce soir-là.

« Garons-nous ici, dit-il. La vue est belle. »

Vine serra le frein à main et le moteur se tut. Seul le pépiement grêle, le chant peu mélodieux des oiseaux perchés sur les tilleuls géants, vieux survivants de l'ouragan, brisait le silence. Wexford baissa la vitre.

« Nous savons maintenant que les tueurs qui sont venus ici le 11 mars n'étaient pas en voiture. Il leur aurait été impossible d'arriver, puis de s'enfuir, sans qu'on les voie. Ils n'avaient ni voiture, ni camionnette, ni moto. Nos suppositions reposaient sur des évidences assez fortes, et n'importe qui aurait raisonné comme nous, je crois. Mais elles étaient fausses. Ils sont venus à pied. Du moins l'un des deux. »

Burden leva les yeux et le regarda, surpris.

« Non, Mike, ils étaient bien deux. Et ils n'avaient aucun moyen de transport, motorisé ou autre. Nous connaissons aussi, depuis le début, l'heure où tout cela s'est passé. On a tiré sur Harvey Copeland à huit heures et quelques – disons deux ou trois minutes. Sur les deux femmes, puis sur Daisy, à huit heures sept environ. Et les criminels se sont enfuis à dix – ou peut-être une minute plus tôt. Joanne Garland était alors encore en chemin.

« Elle est arrivée à *Tancred House* à onze. Au moment de la fuite, elle devait être en train de remonter la grande allée jusqu'à la maison. Quand elle a sonné, frappé à la porte, essayé de regarder par la fenêtre de la salle à manger, pendant tout ce temps-là, trois personnes étaient déjà mortes et Daisy se traînait à travers la pièce et le hall pour atteindre le téléphone.

– Elle n'a pas entendu la cloche ?

– Elle se croyait mourante, chef, et pensait qu'elle allait perdre tout son sang, rappela Vine. Peut-être qu'elle a entendu et ne s'en souvient pas.

– Il ne faut pas trop ajouter foi au récit que Daisy nous a fait, dit Wexford. Par exemple, il est peu probable que quelqu'un ait suggéré qu'il s'agissait du chat, là-haut, alors que Queenie se déchaînait à six heures d'habitude, et non à huit. La grand-mère de Daisy n'a sûrement jamais dit que c'était le chat qui faisait du bruit. Nous pouvons également éliminer tout ce que la jeune fille nous a raconté sur la voiture des tueurs.

« Oublions un instant ces aspects secondaires pour aborder une partie de l'histoire beaucoup plus floue. On a certainement assassiné Andy Griffin pour le réduire au silence après sa tentative de chantage. Mais quelle était la raison du meurtre de Joyce Virson ?

– Le meurtrier pensait que Daisy était dans la maison cette nuit-là.

– Vous le croyez vraiment, Mike ?

– En tout cas, Joyce Virson ne le faisait pas chanter ! s'exclama Burden avec un large sourire qu'il estima soudain déplacé et qui se transforma en air renfrogné. Nous étions bien d'accord, c'est contre Daisy qu'il en avait. Oui, c'était sûrement elle qu'on voulait supprimer.

– Cela me paraît une façon bien détournée de faire les choses, dit Wexford. Pourquoi se donner la peine d'organiser un incendie criminel, avec le risque de tuer d'autres personnes, quand la jeune fille se trouvait la plupart du temps totalement seule à *Tancred* et facilement accessible ? Selon les ordres de Freeborn elle n'était plus gardée la nuit et les écuries étaient vides. Je n'ai jamais pensé que l'incendie de *The Thatched House* avait pour but de tuer Daisy.

« Il devait bien tuer quelqu'un, mais pas elle. »

Wexford s'arrêta et les regarda l'un après l'autre d'un air pensif.

« Dites-moi, quel est le point commun entre Nicholas Virson, John Gabbitas, Jason Sebright et Jonathan Hogarth ?

– Tous des hommes, jeunes, qui parlent anglais..., répondit Burden.

– Ils habitent dans le coin. Deux d'entre eux sont américains ou à moitié.

– Ils sont tous blancs, de classe bourgeoise, assez beaux ou très beaux...

– Tous des admirateurs de Daisy ! lança Vine.

– Exact, Barry. Vous avez trouvé. Virson est amoureux d'elle. Hogarth est très intéressé. Quant à Gabbitas et Sebright, je crois qu'ils sont extrêmement séduits. C'est une fille attirante et charmante. Pas étonnant qu'elle ait tant d'admirateurs ! Il y avait aussi Harvey Copeland. Plutôt vieux pour elle. Largement assez vieux, en fait, pour être son grand-père, mais bel homme pour son âge, la " sensation du campus " autrefois et, d'après Davina, un vrai champion au lit. »

Burden prit son air puritain – allongeant la lèvre supérieure, et les deux sourcils rapprochés. Le visage du paisible Vine, toujours sans expression, lui, ne changea pas.

« Oui, je sais que l'idée du vieil Harvey initiant Daisy au sexe est dégoûtante. Mais c'est aussi une plaisanterie. Rappelez-vous qu'on n'a exercé sur elle aucune contrainte, et peut-être même pas tellement cherché à la convaincre. C'était juste une idée en l'air ! On peut très bien imaginer Davina disant : " C'était juste une idée comme ça, ma chère petite. " Seul un monomaniaque nourrissant un désir de vengeance très différent de celui de la plupart des autres gens en aurait gardé sérieusement grief à Harvey Copeland. De toute façon, qui pouvait bien être au courant ?

– Son père, intervint Burden. Joanne Garland le lui a écrit.

– Oui. Et Daisy en a sûrement parlé à certaines personnes. À un homme amoureux d'elle, par exemple. Mais à moi, elle n'a rien dit. Il a fallu que je l'apprenne de la meilleure amie de sa mère. Allons à Édimbourg, maintenant, d'accord ? » Le coup d'œil involontaire de Burden par la vitre fit rire Wexford. « Ne prenez pas cela au pied de la lettre, Mike. Je vous ai entraînés assez loin comme cela pour ce matin. Imaginons que nous sommes au festival d'Édimbourg, la dernière semaine d'août et la première de septembre.

« Davina y allait chaque année. Comme elle se rendait à Salzbourg, à Bayreuth, à la *Passion* d'Oberammergau tous les dix ans, à Glyndebourne et à Snape. Mais l'an dernier, à l'occasion de la Foire du livre, elle devait parler des écrivains qui rédigent leur autobiographie et intervenir également dans un débat sur la littérature. Harvey y allait avec elle, naturellement, et elle a emmené aussi Naomi et Daisy.

« Cette fois, Nicholas Virson les accompagnait. Il n'avait rien d'un passionné de l'art, mais là n'était pas, de toute évidence, la raison de sa présence. Il voulait simplement être avec Daisy. Il l'aimait et profitait de toutes les occasions de ne pas la quitter.

« Ils n'ont pas séjourné chez Ishbel Macsamphire, une vieille camarade d'université de Davina, mais lui ont rendu visite – Davina et Harvey en tout cas. Naomi était à l'hôtel, avec la grippe, et Daisy avait ses propres occupations. Davina a sans aucun doute parlé à Ishbel des espoirs qu'elle fondait sur Daisy, en mentionnant – j'ignore dans quels termes mais je devine – l'existence d'un petit ami du nom de Nicholas.

« Puis, un jour, Mrs. Macsamphire voit Daisy dans la rue avec lui, sur le trottoir d'en face. Pas d'assez près pour les présentations, mais elle a sûrement fait un signe et Daisy lui a répondu. Elles ne se sont retrouvées qu'à l'enterrement. J'ai entendu la vieille dame lui rappeler qu'elles ne s'étaient pas revues depuis le festival, où celle-ci l'avait, dit-elle, aperçu avec son " jeune ami ". Bien sûr, j'ai cru qu'il s'agissait de Nicholas. J'ai toujours pensé qu'elle voulait parler de lui.

– Ce n'était pas Virson ?

– Joanne Garland m'a raconté qu'elle avait rencontré le jeune homme dans la rue fin août, et failli lui parler de cette histoire d'initiation sexuelle par Copeland. Elle ne l'a pas fait, en réalité, mais peu importe. Ensuite, Virson m'a appris qu'il se trouvait à Corfou avec sa mère à cette date. Tout cela ne signifie pas grand-chose. Il pouvait très bien être à Kingsmarkham un jour et le lendemain à Corfou, mais il paraît assez difficile de l'imaginer également à Édimbourg presque à la même période.

– Vous lui avez posé la question ?

– Non, j'ai interrogé Mrs. Macsamphire. Je lui ai demandé ce matin si elle avait vu Daisy avec un blond, et elle m'a répondu que non. C'était un brun, très beau. »

Wexford, après une pause, proposa : « Et si nous sortions marcher un peu ? J'ai bien envie de suivre cette allée pour voir ce qu'il y a au bout. Il y a quelque chose, dans la nature humaine, qui veut toujours savoir ce qui se passe à la fin, non ? »

Le scénario auquel il avait songé était en train de prendre une nouvelle forme. Les événements lui parurent soudain s'enchaîner de façon différente quand il descendit de voiture et commença à marcher dans l'allée couverte d'une herbe rasée de si près par les lapins qu'elle ressemblait à une pelouse tondue. L'air était très doux et clément, avec un parfum frais, vaguement sucré. Les fleurs des cerisiers commençaient à éclore parmi les feuilles couleur de cuivre à peine dépliées. L'inspecteur revit la table, la femme écroulée dessus, la tête dans une assiette de sang, sa fille morte, en face, comme en pâmoison, et la jeune fille ensanglantée qui rampait sur le sol. Une sorte de mécanisme de rembobinage le ramena pendant une, deux, trois minutes, à ces premiers bruits dans la maison. Des bruits provoqués de façon délibérée en mettant le désordre dans la chambre de Davina – car on avait déjà pris les bijoux, plus tôt dans la journée...

Burden et Vine marchaient près de lui en silence. La fin de ce tunnel à l'air libre se rapprochait lentement, mais sans offrir aucune perspective sur d'autres bois ni sur un prolongement de cette large allée verte. On aurait dit qu'il y avait la mer, de l'autre côté, ou bien que le chemin s'arrêtait au bord d'une falaise, devant un précipice d'où l'on plongeait dans le néant.

« Ils étaient deux, reprit Wexford. Mais un seulement s'est introduit dans la maison. Arrivé à pied, il est entré par la porte de derrière à huit heures moins cinq, fin prêt, connaissant le chemin et sachant exactement ce qu'il allait trouver. Il portait des gants et tenait le revolver acheté à Andy Griffin – lequel l'avait ramassé dans la banque après la mort de Martin.

« Cet homme n'aurait peut-être jamais pensé à faire tout cela sans le revolver. Mais une fois qu'il avait l'arme, il fallait s'en servir. C'est le revolver qui lui a donné l'idée. Le canon, il l'avait déjà changé, connaissant parfaitement la technique. Il faisait cela depuis qu'il était tout gamin.

« À *Tancred House*, armé du revolver chargé des cinq cartouches qui restaient dans le barillet, il est monté à l'étage par l'escalier de derrière pour exécuter son plan et aller déranger la chambre de Davina. On l'a entendu d'en bas, et Harvey Copeland est allé voir. Mais à ce moment-là, l'homme au revolver était redescendu par le petit escalier et s'approchait du hall par le couloir venant des cuisines. Le pied sur la première marche, Harvey s'est retourné en entendant des pas et le tueur l'a abattu. Il est tombé à la renverse en bas de l'escalier.

— Pourquoi avoir tiré deux fois ? demanda Vine. D'après le rapport, c'est la première balle qui l'a tué.

— J'ai parlé tout à l'heure d'un monomaniaque nourrissant un désir de vengeance très différent de celui de la plupart des autres gens. L'homme au revolver n'ignorait rien de la suggestion concernant Harvey Copeland et Daisy. Il a tiré deux fois sur le mari de Davina dans un accès de jalousie, pour se venger de la témérité du vieil homme.

« Il s'est rendu ensuite à la salle à manger, où il a abattu Davina et Naomi. Après, il a tiré sur Daisy. Pour la blesser, seulement. Pas pour la tuer.

— Pourquoi seulement la blesser ? demanda Burden. Qu'est-ce qui l'a dérangé ? Nous savons que ce n'était pas le bruit du chat, là-haut. Vous avez situé la fuite à huit heures dix, ou peut-être une minute plus tôt, pendant que Joanne Garland était en train de remonter la grande allée jusqu'à la maison. Mais il ne s'agissait pas d'une vraie fuite, donc. L'homme s'est tout simplement sauvé à pied. C'est peut-être d'avoir entendu Joanne sonner à la porte d'entrée qui l'a fait sortir en courant par-derrière, non ?

— Si c'était le cas, elle aurait entendu les coups de feu, corrigea Vine. Au moins le dernier. Il est parti parce qu'il n'avait plus de balles dans son revolver et ne pouvait pas tirer une seconde fois, même s'il avait manqué Daisy la première. »

L'allée verte se terminait un peu comme le bord d'une falaise ou d'un précipice. La lisière de la forêt et, au-delà, les prairies, les collines lointaines ondulaient à leurs pieds sur des kilomètres. Un énorme banc de cumulus grossissait à l'horizon, mais à une trop grande distance du soleil pour en diminuer l'éclat. Immobiles, les trois hommes contemplaient le panorama.

« Daisy a rampé jusqu'au téléphone pour appeler police secours, continua Wexford. Non seulement elle souffrait et craignait très fort pour sa vie, mais elle était mentalement en proie à une grande angoisse. Pendant ces quelques minutes, elle a peut-être eu peur de mourir, mais elle en avait envie, aussi. Pendant longtemps après cela, des jours, des semaines, elle a eu ce désir. Elle avait perdu toute raison de vivre.

– Elle avait perdu toute sa famille, souligna Burden.

– Oh, Mike, cela n'a rien à voir ! s'exclama Wexford, brusquement impatienté. Quels sentiments éprouvait-elle pour sa famille ? Aucun. Sa mère, elle la méprisait, comme Davina. Une pauvre et faible créature qui, après un mariage idiot, n'avait jamais réussi à apprendre un vrai métier et était restée toute sa vie dépendante de sa propre mère ! Quant à Davina, je pense que Daisy la détestait carrément. Elle haïssait la domination que sa grand-mère exerçait sur elle, ces projets d'université et de voyages, cette façon de décider de ses études et même d'organiser la vie sexuelle de sa petite-fille. Et elle devait voir Harvey comme quelqu'un de ridicule et de répugnant à la fois. Non, Daisy ressentait de l'aversion pour ses proches parents. Elle n'a eu aucun chagrin de leur mort.

– Elle en avait, du chagrin, pourtant ! Vous me disiez avoir rarement vu quelqu'un d'aussi accablé. Elle pleurait, sanglotait sans arrêt et voulait mourir. Vous venez de le rappeler. »

Wexford hocha la tête.

« Mais pas parce qu'elle avait assisté au massacre sauvage de sa famille ! Elle était accablée de douleur parce que l'homme qu'elle aimait et qui, croyait-elle, l'aimait aussi avait tiré sur elle. La seule personne au monde qu'elle aimait et qui, pensait-elle, aurait couru tous les risques par amour pour elle avait essayé de la tuer. Voilà ce qu'elle se disait.

« Quand elle a rampé jusqu'au téléphone, pendant ces quelques minutes, son univers a complètement basculé parce que celui qu'elle aimait passionnément avait failli lui faire la même chose qu'aux autres. Et son grand chagrin, qui a duré longtemps, c'était ça. Elle se retrouvait seule, abandonnée, d'abord à l'hôpital, puis chez les Virson et, ensuite, dans cette maison qui lui appartenait, désormais. Et il n'essayait jamais de la joindre, de venir la voir. Il ne l'aimait pas. Il avait voulu la tuer. Pas étonnant qu'elle m'ait dit un jour, de façon complètement mélodramatique : " C'est mon cœur qui souffre. " »

Les nuages s'allongeaient en direction du soleil, provoquant soudain un rafraîchissement de la température, et les trois hommes firent demi-tour. Le froid revint aussitôt, avec au fond de l'air un vent d'avril cinglant.

Ils reprirent la petite route, pour passer devant la maison. Vine traversa très lentement la cour dallée. La chatte bleue, assise sur le rebord en pierre du bassin, tenait un poisson rouge entre les pattes.

Le petit poisson à tête écarlate, affolé, se débattait, se tordait dans tous les sens, et Queenie, ravie, le taquinait de l'autre patte. Vine commença à descendre de voiture, mais elle fut beaucoup plus rapide que lui. C'était un chat ; il n'était qu'un homme ! Queenie attrapa le poisson éperdu dans sa gueule et courut vers la porte d'entrée légèrement entrouverte.

À l'intérieur, quelqu'un referma derrière elle.

27

Presque tout le matériel électronique avait disparu, ainsi que le tableau noir et les téléphones. Deux hommes envoyés par Graham Pagett étaient en train d'emporter le terminal de l'ordinateur et l'imprimante laser d'Hinde. Quelqu'un d'autre passa avec un plateau de cactus en pot dans les mains. Une partie des écuries avait été rendue à ce qu'elle était auparavant : le refuge privé d'une jeune fille.

Wexford ne les avait jamais vues comme cela. Il ne savait pas comment Daisy les avait arrangées, ni ce qui avait présidé au choix du mobilier et des reproductions accrochées aux murs. Il découvrit un poster de Klimt, encadré et mis sous verre, montrant une femme nue drapée dans une étoffe dorée, transparente et brillante, et un autre qui représentait des chats – une nichée de persans câlins pelotonnés tous ensemble dans un panier doublé de satin. Les meubles étaient en rotin blanc avec de jolis coussins recouverts de coton à carreaux bleus et blancs.

La pièce exprimait-elle ses goûts personnels ou ceux de Davina pour elle ? Une plante verte dans une poterie chinoise bleu et blanc, abîmée par le manque d'arrosage, avait les feuilles qui pendaient. Tous les livres étaient des romans victoriens dont les couvertures immaculées prouvaient de toute évidence qu'on ne les avait jamais ouverts, ou bien des ouvrages dont les sujets, d'une grande variété, allaient de l'archéologie à la politique européenne actuelle en passant par les différentes familles linguistiques et les lépidoptères de Grande-Bretagne. Tous choisis par Davina, supposa Wexford. Le seul ouvrage qui semblait avoir jamais été sorti de ces rayonnages, c'était *Les Plus Belles Photos de chats du monde*.

L'inspecteur principal fit signe à Burden et à Vine de venir s'asseoir dans la petite partie salon libérée par le déménagement imminent. Le camion du traiteur venait d'arriver, pour la dernière fois, mais cela pouvait attendre. Wexford, mécontent de lui-même, se rappela, une fois de plus, que Vine avait trouvé la solution et l'avait dite tout haut, un ou deux jours seulement après les meurtres.

« Ils étaient deux, dit Burden. Vous avez toujours insisté là-dessus, mais vous n'en avez mentionné qu'un. Cela nous amène à une seule conclusion, me semble-t-il. »

Wexford lui jeta un regard brusque.

« Vraiment ?

– L'autre, c'était Daisy.

– Oui, bien sûr », confirma l'inspecteur avec un soupir.

« Ils étaient deux. Daisy et son amant. Vous me l'aviez dit, Barry, continua Wexford. Tout au début. Mais je n'ai pas écouté.

– Moi ?

– Vous avez dit : " C'est elle qui hérite ", en faisant remarquer que son mobile était le plus fort de tous, et j'ai répondu par un sarcasme. Fallait-il donc imaginer qu'elle s'était fait blesser à l'épaule par son amant ? J'ai ajouté que, de toute façon, elle ne s'intéressait pas aux biens matériels !

– Je ne sais pas si je parlais très sérieusement, fit remarquer Vine.

– Vous aviez pourtant raison.

– C'était donc pour s'approprier le domaine ? demanda Burden.

– Elle n'y aurait jamais pensé s'il ne lui avait pas mis cette idée en tête. Et lui ne se serait jamais lancé là-dedans si elle ne l'avait pas soutenu. Daisy souhaitait se libérer, aussi. Avoir sa liberté, le domaine et tout l'argent, pour faire ce qu'elle voudrait, sans aucune contrainte. Mais elle ne savait pas comment ce serait. Elle ignorait ce qu'était un meurtre, en réalité, et à quoi cela ressemblait, des gens assassinés. Elle avait oublié le sang. »

Wexford se souvint brusquement des mots de lady Macbeth. Personne, en quatre siècles, n'en avait trouvé de meilleurs, de plus profonds psychologiquement. *Qui aurait cru que les gens aient tellement de sang dans le corps ?*

« Daisy m'a raconté très peu de mensonges. Ce n'était pas la peine. Elle n'avait pratiquement pas besoin de jouer la comédie. Sa souffrance était réelle. Il est facile d'imaginer ce que cela doit être, quand on fait une confiance totale à quelqu'un – à un amant, un complice –, en sachant exactement ce qu'il va faire et quel rôle vous devez tenir, de voir soudain les choses se renverser et l'autre tirer sur vous. Ce n'est plus la même personne. Une fraction de seconde avant qu'il ne tire, on voit non plus l'amour dans ses yeux, mais la haine. On comprend qu'on a été trompé, dès le début.

« Daisy souffrait vraiment. Pas étonnant qu'elle n'ait cessé de répéter qu'elle voulait mourir, qu'elle ne savait pas ce qu'elle allait devenir. Puis, une nuit, alors qu'elle était seule avec Karen, il a réapparu. Il ignorait la présence de Karen et il est venu, à la première occasion, lui dire qu'il l'aimait. Qu'il ne l'avait blessée que pour faire plus vrai – pour la disculper. Il en avait l'intention dès le départ, sachant que tout se passerait bien. C'était un excellent tireur qui ne manquait jamais sa cible. Il l'avait visée à l'épaule, pour courir le minimum de risques. Il ne pouvait pas la prévenir, n'est-ce pas ? Difficile de l'avertir à l'avance qu'il allait lui tirer dessus, mais qu'elle ne devait pas s'inquiéter.

« Il fallait bien qu'il en prenne, des risques, non ? Pour que le domaine de *Tancred*, l'argent et les droits d'auteur soient tout à eux et à personne d'autre ! Impossible de téléphoner à Daisy, il n'osait pas. Dès qu'il a pu le faire, il est allé la voir dans la maison, la croyant seule. Karen l'a entendu, mais pas vu, contrairement à Daisy. Il n'était pas masqué. C'est elle qui a inventé cela. En l'apercevant, elle a cru, sans doute, après la façon dont il l'avait trahie, qu'il était revenu la tuer.

– C'était sacrément dangereux, de tirer sur elle, objecta Burden. Elle aurait pu se retourner contre lui et tout nous raconter.

– Il comptait sur le fait qu'elle était trop impliquée elle-même dans cette histoire. Si Daisy nous mettait sur la piste et le faisait arrêter, il nous révélerait le rôle qu'elle avait joué là-dedans. De plus, il pensait qu'elle l'aimait trop pour vouloir le trahir, et il a eu raison, non ?

« Il est revenu le lendemain de sa première visite dans l'obscurité, quand elle a été vraiment seule. Il lui a expliqué pourquoi il l'avait blessée et lui a dit qu'il l'aimait. Naturellement, elle a pardonné. Elle n'avait plus que lui ! Ensuite, elle a complètement changé. Elle était heureuse. Je n'ai jamais vu pareille métamorphose. Envers et contre tout, Daisy était heureuse. Elle avait retrouvé son amant et tout irait bien. Comme un imbécile, moi j'ai cru que c'était à cause de Virson. Mais bien sûr que non ! Elle avait mis la fontaine en marche pour fêter son bonheur.

« L'euphorie a persisté un jour ou deux... jusqu'à ce que les souvenirs de cette nuit-là commencent à lui revenir en mémoire. La nappe rouge. Le visage de Davina dans une assiette de sang. La mort de sa mère, un peu sotte mais pas méchante. Ce pauvre vieil Harvey étalé bras et jambes en croix sur les marches... Et ce long parcours jusqu'au téléphone.

« Ce n'était pas du tout ce qu'elle avait imaginé, voyez-vous. Elle ne pensait pas que ce serait comme cela. Il s'agissait d'une sorte de jeu. Tirer des plans, répéter des mouvements... Mais la réalité, le sang, la souffrance, les cadavres, ça, elle ne l'avait pas prévu !

« Je ne lui cherche pas d'excuses, car elle n'en a aucune. Même si elle ne savait pas ce qu'elle faisait, elle ne pouvait ignorer qu'il y aurait trois meurtres. C'est un cas de " folie à deux ". Elle n'aurait pu faire cela sans lui, ou lui sans elle. Ils se sont poussés l'un l'autre au crime. Embrasser la fille de l'artilleur, c'est dangereux.

– Cette expression, releva Burden, que veut-elle dire ? Quelqu'un l'a mentionnée, l'autre jour, je ne me souviens plus qui...

– C'était moi, rappela Vine.

– Ce que ça veut dire ? Cela signifie se faire fouetter. Quand on devait fouetter un homme, dans la marine royale, on l'attachait d'abord à un canon sur le pont. Embrasser la fille de l'artilleur, c'est donc tenter quelque chose de périlleux.

« Je ne crois pas que Daisy savait, au départ, qu'il faudrait tuer Andy Griffin. Ou, plutôt, qu'il se ferait tuer parce que c'était la seule méthode que connaissait son amant pour régler les problèmes. Quelqu'un vous cherche des ennuis ? On le supprime. Un autre se permet de regarder votre petite amie ? Éliminé, lui aussi.

« Ce n'est pas Daisy qu'il voulait atteindre quand il a combiné ce système de chandelle attachée à un bout de ficelle au milieu des bidons d'essence de *The Thatched House*, mais Nicholas Virson – lequel avait non seulement eu l'audace de regarder la jeune fille, mais osait s'imaginer qu'elle allait vraiment l'épouser ! Qui aurait pu supposer qu'après l'avoir invitée à venir chez lui il ressortirait, en fait, ce soir-là, pour surveiller ses allées et venues à *Tancred* ?

« Daisy tient plus de sa grand-mère qu'elle ne le croit. Avez-vous remarqué le peu d'amies qu'elle a ? Pas une seule jeune femme n'est venue la voir de tout ce temps – en dehors de celles que nous lui avons envoyées nous-mêmes. Et à l'enterrement, il n'y avait que la petite-fille de Mrs. Macsamphire.

« Davina avait bien quelques vieilles camarades d'autrefois, mais les gens qu'ils voyaient étaient tous liés à Harvey Copeland, en fait. Naomi aussi avait des amis. Daisy, en revanche, n'a aucune jeune femme qui puisse lui tenir compagnie en ce moment et à qui elle puisse se confier. Mais les hommes ! Ah, ça, elle sait vraiment s'y prendre avec eux ! s'exclama Wexford d'un ton chagriné en se rappelant comme elle avait bien démontré ses talents avec lui. Les hommes deviennent vite ses esclaves. Il est intéressant de noter à quel point Davina a eu la vue courte en croyant devoir procurer un amant à Daisy, comme si elle n'était pas à même de s'en trouver toute seule ! Mais elles étaient très égocentriques, toutes les deux, la petite-fille comme la grand-mère, et incapables de voir plus loin que le bout de leur nez.

« Daisy a rencontré son amant au festival d'Édimbourg. Nous découvrirons comment par la suite. Peut-être dans un petit théâtre *off* ou bien à un concert pop. Sa mère malade, la jeune fille devait sûrement fuir sa grand-mère autant qu'elle le pouvait. Elle lui en voulait beaucoup, à ce moment-là, ayant encore sur le cœur la suggestion de Davina à propos d'Harvey. Non pas tant que ça l'ait choquée, je crois, ou même dégoûtée. Mais Daisy commençait à supporter de moins en moins cette ingérence permanente dans sa vie, et toutes ces manipulations. Est-ce que ça allait durer longtemps, cette façon de tout organiser à sa place ? Les choses ne s'arrangeaient pas, elles empiraient !

« Et voilà qu'elle rencontre un jeune homme qui n'a aucune considération pour cette famille, aucun respect particulier pour l'un ou l'autre de ses membres. Daisy a dû le prendre pour un esprit libre, indépendant, hardi et plein de panache. Comme elle – ou du moins comme elle pourrait le devenir si elle était libre.

« Qui a eu l'idée ? Lui ou elle ? Plutôt lui, je dirais. Mais rien ne se serait jamais matérialisé, sans doute, s'il n'avait pas embrassé la fille de l'artilleur ! C'est après qu'il a dit : " Tout cela pourrait être *à nous*. La maison, les terres, l'argent. "

Il s'agissait d'un plan assez simple à concevoir, et pas très difficile à réaliser, à condition que le garçon soit bon tireur. Or il était bon. Excellent, même. Mais il n'avait pas d'arme, ce qui constituait un problème. Depuis toujours, d'ailleurs, ne pas posséder une arme lui posait un problème. Un peu comme s'il lui manquait quelque chose de vital au bout du bras droit. Peut-être se sont-ils demandé s'il y avait un fusil ou une carabine à *Tancred*, et si le vieil Harvey avait jamais chassé des oiseaux sur le domaine. Davina l'aurait-elle permis ? »

Burden attendit un instant.

« Que s'est-il passé à leur retour ? demanda-t-il quand Wexford releva les yeux.

– À mon avis, ils ne sont pas revenus *ensemble*. Daisy est rentrée à *Tancred* avec sa famille. Elle est retournée à l'école et tout cela lui est peut-être apparu comme un rêve, un rêve cruel qui ne se réaliserait jamais. Mais un jour, ce garçon a resurgi. Il a pris contact avec elle et ils se sont donné rendez-vous ici, aux écuries, dans son refuge. Personne ne l'a vu puisque Daisy était la seule à y venir. Alors, pourquoi pas ? Quand allaient-ils passer à l'acte ?

« Je crois que Daisy ignorait si sa grand-mère avait ou non rédigé un testament. Dans l'affirmative, une fois Naomi et Harvey morts, elle serait très certainement l'unique bénéficiaire. Dans le cas contraire, la nièce de Davina, Louise Merritt, risquait d'avoir une partie de l'héritage. Celle-ci est morte en février et je ne pense pas que ce soit une coïncidence qu'ils aient attendu sa mort pour mettre leur plan à exécution.

« Avant cela, quelques mois plus tôt sans doute, à l'automne, le garçon a rencontré Andy Griffin dans les bois. Comment le sujet est-il venu sur le tapis, je n'en sais rien. Ni combien de fois ils se sont revus avant qu'Andy ne propose de lui vendre un revolver – ce que l'autre a accepté.

« L'ami de Daisy a changé le canon. Il s'y connaissait très bien en armes et avait apporté les outils avec lui. » Wexford

leur parla de la publicité qu'il avait vue dans le guide de la
ville de Heights. « L'armurier s'appelait Coram Clark. Je me
souvenais avoir déjà entendu ce nom-là quelque part, mais
impossible de me rappeler où. Je savais seulement qu'il
s'agissait du nom d'une personne en rapport avec l'affaire.
Cela a fini par me revenir. Et par me ramener au tout début de
l'enquête, le lendemain des meurtres, quand les journalistes
sont venus ici.

« Un reporter du journal local a posé une question pendant
la conférence de presse, et m'a attendu dehors, à la fin. Un
tout jeune homme, très suffisant, très sûr de lui. Un jeune garçon, en fait. Brun et beau. Il était dans la même école que
Daisy, m'a-t-il expliqué de lui-même avant de me donner son
nom, tout en me disant qu'il ne savait pas encore quelle signature il allait adopter dans sa profession.

« Il a choisi, maintenant. Je l'ai vue en tête d'un article du
Courier. Il se fait appeler Jason Coram, mais son nom
complet, c'est Jason Sherwin Coram Sebright. »

« Sebright m'a appris également, sans raison particulière,
que sa mère était américaine et qu'il lui avait rendu visite aux
États-Unis. Mais mon hypothèse restait très hasardeuse.

« Il m'a dit cela à la messe d'enterrement, où il se trouvait
assis à côté de moi. Ensuite, il est allé interviewer des gens du
cortège en utilisant ce qu'il appelait fièrement ses techniques
de la télévision américaine. Puis il est venu ici pour une interview exclusive de Daisy le lendemain du jour où le rôdeur
s'est approché de la maison. Je l'ai rencontré au moment où il
sortait et il m'a tout raconté. Il comptait intituler son article
L'Intrus masqué et l'a sans doute fait, je suppose.

« Ishbel Macsamphire avait vu Daisy avec un beau jeune
homme brun à Édimbourg. La description pouvait également
s'appliquer à John Gabbitas, mais celui-ci est anglais et ses
parents vivent dans le Norfolk.

« Jason Sebright venait de quitter l'école. À dix-huit ans,
presque dix-neuf, il avait commencé au mois de septembre sa
formation de journaliste en entrant au *Courier*. Il aurait facilement pu aller à Édimbourg à la période où Daisy s'y trouvait.

J'ai attendu qu'il soit dix heures du matin au Nevada pour appeler Coram Clark, l'armurier de Heights. Le patron lui-même, Coram Clark junior, n'était pas là, mais on pouvait le joindre, m'a expliqué l'employé, à son magasin du centre-ville à Carson City. J'ai fini par l'avoir au bout du fil et il s'est montré très coopératif. Cet enthousiasme qu'ont les Américains est très réconfortant, je trouve. Ils ne sont pas toujours en train de répondre : " Ça se pourrait bien ", comme ici. Je lui ai demandé s'il avait un jeune parent du nom de Jason Sebright en Angleterre.

« Il m'a dit savoir parfaitement changer le canon d'un revolver. Les outils nécessaires à une telle opération n'étant pas volumineux, ils pouvaient aisément être introduits dans le pays sans que les douaniers puissent imaginer à quoi ils servaient. Mais il n'avait aucun jeune parent du nom de Jason au Royaume-Uni ni autre part, d'ailleurs. Ses filles, nées Clark, étaient mariées. Il n'avait pas de fils, et aucun neveu non plus, étant fils unique. Il ignorait tout du dénommé Jason Sherwin Coram Sebright. »

« Cela ne m'étonne pas, répondit Burden d'un ton peu amène. C'était complètement tiré par les cheveux, comme idée.

– Peut-être, mais ça a donné des résultats. Même si Coram Clark n'avait aucun parent en Angleterre ou dans un autre pays, j'ai obtenu de lui de nombreux renseignements utiles. Il donne des cours dans une école de tir de la ville, m'a-t-il expliqué, et a quelquefois des éudiants de l'université de Heights qui travaillent chez lui. Pour des livraisons, au magasin, ou même quelquefois pour des réparations d'armes. Il est assez fréquent que les étudiants américains doivent gagner leur vie pour suivre des études supérieures.

« En reposant le téléphone, je me suis souvenu de quelque chose. Un sweat-shirt d'une université américaine avec une inscription presque effacée par le soleil ou les lavages mais qui comportait, j'en étais sûr, les majuscules ST et U.

« Mon ami Stephen Perkins, de l'université de Myringham, a pu retrouver le nom complet à partir de ces lettres en consultant tout simplement les CV joints aux demandes d'inscription des étudiants au cours d'écriture créative. Stylus University, Californie. Ils appellent ville la moindre bourgade, là-bas. Celle de Stylus est assez petite, mais possède sa propre police, dont le chef s'appelle Peacock. Il y a aussi huit armuriers. Peacock m'a pris au téléphone et m'en a dit encore plus que Coram Clark. J'ai appris tout d'abord que l'université de Stylus avait à son programme un cours d'histoire militaire, et ensuite que l'un des armuriers se faisait fréquemment aider au magasin par des étudiants, le soir et le week-end. J'ai appelé ces commerçants l'un après l'autre. Le quatrième se souvenait très bien de Thanny Hogarth, qui avait travaillé pour lui jusqu'à la fin du dernier semestre, l'année dernière. Non par besoin d'argent – son père est riche et lui alloue une somme confortable pour vivre –, mais parce qu'il adore les armes. Elles le fascinent.

« Peacock m'a dit autre chose, encore. Il y a deux ans, deux étudiants de Stylus se sont fait tuer sur le campus. Ils avaient un seul point commun : ils étaient " sortis " successivement avec la même fille. On n'a jamais retrouvé l'assassin. »

La bicyclette était appuyée contre le mur de la maison.

Les « Créateurs d'intérieurs » restauraient la salle à manger, leur camionnette garée tout près de la fenêtre qu'avait cassée Pemberton. La fontaine ne coulait pas, aujourd'hui. Dans l'eau sombre et limpide, le poisson à tête rouge qui avait survécu nageait en rond, inlassablement.

Les trois policiers s'arrêtèrent près du bassin.

« La seconde fois que je suis allé chez lui, dit Wexford, j'ai vu les outils au milieu de beaucoup d'autres choses sur la table. Je ne les ai pas identifiés. Il me semble même avoir vu un canon de revolver, mais comment reconnaître un canon sans son arme ?

– Pourquoi ne l'a-t-il pas épousée ? demanda soudain Burden.

– Comment ?

– Avant de tuer les autres, je veux dire. Si elle avait changé d'idée, il n'aurait rien eu. Il suffisait que Daisy dise qu'elle ne voulait plus de lui après ce qu'il avait fait, et il se retrouvait en plan.

– Elle n'avait pas dix-huit ans, répondit Wexford. Il lui aurait fallu le consentement de sa mère. Vous croyez que Davina aurait laissé faire Naomi ? Et puis vous êtes un dinosaure, Mike ! Vous appartenez à une autre époque. Eux, ce sont des enfants d'aujourd'hui. Je suis sûr qu'ils n'ont même pas songé au mariage. Se marier ? Mais c'est bon pour les vieux et les Virson de ce monde !

« De plus, une chose pareille, un massacre, cela vous met à l'écart. Ils ont peut-être compris qu'ils étaient marqués. Qu'ils ne pourraient plus jamais changer de partenaire. Ils étaient condamnés l'un à l'autre, pour toujours. »

L'inspecteur principal se dirigea vers la maison. Il allait tirer la poignée de la sonnette lorsqu'il s'aperçut que la porte était restée légèrement entrouverte – après le passage des « Créateurs d'intérieurs », sans doute. Il hésita, puis entra, suivi de Burden et de Vine.

Ils se tenaient dans le salon-serre, tous les deux. Tellement concentrés sur ce qu'ils faisaient que, pendant une seconde, ils n'entendirent pas les policiers. Les deux têtes brunes étaient l'une à côté de l'autre, et sur la table en verre se trouvaient un collier de perles, un bracelet en or et deux bagues, l'une avec un rubis entouré de diamants et l'autre ornée de perles et de saphirs.

Daisy regardait le quatrième doigt de sa main gauche, auquel Thanny Hogarth venait peut-être de passer sa bague de fiançailles – un nœud de diamants impressionnants, d'une valeur de dix-neuf mille livres.

Elle se retourna. En les voyant, elle se leva et, d'un geste involontaire de sa main alourdie de diamants, fit tomber tous les bijoux sur le sol.

Achevé d'imprimer en décembre 1998
sur presse Cameron
*par **Bussière Camedan Imprimeries***
à Saint-Amand-Montrond (Cher)
pour le compte de France Loisirs
123, boulevard de Grenelle, Paris

N° d'édition : 27601. N° d'impression : 985692/4.
Dépôt légal : décembre 1998.

Imprimé en France